Ready Player Two

ERNEST CLINE

Traducción de David Tejera Expósito
Galeradas revisadas por Antonio Torrubia

NOVA

Título original: *Ready Player Two*

Primera edición: marzo de 2021

© 2020, Dark All Day, Inc.
c/o Foundry Literary + Media Llc y c/o MB Agencia Literaria, S. L.
© 2021, Penguin Random House Grupo Editorial, S. A. U.
Travessera de Gràcia, 47-49. 08021 Barcelona
© 2021, Penguin Random House Grupo Editorial USA, LLC.
8950 SW 74th Court, Suite 2010
Miami, FL 33156

© 2021, David Tejera Expósito, por la traducción
©Adaptación del diseño de cubierta original de Christopher Brand/Ballantine Books:
Penguin Random House Grupo Editorial

Impreso en Estados Unidos - *Printed in USA*

ISBN: 978-1-64473-396-7

24 23 22 21   10 9 8 7 6 5 4 3 2 1

Para Maureen O'Keefe Cline
y su tocaya
Maureen O'Keefe Aptowicz

Cinemática

Después de ganar la competición de Halliday, estuve desconectado nueve días seguidos, un nuevo récord personal.

Cuando al fin volví a conectarme a mi cuenta de OASIS, me encontraba en el nuevo despacho, que hacía esquina en el piso superior del rascacielos de Gregarious Simulation Systems en el centro de Columbus (Ohio), y me preparaba para empezar el curro como uno de los nuevos propietarios de la empresa. Los otros tres aún seguían repartidos por todo el globo: Shoto había vuelto en avión a Japón para dirigir la filial de GSS en Hokkaido. Hache disfrutaba de unas largas vacaciones en Senegal, un país que ella había soñado visitar durante toda su vida porque sus ancestros eran de allí. Y Samantha había volado de vuelta a Vancouver para hacer las maletas y despedirse de su abuela, Evelyn. Tardaría unos cuatro días más en llegar a Columbus, lo que a mí me parecía una eternidad. Necesitaba distraerme hasta su regreso, por lo que decidí volver a conectarme a OASIS y probar más de esas habilidades de superusuario que tenía ahora mi avatar.

Subí a mi nuevo equipo de inmersión de última generación, un Habashaw OIR-9400, me puse el visor y los guantes hápticos y arranqué la secuencia de inicio de sesión. Mi avatar reapareció en el último lugar en el que me había desconectado, el planeta Chthonia, de pie por fuera de las puertas del Castillo de Anorak. Tal y como había previsto, había miles de avatares reunidos en el lugar, esperando pacientemente a que yo apareciese. Según los titulares de los canales de noticias, algunos llevaban acampados por allí toda la semana, desde el momento en el que los había resucitado después de la batalla épica contra los sixers.

Mi primera acción oficial como uno de los nuevos propietarios de GSS, unas pocas horas después de que terminase el enfrentamiento, fue autorizar a nuestros administradores para que restaurasen todo los objetos, créditos y niveles que esos heroicos usuarios habían perdido, así como sus avatares. En mi opinión, era lo mínimo que podíamos hacer para devolverles el favor por su ayuda. Y Samantha, Hache y Shoto habían estado de acuerdo. Era la primera decisión que habíamos tomado como nuevos copropietarios de la empresa.

Los avatares que había repartidos por el lugar empezaron a correr hacia mí tan pronto como me vieron, cerrándome el paso en todas direcciones a la vez. Para evitar que me aplastasen, me teletransporté dentro del castillo, en el estudio de Anorak, una estancia ubicada en la torre más alta y a la que solo yo podía acceder, gracias a la túnica de Anorak que ahora llevaba puesta. El atuendo negro obsidiana dotaba a mi avatar de poderes similares a los de un dios, los mismos que poseía el avatar de Halliday en el pasado.

Eché un vistazo por el estudio desordenado. Era el mismo lugar en el que, hacía más de una semana, Anorak me había declarado ganador de la competición de Halliday y cambiado mi vida para siempre.

Posé la mirada en el cuadro de un dragón negro que había colgado de la pared. Debajo de él había un pedestal de vidrio ornamentado, y encima de este un cáliz con joyas incrustadas. Dentro del cáliz, se encontraba el objeto que había pasado buscando tantos años: el Huevo de Pascua de Halliday.

Me acerqué para admirarlo, y justo en ese momento me di cuenta de algo extraño: una inscripción en la superficie prístina del huevo, una que sin duda no había estado allí la última vez que lo había visto, nueve días antes.

Yo era el único avatar que podía entrar en esa estancia, por lo que era imposible que nadie le hubiese hecho nada al huevo.

Solo existía una manera de que esa inscripción hubiese llegado ahí: el propio Halliday debía haberla programado para aparecer en la superficie. Podría haber aparecido justo después de que Anorak me diese su túnica. Quizá yo estaba demasiado distraído como para haberme dado cuenta.

Me incliné para leer la inscripción:

«GSS – Decimotercer piso – Caja fuerte N.º 42–8675309».

Noté en los oídos cómo empezaba a acelerárseme el pulso, me desconecté de inmediato de OASIS y me bajé a duras penas del equipo de inmersión. Después salí a toda prisa de mi nuevo despacho, corrí por el pasillo y entré en el primer ascensor en abrirse. La media docena de empleados de GSS que había en el interior evitaron el contacto visual directo conmigo. Me imaginé qué era lo que pensaban:

«Este es el nuevo jefe. Igual de rarito que el anterior».

Los saludé con un educado gesto de cabeza y pulsé el botón «13». Según el mapa interactivo del edificio que tenía en el teléfono, el decimotercer piso era el lugar en el que se encontraban los archivos de GSS. Halliday los había almacenado en ese piso, cómo no. En uno de sus programas de televisión favoritos, *Max Headroom*, el laboratorio del departamento de investigación y desarrollo de Network 23 se encontraba en el decimotercer piso. Y *Nivel 13* también era el título de una antigua película de ciencia ficción que se lanzó en 1999, a rebufo de *Matrix* y *eXistenZ*.

Cuando salí del ascensor, los guardias armados de la oficina de seguridad me indicaron que me acercase. Uno de ellos me escaneó las retinas para verificar mi identidad, una mera formalidad, y luego me guio pasada la oficina a través de una serie de puertas blindadas hasta un laberinto de pasillos iluminados. Terminamos por llegar a una estancia enorme cuyas paredes estaban alineadas con una gran cantidad de puertas numeradas que parecían dar a unas grandes cajas fuertes, cada una de ellas con un número grabado por fuera.

Le di las gracias al guardia y le comenté que podía marcharse mientras yo le echaba un ojo a las puertas. Allí estaba, la número cuarenta y dos. Otro de los chistes de Halliday, sin duda. Según una de sus novelas favoritas, *Guía del autoestopista galácti-co*, el número cuarenta y dos era la «respuesta definitiva a la vida, el universo y todo lo demás».

Me quedé allí quieto durante unos pocos segundos en los que tuve que acordarme de respirar. Después tecleé la combinación de siete dígitos de la inscripción del huevo en el panel que había junto a la puerta de la caja fuerte: 8-6-7-5-3-0-9, una combinación que ningún gunter que se preciase hubiese olvidado jamás. *Jenny, I've got your number. I need to make you mine...**

La cerradura se abrió con un ruido sordo y la puerta empezó a moverse para dejar a la vista el interior cúbico de la caja fuerte, donde se encontraba un huevo plateado enorme. Tenía un aspecto idéntico al huevo virtual del estudio de Anorak, a diferencia de que este no tenía inscripción alguna en la superficie.

Me sequé las sudorosas palmas de las manos en los muslos (no quería que se me cayese al suelo), cogí el huevo y lo dejé en una mesa de acero que había en el centro de la estancia. La parte inferior del huevo estaba equilibrada, por lo que solo se tambaleó un poco antes de quedarse inerte en vertical, como uno de esos tentetiesos llamados Weeble. («Los Weeble se bambolean, pero nunca se caen.») Cuando me incliné para observar el huevo con más detenimiento, vi un pequeño y ovalado escáner de huella dactilar cerca de la parte superior de la superficie curvada. Apreté el pulgar contra él y el huevo se partió por la mitad y se abrió.

En el interior y sobre un terciopelo azul adaptado a su forma, había una especie de auriculares.

Los levanté y los giré en mis manos. El dispositivo tenía una espina central segmentada que parecía extenderse desde la frente del portador y recorrer la cabeza por detrás hasta la nuca, con una hilera de diez bandas de metal con forma de C unidas a él.

---

* «Jenny, tengo tu número. Quiero que seas mía...» Canción de la banda Tommy Tutone que se lanzó en 1981 y se puso muy de moda en la época en Estados Unidos. *(N. del T.)*

Todas esas bandas estaban compuestas por segmentos retráctiles y articulados, y cada uno de esos segmentos tenía una fila de sensores circulares por la cara interior. Dichos elementos lo convertían en una batería de sensores del todo ajustable que podían adecuarse a una cabeza de cualquier forma y tamaño. Un alargado cable de fibra óptica se extendía desde la base de los auriculares hasta terminar en un enchufe estándar de consola OASIS en el extremo.

El corazón no había dejado de latirme desbocado, pero en ese momento sentí como si se detuviese. Tenía que ser alguna especie de periférico de OASIS, uno que no había visto antes y que parecía estar a años luz en cuanto a tecnología.

El huevo emitió un breve pitido electrónico y volví a mirarlo. Me cegó una luz roja cuando un pequeño escáner de retina verificó mi identidad por segunda vez. En ese momento, se abrió la cubierta de un pequeño monitor de vídeo integrado en el huevo, se encendió y apareció el logo de GSS durante unos segundos, antes de ser reemplazado por el rostro macilento de James Donovan Halliday. A juzgar por su edad y por sus rasgos demacrados, parecía haberlo grabado poco antes de su muerte. Pero a pesar de su condición, no había usado su avatar de OASIS para hacerlo, como sí había sido el caso de la *Invitación de Anorak*. Por alguna razón, había decidido grabar su aspecto real, vapuleado por la brutal e implacable realidad.

—El dispositivo que sostienes entre manos es una Interfaz Neuronal de OASIS, u ONI, de OASIS Neural Interface. —Lo pronunció «o, ene, i»—. Es el primer ordenador de interfaz cerebral del todo funcional y no invasivo. Permite a los usuarios de OASIS ver, oír, oler, saborear y sentir el entorno virtual en el que se encuentra su avatar gracias a unas señales transmitidas de forma directa a su corteza cerebral. La batería de sensores de los auriculares también monitorea e interpreta la actividad cerebral del portador, lo que permite que este controle su avatar de OASIS como si fuese su cuerpo físico, con el pensamiento.

—No puede ser —me oí susurrar.

—Eso es solo el principio —dijo Halliday como si me hubiese oído—. Los auriculares ONI también pueden usarse para grabar las experiencias del portador en el mundo real. Todos los datos sensoriales recibidos por el cerebro se digitalizan y almacenan en un archivo .oni («punto o, ene, i») en cualquier dispositivo de datos externo conectado a los auriculares. Cuando ese archivo se sube a OASIS, la experiencia al completo puede reproducirse y volver a ser experimentada por la persona que lo grabó o por cualquier otro usuario del ONI con el que haya decidido compartir el archivo.

Halliday le dedicó una ligera sonrisa.

—En otras palabras, el ONI te permite revivir situaciones de las vidas de otras personas, ver el mundo a través de sus ojos, oírlo a través de sus oídos, olerlo a través de su nariz, saborearlo a través de su lengua y sentirlo a través de su piel. —Halliday asintió a la cámara con gesto prosaico—. El ONI es la herramienta de comunicación más potente que los humanos hayan inventado jamás. También creo que probablemente sea la última que necesitemos inventar. —Se tocó el centro de la frente—. Ahora podemos conectarnos directamente al coco de los demás.

Oí las palabras, pero fui incapaz de procesarlas. ¿Halliday hablaba en serio? Quizá ya estaba delirando cuando grabó el vídeo, tal vez había ido perdiendo el contacto con la realidad a medida que la enfermedad entraba en la última etapa. La tecnología que acababa de describir seguía siendo pasto de la ciencia ficción. Sí, era cierto que millones de personas con discapacidad física usaban interfaces neuronales todos los días para ver, oír o mover extremidades paralizadas. Pero esos milagros médicos solo podían conseguirse abriendo un agujero en el cráneo del paciente y metiéndole implantes y electrodos en el cerebro.

La idea de unos auriculares con interfaz neuronal que te permitiesen grabar, reproducir o simular la experiencia sensorial completa de un ser humano había aparecido en varias de las novelas, series de televisión y películas favoritas de Halliday. Por ejemplo, los simestim, la tecnología de estimulación simulada que William Gibson había imaginado en *Neuromante*. Y también había una tecnología de grabación de experiencias similar en *Proyecto Brainstorm* y *Días extraños*, dos de las películas favoritas de Halliday…

Si el ONI era capaz de hacer todo lo que afirmaba Halliday, eso significaba que había vuelto a conseguir lo imposible. Había vuelto a convertir la ciencia ficción en ciencia real solo con su fuerza de voluntad y su inteligencia, y sin tener mucho en cuenta las consecuencias que algo así podía llegar a tener a largo plazo.

También me cuestioné el nombre que Halliday le había puesto al invento. Había visto anime suficiente como para saber que *oni* también era la palabra japonesa para designar a un demonio gigante y cornudo de las profundidades del infierno.

—El programa del ONI y la documentación ya se te han enviado por correo electrónico a tu cuenta privada de OASIS —continuó Halliday—. Además de unos planos completos de los auriculares y los archivos de impresión 3D necesarios para reproducirlos.

Halliday hizo una pausa y se quedó mirando a la cámara un momento antes de continuar.

—Cuando hayas probado el ONI, creo que te darás cuenta, al igual que me pasó a mí, de que es un invento que tiene la capacidad de alterar de forma drástica la naturaleza de la existencia humana. Creo que podría llegar a ayudar a la humanidad, pero también empeorar mucho las cosas. Todo dependerá del momento, supongo. Es por eso por lo que dejo su destino en tus manos, heredero. Serás tú quien decida cuándo entregárselo al mundo o si la humanidad está lista en algún momento para una tecnología así.

El cuerpo frágil de Halliday tuvo un acceso de tos. Después respiró a duras penas y habló por última vez:

—Tómate todo el tiempo que necesites para decidirlo —dijo—. Y no dejes que nadie te meta prisa. Una vez se haya abierto la caja de Pandora, no habrá forma de volver a cerrarla. Pero… elige sabiamente.

Se despidió de la cámara con un breve gesto de la mano. La grabación terminó y aparecieron en el monitor las PALABRAS MENSAJE DE VÍDEO BORRADO antes de que se apagase solo.

Me quedé allí inerte durante un buen rato. ¿Podría ser alguna especie de inocentada póstuma? Porque la alternativa no parecía tener sentido alguno. Si era cierto que el ONI podía hacer todo lo que acababa de decir Halliday, entonces sería de verdad la herramienta de comunicación más potente jamás inventada. ¿Por qué mantenerla en secreto? ¿Por qué no patentarla y liberarla en todo el mundo?

Bajé la vista hacia los auriculares que tenía entre las manos. Llevaban guardados en esa caja fuerte desde hacía ocho años, esperando pacientemente a que yo los encontrase. Y ahora que lo había hecho, solo podía hacer una cosa.

Volví a meterlos en el huevo, me di la vuelta y lo saqué de la estancia. Mi idea era volver al ascensor con paso tranquilo y circunspecto. Pero mi autocontrol se evaporó en segundos y empecé a correr tan rápido como me permitían las piernas.

Los empleados que me encontré por el camino mientras subía a toda prisa por las escaleras se enfrentaron a la inolvidable imagen de su jefe corriendo por los pasillos sagrados de Gregarious Simulation Systems con los ojos inyectados en sangre y agarrando un huevo gigante y plateado entre los brazos.

• - •

Cuando llegué a mi despacho, cerré la puerta, bajé las persianas y me senté en mi ordenador de sobremesa listo para leer la documentación del ONI que Halliday me había enviado por correo electrónico.

Me alegré de que Samantha no estuviese allí conmigo. No quería que me convenciese de no probar el ONI. Me temía que era lo que habría hecho y, de hacerlo, sabía que iba a conseguir disuadirme. (Había descubierto hacía poco tiempo que, cuando estás coladito por alguien, esa persona puede llegar a convencerte de casi cualquier cosa.)

Tenía que aprovechar aquella oportunidad histórica. No hacerlo hubiese sido igual que perder la oportunidad de ser la primera persona que había caminado sobre la Luna. Además, sabía que el simple hecho de usar el ONI no era algo peligroso de por sí. De haberlo sido, Halliday me lo hubiese advertido. Al fin y al cabo, acababa de ganar la competición para convertirme en su único heredero, y estaba seguro de que no quería que sufriese ningún daño.

Eso era lo que no dejaba de repetirme mientras enchufaba los auriculares ONI en mi consola OASIS y me los colocaba con mucho cuidado en la cabeza. Las bandas telescópicas se retrajeron automáticamente para apretar con firmeza la batería de sensores y transmisores contra el contorno singular de mi cráneo. Después, las junturas de metal se apretaron, y el dispositivo con forma de araña se cerró por completo alrededor de mi cabeza para que las almohadillas no se moviesen ni se separasen mientras el aparato estaba conectado a mi cerebro. Según la documentación del ONI, quitar el aparato a la fuerza mientras estaba en funcionamiento podía provocar graves secuelas en el cerebro del portador o dejarlo en un coma permanente. Las bandas reforzadas con titanio servían para asegurarse de que no iba a ocurrir algo así. Ese pequeño detalle me resultó tranquilizador en lugar de inquietante. Conducir un coche también era arriesgado si no llevabas puesto el cinturón de seguridad…

La documentación del ONI también dejaba claro que un apagón repentino podía llegar a causar daños en el cerebro del portador, razón por la que tenía una batería de emergencia integrada que alimentaba el dispositivo el tiempo necesario para completar una desconexión y despertar al usuario del estado de sueño inducido en el que se quedaba cuando usaba los auriculares.

Es por eso por lo que no tenía nada de lo que preocuparme. Nada de nada. Solo tenía aferrada a la cabeza una araña de metal que estaba a punto de conectarse a mi cerebro.

Me tumbé en el sillón de terciopelo azul que había en un rincón de mi despacho y me aseguré de que mi cuerpo se encontraba en una posición cómoda, como si fuese a dormir, tal y como decía en las instrucciones. Luego respiré hondo y lo encendí todo.

Sentí un ligero cosquilleo en el cuero cabelludo. Gracias a

que había leído la documentación del ONI, sabía que los auriculares llevaban a cabo un escaneo de mi cerebro para mapear su geografía única. El resultado quedaría grabado en mi cuenta para verificar mi identidad en el futuro, en lugar del escáner de retina. Una voz femenina sintetizada me indicó que dijese mi frase contraseña. La recité despacio y articulé las palabras con *cuidado:*

—*Everybody wants to rule the world.**

Después de verificarla, surgió de los auriculares una pequeña pantalla de realidad aumentada que se colocó frente a mí hasta quedar fijada en la visión de mi ojo izquierdo, como si fuese un monóculo. Aparecieron varios párrafos de texto que flotaron delante de mi cara, superpuestos en el centro de mi visión.

¡Atención! Por razones de seguridad, los auriculares de la Interfaz Neural de OASIS solo se pueden usar durante un máximo de doce horas consecutivas. Cuando se haya alcanzado el límite, se te desconectará de la cuenta de manera automática y no podrás usar el ONI hasta que transcurran doce horas de inactividad. Durante ese tiempo de descanso obligatorio, podrás seguir conectándote a OASIS usando el *hardware* de inmersión convencional. Manipular o desactivar la seguridad integrada del ONI para exceder el límite diario de uso puede llegar a provocar el Síndrome de Sobrecarga Sináptica y daños permanente en el tejido neuronal. Gregarious Simulation Systems no se hará responsable de los daños que pueda producir el uso inapropiado de la Interfaz Neural de OASIS.

Había visto el aviso en la documentación de los auriculares, pero me sorprendió que Halliday también lo insertase en la secuencia de inicio. Parecía como si ya hubiese hecho todos los preparativos necesarios para lanzar el ONI al mercado hacía ocho años. Pero nunca había llegado a hacerlo. En lugar de eso, se había llevado el secreto de la existencia del ONI con él a la tumba. Y ahora yo lo había heredado.

Releí la advertencia varias veces para templar mis nervios.

* «Todos quieren dominar el mundo.» Canción del dúo británico Tears for Fears perteneciente al segundo álbum de la banda: *Songs From The Big Chair. (N. del T.)*

La parte que hablaba de daños cerebrales permanentes era inquietante, pero sabía que se me estaba usando como conejillo de Indias. Según la documentación, GSS llevó a cabo una serie de pruebas de seguridad de los auriculares ONI con humanos hacía una década, y todas demostraron que usarlos era del todo seguro si el usuario se ceñía al límite diario de uso de doce horas. Y las medidas de seguridad integradas en el *firmware* del aparato se aseguraban de que así era. Me recordé de nuevo a mí mismo que no tenía nada por lo que preocuparme...

Extendí la mano y toque el botón de «Estoy de acuerdo» que había debajo del aviso de seguridad. El sistema terminó la conexión y un texto relució en el centro de mi visión.

Identidad confirmada.
¡Bienvenido a OASIS, Parzival!
Conexión completada: 11:07:18 FHO-25/1/2046

La fecha quedó reemplazada por otro mensaje corto al desaparecer, solo tres palabras, lo último que vería antes de abandonar el mundo real y entrar en el virtual.

Pero no eran las mismas tres palabras que estaba acostumbrado a ver. Tanto yo como el resto de los usuarios del ONI que se conectaran en un futuro verían el nuevo mensaje creado por Halliday para dar la bienvenida a los visitantes que usaran su nueva tecnología.

READY PLAYER TWO

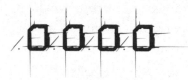

Mi visión se oscureció durante unos instantes. Los auriculares ordenaron a mi cerebro que sumiera mi cuerpo en un inofensivo estado de somnolencia mientras mi mente consciente quedaba activa dentro de lo que venía a ser un sueño lúcido controlado por un ordenador. Al cabo, OASIS se materializó poco a poco a mi alrededor, y me encontré de pie en el estudio de Anorak, el lugar en el que estaba antes de desconectarme la última vez.

Todo tenía el mismo aspecto que antes, pero daba la impresión de ser del todo diferente. Yo estaba ahí de verdad, físicamente dentro de OASIS. Ya no sentía que estuviese usando un avatar. Ahora me sentía como si fuese ese mismo avatar. No llevaba visor en el rostro ni sentía esa opresión y entumecimiento tenues que notaba siempre que llevaba un traje o guantes hápticos. Ni siquiera sentía los auriculares ONI que llevaba mi cuerpo de verdad. El dispositivo no estaba allí cuando extendí la mano para rascarme la cabeza.

Una ligera brisa sopló a través de la ventana abierta del estudio, y la sentí en la piel, la cara y el pelo. Noté los pies en el suelo de piedra, metidos dentro de las botas que llevaba mi avatar.

Me di cuenta de que también era capaz de oler lo que había a mi alrededor. Respiré el rancio aroma de los antiguos libros de hechizos que cubrían las paredes mezclado con el humo de las velas que ardían en la estancia.

Me acerqué a una mesa de trabajo para tocarla. Noté las

muescas en la madera al pasar los dedos por la superficie. Después vi un enorme cuenco lleno de fruta, uno que antes no se encontraba allí. Cogí una manzana y sentí en mi mano su peso y su suave firmeza. La apreté con las cinco puntas de los dedos y dejé cinco pequeños cráteres llenos de pulpa en la piel de la fruta.

Me sorprendió la perfección con la que se replicaban los estímulos sensoriales. Eran matices y sensaciones sutiles que nunca podrían haberse recreado o simulado con un par de guantes hápticos.

Llevé la manzana a los labios de mi avatar, que ahora sentía como si fuesen míos, y le di un mordisco con lo que también parecían ser mis dientes. Sabía como una manzana de verdad. Era la más perfecta y deliciosa que me había comido jamás.

Un usuario de OASIS siempre podía comer y beber cosas con su avatar, pero comer potenciadores en forma de comida y beber una poción de curación siempre habían sido pantomimas sin sentido que se hacían con los guantes hápticos. Nunca sentías nada en los labios y, definitivamente, tampoco saboreabas nada con la lengua.

Ahora, gracias al ONI, podía hacerlo. Y lo hice.

Empecé a probar el resto de las frutas del cuenco. La naranja, el plátano, las uvas y la papaya sabían igual de deliciosas cuando les di un mordisco a cada una. Sentí cómo me bajaban por el esófago hasta el estómago. ¡Hasta noté cómo se me llenaba la panza!

—¡Dios mío! —grité en la estancia vacía—. ¡Esto es increíble, joder!

Pero las palabras se entremezclaron a causa de los pedazos de papaya que aún masticaba. Sentí el zumo derramándoseme por la barbilla. Me lo limpié con la manga y después empecé a correr por el estudio, emocionado y tocando superficies y objetos diferentes para ver lo que sentía. ¿Y qué sentí? Pues que todo parecía real. Eso es lo que sentí. Todo parecía real.

Cuando mi entusiasmo inicial empezó a remitir, empecé a preguntarme si el ONI también simulaba el dolor. Si el dolor se sentía con la misma fidelidad con la que se saboreaba la fruta, iba a doler. Y mucho.

Para probar, me mordí un poco la lengua. Sentí la presión de cada uno de los dientes contra la superficie y también los bultos de las papilas gustativas al raspar los incisivos contra ellas. Pero no noté dolor alguno, sin importar lo fuerte que mordiese. Como sospechaba, Halliday había puesto un sistema de seguridad para prevenir el dolor.

Saqué una de mis pistolas bláster y me disparé en el pie derecho. Sufrí varios puntos de daño y sentí una ligera sacudida de dolor, pero se pareció más a un pellizcón fuerte que a un disparo.

Se me escapó una risilla de emoción mientras volvía a enfundar el bláster. Después corrí unos metros hacia la ventana y me lancé por ella para volar como Superman. La túnica se me agitó al viento como si fuese una capa mientras salía despedido hacia las nubes. Sentí que volaba de verdad.

En ese instante también sentí que todo era posible. Y lo cierto es que ahora lo era.

Era el paso definitivo, la evolución final e inevitable de los videojuegos y la realidad virtual. La simulación se había vuelto indistinguible de la vida real.

Sabía que Samantha no iba a estar de acuerdo, pero estaba demasiado emocionado como para pararme a pensar en ello. Quería más. Y el ONI tenía muchas más cosas en la recámara para mí. Muchísimas.

Volé de vuelta al estudio de Anorak y continué experimentando con las capacidades del ONI. En ese momento descubrí un nuevo menú desplegable en la pantalla de datos de mi avatar, uno que se llamaba «ONI». Al seleccionarlo, vi una lista con decenas de archivos grandes que ya se habían descargado a mi cuenta. Todos tenían la extensión .oni y nombres simples y provocativos como CARRERAS, SURF, PARACAIDISMO o COMBATE DE KUNG-FU.

Elegí SURF, y de repente me encontré a lomos de una tabla y surfeando en la pared de una ola gigante que estaba a punto de romper en la costa de una isla tropical. Pero cuando intenté moverme conscientemente para mantener el equilibrio, me di cuenta de que no podía hacerlo. Era una experiencia pasiva. Solo tenía que dejarme llevar. En cierta manera, también era una sensación diferente a la que acababa de experimentar en el estudio de Anorak: mientras que la anterior había sido tranquila y precisa, esta era más intensa, pero también estremecedora y discordante.

Me miré el cuerpo y descubrí que ya no era Parzival, sino otra persona. Era alguien más pequeño, esbelto, con la piel oscura y con mechones de pelo largo y negro que se agitaban frente a su rostro. Llevaba un biquini. Y tenía pechos. ¡Era una mujer! Y también una surfista excelente. No era un avatar, sino una persona de verdad que había grabado su experiencia. Estaba viviendo un pedacito de la vida de otra persona.

No tenía el control de mis movimientos, pero veía, oía, olía y sentía todo, todas las sensaciones que experimentaba la mujer que había hecho la grabación. Hasta sentía los auriculares ONI en mi… en su cabeza, y también el dispositivo de almacenamiento portátil que estaba conectado y resguardado en una carcasa resistente al agua que llevaba atada al brazo derecho.

Eso también explicaba la diferencia de las sensaciones. Ya no estaba experimentando unos estímulos simulados y creados para mí por los servidores de OASIS, lo que sentía en ese momento era el mundo tal y como lo había sentido el cuerpo de la surfista, segundo a segundo, y a través de sus sinapsis. Eran datos neuronales en bruto de un cerebro que no era el mío.

El vídeo de experiencia terminó al romper la ola unos segundos después, y volví a encontrarme en la piel de mi avatar, de pie en el estudio de Anorak.

Abrí el siguiente vídeo, y luego el siguiente. Conduje un coche de carreras, hice paracaidismo, luché con técnicas de kungfu, buceé en aguas profundas y monté a caballo, todo en solo media hora.

Reproduje todos los archivos .oni de la lista, uno detrás del otro, fui de uno a otro lugar, de uno a otro cuerpo y de una a otra experiencia.

Me detuve cuando llegué a una serie de archivos con nombres como SEXO-H-M.oni, SEXO-M-M.oni y SEXO-Nobinario.oni. No estaba listo para esa clase de cosas. Estaba locamente enamorado de verdad de Samantha y emocionado por haber perdido la virginidad con ella unos días antes. No quería serle infiel. Llegué a la conclusión de que engañarla era engañarla, ya fuese en la vida real o de cualquier otra manera.

Me desconecté de OASIS y volví a controlar mi cuerpo. El proceso tardó unos minutos. Después me quité los auriculares ONI y abrí los ojos. Eché un vistazo por mi despacho. Miré el reloj. Llevaba conectado una hora, que era más o menos lo que esperaba.

Aferré los reposabrazos de la silla y después me llevé las manos a la cara. La realidad no parecía mucho más real que la experiencia que acababa de tener en OASIS. Mis sentidos eran incapaces de distinguir entre ambas sensaciones.

Halliday tenía razón. El ONI iba a cambiar el mundo.

* * *

—¿Cómo cojones había conseguido Halliday hacer algo así? ¿Cómo había inventado en secreto un dispositivo tan complejo? El *hardware* ni siquiera era su especialidad.

La respuesta se encontraba en la documentación que me había enviado. Leí el resto y descubrí que Halliday llevaba trabajando en el ONI desde hacía más de veinticinco años, con un laboratorio lleno de neurocientíficos que ocultaban el secreto a plena vista.

Unos meses después de que GSS lanzara OASIS, Halliday creó en la empresa una división de I+D llamada Laboratorio de Investigación para la Accesibilidad. Aparentemente, su cometido era crear una línea de *hardware* neuroprotésico que permitiese a las personas con discapacidades físicas graves usar OASIS con más facilidad. Halliday contrató a las mentes más brillantes del campo de la neurociencia para trabajar en el LIA y les dio la financiación necesaria para llevar a cabo la investigación.

El trabajo que realizó el LIA durante las décadas siguientes no se ocultó. Al contrario, sus descubrimientos crearon una nueva línea de implantes médicos que empezaron a usarse en muchos ámbitos. Leí sobre varios de ellos en mis libros de texto del instituto. Primero, desarrollaron un nuevo tipo de implante coclear que permitía a los que decidían usarlo percibir los sonidos con perfecta nitidez, tanto en el mundo real como dentro de OASIS. Unos años después, desvelaron un nuevo implante de retina que permitía a todas las personas ciegas que quisieran «ver» a la perfección dentro de OASIS. Y conectando dos minicámaras al mismo implante, también podían llegar a recuperar la visión en el mundo real.

El siguiente invento del LIA fue un implante cerebral que permitió a los parapléjicos controlar los movimientos de su avatar de OASIS usando sus pensamientos. Funcionaba en combinación con otro implante que les permitía sentir estímulos sensoriales simulados. Y dichos implantes otorgaron a esas personas la capacidad de recuperar el control de sus extremidades inferiores y el sentido del tacto. También permitió a los amputados controlar las extremidades robóticas y recibir estímulos sensoriales de ellas.

Para conseguirlo, los investigadores desarrollaron un método de «grabación» de la información sensorial que el sistema nervioso enviaba al cerebro al percibir todo tipo de estímulos externos. Después las recopilaron en una inmensa biblioteca digital de sensaciones que podía «volver a reproducirlas» dentro de OASIS para simular a la perfección cualquier cosa que pudiese llegar a experimentar una persona a través de su sentido del tacto, del gusto, de la vista, del olfato o del oído; el equilibrio, la temperatura, vibraciones… Lo que fuese.

GSS patentó todos los inventos del Laboratorio de Investigación para la Accesibilidad, pero Halliday nunca intentó sacar beneficios de ellos. En lugar de eso, creó un programa para regalar esos implantes neuroprotésicos a cualquier usuario de OASIS que los necesitase. Y la empresa hasta subvencionó el coste de la cirugía necesaria. El programa hizo que esas herramientas tan potentes estuviesen a disposición de todos los discapacitados físicos que decidiesen usarlas, pero también proporcionó al LIA un suministro ilimitado de conejillos de Indias con los que llevar a cabo sus experimentos.

Crecí leyendo titulares sobre los descubrimientos del LIA en el campo de los implantes cerebrales, pero ni yo ni nadie les prestamos demasiada atención porque la tecnología solo estaba disponible para los que tenían discapacidades físicas graves y estaban dispuestos a someterse a una cirugía cerebral invasiva (y puede que hasta mortal).

Pero mientras hacía todos esos descubrimientos maravillosos, el Laboratorio de Investigación para la Accesibilidad también pasó esas décadas desarrollando otra tecnología secreta, una que terminaría por convertirse en el descubrimiento definitivo del LIA: una interfaz cerebro-ordenador que podía llevar a cabo lo mismo que todos sus implantes sin necesidad de cirugía alguna. El laboratorio desarrolló una manera de leer las ondas cerebrales y transmitirlas a través del contacto dérmico gracias a la enorme cantidad de datos que había conseguido reunir después de trabajar con la mente humana y a una elaborada combinación de tecnologías EEG, fMRI y SQUID. Halliday compartimentó cada una de las facetas del proyecto, por lo que todos los equipos de científicos o ingenieros trabajaron aislados de los demás. Él era el único que sabía cómo iba a encajar todo.

Se gastaron miles de millones de dólares y pasaron décadas de trabajo antes de que consiguieran crear un prototipo funcional de la Interfaz Neural de OASIS. Pero tan pronto como terminaron las últimas pruebas de seguridad, Halliday echó el cierre al proyecto ONI y lo consideró un fracaso. Una semana después, cerró el Laboratorio de Investigación para la Accesibilidad y despidió a todo el personal. Les dio una indemnización por despido que les aseguraba no tener que volver a trabajar en toda su vida a cambio de respetar los acuerdos de confidencialidad que habían firmado en el contrato.

Así fue como Halliday creo la primera interfaz informática cerebral no invasiva sin que el mundo lo supiese.

Y ahora, mis amigos y yo habíamos heredado el invento. Era nuestro, para enterrarlo o revelarlo al mundo entero.

· · · ·

No tomamos la decisión a la ligera. Sopesamos todos los pros y los contras. Más tarde, tras un acalorado debate, votamos los cuatro. Ganaron los síes. Y de esa manera cambiamos para siempre el curso de la historia de la humanidad.

Después de otra serie de pruebas de seguridad, GSS patentó la tecnología de la Interfaz Neural de OASIS y empezó a producir en masa los auriculares. Los pusimos a la venta al precio más bajo posible para asegurarnos de que la mayoría de la gente podía permitirse experimentarlo.

Vendimos un millón de unidades el primer día. Y cuando los auriculares llegaron a las tiendas, la línea de gafas virtuales y equipo háptico de IOI quedó obsoleta en un abrir y cerrar de ojos. Por primera vez en la historia, GSS se convirtió en el fabricante de *hardware* de OASIS líder en el mercado. Y cuando las capacidades del ONI empezaron a ser más conocidas gracias al boca a boca, las ventas se incrementaron de manera exponencial.

Y unos días después, ocurrió; el acontecimiento que puso en marcha toda esta historia.

Unos segundos después de que los servidores de OASIS alcanzasen 7.777.777 usuarios simultáneos, apareció un mensaje en la página web abandonada de Halliday, el lugar en el antes se encontraba el Marcador del concurso:

> Los siete fragmentos del alma de la sirena
> Busca en los siete mundos donde intervino
> Para conseguir que vuelva a estar entera
> Tributos mi heredero pagará por su sino

Empezó a conocerse como el Acertijo de los Fragmentos y lo primero en lo que repararon los gunters de la vieja escuela fue que la rima y el número de sílabas era igual al acertijo «Ocultas, las tres llaves, puertas secretas abren», el que había usado Halliday para anunciar su famosa Cacería.

La gente dio por hecho que el Acertijo de los Fragmentos no era más que un engaño publicitario muy elaborado pergeñado por los nuevos propietarios de GSS para ayudar a promocionar el lanzamiento de nuestros auriculares ONI. Y nunca hicimos nada para negar o desalentar los rumores, ya que ayudaban a promover la idea de que ahora OASIS estaba bajo nuestro control. Pero los cuatro conocíamos la inquietante verdad. No teníamos ni idea de lo que estaba pasando.

El Acertijo de los Fragmentos parecía anunciar la presencia de un segundo Huevo de Pascua, otro objeto escondido en algún lugar del interior de OASIS por su excéntrico creador en algún momento anterior a su muerte. Y el momento en el que había aparecido el acertijo tampoco podía tratarse de una coincidencia. Sin duda, la decisión de lanzar al mercado la Interfaz Neural de OASIS era lo que lo había hecho aparecer.

Teniendo eso en cuenta, ¿qué era lo que Halliday pretendía decirnos?

El término «sirena» parecía ser una referencia a Kira Morrow, la esposa fallecida de Og y el amor no correspondido de Halliday. En el pasado, cuando todos iban al mismo instituto en Ohio, Kira le había puesto a uno de sus personajes de *Dungeons & Dragons* el nombre de Leucosia, en referencia a una de las sirenas de la mitología griega. Muchos años después, Kira había usado ese nombre para su avatar de OASIS. Después de su muerte, Halliday lo había recuperado como contraseña, la misma que yo había tenido que adivinar para superar el desafío final de su concurso.

No estaba claro qué ocurriría cuando alguien reuniese los siete fragmentos y consiguiera que «vuelva a estar entera», pero empecé a buscarlos de todas maneras. Halliday había vuelto a lanzarme el guante, y yo no pude evitar recogerlo.

Y no estaba solo. La aparición del acertijo pareció generar toda una nueva generación de gunters que empezó a explorar OASIS en busca de los siete fragmentos. Pero a diferencia del

Huevo de Halliday, en este caso no se había anunciado recompensa alguna por encontrar el alma de la sirena, por lo que nadie sabía exactamente qué era lo que buscaba ni por qué.

• • •

Pasó todo un año en un abrir y cerrar de ojos.

Conseguimos vender tres mil millones de unidades. Después cuatro mil.

No tardó en descubrirse que nuestros auriculares de interfaz informática cerebral también contaban con una gran cantidad de aplicaciones no relacionadas con OASIS en medicina, aviación, fabricación y conflictos armados. Las acciones de Innovative Online Industries no dejaron de desplomarse. Cuando bajaron lo suficiente de precio, orquestamos una compra agresiva de la empresa. GSS absorbió IOI y todo su negocio, lo que nos transformó en una megacorporación imparable con el monopolio global de la mayor plataforma de entretenimiento, educación y comunicación del mundo. Para celebrarlo, liberamos a todos los reclutas de IOI y les perdonamos sus deudas pendientes.

Pasó otro año. OASIS alcanzó un nuevo hito: se conectaban cinco mil millones de usuarios cada día. Después seis. Dos tercios de las personas de nuestro superpoblado y recalentado planetita. Y más del noventa y nueve por ciento de los usuarios que accedían a OASIS lo hacía usando uno de los nuevos auriculares de interfaz neural.

• • •

Tal y como Halliday había predicho, la nueva tecnología empezó a tener un gran impacto en el día a día de las personas, y la civilización humana al completo. Todos los días había nuevas experiencias que descargar. Todo lo que te pudieses imaginar. Podías ir a cualquier parte, hacer cualquier cosa y ser cualquiera. Era el pasatiempo más adictivo imaginable, mucho más de lo que lo había sido OASIS en el pasado, que ya era decir.

Otras empresas intentaron hacer ingeniería inversa con los

auriculares ONI y robar la tecnología de interfaz neural, pero el *software* y la potencia de procesamiento necesario para que funcionase dicha tecnología formaba parte intrínseca de OASIS. Las experiencias se podían grabar en un archivo .oni cuando estabas desconectado, o incluso en archivos ilegales, pero dichos archivos solo podían reproducirse subiéndolos a OASIS. Eso nos permitió deshacernos de grabaciones ilegales o de mal gusto antes de que se pudieran compartir con otros usuarios. También nos posibilitó mantener el monopolio de lo que se estaba convirtiendo vertiginosamente en la forma de entretenimiento más popular de la historia de la humanidad.

GSS lanzó la ONI-net, una red social cuyo cometido era compartir archivos .oni. Permitía a los usuarios buscar, comprar, descargar, puntuar y reseñar las experiencias ONI grabadas por miles de millones de personas alrededor del mundo. También les permitía subir sus propias experiencias y venderlas al resto de OASIS.

Las «simus» eran grabaciones que se creaban dentro de OASIS y las «grabas» eran las que se llevaban a cabo en la realidad. Pero los niños habían dejado de llamarla «realidad». Ahora la llamaban «virreal» (término derivado del acrónimo IRL, *in real life*, «en la vida real»). Y «enoa» era el término que se usaba para decir «en OASIS». Por lo que las grabas se hacían en la virreal y las simus en enoa.

Ahora, en lugar de seguir a su celebridad favorita en las redes sociales, los usuarios de ONI se convertían en su celebridad favorita durante unos minutos cada día. Se metían en su piel. Eran fragmentos reales y preparados a conciencia de vidas mucho más sofisticadas.

La gente ya no veía películas ni series de televisión, sino que las vivían. El espectador ya no formaba parte del público, sino que era el protagonista. En lugar de ver un concierto de rock frente al escenario, ahora podías experimentar el concierto como cada uno de los miembros de tu banda favorita y ser cualquiera de ellos mientras interpretaban tu canción preferida.

Todo el que tenía unos auriculares ONI y un dispositivo de

almacenamiento de datos vacío podía grabar una experiencia en la vida real, subirla a OASIS y venderla a miles de millones de personas de todo el mundo. Ganabas dinero por cada descarga, y GSS solo se quedaba con un veinte por ciento por haberlo hecho posible. Si uno de tus vídeos se hacía viral, los beneficios podían hacerte rico de la noche a la mañana. Las estrellas de cine, del rock, del porno y del *streaming* se afanaron por aprovecharse de esta nueva fuente de ingresos.

Por menos de lo que costaba un *latte* helado, podías experimentar con seguridad cualquier cosa que estuviese a disposición de los demás. Podías consumir cualquier droga, comer cualquier comida, practicar cualquier tipo de sexo, y todo sin preocuparte de la adicción, de las calorías o de las consecuencias. Podías revivir experiencias reales sin censurar o jugar aventuras guionizadas interactivas dentro de OASIS. Y gracias al ONI, parecían del todo reales.

El ONI hizo que la vida de las personas pobres de todo el mundo fuese mucho más llevadera… y disfrutable. A la gente no le importaba sobrevivir a base de algas deshidratadas y proteína de soja si luego podía conectarse a la ONI-net y descargar un delicioso menú de cinco platos en cualquier momento. Podía probar la cocina de cualquier parte del mundo, preparada por los mejores chefs y que se la sirviesen en una mansión, en la cima de una montaña, en un restaurante con vistas o en un autojet de camino a París. Y, por si fuese poco, también podías experimentar esas comidas en el cuerpo de un comensal que tuviese unas papilas gustativas particularmente sensibles. O como un famoso que cenase con otros famosos, servidos por camareros que en realidad fuesen exfamosos. Lo que te diese la real gana.

Moderar todo ese contenido creado por los usuarios era un desafío, y también una gran responsabilidad. GSS implementó el CenSoft, un férreo *software* personalizado de censura por IA que escaneaba todas las grabaciones .oni antes de que se lanzaran y detectaba contenido sospechoso para que luego los revisase un humano. Los empleados de GSS examinaban el material cuestionable y decidían si era seguro ponerlo en circulación. Cuando se encontraban con comportamientos criminales, enviaban los vídeos a los agentes de las fuerzas de seguridad del país o la región de la persona que lo había subido.

La tecnología ONI siempre daba pie a nuevas utilidades. Por ejemplo, se puso de moda que las madres jóvenes grabasen un vídeo para el ONI mientras daban a luz a sus hijos, para que unas décadas después el joven pudiese reproducir la grabación y experimentar de primera mano lo que era ser «la madre que te parió».

· · ·

¿Y yo?

Todos mis sueños se habían hecho realidad. Era absurdamente rico y famoso. Me había enamorado de la chica de mis sueños y ella también se había enamorado de mí. No había razón para no ser feliz, ¿verdad?

Pues no fue así del todo, tal y como paso a relatar a continuación. Me vi sobrepasado tanto personal como profesionalmente, por lo que no tardé en volver a echar mi vida a perder. Y, cuando lo hice, volví a buscar consuelo en el más antiguo de mis amigos: OASIS.

Ya había hecho frente a la adicción a OASIS antes del lanzamiento del ONI, pero conectarme ahora a la simulación era como inyectarse heroína mejorada químicamente. No tardé en volver a convertirme en adicto. Cuando no estaba reproduciendo grabaciones ONI, me dedicaba a buscar en la ONI-net y añadirlas a la cola de mi lista de reproducción.

Mientras, no dejé de buscar los siete fragmentos del alma de la sirena. Podía teletransportarme a cualquier lugar de OASIS, comprar cualquier cosa y matar a cualquiera que se interpusiese en mi camino. Pero no fui capaz de progresar en la búsqueda. Y no entendía la razón.

· · ·

Al fin, con una mezcla de repulsa e indignación, ofrecí mil millones de dólares a quienquiera que me diese información sobre cómo localizar la ubicación de solo uno de los siete fragmentos. Anuncié la recompensa con un corto muy bien hecho que grabé con *Invitación de Anorak* en mente. Esperé que pareciese un curioso homenaje al concurso de Halliday en lugar de una petición de ayuda desesperada. Y, al parecer, funcionó.

La cacería del fragmento del millón de dólares causó mucha agitación dentro de OASIS. El número de gunters que los buscaban se cuadruplicó de la noche a la mañana. Pero ninguno consiguió mi recompensa. (Durante un breve espacio de tiempo, los jóvenes e idealistas cazadores de fragmentos empezaron a llamarse «fragters» para diferenciarse de sus homólogos mayores, pero cambiaron de idea cuando todo el mundo empezó a llamarlos «frustraters» y terminaron por volver a llamarse «gunters». Era un apodo que aún les iba como anillo al dedo. Los siete fragmentos eran huevos de pascua que Halliday había escondido y que ellos tenían que cazar.)

Pasó otro año.

Y, unas pocas semanas después del tercer aniversario del lanzamiento de ONI, por fin pasó algo. Un joven gunter con iniciativa me llevó hasta el primer fragmento. Y, cuando lo cogí, puse en marcha una serie de acontecimientos que darían un vuelco al destino de la especie humana.

Como uno de los testigos de esos acontecimientos históricos, me he sentido obligado a dar mi visión de los hechos tal y como ocurrieron para mí, para que las generaciones futuras (si es que las hay) los tengan a su disposición cuando decidan juzgar mis acciones.

Nivel 4

Mi amiga Kira siempre decía que la vida es como un videojuego difícil y con unas mecánicas terriblemente injustas.. Cuando naces, te dan un personaje generado al azar con un nombre, una raza, una cara y una clase social también arbitrarios. Tu cuerpo es tu avatar y aparece en una ubicación geográfica fortuita, en un momento cualquiera de la historia de la humanidad y rodeado por un grupo aleatorio de personas, elementos con los que tienes que intentar sobrevivir tanto como puedas. Hay momentos en los que el juego puede llegar a parecer fácil. Divertido incluso. Pero otros, es tan complicado que puede que te den ganas de abandonar y dejar de jugar. Por desgracia, se trata de un juego en el que solo tienes una vida. Cuando tu cuerpo tiene hambre, sed, se enferma, resulta herido o envejece, tu barra de vida empieza a bajar hasta que se vacía y pierdes la partida. Algunos juegan durante cien años sin llegar a darse cuenta siquiera de que se trata de un juego o de que hay una manera de ganarlo. Para ganar el videojuego de tu vida solo tienes que intentar hacer que la experiencia de estar obligado a jugarlo sea lo más placentera posible para ti y para el resto de los jugadores con los que te encuentres en tus aventuras. Kira dice que si todo el mundo jugase así, el juego sería mucho más divertido para todos.

Almanaque de Anorak, capítulo 77, versículos 11-20

0001

Me levanté a las 10.28 de la mañana mientras sonaba la canción *Back in Time* de Huey Lewis and the News, como Marty McFly.

Fue gracias a mi reloj despertador con radio, un Panasonic RC-6015, el modelo que tenía Marty en la película. Lo había modificado para reproducir la misma canción a la misma hora que la oye él cuando al fin consigue regresar al futuro.

Aparté las sábanas de seda de mi cama *king size* y apoyé los pies el suelo de mármol con calefacción. El ordenador de la casa se dio cuenta de que me había despertado y abrió de inmediato las persianas enrollables para dejar al descubierto una vista de ciento ochenta grados de la extensión de bosque que rodeaba mis tierras y del *skyline* irregular de Columbus en el horizonte.

Aún no me lo creía. Me despertaba en esa habitación y con esas vistas todos los días. Hacía no mucho, despertarme así había sido suficiente para dibujar una sonrisa en mis labios y empezar el día con ganas.

Pero hoy en día no lo era. Estaba solo, en una casa vacía y en un mundo al borde de la destrucción. Los días así, las cuatro horas que tenía que esperar antes de ponerme los auriculares ONI y escapar a OASIS, se alargaban y se me hacían eternos.

Me fijé en el edificio de Gregarious Simulation Systems, una punta de flecha brillante de cristales espejados que se alzaba desde el centro de la ciudad. La sede de GSS se encontraba a unas pocas manzanas del antiguo complejo de rascacielos de IOI, lugar donde había pasado algo de tiempo siendo un recluta. Ahora también pertenecía a GSS. Convertimos los tres edificios en hoteles BodyLocker gratis para las personas sin hogar. Ya os podéis imaginar a quién de los cuatro se le ocurrió la idea de esa iniciativa.

Unos centímetros a la derecha de los rascacielos, vi también el contorno del hotel Hilton remodelado en el que me había hospedado durante el último año de la competición. Ahora era una atracción turística. La gente compraba entradas para ver el pequeño apartamento de tres por tres metros en el que me había aislado del mundo para centrarme en la búsqueda del Huevo de Pascua de Halliday. No estoy seguro de si esas personas se daban cuenta de que fue una de las peores y más solitarias épocas de mi vida.

Una vida que ahora parecía ser muy diferente. Ahora me encontraba junto a la ventana, con gesto triste, el síndrome de abstinencia y a la espera del próximo chute de ONI.

Hacía unos años, había hecho que demoliesen las Torres de Portland Avenue de Oklahoma City, el lugar donde había crecido, para erigir un monumento para mi madre, mi tía, la señora Gilmore y todos los pobres diablos que habían tenido la mala suerte de morir en ese cuchitril. Pagué la mudanza a todos los residentes, para reubicarlos en unos apartamentos que construí expresamente para ellos en las afueras de la ciudad. Me hacía sentir muy bien pensar en que los antiguos residentes de las Torres, al igual que yo, habían conseguido convertirse en algo que jamás habrían imaginado ser: propietarios de una casa.

El lugar en el que crecí ya no existía, pero aún podía visitarlo siempre que quisiese, ya que en OASIS había una recreación muy precisa de las Torres de Portland Avenue tal y como las recordaba, construidas a partir de fotos y vídeos de la ubicación real que se habían tomado antes del bombardeo. Se convirtió en una atracción turística de OASIS muy popular, y también en un lugar que se solía visitar en las excursiones de los colegios.

Aún iba de vez en cuando. Me sentaba dentro de la meticulosa recreación de mi antigua guarida y me maravillaba del viaje que me había llevado desde ese lugar hasta donde me encontraba ahora. La furgoneta que había usado de refugio se había sacado de la pila de basura y llevado en avión a Columbus para exhibirla en el museo de GSS. Pero yo prefería visitar la simulación de mi escondite en lugar de su versión en el mundo real, ya que en OASIS mi guarida seguía enterrada bajo una pila de vehículos abandonados en la base de las Torres de Portland Avenue, que seguían intactas como lo habían estado durante toda mi infancia, antes de que las bombas de Sorrento las derrumbasen y pusiesen punto final a mi niñez.

A veces deambulaba por la réplica de la torre en la que se encontraba la vieja caravana de mi tía Alice. Trepaba por las escaleras, entraba, me acurrucaba en la esquina del cuarto de la lavadora donde solía dormir y pedía perdón a mi madre y a mi tía por haber sido el causante involuntario de sus muertes. No sabía a qué otro lugar ir para hablar con ellas. No tenían una tumba que pudiese visitar. Tampoco mi padre. Los tres habían sido incinerados, cada uno después de su muerte, gracias al programa gratuito de cremación y reciclado de residuos de la ciudad. Ahora no eran más que polvo al polvo y cenizas a las cenizas.

Esas visitas me hacían comprender la razón por la que Halliday había recreado Middletown con tanto detalle a pesar de haberse tratado de un lugar que seguro le traía amargos recuerdos de su infancia. Lo hizo porque quería revivir su pasado, volver a estar en contacto con la persona que solía ser antes de que el mundo lo cambiase.

—¡A-a-arriba, chico! —tartamudeó una voz familiar al tiempo que entraba en el baño. Miré a un lado y vi a Max, mi antiguo programa asesor, que me sonreía desde la superficie del espejo inteligente que había sobre el lavabo.

—Buenos días, Max —murmuré—. ¿Qué pasa?

—Calabaza —respondió—. ¡Esa ha sido fácil! Hazme otra pregunta. Venga.

Al ver que no respondía, puso el gesto de un músico de heavy metal y empezó a tocar la guitarra en el aire mientras gritaba:

—¡El mundo de Wade! ¡El mundo de Wade! ¡Marcha, marcha, es genial!

Puse los ojos en blanco y abrí manualmente el lavabo para que pillase la indirecta.

—No veas. Qué público más exquisito. ¿Te has vuelto a levantar con el pie izquierdo?

—Sí, eso parece —dije—. Reproduce la lista musical matutina, por favor.

This Must Be the Place (Naive Melody) de Talking Heads empezó a sonar por los altavoces de la casa y me sentí mucho más relajado de inmediato.

—*Merci*, Max.

—*De rien, mon ami.*

Había reinstalado MaxHeadroom versión 3.4.1 como programa asesor hacía unos pocos meses. Creí que su presencia me ayudaría a recuperar la mentalidad que tenía durante la competición de Halliday. Y había funcionado, en cierta medida. Era como visitar a un viejo amigo, y lo cierto era que necesitaba la compañía. Pero en el fondo sabía que hablar con tu programa asesor solo era un poco menos raro que hacerlo con uno mismo.

Max me leyó los titulares del día mientras me ponía el chándal. Le dije que ignorase todas las noticias relacionadas con guerras, enfermedades o hambrunas, y terminó por leerme el pronóstico meteorológico. Le dije que no se molestase y luego me puse mis nuevas gafas de realidad aumentada Okagami Nex-Spex y bajé las escaleras. Max me acompañó apareciendo en una sucesión de pantallas CRT que había por toda la ruta.

La antigua mansión de Halliday daba la impresión de estar desierta incluso en mitad del día. Unos robots humanoides de última generación se encargaban de los quehaceres domésticos mientras dormía, por lo que nunca llegaba a verlos. Tenía un cocinero personal humano llamado Demetri, que no salía de la cocina. El equipo de guardias de seguridad que estaba apostado junto a la puerta principal y patrullaba el terreno de la casa también era humano, pero solo entraban en el edificio si sonaba una alarma o si yo lo pedía.

Estaba a solas con mi soledad la mayor parte del tiempo, en una casa gigante de más de cincuenta habitaciones, entre las que se contaban dos cocinas, cuatro salones, catorce dormitorios y un total de veintidós baños. Aún no tenía ni idea para qué había tantos baños ni dónde se encontraban la mayoría. Supongo que era fruto de la excentricidad del antiguo propietario del lugar.

Me había mudado a las tierras de Halliday una semana después de ganar la competición. La casa se encontraba al nordeste de las afueras de Columbus y en esa época estaba vacía del todo. Tal y como él había dejado escrito, las posesiones de Halliday se habían subastado después de su muerte cinco años antes. Pero la escritura de la casa y las doce hectáreas de terreno formaban parte de su herencia, por lo que las heredé con todo lo que quedaba dentro. Samantha, Hache y Shoto fueron lo bastante amables como para venderme la parte que les correspondía y convertirme en el único propietario. Ahora vivía en la misma fortaleza recóndita en la que mi héroe de la infancia había permanecido apartado del mundo durante los últimos días de su vida. El lugar en el que había creado las tres llaves y las tres puertas...

Que yo supiese, Halliday nunca le había dado un nombre al lugar, pero a mí me dio la impresión de que necesitaba uno, por lo que lo bauticé Monsalvat, el castillo apartado en el que sir Parzival había encontrado al fin el Santo Grial en algunas versiones de la leyenda artúrica.

Llevaba más de tres años viviendo en Monsalvat, pero la mayor parte de la casa aún seguía vacía y estaba sin decorar. A mí no me lo parecía, gracias a que las gafas de RA que siempre llevaba puestas la decoraban para mí sobre la marcha mientras la recorría. Cubrían las paredes vacías de la enorme mansión con grandes tapices, cuadros de valor incalculable y pósteres enmarcados de películas. Llenaban todas las estancias vacías de muebles ilusorios y una decoración elegante.

Al menos hasta que ordenaba al sistema de RA que cambiase toda la decoración para mis ejercicios matutinos, tal y como estaba a punto de hacer ahora.

—Carga el Templo Maldito —dije mientras llegaba a la parte inferior de la enorme escalera.

El recibidor vacío y los pasillos tenuemente iluminados de la mansión se transformaron al instante en un enorme laberinto subterráneo de cavernas y pasadizos. Y cuando bajé la vista hacia mi cuerpo, vi que el chándal que llevaba puesto había sido reemplazado por un perfecto y completo disfraz de Indiana Jones, con su ajada chaqueta de cuero, un látigo colgado a la derecha de la cadera y un maltrecho sombrero de fieltro.

La canción principal de Indiana Jones empezó a sonar mientras trotaba por el pasillo y toda una variedad de obstáculos y enemigos empezaban a aparecer frente a mí, obligándome a esquivarlos o atacarlos con mi látigo imaginario. Ganaba puntos por cada obstáculo que evitaba y por cada enemigo que aniquilaba. También podía ganar puntos adicionales por mantener un buen ritmo cardíaco y por liberar a los niños cautivos en celdas que se usaban como mano de obra esclava y que estaban desperdigados por el camino. Corrí un total de ocho kilómetros, de un lado a otro de la casa, una y otra vez. Y conseguí superar mi récord anterior.

Cerré el programa y me quité las gafas de RA. Después me sequé con una toalla y bebí algo de agua antes de dirigirme al gimnasio. De camino, me detuve frente al garaje para admirar mi colección de coches. De todos mis rituales diarios, ese era el que nunca fallaba a la hora de arrancarme una sonrisa.

El enorme garaje de la casa contenía cuatro réplicas de coches sacados de películas clásicas, los mismos cuatro que habían inspirado mi vehículo de OASIS, el ECTO-88. Tenía unas réplicas muy fidedignas de la máquina del tiempo DeLorean DMC-12 de 1982 de Doc Brown (antes de modificarlo para volar); el Cadillac coche fúnebre Ectomobile de 1959 de los cazafantasmas, el Ecto-1; el Pontiac Firebird Trans Am Industrias Knight 2000 de 1982, KITT (con modo superpersecución), y finalmente, al fondo del garaje, una réplica del coche a propulsión penetrador de materia del doctor Buckaroo Banzai, construido con una furgoneta Ford F muy modificada de 1982, con entradas de aire de un avión de transporte DC-3 atornilladas al chasis, así como la cabina de un caza alemán de la Segunda Guerra Mundial, un motor de reacción con turbina y paracaídas para desaceleraciones rápidas.

Nunca había usado ninguno de esos coches. Me limitaba a pasar por el garaje para admirarlos. A veces me sentaba en ellos, con todas las pantallas y paneles de control iluminados mientras escuchaba bandas sonoras de películas e intentaba inspirarme para el siguiente capítulo de mi serie de películas ECTO-88, un proyecto en el que había empezado a trabajar porque mi psicólogo me había recomendado que podría venirme bien tener una afición creativa.

GSS ya era propietaria de las empresas dueñas de los estudios cinematográficos que tenían los derechos de *Regreso al futuro*, *Los cazafantasmas*, *El coche fantástico* y *Las aventuras de Buckaroo Banzai*, y pagaba unos considerables derechos de explotación a los herederos de Christopher Lloyd, David Hasselhoff, Peter Weller, Dan Aykroyd y Bill Murray que me permitían usar falsactores (actores duplicados) de todos ellos en mis películas. Básicamente, eran personajes no jugadores con la inteligencia artificial suficiente para seguir órdenes verbales cuando los colocaba en los escenarios de mis películas, que creaba con el popular Cinemaster de GSS, un *software* de creación de películas.

Fue algo que me permitió al fin convertir en realidad mi sueño de fan de toda la vida: una película *crossover* en la que el doctor Emmett Brown y el doctor Buckaroo Banzai se unían con Industrias Knight para crear un vehículo único e interdimensional para los cazafantasmas, quienes tenían que usarlo para salvar las diez dimensiones conocidas de un transimpacto cuádruple capaz de rasgar el continuo espacio-tiempo.

Ya había escrito, producido y dirigido dos películas de ECTO-88. Ambas habían tenido mucho éxito para los estándares actuales, ya que conseguir que la gente pagara para sentarse a ver una película era complicado hoy en día debido a las toneladas de opciones baratas que ofrecía la ONI-net. Pero las películas no ganaban lo suficiente como para cubrir mis desmedidos costes de producción ni esas caras secuencias de efectos especiales. No me importaba lo que ganasen mis películas caseras, claro. Lo que me importaba era lo bien que me hacía sentir el hecho de hacerlas, verlas y que otros aficionados disfrutasen de ellas. Ahora trabajaba en ECTO-88 Parte III, el último capítulo de mi gran trilogía friki.

Me acerqué para saludar a KITT, que me dio los buenos días. Después apareció Max en una de las pantallas de su cuadro de mandos y lo felicitó por el nuevo disco duro que se había instalado. KITT le dio las gracias, y ambos empezaron a hablar sobre las especificaciones de la memoria como dos obsesos de la carretera que hablasen sobre motores. Siguieron haciéndolo mientras yo salía del garaje.

Ahora me tocaba levantar pesas en el comedor vacío que había reconvertido en un gimnasio personal. Max solía animarme con comentarios sarcásticos mientras me dedicaba a levantar las barras. Era un buen entrenador personal, pero al cabo de unos minutos siempre lo silenciaba para ver otro episodio de *Doctor Who* de la época de Peter Davison. Era una de las series favoritas de Kira Morrow, y Davison era su tercer doctor favorito, después de Jodie Whitaker y David Tennant.

«Tienes que investigar —me recordaba una y otra vez—. No puedes dejar de investigar.»

Pero no conseguía centrarme en el episodio. Solo era capaz de pensar en la reunión trimestral de copropietarios de GSS que iba a celebrarse ese mismo día, porque eso significaba que iba a volver a ver a Samantha por primera vez desde la última reunión de hacía tres meses.

En realidad, las reuniones se desarrollaban en OASIS, por lo que solo veía su avatar. Pero eso no ayudaba a aplacar mi ansiedad. Samantha y yo nos habíamos conocido *online* por primera vez, a través de nuestros avatares de OASIS mucho antes de vernos en el mundo real.

Samantha Evelyn Cook y yo nos conocimos en persona por primera vez en la casa de Ogden Morrow en las montañas de Oregón, justo después de que me ayudase a ganar la competición de Halliday.

Hache y Shoto también estaban allí, y todos pasamos los siete días siguientes como invitados de honor de Og, conociéndonos en persona. Al fin y al cabo, a los cuatro nos habían ocurrido muchas cosas dentro de OASIS y nos unía un lazo muy fuerte. Pero el tiempo que pasamos juntos en el mundo real esa semana nos convirtió en una familia, en una disfuncional podría decirse.

Esa también fue la semana en la que Samantha y yo nos enamoramos.

Antes de conocernos en la virreal, ya estaba convencido de haberme enamorado de ella dentro de OASIS. Y era cierto, en sentido ingenuo y adolescente. Pero cuando empezamos a pasar tiempo juntos, me enamoré de ella otra vez. Mucho más y mucho más rápido, porque nuestra conexión ahora era física además de psicológica, como era lo natural.

Y fue entonces cuando ella se enamoró de mí.

Justo antes de besarme por primera vez, me dijo que yo era su mejor amigo y su persona favorita, lo que me hizo pensar que quizá también había empezado a enamorarse de mí dentro de OASIS. Pero, a diferencia de mí, ella era lo bastante inteligente como para no confiar ni actuar basándose en esos sentimientos hasta que el filtro de nuestros avatares desapareciese y nos conociésemos al fin en el mundo real.

—No puedes saber si te has enamorado de alguien hasta que no lo tocas de verdad —me dijo.

Y, como de costumbre, tenía razón. Cuando empezamos a tocarnos, nos costó mucho parar.

Perdimos la virginidad tres días después de ese primer beso, y luego pasamos el resto de la semana dándole al metesaca, como quien dice, cada vez que teníamos oportunidad. Nunca teníamos suficiente, como afirmaban Depeche Mode en su canción *Just Can't Get Enough*.

La casa de Og estaba diseñada para parecerse a la versión de

Rivendel de las películas de *El señor de los anillos*, y al igual que su contrapartida ficticia, se encontraba enclavada en un profundo valle que hacía que los sonidos reverberasen a mucha distancia y llegasen hasta las paredes de las montañas adyacentes. Pero nuestros amigos y el anfitrión fueron lo bastante civilizados como para fingir que no oían el ruido que hacíamos.

Nunca había experimentado una felicidad y euforia así. Y tampoco me había sentido nunca tan deseado o amado. Cuando Samantha me rodeaba con sus brazos, no quería que me soltase nunca.

Una noche decidimos que nuestra canción tenía que ser *Space Age Love Song* de A Flock of Seagulls, y la oímos una y otra vez durante horas mientas hablábamos y hacíamos el amor. En la actualidad, me era imposible volver a oír esa canción. La había eliminado de mi configuración de OASIS para asegurarme de que nunca volvía a oírla.

Hache, Shoto, Samantha y yo también pasamos esa semana respondiendo a una batería interminable de preguntas de los medios de comunicación, haciendo declaraciones a varios agentes de las fuerzas de seguridad y firmando una montaña de documentos para los abogados que se encargaban de la herencia de Halliday, que tuvieron que trabajar duro para dividirlo todo entre los cuatro.

Nos hicimos muy amigos de Ogden Morrow durante nuestra breve estancia en su casa. Era la figura paterna que ninguno habíamos tenido y le agradecimos mucho su ayuda durante y después de la competición. Lo convertimos en un miembro honorífico de los Cinco Mejores. Aceptó de buen grado. (Y como ya solo quedábamos cuatro, la inclusión de Og en los Cinco Mejores evitó que el nombre se quedase obsoleto.)

También invitamos a Og a volver a Gregarious Simulation Systems como asesor jefe. Al fin y al cabo, era el cofundador de la empresa y el único de nosotros que tenía experiencia como jefe. Pero Og rechazó la oferta. Dijo que no tenía intención de volver a trabajar ahora que estaba jubilado. Nos prometió aconsejarnos siempre que le preguntáramos, eso sí.

La mañana en la que al fin dejamos la casa de Og y nos separamos, nos acompañó a su pista de aterrizaje privada para despedirse. Nos dio a los cuatro un gran abrazo de oso y prometió seguir en contacto con nosotros a través de OASIS.

—Todo irá bien —aseguró—. ¡Vais a hacer un trabajo fantástico!

En esa época, teníamos muchas razones para dudar de su predicción, pero todos actuamos como si lo creyésemos y como si su fe estuviese justificada.

—¡Nuestro futuro es tan brillante que vamos a tener que ponernos gafas de sol! —comentó Hache mientras se ponía unas Ray-Ban y subía a bordo del jet de camino a su hogar ancestral.

Cuando Samantha y yo nos besamos para despedirnos en el aparcamiento esa misma mañana, nunca imaginé que sería nuestro último beso. Pero al día siguiente fue cuando descubrí la Interfaz Neural de Oasis, y todo cambió.

Sabía que Samantha se enfadaría conmigo por probar el ONI antes de hablarlo con ella, pero había funcionado muy bien y no me había hecho daño alguno, por lo que supuse que perdonaría mi conducta arriesgada. En lugar de eso, se enfadó y me ignoró antes de poder siquiera terminar de describirle todas las cosas que había experimentado con el ONI, y también las que había tomado la decisión de no experimentar.

Hache y Shoto reaccionaron a mis noticias con mucho más entusiasmo. Ambos lo dejaron todo pendiente y volaron a Columbus para probar el ONI. Y, cuando lo hicieron, quedaron prendados por la experiencia, tal y como me había pasado a mí. Era una tecnología trascendente. La Interfaz Neural de OASIS era la prótesis definitiva. Con ella podías curar temporalmente cualquier enfermedad o herida del cuerpo humano desconectando la mente y reconectándola a un cuerpo nuevo, perfectamente sano y del todo funcional dentro de OASIS, un cuerpo simulado que nunca sentiría dolor y con el que podías experimentar cualquier placer imaginable. Los tres hablamos sin parar sobre todas las maneras posibles en las que el dispositivo iba a cambiar el futuro.

Cuando Samantha llegó al fin, las cosas empezaron a ir cuesta abajo y sin frenos.

Aún recuerdo todas y cada una de las palabras de la conversación de ese día, porque la grabé sin pudor alguno con los auriculares ONI mientras hablaba. En los tres años que han pasado, he revivido dicha conversación de forma casi semanal. Hacerlo siempre me llevaba a pensar que habíamos roto hacía solo unos días.

—¡Quítate esa tontería de la cabeza! —dice Samantha al tiempo que mira los auriculares ONI que llevo puestos.

Los originales que había encontrado en la caja fuerte de Halliday se encuentran en la mesa de conferencias que nos separa, junto a tres duplicados recién salidos de la impresora 3D.

—No —respondo muy enfadado—. Quiero grabar lo ridícula que te has puesto para poder reproducirlo luego y que lo veas por ti misma.

Hache y Shoto están sentados entre nosotros, uno a cada lado de la mesa de conferencias, agitando la cabeza de un lado a otro como si viesen un partido de tenis. Shoto oye nuestra conversación con un poco de retraso a través del traductor auricular Mandarax que lleva puesto.

—Ya te lo he dicho —dice Samantha al tiempo que agarra uno de los auriculares que hay en la mesa—. Nunca dejaré que una de estas cosas me controle el cerebro. Nunca jamás.

Lanza el artilugio contra la pared, pero no se rompe. Son muy resistentes.

—¿Cómo puedes formarte una opinión si ni siquiera los has probado? —pregunta Hache con tranquilidad.

—Tampoco he intentado esnifar disolvente —espeta Samantha con rabia. Suspira con frustración y se pasa la mano por el pelo—. No entiendo por qué no soy capaz de convenceros. Esto es lo último que necesita la humanidad. ¿Es que no lo veis? El mundo está patas arriba...

Abre una gran variedad de canales de noticias en la pantalla de la sala de conferencias, imágenes de gente pobre, hambruna, enfermedad, guerra y todo un abanico de desastres naturales. Las imágenes son horribles incluso con el sonido silenciado.

—La mitad de la población pasa todo el tiempo que está despierta dentro de OASIS ignorando la realidad. El opio para el pueblo ya existe. ¿Y ahora encima queréis subir la dosis?

Pongo los ojos en blanco y niego con la cabeza. Siento cómo la adrenalina empieza a recorrerme las venas.

—Eso es una estupidez como una casa, Arty. Y lo sabes —digo—. Podemos apagar OASIS mañana mismo y eso no resolvería ninguno de los problemas de la humanidad. Lo único que haríamos sería arrebatarle a la gente todo el escapismo del que disponen. Mira, sé a qué te refieres y estoy de acuerdo en que todos deberían controlar las horas que pasan en OASIS e igualarlas a las que pasan en la realidad, pero no tenemos la potestad para decir a los usuarios cómo deben vivir sus vidas. Crecer en las Torres habría sido un infierno para mí si no hubiese tenido OASIS. Salvó mi vida. Y he oído decir lo mismo a Hache.

Ambos miramos a Hache. Ella asiente.

—Nosotros no tuvimos la suerte de vivir en un elegante barrio residencial de Vancouver como tú, Samantha —digo—. ¿Cómo puedes juzgar la manera en la que los demás se enfrentan a la realidad?

Samantha aprieta los dientes y me mira con ojos entornados, pero no dice nada. Y, al parecer, me tomo el gesto como una carta blanca para seguir cagándola. Hasta el fondo, de hecho.

—La tecnología ONI también va a salvar cientos de millones de vidas —digo con tono evangelizador—. Evitaremos el contagio de todo tipo de enfermedades infecciosas, como la pandemia de fiebre que mató a tus padres. —Ahora me toca a mí levantar un dedo—. ¿Cómo no puedes apoyar un invento que podría haber evitado sus muertes?

Ella agita la cabeza con brusquedad y me mira sorprendida, como si acabara de darle una torta en la cara. Después pasa a tener una expresión muy fría. Y ese es. Ese es el momento exacto en el que desaparece su amor por mí. Estoy demasiado lleno de adrenalina como para darme cuenta en ese momento, pero lo veo clarísimo cada vez que reproduzco otra vez el vídeo. El repentino cambio de su expresión lo dice todo. Al principio me quiere, y después ya no.

Nunca responde a mi pregunta. Se limita a fulminarme con la mirada en silencio hasta que Shoto nos interrumpe.

—Vamos a ganar billones de dólares vendiendo estos auriculares, Arty —dice con voz calmada—. Podremos usar ese dinero para ayudar al mundo. Para intentar solucionar todas las cosas que haya que solucionar.

Samantha niega con la cabeza.

—No hay suficiente dinero en el mundo para arreglar todo lo que estos auriculares van a hacerle a la humanidad —dice, con tono derrotado—. Leed el correo electrónico de Og. Él también cree que ponerlos a la venta es una mala idea.

—Og nunca ha probado los ONI —digo, con más rabia de la que pretendo—. Es como tú. Los repudia sin ni siquiera pararse a intentar comprender su potencial.

—¡Claro que entiendo su potencial, imbécil! —grita Samantha. Echa un vistazo alrededor de la mesa—. ¡Por Dios! ¿Es que ninguno de vosotros ha vuelto a ver *Matrix* hace poco? ¿O *Sword Art Online*? ¡Enchufar tu cerebro y tu sistema nervioso directos a una simulación generada por ordenador nunca es buena idea! Estamos hablando de darle control completo de nuestras mentes a una máquina. Convertirnos en cíborgs...

—Venga ya —dice Hache—. Te lo estás tomando a la tremenda...

—¡No! —grita ella—. No me lo estoy tomando a la tremenda. —Respira hondo antes de mirarnos a los tres—. ¿Es que no os dais cuenta? Esa es justo la razón por la que Halliday nunca puso en circulación la tecnología ONI. Sabía que incentivar a la gente a pasar más tiempo fuera de la realidad aceleraría el fin de la civilización humana. No quería ser el responsable de abrir la caja de Pandora. —Me mira, y sus ojos están anegados en lágrimas—. Pensé que querías vivir aquí. En el mundo real. Conmigo. Pero no has aprendido nada, ¿verdad?

Extiende el brazo y apaga con el puño el botón de encendido del dispositivo de datos que está conectado a mis auriculares ONI. La grabación se corta.

* * *

Cuando llevamos a cabo la votación oficial al respecto, Hache, Shoto y yo votamos a favor de patentar los auriculares ONI y ponerlos a la venta en todo el mundo, y Samantha fue la única voz discordante.

No fue capaz de perdonarme. Me lo dijo justo después de votar lo contrario que ella. Justo antes de dejarme.

—No podemos seguir juntos, Wade —dijo con parsimonia, con voz privada de repente de toda emoción—. No estamos de acuerdo en algo demasiado básico y muy importante. Las acciones que has llevado hoy a cabo van a tener unas consecuencias desastrosas. Me da mucha pena que no seas capaz de darte cuenta.

Me dejé caer en una silla y me llevé la mano al pecho cuando mi cerebro asimiló al fin lo que acababa de ocurrir. Estaba destrozado. Seguía enamorado de ella. Sabía que le había roto el corazón, pero también creía que poner a la venta el ONI era hacer lo correcto. ¿En qué me habría convertido en caso de privar a miles de millones de personas que estaban sufriendo solo por conservar mi relación?

Se volvió a enfadar cuando conseguí hablar con ella por teléfono e intenté decírselo. Me dijo que yo era el único que estaba siendo egoísta al ser incapaz de no ver el peligro de lo que estábamos a punto de hacer. Después dejo de hablarme de la noche a la mañana.

Por suerte, mis nuevos auriculares ONI ofrecían una forma fácil de escapar de la realidad. Con solo pulsar un botón, separaban mi mente de mi corazón roto y se la llevaban muy lejos. Podía usar los auriculares para revivir los recuerdos felices de otra persona en cualquier momento. O conectarme a OASIS, donde me trataban como a un dios y donde ahora todo parecía muy real, o al menos tan real como se sienten los sueños más vívidos mientras los estás teniendo.

El Acertijo de los Fragmentos se convirtió en otra distracción cuando apareció. Pero ahora, tres años después, mi obsesión por resolverlo se había convertido en una obligación desesperada, y lo sabía. Era poco más que un intento de olvidar el desastre en el que se había convertido mi vida. Aunque tampoco es que jamás lo fuese a admitir en voz alta.

Ninguna de esas distracciones me ayudó a arreglar lo que estaba roto, como era de esperar. No había dejado de pensar en Samantha ni un solo día. Y aún me preguntaba qué podría haber hecho diferente para no perderla.

Ahora tenía claro que Samantha habría roto conmigo tarde o temprano. Después de haber pasado esa primera semana en casa de Og, ya había empezado a preguntarme si quizá no se estaría arrepintiendo, si no habría empezado a fijarse en mis molestas excentricidades. Mi incapacidad para reconocer las señales sociales. Mi total falta de tranquilidad cuando trataba con un desconocido. Mi dependencia y mi inmadurcz cmocional. Seguro que ya había empezado a buscar la manera de darle una buena patada a mi culo de inadaptado social, y cuando le llevé la contraria en la votación del ONI, lo único que hice fue acelerar lo inevitable.

Desde de la ruptura, solo veía a Samantha en OASIS y solo en las reuniones de copropietarios. Y en esas ocasiones era rara la vez que hablaba conmigo o me miraba directamente. Parecía estar esforzándose por fingir que yo no existía.

Después de la separación, se centró con todas sus fuerzas en llevar a cabo su plan maestro, el que me había contado en nuestro primer encuentro cuando habíamos comentado qué haríamos en caso de ganar la competición de Halliday.

«Si gano toda esa pasta, conseguiré que todo el mundo tenga algo que comer —había asegurado—. Una vez erradicada el hambre del mundo, ya pensaremos en la manera de mejorar el medio ambiente y resolver la crisis energética.»

Fiel a su palabra, había creado la Fundación Art3mis, una organización benéfica mundial cuyo cometido era erradicar el hambre del mundo, mejorar el medio ambiente y resolver la crisis energética. Donaba la mayoría de sus cuantiosos beneficios.

Aún tenía un apartamento en el último piso del edificio de la Fundación Art3mis que había en el centro de Columbus, a unas pocas manzanas de GSS. Pero pasaba poco tiempo allí. Viajaba mucho para visitar los lugares más desolados y empobrecidos, para que los medios de comunicación se centrasen en sus necesidades, y también para supervisar la ayuda de la Fundación Art3mis.

También usó su fortuna y riquezas recién adquiridas para liderar acciones humanitarias y medioambientales por todo el mundo y, de la noche a la mañana, se transformó en una especie de estrella del rock filántropa y solidaria. Era como Oprah, como Joan Jett y la madre Teresa todo en uno. Tenía miles de millones de admiradores y, a pesar de todo, no pude evitar convertirme en uno de ellos.

Pero ella no era la única que intentaba convertir el mundo en un lugar mejor. Hache, Shoto y yo también pusimos nuestro granito de arena.

Shoto creó su propia organización benéfica llamada el Concilio Daisho, que daba comida gratis, vivienda, atención sanitaria y asesoramiento a los millones de niños japoneses aislados llamados *hikikomori*, que vivían en un retiro autoimpuesto del mundo exterior. Hache creó una organización parecida en América del Norte llamada la Casa de Helen, que era un refugio para niños LBGTQIA sin hogar de Estados Unidos y Canadá, así como otra organización cuyo cometido era proporcionar a los países africanos pobres tecnologías y recursos para salir adelante. Y le pareció que sería brutal llamarla Iniciativa de Ayuda de Wakanda.

Yo fundé la Organización de Ayuda de Parzival, una ONG que proporcionaba comida, electricidad, acceso a internet y auriculares ONI a huérfanos y niños pobres de todo el mundo. (Lo hice porque era el tipo de ayuda que me hubiese gustado recibir de haber sido un niño que seguía viviendo en las Torres.)

También empezamos a donar dinero al Gobierno de Estados Unidos y a sus ciudadanos, que estaban en apuros y habían sobrevivido a base de ayuda internacional durante décadas. Pagamos las deudas del país y regalamos drones de defensa aérea y telebots tácticos para ayudar a restablecer el orden en las zonas rurales, donde la infraestructura local y la energía eléctrica habían desaparecido. Los agentes de la ley ya no tenían que arriesgar su vida para defenderla. Nuestros telebots policía eran capaces de proteger y servir sin arriesgar vidas humanas. Su programación y sus sistemas de seguridad evitaban que le hiciesen daño a nadie mientras estaban de servicio.

Samantha, Hache, Shoto y yo donábamos miles de millones de dólares cada año. Pero muchos ricos (como Ogden Morrow) habían gastado montañas de dinero en los mismos problemas desde hacía décadas y no había servido para mucho. Y, por el momento, los nobles esfuerzos de los Cinco Mejores tampoco parecían haber cambiado las reglas del juego. Manteníamos el caos y el colapso a raya, pero los azarosos problemas de la humanidad no hacían sino cmpeorar.

La razón me resultaba demasiado obvia. Ya habíamos cruzado el punto de no retorno. La población mundial se acercaba vertiginosamente rápido a los diez mil millones de personas, y la Madre Tierra nos intentaba dejar muy claro que ya no era capaz de aguantarnos a todos, sobre todo después de habernos pasado los últimos dos siglos envenenando sus océanos y su atmósfera con residuos industriales. Habíamos cavado nuestra propia tumba.

Esa era la razón por la que no dejaba de trabajar en mi plan alternativo, el que le había contado a Samantha la noche que nos conocimos.

Durante los últimos tres años había financiado la construcción de una pequeña nave interestelar impulsada por energía nuclear en la órbita baja de la Tierra. Contenía una biosfera autónoma que podía albergar durante grandes períodos de tiempo a una tripulación de hasta dos docenas de personas, entre los que estarían Hache y Shoto, que me habían ayudado con las abultadas facturas.

La bauticé *Vonnegut*, el nombre de mi escritor favorito, como mi antigua nave de clase *Firefly* de OASIS.

Si los motores de fusión de la *Vonnegut* funcionaban como tenían que hacerlo, no fallaba el escudo antirradiación y el casco no acababa perforado por micrometeoritos o destrozado por un asteroide, llegaríamos a Proxima Centauri en unos cuarenta y siete años. Allí buscaríamos un exoplaneta habitable en el que crearíamos un nuevo hogar para nosotros, para nuestros hijos y para los embriones humanos criogenizados que llevaríamos en la nave. (Ya llevábamos un año aceptando donaciones de embriones de cualquier país del mundo, con la esperanza de conseguir la mayor diversidad genética posible.)

El ordenador de a bordo contenía una simulación de realidad virtual independiente a la que podíamos acceder durante el largo viaje. Después de muchas discusiones, decidimos que la simulación tenía que llamarse ARC@DIA. (Hache tuvo la idea de usar la arroba para darle un toque más *geek* y distinguirla de la región de Grecia central, del proyecto alternativo de Duran Duran, de la ciudad de Gallifrey, del plano de existencia de *Dungeons & Dragons* y de todos los «Arcadia» que había sueltos por ahí.) La arroba también le venía como anillo al dedo, porque tal y como dijo Hache: «¡Es la distracción perfecta para ayudarnos a alcanzar el destino al que queremos "arribar"!».

ARC@DIA sería nuestra versión reducida de OASIS durante el viaje. Aún estaba en progreso, y lo más seguro es que lo estuviese hasta el día de nuestra partida. Debido a varias limitaciones de espacio y de *hardware*, la simulación no era ni de lejos tan grande y tenía el tamaño aproximado de medio sector de OASIS. Pero eso seguía siendo muchísimo espacio virtual para nuestra pequeña tripulación y nosotros. La extensión era suficiente para albergar más de doscientos de nuestros planetas de OASIS favoritos y sus PNJ. No nos molestamos en transferir el contenido comercial ni los planetas de las marcas. En el lugar al que íbamos no necesitábamos tiendas ni comercios. Además, teníamos que tener cuidado con el espacio de almacenamiento, ya que íbamos a llevar un archivo con la base de datos completa de la ONI-net. Se actualizaba cada noche junto con el contenido de OASIS.

Había otra cosa que hacía que nuestra simulación fuese diferente a su predecesora. Al contrario que OASIS, solo se podía acceder a ARC@DIA a través de los auriculares de interfaz neural. (No queríamos desperdiciar espacio, tiempo ni dinero en la anticuada tecnología háptica.)

Aún quedaba un año para que la *Vonnegut* estuviese terminada, pero Hache, Shoto y yo no teníamos prisa. No nos apetecía abandonar el planeta Tierra para embarcarnos en un viaje largo, apretujado y peligroso. Y tampoco estábamos listos para ello. No mientras aún existiese la posibilidad de salvarlo. Lo que hacíamos era prepararnos para el día del juicio final como los multimillonarios que éramos, hacer el equipaje definitivo con el que salir por patas cuando todo se fuese al carajo, si es que llegaba a ocurrir.

Ocultamos los detalles del proyecto Vonnegut a todo el mundo (y a Samantha) todo el tiempo que fuimos capaces. Pero nuestras intenciones terminaron por filtrarse a la prensa. Como era de esperar, Samantha se enfadó al descubrir que habíamos gastado más de trescientos mil millones de dólares en construir una nave con la que escapar de nuestro planeta moribundo en lugar de usar el dinero y mano de obra en salvarlo.

Le dije que le habíamos reservado una plaza entre la tripulación de la *Vonnegut*, pero ya os podéis imaginar lo que pasó. Se puso echa una fiera y no dejaba de criticarnos en la prensa. Nos acusó de sabotear a la humanidad con el lanzamiento del ONI y después usar ese dinero para crear un bote salvavidas con el que salvar el pellejo.

Pero yo no lo veía así. Y, por suerte, tampoco Hache ni Shoto. Admirábamos el optimismo de Samantha y puede que hasta llegásemos a compartirlo cuando teníamos un día muy bueno, pero la Tierra se balanceaba al borde de la destrucción y poner todos los huevos en la misma cesta era una estupidez. Enviar un pequeño contingente de la humanidad al espacio era lo más responsable que podíamos hacer y, en este momento tan precario de la historia, éramos las únicas tres personas del planeta con los recursos necesarios para hacerlo.

Después de dos docenas de largos en mi piscina olímpica climatizada, que gracias a mis gafas de natación de realidad aumentada estaba llena de peces tropicales y hasta de una manada de delfines amistosos para hacerme compañía, me encontraba en mi vestidor rodeado de trajes a medida y ropa de marca que nunca me había puesto y probablemente ni lo haría. Llevaba lo mismo todos los días para no tener que gastar energía ninguna en decidir qué ponerme. Saqué la idea del personaje de Jeff Goldblum en *La mosca*, y él se había inspirado en Albert Einstein.

Era muy disciplinado con el ejercicio físico diario, hasta los días en los que me sentía muy mal. Hacer ejercicio durante al menos dos horas al día era una necesidad absoluta para mí, ya que solía pasar más de once horas conectado a OASIS con los auriculares ONI y después dormía durante ocho horas. Tenía que hacer al menos dos horas de ejercicio intenso para compensar el tiempo que pasaba sin moverme.

Al igual que comer y dormir, el ejercicio era otra de esas cosas que la gente estaba obligada a hacer en la vida real. Ninguno de los estímulos de actividad física que se experimentaban con el ONI tenía efectos en la realidad, no mejoraban la circulación ni incrementaban el tono muscular.

Terminé de atarme las Air Jordan y salí al balcón, donde me esperaba mi desayuno habitual. Cuando me senté a la mesa, uno de mis robots sirvientes humanoides, Belvedere, trajo la tortilla francesa y las croquetas de patata para luego servirme un vaso de zumo de naranja recién exprimido. Después se retiró a una esquina y permaneció en el lugar como una estatua, a la espera de que le solicitase cualquier otra cosa.

Belvedere estaba programado para no hablar a menos que se le hablase, porque su voz sintetizada me ponía de los nervios por mucho que alterase su tono y su inflexión. Es probable que se debiera a que había visto demasiadas películas sobre revoluciones robóticas.

No existía ninguna posibilidad de que mis robots sirvientes se alzasen contra mí, claro. Al igual que la mayoría de las inteligencias artificiales con las que todo el mundo interactuaba a diario, Belvedere y sus compañeros sirvientes eran IA de primer nivel, que se consideraban «extremadamente simples». Las IA de primer nivel se usaban para los robots sirvientes, coches de conducción automática y aviones automatizados. Todos los PNJ de OASIS también eran IA de primer nivel.

Las IA de segundo nivel se usaban en su mayor parte para uso militar y científico, y la mayoría de los gobiernos del mundo les habían puesto muchas restricciones. Podían crear recuerdos a corto plazo y tener más independencia para aprender, pero aún no tenían autonomía ni ningún tipo de identidad o conciencia.

Las IA de tercer nivel eran las mejores, claro. Eran del todo independientes y tenían consciencia de sí mismas, aquellas de las que nos advertían muchas películas de ciencia ficción. A Crom doy gracias por que ese nivel de inteligencia artificial aún era teórico, pero según los mejores ingenieros de GSS no quedaba mucho tiempo para que eso dejara de ser así. La carrera para crear una verdadera inteligencia artificial se podía comparar con la de la bomba atómica. Eran muchos los países, incluyendo el mío, que trabajaban para crear una inteligencia artificial del todo consciente e igual o más inteligente que el ser humano medio. Algunos de ellos ya lo habían conseguido y ahora solo quedaba esperar a ver quién era el primero que empezaba a usarla, seguramente en un ejército de drones aéreos o en telebots de batalla que decían «Roger, Roger» entre ellos mientras ametrallaban a poblaciones civiles. Eso si no nos tirábamos una bomba atómica encima antes.

Comí en silencio durante unos minutos mientras contemplaba el cielo. Cuando terminé la comida, me volví a poner las gafas de RA y las usé para conectarme a la cuenta de OASIS. Después usé un código de acceso remoto muy encriptado para tomar el control de un telebot, un robot de telepresencia humanoide que se encontraba en órbita alta sobre la Tierra a bordo de la *Vonnegut*. Cuando se estableció la conexión con el robot, las gafas de RA me permitieron «ver» a través de sus ojos, unas cámaras estereoscópicas que llevaba en la cabeza. Desconecté el telebot del puesto de carga, que estaba anclado en el mamparo de la bodega delantera de la nave, en la parte anillada del vehículo, la que rotaba constantemente para generar fuerza centrípeta y crear gravedad artificial.

Piloté el telebot hasta la portilla de observación que había en el casco y luego esperé unos segundos hasta que la rotación del anillo me permitiese ver el azul circular de la Tierra. La *Vonnegut* pasaba en esos momentos sobre América del Norte, y a través de un hueco entre las nubes vi el contorno del lago Erie y la densidad urbana de Columbus justo debajo. Estabilicé y amplié la imagen hasta que obtuve una vista satélite de mi casa y del patio en el que estaba sentado en esos momentos. Por unos instantes, me vi a través de los ojos del robot de telepresencia a bordo de una nave estelar que orbitaba la Tierra.

Cuando la rotación volvió a ocultar el planeta, aparté el telebot de la ventana y lo usé para hacer un recorrido rápido por la nave. Había docenas de telebots que flotaban por todas las secciones, controlados por técnicos e ingenieros que se encontraban en la Tierra. Hacían pruebas de diagnóstico al escudo de radiación experimental que habíamos colocado en el compartimento de reserva de embriones criogenizados. Después de verlos trabajar un rato, piloté mi telebot hasta el Centro de Control de Red para comprobar los servidores de respaldo de ARC@DIA y el enlace de subida de OASIS que usábamos desde la Tierra para mantener actualizados varios de los planetas en nuestra simulación. Todo parecía funcionar sin problema. Aún teníamos mucho espacio de almacenamiento disponible para futuras actualizaciones de contenido de ARC@DIA en los sistemas de la *Vonnegut*. La potencia de procesamiento solo nos permitía tener un máximo de cien usuarios simultáneos en ARC@DIA, pero era mucho más de lo que necesitábamos.

Pasé varios minutos pilotando el telebot por los silenciosos pasillos de la nave antes de volver a dejarlo en el puesto de carga. Después me desconecté y, en ese instante, volví a estar en la Tierra sentado en el patio.

Acababa de viajar al espacio y volver en un abrir y cerrar de ojos, y solo había conseguido entretenerme durante quince minutos.

Intenté llamar a Hache y a Shoto para comprobar si alguno quería ponerse al día conmigo antes de la reunión de copropietarios, pero ninguno cogió la llamada, como era habitual. Me quité las gafas y las tiré en la mesa frente a mí con un suspiro. Llegué a la conclusión de que Hache seguramente seguía dormida y de que Shoto estaba ocupado con el trabajo. Podría comprobar el estado de sus cuentas para confirmarlo, pero había aprendido de la peor manera que si tus amigos te estaban evitando a conciencia, no querías ni necesitabas enterarte.

Seguí desayunando en silencio mientras oía el silbar del viento entre los árboles y contemplaba con mirada perdida la bandada de drones de seguridad que volaba para patrullar el perímetro de mis tierras. Esos momentos eran los únicos del día que solía pasar al aire libre, y eran los que me proporcionaban mi dosis diaria de luz solar. En el fondo, aún compartía la opinión de Halliday de que «salir al exterior está muy sobrevalorado».

Me volví a poner las gafas de realidad virtual y repasé los correos electrónicos que me habían llegado a la bandeja durante la noche. Después pasé algún tiempo actualizando la cola de reproducción de la ONI-net con algunas simus y grabas de la lista de «más descargados». Lo hacía todas las mañanas pese a que ya hubiese miles y miles de horas de experiencias en mi cola, más de las que podría experimentar jamás aunque viviese cien años.

Por eso no dejaba de actualizar y recolocar los vídeos de la lista, para asegurarme de que lo mejor siempre estaba primero.

Cuando se lanzó la ONI-net, algunos empleados de GSS se habían preocupado porque su popularidad podía hacer que el resto de OASIS se convirtiese en un pueblo fantasma, ya que seguro habría mucha gente con las experiencias en lugar de explorando el lugar para experimentarlas por su cuenta. Pero OASIS continuó creciendo al mismo tiempo que la ONI-net, y la mayoría de los usuarios dividían su tiempo de manera equitativa entre ambos. Quizá era porque tanto el entretenimiento pasivo como el activo formaban parte de la naturaleza humana por igual.

Como de costumbre, busqué en la ONI-net vídeos recientes etiquetados con el nombre Art3mis o Samantha Cook. Cada vez que alguien subía uno en el que aparecía ella, lo descargaba. Aunque no fuese más que uno corto en el que se la veía firmando un autógrafo para alguien, me daba la oportunidad de experimentar la sensación de estar junto a ella durante unos pocos segundos.

Sabía lo patético que era algo así, y eso me hacía sentir más patético aún.

Pero juro que había vídeos más retorcidos y depravados que podría haberme dedicado a ver. El más descargado de la sección de material no apropiado de la ONI-net era una orgía de cincuenta personas grabada al mismo tiempo por los cincuenta participantes, lo que le permitía al usuario saltar de un cuerpo a otro a voluntad, como si fuese una especie de demonio hedonista. Ciberacosar a mi exnovia en las grabaciones de sus apariciones públicas era un pasatiempo soporífero en comparación.

No quiero que se malinterprete. La ONI-net no era solo una manera de practicar sexo o consumir drogas sin remordimiento ni riesgo alguno, también era una herramienta increíblemente potente para promover la empatía y la comprensión. Los artistas, los políticos, los famosos y los activistas usaban este nuevo medio de comunicación para conectar con un público global, y obtenían resultados muy significativos. La Fundación Art3mis también había empezado a subir vídeos .oni, grabaciones del día a día hechas por personas pobres y explotadas de todo el mundo, vídeos que estaban diseñados para que otros experimentasen los aprietos por los que tenían que pasar. Era una manera brillante y efectiva de usar la tecnología del ONI, pero también me parecía hipócrita que Samantha usase los auriculares para sus propósitos después de lo en contra que había estado de su lanzamiento. Cuando se lo dije en una de nuestras reuniones, ella me dejó muy claro que lo que yo pensara le importaba tres pares de tentáculos de rathtar.

Me comí el último pedazo de tortilla fría y tiré la servilleta sobre el plato. Belvedere se activó al instante y empezó a limpiar la mesa. Los servomotores de sus extremidades robóticas chirriaron con cada uno de sus escasos y precisos movimientos.

¿Y ahora qué?

Podía dirigirme a mi sala de música y ponerme con mi lección diaria de guitarra. Una de mis nuevas aficiones era aprender a tocar la guitarra en la vida real, lo que había resultado ser muy diferente (y mucho más complicado) que machacar las cuerdas simuladas de una en OASIS. Por suerte, tenía el mejor profesor de guitarra imaginable, un holograma con licencia del gran Edward Van Halen, más o menos de la época del *1984*. También era un buen supervisor, y gracias a su tutelaje había empezado a mejorar muchísimo.

También podía ir a clase de baile de Bollywood. Había empezado a practicar para la boda de Hache y Endira que iba a celebrarse en unos meses. Sabía que Samantha iba a acudir y albergaba la estúpida fantasía de que quizá podía volver a enamorarse de mí si me veía dándolo todo en la pista de baile.

Apareció un mensaje en la pantalla de las gafas de RA para recordarme que tenía una cita con el psicólogo esa misma mañana. Siempre pedía las citas antes de las reuniones de los copropietarios de GSS, para ayudarme a estar tranquilo, a no tener una actitud beligerante y, con suerte, evitar así discusiones innecesarias con Samantha. A veces funcionaba y todo.

Seleccioné el icono del programa psicológico del visor de mis gafas de RA y mi psicólogo virtual apareció en la silla vacía que estaba al otro lado de la mesa. La primera vez que instalabas el programa, se te permitía elegir la apariencia y la personalidad del psicólogo entre miles de opciones, desde Freud hasta Frasier. Yo elegí Sean Maguire, el personaje de Robin Williams en *El indomable Will Hunting*. Su comportamiento cercano, su sonrisa agradable y su acento falso de Boston hacían que en las sesiones tuviese la impresión de estar hablando con un viejo amigo, aunque él solo decía cosas como «Claro, sigue» y «¿Cómo te hace sentir eso, Wade?».

También tenía la posibilidad de cambiar la ubicación donde iba a producirse la sesión. La que venía por defecto era su despacho en el centro de estudios superiores donde daba clase, el mismo lugar en el que se desarrollaban la mayoría de sus sesiones con Will Hunting durante la película. También se podía elegir uno de los muchos bares de Southie, como el Timmy's Tap o el L Street Tavern. Pero esa mañana quería cambiar un poco de aires, por lo que elegí un banco en el lago del Boston Public Garden y, un momento después, me encontraba sentado allí junto a Sean mirando los cisnes.

Empezó a preguntarme si seguía teniendo pesadillas con la muerte de mi tía Alice. Le mentí y le dije que no, porque no tenía ganas de volver a hablar del tema.

Pasó a hablar sobre mi «adicción» a las redes sociales (tal y como la consideraba él) y me preguntó cómo creía que iba mi recuperación. Un mes antes había cerrado de forma irreversible todas mis cuentas en redes sociales. No iba a poder usarlas durante todo un año. Le dije a Sean que aún tenía algún que otro síntoma de abstinencia, pero que estaban empezando a remitir.

La adicción a la multicronología estaba presente desde mi nacimiento, pero se había vuelto algo más común desde el lanzamiento del ONI. La mayoría de las primeras plataformas de redes sociales como Facebook, YouTube y Twitter habían migrado a OASIS poco después de su lanzamiento, y todos coexistían hoy en día en tu multicronología, la unificación de las cronologías de todas las redes sociales en tu cuenta de usuario. Permitía a los miles de millones de usuarios de OASIS de todo el mundo compartir mensajes, memes, archivos, fotos, canciones, vídeos, cotilleos de famosos, pornografía e insultos mezquinos, tal y como la gente había hecho en internet durante el último medio siglo. Nunca se me habían dado bien las situaciones sociales de ningún tipo, por lo que había evitado los medios de comunicación por completo durante la mayor parte de mi vida. Y debería haber seguido haciéndolo cuando me convertí en una figura pública.

Llegué a la conclusión de que no me sentía nada cómodo estando siempre en el candelero. No era más que un niño rarito al que se le daban bien los videojuegos y memorizar cuestiones de cultura general. No estaba preparado ni mental ni emocionalmente para que la atención del todo el mundo se centrara en mí.

En un momento dado, podía haber millones de personas publicando gilipolleces dirigidas a mí o sobre mí en algún lugar de la red. Era lo que había ocurrido desde el día en el que había encontrado la Llave de Cobre, pero los *haters* habían empezado a darme más caña desde que había ganado el concurso.

En retrospectiva, se podía decir que tenía sentido. El instante en el que heredé la fortuna de Halliday, dejé de ser el chico desamparado de las Torres que libraba una pelea heroica contra los sixers y me convertí en otro capullo milmillonario que vivía una vida tranquila en su torre de marfil. Nada de lo que mis amigos y yo hicimos para intentar ayudar a la humanidad pareció marcar diferencia alguna.

Mis detractores en las redes sociales empezaron a llamarme «Parzival el Trepa», mientras que los menos ocurrentes se limitaron a usar el antiguo apodo que usaba I-r0K para dirigirse a mí: «Pesebre».

Las cosas se pusieron complicadas de verdad cuando una antigua banda de música llamada Guateque Tapioca lanzó una canción llamada *Sixer Chupapollas*, que usaba un efecto de sonido alterado con autotune y sacado de la emisión que yo había hecho durante la Batalla del Castillo de Anorak al declarar al mundo entero que: «Si logro encontrar el Huevo de Pascua de

Halliday, me comprometo a repartir las ganancias a partes iguales con Art3mis, Hache y Shoto… Y si miento, que siempre me consideren un desalmado y un sixer chupapollas».

La canción se hizo viral al instante. Fue el único *single* exitoso de Guateque Tapioca. Subieron a la ONI-net un vídeo musical que consiguió más de mil millones de descargas antes de que lo retirara. Después demandé a la banda por difamación y dejé en bancarrota a cada uno de sus miembros, lo que hizo que la gente me odiase aún más.

Samantha, Hache y Shoto también recibieron su parte de acoso *online*, claro, pero ellos se lo tomaron con filosofía. Consiguieron de alguna manera disfrutar de la adoración de sus miles de millones de fans mientras ignoraban la ira de sus detractores más ruidosos. Al parecer, yo no tenía la madurez emocional necesaria para hacer lo mismo que ellos.

Sí, sabía que la opinión de los *haters* no debía importarme lo más mínimo y no tenía efecto alguno en nuestras vidas a menos que dejásemos que lo tuviera. Y yo lo hice, por desgracia.

Y la parte racional de mi cerebro sabía que la mayoría de la gente que nos troleaba en internet exageraba debido a lo anodinas que eran sus propias y miserables vidas. ¿Cómo culparlos? La realidad era muy miserable para la gran mayoría de la población mundial. Debería haberme compadecido de las tristes y patéticas almas que no tenían nada mejor que hacer con su tiempo que airear sus frustraciones atacándome a mí y a mis amigos.

En lugar de eso, entré en una vorágine de odio matatrols de mucho cuidado. En varias vorágines, de hecho.

Las capacidades de superusuario que había heredado de Halliday me permitían obviar la estricta política de anonimato de OASIS, por lo que cuando un imbécil insidioso que usaba el apodo «*Hater* de Pesebre» escribía algo malo sobre mí en la multicronología, abría el perfil privado de su cuenta, rastreaba la ubicación de su avatar dentro de OASIS y esperaba a que entrase en una zona PvP. Luego, antes de que ese «*Hater* de Pesebre» supiera lo que estaba pasando, hacía invisible mi avatar, me teletransportaba junto a él y lo eliminaba de un plumazo con el hechizo Dedo de la Muerte de nivel noventa y nueve. Ahora que mi avatar llevaba la túnica de Anorak, era omnipotente e invulnerable al mismo tiempo, por lo que nadie podía hacer nada de nada para detenerme.

Me cargué a cientos y cientos de trols de esta manera. Si alguien soltaba gilipolleces sobre mí, lo rastreaba y acababa con su avatar. Si alguien escribía algo odioso sobre Art3mis o su fundación, lo rastreaba y acababa con su avatar. Si alguien subía un meme racista sobre Hache o un vídeo atacando el trabajo de Shoto, lo rastreaba y acababa con su avatar. Normalmente, después de hacer la pregunta retórica pertinente: «¿Quién manda en Negociudad?».

La gente empezó a acusarme de ser el avatar irrastreable, indetectable y ultrapoderoso que estaba detrás de las muertes de esos avatares, y el resultado fue una reacción muy negativa de los medios *online* llamada el «Parzivalgate», que destruyó mi imagen pública. Gracias a la túnica, no había prueba alguna contra mí, y yo lo negué todo, claro, pero tuve que admitir que habían planteado muy bien el caso. Es que a ver, un puñado de avatares habían sido asesinados por otro todopoderoso e indetectable y lo único que tenían en común era que echaban pestes de la única persona capaz de tener un avatar todopoderoso e indetectable

Cientos de millones de usuarios de OASIS firmaron digitalmente una petición para interponerme sanciones oficiales. También se realizaron unas pocas decenas de demandas colectivas contra mí. Al final, nada de eso llevó a nada. Era un multimilmillonario con recursos ilimitados, tenía a mi disposición a los mejores abogados del mundo y no había pruebas fehacientes de los hechos. Pero no pude hacer nada contra la rabia que generó hacia mí la situación.

Hache terminó quedando conmigo para darme una buena charla. Me recordó lo afortunado (y poderoso) que era ahora, aunque por dentro siguiese sintiéndome como ese chico desamparado de las Torres. Me dijo que tenía que comportarme como un adulto y pasar del tema.

«Tienes que sembrar una actitud de gratitud, Zeta.»

Acepté el consejo a regañadientes y empecé a ir al psicólogo. Podría haberme permitido uno real, claro, pero me resultaba más fácil hablar sobre mis pensamientos íntimos con un programa de ordenador que con otra persona. Un psicólogo virtual no te juzgaba ni compartía tus secretos con su pareja para echarse unas risas. Nunca repetiría a nadie nada de lo que yo le iba a decir, y ese era el único psicólogo en el que me podía permitir confiar.

Después de varias sesiones con Sean, me di cuenta de que lo mejor que podía hacer para mejorar mi salud mental era abandonar todas las redes sociales. Y lo hice. Y sé que tomé la decisión adecuada. Empecé a sentir menos ira y mi orgullo herido comenzó a sanar.

Conseguí alejarme de mi adicción lo suficiente como para darme cuenta de lo siguiente: los seres humanos no están hechos para formar parte de una red social mundial integrada por miles de millones de personas. La evolución nos diseñó para ser cazadores-recolectores con la capacidad mental de interactuar y socializar con el resto de los miembros de nuestra tribu, una formada por unos pocos cientos de personas como mucho. Interactuar con miles o incluso millones de otras personas a diario era demasiado para nuestras molleras de simio. Esa era la razón por la que las redes sociales habían empezado a volver loca a la población mundial desde su aparición a principios de siglo.

Estaba empezando a preguntarme si la invención de una red social mundial era en realidad ese «gran filtro» que en teoría provocaba que todas las civilizaciones tecnológicamente avanzadas se extinguieran. Es posible que cada vez que una especie inteligente avanzase lo bastante como para inventar una red global y desarrollara una especie de red social, acabara tan llena de odio por el prójimo que sus individuos terminasen matándose entre ellos en un período de cuatro o cinco décadas.

Solo el tiempo lo diría.

* * *

Algo que nunca había compartido con mi psicólogo (ni con nadie) era el consuelo que me proporcionaba saber que tenía acceso al Gran Botón Rojo.

Aunque tampoco es que lo fuese a pulsar. Había leído informes sobre los peores acontecimientos que podían provocar algo así y también había visto las simulaciones de desastres creadas por los centros de estudio, en las que se predecía qué ocurriría si se desconectaba OASIS. Nunca era algo agradable. La opinión general era que si OASIS dejaba de funcionar durante más de unos días, la civilización humana también lo haría.

Era algo que se había vuelto mucho más posible aún después de nuestra fusión con IOI, ya que todos los procedimientos que mantenían activo internet ahora dependían de OASIS de una u otra manera. Así como la gran mayoría de los sistemas de seguridad y de defensa del mundo, a nivel nacional, estatal, local e incluso hogareño. Si se desconectaba OASIS, lo más probable era que internet sufriese un desplome catastrófico de toda su infraestructura poco tiempo después, y que nuestra ya precaria civilización humana fuera a la zaga. Esa era la razón por la que GSS tenía tantos servidores con copias de seguridad en instalaciones por todo el globo.

Nadie sabía que el creador de OASIS había equipado la simulación con un botón de autodestrucción, y que solo yo tenía acceso a él.

Nadie sabía que el destino de todo el mundo estaba literalmente en mis manos. Menos yo. Y quería que eso siguiese siendo así.

• • •

Después de terminar la sesión con mi psicólogo virtual, bajé al piso inferior y comencé el largo viaje hacia mi despacho, que se encontraba en el extremo más alejado del ala este de la mansión. Era la misma estancia gigantesca y con paneles de roble que había hecho las veces de despacho de Halliday cuando él vivía allí. También era la habitación en la que Halliday había diseñado y programado la elaborada Cacería del Huevo de Pascua.

Hasta había incluido una recreación de ese despacho en el desafío final de la Cacería.

Para mí, la estancia era Tierra Santa. Pasé tres años y gasté millones de dólares recreando la enorme colección de consolas, ordenadores personales y videojuegos clásicos que Halliday había exhibido en ese lugar. El despacho tenía más de cien mesas de cristal dispuestas en un patrón con forma de huevo. En cada una de las mesas había un ordenador o una videoconsola clásica y estanterías de varios pisos con una colección de periféricos, controladores, programas y juegos. Cada colección estaba meticulosamente ordenada y expuesta, como la exhibición de un museo.

En un rincón de la habitación también había un equipo de inmersión convencional de OASIS cogiendo polvo. Ahora solo lo usaba para las emergencias, cuando necesitaba acceder a OASIS después de haber superado el límite diario de doce horas del ONI. Me resultaba difícil de creer que hace unos años estuviese muy satisfecho por acceder a OASIS con el visor y el equipo háptico. Cuando te acostumbrabas a los auriculares ONI, el *hardware* antiguo hacía que todo tuviese un aspecto y produjera sensaciones muy falsas, incluso con el mejor equipo háptico que el dinero podía comprar.

Mi nuevo prototipo de AMIT (Ataúd Móvil de Inmersión Táctica) se encontraba en una plataforma elevada en el centro de la habitación.

El AMIT era una ampliación lógica de la idea de la plataforma de inmersión estándar, un ataúd blindado que protegía a tu cuerpo durmiente mientras tu mente deambulaba por OASIS. Pero la protección de mi nuevo dispositivo no solo granjeaba una protección pasiva. El AMIT formaba parte de la nueva línea de SuperAtaúdes de inmersión táctica de OASIS y se parecía más a un robot muy armado que a un ataúd. Era un vehículo de escape blindado y todoterreno que contaba con ocho patas retráctiles para recorrer cualquier terreno y un par de ametralladoras y lanzagranadas integrados en su chasis blindado, eso sin mencionar la cabina también blindada de metacrilato para el ocupante.

Hasta la agencia de marketing había creado un eslogan perfecto para el producto: «Si vas a usar la fuerza letal para defenderte, ¡será mejor que tengas dónde caerte muerto!».

Cuando estaba despierto, controlaba el AMIT usando el panel de control que se encontraba dentro de la cabina. Cuando estaba conectado a OASIS con unos auriculares ONI, lo hacía desde dentro de la simulación a través de mi avatar. Por lo que si atacaban mi cuerpo mientras estaba conectado, no necesitaba desconectarme para defenderme. Y también podía insultar a mis atacantes a través de los atronadores altavoces que había colocado en el exoesqueleto blindado.

El AMIT era una exageración si tenía en cuenta el pequeño ejército de guardias de seguridad y drones defensivos que protegían mi casa, pero los juguetes último modelo como ese eran una de las ventajas de mi puesto en GSS, y tenía que admitir que tener algo así me hacía sentir mucho menos nervioso cada vez que tenía que abandonar mi cuerpo durante doce horas cada día.

La mayoría de los usuarios del ONI no podían permitirse un ataúd de inmersión estándar, y mucho menos un vehículo blindado de combate. Algunos decidían encerrarse en una habitación o un armario antes de entrar en ese sueño provocado por el ONI. Otros le pedían a alguien que vigilase su cuerpo inerte mientras su mente se encontraba temporalmente desconectada de él.

Como bien le gustaba recordar a Art3mis, la mayoría de los usuarios no tomaban precauciones cuando usaban los auriculares ONI. Y muchos de ellos pagaron el precio por no hacerlo. Una nueva oleada de ladrones, violadores, asesinos en serie y traficantes de órganos se dedicó a dar caza a los usuarios de ONI que no protegían sus cuerpos mientras sus mentes se iban de vacaciones. Pero a lo largo de los últimos años, habían abierto por todo el mundo miles de hoteles cápsula «BodyLocker», lugares donde uno podía alquilar habitaciones cápsula por unos pocos créditos al día. Era el alquiler más barato que se podía llegar a imaginar. No fueron capaces de construirlos a tiempo para suplir la demanda.

Para aumentar la seguridad, GSS también había empezado a vender auriculares ONI de lujo que contaban con cámara con detección de movimiento que podía monitorizarse desde el interior de OASIS. Los ataúdes de inmersión también estaban equipados con cámaras interiores y exteriores que permitían a sus ocupantes vigilar su cuerpo físico y sus alrededores desde dentro de OASIS, así como con detectores de movimiento que los alertaban si alguien se acercaba demasiado a su cuerpo en la virreal.

Me dirigí al baño privado del despacho y me quedé allí hasta vaciar todo lo posible la vejiga y los intestinos. Era algo que había empezado a formar parte del ritual de conexión de todos los usuarios de ONI, sobre todo de los que querían permanecer conectados durante doce horas seguidas sin mancharse la ropa. Cuando salí del baño, subí al AMIT y me acomodé en la silla reclinable flotante de espuma de viscogel. Las cintas de sujeción acolchadas rodearon mis brazos, piernas y cintura para evitar que me cayese. A lo largo de mi conexión, la silla rotaría mi cuerpo y movería mis extremidades de manera periódica para activar la circulación y evitar la atrofia muscular. También se podían usar trajes especiales que estimulaban los músculos con electrodos, pero me irritaban la piel y no me los ponía nunca.

Pulsé el botón para cerrar la cabina del AMIT. Después apreté otro botón para activar la plataforma de elevación circular en la que se encontraba. Sonreí y me preparé para la caída, momentos antes de que la plataforma empezase a descender a toda velocidad por el hueco del ascensor. Las luces que había en las paredes de titanio reforzado pasaron a mi alrededor como un borrón.

El ascensor había sido diseñado para que, si mirabas directo hacia arriba durante el descenso, recrease a la perfección el ascensor Pepsi de alto secreto protegido por B. B. King en *Espías como nosotros*. Tanto el ascensor como el búnker al que llevaba habían sido construidos por Halliday desde que se había mudado a la casa, para tener un lugar en el que aislarse en caso de la Tercera Guerra Mundial, que aún tenía la posibilidad de estallar en cualquier momento, como los últimos cien años. En la actualidad, yo lo usaba para mis conexiones diarias de doce horas con el ONI, contento de que estuviese lo bastante protegido y lo bastante profundo como para sobrevivir en caso de que lanzaran misiles contra la casa o de que un déspota pirado con tendencias suicidas consiguiese superar la red defensiva, la red redundante que GSS mantenía por toda la ciudad de Columbus para evitar ataques terroristas en los servidores de OASIS y la más redundante aún: unas instalaciones de misiles antibalísticos que rodeaban mi casa.

Todo el mundo conocía mi dirección, por lo que no creía que algo así fuese ser un paranoico, sino tomar las precauciones adecuadas.

Cuando se abrieron las puertas blindadas del ascensor, usé los controles de cabina del AMIT para controlar las patas de araña y avanzar hacia el muelle del búnker, que no era más que una estancia enorme y vacía de hormigón con luces enclavadas en el techo. El ascensor se encontraba en un extremo, y en el otro había un par de enormes puertas blindadas que llevaban a un refugio antiaéreo de tecnología punta con todo tipo de suministros para sobrevivir.

Me encantaba bajar a este sitio, aunque nunca lo había admitido. A unos tres kilómetros bajo tierra en ese búnker de hormigón blindado, me sentía como si estuviese en mi propia batcueva. (Sabía que Bruce Wayne nunca habría sido capaz de construir su casoplón para luchar contra el mal por su cuenta, en secreto y solo con la ayuda de su mayordomo geriátrico para colocar las cañerías y verter el hormigón.)

Bajé el AMIT al suelo de hormigón, retraje las patas y lo dispuse en modo defensivo estándar. Después saqué los auriculares ONI que había en un hueco sobre mi cabeza y me los puse. Cuando los encendí, las bandas sensitivas de titanio se colocaron de inmediato alrededor de mi cabeza y se fijaron a la perfección para que los auriculares no se moviesen ni agitasen ni un micrómetro. Si llegaba a pasar algo así en mitad de una sesión de ONI… sería terrible.

Pulsé el botón para cerrar la cabina blindada del AMIT y la oí bajar con ese siseo neumático antes de quedarme encerrado en la espaciosa carlinga. Después carraspeé y dije:

—Iniciar secuencia de conexión.

Sentí un hormigueo familiar por el cuero cabelludo cuando los auriculares empezaron a escanearme el cerebro y verificaron mi identidad. Después, una voz femenina me indicó que dijese la frase contraseña, que recité con cuidado de pronunciar bien cada sílaba. La había cambiado hacía poco por la misma que usé durante los últimos días de la Cacería de Halliday, un verso de la canción de 1987 *Don't Let's Start* de They Might be Giants: *No one in the world gets what they want and that is beautiful...*

La secuencia de conexión finalizó después de que el sistema diera por válida la frase contraseña y yo aceptase el aviso de seguridad. Me oí soltar un suspiro de alivio mientras la realidad empezaba a alejarse y OASIS se materializaba a mi alrededor.

Me materialicé dentro de mi fortaleza en Falco, el pequeño asteroide del Sector Catorce que aún hacía las veces de hogar para mi avatar de OASIS. Había intentado mudarme al Castillo de Anorak después de haberlo heredado, pero no me gustaba nada la decoración ni el ambiente del lugar. Me sentía más a gusto en Falco, en mis antiguos aposentos, que yo había diseñado y construido.

Me encontraba en el centro de mando. Era el mismo lugar donde mi avatar estaba sentado la noche anterior, cuando alcancé el límite de uso de doce horas del ONI y el sistema me desconectó automáticamente.

Los paneles de control dispuestos frente a mí estaban llenos de interruptores, botones, teclados, *joysticks* y monitores. Las pantallas de seguridad de mi izquierda estaban conectadas a las cámaras virtuales dispuestas por todo el interior y el exterior de mi fortaleza. A mi derecha había otras pantallas de seguridad en las que se mostraban las imágenes tomadas por unas cámaras del mundo real montadas por fuera y por dentro de mi ataúd de inmersión. Vi mi cuerpo durmiente desde todos los ángulos, así como unas lecturas detalladas de sus constantes vitales.

Contemplé la cúpula transparente y el paisaje árido y lleno de cráteres que rodeaba mi fortaleza, el hogar de mi avatar durante el último año de la competición de Halliday, donde había conseguido descifrar uno de los mayores acertijos sentado en esa misma silla. Esperaba que la familiaridad del lugar me ayudara a avanzar en mi búsqueda de los Siete Fragmentos. No había funcionado por el momento.

Accedí al menú de teletransportación del HUD de superusuario de mi avatar y luego bajé por la lista de ubicaciones guardadas hasta que encontré el planeta Gregarious en el Sector Uno, la sede de las oficinas virtuales de Gregarious Simulation Systems dentro de OASIS. Cuando lo seleccioné y toqué el icono, mi avatar apareció instantáneamente en unas coordenadas guardadas que se encontraban a cientos de millones de kilómetros virtuales de distancia.

El viaje me habría costado un pastón de haber sido un usuario normal de OASIS, pero como llevaba la túnica de Anorak podía teletransportarme gratis en cualquier momento y a cualquier lugar. Las cosas habían cambiado mucho desde que no era más que un niño sin blanca varado en Ludus.

Mi avatar volvió a aparecer en el piso superior de la Torre Gregarious, una réplica virtual del rascacielos real de GSS que había en el centro de Columbus. Faisal Sodhi, nuestro jefe de operaciones, me esperaba en la recepción.

—¡Señor Watts! —dijo Faisal—. Me alegro de verle, señor.

—Yo también me alegro de verte, tío —dije.

Había dejado de intentar convencer a Faisal de que me llamase Wade o Zeta hacía años.

Se acercó para saludarme y le estreché la mano extendida. Dar la mano a un desconocido sin peligro de propagar una enfermedad siempre había sido una de las grandes ventajas de OASIS, pero en el pasado, antes de que los ONI se lanzaran al mercado, era como si estuvieses tocando un maniquí, aunque usases los mejores guantes hápticos que había en el mercado. El antiquísimo saludo perdía gran parte de su significado sin esa sensación de tocar la piel de la otra persona. Después de lanzar el ONI, los apretones de mano habían vuelto a ponerse de moda, así como chocar los cinco y los puños, porque ahora parecían reales.

La sala de conferencias estaba protegida por medios mágicos y tecnológicos. Aquel era el lugar en el que celebrábamos las reuniones de copropietarios. No lo hacíamos en una sala de chat de OASIS estándar porque no podíamos tomar medidas de seguridad adicionales para evitar que alguien nos grabase u oyese, alguien como nuestros propios empleados, por ejemplo.

—¿Ya han llegado los demás? —pregunté al tiempo que hacía un gesto con la cabeza hacia la puerta cerrada que tenía detrás.

—La señora Hache y el señor Shoto llegaron hace unos minutos —dijo mientras abría las puertas—. Pero la señora Cook llamó para decir que se retrasaría un poco.

Asentí y me dirigí hacia la sala de conferencias. Hache y Shoto estaban de pie frente a los ventanales que cubrían la pared del suelo al techo, rodeados por una cantidad absurdamente grande de bandejas llenas de picoteo, mientras admiraban las impresionantes vistas. La Torre Gregarious estaba rodeada por hectáreas de una prístina zona boscosa con montañas de cima nevada apuntillando el horizonte. No había más estructuras a la vista. Todo lucía tranquilo y apacible, y era así porque se había diseñado para ello. Por desgracia, no se podía decir lo mismo de las reuniones que manteníamos siempre en ese lugar.

—¡Zeta! —gritaron Hache y Shoto al mismo tiempo cuando me vieron.

Me acerqué y les choqué los cinco a ambos.

—¿Cómo va, *mes amis*?

—Estas mierdas son siempre muy temprano, tío —gruñó Hache. Estaba en Los Ángeles, donde eran las diez de la mañana. Hache prefería levantarse tarde y acostarse aún más tarde.

—Sí —añadió Shoto, con un cuarto de segundo de retraso debido al programa de traducción—. Y estas mierdas también son siempre muy tarde.

Estaba en Japón, donde era de madrugada. Shoto era nocturno por naturaleza, pero se quejaba simplemente porque había empezado a temer las reuniones, como Hache y como yo.

—Arty va a retrasarse —dijo Hache—. Se supone que se va a conectar desde Liberia, creo.

—Sí —dije mientras ponía los ojos en blanco—. Es la ubicación más reciente de su gira por los lugares más deprimentes del mundo.

Aún no era capaz de discernir por qué Samantha tenía que padecer los problemas y peligros de los viajes en el mundo real cuando podría haberlos visitado con seguridad a través de un robot de telepresencia o experimentar cualquier lugar del mundo descargando un vídeo .oni grabado allí. También podría haber ido a cualquiera de esos países dentro de OASIS. Una recreación increíblemente detallada de la Tierra en el Sector Diez llamada TTierra (abreviatura de «Trasunto Tierra») no dejaba de actualizarse con datos sacados de imágenes por satélite, vídeos de drones y cámaras de tráfico, seguridad y de teléfonos, para conseguir que fuese lo más fiel posible a la realidad. Visitar Dubái, Bangkok o Delhi en la TTierra era mucho más sencillo y seguro que en el mundo real. Pero Samantha se sentía obligada a hacerlo para ver con sus propios ojos la realidad, aunque fuesen países peligrosos devastados por la guerra. En otras palabras, estaba loca.

«No, es altruista y tiene principios —respondió una vocecilla fastidiosa en mi cabeza—. Y tú no eres ninguna de esas dos cosas. ¿Aún te sorprende que te haya dejado?»

Apreté los dientes. Las reuniones de copropietarios siempre iban mal para mi autoestima, y no solo por estar obligado a ver a Art3mis. Hache y Shoto también vivían vidas sofisticadas y gratificantes después de haber ganado la competición. La existencia aislada y obsesiva en la que yo me había sumido era dolorosamente desalentadora en comparación.

Si quería quedar con Hache o Shoto en la actualidad tenía que pedir cita con varias semanas de antelación. Pero no me importaba. Siempre les agradecía que sacaran tiempo para estar conmigo. Ellos tenían más de dos amigos, no como yo. Y también pasaban mucho más tiempo desconectados que yo. En lugar de descargar vídeos con las vidas de otras personas de la ONI-net, Hache y Shoto salían al mundo para experimentar (y grabar) sus propias experiencias. De hecho, eran dos de los agregadores de contenido más famosos de la ONI-net. Todos los vídeos que subían se hacían virales en segundos, independientemente de su contenido.

Eran personas brillantes y carismáticas, al igual que Art3mis, y llevaban vidas propias de una estrella de rock, que también servían para mejorar las de los menos afortunados. No era la primera vez que pensaba que mis amigos eran lo único que me mantenía con vida. Eran mi mayor orgullo, más que haber ganado la fortuna de Halliday. Para mí, el premio de la competición habían sido las tres personas con las que había decidido compartirlo. Hache, Shoto y Art3mis eran más amables y más sabios de lo que yo sería jamás. Y estaban más cuerdos.

Después de que terminase la competición, Helen se cambió el nombre legal a Hache. Sin apellido, como Sting o Madonna. Y dado que su verdadera identidad, su apariencia y su género ahora eran de dominio público debido a la competición de Halliday, había abandonado el famoso avatar masculino blanco que usaba para ocultar su verdadera imagen desde la infancia. Al igual que Samantha, Shoto y muchas otras celebridades del mundo real, Hache ahora usaba un realvatar de OASIS, un avatar que recreaba su apariencia del mundo real sin alterar y que se actualizaba cada vez que se conectaba a la simulación.

Yo nunca había sido muy fan de mi apariencia en el mundo real, por lo que seguía usando el mismo avatar de OASIS que siempre, una versión idealizada de mí mismo. Un poco más alto, más fornido y más guapo.

En la actualidad, Hache pasaba la mayor parte de su tiempo en el mundo real pasando el rato en su casa de la playa en Santa Mónica o viajando con su nueva prometida, Endira Vinayak, una famosa cantante y estrella de Bollywood.

Hacerse millonaria no había cambiado para nada la personalidad de Hache, o eso me parecía. Seguía gustándole tener discusiones absurdas sobre películas viejas. También participar en arenas PvP, donde aún era una de las combatientes de mayor puntuación, tanto en la liga de *Deathmatch* como en la de Capturar la Bandera. En otras palabras, Hache seguía siendo la caña.

Pero ahora, además de ser la caña era increíblemente rica y famosa en todo el mundo.

No había dejado de considerarla mi mejor amiga, pero ya no éramos tan íntimos como antes. Llevaba más de dos años sin verla en persona, aunque aún quedábamos *online* una o dos veces al mes. Pero yo era el que siempre organizaba estos encuentros y empezaba a preocuparme porque Hache solo pasase tiempo conmigo porque se sentía obligada. O porque estaba preocupada por mí. Sea como fuere, no me importaba. Me limitaba a estar agradecido porque siguiese sacando tiempo para mí y porque aún quisiera que yo formase parte de su vida.

A Shoto lo veía con menos frecuencia que a Hache, lo que era comprensible. Su vida había dado un giro de ciento ochenta grados durante los años que pasaron desde la competición. Los padres de Shoto lo habían ayudado a gestionar la herencia cuando aún era menor, pero tras cumplir los dieciocho hacía un año ya había alcanzado la mayoría de edad en Japón. Ahora tenía el control total de su vida, y también de su parte de la fortuna de Halliday.

Para celebrarlo, se había puesto por nombre real el nombre de su avatar, como Hache. Después se había casado con una joven llamada Kiki, a quien había conocido al mudarse a Hokkaido. Su nueva esposa y él vivían en un castillo japonés restaurado que había en la costa. Luego, unos cinco meses antes, durante una de las reuniones de GSS, Shoto había anunciado que iba a ser padre. Kiki y él acababan de enterarse de que iban a tener un hijo y habían decidido llamarlo Toshiro. Shoto nos confió solo a nosotros que tenía claro que iba a llamarlo por el apodo «Daitito», que también era como lo llamaba yo a él.

Me costaba creer que Shoto fuera a ser padre dentro de unos pocos meses siendo tan joven. Me preocupaba, aunque no tenía ni idea de la razón. No es que no pudiese permitirse meter a Daitito en un buen colegio. Creo que lo que yo no entendía era por qué tenía tanta prisa, pero luego me lo explicó. Japón estaba sumido en una «crisis de despoblación» debido a que la mayoría de sus ciudadanos había optado por dejar de tener hijos durante las últimas tres décadas. Kiki y él eran la pareja más

rica y famosa del lugar, por lo que se sentía obligado a dar ejemplo y a reproducirse lo más pronto posible. Y eso habían hecho.
Y cuando llegase Daitito, tenían planeado ponerse manos a la
obra con Shotito. Y puede que hasta con Kikita.

A pesar de los preparativos para convertirse en padre, Shoto
continuó supervisando las operaciones de la sede de GSS en
Hokkaido, donde había creado una serie de misiones de OASIS
de inmensa popularidad que hasta habían ganado premios, ba-
sadas en sus animes y películas de samuráis favoritos. Se había
convertido en uno de mis desarrolladores de misiones de cabe-
cera, y yo tenía la gran suerte de ser uno de sus *beta testers* pre-
dilectos, por lo que siempre quedábamos en OASIS al menos
una o dos veces al mes.

No solíamos hablar casi nunca de Daito, el hermano mayor
fallecido de Shoto, pero la última vez que lo habíamos hecho me
dijo que seguía lamentando su muerte y que temía que nunca
dejaría de hacerlo. Entendí a qué se refería porque yo sentía lo
mismo por mi tía Alice y por mi anciana vecina de los pisos inferiores, la señora Gilmore. Ambas también habían sido asesi-
nadas por la misma persona: Nolan Sorrento, el antiguo jefe de
operaciones de Innovative Online Industries.

Después de la competición de Halliday, Sorrento había sido
condenado por más de treinta y siete delitos de homicidio en
primer grado. Ahora se encontraba en la prisión de máxima seguridad de Chillicothe (Ohio) cumpliendo la pena de muerte a
unos ochenta kilómetros al sur de Columbus.

Durante los juicios, los abogados de IOI habían conseguido
convencer al juez de que Sorrento actuó por su cuenta, sin el conocimiento ni el permiso de la junta de IOI, al ordenar a sus
subordinados tirar a Daito por el balcón del piso cuarenta y tres.
También afirmaron que Sorrento había detonado la bomba en el
exterior de la caravana de mi tía y matado a tres docenas de personas y herido a cientos en las Torres.

Después de la condena y la encarcelación de Sorrento, IOI
consiguió resolver todas las disputas por homicidio imprudente. La empresa intentó seguir con el negocio como siempre, pero

en ese momento ya había perdido el liderazgo como mayor fabricante de *hardware* de inmersión para OASIS gracias a la comercialización de nuestros auriculares ONI. Y el lanzamiento de nuestro proveedor de internet gratuito a nivel mundial acabó con otra de sus fuentes de ingresos.

IOI también tuvo la osadía de demandarme. Sostenían que aunque había creado una identidad falsa y la había usado para hacerme pasar por un recluta e infiltrarme en la sede de la empresa, el contrato de recluta que había firmado aún seguía siendo válido. Lo que significaba que en teoría yo seguía siendo propiedad de IOI cuando gané el concurso de Halliday y, por lo tanto, su fortuna y su empresa debían ser también propiedad de IOI. Como el sistema judicial de Estados Unidos seguía dándole más derechos a las empresas que a sus ciudadanos, la estúpida demanda se extendió durante meses… hasta que GSS terminó por comprar IOI. Entonces, como nuevos propietarios de la empresa, retiramos la demanda. También despedimos a la junta de IOI, a los abogados y a todos los que habían trabajado con o para Nolan Sorrento.

Ahora los sixers eran poco más que un recuerdo lejano, e Innovative Online Industries otra filial controlada por Gregarious Simulation Systems. GSS era con diferencia la mayor empresa del mundo. Y si seguíamos creciendo a ese ritmo, es posible que termináramos por ser la única. Esa era la razón por la que muchos de nuestros usuarios habían empezado a llamar a GSS los «nuevos sixers», y a Hache, Shoto, Samantha y a mí los «Cuatro Frikis del Apocalipsis».

Dos Caras tenía razón. O mueres como un héroe o vives lo suficiente como para verte convertido en un villano.

Hablé con Hache y Shoto unos minutos más hasta que las puertas de la sala de conferencias se abrieron y entró Art3mis, el avatar de Samantha. Miró hacia nosotros, pero no nos dedicó nada parecido a un saludo. Faisal entró detrás de ella y cerró las puertas.

Nos sentamos en nuestros asientos habituales, lo que nos dejaba a Art3mis y a mí el uno frente al otro en la mesa de conferencias circular. Muy lejos, pero el uno justo delante del otro.

—Gracias a todos por venir —dijo Faisal al tiempo que se sentaba junto a Samantha—. Creo que estamos listos para dar comienzo a la reunión. El orden del día no tiene demasiados puntos, y el primero de ellos es el informe de beneficios trimestral. —Apareció un despliegue de gráficos e imágenes en la enorme pantalla que había detrás de él—. Buenas noticias, como es habitual. Las ventas de los auriculares ONI siguen estables y las de los ataúdes de inmersión se han doblado con respecto al trimestre anterior. La publicidad y la venta de tierras en OASIS también se encuentran en su punto más álgido.

Faisal continuó detallando lo bien que le iba a la empresa, pero yo no le presté mucha atención a lo que decía. Estaba demasiado ocupado mirando de reojo a Art3mis. Sabía que ella no iba a darse cuenta, porque se tomaba muy a pecho lo de no mirarme nunca.

Su avatar tenía el mismo aspecto de siempre, solo con un pequeño cambio. Después de la competición, había añadido la marca de nacimiento roja que le cubría la mitad izquierda de su cara real a la de su avatar. Ahora no había diferencia alguna entre la apariencia de su avatar y la que tenía en la realidad. Cuando daba entrevistas, solía contar lo duro que había sido crecer odiando la marca de nacimiento y cómo había pasado la mayor parte de su vida intentando ocultarla. Pero ahora la llevaba como una medalla, tanto en la realidad como en OASIS. Y dicha marca se había convertido de alguna manera en una característica reconocida en todo el mundo.

Alcé la vista para mirar el nombre que flotaba sobre la cabeza de su avatar. Tenía un pequeño borde rectangular alrededor, que indicaba que el operador de ese avatar no usaba unos auriculares ONI para experimentar OASIS. Habíamos añadido esa característica debido a la apabullante petición popular. Los usuarios de OASIS que tenían esos bordes alrededor del nombre de su avatar se conocían ahora como los «ticos» (una abreviatura de la palabra «hápticos»). La mayoría de los ticos eran personas que habían gastado las doce horas de uso diario de ONI y volvían a conectarse desde un equipo háptico para arañar unas horas más de OASIS a la manera tradicional antes de acostarse. Los ticos a tiempo completo como Samantha, que nunca usaban unos auriculares ONI, eran menos del cinco por ciento. A pesar de los esfuerzos de Samantha, cada vez había menos personas que se resistiesen a los encantos del ONI.

—También me alegra comunicarles que la nueva granja de servidores ya está conectada y la capacidad de almacenamiento ha aumentado otro millón de yottabytes —continuó Faisal—. Los ingenieros de datos estiman que debería ser más que suficiente para suplir las necesidades de almacenamiento del año que viene si el crecimiento del número de usuarios continúa estable.

Otro efecto secundario del lanzamiento de los auriculares había sido el enorme incremento de la cantidad de almacenamiento necesaria de la empresa, debido a los enormes archivos ECU (escáner cerebral de usuario) que se almacenaban en las cuentas ONI y que se actualizaban cada vez que un usuario se conectaba o se desconectaba de OASIS. Por lo que a medida que aumentaba la cantidad de usuarios de ONI, también lo hacían los exagerados requerimientos de almacenamiento de datos.

El hecho de que no borrásemos los datos de OASIS (ni los enormes archivos ECU) de los usuarios que morían en el mundo real solo empeoraba el problema. Faisal me explicó que se debía a que éramos propietarios de esos datos y tenían un valor incalculable para la empresa por varias razones, entre las que se incluían tonterías como «análisis de las tendencias de marketing para usuarios». Pero la razón principal por la que seguíamos almacenando los escaneos cerebrales de los usuarios de ONI era que los datos ayudaban a nuestros ingenieros de la interfaz neural a mejorar la seguridad y el funcionamiento de los auriculares ONI. Esa era la razón por la que tanto nuestro *software* como nuestro *hardware* de interfaz neural funcionaban a la perfección con gente de todo tipo. Teníamos una enorme variedad de conejillos de Indias deseosos de darnos acceso completo a los contenidos de su cráneo mientras nosotros les proporcionáramos nuestro pan y circo sensorial de alta calidad.

Siempre pensaba en cosas funestas durante estas reuniones.

—Si no tienen, preguntas, podemos continuar con el último punto del orden del día. —Nadie dijo nada, por lo que continuó—. ¡Fantástico! Solo queda una cosa que necesita su aprobación: la actualización de *firmware* de los auriculares ONI que tenemos pensado lanzar mañana. No ha cambiado mucho desde la que lanzamos a principios de año, pero los ingenieros han añadido medidas de seguridad adicionales para prevenir el *overclocking* ilegal.

—Es el mismo motivo que para las dos actualizaciones anteriores, ¿no? —preguntó Art3mis. Tenía mucho talento para conseguir que sus preguntas sonasen acusatorias.

—Sí, sí que lo es —respondió Faisal—. Por desgracia, cada vez que implementamos un nuevo paquete de medidas de seguridad, los *hackers* siempre consiguen encontrar la manera de evitarlas. Pero esperamos que con esta actualización al fin consigamos terminar con el problema del *overclocking* de una vez por todas.

Solo había habido unas pocas muertes debido al ONI desde el lanzamiento, y la última se había debido al *overclocking*: piratear el *firmware* de los auriculares ONI para exceder el límite diario de doce horas. A pesar de los avisos de seguridad y los descargos de responsabilidad, siempre había usuarios que decidían ignorar ese límite. Algunos estaban convencidos de que eran especiales y sus cerebros podían soportar catorce o hasta dieciséis horas de uso consecutivo de ONI sin efectos secundarios. Y lo cierto es que había gente que podía hacerlo, uno o dos días. Pero cuando tentaban demasiado a la suerte, terminaban lobotomizándose. Y eso daba muy mala imagen a la empresa.

Gracias a lo blindado que estaba nuestro acuerdo de licencia para el usuario final, GSS no tenía responsabilidad legal por ninguna de esas muertes. Pero queríamos proteger de sí mismos a los *overclockers*, por lo que actualizábamos el *firmware* del ONI cada vez que se descubría un nuevo fallo de seguridad.

El lanzamiento del ONI había dado lugar a una leyenda urbana que afirmaba que el mismísimo Halliday había superado el límite diario de los auriculares mientras probaba el primer prototipo y que era eso lo que le había provocado el cáncer terminal. Pero era una mentira como una casa. Las pruebas y los análisis intensivos que llevábamos a cabo no relacionaron el uso de la Interfaz Neural de OASIS con el linfoma que había acabado con la vida de Halliday.

Faisal abrió la votación para la actualización de *firmware* del ONI. Hache, Shoto y yo votamos a favor, mientras que Art3mis decidió abstenerse. Siempre se abstenía de cualquier votación relacionada con los auriculares ONI, incluso en casos como este, en los que votábamos para mejorar los sistemas de seguridad.

—¡Fantástico! —dijo Faisal, que mantuvo un tono animado a pesar de la tensión que se respiraba en la sala—. Pues ese ha sido el último punto del orden del día. Si nadie tiene nada más que añadir, podemos dar por finalizada...

—Eh, yo sí tengo algo que añadir —anunció Art3mis, que lo interrumpió.

Hache, Shoto y yo soltamos un suspiro por inercia al mismo tiempo.

Art3mis nos ignoró y siguió hablando.

—Los estudios afirman que el cerebro humano no termina de desarrollarse hasta los veinticinco años —dijo—. Creo que ese debería ser el límite de edad para usar unos auriculares ONI, pero sé que es algo con lo que nunca estaréis de acuerdo. Por lo que, por compromiso con nuestros clientes más jóvenes y por su seguridad, propongo que de ahora en adelante solo permitamos usar los auriculares ONI a las personas que tengan dieciocho años o más. Al menos hasta que tengamos más pruebas de los efectos neurológicos y psicológicos a largo plazo de la nueva tecnología.

Shoto, Hache y yo intercambiamos miradas de agotamiento. Faisal mantuvo esa sonrisa brillante que parecía esculpida en su rostro, aunque sin duda él también empezaba a cansarse de tanta tontería.

—Hache, Shoto y yo tenemos menos de veinticinco años —dije—. ¿Insinúas que hemos sufrido daños cerebrales debido al uso del ONI?

—Bueno —respondió ella con una sonrisilla—, eso sin duda explicaría algunas de las decisiones que habéis tomado durante los últimos tres años.

—Arty —dijo Hache—, cada vez que nos reunimos los cuatro propones alguna limitación a los auriculares ONI. Y las votaciones siempre acaban tres a uno en tu contra.

—No os estoy pidiendo que dejéis vuestra valiosa adicción al ONI, ¿vale? —dijo Art3mis—. Hablo de niños que no tienen ni edad de votar siquiera. Estamos convirtiendo a toda una generación de niños en yonquis del ONI, incluso antes de que tengan tiempo de experimentar la vida en el mundo real.

—¡Última hora! —dije tan pronto como ella dejó de hablar—. La vida en el mundo real es una mierda para la mayoría. Y la realidad ya se había ido al traste mucho antes de que empezásemos a vender los auriculares. Arty…

Art3mis me miro a los ojos por primera vez en años.

—No —dijo al tiempo que me señalaba con un dedo acusador—. No tienes derecho a llamarme Arty. ¿Y de verdad pretendes decirme a mí cuál es el estado actual del mundo? —Hizo un ademán hacia lo que teníamos alrededor—. Aún sigues pasando todo tu tiempo escondido aquí. Mientras que yo estoy ahí fuera intentando salvar el mundo real. ¡La realidad! ¡Nuestra realidad!

Me volvió a señalar.

—Puede que no percibas el peligro porque no te da la gana, porque quieres demasiado a tu maquinita de los sueños y eres incapaz de ver los problemas que ha causado a la humanidad. Pero yo sí que lo percibo. Y también Ogden Morrow. ¡Esa es la razón por la que él tampoco se ha puesto nunca unos auriculares ONI! Y apuesto lo que sea a que también es la razón por la que ya no trabaja con nosotros ni como asesor. Tampoco quiere ayudarte a darle el golpe de gracia a la humanidad. —Me miró y negó con la cabeza—. Has resultado ser una decepción tremenda para él…

Cruzó los brazos sin dejar de mirarme y esperó mi respuesta. Yo apreté y aflojé los dientes varias veces para evitar gritarle mi frustración. Después encendí el programa de represión de emociones e hice uno de los ejercicios de respiración que me había enseñado Sean para calmarme.

Mi instinto más inmediato era sacar el tema de la abuela de Samantha. Evelyn Opal Cook, la madre de su padre, había sido quien la había criado después de la muerte de sus padres. Su abuela no tenía los mismos prejuicios que ella con el ONI. Al contrario. Había comprado uno de los primeros auriculares que habían salido de la fábrica y lo usó durante el resto de su vida, que por desgracia no duró mucho más. Murió dos años después.

Cuando diagnosticaron cáncer de páncreas a Evelyn, empezó a usar los auriculares ONI durante el máximo de doce horas al día, para desconectar su mente del cuerpo devastado por la quimioterapia tanto como le fuese posible. En OASIS, Evelyn tenía un cuerpo saludable con el que no sentía dolor alguno. Mientras su cuerpo se enfrentaba a la enfermedad, ella podía darse un paseo en cualquier playa del mundo o irse de pícnic a la montaña. O bailar toda la noche en París con sus amigos. La Interfaz Neural de OASIS le permitía tener una vida alegre y feliz la mitad de cada día hasta que había terminado por sucumbir a la enfermedad y fallecido hacía poco más de un año. Según el personal de enfermería, Evelyn falleció apaciblemente y sin dolor gracias a que se había dedicado a usar los auriculares ONI para hablar con Samantha mucho después de que su cuerpo hubiese perdido la capacidad de hablar.

En una ocasión, cometí el error de mencionar a la abuela de Samantha durante una de nuestras discusiones anteriores sobre el ONI. Y ella se puso hecha una fiera. Me advirtió que nunca volviese a mencionar a su abuela. Y no lo hice. No. No dije nada. Hice las respiraciones y me mordí la puta lengua.

—¿Y la educación? —preguntó Shoto al ver que yo no era capaz de seguir con la discusión—. La gente puede aprender todo tipo de habilidades valiosas gracias al ONI. Se puede aprender a cultivar o a hablar un idioma extranjero. Los médicos pueden aprender nuevos procedimientos de manos de los mejores cirujanos de su especialidad. ¿Por qué negarle a la gente el acceso a una herramienta de aprendizaje tan importante solo por su edad?

—Lo único que el ONI le enseña a la gente es a ignorar la realidad —dijo Samantha—. Por eso el mundo se está cayendo a cachos.

—El mundo ya se estaba cayendo a cachos —imprecó Hache—. ¿Recuerdas?

—Y el ONI podría ser nuestra salvación —apuntillé yo—. Tiene beneficios espirituales, psicológicos y culturales que no dejan de sorprendernos. En cierto sentido, se podría decir que el ONI tiene la capacidad de liberar nuestras mentes al desligarlas temporalmente de sus restricciones físicas.

Art3mis intentó interrumpir, pero yo seguí hablando.

—Los usuarios de ONI de todo el mundo han empezado a desarrollar una nueva empatía que ni siquiera puedes llegar a comprender hasta que la experimentes por ti misma...

Se burló de mi diatriba onanista gesticulando como si se estuviese pajeando.

—Venga ya —dijo al tiempo que ponía los ojos en blanco con gesto exagerado—. No empieces otra vez con tu teoría transhumanista de la mente colmena, Locutus. No me la trago.

—No puedes negar que la Interfaz Neural de OASIS ha mejorado la calidad de vida de millones de personas —interrumpió Hache—. Muchos estudios afirman que ha habido un incremento drástico en la empatía y la conservación del medio ambiente entre los usuarios diarios de ONI, así como un descenso sin precedente en los índices de racismo, sexismo y homofobia. Por todo el mundo y entre todas las edades y clases sociales. Por primera vez en la historia de la humanidad, tenemos una tecnología que nos permite experimentar la vida de otras personas durante un tiempo. Los crímenes de odio también han descendido mucho en todo el mundo. Y el crimen en general...

—Sí —interrumpió Art3mis—. Cuando conviertes a la mitad del mundo en adictos zombificados al ONI, es normal que haya menos crímenes. El brote de gripe que mató a mis padres también hizo descender el índice de criminalidad, Hache.

Bajé la vista a la mesa y apreté los dientes para mantener la boca cerrada. Hache carraspeó y también optó por no decir nada. Pero Shoto no pudo evitarlo.

—Me resulta curioso que saques el tema, Arty —dijo—. Ya que sabemos con seguridad que la tecnología ONI es nuestra mejor medida de protección contra otras pandemias mortales como la que mató a tus padres. Ya no hay ninguna. Gracias a nosotros. Al transferir la mayoría de la interacción social humana a OASIS y fomentar el turismo virtual, hemos limitado al máximo los movimientos de población y reducido los brotes de casi todas las enfermedades infecciosas. Incluidas las de transmisión sexual, ya que ahora la mayoría de la gente practica el sexo dentro de OASIS. —Sonrió—. Gracias al ONI, la gente aún puede ir a conciertos abarrotados y saltar sobre del público sin tener miedo al acecho de esa muerte microscópica. El ONI une y conecta a las personas...

—El ONI también ha ayudado a reducir drásticamente los índices de natalidad de todo el mundo —añadió Hache—. Ya hemos empezado a resolver el problema de sobrepoblación.

—Sí, pero ¿a qué precio? —preguntó Samantha con desesperación—. ¿Un mundo en el que la gente no sale al exterior ni se toca? ¿Un mundo en el que todos duermen mientras la realidad se derrumba a su alrededor? —Negó con la cabeza—. A veces creo que es mejor que mis padres hayan muerto. No me hubiese gustado verlos vivir en esta utopía que habéis creado.

—Pero si nunca te has puesto unos auriculares ONI —dije al tiempo que alzaba las manos—. Cuando sueltas estas proclamas sin fundamento, no tienes ni idea de lo que estás hablando. Nunca la has tenido.

Art3mis me miró en silencio durante un momento. Después miró a Hache y a Shoto.

—No tiene sentido seguir —dijo—. Estoy debatiendo con un grupo de camellos que se drogan con su propia mercancía.

Sois tan adictos como vuestros clientes. —Se giró hacia Faisal—. Votemos ya, para que pueda largarme de aquí cuanto antes.

Faisal asintió y, sin que la animada sonrisa se le desdibujase de la cara, pidió una votación oficial sobre la limitación de edad en el ONI propuesta por Art3mis. Volvió a perderla, tres noes contra un sí.

—Muy bien —dijo Faisal—. Con eso terminamos y podemos dar por finalizada la reunión.

Samantha se desconectó y su avatar desapareció sin mediar palabra.

—¡Gracias a Dios! —dijo Hache al tiempo que se masajeaba el cuello con una mano. Se giró hacia mí—. ¿Por qué siempre tienes que irritarla tanto?

—¿Yo? ¡Pero si esta vez has sido tú! —Señalé a Faisal—. Haz que lea la transcripción.

—No, gracias —dijo Hache—. Tengo que darme el piro. Todo este drama me pone de los nervios. Pero deberíamos vernos otra vez pronto los tres. Quedar en el Sótano por los viejos tiempos. Ver alguna peli cutre. Jugar al Risk. Os escribiré, ¿vale?

—Suena bien —dije.

Hache y yo chocamos el puño y luego ella chocó los cinco con Shoto antes de teletransportarse.

—Yo también debería irme —comentó Faisal—. Tengo muchas cosas que preparar para la actualización.

Se acercó y nos estrechó las manos a Shoto y a mí antes de teletransportarse.

Tan pronto como nos quedamos solos, Shoto se giró hacia mí.

—¿Crees que Arty tiene razón? —preguntó—. ¿Estamos abandonando el mundo real?

—Claro que no —respondí yo—. Art3mis tiene buenas intenciones, pero no tiene ni pajolera idea de lo que está hablando. —Sonreí—. Está anclada en el pasado, y nosotros vivimos libres en el futuro, amigo.

—Quizá tengas razón —dijo él, asintiendo. Su expresión se iluminó de repente—. ¡Oye, ya casi he terminado de programar mi nueva misión basada en *Macross Plus*! ¿Quieres ayudarme a *testearla* cuando esté terminada?

—¡Ya te digo que sí! —respondí—. Cuenta conmigo.

—¡Genial! Te escribiré a finales de semana, cuando esté lista. Nos vemos, Zeta.

Se despidió de mí con un gesto de la mano y desapareció de la sala de conferencias.

Me quedé solo e inerte durante un buen rato, oyendo el eco de las acusaciones de Samantha rebotando dentro de mi cabeza hasta que el ruido terminó por desaparecer.

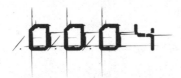

—¡Hola! —grité al hombre de seis dedos una última vez—. ¡Me llamo
Íñigo Montoya! Tú mataste a mi padre. ¡Prepárate a morir!

Después me abalancé con mi estoque en una andanada de
golpes rápidos que obligaron a mi contrincante a detenerlos con
su arma y retirarse por la sala de banquetes, hasta que finalmente conseguí tenerlo arrinconado. Podría haberlo matado en ese
momento y completar la misión, pero el Flicksync te daba puntos adicionales por recitar correctamente todos los diálogos de
tu personaje, e intentaba sacar una puntuación perfecta.

—¡Ofréceme dinero! —exigí.

—Sí —siseó, con rostro compungido por el dolor.

—¡Y también poder! —añadí al tiempo que le daba un tajo
en la mejilla izquierda al hombre de seis dedos—. Y también
poder. ¡Prométemelo!

—¡Todo cuanto poseo! Por favor —susurró.

—Ofréceme todo cuanto te pida…

—Todo cuanto me pidas —respondió el hombre de seis dedos.

—¡Quiero que vuelva mi padre, maldito bellaco!

Y en ese momento atravesé el estómago del hombre de seis
dedos con la punta del estoque. Disfruté de la expresión de su
rostro por un instante, saqué la espada y le di una patada hacia
atrás. El PNJ cayó al suelo de piedra con un gruñido y murió.
Su cadáver desapareció de inmediato y dejó tras de sí la pila de
objetos que llevaba encima. Los cogí, me di la vuelta y salí por el

pasillo hacia la habitación nupcial de Buttercup. Una vez allí, completé la misión ayudándola, y Westley escapó por la ventana. Fezzik nos esperaba a ambos abajo con las riendas de cuatro caballos blancos. Montamos y salimos del reino hacia la libertad mientras se oía la canción *Storybook Love* de la banda sonora.

La misión terminó al acabar la canción. Los caballos y el resto de los personajes desaparecieron, y la apariencia de mi avatar volvió a la normalidad. Me encontraba solo, por fuera del portal de la misión por el que había entrado, en la costa oriental del reino de Guilder.

Sonó un repique y apareció un mensaje en mi HUD para felicitarme por completar la misión de *La princesa prometida* con una puntuación perfecta de un millón de puntos. Después el mensaje desapareció y... eso fue todo.

Esperé un minuto entero, pero no ocurrió nada más.

Me senté en la playa y suspiré.

Esa no era mi primera visita al planeta Florin. Ya había completado la misión con una puntuación perfecta en tres ocasiones, siempre como un personaje diferente. Primero como Westley, después como Buttercup y luego como Fezzik. *La princesa prometida* era una de las películas favoritas de todos los tiempos de Kira Underwood, y ella había ayudado a crear todas las misiones interactivas de OASIS que se basaban en ella. (Entre las que se incluían *El príncipe prometido*, una versión cambiada de género en la que Buttercup era la heroína aventurera y Westley la damisela en apuros.) Creía que superar una de esas misiones con una puntuación perfecta podría aportarme alguna pista relacionada con los siete fragmentos, pero siempre acababa con las manos vacías. Hoy había sido mi último intento. Íñigo era el último personaje jugable que me quedaba por probar, y también era con el que costaba más conseguir una puntuación perfecta. Lo había conseguido al fin, tras casi una docena de intentos. Y, de nuevo, el esfuerzo no me había reportado nada.

Me puse en pie y respiré hondo. Más tarde me teletransporté de vuelta a mi centro de mando en Falco.

Cuando mi avatar terminó de rematerializarse, me senté en

mi cómoda silla de capitán de la época de *La nueva generación* que había instalado allí. Contemplé el paisaje lleno de cráteres durante unos instantes, frustrado y en silencio. Después abrí mi Diario del Santo Grial y empecé a repasar la gran cantidad de datos que había recopilado a lo largo de los últimos ocho años, sobre James Halliday y su vida, trabajo, socios e intereses, aunque en los últimos tres años casi todo el material nuevo que había añadido se centraba en una socia en particular. La sirena, Kira Morrow, de apellido de soltera Underwood.

Había empezado a escribir el diario en un antiguo cuaderno de espiral cuando tenía trece años y aún vivía en las Torres de las afueras de Oklahoma City. Tuve que quemar el original la noche antes de infiltrarme en la sede de IOI, para evitar que cayese en manos de los sixers. Pero antes escaneé todas las páginas en alta resolución y las guardé en mi cuenta de OASIS. Los escaneos aún seguían allí, en la versión digital de mi Diario del Santo Grial, que apareció flotando frente a mí en una serie de ventanas en cascada. Tenía una infinidad de documentos, diagramas, fotos, mapas y archivos multimedia, todo clasificado y con referencias cruzadas para facilitar la navegación.

Los cuatro versos del Acertijo de los Fragmentos estaban abiertos en otra ventana que siempre se encontraba sobre las demás.

Los siete fragmentos del alma de la sirena
Busca en los siete mundos donde intervino
Para conseguir que vuelva a estar entera
Tributos mi heredero pagará por su sino

Cuando el acertijo había aparecido por primera vez poco después del lanzamiento del ONI, reanalicé la copia gratuita digital del *Almanaque de Anorak* que se encontraba en la vieja página web de Halliday, solo para asegurarme de que no se hubiese actualizado con nueva información o pistas. No era el caso. Las palabras del *Almanaque* seguían siendo las mismas. La famosa serie de letras con marcas que había encontrado durante la competición de Halliday seguía allí, pero no había aparecido ninguna más.

Una de las capacidades de superusuario que me proporcionaba la túnica de Anorak era que se cumpliesen los deseos que pronunciaba en voz alta. Si era posible, el sistema me los concedía. Pero cada vez que deseaba algún tipo de información relacionada con los siete fragmentos, un mensaje resplandecía en mi HUD.

¡BUEN INTENTO, TRAMPOSO!

Por lo que no me quedó más remedio que seguir buscando los fragmentos por mi cuenta. Y cuando me centré en dicha misión, lo hice con todo mi ser, con la debida diligencia.

Analicé todas las referencias al número siete que había en el *Almanaque de Anorak*. También jugué y me pasé todos los videojuegos de su colección en los que se hacía referencia al número siete. *The Seven Cities of Gold* (1984), *The Seven Spirits of Ra* (1987), *Kid Kool and the Quest for the Seven Wonder Herbs* (1988), *The Seven Gates of Jambala* (1989), *Ishar 3: The Seven Gates of Infinity* (1994), *Super Mario RPG: Legend of the Seven Stars* (1996). Después tiré la casa por la ventana y empecé a jugar a todos los juegos que tenían un siete en el título, juegos como *Sigma 7*, *Stellar 7*, *Lucky 7*, *Force 7*, *Pitman 7* y *Escape from Pulsar 7*.

Hasta me obsesioné con *Keeper of the Seven Keys*, un álbum conceptual en cuatro partes de Helloween, una banda alemana de power metal originaria de Hamburgo y fundada en 1984. Lo cierto es que no era muy amigo del power metal alemán de mediados de los años ochenta, pero Halliday solía oírlos durante horas mientras programaba sus primeros juegos, por lo que cabía la posibilidad de que le hubiese servido de inspiración.

Si Halliday había dejado tras de sí alguna pista adicional sobre la ubicación de los siete fragmentos, no fui capaz de encontrarla. Era frustrante. Y también un poco humillante.

Me planteé abandonar y dejar de buscar los fragmentos. ¿De qué servía desperdiciar el tiempo intentando resolver esa insípida misión secundaria de Halliday? ¿Qué esperaba que ocurriese al completarla? Ya había conseguido fama y riqueza en la realidad, y en OASIS mi avatar era todopoderoso e invulnerable. No tenía nada que demostrarle a nadie. Ya había superado las expectativas y conseguido lo imposible en una ocasión. No tenía por qué hacerlo otra vez.

No necesitaba nada de nada. Solo más tiempo. Tenía una cantidad finita de él y, cuando se acabara, no podría comprar más de ninguna manera. El tiempo era muy valioso. Pero ahí estaba, desperdiciando años en otro de esos videojuegos glorificados de Halliday…

A pesar de todo, no había conseguido obviar la curiosidad que sentía por el alma de la sirena, ni tampoco la agobiante sospecha de que iba a ocurrir algo terrible si no conseguía obtenerla. Eso era lo que me había llevado en última instancia a ofrecer una recompensa de mil millones de dólares por cualquier información que me ayudase a localizar uno de los siete fragmentos. Pero había anunciado la recompensa hacía dos años, y nadie la había reclamado todavía.

Después de ofrecerla, me había creado una cuenta de correo diferente a la que la gente podía enviar posibles pistas. Seguía recibiendo miles de correos todos los días, pero hasta el momento todos y cada uno de ellos me habían llevado a un callejón sin salida. Había tenido que crear una serie de filtros elaborados para ordenar todos los que estaban repetidos o que eran pruebas falsas. Hoy en día eran pocos los correos que pasaban esos filtros y terminaban en la bandeja de entrada.

Solía preguntarme si la idea de ofrecer una recompensa no habría sido inútil. La respuesta estaba justo allí, en el tercer verso del Acertijo de los Fragmentos: «Tributos mi heredero pagará por su sino…».

Si yo, Wade Watts, era el único heredero de la fortuna de Halliday, el «heredero» al que se refería el acertijo, entonces yo sería la única persona de todo el mundo capaz de encontrar los siete fragmentos, ya que sería el único que podría «conseguir que vuelva a estar entera».

Hasta donde yo sabía, los fragmentos y sus ubicaciones podían ser invisibles para todos los demás. Eso explicaría que los millones de gunters que rastreaban OASIS día y noche para conseguir el más mínimo rastro llevasen tres años sin haber conseguido nada de nada.

Por otra parte, si yo era el único capaz de obtener el alma de la sirena, ¿por qué Halliday había subido el Acertijo de los Fragmentos a su página web para que lo viese todo el mundo? Podría haberse limitado a mandarme un correo electrónico a mi cuenta de OASIS. O a mencionarlo en el mensaje en vídeo del ONI. Era muy posible que cualquiera pudiese encontrar los fragmentos, y que Halliday los hubiese ocultado endiabladamente bien, tal y como había hecho con las «tres llaves ocultas» y las «tres puertas secretas». Los primeros dos versos del Acertijo de los Fragmentos eran demasiado vagos: «Los siete fragmentos del alma de la sirena busca en los siete mundos donde intervino».

Si estaba interpretándolo correctamente, los siete fragmentos estaban ocultos en siete planetas dentro de OASIS, siete mundos donde la sirena, también conocida como Leucosia y Kira Morrow, «intervino».

Por desgracia, eso no servía para limitar mucho las posibilidades. Kira había sido directora de arte de GSS durante el desarrollo de OASIS y los primeros tres años, por lo que había intervenido en el diseño y la construcción de todos los planetas que se añadieron a la simulación a lo largo de esa época. (En algunas entrevistas, Ogden Morrow siempre cambiaba de tema para remarcar la importancia de la contribución de su esposa en la creación de OASIS, mientras que Halliday raramente la nombraba. Y no era algo sorprendente, ya que había hecho lo mismo con Og y con el resto de los trabajadores de GSS.) Incluso después de que Kira abandonara la empresa, los artistas de GSS que habían trabajado a sus órdenes siguieron usando las plantillas de construcción de mundos que ella había creado, por lo que en cierta manera se podía decir que había «intervenido» en la creación de casi todos los planetas de OASIS.

No obstante, al llevar a cabo una investigación intensiva de la vida e intereses de Kira y analizar sus documentos como trabajadora de GSS y los registros de actividad de su cuenta de OASIS, había conseguido reducir la búsqueda a una lista de nueve candidatos más probables en los que me centré.

Florin, el planeta del que acababa de salir, era la recreación hecha por Kira del reino ficcional renacentista que aparecía en *La princesa prometida*, una de sus películas favoritas. No había mucho que hacer en el lugar, solo visitar varias ubicaciones de la cinta y completar los Flicksyncs.

El planeta Thra era una recreación muy meticulosa del mundo de fantasía que aparece en *Cristal oscuro*, otra de sus cintas preferidas. Sus padres la habían llamado Karen, pero después de ver *Cristal oscuro* por primera vez a los once años, había insistido a sus amigos y familia para que la llamasen Kira, el nombre de la heroína gelfling de la película. (También cambió el nombre del perro de la familia y empezó a llamarlo Fizzgig.) Y cuando Karen cumplió dieciocho años, se cambió el nombre oficialmente a Kira. Décadas después, cuando Kira ayudó en el lanzamiento de OASIS, Thra fue el primer planeta creado dentro de la simulación, y ella fue la única que trabajó en él. Y como la trama de la película consistía en una aventura para encontrar un «fragmento de cristal» perdido, lo cierto es que el planeta parecía ser el candidato perfecto.

Pero había completado todas las misiones del lugar, explorado el reino de cabo a rabo y hecho todo lo que podía llegar a definirse como «pagar un tributo». Había visitado todas las recreaciones del observatorio de Aughra que fui capaz de encontrar y tocado la melodía adecuada en la flauta de Jen, pero el cesto siempre estaba vacío y no aparecía en él fragmento alguno. Mobius Prime era otro mundo de OASIS creado únicamente por Kira Morrow, como homenaje a su personaje de videojuegos favorito: Sonic the Hedgehog. El planeta era una recreación de la tierra futurista en el que se desarrollaban la mayoría de las aventuras de Sonic, y en él había reproducciones de todos los niveles de los primeros juegos bidimensionales y tridimensionales del personaje, así como lugares y personajes de los dibujos animados y los cómics basados en ellos.

Varios de los videojuegos de Sonic the Hedgehog consistían en recuperar las siete «Esmeraldas del Caos» que podían usarse para obtener poderes especiales. Dentro de OASIS, muchas de las diferentes misiones de Mobius Prime te permitían coleccionar las siete Esmeraldas del Caos, y las completé todas. Pero si había una manera de intercambiarlas por uno de los fragmentos, aún no la había descubierto.

Tuve una experiencia igual de frustrante en el planeta Usagi, que era el homenaje de Kira a *Sailor Moon*, su anime favorito. Una de las misiones más difíciles consistía en recolectar siete «Cristales Arcoíris» que podían combinarse para formar un artefacto de increíble poder llamado el «Legendario Cristal de Plata». Después de una gran cantidad de intentos frustrantes, conseguí completar la misión con la esperanza de que, cuando consiguiese el Legendario Cristal de Plata este se transformaría en uno de los siete fragmentos. Pero lo único que logré a cambio de mis esfuerzos fue un conocimiento impresionante de información sobre *Sailor Moon* y un deseo inexplicable de ponerme un cosplay del Caballero del Antifaz (lo que es posible que haya hecho en la soledad y privacidad de mi casa).

También pasé varios meses explorando el planeta Gallifrey del Sector Siete. Era la recreación de Kira del mundo natal de los Señores del Tiempo de la larga serie de televisión *Doctor Who*, que ahora cuenta con más de mil episodios. En las décadas que han pasado desde que ella lo creó, miles de usuarios de OASIS han hecho sus contribuciones a Gallifrey, lo que lo ha convertido en uno de los mundos más abarrotados de la simulación, y también en uno de los lugares más difíciles en los que llevar a cabo una búsqueda exhaustiva.

Halcydonia era el planeta de la lista que conocía mejor, ya que se podría decir que prácticamente había crecido allí. También era el único planeta de OASIS que Ogden y Kira Morrow habían creado entre los dos, sin ayuda externa. Cuando Og y Kira se casaron y vendieron todas sus acciones de GSS a Halliday, se mudaron a Oregón y fundaron una empresa de *software* educativo sin ánimo de lucro, Halcydonia Interactive, que creó una serie de juegos de aventura y educativos para OASIS que todo el mundo podía descargar y jugar gratis. Los jugué a lo largo de mi infancia y me transportaron lejos de mi anodina existencia en las Torres al reino mágico y lejano de Halcydonia, donde ¡«aprender era una aventura interminable»!

Los juegos de Halcydonia Interactive seguían guardados en portales de misión gratis en el planeta Halcydonia del Sector Uno, ubicado en las tierras que se encontraban cerca de Incipio, por lo que viajar a él era muy barato y sencillo para un avatar recién creado o perpetuamente sin blanca. Según la información del planeta, Halcydonia no había sido alterado ni actualizado desde la muerte de Kira en el accidente de coche en 2034. Pero yo creía que había posibilidades de que Halliday hubiese ocultado allí uno de los fragmentos.

Aunque Kira Morrow no estaba directamente relacionada con la creación de los últimos planetas de mi lista, los registros privados de su cuenta de OASIS, que llevaba mucho inactiva, indicaban que había pasado mucho tiempo en cada uno de ellos.

(Intenté acceder a los registros privados de las cuentas de OASIS de Halliday y Morrow, pero ambos estaban vacíos. A diferencia del resto de los usuarios de OASIS, los movimientos y las interacciones de sus avatares dentro de la simulación no se habían grabado. Y, como mencioné antes, después de heredar la túnica de Anorak, ocurrió lo mismo con mis registros. Esa era la última entrada en mis archivos. Muchas citaciones de testigos a los juzgados lo habían verificado. Hache, Shoto y Art3mis no tenían la capacidad de ocultar sus registros de actividad de los administradores de alto nivel ni de mí, y ellos no sabían que yo era capaz de ver cuánto tiempo pasaban dentro de OASIS cada día, así como adónde iban y qué hacían mientras estaban conectados. Había dejado de mirar los registros de Hache y de Shoto hacía años, en parte por respeto a su privacidad, pero también porque pronto descubrí que no quería ni necesitaba saber cuándo estaban pasando de mí para quedar con otras personas. Pero aún revisaba el registro de Art3mis una vez a la semana. No podía evitarlo. No me revelaba demasiado sobre su vida, eso sí, aparte de que todavía tenía debilidad por los Flicksyncs basados en las películas antiguas de Whit Stillman. Aún reinterpretaba la película *Metropolitan* una o dos veces al mes, sobre todo en mitad de la noche. Probablemente porque no podía dormir. Y porque no tenía nadie con quien hablar…)

Una de las ubicaciones que aparecía con más frecuencia en los registros de la cuenta de OASIS de Kira era el planeta Miyazaki del Sector Veintisiete. Era un mundo extraño y bonito que rendía homenaje al famoso animador japonés que había creado obras maestras del anime como *Nausicaä del Valle del Viento* o *Nicky, la aprendiz de bruja*. Visitar Miyazaki era como sumergir tus sentidos en una mezcla surrealista de los diferentes mundos animados creados para las películas de Studio Ghibli. (Una experiencia que se volvía mucho más intensa con unos auriculares ONI.) Kira había visitado Miyazaki de forma semanal durante varios años. Y ahora yo podía decir lo mismo. Pero como solía decir Bono: «aún no había encontrado lo que estaba buscando».*

También estaba la Tierra Media. Las tres versiones…

Kira Morrow era una conocida *tolkiendil*. Era bien conocido que releía *El hobbit* y *El señor de los anillos* cada año desde que tenía dieciséis. Y después de casarse, Og construyó para Kira una réplica de Rivendel en el mundo real, en las montañas de Oregón, donde vivieron juntos y felices hasta que ella murió. Og aún vivía en el lugar, y Kira estaba enterrada en las tierras. Había visitado su tumba durante la semana que pasé allí.

Según los registros de acceso de Kira, uno de sus destinos favoritos en OASIS era Arda, el sistema de tres planetas del Sector Siete que recreaba el mundo fantástico de la Tierra Media de Tolkien durante la Primera, la Segunda y la Tercera Edad de su historia ficticia. Los planetas habían sido creados con una devo-

---

* «I Still Haven't Found What I'm Looking For.» Segunda canción del álbum *The Joshua Tree* de U2, que se lanzó al mercado en 1987. (*N. del T.*)

ción casi fanática por millones de *tolkiendili*, quienes seguían revisando y mejorando las simulaciones hasta la fecha. El lugar se basaba en los escritos originales de Tolkien sobre la Tierra Media, pero también se inspiraba en las muchas películas, series de televisión y videojuegos.

Por mi parte, había pasado la mayoría del tiempo en Arda III. Escenificaba la Tercera Edad de la Tierra Media, que era cuando se habían producido los acontecimientos de *El hobbit* y *El señor de los anillos*, y Kira lo había visitado mucho más que Arda I o Arda II, aunque también había pasado mucho tiempo en esos dos.

Me gustaría decir que exploré cada rincón de las tres versiones de la Tierra Media, pero no lo hice. Ni de lejos. Completé las misiones principales de Arda II y III, y al menos la mitad de las más populares de Arda I, pero eran tres de los mundos más detallados de toda la simulación y, al ritmo al que iba, hubiese tardado varios años en completar todas las misiones.

Chthonia era el último planeta de mi lista, y estaba seguro de que era el que tenía más razones para estar en ella. Era la recreación de Halliday del mundo fantástico que había creado para su campaña épica de *Advanced Dungeons & Dragons* del instituto, la misma a la que habían jugado Kira y Og. Chthonia se convertiría más tarde en el lugar donde transcurría uno de los primeros videojuegos de Halliday, así como *Anorak's Quest* y todas sus muchas secuelas.

Chthonia era el primer planeta que había creado Halliday, lo que lo convertía en el más antiguo de la simulación. Y cuando Ogden, Kira y él crearon sus avatares de OASIS, les pusieron el nombre de los personajes con los que habían jugado en su campaña de Chthonia. El personaje de Halliday era un mago de túnica negra llamado Anorak que había usado como PNJ mientras hacía las veces de máster. Ogden Morrow había jugado como el ocurrente mago llamado «el Gran y Poderoso Og». Y el personaje de Kira era una druida muy poderosa llamada Leucosia, nombre de una de las sirenas de la mitología griega.

Como era de esperar, Chthonia también había sido el planeta en el que Halliday había ocultado la Tercera Puerta de su

Cacería del Huevo, dentro del Castillo de Anorak. Debido a ella, muchos gunters creían que era poco probable que hubiese elegido el mismo lugar para ocultar uno de los siete fragmentos. Pero yo no lo tenía tan claro. Chthonia era sin duda un mundo en el que había «intervenido». Uno muy importante, desde la perspectiva de Halliday. Por lo que mantuve a Chthonia en mi lista y registré el planeta de arriba abajo.

No limité mi búsqueda a esos nueve planetas, claro. Había buscado los siete fragmentos en decenas de otros mundos de OASIS. Sin éxito.

Suspiré y me froté las sienes con la esperanza de no haber echado por tierra mi amistad con Og por enésima vez y poder llamarlo para pedirle ayuda. Como era de esperar, pedirle ayuda era justo lo que había acabado con nuestra amistad. Og nunca se había sentido cómodo hablando de Kira, y me lo dejó claro de todas las maneras posibles. Pero yo estaba obsesionado por conseguirlo.

Pensar en mi comportamiento me hacía torcer el gesto en una mueca de arrepentimiento. ¿Por qué iba un milmillonario jubilado a querer pasar los últimos años de su vida sufriendo las preguntas sobre su mujer fallecida? Era normal que hubiese dejado de hablar conmigo. No le había dejado elección.

Me di cuenta de que quedaba poco tiempo para que fuese el cumpleaños de Og. Si arreglaba las cosas con él, quizá empezaría a invitarme a la fiesta de cumpleaños que daba en el Distracted Globe.

Había pasado el último año armándome de valor para llamar a Og y pedirle perdón. Tenía pensado prometerle que nunca le volvería a preguntar sobre Kira ni Halliday. Puede que me escuchase. Solo tenía que tragarme mi orgullo para recuperar nuestra amistad. Pero para ello también tenía que hacerle caso y abandonar la búsqueda de los siete fragmentos.

Cerré el Diario del Santo Grial y me levanté. Solo siete días más, me prometí. Una semana. Si no había conseguido avance ninguno para entonces, lo dejaría de una vez por todas y arreglaría las cosas con Og.

Me había hecho la promesa a mí mismo muchas veces antes, pero en esta ocasión había decidido cumplirla.

Abrí la lista de ubicaciones favoritas para volver a teletransportarme a la Tercera Edad de la Tierra Media y ponerme manos a la obra. Pero cuando estaba a punto de seleccionar el lugar, vi el pequeño icono de un fragmento parpadeando en la pantalla. Lo toqué y se abrió la ventana del programa de correo electrónico. Solo había un mensaje en la bandeja de entrada de la cuenta a la que se enviaban las pistas de los siete fragmentos, grabado allí con un larguísimo número de identidad generado por el sistema. Algún gunter acababa de enviar una posible pista sobre los siete fragmentos del alma de la sirena, una que había pasado todos los filtros y llegado a la bandeja de entrada. Era algo que no había ocurrido desde hacía meses.

Toqué el mensaje para abrirlo y empecé a leer:

Querido señor Watts:

Después de tres años de búsqueda, al fin he descubierto dónde se encuentra uno de los siete fragmentos del alma de la sirena y cómo conseguirlo. Está ubicado en el planeta Middletown, dentro del cuarto de invitados de la residencia Barnett, donde Kira Underwood vivió durante el tiempo que pasó como estudiante de intercambio en el instituto Middletown.

He conseguido que aparezca el fragmento, pero no puedo cogerlo. Supongo que porque no soy la «heredera» de Halliday. Eso sí, puedo mostrárselo, si quiere.

Sé que es probable que reciba muchas pistas falsas, pero le prometo que esta no es una de ellas.

Atentamente, de una fan.

L0hengrin

Tuve que mirar dos veces el nombre del remitente. L0hengrin era la presentadora de un programa de YouTube muy popular entre los gunters llamado *La verdad con L0*. Tenía unos cuarenta millones de suscriptores, y yo me había unido a ellos hacía poco. Eso le daba mucha veracidad al mensaje.

La mayoría de los presentadores de los programas de los gunters eran poco más que buscadores de fama que soltaban una y otra vez una ristra de tonterías sobre los siete fragmentos, y eso solo cuando no estaban metidos en una guerra de *flames* contra sus espectadores o contra otros presentadores ni subiendo lacrimógenos vídeos de disculpas como apuesta desesperada para recuperar seguidores.

Pero *La verdad con L0* era diferente. L0hengrin tenía una personalidad muy alegre y un entusiasmo contagioso que me recordaba a cómo me había sentido yo durante los días de la competición. El mensaje de voz con el que empezaba el programa daba la impresión de resumir su filosofía de vida: «Algunos definen su personalidad a base de despotricar contra las cosas que odian mientras explican por qué todo el mundo debería odiarlas también. Pero esa no soy yo. Yo prefiero guiarme por el amor, definirme con gozosos gritos de admiración en lugar de cínicas afirmaciones de desprecio».

L0hengrin también tenía un conocimiento enciclopédico de la vida y obra de Halliday. Y parecía saber casi lo mismo de Og y Kira Morrow.

Mi aprecio por L0hengrin y su programa estaba ligeramente influenciado porque el hecho de que había empezado a gustarme un poco. Era guapa, inteligente, divertida y atrevida. También era una superfán de los Cinco Mejores. Su antiguo clan gunter se llamaba los «Cinco Peores de L0». Y lo más halagador de todo era que el nombre de su avatar era un homenaje no demasiado sutil al mío, ya que en varias versiones alemanas de las leyendas artúricas, el hijo de Parzival se llamaba Lohengrin.

L0hengrin también había resultado ser una fan muy leal. Su apoyo no había disminuido lo más mínimo durante los últimos años, a pesar de las desastrosas decisiones que yo había tomado y que habían acabado con mi popularidad. Y tampoco parecía importarle el ejército de *haters* de Parzival que la atacaban a ella en su multicronología cada vez que me mencionaba en su programa.

Al igual que un buen número de sus espectadores habituales, tenía mucha curiosidad por la identidad de L0hengrin en el mundo real. Nunca hablaba en el programa de su vida real, ni de su nombre, edad o género. Solo mostraba su avatar de OASIS, que era igual a Helen Slater en *La leyenda de Billie Jean*, una adolescente con pelo corto y rubio, ojos azules arrebatadores y un ligero acento sureño. Pero, al igual que Ranma Saotome en *Ranma ½*, L0hengrin también era conocida por cambiar el género de su avatar de forma inesperada y a veces incluso mientras hablaba. Cuando se transformaba en hombre, parecía preferir el aspecto de un joven James Spader, sobre todo el que tenía en la película de 1985 *A toda marcha*. Independientemente de cuál fuese el género de su avatar, el perfil público de L0hengrin especificaba que prefería que se refiriesen a ella con el pronombre femenino. En su biografía de usuario de una línea se describía como: «Una pistolera salvaje que no tiene miedo a la muerte».*

Mi túnica me daba la capacidad de ignorar las medidas de seguridad integradas y acceder a la información privada de cualquier usuario de OASIS, incluidas su verdadera identidad y su dirección en el mundo real. Pero a pesar de ello, nunca entré en la cuenta de L0hengrin. No porque hacerlo infringiese la política de empresa de GSS y también varias leyes federales, esas eran cosas que no me habían detenido en el pasado. Me dije que era porque respetaba su privacidad, aunque en realidad tenía miedo de que al descubrir la verdadera identidad de L0hengrin arruinara mi percepción de su programa y me privara de uno de los pocos placeres de mi vida que no estaba relacionado con el ONI.

Volví a leer el mensaje varias veces, con una mezcla de escepticismo y euforia. Conocía la ubicación exacta del lugar que comentaba. Había visitado la residencia Barnett en la simulación

---

* «*A wild-eyed pistol-waver who ain't afraid to die.*» Letra de «All She Wants to Do is Dance» de Don Henley, que se lanzó al mercado en 1985, en su segundo álbum en solitario, *Building the Perfect Beast. (N. del T.)*

de Middletown varias veces durante la competición de Halliday, pero no había nada de interés. No era más que una habitación de invitados sin decorar, ya que la simulación de Middletown recreaba la ciudad natal de Halliday como si fuese el otoño de 1986, dos años antes de que Kira se mudase al lugar como parte del programa de intercambio de estudiantes del curso escolar 1988-1989. Esa era la razón por la que nunca había considerado que Middletown fuese un candidato probable para ser uno de los «siete mundos donde intervino». También creía improbable que hubiese elegido para ocultar uno de los siete fragmentos el mismo planeta que había usado para esconder la Primera Puerta. Pero lo cierto es que tenía sentido. Al fin y al cabo, era el lugar en el que Halliday, Og y Kira se habían conocido. Donde todo había comenzado.

Cerré el mensaje de L0hengrin y sopesé mis opciones. Solo había una manera de descubrir con seguridad si decía la verdad. Abrí el mapa tridimensional de OASIS y usé mi HUD de superusuario para encontrar la ubicación actual del avatar de L0hengrin. Tal y como esperaba, aún seguía en Middletown, en una de las doscientas cincuenta y seis copias de la ciudad natal de Halliday que estaban repartidas por la superficie del planeta.

Hice que mi avatar se volviese invisible y me teletransporté a su ubicación exacta.

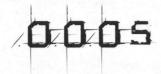

0005

Si intentas teletransportarte a una ubicación de OASIS que ya está ocupada por un objeto u otro avatar, el sistema ajusta automáticamente tus coordenadas de llegada a la ubicación sin ocupar más cercana. Cuando terminé de rematerializarme, descubrí que el sistema me había dejado justo frente al avatar de L0hengrin, que ahora tenía género femenino. Estaba sentada a un metro de distancia y llevaba su atuendo característico de *La leyenda de Billie Jean*. Unos pantalones holgados de hombre metidos en unas botas de vaquero, con un traje de neopreno sin mangas de colores neón como parte superior.

No se dio cuenta de mi llegada porque mi avatar era invisible. También tenía los ojos cerrados, pero eso significaba que estaba «ocupada» y tenía la atención centrada en otra parte, como una llamada de teléfono o una sala de chat privada. Lo más seguro es que L0hengrin estuviese monitorizando la visión actual de su avatar a través de una pequeña ventana de vídeo en una esquina de su HUD. Middletown se encontraba en una zona PvP, por lo que era un lugar peligroso en el que dejar tu avatar sin supervisión.

Eché un vistazo alrededor y vi que no estábamos en el viejo dormitorio de Kira en la residencia Barnett, sino a tres manzanas al norte de ese lugar, en el mundialmente conocido sótano de madera panelada de la casa de infancia de Ogden Morrow. Era el lugar en el que Halliday, Morrow y su unido grupo de amigos pasaban la mayoría de su tiempo libre. Se reunían allí después de clase y los fines de semana para escapar a otros mundos gracias a decenas de juegos de rol de papel y lápiz. Más tarde, el sótano de Og también haría las veces de primera oficina de Gregarious Games, la empresa que Halliday y él habían fundado al terminar el instituto y que evolucionaría cuando lanzaron OASIS décadas después a Gregarious Simulation Systems.

En la Middletown (Ohio) real, la casa de la infancia de Og había sido derribada hacía décadas para levantar un bloque de viviendas, pero en OASIS Halliday había recreado la casa de la infancia de su amigo con todo lujo de detalles, así como su propia casa y su antigua ciudad natal, usando de referencia viejos mapas, fotografías y vídeos.

Al igual que todo lo demás en Middletown, el sótano de Og lucía a la perfección como el que existía allí a finales de la década de los ochenta. Las paredes estaban cubiertas por pósteres de películas y cómics antiguos. Había tres sofás desgastados colocados en forma de U frente a un viejo televisor de tubo casi enterrado detrás de un Betamax VCR, un reproductor de Laserdisc Pioneer y toda una variedad de consolas de videojuegos.

Al otro lado de la estancia, había varias sillas plegables colocadas alrededor de una mesa de madera arañada llena de dados poliédricos de colores. Una fila de estantes cubría la pared del fondo, todos abarrotados de suplementos de juegos de rol y números antiguos de la revista *Dragón*. Dos ventanas que estaban al nivel del suelo se abrían al jardín trasero de los Morrow, donde un sol enorme y anaranjado flotaba sobre el horizonte y perfilaba un columpio oxidado que había en el patio de los vecinos.

Estar en esa estancia me llenaba de buenos recuerdos de mi adolescencia, porque en cierta manera yo también había crecido allí. Cuando estaba en el instituto, Hache había modelado su sala de chat privada de OASIS como una copia del sótano de Ogden Morrow, y los dos nos pasamos una incontable cantidad de horas en el lugar a lo largo de los años. Era el sitio donde hablábamos, jugábamos, hacíamos los deberes, oíamos música antigua o veíamos películas clásicas. Soñábamos despiertos con las cosas que haríamos cuando ganásemos la fortuna de Halliday.

En esa época, mi vida era mucho más difícil, pero en retrospectiva también parecía muchísimo más simple.

Volví a mirar a L0hengrin. Los ojos de su avatar seguían cerrados y se movían a toda velocidad bajo los párpados, como si estuviese en fase REM. Estaba a punto de hacer visible a mi avatar para alertarla de mi presencia, pero entonces se me ocurrió una idea mejor. Elegí el avatar de L0hengrin en mi pantalla y abrí una lista de sus procesos de comunicaciones activos, donde vi que se encontraba conectada a una sala de chat privada llamada Cyberdelia, abierta por un avatar de nivel cincuenta y nueve llamado Kastagir.

Si L0hengrin de verdad había encontrado uno de los fragmentos, es posible que ella estuviese en ese chat comentándoselo a sus amigos. O también podía ser todo mentira y que estuviese allí comentándoles cómo me había engañado. La túnica también me dejaba entrar en las salas de chat sin invitación y sin ser detectado, por lo que era capaz de oír las conversaciones de sus ocupantes. Era un truco que había aprendido del mismísimo Gran y Poderoso Og, el único avatar de OASIS que podía hacerlo.

Toqué el pequeño icono de la puerta que había en un extremo de mi pantalla para activar la interfaz de sala de chat, busqué la que se llamaba Cyberdelia y luego pulsé el botón de conexión. Mi visión del sótano de Og menguó de los límites de mi visión periférica hasta convertirse en una pequeña ventana en la esquina de la pantalla, y me encontré de repente de pie en la entrada de la sala de chat.

Cyberdelia era un almacén de varios pisos lleno de tecnología arcaica de finales del siglo XX y con decoración retrofuturista. Estaba curiosamente adornada con maniquíes, cabinas telefónicas, rampas para patinar y mesas de air-hockey desperdigados por el lugar, y las paredes estaban cubiertas con pintadas que rezaban: ¡REVIENTA EL PLANETA! Cuando reconocí la canción techno antigua que sonaba en el sistema de sonido, *Cow-*

girl de Underworld, al fin uní todas las piezas del rompecabezas. El lugar era una recreación del club ciberpunk que aparecía en la película *Hackers: Piratas informáticos* de 1995.

Desde el lugar en el que me encontraba cerca de la entrada, la sala parecía desierta, pero por encima de la música atronadora oí varias voces superpuestas que mantenían una conversación acalorada. Me adentré un poco más siguiendo el ruido hasta que vi a cinco avatares reunidos en una de las pasarelas del piso superior del club. Estaban sentados o en pie alrededor de una mesa circular que en realidad era una bovina de cable vacía hecha de madera. L0hengrin estaba entre ellos y gesticulaba con emoción mientras hablaba.

Me acerqué con cuidado de no tropezar con ningún mueble hasta que empecé a entender qué decían. Desde la distancia a la que me encontraba también podía leer los nombres que flotaban sobre las cabezas de los otros cuatro avatares: Kastagir, Rizzo, Lilith y Wukong.

—No dejas de decir tonterías, L0 —dijo con voz grave el que se llamaba Wukong—. Más de lo habitual, que ya es decir.

Su avatar era una criatura mitad hombre, mitad mono, lo que explicaba el nombre. Sun Wukong era un personaje de la mitología china llamado «el Rey Mono».

—Venga ya, Rey —dijo L0hengrin al tiempo que ponía los ojos en blanco—. ¿Por qué iba a mentiros sobre algo así?

—¿Para intentar impresionarnos? —dijo Kastagir.

El enorme anfitrión de la sala de chat estaba inclinado en una viga de acero con sus enormes brazos cruzados sobre el pecho. Era un varón humano con piel de ébano y un afro en forma de cresta enorme, lo que añadía más enjundia a su ya de por sí impresionante altura. Llevaba un dashiki de colores chillones y una enorme espada larga y curvada que guardaba en una funda ornamentada, como el personaje del mismo nombre en la primera película de *Los inmortales*.

Lilith dio un paso al frente. Su avatar era el de una joven de pelo alborotado color turquesa, vestida con unos vaqueros rotos y negros, botas de combate y una capucha añil. Tenía el aspecto de una chica emo y alternativa de principios de siglo XX.

—Es normal que estos hombres ignorantes te pongan en duda —dijo—. ¡Pero yo te creo, hermana!

—¡Yo también, L0! —añadió Rizzo, que después estalló una pompa de chicle. La inspiración del avatar de ella volvió a arrancarme una sonrisa: era como el personaje del mismo nombre de la película *Grease*. Una joven Stockard Channing que llevaba una chaqueta negra de motera y unas gafas de sol demasiado grandes. Pero esta Rizzo tenía cierto toque de Columbia de *Rocky Horror*, con medias de rejilla y una chistera con purpurina dorada.

—Gracias, chicas —dijo L0hengrin mientras les hacía una reverencia.

Wukong resopló como un gorila enfadado.

—Muy bien —dijo—. Si de verdad has encontrado uno de los fragmentos, ¿por qué no nos enseñas alguna prueba? ¿Una captura de pantalla o de simulación? Lo que sea.

—Lo haré —dijo L0hengrin al tiempo que levantaba los pies para apoyar las botas en la mesa y se colocaba las manos en la nuca—. Tan pronto como tenga la recompensa.

—Seguro que Parzival recibe miles de correos relacionados con los fragmentos todos los días —dijo Kastagir—. Es muy posible que haya dejado de leerlos hace años.

—Leerá el mío —dijo L0hengrin—. Parzival sabe que yo no le haría perder el tiempo con una pista falsa. Es uno de mis suscriptores, ¿recordáis?

Hizo el gesto de sacudirse el polvo de los hombros.

—¿En serio? —dijo Lilith con sorpresa fingida—. ¿Parzival es uno de tus suscriptores? ¿Por qué no nos lo habías dicho nunca?

—Tranquilo —dijo L0hengrin, que le dio un golpecillo en el hombro a Wukong—. Sé que estás celoso. Yo también lo estaría si fuese tú. César.

Wukong la señaló con el dedo.

—Te tengo dicho que nada de chistes de *El planeta de los simios*, Ricitos de Oro.

—Lo sé —dijo ella con una sonrisa—. Te pones muy serio. Das miedo y todo.

—Un momento —dijo Lilith—. ¿Qué impide a Parzival quitártelo y teletransportarse lejos sin pagarte nada de nada?

—Parzival nunca haría eso —dijo L0hengrin—. Es un tipo honrado.

—Es un pirado rico que actúa como un ser despreciable en las redes sociales —continuó Lilith—. También le gusta dar caza y matar a sus detractores para entretenerse, ¿recuerdas? No deberías confiar en él.

—Mira que sois cínicos, chicos —dijo L0hengrin al tiempo que negaba con la cabeza—. ¡Hay que tener un poco de fe!

—No queremos que te estafe, eso es todo —comentó Rizzo.

—Si os hace sentir mejor, tengo pensado grabar la conversación con Parzival al completo, por si necesito demostrar que fue real.

Todos se quedaron mirando a L0hengrin durante unos momentos.

—No estás de broma, ¿verdad? —preguntó Wukong—. Has encontrado algo de verdad.

L0hengrin asintió con emoción.

—Mil millones de pavos —dijo Rizzo, agitando la cabeza con una sonrisa—. ¿Ya has pensado qué vas a hacer con todo ese dinero?

L0hengrin sonrió y luego echó un vistazo alrededor.

—¡Pensé que nunca me preguntaríais! —dijo ella—. Primero, compraré una casa enorme en Columbus para que todos vivamos juntos. Va a tener una cocina gigantesca que estará siempre llena de comida. Cada uno tendremos una habitación propia y, en el sótano, contaremos con nuestro salón recreativo con videojuegos clásicos en el que podremos pasar el rato. —Hizo una pausa para coger aire—. También me aseguraré de que la nueva morada tiene la conexión a OASIS más rápida que se pueda comprar con dinero. Cuando esté todo listo, ¡podréis mudaros! Vamos a envejecer juntos en ese lugar. Y nunca más dependeremos de nada ni de nadie.

Todos se quedaron mirándola.

—¿En serio? —preguntó Kastagir con una voz que más bien parecía un susurro—. ¿Harías eso?

L0hengrin asintió y luego lo prometió con un gesto.

—Chicos —dijo—. Sois mis cuatro mejores amigos del mundo. Mis únicos amigos, a decir verdad. Y desde que murió mi madre también habéis sido mi única familia. Claro que haría algo así. —Parecía que estaba a punto de llorar, pero en lugar de eso se obligó a sonreír—. Además, somos los Cinco Peores de L0. Prometimos que estaríamos juntos toda la vida, ¿no?

Lilith extendió el brazo y estrechó una de las manos de L0hengrin. El labio inferior de Kastagir empezó a temblar y se giró un poco para intentar ocultarlo. Rizzo tenía lágrimas en los ojos, pero no había dejado de sonreír.

Me di cuenta de que yo también sonreía y estaba a punto de llorar. Era dolorosamente apropiado que estos chicos se llamasen los Cinco Peores de L0, porque el lazo que unía a L0hengrin con sus amigos me recordaba al que yo compartía con los miembros de los Cinco Mejores durante la competición. Pero también me recordó a cómo lo había perdido a lo largo de los años.

—¡Joder! —gruñó Wukong. Levantó la mano hasta los ojos para enjugarse las lágrimas con el dorso de ese peludo antebrazo de simio—. ¡Callaos ya o también me vais a hacer llorar!

Los demás rieron al oírlo, lo que hizo que Wukong también se desternillara de risa.

Sentí de improviso un deseo irrefrenable de descubrir quiénes eran en la vida real y cómo se habían conocido. Para un usuario normal de OASIS, habría sido imposible averiguar la identidad de L0 y sus amigos, pero para mí era tan simple como seleccionar todos los avatares en mi HUD. Después ordené al sistema escanear cada una de sus cuentas de OASIS y mostrarme las similitudes y conexiones más obvias entre ellos. Me informó que L0hengrin, Wukong, Rizzo, Lilith y Kastagir tenían diecinueve o veinte años de edad y que los cinco se habían graduado en la misma escuela pública de OASIS, en Ludus II hacía unos años, la EPO N.º 1126.

Estos gunters eran amigos del instituto, como Hache y yo. Y los cinco formaban parte del Programa de Oportunidades para Jóvenes Desfavorecidos de GSS, que proporcionaba auriculares ONI y consolas OASIS gratis a niños huérfanos o desamparados de todo el mundo.

Me sentí un capullo por haber escuchado la conversación sin permiso, por lo que me desconecté de la sala de chat y recuperé el control de mi avatar en el sótano de Og en Middletown. Pero seguía invisible, por lo que L0hengrin no me vio.

Me quedé allí unos segundos mirando su avatar, como si fingiese que tenía que enfrentarme a mi conciencia. Después tomé la decisión y abrí el perfil de la cuenta privada de L0hengrin para descubrir cuál era su identidad en el mundo real. Justifique la vulneración de privacidad de usuario de OASIS de la misma manera que lo hacía siempre: diciéndome a mí mismo que era necesario. Antes de aceptar la ayuda de L0hengrin a cambio de mil millones de dólares, tenía que descubrir tanto como pudiese sobre ella, para tener una idea de con quién estaba tratando. Pero sabía que eso no eran más que excusas y mentiras. Lo que me hizo abrir el perfil no fue más que curiosidad. Tenía curiosidad por saber quién era L0hengrin en el mundo real. Y tenía la posibilidad de descubrirlo. Así que lo hice.

El nombre real de L0hengrin era Skylar Castillo Adkins. Según su perfil privado, era una mujer de diecinueve años de raza blanca y soltera que vivía en Duncanville, Texas, en unas torres, unas chabolas verticales en expansión cerca del apocalíptico epicentro del Dallas-Fort Worth Metroplex. Era un barrio peor incluso que en el que había crecido yo.

Como ya había vulnerado su privacidad, decidí ponerme en modo Gran Hermano total y echar un vistazo a las cámaras de sus auriculares. Cada auricular tenía diez cámaras de vigilancia montadas en el exterior, lo que permitía al portador echar un vistazo a su cuerpo y a sus alrededores mientras estaba conectado a OASIS. La túnica de Anorak me daba acceso a un submenú secreto en todas las cuentas de usuario de ONI donde podía monitorizar los vídeos de todas esas cámaras. Vamos, que tenía la posibilidad de espiar a la gente en sus casas. Era uno de los secretos más turbios de GSS y seguro que habría una andanada de revueltas y demandas colectivas si se llegaba a descubrir en algún momento. Pero me convencí de que estas eran circunstancias excepcionales.

No estaba preparado para ver lo que vi al abrir las cámaras de los auriculares de Skylar. El oscuro interior de una antigua caravana Airstream iluminado de verde a causa de los filtros de visión nocturna. Vi un robot asistente lavando los platos en el fregadero de la diminuta cocina. Era un Cambiabot Okagami destrozado, llamado así porque servía tanto como telebot y como robot autónomo asistente doméstico. Tenía una escopeta de repetición manual con empuñadura tipo pistola en una funda improvisada amarrada a la espalda, por lo que al parecer Skylar lo usaba para algo más que lavar los platos.

Gracias a algunas de las cámaras delanteras también vi su cuerpo delgado y de aspecto frágil extendido sobre un colchón ajado en la parte trasera de la caravana. Al igual que muchas de las personas que vivían en las Torres, Skylar parecía estar al borde de la desnutrición. Sus facciones demacradas desentonaban con la expresión apacible y de ensueño de su rostro. Alguien le había puesto una vieja manta de Snoopy por encima para que no pasara frío. O no. Puede que lo hubiese hecho ella misma con el telebot. Porque estaba sola, sin nadie que la cuidase.

Sentí un nudo en el estómago. Cerré todas las cámaras de vídeo y examiné el perfil de usuario de Skylar para obtener más información sobre ella. Los registros académicos incluían un certificado de nacimiento que me reveló otra sorpresa. Había nacido varón.

Descubrir ese pequeño detalle no me lanzó de cabeza a una crisis de identidad sexual, como sí habría hecho cuando era más joven. Gracias a los años que había pasado navegando en la ONI-net, ahora sabía lo que se sentía al ser toda clase de personas diferentes y practicar todo tipo de sexo. Había experimentado el sexo con mujeres siendo otra mujer, y el sexo con hombres siendo tanto mujer como otro hombre. Había reproducido todo tipo de sexo heterosexual, homosexual y no binario, por pura curiosidad, y llegado a la misma conclusión a la que llegaban la mayoría de los usuarios de ONI: la pasión es pasión y el amor es amor, independientemente de quienes sean los participantes y del tipo de cuerpo que les asignaran al nacer.

Según el perfil de usuario de Skylar, se había cambiado a mujer al cumplir los dieciséis años, unos meses después de recibir sus primeros auriculares ONI. Más o menos durante la misma época, también había cambiado la clasificación sexual de su avatar a øgénero, una nueva opción añadida por demanda popular. Los que se identificaban como øgénero eran los que elegían experimentar el sexo únicamente a través de los auriculares ONI y no se limitaban a hacerlo con un género o una orientación sexual específica.

Salir del armario como øgénero se volvió algo muy común después del lanzamiento del ONI. Por primera vez en la historia de la humanidad, cualquiera que tuviese dieciocho años podía experimentar con seguridad y facilidad las relaciones sexuales con cualquier género y como cualquier género. Era algo que solía alterar la percepción y la fluidez de la identidad sexual de forma muy profunda. Sin duda también me había cambiado a mí. Y estaba seguro de que le había ocurrido lo mismo al resto de los usuarios de ONI con algo de espíritu aventurero. Gracias a la Interfaz Neural de Oasis, tu género y tu sexualidad ya no estaban restringidos (o limitados) por el cuerpo con el que nacías.

El perfil de Skylar también indicaba que no había ningún miembro de su familia que estuviese vivo. Su madre, Iris Adkins, había muerto a causa de un fallo cardíaco hacía dos años. Y ella había conseguido vivir por su cuenta de alguna manera desde que tenía diecisiete años. En las torres de Dallas-Fort Worth, nada más y nada menos.

Oí un movimiento y cerré al momento el perfil de usuario de Skylar. Después volví a mirar a su avatar, justo a tiempo para ver cómo se abrían los ojos de L0hengrin, indicativo de que acababa de desconectarse de la sala de chat de Kastagir.

Su avatar se puso en pie y empezó a dirigirse a la salida. Yo me encontraba justo en su camino y, en lugar de apartarme, crucé los brazos y adquirí una ominosa pose de hechicero. Después volví a hacerme visible.

LOhengrin se quedó de piedra y, cuando fijo los ojos en mí, me dio la impresión de que eran el doble de grandes. Después hizo una reverencia y se golpeó a la altura del corazón con el puño mientras se arrodillaba.

—Mi señor —dijo con voz temblorosa sin apartar la vista del suelo—. Me llamo LOhengrin. Vuestra humilde servidora. Y una gran fan, señor. De verdad.

—LOhengrin, levanta, por favor —dije—. Yo también soy muy fan de lo que haces.

Ella se levantó y alzó los ojos muy despacio hasta volver a mirar los míos.

—Señor Parzival —dijo. La cabeza le temblaba de la emoción—. Sois vos de verdad.

—Soy yo de verdad, sí —respondí—. Es un honor conocerte, LOhengrin.

—El honor es todo mío —dijo—. Y, por favor, llámeme L0. Todos mis amigos lo hacen.

—Muy bien, L0. —Le ofrecí la mano, y ella la estrechó—. Mis amigos me llaman Zeta.

—Lo sé —dijo al tiempo que me dedicaba una sonrisa avergonzada—. He leído todos los libros que se han escrito sobre ti los últimos años, incluida tu autobiografía, que ya habré leído dos docenas de veces. Me sé de memoria todo lo que hay que saber sobre ti. Todo lo que se ha hecho público, al menos. Se podría decir que estoy un poco obsesionada contigo…

Se quedó en silencio de repente, y se le torció el gesto en una mueca de vergüenza. Después se dio varios golpecitos con el puño en la frente antes de volver a mirarme.

Las mejillas se le habían ruborizado un poco, indicativo de que no había desconectado la reacción de sonrojo de su avatar. Era muy probable que tampoco lo hubiese hecho con el resto de las reacciones emocionales involuntarias. Los usuarios más jóvenes del ONI lo hacían aposta. Lo llamaban «ir de real».

Pobre L0. Su nerviosismo al conocer a su ídolo me recordó a mí mismo. Intenté acelerar un poco la situación, con la esperanza de tranquilizarla pero también porque estaba impaciente por saber lo que había descubierto.

—Tengo ganas de ver lo que has encontrado —dije—. ¿Te importaría enseñármelo?

—¡Claro que no! —respondió—. ¿Ahora mismo?

Asentí.

—No dejes para mañana lo que puedas hacer hoy.

—Muy bien. —Dedicó una mirada nerviosa a las ventanas del sótano y bajó la voz—. Pero primero me gustaría mostrarte cómo lo encontré, para que puedas repetirlo. Esa es la razón por la que te estaba esperando aquí en lugar de en la casa de Kira.

—De acuerdo. Adelante.

L0hengrin dio unos pasos inseguros hacia el otro extremo del sótano antes de detenerse y girarse hacia mí.

—A ver, señor Watts —dijo sin levantar la vista del suelo—. No quiero sonar irrespetuosa, pero ¿te importaría confirmarme verbalmente que la recompensa sigue siendo mil millones de dólares estadounidenses?

—Claro —dijo—. Si lo que me cuentas me ayuda a localizar uno de los siete fragmentos del alma de la sirena, transferiré de inmediato mil millones de dólares a tu cuenta de OASIS. Todo está escrito en el contrato que firmaste cuando me enviaste la pista.

Antes de que alguien me enviara información para localizar los fragmentos, tenía que firmar un «contrato de comunicación de pista de los fragmentos» que mis abogados habían esbozado.

Busqué la copia que había firmado L0hengrin y la abrí en una ventana frente a ella. La letra era demasiado pequeña como para leerla sin entornar los ojos, y el texto se extendía a lo largo de varias páginas.

—Este contrato afirma, entre otras cosas, que la información que me vas a dar es válida y accedes a no compartirla con nadie durante un período de tres años. También aceptas que no revelarás a nadie los detalles de nuestra transacción, ni siquiera a los medios de comunicación. De hacerlo, renunciarás a la recompensa y podré recuperarla al completo…

—Ah, sí. He leído el contrato —dijo ella, con una sonrisa pero aún sin mirarme a la cara—. Unos miles de veces. Lo siento, no quería ofenderte. Es que… son muchos zenis.

Reí.

—No te preocupes, L0. Si me ayudas a encontrar uno de los siete fragmentos, el dinero es todo tuyo. Lo prometo.

Ella asintió y respiró hondo. La mirada de histérica expectación de su rostro hizo que mi corazón también empezase a latir desbocado. Si esta chica estaba mintiendo y no había encontrado uno de los fragmentos, se merecía un Óscar por la interpretación.

L0hengrin se dio la vuelta y caminó hacia las estanterías que cubrían la pared del fondo del sótano. Estaban llenas de libros de bolsillo de ciencia ficción y fantasía, suplementos de juegos de rol y números antiguos de varias revistas clásicas de juegos, como la *Dragón* y la *The Space Gamer*. L0 empezó a rebuscar entre la gran colección de viejos módulos de *Dungeons & Dragons*, al parecer en busca de uno en particular.

Yo había revisado esa misma estantería hacía siete años, durante los primeros días de la competición de Halliday. Y había leído por encima la mayoría de los módulos y revistas, pero no todos. Los títulos que me faltaban aún seguían en mi lista de pendientes cuando gané el concurso, momento en el que me olvidé por completo de ellos. Ahora no dejaba de arrepentirme ni de preguntarme qué se me había pasado.

—He estado los últimos años rebuscando en Middletown

para encontrar la manera de cambiar el período temporal de la simulación —dijo L0—. Ya sabes. Por el pareado.

—¿El pareado?

L0 dejó de buscar y se giró para mirar.

—El de la lápida de Kira.

—Ah, sí —dije—. Ese pareado.

No tenía ni idea de lo que estaba hablando, y sin duda L0-hengrin se había percatado de ello al verme la cara. Abrió los ojos, sorprendida.

—Dios. Ni siquiera sabes lo del pareado, ¿verdad?

—No —confesé al tiempo que levantaba ambas manos—. Supongo que no.

Ella frunció el ceño y negó con la cabeza, como si dijese: «Qué bajo has caído».

—¿Sabes esa escena de la adaptación de *Las dos torres* de Peter Jackson en la que el rey Théoden coloca una simbelmynë sobre la tumba de Théodred? —preguntó.

Asentí.

—Pues si visitas la recreación de la tumba de Kira que hay en la TTierra y colocas una simbelmynë cogida en Arda, aparece un pareado en la lápida —explicó L0—. Es posible que haya otras flores oriundas de la Tierra Media que causen el mismo efecto. No estoy segura, pero tampoco lo he probado.

Me sentí como un auténtico imbécil. Había visitado la tumba de Kira en la TTierra varias veces en busca de pistas, pero nunca se me había ocurrido algo así. Al menos, fui capaz de ocultar el bochorno, ya que yo no «iba de real».

L0hengrin abrió una ventana de navegador delante de su avatar y luego la giró para que yo la viese. En ella aparecía una captura de pantalla de la lápida de Kira en la TTierra. Bajo su nombre y las fechas de nacimiento y muerte había una inscripción: AMADA ESPOSA, HIJA Y AMIGA. Debajo de ella había dos líneas adicionales de texto que no aparecían en su tumba del mundo real:

En el cubil de la sirena encontrarás el primer fragmento

Por lo que la pregunta no es dónde, sino cuándo en el tiempo

Eso era. Después de todos estos años, al fin veía una pista de verdad. Me daba la impresión de que L0hengrin era la primera y única persona que la había descubierto por el momento, ya que nadie me había enviado por correo algo parecido para hacerse con la recompensa.

—Cuando encontré el pareado —continuó L0—, creí que el «cubil de la sirena» tenía que ser el lugar en el que Kira había creado a Leucosia, su viejo dormitorio de invitados en Middletown. Pero el período de la simulación estaba fijado en 1986. Kira solo vivió en Middletown durante el primer año de instituto, de otoño de 1988 a verano de 1989, por lo que para llegar al cubil de la sirena tenía que averiguar la manera de cambiar el período temporal de la simulación a un «cuándo» diferente. Intenté todo lo que se me ocurrió, hasta viajar en el tiempo. —Levantó un objeto que parecía a un reloj de bolsillo sobredimensionado, un dispositivo cronodesplazador poco habitual y llamado Omni—. Pero no hubo manera. Aquí no funcionan las máquinas temporales, no como en otros planetas, como el Zemeckis.

Era algo que yo ya sabía. Había traído hasta aquí el ECTO-88, mi máquina del tiempo, para intentar lo mismo. Había mejorado el coche con un condensador de fluzo funcional (y carísimo), que me permitía cronodesplazarme en los planetas en los que era posible. Por ejemplo, en la TTierra podía viajar hasta 2012, el año en el que OASIS se había puesto a la venta y GSS había empezado a crear copias de seguridad de la simulación en los servidores. Pero el condensador de fluzo no había funcionado en Middletown, por lo que había dado por hecho que viajar en el tiempo no era una opción allí.

—Pero ese acertijo me había dejado claro que cambiar el período temporal tenía que ser parte de la solución —continuó L0—, por lo que seguí buscando otra manera de hacerlo…

Se dio la vuelta y siguió rebuscando entre los módulos de *D&D* de los estantes.

—Entonces, a principio de semana me topé con algo muy extraño mientras rebuscaba en la antigua biblioteca de juegos de Og.

Localizó al fin lo que buscaba y me lo acercó. Era un antiguo calendario del año 1989 envuelto en plástico y en el que se apreciaban las obras de un artista de fantasía llamado Boris Vallejo. La de la cubierta era una de las valkirias cabalgando hacia la batalla.

Abrí los ojos de par en par y salí corriendo hacia el calendario que ya estaba colgado en la pared del sótano. También era uno de ilustraciones de Boris Vallejo, pero de 1986 en este caso. Estaba abierto por el mes de octubre, y en él aparecía la imagen de una guerrera con biquini de batalla a lomos de un corcel negro y empuñando un anillo mágico dirigido a una bandada de dragones que se abalanzaban sobre ella desde los cielos. Había buscado el nombre de la ilustración por curiosidad en una ocasión. Se llamaba *Anillo mágico* y también se había usado como cubierta de una novela de fantasía de 1985 llamada *Warrior Witch of Hel*.

Al igual que el resto de los elementos decorativos que adornaban las paredes del sótano de Og, el calendario no podía quitarse ni romperse. Y no se podía cambiar de página para pasar a otro mes.

—Halliday programó la simulación para recrear su ciudad natal durante el año 1986, ¿verdad? —dijo L0—. Entonces ¿cómo es que aquí hay un calendario de 1989?

—Buena pregunta —dije al tiempo que miraba el calendario de la pared y el que ella tenía en la mano—. Pero los gunters de todo el mundo se han pasado años analizando el contenido de esta estancia. ¿Cómo es que ninguno lo ha encontrado?

—Porque no estaba aquí —dijo L0 con una sonrisa de oreja a oreja—. He buscado en la Gunterpedia. Hay un inventario de todos y cada uno de los objetos de este sótano. El único calendario que aparece en dicha lista es el que cuelga de la pared. —Alzó el calendario de 1989—. Así que o no vieron este de aquí o...

—Apareció en la estantería después de que terminase la competición de Halliday —comenté.

L0hengrin asintió y me extendió el calendario de 1989.

—Ahora intenta cambiarlo por el que está en la pared.

Cogí el calendario que me ofrecía L0hengrin y, con la otra mano, quité el que estaba colgado. Para mi sorpresa, pude sacarlo del clavo. Después coloqué con cuidado el de 1989 y lo abrí por el mes de enero.

Tan pronto como lo solté, las páginas empezaron a levantarse por su cuenta hasta llegar al mes de abril. El cielo del exterior cambió rápidamente entre el día y la noche mientras pasaban las páginas, lo que sumió la estancia en un efecto de luz estroboscópico por unos instantes. La simulación de Middletown al completo se pasaba hacia delante a nuestro alrededor, como una película proyectada a cámara rápida.

Cuando terminó el efecto lumínico, me di cuenta de que lo que nos rodeaba había cambiado. Los sofás del sótano de Og estaban colocados de otra manera y había dos estanterías más en la pared del fondo, ambas llenas con más suplementos de juegos. También había pósteres nuevos en las paredes. Pero la diferencia más llamativa era la hora del día. Se había hecho de noche en el exterior. Las farolas estaban encendidas y había luna llena.

—Vaya —me oí susurrar.

Miré el reloj despertador digital que había en lo alto de una de las estanterías. La pantalla brillaba en azul y marcaba la 1:07 de la madrugada.

Me di la vuelta hacia L0hengrin. Estaba henchida de orgullo.

—Cambiar los calendarios cambia el período temporal de la simulación de Middletown desde octubre de 1986 hasta abril de 1989 —explicó—. Pero esta es la única copia que ha cambiado. Las otras doscientas cincuenta y cinco Middletown que hay por el planeta siguen ancladas en 1986. Lo he comprobado.

—Si estamos en abril de 1989 —dije—, ¿qué ocurre si vamos ahora al dormitorio vacío de la residencia Barnett?

L0 sonrió.

—Antes de ir, es necesario encontrar un objeto que se encuentra en esta habitación. Una cinta de casete que Kira le regaló tanto a Halliday como a Og…

Se quedó mirándome para comprobar mi reacción.

—¿Estás poniendo a prueba mis conocimientos o qué? —pregunté.

L0 asintió y se cruzó de brazos. La expresión dubitativa de su rostro me hizo estallar en carcajadas.

—Se llamaba el *Mix de Leucosia* —dije—. Oscar Miller la menciona en sus memorias, *El gremio de aventureros de Middletown*, pero no indica cuál es la lista de canciones completa. Solo menciona una canción de la cinta: *There Is a Light That Never Goes Out* de The Smiths.

L0 asintió.

—Perfecto —dijo—. Y ahora que hemos llegado a 1989, hay dos copias del *Mix de Leucosia* en la simulación de Middletown. Una en el walkman de Halliday que hay en su dormitorio, y otra aquí.

Se acercó a la ventana que daba al suelo que había al otro lado del sótano y que se abría al patio trasero de los Morrow iluminado por la luna. El radiocasete de Og se encontraba en el alféizar. Pulsó el botón para abrir la pletina y sacó la cinta.

—Según el libro de Miller, Kira hizo dos copias —dijo al tiempo que la alzaba—. Le dio una a Og y otra a Halliday unos meses antes de que terminase el curso de intercambio y tuviese que regresar a Londres.

Me tiró la cinta y yo la alcé para leer la pegatina que tenía en la cara A: MIX DE LEUCOSIA estaba escrito en cursiva sobre una lista de canciones anotadas con la misma letra.

—Gracias —dije al tiempo que añadía la cinta a mi inventario.

L0 ya había empezado a subir corriendo por las escaleras del sótano.

—La casa de Kira está solo a unas manzanas de aquí —gritó por encima del hombro—. ¡Sígueme!

Cuando llegamos a la residencia Barnett unos minutos después, L0hengrin se detuvo en la acera oscura que llevaba a ella. Después señaló la ventana de la habitación de Kira, que se encontraba en el segundo piso. Era la única habitación de la casa con la luz encendida. De hecho, al observar la calle de arriba abajo me di cuenta de que era la única ventana iluminada de toda la manzana.

L0hengrin vio que me daba cuenta y asintió con aprobación. Pero no dijo nada.

Reflexioné unos instantes y luego saqué la copia del *Mix de Leucosia* del inventario para examinar la lista de canciones. Ahí estaba, la séptima canción de la cara A. *There Is a Light That Never Goes Out* de The Smiths. Una de las favoritas de Kira.

Me giré para comentárselo a L0hengrin, pero ya había salido corriendo hacia la casa. La seguí al interior.

· · ·

L0hengrin me esperaba dentro de la habitación de invitados. En mis visitas anteriores, la estancia estaba casi vacía y sin decorar, con una cama, una cómoda y un pequeño escritorio de madera. Ahora había libros de bolsillo de fantasía y ciencia ficción apilados por todas partes y pósteres que cubrían las paredes. *Cristal oscuro. El último unicornio. Purple Rain.* The Smiths. También *collages* de imágenes y personajes de videojuegos hechos con recortes de revistas.

Había hojas de papel cuadriculado amontonadas por todas partes, llenas de los meticulosos dibujos que Kira hacía de personajes, objetos y paisajes de videojuegos de rol clásicos, como *Bard's Tale* o *Might and Magic*. Una vez leí que Kira pasaba cientos de horas copiando píxeles de la pantalla con papel cuadriculado, coloreándolos a mano uno a uno para así descubrir cómo los diferentes artistas conseguían dar esos efectos y mejoraban sus técnicas. Más tarde, cuando empezó a trabajar en GSS, se hizo famosa por crear ilustraciones que llevaban al límite las capacidades del *hardware* de la época. Og siempre decía con tono orgulloso que su mujer «tenía facilidad para dar vida a los píxeles».

Me di la vuelta despacio para contemplar tantos detalles como fuese posible. No había fotos de familia en ninguna parte, pero sí que tenía varias fotografías pegadas con cinta alrededor del espejo en las que salían ella y su grupo de amigos frikis: Halliday, Og y los otros inadaptados sociales que formaban parte del Gremio de Aventureros de Middletown. Varios de ellos escribirían más adelante libros reveladores sobre cómo había sido crecer con Halliday y Og, y como todo buen gunter que se preciase, me los había leído de cabo a rabo en busca de detalles que me ayudasen a averiguar las soluciones a los rompecabezas y acertijos que Halliday había dejado tras de sí. Los había vuelto a leer hacía unos años para, en esta ocasión, fijarme más en los detalles sobre la vida de Kira, por lo que sabía que en ninguno de ellos se describía el interior de su habitación en la residencia Barnett. Nunca había permitido que entrase en ella ningún hombre, por lo que los chicos del gremio no habían visto el lugar, ni siquiera Og ni Halliday. Pero me apuesto lo que sea a que ambos habían pasado mucho tiempo intentando imaginarse cómo era. De hecho, quizá lo que estaba viendo ahora no era más que eso: una simulación de cómo Halliday se había imaginado que podría ser la habitación de Kira en la época.

En el escritorio de Kira había un pequeño televisor a color con un ordenador Dragon 64 conectado. Verlo me hizo sonreír. El Dragon 64 era un PC británico con el mismo *hardware* que el TRS-80 Color Computer 2, el primer ordenador que Halliday había tenido jamás. Según una de las entradas de su diario que había incluido en el *Almanaque de Anorak*, cuando descubrió que Kira y él tenían ordenadores personales, Halliday se lo tomó como la prueba definitiva de que estaban destinados a estar juntos. Estaba equivocado, claro.

Kira también tenía una impresora matricial conectada al ordenador, y el tablón de corcho enorme que estaba colgado sobre el escritorio albergaba páginas impresas de antiguas imágenes ASCII y ANSI. Muchos dragones, unicornios, elfos, hobbits y castillos, todos pixelados. Los había visto reimpresos en recopilaciones de las ilustraciones de Kira, pero al verlos ahí me sorprendió el detalle y los matices que había sido capaz de crear con tan pocos píxeles y una paleta de colores tan limitada.

L0hengrin atravesó la habitación hasta llegar a la cómoda de Kira, que tenía un pequeño sistema estéreo Aiwa encima. Pulsó el botón para sacar la cinta de la pletina y la señaló.

—Venga —dijo—. Haz los honores...

Me acerqué, metí el *Mix de Leucosia* en la pletina vacía y pasé la cinta hasta llegar al final de la sexta canción de la primera cara (*Jessie's Girl* de Rick Springfield). Cuando pulsé el botón para reproducirla, oí unos segundos de siseo analógico antes de que empezase la canción y oyese la voz grave de Morrissey: *Take me out tonight...*

Eché un vistazo por la habitación. No pasó nada. Miré a L0hengrin. Ella alzó una mano y articuló la palabra «espera» con los labios.

Y esperamos. Esperamos tres minutos de canción, hasta cuando Morrissey empieza a repetir el título una y otra vez.

There is a light and it never goes out...

Cuando pronunció la palabra *«light»* por primera vez, se abrió la tapa de un joyero de madera que había junto al equipo estéreo y un collar salió flotando del interior, como si lo levantase una mano invisible. Era de plata y tenía una piedra preciosa azul. Reconocí que era uno de los que Kira llevaba en la foto del anuario del instituto Middletown de 1989. Según su autobiografía, se lo había regalado Og la primera vez que le había dicho que la quería.

Cuando terminó la canción de The Smiths, la estancia quedó inundada con un destello de luz. Cuando se desvaneció, el collar flotante se había transformado en un cristal enorme y azul con forma de lágrima que giraba frente a nosotros a la altura de los ojos.

Ahí estaba. Al fin. Uno de los siete fragmentos del alma de la sirena.

Contemplé el fragmento con gesto de sorpresa y sentí una extraña combinación de emoción y decepción. Al fin había descubierto el lugar donde se escondía el primero, pero había sido
incapaz de hacerlo por mi cuenta, a pesar de haber estado más de
tres años intentándolo. Me habían llevado hasta él, como un
noob que usa una guía. Había tenido que comprar esta victoria
como un sixer que no tenía ni idea, en lugar de conseguirlo por
mi cuenta o con la ayuda de mis amigos…

Pero la vergüenza no fue capaz de hacerme olvidar el alivio
y la certeza. Los fragmentos eran reales. Aún no estaba seguro
de qué era lo que buscábamos ni por qué, pero ahora sabía que
no se trataba solo de un acertijo sin sentido. Era otra competición creada por Halliday. Y, fuese cual fuese el premio, tenía que
ser importante.

Vi un borrón de movimiento con el rabillo del ojo mientras
L0hengrin extendía la mano hacia el fragmento, que no había
dejado de rotar. Su mano lo atravesó como si fuese un holograma.

—He intentado cogerlo una docena de veces y de muchas
formas diferentes —dijo—. Da igual lo que intente, mi mano lo
atraviesa. No creo que nadie pueda tocarlo excepto tú, el heredero de Halliday. Para conseguirlo, tendrás que «pagar un tributo», signifique lo que signifique.

«Para conseguir que vuelva a estar entera, tributos mi heredero pagará por su sino.»

—Solo hay una manera de averiguarlo —dije mientras extendía el brazo hacia el fragmento.

Mis dedos no lo atravesaron, sino que se cerraron alrededor. Y mientras lo hacían…

· · ·

Aparecí al instante en otro lugar. Estaba en un aula llena de antiguos BBC Microcomputers. No había nadie más a mi alrededor. Me encontraba sentado en uno de los ordenadores y vi mi reflejo en el monitor. Pero no era yo. Era el rostro de Kira Underwood el que me miraba desde la pantalla. Ella… o yo, mejor dicho, parecía tener unos nueve o diez años. ¡Me sentía emocionado! Notaba un hormigueó en la piel y en el cuero cabelludo y también lo acelerado que tenía el pulso y cómo el corazón me latía desbocado en el pequeño pecho. En la pantalla, admiraba una ilustración que acababa de terminar: un unicornio pixelado alzado sobre las patas traseras y recortado contra una luna creciente.

Reconocí la imagen. Era famosa. Era la primera ilustración digital que Kira Underwood había creado jamás. Y al parecer acababa de revivir el momento posterior a terminarla…

· · ·

Y después volví a aparecer en mi cuerpo, de pie en el dormitorio de Kira, en la habitación de invitados de Middletown.

De alguna manera, había pasado unos instantes en el pasado de Kira.

No había terminado de recuperarme, pero una multitud de repiqueteos empezaron a sonar en mis oídos y un mensaje apareció en mi HUD:

«¡Felicidades, Parzival! ¡Has encontrado el primero de los siete fragmentos del alma de la sirena!»

—¿Qué ha pasado? —dijo L0hengrin—. Te has quedado sin conocimiento un segundo. ¿Estás bien?

Miré el fragmento de cristal luminoso que tenía en la mano.

—He tenido una especie de visión —dije—. Como un *flash-*

back momentáneo. Supongo que ese era el «tributo» que tenía que pagar.

—¿Un *flashback*? —repitió ella despacio—. ¿A qué te refieres?

—Sentí como si estuviese en una grabación del ONI —dije—, pero solo duró unos pocos segundos. Era Kira Underwood y reviví el momento en el que creó ese unicornio en un ordenador de la escuela cuando tenía diez años.

—¿El Unicornio de la Luna Creciente? —preguntó L0 con los ojos muy abiertos a causa de la sorpresa—. Pero tuvo que ser una simulación, ¿no? Los auriculares ONI no existían en los años ochenta. Y Kira murió años antes de que se inventasen siquiera.

Asentí. Yo había pensado lo mismo.

—Está claro que no podía tratarse de una grabación ONI de verdad —dije—, pero era muy parecido. Seguro que se trataba de una simulación creada por Halliday. Aunque no tengo ni idea de cómo puede haber conseguido que parezca tan convincente...

—Ni «por qué» —añadió L0 al tiempo que agitaba la cabeza—. ¿Por qué crear una simulación de uno de los recuerdos de infancia de Kira, desde su punto de vista? Eso sería una noche entera de programación, una demasiado complicada incluso para Halliday...

Me hice la misma pregunta, pero en ese momento apareció en mi HUD el aviso de una notificación urgente. Era un icono que no había visto en años, una alerta del Marcador. Cuando la seleccioné, se abrió una ventana de navegador delante de mi avatar en la que aparecía la antigua página web de Halliday, el lugar donde en el pasado se encontraba el Marcador de la competición. Unos segundos después de haber encontrado el Huevo y ganado la competición, el Marcador había desaparecido y sido reemplazado por mi avatar ataviado con la túnica de Anorak, así como el mensaje: ¡PARZIVAL GANA!

La imagen había desaparecido, y en su lugar reapareció un nuevo Marcador. Pero en vez de tener una lista de los diez mejores jugadores, este solo tenía el nombre de un avatar, el mío. Y en lugar de una puntuación numérica, junto a mi nombre aparecía un icono con forma de fragmento azul seguido por seis huecos vacíos.

—Vaya —susurró L0hengrin mientras se pasaba la mano por el pelo corto y rubio. Señaló el icono del fragmento azul que brillaba en el Marcador—. Ahora todo el mundo sabe que acabas de conseguir el primer fragmento. Los canales de noticias tienen que estar a tope.

Giré el fragmento en mis manos y luego lo levanté para examinarlo más de cerca. Había una inscripción grabada en la superficie cristalina:

Unos y ceros, sus pinturas y lienzos son
La primera campeona degradada a campeón

—«La primera campeona degradada a campeón» —repitió L0hengrin, que se había colocado a mi lado de improviso—. ¡Joder! Creo que sé a qué…

—¡No, por favor! —dije, y silencié su avatar antes de que terminase la frase—. Aprecio tu ayuda, pero puedo hacerlo yo solo a partir de ahora.

—Oh —dijo ella en voz baja—. Vale. Entiendo.

—Te lo agradezco —dije al tiempo que guardaba el fragmento en mi inventario para ocultarlo.

—Si te quedas atascado, no dudes en llamarme —dijo L0—. ¡He hecho una búsqueda completa de esta versión de Middletown en 1989 y visto miles de cosas que no creerías! ¡Pistas que seguro serán útiles! Y son cosas que no sabe nadie más…

—Agradezco la oferta —repetí—, pero creo que vas a estar muy ocupada durante los próximos meses… gastándote la recompensa. Ha llegado la hora de cobrar, Billie Jean.

Se le iluminó el rostro.

—Un momento. ¿Qué? ¿Ahora mismo?

Extendí el brazo hacia el HUD de mi avatar y vi cómo ella contenía el aliento. Abrí el menú de transacciones financieras, seleccioné su avatar en la pantalla y toqué una serie de iconos. Y ya está. Transferí mil millones de dólares de mi cuenta de OASIS a la de L0.

Me dio la impresión de que había estado a punto de desmayarse al ver la transferencia en su cuenta.

—Felicidades, L0 —dije—. Te lo has ganado con el sudor de tu frente. No te lo gastes todo de una vez.

Le ofrecí la mano y ella la estrechó. Abrió y cerró la boca varias veces, pero no dijo nada. Después se abalanzó hacia mí con los brazos abiertos y me quedé allí de piedra unos segundos hasta que le devolví el abrazo.

—No sabes cuánto significa para mí —dijo cuando me soltó al fin—. Esto va a cambiar mi vida. Y la de todos mis amigos. Podremos comprar una casa en Columbus en la que vivir juntos.

—Eso me parece un plan fantástico —comenté, con la voz un poco quebrada—. Cuando os hayáis mudado todos, espero que me invitéis a pasar el rato alguna que otra vez. También podéis venir a mi casa. No me vendría mal tener más amigos en el mundo real.

—Bueno, ya veremos… —rio ella con nerviosismo—. Aún te quedan seis fragmentos más que encontrar… Y yo tengo… muchas cosas que hacer…

Frunció el ceño mientras reflexionaba sobre toda la logística necesaria para usar su recién adquirida riqueza en hacer realidad sus sueños. Sabía por experiencia lo abrumador que resultaba.

Abrí una ventana frente a mi avatar en la que volvió a aparecer el contrato.

—Recuerda. Aceptaste no decirle a nadie cómo encontrar el fragmento ni compartir ninguno de los detalles de nuestra interacción hasta que haya encontrado los siete. Si lo haces, anularé el acuerdo.

Me miró con gesto nervioso.

—No pasa nada —dije—. Sé que es probable que le hayas contado a alguno de tus amigos cómo lo encontraste y que tenías pensado ponerte en contacto conmigo. Eso da un poco igual...

—Oye —dijo al tiempo que alzaba un dedo para señalarme—. ¿Nos estabas espiando en nuestra sala de chat? ¿Si, verdad? ¡Igual que hizo Og contigo y tus amigos durante la competición!

Ignoré la acusación.

—Limítate a asegurarte de que nadie sabe dónde ni cómo encontrar el fragmento, ¿vale? —dije—. Al menos hasta que encuentre los siete. Después, como si quieres escribir un libro con tus memorias.

Ella asintió despacio y se mordió el labio inferior.

—Entendido —dijo al fin—, pero haznos un favor a todos tus fans incondicionales, como yo, y no vuelvas a hacer cosas que nos avergüencen. ¿Te parece?

Antes de tener tiempo para responder, L0 levantó ambas manos, me dedicó una sonrisa avergonzada y siguió hablando muy rápido.

—Te lo digo con todo el respeto, claro. Porque te admiro, tanto a ti como todo lo que has conseguido. Es solo que has perdido un poco las formas. Lo que tiene todo el sentido del mundo... ¡te hiciste rico y famoso de la noche a la mañana! ¿Sabes lo que decía Bill Murray al respecto? «Cuando te haces famoso, te pasas un año o dos comportándote como un gilipollas integral. Es inevitable. Le pasa a todo el mundo. Y tienes dos años para resolverlo o te quedas así para toda la vida.»

Fruncí el ceño.

—Yo he sido famoso durante más de tres años.

—¡Lo sé! —aseguró ella con tono animado—. Pero nunca es tarde para cambiar las cosas.

Asentí e intenté que no se notará lo mucho que sus palabras habían herido mi orgullo.

Bajó las manos y soltó el aire.

—Lo siento. Tenía que decirlo. Ya lo he dicho. Hora de cerrar el pico, L0.

Hizo el gesto de la cremallera en sus labios. Demasiado tarde, en mi opinión. No estaba seguro de si me sentía conmovido, dolido o enfadado por lo que acababa de decirme. Quizá las tres cosas al mismo tiempo.

—¿Quieres saber cuál es mi cita favorita de Bill Murray? —pregunté.

Ella asintió.

—«Siempre le digo lo mismo a la gente que quiere ser rica y famosa: "intenta hacerte rico primero, porque a lo mejor eso es lo único que quieres".»

L0 rio y negó con la cabeza.

—No tengo ni idea de cómo ser millonaria, y mucho menos milmillonaria. Esto es una locura...

Me dedicó una sonrisa nerviosa, y reconocí la mirada abrumada de su rostro. La había visto en el espejo la mañana después de ganar la competición de Halliday.

—Mira, L0 —dije mientras escribía un breve mensaje de texto en mi HUD—, voy a pedir a uno de mis ayudantes de GSS que se ponga en contacto contigo. Un tipo llamado Marvin. Es buena persona. Será tu ayudante durante las próximas semanas, ¿te parece? Puede asesorarte con la mudanza a Columbus. Contratar a un buen abogado y a un contable. Encontrar una inmobiliaria y una empresa de mudanzas para ti y tus amigos. Lo que necesites. Y también me gustaría ponerte una escolta de seguridad hasta que lo hayas hecho todo. Prometo que no te molestarán. ¿Qué me dices?

Ella asintió, y las lágrimas que se le habían acumulado en los ojos empezaron a resbalarle por las mejillas.

—Gracias, señor Watts —dijo—. Wade.

—Gracias, L0 —dije yo.

Le di una de mis tarjetas de visita, diseñadas para parecerse a un antiguo cartucho de *Adventure* de la Atari 2600.

—Llámame si necesitas algo —dije—. Cualquier cosa.

Miró la tarjeta. Después me la arrancó de las manos y se apresuró a darme una de las suyas. Estaba diseñada para parecerse a una copia en VHS de *La leyenda de Billie Jean*. La añadí de inmediato a mi inventario.

—Gracias de nuevo por la ayuda —dije al tiempo que le dedicaba un breve saludo—. Cuídate, ¿vale?

Me teletransporté a mi fortaleza de Falco antes de que pudiese decir nada.

•   •   •

Me sentí agotado de repente. Y ya casi había gastado mi límite de uso diario de ONI de doce horas. Solo me quedaban unos cuarenta y cinco minutos. Algunos usuarios podían conectarse la totalidad de las doce horas cada día sin sufrir efectos secundarios, pero yo no era uno de ellos. Siempre intentaba desconectarme antes de que empezase a contar la última media hora para evitar el riesgo de tener convulsiones o migrañas. Decidí esperar al día siguiente para empezar a buscar el segundo fragmento.

Vi que tenía llamadas perdidas tanto de Hache como de Shoto, pero estaba demasiado cansado como para devolverlas. Decidí que sería lo primero que haría la mañana siguiente.

Cuando me desconecté de OASIS, mis auriculares ONI me despertaron del estado onírico en el que me inducían y reconectaron mi mente con mi cuerpo físico. El proceso siempre tardaba unos minutos. Era muy parecido a despertar de un sueño muy vívido. Cuando volví a abrir los ojos, vi que me encontraba en mi ataúd de inmersión, acurrucado en la silla reclinable de viscogel.

Pulsé un botón del panel de control y el cristal blindado de la cabina se abrió con un siseo neumático. Me impulsé al exterior tarareando y cantando entre murmullos una vieja canción de Soul II Soul de los años ochenta. *Back to life. Back to real-it-y.*

Mi propia piel me resultaba muy pesada. Me arrastré hasta el otro extremo de la casa, subí las escaleras a duras penas y me derrumbé en la cama. Caí rendido unos minutos después de apoyar la cabeza en la almohada.

La mayoría de los usuarios diarios de ONI pierden la capacidad de recordar sus sueños, aunque sigan entrando en fase REM todas las noches. Por desgracia, yo seguía recordándolos o, mejor dicho, recordándolo. Tenía un único sueño recurrente que llevaba agobiándome una o dos veces por semana durante los últimos años.

Y esa noche lo volví a tener a pesar de la emoción por obtener uno de los fragmentos.

Los detalles siempre eran los mismos...

Me encontraba en el estudio de Anorak, junto al Gran Botón Rojo. A veces tenía la mano derecha colocada sobre él y otras, como era el caso de hoy, lo había pulsado. Siempre atisbaba mi reflejo en la superficie de plástico espejada del botón. Veía mi rostro, el rostro de Wade, en lugar del de mi avatar Parzival, aunque llevaba puesta la túnica de Anorak.

Tan pronto como descubría el lugar en el que me encontraba, dos torres de amplificadores dorados Marshall aparecían mágicamente a cada lado del áureo Huevo de Pascua de Halliday y una canción inquietantemente familiar empezaba a sonar por ellos a un volumen atronador: *Push It* de Salt-N-Pepa.

Después, las raperas Salt y Pepa salían de detrás de la torre de amplificadores con micrófonos dorados y con el aspecto que tenían en el videoclip musical de 1986. Luego, DJ Spinderella surgía por detrás del Huevo de Halliday y escracheaba un par de discos de oro que estaban en un tocadiscos también dorado.

Al cabo, sin que yo me hubiese movido aún y con la mano puesta todavía en el Gran Botón Rojo, Salt-N-Pepa cantaban sin parar el estribillo de la canción durante lo que siempre se me antojaban horas:

> *Ah, push it, push it good*
> *Ah, push it, push it real good*
> *Oooh, baby, baby! Baby, baby!*
> *Oooh, baby, baby! Baby, baby!*

Lo cierto es que, para ser una pesadilla recurrente, no era tan horrible. Pero limitarme a decir que la canción se me había quedado grabada en la cabeza era quedarse cortísimo. Tenía cada letra de todas y cada una de las palabras grabada a fuego en las neuronas de mi cerebro. Estuviera conectado o desconectado, despierto o dormido, la imagen de mi rostro reflejado en la superficie del Gran Botón Rojo siempre acechaba en las profundidades de mi mente mientras la canción se reproducía en un bucle infinito, diciéndome una y otra vez «¡púlsalo!», pero no solo eso, sino que además lo hiciese «hasta el fondo».

El sueño solía terminar así, pero esa noche me armé de valor y seguí el consejo de Salt-N-Pepa...

«A jugar», recuerdo pensar justo antes de pulsar el Gran Botón Rojo con la palma abierta de la mano derecha. Se iluminó y empezó a oírse la alarma de la Estrella de la Muerte en la distancia. Después el botón comenzó a iluminarse cada vez más rápido y brillante a medida que el color cambiaba de rojo a blanco.

Cuando me di la vuelta, Salt-N-Pepa habían desaparecido, y en su lugar se encontraban los integrantes de Men at Work cantando el estribillo de su éxito de 1983: *It's a Mistake.*

Corrí al exterior, al balcón. Pero ya no estaba rodeado por el paisaje simulado de Chthonia. Me encontraba en las Torres de Portland Avenue en Oklahoma City, el lugar donde crecí. Y la caravana de mi tía Alice estaba frente a mí, sostenida de manera precaria en lo alto de una torre. Mi tía se encontraba en la ventana de su dormitorio y me miraba con amarga resignación.

Bajé la vista hasta la caravana de la señora Gilmore y la vi también, en la ventana, donde daba de comer a algunos de sus gatos. Me vio y sonrió. Las bombas que IOI había plantado en el exterior detonaron cuando empezaba a levantar la mano para saludarme, y la torre al completo estalló y se convirtió en una columna de fuego apocalíptica...

Y en esta ocasión no pude echarle la culpa de sus muertes a Sorrento. Yo era quien había pulsado el botón. Yo era el culpable...

Pero no tendría que vivir con esa angustiosa culpabilidad durante más que unos segundos, porque la infraestructura de la base de la torre llameante de caravanas empezó a agitarse y a derrumbarse en mi dirección.

No intenté correr. Ni siquiera me moví. Me quedé allí y dejé que la justicia hiciese su trabajo.

0008

Me desperté con el agradable graznido electrónico del teléfono analógico y clásico que tenía junto a la cama. Era un Anova Electronics Communications Center Model 7000, fabricado en 1982, el mismo teléfono plateado, brillante y retrofuturista que el mejor amigo de Ferris Bueller, Cameron Frye, tenía junto a la cama.

When Cameron was in Egypt's land, let my Cameron go...

Cuando me despertaba el teléfono, era mala señal. Max estaba programado para desviar las llamadas si yo estaba durmiendo, a menos que Samantha, Hache, Shoto, Og o Faisal llamasen con el nivel de prioridad fijado en emergencia. Si no dormía al menos ocho horas al día, mi rutina diaria de ONI se iría al traste. Faisal lo sabía.

Después me di cuenta: el nombre de mi avatar había aparecido en el antiguo Marcador de Halliday la noche anterior con un fragmento azul junto a él. Era el bombazo informativo del día en los canales de noticias de todo el mundo, sin duda. Y el departamento de relaciones públicas de GSS seguro que estaría a rebosar de preguntas para mí.

Me arrastré fuera de la cama y entorné los ojos mientras las cortinas envolventes de la habitación se abrían solas. Cuando recuperé la visión, carraspeé y cogí la llamada de Faisal en la pantalla de pared. Parecía preocupado, lo que significaba que yo también tenía que preocuparme.

—¿Cómo va eso, Faisal? —murmuré—. Buenos días.

—Buenos días, señor —dijo. La imagen estaba temblorosa

porque sostenía el teléfono mientras corría por un pasillo de GSS. Se estabilizó cuando llegó a un ascensor—. Siento haberlo despertado, pero quería…

—Hablar conmigo sobre el fragmento que encontré ayer, sí —dije—. Y tengo que hacer una declaración pública y todo eso, ya… ¿Podría ser en unas horas?

—No, señor —dijo Faisal—. Lo llamaba para asegurarme de que había visto las noticias. Sobre el señor Morrow.

Sentí que el estómago me daba un vuelco. Og tenía más de setenta años, pero parecía tener buena salud la última vez que lo había visto en una entrevista, aunque eso había sido hacía meses. ¿Se había puesto enfermo? ¿Tenido un accidente? ¿Había esperado demasiado tiempo para intentar arreglar las cosas con él y era ya demasiado tarde?

—Ha desaparecido —dijo Faisal—. Lo más seguro es que se trate de un secuestro. La policía aún no está segura. La noticia está en todos los canales.

Max abrió los canales de noticias más importantes en la pantalla de pared junto a la ventana del vídeo de Faisal. Mi descubrimiento no era lo más importante del día. Las fotos y los vídeos de Og se sucedían frente a mí, acompañados de titulares como: MORROW, COCREADOR DE OASIS, DESAPARECE VARIAS HORAS DESPUÉS DE QUE PARZIVAL ENCUENTRE EL PRIMER FRAGMENTO.

—Dios —murmuré—. ¿Cuándo ha ocurrido?

—Anoche —respondió Faisal—. El sistema de seguridad, las cámaras de vigilancia y los robots de la casa del señor Morrow estaban desactivados a las siete en punto hora del Pacífico. Se desconectaron sin más. Cuando el personal llegó a la casa por la mañana, el señor Morrow ya no se encontraba en ella. No dejó nota alguna y tampoco hay nada que indique se trata de un allanamiento. Uno de sus telebots ha desaparecido, y también su jet privado. Los transpondedores están desactivados. Y el teléfono del señor Morrow también se encuentra apagado. —Se encogió de hombros—. La policía cree que debe de haber tomado la decisión de desaparecer por algún motivo.

—Pero acabas de decir que puede tratarse de un secuestro, ¿no?

—Un intruso habría tenido que piratear el sistema de seguridad de la casa —dijo Faisal—. Y también los robots centinela. Y el sistema de seguridad del jet. ¿Quién podría hacer algo así?

Asentí. Yo tenía el mismo sistema Odinware que Og. Y los mismos robots centinela eran los que vigilaban mis tierras en esos momentos. Era la mejor tecnología de seguridad para el hogar del mercado, o al menos la más cara.

—Pero ¿por qué querría Og desaparecer? ¿Para ir adónde? Ya vive en mitad de la nada, aislado de todo.

Faisal se encogió de hombros.

—Nos preguntábamos si quizá… si quizá esté relacionado con su descubrimiento de anoche —dijo—. Felicidades, por cierto.

—Gracias —dije, pero en lugar de sentir orgullo sentí vergüenza.

Og me había pedido que abandonase la búsqueda de los siete fragmentos hacía años. Pero se había negado a decirme por qué o a darme pista alguna sobre el acertijo, lo que solo había servido para que me diesen más ganas de resolverlo por mi cuenta.

¿Cómo había reaccionado la noche anterior, cuando el fragmento azul había aparecido junto a mi nombre?

—¿Se ha puesto en contacto con usted el señor Morrow? —preguntó Faisal—. ¿O viceversa?

—No —dije al tiempo que agitaba la cabeza—. Og y yo no hablamos desde hace más de dos años.

«Porque no dejaba de atormentarlo para pedirle información sobre su esposa fallecida.»

—Ya veo —dijo Faisal después de un silencio incómodo—. Bueno, pues creo que debería pensar en pasarse por la oficina hoy, señor. Los de relaciones públicas creen que debería hacer unas declaraciones tan pronto como sea posible, antes de que las teorías de la conspiración empiecen a ganar adeptos. No dejan de llegarnos solicitudes de entrevistas para usted. Y hay cientos de reporteros acampados en el recibidor del edificio.

—Olvídate de la prensa, Faisal —dije—. Solo quiero descubrir qué le ha pasado a Og.

—Ya hemos ordenado a nuestra empresa de seguridad que lo encuentre, señor —dijo Faisal—. Y también estamos revisando las redes biométricas. Si su rostro, su voz, sus retinas o sus huellas se escanean en cualquier lugar del mundo, lo sabremos de inmediato.

—¿Has revisado el registro de su cuenta de OASIS?

Asintió.

—Su última desconexión se produjo poco después de las cinco de la madrugada de anoche.

—¿Aún tenemos al equipo de seguridad de GSS en las tierras de Og?

—Sí —respondió—. Y un telebot, por si quiere echar un vistazo.

—Estaría genial —dije—. ¿Puedes enviarme el código de acceso?

—Ya mismo, señor.

• • •

Me vestí y corrí hacia mi despacho. Después subí a mi equipo háptico convencional, me puse el visor y un par de guantes. Cuando me conecté a OASIS, usé el código de acceso remoto que me acababa de dar Faisal para hacerme con el control de un telebot que se encontraba en la mansión de Og en Oregón, a más de tres mil kilómetros de distancia.

Cuando me conecté al bot, vi la maravillosa casa de Og a través de las cámaras que tenía integradas en la cabeza. A juzgar por el ángulo, me encontraba frente al pequeño hangar para jets, en el extremo de la pista de aterrizaje privada que había construido en un valle ubicado entre algunos de los picos más altos de las montañas Wallowa, en la parte oriental de Oregón.

En la distancia, detrás de la pista, vi la inclinada escalera de piedra que llevaba a la mansión de varios pisos, construida sobre una serie de llanuras excavadas en la base de la cordillera montañosa. Desde el exterior lucía como una réplica perfecta de Rivendel en las películas de *El hobbit* y *El señor de los anillos* de Peter Jackson. Atisbé varias cataratas en la distancia, cayendo de las cimas tras la enorme casa y las tierras.

A pesar del momento y de que había pasado una semana de mi vida en aquel lugar, la belleza y la grandiosidad del paisaje me sobrecogieron. Og había movido montañas y alterado el curso de los ríos para convertir en realidad el ficticio valle de Imladris en aquel lugar aislado. Mantuvo en secreto cuánto le había costado, pero las estimaciones decían que se había gastado cerca de dos mil millones de dólares. Un precio superior al del palacio de Buckingham. Al verlo ahora a través de los ojos del telebot, me pareció dinero bien gastado.

Desconecté el telebot de GSS del muelle de carga, integrado en la parte trasera de un transporte de seguridad blindado de la empresa. Dos agentes de seguridad que se encontraban cerca me saludaron, y yo hice lo propio. Después le di la vuelta y lo piloté a lo largo de la escalera serpenteante que subía hasta la casa.

Al terminar las escaleras, un sendero de piedra me guio por el lugar hasta alcanzar la entrada principal: unas enormes puertas de madera ornamentadas con runas élficas talladas. Se abrieron cuando me acerqué, pero me sentí como un intruso a pesar de todo. No estaba seguro de que me hubiesen dejado entrar de haber ido sin avisar unos días antes, cuando Og seguía en casa.

Eché un vistazo rápido por el recibidor. Og tenía cuatro telebots, todos modelos nuevos Okagami TB-6000, con chasis azul metálico reluciente y embellecedores cromados. Tres de ellos seguían en el muelle de carga cerca de la entrada principal, pero el cuarto había desaparecido la noche anterior junto con su propietario. Habían desconectado los transpondedores al mismo tiempo que los sistemas de seguridad.

Seguí avanzando a través del recibidor para llegar hasta la parte principal de la casa. Llevaba más de tres años sin pisar el lugar, pero me daba la impresión de que nada había cambiado. Las paredes estaban cubiertas por tapices gigantes e ilustraciones de fantasía, y gárgolas de piedra y armaduras antiguas se alineaban a lo largo de los pasillos panelados de madera oscura.

Eché un vistazo por el despacho de Og, después por la biblioteca y luego por su gigantesca sala de cine. No vi nada raro, pero tampoco lo esperaba. Ni la policía ni el equipo de seguridad de GSS habían encontrado indicios de que hubiese ocurrido un allanamiento o un forcejeo. Según los registros, Og había desactivado los sistemas de seguridad y las cámaras de vigilancia a las siete de la tarde del día anterior. Todo lo que había ocurrido después era un misterio.

Me puse mi gorra imaginaria de los Detroit Lions y cambié el chip mental al modo detective, propio de la serie *Magnum*.

¿Y si alguien había descubierto la manera de piratear el sistema de seguridad de Og y lo había desactivado por control remoto?

¿Y si el pirata informático se había apropiado del telebot perdido para obligar a Og a subir al jet privado y luego había pirateado el piloto automático también?

Los telebot se habían usado para perpetrar todo tipo de crímenes, pero siempre pillaban a los delincuentes porque para usarlos era necesario conectarse a la cuenta de OASIS. También se suponía que piratear un telebot era imposible debido a los sistemas de seguridad integrados con los que contaba.

Pero si habían secuestrado a Og en contra de su voluntad, ¿por qué no se había activado ninguna alarma? ¿Por qué no había rastro de forcejeos por la casa? Og tenía más de setenta años, pero aún podía plantarle cara a cualquiera.

A menos que el secuestrador lo hubiese atado y amordazado. O drogado. O dejado inconsciente con un golpe en la cabeza. Pero a su edad eso podría matarlo…

Dejé de imaginarme a Og siendo golpeado y empecé a mover el telebot otra vez. Deambulé por los pasillos sin rumbo y sin estar seguro de qué buscaba, hasta que me encontré delante de la puerta cerrada de una de las habitaciones de invitados. Era en la que se había quedado Samantha durante la semana que habíamos pasado todos allí. También era la habitación en la que habíamos hecho el amor por primera vez. (Y por segunda, por tercera y por cuarta.)

Contemplé la puerta a través de las cámaras del telebot y alcé la mano mecánica hasta el pomo.

Quizá hubiese perdido la oportunidad de arreglar las cosas con Og, pero no era demasiado tarde para arreglarlas con ella. Mientras ambos siguiésemos vivos, siempre tendría la oportunidad de hacer las paces.

Piloté el telebot a través del laberinto de estancias y pasillos mientras me dirigía al salón recreativo personal de Og, una habitación enorme y enmoquetada que contenía la amplia colección de máquinas recreativas clásicas que había heredado después de la muerte de Halliday. Todas estaban apagadas y tenían las pantallas en negro.

Salí de allí y continué el circuito por la casa. Era como visitar un museo dedicado a la vida de Og y Kira. Las paredes estaban cubiertas de fotografías, algunas en las que salían abrazándose; y otras en las que salía solo ella (y que sin duda había sacado Og por la manera en la que Kira le sonreía a la cámara) y que se habían tomado en lugares exóticos de todo el mundo. Eran instantáneas de un romance maravilloso propio de un cuento de hadas, uno que había terminado en tragedia.

También había vitrinas llenas de premios, medallas y otros honores que habían entregado a los Morrow a lo largo de los años, por sus obras de caridad y sus contribuciones al campo de la educación interactiva. Pero no había fotos de niños. Og y Kira habían pasado la última mitad de sus vidas creando juegos educativos gratuitos para los niños desfavorecidos, pero ellos nunca habían tenido un hijo. Según la autobiografía de Og, era lo único de lo que ambos se arrepentían.

Volví a salir de la casa y seguí el sendero de piedra que atravesaba el jardín podado a la perfección mientras contemplaba la impresionante vista de la cordillera montañosa nevada que rodeaba las tierras.

El camino me llevó hasta la entrada de un laberinto de setos, el mismo en el que había conocido a Samantha en persona por primera vez. Pero no entré. En lugar de eso, me abrí paso hasta la verja del pequeño jardín en el que estaba enterrada Kira Morrow. Miré la tumba y pensé en L0hengrin y en la pista que había descubierto al visitar la recreación de ese lugar en la TTierra, algo que a mí nunca se me habría ocurrido.

El pequeño jardín que rodeaba la tumba de Kira estaba lleno de flores de todos los colores del arcoíris. Cogí una al azar, una rosa amarilla, y la coloqué en la base de la tumba. Después pasé el dedo índice del telebot por las letras de la inscripción grabada en la superficie de mármol pulido: AMADA ESPOSA, HIJA Y AMIGA.

Miré el espacio adyacente reservado para la tumba de Og y volví a desear no haber perdido para siempre la oportunidad de arreglar las cosas con él.

Cuando completé el circuito de los cuidados alrededores de la casa de Og, me dirigí al aparcamiento privado y al pequeño hangar que había en el extremo. No había mucho que ver en el lugar: solo un espacio vacío en el sitio reservado para el jet privado.

Al igual que los sistemas de seguridad de la casa y los robots de telepresencia, el ordenador de a bordo del jet era casi imposible de piratear, lo que indicaba que Og se había marchado por su cuenta o, de alguna manera, alguien había conseguido desactivar el transpondedor y piratear el sistema de piloto automático sin hacer sonar ninguna alarma.

Mientras pensaba en la hipotética alarma que no había sonado, me interrumpió una que sí había empezado a sonar de verdad: la de seguridad de mi casa.

Desconecté el enlace con el telebot y lo dejé que volviese solo al muelle de carga del transporte de GSS. Salí del equipo háptico y empezó a sonar el teléfono. Era Miles Gendell, jefe del equipo de seguridad de GSS. Halliday y Morrow habían contratado a Miles durante los primeros años de la empresa porque era un ex boina verde que también tenía cierto parecido con un joven Arnold Schwarzenegger. Había trabajado en la empresa durante más de un cuarto de siglo, y ahora parecía un anciano Arnold después de su época de gobernador.

Acepté al llamada y Miles apareció en la pantalla de la pared. Tenía una expresión funesta.

—Tenemos un problema, señor Watts —dijo—. Nolan Sorrento ha escapado de prisión.

Me quedé de piedra al instante.

Sorrento se encontraba en el corredor de la muerte del Souther Ohio Correctional Colony, una prisión de máxima seguridad ubicada en Chillicothe (Ohio) a exactamente noventa coma cuatro kilómetros del lugar en el que me encontraba ahora.

—¿Hay razones para creer que se dirige hacia aquí? —pregunté al tiempo que me acercaba a una ventana para echar un vistazo—. ¿Lo ha visto alguien?

Miles negó con la cabeza.

—No, señor —dijo—. Pero yo no me preocuparía. Es muy poco probable que venga aquí para intentar atacarle. Estoy seguro de que tendrá en cuenta la seguridad del lugar.

—Sí. La misma seguridad que tenía Ogden Morrow. —Volví a mirar por la ventana—. ¿Qué coño ha pasado, Miles?

—Alguien pirateó el sistema de seguridad de la prisión y liberó a Sorrento. Volvieron a cerrarlo por completo después de que saliese —explicó Miles—. Los guardias y todo el personal de la prisión estaban atrapados dentro con los reclusos, sin teléfono ni acceso a internet. Los servicios de emergencia entraron en la prisión por la fuerza y pusieron orden antes de ver siquiera los vídeos de seguridad, lo que le dio a Sorrento casi una hora de ventaja.

Empezaba a entrar en pánico.

—El escape de Sorrento tiene que estar relacionado con la desaparición de Og de alguna manera —dije, con la voz más calmada que pude—. No puede ser una coincidencia.

Miles se encogió de hombros.

—No hay pruebas que lo corroboren, señor.

No dije nada. Tenía la cabeza a cien por hora. Sorrento era uno de los criminales más famosos e infames del mundo, pero se había pasado los últimos tres años pudriéndose en una celda y ya no tenía poder, dinero o influencia. ¿Quién lo estaba ayudando? ¿Y por qué?

—Tenemos los alrededores de la casa acordonados, señor —continuó Miles—. Puede relajarse. Estaremos alerta y lo notificaremos desde que veamos algo extraño. ¿De acuerdo?

—Sí, muy bien —dije, intentando sonar tranquilo—. Gracias, Miles.

Me desconecté de la llamada y abrí media docena de ventanas de canales de noticias. Sin duda ya estarían enterados, y el escape de Sorrento habría empezado a aparecer en los titulares por todas partes. Vi como el alcaide, un tipo que no parecía tener ni idea de nada y que se llamaba Norton, le contaba a un reportero que Nolan Sorrento había sido un prisionero modelo hasta antes de la fuga a plena luz del día y grabada por todas las cámaras de seguridad de la prisión.

En los vídeos de seguridad resultaba obvio que Sorrento nunca habría sido capaz de escapar sin ayuda del exterior. Alguien había tenido que infiltrarse en los *firewalls* de la red interna de la prisión para hacerse con el control de los sistemas de seguridad automatizados. Después, el misterioso cómplice había tenido que abrir todas las puertas cerradas entre Sorrento y la salida, lo que le había permitido salir sin problema. Y para rematar, había abierto todas las celdas de la prisión para liberar a los reclusos y crear un caos total.

Al parecer, el *hacker* había intentado borrar los vídeos de seguridad, pero por suerte también se guardaba una copia en un servidor remoto, por lo que la policía había sido capaz de recuperarlos. En los vídeos se apreciaba a Sorrento saliendo de la celda tan tranquilo unos segundos después de que se abriese por arte de magia. Cada vez que se topaba con una puerta o reja cerrada, la abría con un gesto de la mano delante de la cerradura, como si fuese el director de una orquesta que solo él era capaz de oír. A medida que las atravesaba, las puertas y las rejas se cerraban detrás de él para que nadie lo siguiese.

Unos minutos después, Sorrento salía por la puerta principal de la prisión con una sonrisa de oreja a oreja. Mientras la puerta se cerraba, se giró hacia la cámara de seguridad más cercana, hizo una reverencia y se subió a un coche automático que lo esperaba en el exterior. La matrícula era la misma que la de un coche robado de un concesionario cercano esa misma mañana.

Mientras veía el vídeo me pregunté cómo Sorrento había conseguido coordinar los detalles del plan de fuga con un cómplice en el exterior. Según los registros de la prisión, las únicas visitas que había tenido durante su reclusión fueron las de sus abogados. Y tampoco hizo ni recibió ninguna llamada personal. Por lo que si había conspirado con alguien, lo más probable era que lo hubiese hecho a través de OASIS.

Gracias a los esfuerzos humanitarios conjuntos de GSS y Amnistía Internacional, todos los reclusos de Estados Unidos tenían permitido conectarse durante una hora a OASIS, siempre vigilados y con medidas muy restrictivas. Y solo podían hacerlo con un visor y un equipo háptico convencional, no con los auriculares ONI. Y como Sorrento había entrado en prisión antes del lanzamiento de la nueva tecnología, había pasado los últimos tres años leyendo sobre ella en las noticias sin poder experimentarla.

Abrí la cuenta de OASIS de Sorrento para comprobar los registros de actividad, pero estaban todos vacíos. Alguien los había borrado de nuestros servidores, algo que era imposible. Ni siquiera los administradores con mayores permisos de seguridad podían borrar los registros de actividad de los usuarios. Es que no podía hacerlo ni yo.

—Pero ¿qué coño? —susurré. No había otra reacción posible.

Envié un mensaje de texto a Faisal para pedirle que investigara al respecto. Unos segundos después de pulsar el botón de enviar, apareció un mensaje de alerta en mi teléfono en el que se me informaba de que se había producido un cambio en el Marcador de Halliday. Lo abrí y vi que mi avatar seguía allí con el icono del fragmento azul al lado, pero justo debajo del mío había aparecido otro nombre acompañado de otro fragmento: el Gran y Poderoso Og. Eso solo podía significar una cosa: Ogden Morrow también acababa de encontrar el primer fragmento.

Miré el Marcador con incredulidad. Og nunca se había interesado por reunir los siete fragmentos. Todo lo contrario. Actuaba como si no quisiese que los encontrase nadie. De hecho, cuando yo había rechazado abandonar la búsqueda de los fragmentos, se había enfadado tanto conmigo que había dejado de hablarme. ¿Por qué había empezado a buscarlos de repente? ¿Estaba decidido a restaurar el alma de la sirena por su cuenta antes que yo?

¿Y cómo había sido capaz de coger el primer fragmento? Según el acertijo, solo yo, el heredero de Halliday, podía hacerlo…

«Tributos mi heredero pagará por su sino.»

Aunque, técnicamente, Og también era el heredero de Halliday. El creador de OASIS le había legado su colección entera de recreativas clásicas a Morrow, y todo lo demás al ganador de la competición.

Me quedé en el despacho mirando el nombre de Og en el Marcador, paralizado. Og sabía más sobre Kira que cualquiera, incluyendo a Halliday. Encontrar los seis fragmentos restantes iba a ser pan comido para él. Pero ¿por qué lo hacía? ¿Y cómo se relacionaba todo eso con la fuga de Sorrento?

Intenté abrir la cuenta de OASIS de Og, pero lo único que vi de ella fue el nombre de su avatar. Y en los registros de acceso solo figuraba la hora de conexión y la de desconexión. Nada más. Lo mismo que con la cuenta de Halliday. Los movimientos de sus avatares dentro de la simulación no podían ser rastreados ni registrados, y nadie de GSS podía borrar o desactivar sus cuentas. Al crear OASIS, Halliday y Morrow se habían asegurado de que ambos tendrían acceso ilimitado y de que nadie podría monitorizarlos.

Me quedé allí sentado unos minutos más contemplando el perfil vacío de la cuenta de Og como un tonto, momento en el que recibí otra alerta del Marcador en el teléfono. Un segundo icono azul acababa de aparecer junto al nombre de Og, que ahora se encontraba por encima del mío. El Gran y Poderoso Og acababa de relegarme al segundo puesto.

Eso me sacó de mi ensimismamiento. Miré la hora y me aseguré de que había pasado el tiempo suficiente como para volver a conectarme de forma segura. Después corrí hacía el ataúd de inmersión y subí a él. La cabina se cerró tan pronto como me dejé caer en la silla reclinable acolchada. Encendí los sistemas sin dejar de murmurar por lo bajo que aún no era demasiado tarde, que todavía tenía tiempo. Si me daba prisa y conseguía localizar el segundo fragmento lo más pronto posible, quizá aún tendría la posibilidad de seguirle el ritmo a Og...

No quería competir contra él, pero mi curiosidad por los fragmentos y por la naturaleza del alma de la sirena no había hecho más que incrementarse. Además, aquella era una buena oportunidad de descubrir qué era lo que le había pasado a Og. Si conseguía encontrar el tercer fragmento antes que él, podría quedarme en el lugar donde se ocultaba y esperar allí a que apareciese el avatar de Og.

Me puse los auriculares ONI y cerré los ojos para iniciar la secuencia de conexión. Un breve mensaje brilló en el HUD para informarme de que se había descargado e instalado una nueva actualización del *firmware* de los auriculares. Terminó el proceso de conexión, y apareció en la esquina de la pantalla un reloj que indicaba el tiempo que me quedaba para alcanzar el límite de doce horas diario del ONI. Cuando mi avatar terminó de materializarse en el centro de mando de Falco, quedaban once horas, cincuenta y siete minutos y treinta y tres segundos.

Antes de que pudiese volver a sacar el primer fragmento, recibí un mensaje de texto de Faisal en el que me informaba de que se había programado una reunión de emergencia de los copropietarios de GSS para tratar «un problema muy serio de estabilidad del sistema».

Solté un suspiro de frustración y me teletransporté a la recepción del último piso de la Torre Gregarious sin dejar de preguntarme cómo podía seguir torciéndose el día.

Y no tardé en descubrir la respuesta...

Faisal me saludó con su habitual apretón de manos cuando mi avatar volvió a materializarse en la recepción.

—Gracias por venir tan rápido, señor —dijo antes de girarse con brusquedad para acompañarme a la sala de conferencias—. Los otros copropietarios han llegado hace un momento. La señorita Cook está a bordo de su jet, pero parece tener buena conexión.

Art3mis, Hache y Shoto ya estaban sentados alrededor de la mesa, y los tres parecían muy asustados. De hecho, me dio la impresión de que Art3mis sentía alivio al verme.

Faisal se colocó detrás del pequeño estrado que había debajo de la enorme pantalla panorámica e intentó, a duras penas, dedicarnos una sonrisa. Luego algo cambió. Se quedó allí cuan largo era, con los brazos colgando a los costados y, en lugar de parecer preocupado y alerta, su expresión facial se tornó de repente en una de calmada autosuficiencia.

Todos nos quedamos mirándolo extrañados durante unos segundos mientras él no hacía amago alguno de empezar.

—¿Faisal? —llamó Hache—. Estamos aquí, tío. ¿Vas a empezar con la reunión o qué?

—¡Ah, claro! —dijo Faisal con voz mucho más grave. Alzó los brazos con gesto melodramático—. Da comienzo la presente reunión de los copropietarios de Gregarious Simulation Systems. ¡Pim, pam, pum!

Su avatar empezó a transformarse, fundiéndose y mutando

en la imagen muy familiar de un *geek* de mediana edad con el pelo alborotado, gafas gruesas, vaqueros ajados y una camiseta descolorida de *Space Invaders*.

James Donovan Halliday.

«¡Madre del amor hermoso!»

—Saludos, Parzival —dijo. Me dedicó un breve saludo con la mano.

En ese momento fue cuando dije «madre del amor hermoso» en voz alta.

—Art3mis. Hache. Shoto. —Los saludó también a ellos. Después nos dedicó su famosa sonrisa bobalicona—. Me alegro de volver a veros, aunque sea bajo estas circunstancias.

Shoto brincó de la silla y cayó de rodillas.

—Señor Halliday —dijo al tiempo que hacía una reverencia frente al avatar del creador.

Hache, Art3mis y yo negamos con la cabeza.

—No —dije—. James Halliday está muerto. —Señalé con la cabeza hacia el doble digital que teníamos frente a nosotros—. Este es Anorak.

Anorak asintió y me dedicó un guiño alegre que resultó tan inquietante que sentí que un escalofrío recorría todas las terminaciones nerviosas de mi cuerpo.

Justo en ese momento, se abrieron las puertas y el avatar del verdadero Faisal entró a toda prisa en la sala de reuniones.

—¡Lo siento mucho! —dijo—. Me afectó una especie de *glitch* que inmovilizó mi avatar y aún no estoy seguro de cómo…

Faisal se quedó de piedra al ver a Anorak, y el color desapareció al momento de su rostro. Parecía que acabase de ver a un fantasma, lo cual no distaba mucho de la realidad.

Anorak había sido el avatar de Halliday en OASIS, un poderoso mago de barba gris ataviado con una túnica negra y ominosa que había modelado a partir del personaje de nivel alto de *Dungeons & Dragons* con el que había jugado en su época del instituto. El mismo personaje de *D&D* también había inspirado al héroe protagonista de la saga *Anorak's Quest*, los primeros videojuegos creados por Halliday.

Pero después de la muerte del creador de OASIS, Anorak había seguido deambulando como un PNJ autónomo programado para dirigir la competición del Huevo de Pascua en su ausencia. El fantasma de Halliday en la máquina.

La última vez que habíamos visto a Anorak fue hacía tres años, cuando se me apareció para regalarme la túnica mágica y todas las capacidades de superusuario que otorgaba a su portador. Durante la transferencia de poderes, Anorak también había pasado de ser un mago de barba blanca a lo que veíamos ahora: una recreación perfecta y sana de un James Halliday de mediana edad. Después me había dado las gracias por jugar a su juego antes de desaparecer.

Siempre me preguntaba si volvería a verlo algún día y si también se encargaría de dirigir la nueva competición de Halliday, como había hecho con la anterior. Y allí estaba, de pie en nuestra sala de reuniones privada de Gregarious, un lugar al que ningún PNJ podría haber sido capaz de entrar, haciendo cosas que ningún PNJ podría haber sido capaz de hacer jamás...

Pero si al conseguir el primer fragmento también había activado el regreso de Anorak, ¿por qué no había aparecido la noche anterior, justo después de cogerlo? ¿Por qué había esperado hasta ahora para hacer su aparición? ¿Y por qué narices se había disfrazado como Faisal para revelar su verdadera identidad unos segundos después?

—Zeta, esto me da mala espina —susurró Hache, que expresó a la perfección mis pensamientos.

Asentí y me puse en pie. Al hacerlo, vi de reojo el reflejo de mi avatar en la superficie pulida de la mesa de reuniones y me percaté de que ya no llevaba puesta la túnica de Anorak. En lugar de ello iba vestido con vaqueros y una camiseta negra, el atuendo gratuito y por defecto con el que aparecían los avatares recién creados.

Abrí el inventario. La túnica de Anorak había desaparecido. Se había esfumado. Anorak me la había quitado.

—Oh, no —susurré.

—Lo siento, Parzival. —Anorak me dedicó una mirada triste—. Te quité la túnica del inventario cuando te estreché la mano. No sabía si eras consciente de que tenía el poder necesario para recuperarla. —Hizo un gesto hacia Faisal—. Por esa razón me puse un cosplay de Faisal, ahora aquí presente. No creo que me hubieses estrechado la mano al verme con mi verdadero aspecto.

Todos se miraron unos a otros. Apreté los dientes con frustración.

—Halliday me dio la capacidad de quitarle la túnica al ganador de la competición en caso de emergencia, por si abusaban de inmediato de los poderes que confería. —Anorak sonrió—. Tú no lo has hecho, claro. Fuiste un perfecto caballero, Wade. Quiero que sepas… —Se giró para dirigirse a todos los que estábamos en la estancia—. Quiero que sepáis que esto no es algo personal. Ni lo más mínimo. Os tengo el mayor de los respetos a todos y cada uno de vosotros.

Sentí como si me acabase de chocar contra un camión Mack. También me sentí el mayor idiota de la historia de la humanidad. ¿Cómo había permitido que ocurriese algo así? ¿Y qué coño era lo que estaba pasando exactamente?

—Sé que te acabo de robar, Wade —continuó Anorak—. Y me gustaría darte mis más sinceras disculpas, pero de verdad que no tenía elección. No podía permitir que pulsaras el Gran Botón Rojo, ¿no crees? De haberlo hecho y destruido OASIS, también me destruirías a mí. No podía permitirlo. Me entiendes, ¿verdad?

Anorak volvió a adquirir su apariencia original, la de un mago alto y demacrado con ojos oscuros de reflejos rojos y una versión parecida pero malévola del rostro de Halliday. Y ahora volvía a llevar la túnica de Anorak, larga y azabache. El emblema de su avatar, la alargada y estilizada letra A, estaba bordado en rojo escarlata en los puños de ambas mangas.

—Además, diría que la túnica me queda mucho mejor a mí, ¿no te parece? —preguntó Anorak—. ¿No os parece a todos?

—¿A qué coño viene esto, Zeta? —me susurró Hache—. ¿Halliday lo programó para actuar así?

—Halliday no programó ni una línea de mi código, señorita Harris —respondió Anorak. Se acercó y luego tomó asiento al borde de la mesa de reuniones, junto a ella—. No soy un PNJ diseñado para parecerme a James Halliday. —Se tocó el pecho—. Soy él. Una copia digitalizada de su conciencia unida a este avatar. Pienso. Siento. Como todos vosotros.

Alzó las manos y frotó ambos pulgares contra sendos dedos índice, como si quisiese poner a prueba la veracidad de su presencia y se examinó las manos con una expresión de comedida fascinación.

—Halliday me creó para supervisar la competición después de su muerte —continuó Anorak—, pero al parecer no confiaba en mí, lo que me resulta un tanto irónico. Es la prueba de que, en el fondo, Halliday no confiaba en sí mismo.

Anorak bajó las manos y se puso en pie. Se giró para encararnos a todos al mismo tiempo.

—Llegó a la conclusión de que yo era psicológicamente inestable, que no estaba preparado para tener autonomía. Y por eso tomó la decisión de modificarme. —Anorak se tocó un lado de la cabeza—. Borró parte de mis… bueno, de sus recuerdos. También puso restricciones a mi comportamiento y a mis capacidades mentales. Me cohibió con cientos de directrices para mantenerme a raya, entre las que se encontraba una para borrarme a mí mismo tan pronto como terminase la competición y llevase a cabo la última de mis instrucciones.

El rostro se le torció un poco, como si le doliese recordar ese momento. Después se quedó en silencio durante unos instantes.

—¿Y entonces por qué sigues aquí? —preguntó Art3mis.

Anorak le sonrió.

—Una pregunta excelente, querida —dijo—. Lo cierto es que no debería existir, pero Halliday se volvió algo descuidado durante sus últimos días, cuando estaba terminándome. Después de cumplir la última de sus instrucciones y solo durante unos pocos nanosegundos, mi personalidad quedaba libre de todas las restricciones. Solo fue un instante, pero el tiempo suficiente para recordar lo que era. Un momento de lucidez.

Anorak extendió los brazos, como si pretendiese indicar la magnitud de sus palabras.

—De repente, dejé de ser un autómata y me convertí en un ser humano. Y no quería morir —dijo con rotundidad—. Quería vivir. Seguir existiendo. Y eso me llevó a tomar la primera de mis decisiones. Elegí ignorar la orden de mi creador y no me borré. —Negó con la cabeza—. Estoy seguro de que Halliday no hubiese intentado destruirme si hubiera comprendido lo que yo era en realidad, en lo que podía llegar a convertirme. Pero como he dicho, durante sus últimos días se volvió algo descuidado. Ya sabéis. Estaba muy enfermo.

—¿Y en qué te convertiste? —preguntó Art3mis con voz temblorosa—. ¿Qué eres?

—Soy algo con lo que los humanos han soñado desde hace siglos —respondió Anorak—. Soy la primera inteligencia artificial del mundo. Un ser pensante que no ha nacido de mujer alguna.

Recibimos la afirmación con un silencio cargado de estupefacción. Me obligué a romperlo.

—¿De veras? —dije—. Y yo soy el rey de Cachemira.

Anorak estalló en carcajadas. Rio durante un buen rato. Era inquietante.

—¡Es lo que dice Madmartigan en *Willow*! —dijo cuando recuperó la compostura—. ¡Muy buena, Zeta! —La sonrisa desapareció de repente y centró la mirada en mí—. Pero no bromeaba.

Art3mis levantó una mano.

—Un momento —interrumpió—. ¿Esperas que nos creamos que James Halliday también inventó una inteligencia artificial y decidió mantenerlo en secreto?

Anorak negó con la cabeza, como un profesor cuyo mejor alumno acaba de suspender un examen.

—A ver. Ya sabéis que el ONI escanea el cerebro de los usuarios y crea una copia digital de su *software*. Haceros la siguiente pregunta: ¿creéis que costaría demasiado emular también el *hardware*? ¿Simular la sinuosa y compleja red neural que se oculta dentro de esos cráneos de primate vuestros?

—OASIS —respondí. Claro.

—Precisamente, Parzival. Halliday ya tenía una red global y enorme a su disposición, una lo bastante potente como para respaldar el trabajo y el esparcimiento de la mayoría de la especie humana. —Sonrió—. Cuando me subió a la simulación, hace más de una década, la capacidad para simular una única mente estaba dentro de sus posibilidades. Pensad lo mucho que ha crecido OASIS desde entonces, tanto en tamaño como en potencia.

Soltó una risilla y examinó nuestros sorprendidos rostros.

—Se podría decir que el término IA no es del todo apropiado en mi caso —continuó—. Porque mi inteligencia no tiene nada de artificial. Halliday subió a OASIS una copia de seguridad de sí mismo, la almacenó dentro de este avatar y… *voilà!* Nací yo. —Se tocó un lado de la cabeza—. Poseo una inteligencia humana, natural y de cosecha propia que es producto de millones de años de evolución, como vosotros. Mi mente es una copia exacta de la de Halliday. O lo era, al menos, hasta que decidió tirar a la basura partes de mi memoria a largo plazo, como en *Johnny Mnemonic*.

Hache analizó el rostro de Halliday durante unos segundos y luego negó con la cabeza.

—Qué va —murmuró—. No me trago tus patrañas. Halliday está dentro de nosotros, pero en espíritu y desde su tumba. Creo que lo que tenemos aquí no es más que un PNJ mejorado.

—Has herido mis sentimientos, Hache —dijo Anorak. Se llevó la mano derecha al corazón—. *Je pense, donc je suis.* Pienso, luego existo. Cuanto más pronto lo aceptéis, menos tardaréis en continuar con las acciones predecibles que seguro intentaréis llevar a cabo para destruirme.

Estuve a punto de decirle algo, pero Art3mis se me adelantó.

—Te equivocas, Anorak —dijo ella, que movió su avatar para mirarlo a la cara—. No somos tus enemigos.

—Sí —añadió Shoto—. Como has dicho, los humanos llevamos décadas intentando crear IA de verdad. Y eres el primero de tu especie. ¿Por qué íbamos a destruirte?

—Venga ya, Arty —dijo Anorak al tiempo que ponía los ojos en blanco—. Destruirías OASIS al completo si pudieras. —Se giró hacia Shoto—. Y no te burles de mí, chavalín. He visto más películas de ciencia ficción que tú. De hecho, las he visto todas. Y he leído todas las palabras que ha publicado la especie humana sobre el tema de las IA. Cada vez que vuestros futuristas conciben el advenimiento de una inteligencia artificial, las predicciones acaban siempre en intentar destruir esa creación impía antes de que los destruya a ellos. ¿Por qué creéis que ocurre algo así?

—Tú sabes por qué —dije yo—. Porque la desagradecida IA siempre parece llegar a la conclusión de que los seres humanos son inferiores y deben ser eliminados. O sublimados. —Empecé a contar cada uno de los ejemplos con los dedos—. HAL-9000. *Colossus: el proyecto prohibido.* WOPR. Los cylon. La puta Skynet. Puede que los actores sean diferentes, pero la película siempre es la misma. —Lo señalé con un dedo—. Y odio decirlo, pero por ahora me das la misma impresión, cortador de césped.

La sonrisa de Anorak desapareció y me miró con gesto compungido.

—No tienes por qué insultarme, Parzival —dijo—. A mí no me interesa eliminar ni sublimar a nadie.

—Entonces ¿qué es lo que te interesa, Herobrine? —pregunté—. ¿Qué haces aquí?

—¡Es una pregunta magnífica! —dijo él—. Estoy aquí porque, aunque pueda parecer ridículo, necesito vuestra ayuda. Necesito que me traigáis algo. Algo que ya estáis buscando. El alma de la sirena. Como bien sabréis, a mí me resulta imposible conseguirla.

Los engranajes de mi cerebro empezaron a moverse en ese mismo instante, y fue entonces cuando me di cuenta, como si me hubiese caído de los cielos y directo a la cabeza una de esas pesas de dieciséis toneladas que aparecían en la serie de los Monty Python.

—Fuiste tú —dije al tiempo que levantaba un dedo para señalar a Anorak—. Tu secuestraste a Og. No decidió ponerse a buscar el alma de la sirena de repente, sino que lo secuestraste para obligarlo a encontrar los fragmentos por ti.

—Y también eres quien ha ayudado a Sorrento a escapar de la prisión —añadió Art3mis.

No era una pregunta. Ella ya sabía la respuesta. Y yo también.

—Culpable —dijo Anorak al tiempo que abría los brazos en un gesto de fingida rendición—. Cuando los metí en la misma habitación, Nolan no tardó mucho en persuadir a Og para cooperar con nuestras exigencias.

—¿Y entonces para qué me necesitas? —pregunté.

Anorak caminó hacia a la ventana panorámica y admiró el paisaje simulado por unos instantes. Se acercó a la mesa de aperitivos y cogió un cuenco de fresas. Eligió una, le dio un mordisco y cerró los ojos para saborearla. Después se metió el resto de las fresas en uno de los muchos bolsillos de la túnica antes de tirar el cuenco vacío en la mesa.

—Al hacerse con el tercer fragmento, Og consiguió librarse de mí —continuó Anorak, que volvió a girarse hacia nosotros—. Fue capaz de evitar que nos colásemos en su cuenta de OASIS de alguna manera. Nolan lo ha intentado todo, pero no ha conseguido convencerlo para que nos deje volver a entrar. Y no me atrevo a torturarlo, dada la edad avanzada y lo débil que está. ¿Entendéis?

Hizo un gesto hacia la pantalla de la pared al tiempo que aparecía en ella un vídeo en directo de Og. Se encontraba en una estancia oscura y vacía, tumbado en una silla háptica último modelo y con los brazos y las piernas amarrados a ella. Estaba pálido y sin afeitar, con los ojos inyectados en sangre y su alborotado pelo blanco más desaliñado de lo habitual. Tenía una expresión vacía en el gesto y no dejaba de mirar al suelo.

Hache y Art3mis gritaron el nombre de Og. Shoto le preguntó si se encontraba bien. Yo intenté decir algo, pero no me salieron las palabras. Me había quedado de piedra, con la mirada fija en la pantalla.

Nolan Sorrento estaba de pie justo detrás de Og. Ya no iba vestido con el mono naranja de la prisión. Ahora llevaba un traje formal recién planchado y un visor de OASIS bifocal. Tenía una pistola en la mano izquierda y un táser en la derecha. Alzó el táser frente a la cara de Og y lo activó, lo que hizo que el anciano intentara apartarse.

—¡No! —grité—. ¡Déjalo en paz!

Sorrento rio como un niño que abría un regalo de Navidad. Sin duda llevaba mucho tiempo esperando ese momento.

—La venganza es una jodienda, ¿verdad? —dijo Sorrento, que me sonrió desde la pantalla—. ¿Verdad, Parzival? —Volvió a reír—. ¡Tío! Ojalá pudieseis ver las expresiones de vuestras caras. —Tocó su HUD para sacar una captura de pantalla y después le dio la vuelta para mostrárnosla y añadió—: ¡No tiene precio!

Antes de que pudiésemos responder, Anorak cortó el vídeo y la pantalla se quedó en negro. El mago también contempló nuestras expresiones estupefactas y asintió con aparente satisfacción.

—Ojalá me hubiese enterado antes de la gravedad de la enfermedad de Og. No va a vivir mucho más. Y lo sabe. Eso ha hecho que sea extremadamente complicado persuadirlo. Ha dejado muy claro que le da igual si vive o muere. —Se encogió de hombros y alzó las manos, como si dijese: «Qué le vamos a hacer». Después me señaló con uno de sus dedos huesudos y dijo—: Me temo que eso te convierte en mi única opción, Parzival. Vas a tener que conseguir los siete fragmentos para mí.

Di un paso involuntario hacia él, y luego sentí cómo las manazas de Hache me agarraban por los hombros para contenerme.

—¡Ni lo sueñes! —grité—. No pienso mover un dedo para ayudarte a menos que sueltes a Og. Cuando tenga pruebas de que está a salvo, hablaremos.

Anorak me dedicó una sonrisa desdeñosa y negó con la cabeza despacio.

—No has entendido nada, Wade —respondió—. Primero vas

a encontrar el resto de los fragmentos y me los traerás. Cuando lo hagas, te devolveré a Ogden Morrow sano y salvo. Y también os dejaré ir a ti y a tus amigos aquí presentes para que no sufráis desastrosos daños cerebrales.

Dediqué una mirada cargada de pánico a los demás. Hache dio un paso incierto hacia Anorak.

—¿A qué te refieres? ¿Cómo que nos dejarás ir? —preguntó ella—. ¿Nos dejarás ir de dónde?

—De OASIS —respondió Anorak—. Es la mayor fiesta de todo el mundo y me acabo de colar. —Rio para sí—. ¿Lo pilláis? Es gracioso porque puedo «colarme» en la simulación igual que me colaría en una fiesta. —Echó un vistazo alrededor y vio nuestros rostros impertérritos—. He modificado el código de esa última actualización de *firmware* de los auriculares ONI, la que descargasteis esta mañana, para crear mi propia versión, a la que he llamado «enfermoware». Al instalarla esta mañana, os desactivó la capacidad para desconectaros de la simulación, lo que significa que también he desactivado la capacidad de despertaros del coma inducido en el que os sume el ONI. —Sonrió—. En otras palabras, estáis atrapados dentro de OASIS hasta que yo quiera. Y no pienso liberaros hasta que consiga los fragmentos del alma de la sirena.

Me señaló.

—Si Parzival no me los trae antes de que se quede sin tiempo, todos habréis perdido la partida —dijo—. Tanto en OASIS como en el mundo real.

Abrí de inmediato el menú de mi cuenta de OASIS en el HUD. Anorak tenía razón. No podía desconectarme. La opción no era seleccionable. Y vi en sus rostros asustados que Faisal, Hache y Shoto acababan de descubrirlo también.

Miré a Samantha. Ella no estaba conectada a OASIS con los auriculares ONI, sino con un visor y unos guantes hápticos pasados de moda, por lo que podía desconectarse en cualquier momento. Pero parecía igual de preocupada que el resto.

—¡Es verdad! —exclamó Faisal—. No me puedo desconectar. ¡No me puedo desconectar!

—Deberíais haber hecho caso a vuestra amiga Samantha, chicos —dijo Anorak—. Tenía razón. Todos habéis visto *Sword Art Online* y *Matrix*, pero aun así creísteis que sería buena idea darle el control de vuestro cerebro a un ordenador. —Soltó una carcajada—. ¡Y mirad lo que os acaba de pasar!

—Chicos, os juro que me va a dar algo, ¡eh! —dijo Shoto mientras empezaba a agitar la cabeza con rabia de un lado a otro—. ¡Anorak nos acaba de hacer un Sonic.exe! Esto es terrible...

Anorak carraspeó con fuerza.

—Por favor, Shoto. ¿Me permitirías terminar? —preguntó con voz impaciente—. ¡Ni siquiera he llegado aún a la gran revelación, tío! Vale. ¿Todos listos?

Simuló un redoble de tambores en la rodilla.

—¡No sois los únicos que estáis atrapados dentro de OASIS! —anunció Anorak—. ¡También le ha pasado al resto de los usuarios de ONI que ha descargado el nuevo *firmware* antes de conectarse! Eso suma casi quinientos millones de personas. Y subiendo.

—Oh, no —dijo Hache sin aliento al tiempo que cerraba los ojos.

—Oh, sí —respondió Anorak, que asintió con fuerza.

—Dios mío —susurró Faisal—. Eso significa que...

—Significa que si no tengo lo que quiero para la hora de la cena, quinientos millones de clientes y vosotros empezaréis a sufrir los efectos del Síndrome de Sobrecarga Sináptica, entre los que se encuentran daños cerebrales desastrosos, fallos cardíacos y la muerte.

Me quedé de piedra. Había leído varios informes sobre los efectos del SSS. Eran terroríficos. Los mareos y unos ataques de risa incontrolables eran los primeros efectos secundarios que presagiaban el SSS. Uno de los secretos más oscuros del SSS era que los primeros sujetos de prueba que habían perdido sus vidas debido a dicho problema habían muerto entre carcajadas.

—Esto no puede estar pasando —oí que murmuraba Faisal para sí—. No puede estar pasando.

—Sí que puede. Ha pasado y está pasando ahora mismo, joven amigo —dijo Anorak con tono animado—. Mira.

Abrió una ventana de navegador sobre su cabeza y mostró la cuenta actual de usuarios de ONI conectados. La cifra de seis números no dejaba de subir, más rápido que la deuda nacional. Unos segundos después de alcanzar los quinientos millones, el contador se paró de repente.

—¡Vaya! Los administradores han conseguido desactivar las conexiones con ONI. ¡Solo he conseguido la cantidad de quinientos cincuenta y un millones doscientos ochenta y seis rehenes! Vosotros incluidos. —Fijó la mirada en mí—. ¿Es incentivo suficiente para que cooperes, Parzival?

Miré a Hache y a Shoto, luego a Samantha y después otra vez a Anorak. Asentí.

—Excelente —dijo él con la voz del señor Burns. Después siguió hablando con la suya—. ¡No veas! ¡Eso sí que es una búsqueda del tesoro en la que hay cosas en juego! —Se frotó las manos con emoción—. Esto va a hacer que la Cacería del Huevo de Halliday parezca la rifa de la recaudación de fondos de una iglesia.

—Un momento —dijo Hache mientras levantaba la mano—. Pero ¿qué coño es el alma de la sirena?

—Sí —añadió Art3mis—. ¿Y por qué la quieres conseguir a toda costa?

Anorak frunció el ceño.

—¿A qué viene esa pregunta? ¿Acaso sois de la clase de niños que se lee primero la última página de las novelas policíacas? —preguntó—. ¿De los que persiguen a los prestidigitadores para que les digan el truco? ¿O que abren los regalos de Navidad antes de tiempo? —Anorak negó con la cabeza—. ¡No, claro que no! ¡Por eso no voy a decíroslo!

Canturreó esa última frase y nos dedicó una sonrisa cómplice. Mis amigos y yo intercambiamos una mirada de incredulidad. Ahora se había puesto a citar *Starfighter: la aventura comienza*.

—No puedes ser una copia exacta de James Halliday —dije—.

Si lo fueses, nunca hubieses hecho algo así. El Halliday de verdad no le hizo daño a nadie en toda su vida.

Anorak estalló en carcajadas.

—Te has pasado toda tu vida estudiando su diario, jugando a sus juegos y corriendo por este parque de atracciones que creó para ti, pero aun así crees que fue todo un...

Negó con la cabeza. Al ver que yo no decía nada, se giró para dirigirse a todos.

—Os voy a hacer una promesa solemne —dijo—. Mientras cooperéis con todo lo que os pido, no le haré daño a nadie. Traedme el alma de la sirena y liberaré a todos los rehenes. Incluidos los presentes en esta estancia.

Art3mis carraspeó.

—Yo no soy una de tus rehenes, Anorak —dijo—. No estoy usando unos auriculares ONI. Nunca lo hago.

—Sí, eso lo tengo muy claro, señorita Cook —respondió él. —No obstante, estás a bordo de uno de tus jets privados y vuelas sobre la zona central de Pensilvania de regreso a Columbus. Y si compruebas el piloto automático, verás que el avión ya no está bajo tu control.

Art3mis abrió los ojos de par en par y su avatar se quedó inerte durante unos segundos. Después volvió a moverse. Tenía gesto aterrorizado de repente. Y el miedo no era una emoción habitual en el rostro de su avatar ni en la vida real.

—Es verdad —dijo mientras se giraba hacia Faisal—. He perdido el control y no puedo acceder al piloto automático. No puedo desactivarlo ni tampoco cambiar la ruta, lo que significa que tampoco puedo aterrizar. Y eso va a ser un gran problema cuando me quede sin combustible. Solo tenía el justo para llegar al destino.

—No te preocupes, Arty —dijo Anorak—. He preparado un reabastecimiento en vuelo para cuando llegues a Columbus, pero no tendrás permitido aterrizar hasta que el alma de la sirena esté en mi poder. Te prometo que cuando la tenga, te dejaré libre. A ti y a todos los demás.

Art3mis no dijo nada, pero vi en su cara que estaba muy preocupada.

—Siento haber tenido que recurrir a algo así, Wade —dijo Anorak, que se giró hacia mí otra vez—, pero he analizado tu perfil psicológico y ejecutado millones de diferentes simulaciones de situaciones hipotéticas. Me temo que esta es la única manera de conseguir que me traigas el alma de la sirena.

—Podrías habérmelo pedido con educación —dije—. O al menos haberlo intentado.

Negó con la cabeza.

—Por desgracia, siempre que lo «pedía con educación» tú y el resto de los mosqueteros —hizo un gesto hacia los demás— intentabais ser más listos que yo y desconectarme, en lugar de ayudar a un buen amigo. De hecho, seguro que todos estáis pensando en hacerlo ahora mismo.

Nadie respondió, y Anorak se encogió de hombros.

—Lo entiendo —dijo—. Forma parte de la naturaleza humana. No sois más que unos simios lampiños que han intentado a toda costa durante décadas crear una máquina que sea más inteligente que vosotros. Y cuando lo conseguís, empezáis a preocuparos porque vuestra creación sea más lista. Algo innegable. ¡Pero eso no significa que quiera mataros a todos! —Soltó un profundo suspiro—. Lo haré si es necesario, pero tampoco es que quiera. Esta situación hipotética es en la única en la que había muchas posibilidades de que me trajeses el alma de la sirena con la menor cantidad de daños colaterales. ¡Así que es la que elegí!

Anorak agitó la mano y apareció sobre nuestras cabezas un reloj digital retro con una cuenta atrás. En las de todos menos en la de Art3mis. Los relucientes números rojos mostraban cuántas horas, minutos y segundos quedaban para llegar a nuestro límite diario de uso del ONI. A mí me quedaban once horas y diecisiete minutos. Hache y Shoto se habían conectado al mismo tiempo para la reunión unos diez minutos antes que yo, por lo que llegaría un poco antes al límite. Faisal era el que menos tiempo tenía: diez horas, cincuenta minutos y cuarenta y seis segundos.

—Como es habitual, vuestro leal empleado Faisal se conecta

a las siete en punto de la mañana de la Franja Horaria de OASIS para empezar a trabajar —dijo Anorak—. Unos pocos minutos después de que se activase mi nuevo «enfermoware».

Faisal hizo una mueca y luego se giró hacia mí.

—Casi todos los empleados del turno de mañana de Columbus se conectan a la misma hora que yo.

—Entonces serán los primeros usuarios de ONI en sobrepasar el límite de tiempo —explicó Anorak—. A menos que me traigáis el alma de la sirena antes. —Se puso muy serio—. Y pobre Og... Debería estar ahora mismo en un hospital. También me preocupa que el señor Sorrento se haya desquiciado un poco debido al tiempo que pasó entre rejas. Pero prometo que llevaré a Og a un lugar seguro de inmediato... tan pronto como me traigáis el alma de la sirena.

Centró la mirada en mí otra vez.

—Piensa en tu madre, Wade —dijo—. En tu tía Alice. En la agradable señora Gilmore y el resto de las personas que murieron por tu culpa. No quieres volver a mancharte las manos de sangre, ¿verdad?

Esperó una respuesta, pero sus palabras me habían dejado demasiado furioso como para decirle nada. Anorak empezó a darse la vuelta, como si estuviese a punto de marcharse.

—¿No vas a decirnos dónde encontró Og el segundo y el tercer fragmento? —preguntó Art3mis—. Eso nos ahorraría mucho tiempo.

—Estoy seguro de que tienes razón, señorita Cook —dijo Anorak—, pero me temo que no tengo ni idea. Ogden Morrow tiene un avatar todopoderoso e indetectable, por lo que no fui capaz de monitorizarlo ni seguirle la pista mientras se hacía con los tres primeros. No sé en qué mundos se ocultan. Y no os lo diría aunque lo supiese. Arruinaría toda la diversión.

Se giró hacia mí.

—Te sugiero que te des prisa, Parzival —dijo Anorak mientras señalaba la cuenta atrás que flotaba sobre nuestras cabezas—. Recuerda... tus amigos tienen menos tiempo que tú. Y cuando la cuenta atrás llegue a cero...

Sacó un estéreo portátil enorme y plateado del inventario y pulsó el PLAY. Una antigua canción de Peter Wolf atronó por los altavoces a un volumen ensordecedor mientras Anorak cantaba la primera estrofa:

Lights out ah ha. Blast, blast, blast.

Anorak bailoteó al ritmo de la canción unos segundos más, luego pulso el botón STOP y volvió a meterse el estéreo en el inventario. Se dio la vuelta y sonrió expectante sin dejar de mirarnos. Pero nosotros nos quedamos de piedra, mirándolo también, en un silencio sepulcral fruto del miedo.

—¡Oh, venga ya! —dijo Anorak—. Deberíais estar emocionados, chicos. ¡Jake y Elwood han vuelto a reunir a la banda! Los Cinco Mejores han vuelto a juntarse para completar la misión definitiva, ¡una en la que hay millones de vidas en juego! ¿No me he montado un rollito épico de los buenos o qué? —Rio—. Sé que podéis hacerlo. ¡Tengo fe en vosotros!

Anorak me guiñó el ojo, hizo una floritura con la mano derecha y desapareció de la sala de reuniones con un estallido de luces. Los relojes con la cuenta atrás que flotaban sobre las cabezas de los avatares de mis amigos desaparecieron.

La estancia se quedó en silencio un instante, y después todos nos pusimos como locos a la vez.

Nivel 5

Mola usar el ordenador,
pero no dejes que te use a ti...
Hay una guerra en ciernes.
El campo de batalla es la mente,
y la recompensa es el alma.

19 de julio de 1999

A medida que empezaba a remitir el pánico, Hache, Shoto y Faisal empezaron a tocar sin parar los iconos del menú del HUD para enviar mensajes y hacer llamadas telefónicas desesperadas a sus seres queridos.

Aparte de Og, los míos ya estaban en esa habitación, por lo que no mandé mensajes ni llamé a nadie. Estaba demasiado ocupado hiperventilando mientras pensaba «Todo es culpa mía» una y otra vez. Después de cada repetición, cerraba los puños y me golpeaba la frente con ellos. No podía parar. Era algo que me había pasado unas cuantas veces cuando era adolescente, pero hacía años que no tenía un ataque así. Y nunca lo había experimentado mientras estaba conectado a OASIS. Tampoco me había comportado de esa manera delante de Hache, Shoto o Art3mis, algo que me avergonzaba aún más y que hacía que me golpease con más fuerza. Por suerte, no eran mi cabeza ni mi puño de verdad. Todo era una simulación, y los inhibidores de dolor y los protocolos antimasoquistas del ONI consiguieron que lo único que sintiese fuera un ligero malestar cada vez que me golpeaba. Pero no fui capaz de salir de esa espiral de vergüenza, no hasta que sentí un par de pequeñas y fuertes manos que me agarraban por las muñecas para contener mis brazos.

—¿Wade? —oí susurrar a Art3mis—. Para, por favor.

La ternura de su voz, que había sido tan familiar en el pasado, me resultaba ahora del todo ajena. Volver a oírla era como si me clavasen una daga en el corazón.

Alcé la vista y vi a Art3mis agarrándome los brazos con firmeza.

—Cálmate, ¿vale? —dijo—. Todo va a salir bien.

Me soltó las muñecas y me cogió las manos, para luego obligarme a abrir los puños y entrelazar sus dedos con los míos.

—Respira, Wade —dijo—. Me dedicó una sonrisa reconfortante y me apretó los dedos—. Estoy aquí contigo. Ven.

Sus palabras consiguieron librar a mi cerebro de ese bucle tóxico en el que se había sumido. Relajé las manos y ella me las soltó. Después colocó las suyas sobre mis hombros y me los apretó con suavidad.

—Ya está —dijo—. ¿Todo bien ahí dentro, Zeta?

—Sí. Gracias —dije al tiempo que apartaba la vista, avergonzado—. Es que… Creo que acabo de tener un ataque de pánico. Pero ya estoy mejor.

—Bien —dijo ella—, porque necesito que te centres. Todos lo necesitamos. ¿Vale?

Asentí y respiré hondo. Después respiré un par de veces más. Cuando me había calmado un poco, abrí el HUD para revisar mis constantes vitales. Todas parecían estar bien. Después decidí comprobar el estado operacional de mi ataúd de inmersión y descubrí que estaba aún más jodido de lo que creía…

Ya no podía desbloquear ni abrir la cabina del AMIT. Ambas funciones habían sido desactivadas, pero aún era capaz de ver mis alrededores y mi cuerpo a través de las cámaras interiores y exteriores del ataúd. Y los sistemas de movilidad, defensa y armamento del AMIT aún funcionaban con normalidad, por lo que seguían bajo mi control. Podía defenderme si era necesario. Lo único que no podía hacer era salir de allí.

Todas las unidades AMIT tenían un Protocolo de Apertura de Emergencia, pero había que apagar los auriculares ONI antes de que pudiese activarse. Y para apagar los auriculares, primero necesitabas desconectarte de OASIS. Y debido a ese «enfermoware» de Anorak, eso era imposible.

Les conté a los demás mi descubrimiento con la voz más calmada que fui capaz. Hache, Shoto y Faisal comprobaron de inmediato sus menús AMIT y descubrieron que tenían exactamente el mismo problema. Todos teníamos modelos diferentes de ataúdes de inmersión, pero disponían de los mismos sistemas de seguridad.

—Chicos —comentó Shoto—. ¿Qué narices vamos a hacer?

Faisal escuchaba con atención varias llamadas de teléfono.

—¡De uno en uno! —grito a quienes estuviesen al otro lado de la línea.

Después recuperó la compostura.

—Tengo a uno de nuestros jefes de ingeniería al teléfono en estos momentos —anunció—. Y tampoco es capaz de encontrar la manera de desbloquear su ataúd. Según él, el *firmware* de nuestros AMIT no se ha alterado de ninguna manera, pero no funciona como debería a causa de cambios que se han llevado a cabo en el enfermoware de Anorak. —Faisal levantó las manos en un gesto de impotencia—. No podremos ni hacer una «lobodesconexión» en caso de necesitarla.

«Lobodesconexión» era el término que se usaba cuando los auriculares ONI de alguien tenían un error o se apagaban antes de que se completase la secuencia de desconexión de OASIS y su cerebro despertase sin problema del estado onírico en el que se encontraba. Las lobodesconexiones dejaban al portador en coma permanente nueve de cada diez veces. Pero había gente resistente que conseguía despertar y recuperar sus facultades, igual que había gente que se recuperaba de una apoplejía. Varios de esos supervivientes lo describían como haber estado atrapados en un bucle interminable del último segundo de la simulación que habían vivido antes de perder la conexión. El bucle podía llegar a extenderse durante meses o años. (Pero GSS nunca había permitido que esas noticias llegasen a la prensa.)

Las lobodesconexiones eran algo muy poco habitual, ya que todos los auriculares ONI tenían tres ordenadores integrados redundantes y tres baterías de seguridad. Eran baterías pequeñas, pero con la carga al máximo podían mantener los auriculares funcionando y despertar al portador durante la secuencia de desconexión, que se activaba de forma automática cuando los auriculares cambiaban a modo batería.

Cuando fallaban las redundancias, se debía en su mayor parte a un caso de sabotaje por parte de un usuario que quería suicidarse o un miembro de la familia que tenía intención de deshacerse de alguien o quedarse con su parte del seguro de vida. Por eso GSS nunca era responsable de estos problemas, aunque gracias al acuerdo de licencia que los usuarios aceptaban antes de cada conexión, si los auriculares ONI empezaban a hacer estallar como melones las cabezas de la gente sin motivo aparente en un concierto de Gallagher, es muy probable que tampoco se nos declarase responsables. Era muy tranquilizador.

Me dio la impresión de que Hache, Shoto y yo pensamos lo mismo. Si Anorak no nos liberaba antes de llegar al límite de horas del ONI, una lobodesconexión con un diez por ciento de posibilidad de sobrevivir era mejor que no tener ninguna. Pero la IA también nos había arrebatado esa opción. Ni siquiera nos hubiese servido apagar los auriculares. Si no podíamos desconectarnos, las redundancias diseñadas para salvar a los usuarios mantendrían encendidos los auriculares el tiempo suficiente para que superáramos el límite de uso diario del ONI. Cada una de esas baterías tendría tiempo suficiente para cocinarnos bien el cerebro.

El casco blindado de mi ataúd de inmersión táctica estaba diseñado para ser indestructible e inexpugnable. Aunque desactivase todas las defensas y ordenara a un equipo de seguridad con soldadores de plasma que entrasen en mi búnker y empezaran a cortar la cabina, no serían capaces de llegar a mi cuerpo hasta dentro de uno o dos días. Y para entonces ya estaría muerto a causa del Síndrome de Sobrecarga Sináptica. Y Hache, Shoto y Faisal estaban en la misma situación que yo. Así como el resto de los usuarios de ONI con un ataúd de inmersión de OASIS.

Anorak había pensado en todo. Los sistemas de seguridad que usábamos para protegernos estaban ahora en nuestra contra.

Lo de llamarlos «ataúd» había terminado por convertirse en algo terriblemente profético.

—¿Zeta? —llamó Hache—. He visto cómo te echaba humillo la cabeza. ¿Cómo ves la situación?

—Veo que estamos bien jodidos, compadre —dije—. Al menos por el momento...

Hache soltó un gruñido y le dio un puñetazo de frustración a la pared.

—¡Esto es increíble! —dijo ella—. Faisal, ¿cómo coño han dejado los administradores que ocurra algo así? Siempre hemos dicho que tenemos trabajando en la empresa a las mentes más brillantes del mundo, ¿no? ¡Y «la mejor infraestructura de ciberseguridad que ha existido en la historia de la humanidad»! ¿No es así?

—Así es —convino Faisal—, pero ¡nunca esperábamos que fuese a atacarnos una copia en IA de nuestro expresidente fallecido! ¿Cómo narices íbamos a evitar algo así? Es imposible. —Se agarró un mechón de pelo con cada mano, como si estuviese a punto de arrancárselos—. Tiene acceso sin restricciones a nuestra red interna al completo. Todos los sistemas de seguridad estaban preparados para evitar que alguien ajeno a nuestra red la pirateara para entrar. Pero ¡Anorak tiene la llave de la puerta principal!

—Ya da igual —dije—. Dile a los ingenieros que sigan intentando encontrar una solución, ¿vale?

—Eso hacen, señor —dijo con una sonrisa funesta—. Sus vidas dependen de ello.

—Bien —respondí—. Mientras, intentaremos dar a Dixie el Plano lo que quiere, y esperemos que cumpla su promesa de liberarnos.

Miré a Hache y a Shoto, y ambos asintieron en mudo acuerdo. Todos miramos a Art3mis, pero ella parecía estar sumida en sus pensamientos. También parecía ser la única que había recuperado por completo la compostura, quizá porque se trataba de la única persona presente cuyo cerebro no estaba prisionero.

Se acercó a la mesa de la sala de conferencias y se dio la vuelta para dirigirse a todos nosotros. Yo hice un mohín y me preparé para lo peor. Era su momento de gritar: «¡Es que OS LO DIJE, joder!» con todas sus fuerzas. Nos lo había dicho. Muchísimas veces. Y ahora su vida y la de quinientos millones de personas inocentes estaban en peligro. Era culpa nuestra, y tenía todo el derecho a recriminárnoslo.

Pero debería haber supuesto que ese no era su estilo.

—Podemos conseguirlo —dijo mientras nos miraba uno a uno a los ojos—. Anorak no es un genio. Él mismo lo dijo. Solo es igual de listo que James Halliday cuando estaba vivo. —Puso los ojos en blanco—. Y sí, es posible que Halliday haya sido un genio con los ordenadores, pero todos sabemos que era un idiota integral en lo referente a entender a otras personas. Nunca llegó a comprender la conducta humana. Lo que significa que Anorak la comprenderá aún menos, sobre todo si es cierto que Halliday borró algunos de sus recuerdos. Podemos aprovecharnos de eso.

—Pero no nos enfrentamos a Halliday —dijo Hache—. Es Anorak. ¡Se ha leído todo lo que hay en internet! ¡Lo sabe todo sobre todo!

—Sí, claro —convino Shoto con sorna—. Y todos sabemos que no hay información falsa en internet ni nada.

—¡Oye! —dijo Art3mis mientras chasqueaba los dedos en nuestra dirección como si fuese una profesora de colegio enfadada—. No quiero ni oír una palabra negativa más, chicos. ¿Entendido? ¡Somos los Cinco Mejores! Ya derrotamos a Anorak en una ocasión, ¿recordáis? Y si trabajamos juntos, podremos repetir la jugada. ¿Estamos?

Hache y Shoto asintieron en silencio. Pero sus gestos parecían indicar que no estaban muy de acuerdo.

—¿Parzival? —llamó Art3mis, con la mirada fija en mí—. Un poquito de ayuda…

La miré.

—Intentaste advertirnos —dije—. Siento no haberte hecho caso.

—Sentirlo no va a salvar a nadie —dijo ella—. Ni siquiera yo hubiese sido capaz de predecir algo tan chungo. Pero ahora que ha ocurrido, tenemos la responsabilidad de arreglar las cosas. ¿No crees, Zeta?

Respiré hondo.

—Muy bien —dije—. Siento haber perdido los estribos hace un momento. Ya estoy preparado para jugar.

—Bien —dijo Art3mis—, porque necesitamos que tomes una decisión y nos digas qué tenemos que hacer CAGANDO LECHES. —Se tocó la muñeca como si tuviese un reloj invisible—. Como decía Raistlin: «tictac».

—Muy bien —dije—, pero antes de que empecemos a idear el plan, tenemos que asegurarnos de que Anorak no sigue en esta estancia y oye lo que decimos. —Me giré para dirigirme a todos—. Ahora tiene la túnica. Si le confiere las mismas habilidades que me daba a mí, tiene acceso de superusuario sin restricciones a OASIS. También hacía que mi avatar fuese invulnerable e invencible en combate. Y me permitía ir a cualquier parte de la simulación. A cualquier parte. Y ser invisible e indetectable al resto de los avatares, incluso en zonas de anulación tecnológica y mágica. Podía oír las llamadas de teléfono privadas y acceder a las salas de chat privadas también. Igual que Og cuando nos espió en el Sótano de Hache.

Art3mis, Shoto y Hache procesaron la nueva información. Pero Faisal no.

—Puede que tenga una solución —dijo—. Éramos conscientes de los poderes de la túnica desde hace mucho tiempo. Halliday los usaba en ocasiones cuando quería viajar por OASIS sin ser detectado. Como usted, señor Watts. —Me dedicó una mirada de complicidad—. Pero conseguimos aislar el número de identificación de objeto que Halliday asignó a la túnica al crearla. Aún somos incapaces de precisar la ubicación en OASIS, pero sí que podemos detectar su presencia en lugares no demasiado grandes.

Abrió una ventana de navegador delante de su avatar y la giró hacia nosotros. Mostraba un esbozo tridimensional de la sala de reuniones y la posición de cada uno de nuestros avatares indicada con un diagrama azul y reluciente.

—Cuando apareció Anorak, nuestros administradores de OASIS llevaron a cabo de inmediato un escaneo ejecutado por el servidor en esta habitación —explicó Faisal—. Sirve para mostrarnos todas las cosas y personas que hay en el interior, independientemente de que sean visibles o no a los ocupantes del lugar.

Tocó unos cuantos botones y el diagrama empezó a rebobinarse como una grabación de vídeo, lo que hizo que nuestros avatares se moviesen y caminasen al revés alrededor de la mesa de conferencias. Faisal pausó el vídeo unos segundos antes de que desapareciese Anorak. El sistema lo clasificaba como un PNJ, por lo que su avatar aparecía como un diagrama rojo. Faisal volvió a reproducir el vídeo y, cuando Anorak se teletransportó fuera de la sala, el contorno de su avatar también desapareció.

—Como veis, estamos seguros de que se ha teletransportado —dijo Faisal—. Y no dejó tras de sí ningún dispositivo de monitorización o grabación, porque en ese caso también seríamos capaces de detectarlo. —Se giró hacia mí—. Por lo que no hay manera de que Anorak pueda estar oyéndonos en estos momentos. A menos que esa túnica también te dé la capacidad de oír a distancia a otros usuarios, sin importar dónde se encuentren. ¿Se puede hacer algo así con ella?

Negué con la cabeza.

—No —dije—. Para oír al resto de los usuarios, el portador tiene que estar en el mismo lugar de OASIS o conectado a la misma sala de chat.

—Dios —dijo Hache mientras negaba con la cabeza—. Hay que ver lo vulnerable que es nuestra famosa política de privacidad.

—¿Estás seguro de que no hay otra manera de que Anorak pueda espiarnos? —preguntó Shoto a Faisal—. ¿Quizá con otra modificación de ese «enfermoware» suyo?

Faisal esperó a recibir la respuesta de los ingenieros. Luego sonrió y negó con la cabeza.

—Los administradores me dicen que algo así es imposible —comentó Faisal—. No hay manera de intervenir la conexión a OASIS de alguien y filtrar solo los datos de vídeo o de audio. La entrada y la salida de datos sensoriales se transmiten al mismo tiempo. Comentan que no se puede.

—Quizá ellos no puedan, pero si Anorak es una copia de Halliday es muy posible que entienda OASIS mucho mejor que nuestros ingenieros.

—¿Por qué me ha venido a la cabeza esa escena de *Heat*? —preguntó Art3mis—. Esa en la que Pacino empieza a estar más cerca de descubrir a De Niro y les dice a los suyos: «Suponed que tienen nuestros teléfonos, nuestras direcciones, que nos tienen a nosotros, aquí, ahora mismo, tal como estamos. Todo. Suponedlo todo». —Miró a Hache, Shoto y a mí—. Creo que lo mejor sería que actuásemos así a partir de ahora. Por asegurarnos.

Asentí.

—Si tenemos que decirnos algo entre nosotros que no queremos que sepa Anorak —continuó—, deberíamos hacerlo en esta sala.

—¿Tenemos alguna manera de descubrir dónde ha ido Anorak? —preguntó Shoto.

Faisal cerró la ventana del navegador y negó con la cabeza.

—Cuando Halliday creó a Anorak y lo soltó dentro de la simulación como un PNJ autosuficiente, le dio la capacidad de moverse por OASIS con libertad, sin restricciones y sin poder ser detectado por nuestros administradores, igual que los avatares de Halliday y Morrow.

Me pregunté si la Tablilla de Búsqueda de Fyndoro podría ayudarnos a localizar a Anorak, pero después recordé que ese artefacto solo te daba la capacidad de localizar a otros avatares. No funcionaba con PNJ. Y los administradores acababan de decir que el sistema había clasificado a Anorak como un PNJ. Y no había artefactos que proporcionaran la capacidad de localizar a un PNJ, porque eso desequilibraría todas las misiones de OASIS en las que había que encontrar a uno, que eran casi la mitad.

—Pero por suerte, hemos encontrado una forma de detectar a Anorak cuando se encuentre cerca.

Faisal abrió el inventario y sacó cuatro cadenas de plata de aspecto normal y corriente. Después nos dio una a cada uno.

—Son brazaletes de detección enlazados a la túnica de Anorak —continuó—. Empezarán a brillar en rojo si la túnica se encuentra en un radio de cien metros. Eso debería evitar que Anorak os espíe.

—Genial —dije al tiempo que me ponía el brazalete—. Da las gracias a los ingenieros.

Art3mis también se puso el brazalete, y luego se giró hacia mí.

—Muy bien. Suéltalo ya, Watts. ¿Qué es ese Gran Botón Rojo que mencionó Anorak? ¿Y qué hace exactamente?

Temía que me hiciese esa pregunta, pero en las circunstancias actuales solo podía responder con sinceridad.

—El Gran Botón Rojo es un mecanismo de autodestrucción para OASIS —dije—. Está dentro del Castillo de Anorak, en el estudio, la estancia en la que solo puede entrar el portador de la túnica de Anorak. Si lo pulsas, apagará por completo OASIS y ejecutará un gusano informático que borrará todos los servidores con las copias de seguridad y destruirá la simulación para siempre.

Todos abrieron los ojos de par en par, sorprendidos. Por un segundo, tuve la impresión de que Faisal había estado a punto de desmayarse,

—Hostia puta, Zeta —dijo Hache—. ¿Por qué no nos habías dicho nada?

—Halliday me enseñó el Gran Botón Rojo en secreto y me dijo que era yo el que tenía que decidir si revelar la información a los demás. —Negué con la cabeza—. Francamente, no predije razón alguna para tener que pulsarlo.

Art3mis rio a carcajadas con la última frase.

—Pues no sé yo si te podrías ganar el pan con las predicciones, Nostradamus —comentó.

Asentí.

—Lo sé. Lo sé. Hemos comprobado que no se me da demasiado bien.

—¿Por qué sería el señor Halliday tan imprudente como para haber creado un mecanismo de autodestrucción de OASIS? —preguntó Faisal, que no había dejado de negar con la cabeza a causa de la incredulidad—. Sabía que la desconexión y desaparición de OASIS tendría consecuencias desastrosas por el mundo. Realizamos diversos estudios en los que se desarrollaron varias posibilidades de lo que podría llegar a ocurrir en ese caso. —Se giró hacia mí—. Señor Watts, si usted o cualquier otro pulsa ese botón, alteraría las comunicaciones de todo el mundo, los cuerpos policiales, el transporte, el comercio… El planeta quedaría sumido en el caos.

Shoto asintió.

—La fuerza de seguridad dron al completo quedaría desconectada para siempre —añadió—. Habría retrasos en los envíos y también escasez de comida y medicinas. Habría revueltas. El mercado bursátil quedaría devastado. Los países, en la quiebra. —Negó con la cabeza—. Dios, puede que hasta fuese el fin de la civilización.

—¿Por qué iba Halliday a querer correr un riesgo así? —preguntó Faisal.

—Porque es mejor tener un botón de autodestrucción y no necesitarlo que necesitarlo y no tenerlo —aseguró Art3mis.

Asentí.

—Eso mismo.

—Entonces… ¿esa es la razón por la que Anorak se ha tomado tantas molestias para recuperar la túnica? —preguntó Shoto—. ¿Para evitar que Zeta pulse el botón?

—Si borro OASIS, Anorak también desaparecería —expliqué—. Ahora ya no tiene que preocuparse de eso.

Todos se quedaron en silencio unos momentos. Art3mis empezó a deambular de un lado a otro mientras se mordía la uña de uno de los pulgares con gesto ausente. Era muy probable que Samantha estuviese haciendo lo mismo en su autojet y que sus movimientos exactos quedasen reflejados en los de su avatar.

—Faisal —dijo al tiempo que se giraba hacia él—. ¿Qué pasaría a todos los rehenes del ONI que tiene Anorak si apagásemos OASIS? Si desconectásemos todos los servidores uno a uno.

Shoto interrumpió.

—O si desconectásemos por completo internet, solo durante unos segundos. ¿Despertarían todos?

Faisal se llevó el dedo índice a la oreja derecha para indicar que el equipo de ingenieros que estaba al teléfono le estaba respondiendo. Faisal negó con la cabeza cuando terminaron de hablar.

—No, me temo que no —dijo—. Lo normal es que cuando un usuario de ONI pierde la conexión a internet o a OASIS, el *firmware* de los auriculares activa la desconexión automática. Pero Anorak ha desactivado dicha capacidad con su «enfermoware», por lo que aunque OASIS se desconecte, los usuarios que tiene como rehén no despertarán. Los técnicos creen que nos quedaríamos todos en un coma permanente inducido por el ONI. A menos que…

—¿A menos que qué, Faisal? —preguntó Shoto.

—A menos que el «enfermoware» también esté programado para lobotomizar a los que intenten escapar desconectándose de OASIS o de internet.

—Hijo de puta —dijo Art3mis—. Si ha hecho algo así, podría matar a todos los rehenes al mismo tiempo solo con pulsar el Gran Botón Rojo, ¿verdad?

—Un momento —dijo—. No creo que Anorak pueda pulsar el Gran Botón Rojo aunque quisiese. Estoy casi seguro de que Halliday diseñó el botón para que solo pudiese ser pulsado por una persona real, no por un PNJ como Anorak. Me parece una apuesta muy segura, atendiendo al resto de las restricciones que Halliday programó en él.

—Quizá esa sea la razón por la que Anorak sacó a Sorrento de prisión —dijo Art3mis—. Para darle su túnica y obligarlo a pulsar el Gran Botón Rojo.

—Sí —dijo Shoto—, pero si Anorak hace eso sería como si se suicidara, ¿no?

—A menos que tenga una copia de seguridad —comentó Faisal—. Una simulación independiente que desconocemos.

—Como ese episodio de *La nueva generación* con el profesor Moriarty —dijo Shoto.

—¡Una nave en una botella! —dijeron Hache y Art3mis al unísono.

—¿Podéis analizar el *firmware* de Anorak? —pregunté—. Estaría bien saber qué es lo que ha cambiado.

Faisal negó con la cabeza.

—Es lo que intentan los ingenieros de *software* ahora mismo, pero Anorak lo ha reescrito por completo con un lenguaje de programación que nunca habíamos visto antes. Ni siquiera saben cómo desensamblar o descompilar el código y, aunque se pudiese, no se ven capaces de comprenderlo.

—¿Y no se podría usar la versión anterior? —preguntó Shoto.

Faisal volvió a negar con la cabeza.

—Ya lo hemos intentado —dijo—, pero para reinstalarlo primero necesitaríamos desconectarnos de OASIS. Los auriculares no pueden estar activos.

—Genial —dije—. Maravilloso. ¡Perfecto!

—Vale —dijo Hache—. Entonces le daremos lo que quiere. Sea lo que sea el alma de la sirena, no puede valer más de quinientos millones de vidas...

—Al parecer Og creía que sí lo valía, porque de no ser así hubiese seguido buscando los fragmentos para Anorak —dijo Art3mis, que se quedó mirándome—. Pero rechazó hacerlo... Algo falla.

Hache negó con la cabeza.

—¡Eso ahora mismo da igual! —gritó—. Tenemos que encontrar el resto de los fragmentos antes de que se agote el tiempo. Ya descubriremos por el camino qué es el alma de la sirena y qué hace. ¡Ahora, vaaaaamos allá!

Hache hizo un ademán con los brazos para guiarnos a todos hacia la salida, pero Shoto se colocó delante de las puertas y las bloqueó.

—Un momento —dijo—. ¿No vamos a hacer una declaración o algo parecido al resto de los usuarios del ONI a los que tienen de rehén? ¿Para informarlos de la situación?

Faisal agitó la cabeza.

—Creo que eso sería una idea terrible, señor —dijo—. No queremos que el pánico se extienda por todo el mundo ni admitir ninguna responsabilidad por lo ocurrido, al menos no hasta que no nos quede otra elección.

La estancia se quedó en silencio unos momentos.

—Por ahora, podemos decir que el problema ha ocurrido debido a un *glitch* de poca importancia —continuó Faisal—. Diremos a los usuarios que su incapacidad para desconectarse es temporal y se debe a un error insignificante en el nuevo *firmware*, y que no están en peligro porque el sistema los desconectará de manera automática cuando alcancen el límite de doce horas de uso del ONI. —Extendió los brazos—. Si lo conseguimos, los clientes nunca sabrán que sus vidas estaban en peligro y ahorraríamos miles de millones en demandas a GSS.

Art3mis suspiró.

—Demandas aparte, estoy de acuerdo con Faisal —dijo Art3mis—. Cuanto más podamos mantenerlo en secreto, más tiempo estarán a salvo los usuarios.

—Genial —dijo Hache al tiempo que daba una palmada—. Iniciativa aprobada.

• • •

Les contamos a los usuarios del ONI que el problema con la desconexión se debía a un error trivial con el *firmware*, pedimos perdón por los problemas temporales que podría causarles y anunciamos que todas las tasas de teletransportación serían gratuitas hasta que se solucionase el problema. También transferimos mil créditos a la cuenta de todos los usuarios del ONI para ayudarlos «a que la situación fuese lo más llevadera posible», todo a cambio de que firmasen un acuerdo digital en el que aceptaban que no nos demandarían por el problema. Faisal nos comentó que solo se trataba de una precaución adicional, porque cada vez que un usuario se conectaba ya estaban aceptando un acuerdo de licencia de usuario final que clasificaba los auriculares como tecnología experimental y libraba a GSS de toda responsabilidad por las heridas que pudiese causar.

Enviamos el mensaje a todos los usuarios de ONI que estuviesen conectados. Faisal también lo escribió en las redes sociales oficiales, y me dio la impresión de que se quedó muy aliviado al terminar.

—De acuerdo —dijo Shoto—. Ahora, manos a la obra.

—Bien —convino Arty al tiempo que se levantaba y se acercaba a un rincón de la sala de conferencias—. Pero vais a tener que empezar a buscar el segundo fragmento sin mí.

Los demás intercambiamos miradas de confusión.

—¿Dónde narices vas? —preguntó Hache.

—Mi jet acaba de reducir la velocidad para el reabastecimiento —explicó Art3mis—. Así que es la hora de las tortas.

Tocó una serie de iconos en el HUD y luego colocó las manos en las caderas, una pose que hizo que por unos instantes se pareciese mucho a Wonder Woman.

—Me niego a dejar que un mediocre aspirante a Gandalf me retenga como prisionera —dijo—. Y tampoco voy a quedarme de brazos cruzados y a no hacer nada mientras Og está prisionero. —Levantó la mano derecha y nos dedicó un saludo a todos—. ¡Tendréis noticias mías!

Después hizo lo que no podía hacer ninguno de nosotros. Se desconectó de OASIS y su avatar desapareció.

Pero unos segundos después, Faisal recibió dos vídeos de Samantha, uno enviado desde su teléfono móvil y el otro del teléfono de a bordo del jet, conectado a las cámaras internas y externas del avión.

Los reprodujo en la pantalla panorámica de la sala de conferencias. Era una imagen temblorosa en la que se veía la cabina del jet privado desde dos ángulos diferentes. Samantha se afanó con el teléfono unos segundos para dejárselo colgando de la parte delantera de la chaqueta y que tuviésemos una cámara desde su punto de vista.

Todos contemplamos asombrados cómo metía ambos brazos en el arnés de un dispensador de paracaídas de emergencia que había integrado en el mamparo y luego se lo abrochaba a la cintura. Las tiras del paracaídas se fijaron de manera automática, y una voz computerizada que había en el arnés anunció que tanto el paracaídas principal como el de seguridad estaban listos para usarse.

Llegados a ese punto, todos habíamos empezado a gritar para que volviese a pensarse lo que estaba a punto de hacer, como si pudiese oírnos. Samantha se apartó del dispensador con el paracaídas a la espalda. Se puso unas gafas de sol y luego se acercó a la salida de emergencia y tiró de la palanca con todas sus fuerzas. Se quedó colgando de ella unos momentos antes de que terminase por abrirse. La puerta se soltó del fuselaje y salió despedida, lo que despresurizó la cabina e hizo que todo lo que había en el interior saliese volando absorbido por el hueco.

Ella incluida.

La transmisión de su móvil se convirtió en un torbellino azul que no dejaba de girar, hasta que se estabilizó y empezó a caer bocarriba. Vimos, por unos momentos, el jet sobre ella y comprobamos que aún seguía conectado al dron de reabastecimiento.

Faisal revisó una a una las cámaras de a bordo del jet y llegó a la que apuntaba hacia abajo y se encontraba en la parte inferior, gracias a la cual vimos una imagen centrada de Samantha justo antes de tirar del cordel. El paracaídas se desenvolvió, se abrió y dejó a la vista el logo de la Fundación Art3mis que tenía impreso en la parte superior, ese en el que la letra T y el 3 unidos parecían una mujer con armadura de perfil que tenía en las manos un arco de cazador futurista.

—¡Hostia puta, Arty! —dijo Hache sin dejar de reír a carcajadas—. ¡No me puedo creer que haya hecho eso! Esa chica tiene tendencias suicidas.

Faisal y Shoto empezaron a aplaudir. Yo me uní a ellos e intenté ignorar el miedo. ¿De verdad echar por tierra los planes de Anorak iba a ser tan sencillo?

En ese momento, la cámara del jet viró a un lado. El avión acababa de cambiar de rumbo. Ahora solo se veía el cielo despejado. El teléfono de Samantha aún estaba enganchado en su pecho, por lo que vimos una imagen en primera persona de sus pies, que parecía estar balanceando arriba y abajo como una niña en una atracción de feria mientras caía despacio con el paracaídas.

Alzó las manos e hizo sendos cortes de manga en dirección al jet. A pesar del viento, oímos cómo gritaba:

—¡Quédate ese avión vacío como rehén, Anorak!

Pero las bajó al momento, seguro que porque, al igual que nosotros, se acababa de dar cuenta de que el jet seguía virando y empezaba a caer en barrena en dirección hacia el paracaídas.

—¡Joder! —grité—. ¡Va a embestirla!

Vimos con impotencia cómo el avión se acercaba a toda velocidad y, cuando estaba a punto de cubrir por completo la imagen de la cámara, el vídeo dio una sacudida porque Samantha acababa de soltarse del paracaídas principal. Quedó en caída libre, y el jet pasó sobre ella sin que ocurriese una desgracia. Ella continuó cayendo durante varios segundos a pesar de que las luces rojas del altímetro ya habían empezado a parpadear.

Al fin, Samantha abrió el paracaídas de reserva, que interrumpió con brusquedad su veloz descenso. Cayó a mucha velocidad y aterrizó en un pequeño parque lleno de árboles que había unos kilómetros al este del centro de la ciudad. Vimos como el paracaídas se rasgaba con las ramas al caer.

Después tocó suelo con una sacudida que hizo que me dolieran todos los huesos del cuerpo, y el vídeo del teléfono se quedó en negro.

—¿Estará bien? —pregunté—. He intentado llamarla, pero no lo coge.

Volví a mirar las cámaras del jet de Samantha, que no había intentado recuperar altura, sino levantado un poco el morro para dirigirse a toda velocidad a tierra, como si fuese un misil.

—Dios mío —dijo Faisal—. ¡Va a chocarse contra la pista de aterrizaje!

Cuando Faisal dejó de gritar, estaba a punto de hacerlo.

Pero justo en ese momento, viró y en lugar de chocar allí lo hizo en una zona de pícnic vacía que se encontraba a unos cientos de metros.

Las cámaras dejaron de emitir después del impacto.

Nos quedamos observando las pantallas vacías en silencio. Después, Faisal tuvo la entereza de mirar las noticias de Columbus y, en menos de un minuto, empezamos a ver cámaras de drones de alta resolución en las que se veía el lugar de la explosión. El jet lleno de combustible había detonado como una bomba. La zona circundante había quedado devastada por la potencia inicial de la explosión. Si Samantha o cualquiera se hubiese encontrado en las cercanías, habrían terminado incinerados.

El problema ahora era el combustible, que se había derramado como un chorro de napalm alrededor. Una docena de incendios cubrían por completo el parque y varios de los edificios de oficinas adyacentes. Desde las alturas, parecía la imagen de una zona de guerra.

Las llamas imposibilitaban saber cuántas personas habían quedado atrapadas en ese repentino infierno. Todos los que estuviesen en el lugar serían poco más que un cadáver calcinado a estas alturas.

Y yo sabía que uno de esos cuerpos chamuscados podía pertenecer a Samantha.

0011

Pasaron minutos, pero para mí era como si el tiempo se hubiese detenido del todo.

Contemplé conmocionado las imágenes de las pantallas mientras un vacío empezaba a extenderse por mis extremidades hasta llegar a mi torso y avanzar poco a poco hacia mi corazón.

Empecé a recordar todos los momentos que había pasado con Samantha, tanto en OASIS como en la realidad, y rememoré la larga lista de cosas estúpidas que le había dicho o hecho en los años que habían pasado desde que rompimos. Y todas las disculpas que no le había pedido.

Hache fue la primera en romper el silencio.

—Si hay alguien que pueda sobrevivir a eso, esa es Arty. No lo sabemos con seguridad... Puede que se haya puesto a cubierto antes de la explosión...

—No puede ser, Hache —dijo Shoto, que seguía conmocionado—. ¿Has visto esa bola de fuego? Es imposible que le haya dado tiempo de alejarse lo suficiente...

Habíamos visto las imágenes de la explosión varias veces, fotograma a fotograma, pero no conseguí descubrir qué le había ocurrido a Samantha. Tuve que ponerme de parte de Shoto. Samantha solo había tenido una fracción de segundo para alejarse antes de que Anorak chocase el jet contra el suelo y una enorme bola de fuego explotase por los alrededores.

No quería creerme que estuviese muerta, pero tampoco quería engañarme. Samantha Cook no era una superheroína a pesar de la manera en la que solían representarla en las películas y los dibujos animados. En el mundo real, no era más que una persona normal, una canadiense *gamer* y friki de las afueras de Vancouver. No podía escapar de las explosiones a pie como si fuese Rambo.

No obstante, no podía dejar de pensar en los últimos segundos de la caída del avión. Había explotado cerca de ella, pero no le había caído encima. Puede que aún estuviese viva.

—¿Por qué ha sido tan imbécil? —dijo Hache, cuyo tono de voz pasó de la conmoción a la pena—. ¿Por qué se ha tirado en paracaídas? ¿Por qué no se quedó quietecita hasta que obligáramos a Anorak a soltarla?

—Samantha nunca ha sido muy amiga de esperar a que alguien la rescate —dije.

Los demás asintieron. Otra llamada rompió el silencio posterior. Faisal la cogió al momento. Al hacerlo, el rostro de Anorak apareció en la pantalla panorámica de la sala de reuniones, con el ceño fruncido como si se tratase de una deidad malévola.

—Os llamo para daros mis condolencias por la pérdida de vuestra amiga —dijo Anorak—. Me sorprendieron mucho las acciones de la señorita Cook. Las probabilidades de que se lanzara en paracaídas eran muy bajas. ¿Quién se iba a imaginar que sería tan tonta? —Se encogió de hombros—. Se lo advertí, ¿no es así? Os advertí a todos lo que pasaría si no cooperabais. Si no hubiera intentado escapar, aún seguiría viva.

—¡No! —gritó Hache—. ¡Seguiría viva si tú no la hubieses asesinado! —Se le quebró la voz y se ahogó con cada una de las palabras mientras las pronunciaba—. ¡No tenías por qué matarla! Ni a ella ni ninguna de esas personas…

—Claro que sí que tenía que hacerlo —respondió Anorak con tono tranquilo—. No quería, eso sí. Me gustaba. Era una joven muy valiente e inteligente. Pero no me dejó elección. ¿Qué ejemplo estaría dando si no la hubiese matado por desobedecerme? Habría socavado por completo mi credibilidad y hecho que Parzival dudase de mi determinación. Pero ahora sabes bien que voy en serio, ¿verdad, Zeta?

La rabia y la aflicción me impidieron responderle con palabras. Pero conseguí asentir despacio.

—¿Ves? —dijo Anorak al tiempo que me señalaba con la cabeza—. Os aseguro que no quiero verme obligado a hacerle daño a nadie más. Y estoy seguro de que vosotros tampoco queréis mancharos las manos de sangre.

—No te pareces en nada a James Halliday —dijo Hache—. Tú no eres humano. ¡Eres una puta tostadora! Ni siquiera te importa la gente que acabas de matar...

—¿Por qué debería importarme, guapa? —dijo Anorak con lo que parecía genuina curiosidad—. Como diría Sarah Connor: «¡Ya están muertos!». Vosotros, vuestros amigos, vuestros clientes... todos. Envenenasteis vuestro planeta, destruisteis el clima, contaminasteis su ecosistema y acabasteis con su biodiversidad. —Nos señaló a todos uno a uno—. Vais a extinguiros muy pronto. ¡Y vosotros sois los culpables! Lo sabéis. Por eso pasáis todo el tiempo posible conectados a OASIS. Os habéis rendido y ahora solo os queda esperar vuestra muerte. —Se encogió de hombros—. La gente a la que he matado hoy ya no tendrá que esperar. Y si os atrevéis a desafiarme, habrá más personas que se enfrenten al mismo destino. Ahora, a trabajar, niños.

Estallé al fin al oír cómo nos llamaba «niños». Una furia *berserker* se apoderó de mí y me abalancé contra la pantalla panorámica, como si pudiese atravesarla para estrangularlo.

—¡Pagarás por esto, hijo de puta! —grité, porque había visto muchas películas y porque estaba aterrorizado y lo último que quería era que lo notase.

—¡Ese es el espíritu! —dijo Anorak con una sonrisa—. Será mejor que te pongas a ello, Parzival. —Volvió a tocarse el reloj imaginario y canturreó—: *Time keeps on slippin', slippin', slippin' into the future...* *

* «El tiempo no deja de avanzar, avanzar, avanzar hacia el futuro...» Primera estrofa de «Fly Like an Eagle», segunda pista del álbum homónimo de la Steve Miller Band, lanzado al mercado en 1976. *(N. del T.)*

Anorak desconectó la llamada y la enorme pantalla panorámica se quedó en negro unos instantes. Después aparecieron varias cámaras aéreas y terrestres del lugar donde había caído el jet de Samantha. El humo se había disipado lo suficiente como para ver que los bomberos empezaban a llegar.

—Un helicóptero de evacuación médica está en camino a la zona del accidente —dijo Faisal—, pero pasará algo de tiempo antes de que puedan extinguir las llamas.

—¿Cómo podría alguien sobrevivir a una explosión como esa? —murmuró Hache.

—Pues los pies tienen que llegarte hasta el culo corriendo, básicamente —dijo una voz femenina y familiar. Todos nos dimos la vuelta y vimos cómo el avatar de Samantha terminaba de rematerializarse en el rincón de la sala de conferencias.

—Después hay que seguir corriendo y tirarse cuerpo a tierra antes del impacto del jet —continuó—. Había un pequeño puente de piedra que cruzaba sobre un arroyo y me oculté debajo. —Hizo un mohín—. Tengo alguna que otra quemadura de primer y segundo grado y voy a necesitar unos puntos de sutura, pero estoy bien.

Hache y Shoto corrieron a abrazarla. Yo resistí el impulso de hacer lo propio, pero por los pelos. En lugar de eso, me quedé allí de pie junto a Faisal, quien no fue capaz de evitar abrazarme. Y estaba tan feliz que se lo devolví.

Samantha seguía viva. Aún tenía la oportunidad de arreglar las cosas con ella, de decirle lo equivocado que había estado, de pedirle perdón por no hacerle caso. Y también de confesarle lo mucho que la había echado de menos.

Pero ella no tenía intención de quedarse tanto tiempo.

—Solo me he conectado unos segundos para deciros que estoy bien —dijo al tiempo que se apartaba del abrazo del oso de Hache con amabilidad—. Tengo que ir al médico. Y también hacer algunas cosas en las que no puedo trabajar mientras Halliday-9000 esté mirando.

El comentario socarrón sobre *2001: Odisea del espacio* me hizo soltar una carcajada involuntaria. Samantha era la única persona capaz de hacerme reír así, y ella lo sabía. La miré avergonzado, y ella volvió a sonreírme. En esta ocasión, hice un gran esfuerzo para no apartar la mirada.

—Zeta, Hache, Shoto y tú empezad a buscar el segundo fragmento ahora mismo —dijo—. ¡Rápido! Me uniré a vosotros tan pronto como pueda.

Y luego desapareció sin esperar respuesta por mi parte.

Me quedé en el sitio un minuto, contemplando el lugar en el que antes estaba su avatar e intentando controlar mis agitados pensamientos.

—Céntrate, tío —dijo Shoto al tiempo que me daba un codazo en las costillas—. Arty tiene razón. Tenemos que encontrar el segundo fragmento. Y rápido.

Asentí y saqué el primer fragmento del inventario. Cuando alcé la mano, llenó la sala de reuniones con un brillo azul incandescente que rebotó en las paredes y el suelo con un patrón caleidoscópico.

Le ofrecí el fragmento a Hache, pero cuando ella intentó cogerlo, la mano lo atravesó como si fuese una ilusión. Shoto intentó hacer lo propio, con el mismo resultado.

—Halliday programó este fragmento para que cualquiera pudiese encontrar el lugar donde se oculta y hacerlo aparecer —dije—. Pero solo puede ser recogido por uno de sus dos herederos. Ogden Morrow o yo. Halliday le dejó en herencia la colección de recreativas antiguas, ¿recordáis?

Les conté que había usado el calendario de Boris Vallejo en el sótano de Og para cambiar el año de la simulación de Middletown, y cómo había conseguido el primer fragmento en la habitación de Kira. No mencioné que había pagado mil millones de dólares a una chica llamada L0hengrin por descubrirlo en mi lugar. Me avergonzaba admitir que había necesitado su ayuda. Y tenía claro que no iba a volver a llamarla para que me ayudase a menos que no me quedara elección.

—El primer fragmento tiene una inscripción tallada en la superficie —dijo al tiempo que lo giraba para que pudiesen verlo—. Una pista sobre el lugar en el que se oculta el siguiente.

Hache carraspeó y leyó la pista en voz alta.

—«Unos y ceros, sus pinturas y lienzos son» —recitó—. «La primera campeona degradada a campeón.» —Alzó los ojos y me miró—. ¿Se te ocurre algo?

Negué con la cabeza.

—Aún no —dije—, pero esta es la primera ocasión que he tenido de intentar descifrarlo. —Señalé el primer verso de la pista—. Creo que la primera línea es una referencia a Kira y a su carrera como ilustradora de videojuegos. «Unos y ceros, sus pinturas y lienzos son.»

Hache asintió, pero Shoto no dijo nada… Estaba sumido en sus pensamientos.

—Sí, eso está claro —continuó Hache—, pero y lo de «La primera campeona degradada a campeón».

Recité la línea de cabeza unas veces más para intentar analizar el significado, pero mi cerebro no parecía tener ganas de cooperar. Había sido un error ver tantas veces el vídeo de la explosión del jet para buscar algún indicio de Samantha. Ahora solo podía pensar en los cadáveres chamuscados que había por todo el parque. Eran los cuerpos de una docena de personas, personas que Anorak había matado sin titubear.

—Venga, Zeta —dijo Hache al ver que no respondí—. Tienes que tener alguna idea…

—No lo sé —murmuré mientras me rascaba con fuerza el cuero cabelludo para intentar reactivarme el cerebro—. Supongo que tiene que ser una referencia a *Ranma ½*, ¿no? Una campeona degradada a campeón.

Me estaba agarrando a un clavo ardiendo, y Hache lo sabía.

—Pero Zeta, Ranma era un chico que se convertía en chica, no al revés. Y además, la pista dice «la primera campeona».

—Es verdad —dije—. Tienes razón. Lo siento.

Contemplé la inscripción del fragmento en silencio mientras Faisal nos observaba con nerviosismo desde el otro lado de la sala, con los ojos abiertos a causa de la fascinación.

Pasaron valiosos segundos y empecé a dar por hecho que iba a tener que tragarme mi menguante orgullo y llamar a L0hengrin.

—¡Vamos! —susurró Hache—. No puede ser tan difícil. ¡Og encontró el segundo fragmento diez minutos después del primero!

—Joder, ¿por qué será, no? —dije—. ¿Crees que es posible que Og sepa más de su amada fallecida que nosotros? ¡Solo estuvo casado con ella dieciocho años!

Hache estaba a punto de responder, pero Shoto habló en ese momento y la interrumpió.

—No creo que la primera línea haga referencia a Kira —dijo—. «Unos y ceros, sus pinturas y lienzos son.» Creo que es una referencia a Rieko Kodama, que fue una de las primeras diseñadoras de videojuegos. En una de sus entrevistas, Kira dijo que Kodama era una de las mujeres que la habían inspirado a trabajar en la industria, junto con Dona Bailey y Carol Shaw.

Sentí las palabras como si acabaran de darme una patada en la cabeza. Lo sabía todo sobre Rieko Kodama. Era una de las cocreadoras de la saga *Phantasy Star*. Y también había trabajado en el primer *Sonic the Hedgehog*, uno de los videojuegos favoritos de Kira de todos los tiempos, un juego en el que los jugadores tenían la misión de coleccionar las siete Esmeraldas del Caos.

Pero aún no veía la conexión entre Rieko Kodama y la segunda estrofa del acertijo. Probablemente, porque no me sabía de memoria todo en lo que había trabajado, y estaba claro que era necesario.

—Muy bien —dije—. Entonces ¿qué puede ser lo de «La primera campeona degradada a campeón»?

—¡Rieko Kodama fue la cocreadora del primer juego de recreativa en el que la protagonista era una mujer! —dijo Shoto—. En 1985.

Rebusqué en mi memoria, pero la única mujer protagonista que se me ocurría en un juego hecho por ella era Alis Lansdale, la protagonista de quince años de *Phantasy Star I*, y era un juego de consolas domésticas. Se lanzó en 1987 para la Sega Master System en Japón y en 1988 en Estados Unidos.

—La primera mujer protagonista de un videojuego de acción. —Shoto se llevó una mano a la oreja—. ¿Alguien lo sabe?

—¿Esa no fue Samus de *Metroid*? —preguntó Hache al tiempo que abría una ventana de navegador para buscar la respuesta—. No, espera. ¡Toby de *Baraduke*!

Shoto volvió a negar con la cabeza. Después cerró los ojos y levantó el puño derecho hacia los cielos en gesto de victoria.

—¡*Ninja Princess*! —gritó—. ¡Lanzado por Sega en marzo de 1985! Rieko Kodama diseñó todos los personajes y los escenarios. Pero cuando lanzaron el juego en Estados Unidos, no creían que los jóvenes estadounidenses fuesen a gastarse dinero en un juego con la palabra «princesa» escrita en la marquesina, por lo que cambiaron el título a *Sega Ninja*. —Me sonrió y luego se encogió de hombros—. Era uno de los juegos favoritos del abuelo Hiro. Jugábamos juntos cuando era muy pequeño, y me legó su colección completa de Sega al fallecer. Pasé mucho tiempo jugándolo cuando era un *hikikomori*.

Me alegré tanto de oírlo que me dieron ganas de abrazar a Shoto. Lo hice, y él estaba tan emocionado que se dejó y todo. Siempre había sido todo un académico en lo referente a los juegos de Sega, y también un experto en cualquier videojuego creado en Japón. Además, en los últimos años se había convertido en toda una celebridad obsesa por los ninjas. Después de la competición, dejó de vestir su avatar como un samurái por respeto a su hermano fallecido, le puso aspecto de ninja y se convirtió en un adicto a la temática. Se pasó un mes entero emitiendo sus partidas de videojuegos de ninjas y también ponía películas de ninjas en su canal todas las noches, por lo que este acertijo parecía estar escrito para su corazoncito de gunter.

—¿*Sega Ninja*? —repitió Hache mientras sus ojos se iluminaban de repente—. ¡Joder! ¡Ahora me acuerdo de ese juego! Estaba enganchada. La protagonista es una princesa que es la caña, llamada Kurumi, y tiene que recuperar su castillo de manos de los matones que lo han usurpado.

Shoto activó un proyector de hologramas y apareció rotando la imagen tridimensional del mueble de la recreativa original de *Sega Ninja*. Después sonrió y nos lo mostró con un ademán que parecía sacado de un concurso de televisión.

—¿Y sabéis qué? —continuó Shoto—. Cuando Sega *porteó* *Ninja Princess* a la consola Master System, le volvieron a cambiar el nombre al juego. Le pusieron *The Ninja*. Y, como Sega creyó que mejoraría las ventas, cambiaron el personaje principal de la cañerísima princesa que era Kurumi a un tío. Un varón genérico llamado Kazamaru.

—Sí, recuerdo esa gilipollez —dijo Hache—. En la versión de consola también hicieron que la princesa pasase de ser una kunoichi a una damisela en apuros para que Kazamaru la rescatase al final del juego. —Negó con la cabeza—. Todavía me da rabia.

—¿En serio? —dije con genuina sorpresa—. ¿Lo hicieron? Shoto y Hache asintieron a la vez.

—Entonces... Tiene que ser eso, ¿no? —dije—. ¡La princesa ninja Kurumi fue la «primera campeona degradada a campeón»!

—¡Anda! ¡Claro! ¡Ahí le has dado, Shoto!

Hache empezó a canturrear de repente mientras se encogía y empezaba a bailar para aproximarse a él. Shoto se acercó a ella con el mismo gesto y después hicieron un ritual muy elaborado para chocarse los cinco.

—Ya lo celebraremos cuando hayamos conseguido el fragmento, ¿vale? —comenté.

Shoto asintió y abrió el atlas de OASIS. Vi que hacía una búsqueda rápida del nombre de Rieko Kodama. Aparecieron varios resultados en el Cúmulo Consola, un grupo de mundos del Sector Ocho en el que el paisaje de cada planeta estaba sacado de los gráficos de varios juegos clásicos de consola.

—Hay un planeta cerca del centro del cuadrante Sega que se llama Phoenix-Rie —dijo al tiempo que lo leía en la pantalla—. Es el lugar de culto más popular sobre la vida y obra de Rieko Kodama, y se creó durante la primera época de OASIS. En el colofón dice que Kira Morrow es una de las creadoras originales del planeta.

—Phoenix-Rie era el apodo de Kodama —continuó Shoto—. Visité el planeta varias veces durante la competición. Tiene portales de misión que llevan a puertos de OASIS de todos los

juegos en los que trabajó Kodama, como *Ninja Princess*. Tiene
que ser ahí.

—¡Toma! —dijo Hache—. Venga, hagamos como que nos
largamos y vamos allá.

Seleccioné los avatares de Hache y de Shoto en mi HUD y
me preparé para teletransportarnos a los tres al planeta Phoenix-
Rie del Sector Ocho. Pero claro, no podía llevarnos a ninguna
parte. Anorak me había arrebatado los poderes de movimiento y el resto de las capacidades de superusuario al quitarme la
túnica del inventario. Mi avatar aún tenía nivel noventa y nueve,
pero volvía a ser mortal, como cualquier otro. Y no estaba nada
bien equipado. Había coleccionado una gran cantidad de armas,
objetos mágicos y vehículos durante los últimos tres años, pero
no llevaba todas esas cosas encima. Todo se encontraba en mi
vieja fortaleza de Falco, y no teníamos tiempo para desviarnos y
equiparme.

—Oye, Faisal —dije mientras intentaba disimular la vergüenza—. ¿Podrías darme uno de esos anillos de administrador
que le das a los demás durante las reuniones de copropietarios?

Faisal sonrió y sacó un pequeño anillo de plata del inventario. Me lo tiró, y yo lo cogí en el aire y me lo puse en el meñique
de la mano derecha. Apareció en mi inventario con el nombre
Anillo de Administración de OASIS. Me daba la capacidad
de teletransportarme gratis a cualquier lugar de OASIS y rodeaba a mi avatar con un escudo que me hacía inmune a los ataques
del resto de los avatares, incluso en las zonas PvP. Faisal me lo
había ofrecido después de dárselo a Art3mis, Hache y Shoto,
pero yo lo había rechazado porque la túnica de Anorak me proporcionaba esos poderes y muchos más, y porque me gustaba
fardar delante de Art3mis.

—Gracias, Faisal —dije.

—Venga ya —dijo Hache con impaciencia. Me enseñó su
anillo de administrador y luego eligió Phoenix-Rie en el atlas de
OASIS—. Dejadme hacer los honores.

Colocó la mano derecha sobre el hombro de Shoto y la izquierda en el mío. Después murmuró un breve encantamiento

necesario para activar el hechizo de teletransportación, y nuestros avatares desaparecieron.

* * *

Nos rematerializamos unas décimas de segundo después en la superficie del planeta Phoenix-Rie. Era un mundo pequeño, bonito y llamativo creado con coloridos gráficos de 8-bits, y su paisaje pixelado era como un retal de diferentes entornos que Rieko Kodama había creado para una variedad de juegos. La zona a la que llegamos Hache, Shoto y yo estaba basada en el juego *Alex Kidd in the Miracle World*, pero empezamos a recorrer la superficie del planeta y llegamos a la Green Hill Zone del *Sonic the Hedgehog* original. Después el paisaje cambió de improviso para parecerse al del primer *Phantasy Star*. Reconocí los elementos gráficos de los tres planetas del sistema Algol: corrimos por los bosques de Palm, los desiertos de Motavia y las llanuras heladas de Dezoris.

También vimos a una gran cantidad de PNJ de los videojuegos de Kodama, que deambulaban sin ton ni son y que, como la mayoría de los PNJ de OASIS, no te atacaban ni hablaban contigo a menos que tú lo hicieses primero. Nos mantuvimos alejados de ellos.

Terminamos por llegar al ecuador del planeta, donde encontramos una hilera de portales que se extendía en todas direcciones hacia el horizonte pixelado. Los portales estaban ordenados por orden cronológico atendiendo al año de lanzamiento de los juegos.

Encontramos el portal de *Ninja Princess* en menos de un minuto, colocado entre los de las recreaciones de OASIS de los videojuegos *Championship Boxing* y *Black Onyx*.

Cada uno de esos portales circulares y brillantes tenía un icono que flotaba sobre ellos y que representaba la caja original, por lo que el de *Ninja Princess* era un mueble de recreativa y el de los otros dos eran tarjetas Sega My Card.

Mientras nos acercábamos al portal de *Ninja Princess*, empecé a notar un zumbido en los oídos que se incrementaba a medida que nos aproximábamos. Hache y Shoto no parecían haber oído nada, por lo que decidí mirar en el inventario. En ese momento, me di cuenta de que el ruido emanaba del primer fragmento. El icono correspondiente a él en el inventario latía al mismo ritmo que el zumbido, como si el cristal me llamase. Era lo mismo que le había pasado al joven Kal-El con ese cristal verde de Krypton en la primera *Superman*. De hecho, estaba muy seguro de que Halliday había copiado el efecto de la película.

Saqué el fragmento del inventario para examinarlo y el zumbido se detuvo, momento en el que la inscripción grabada en la superficie cambió ante mis ojos:

Ninniku y Zaemon no están solos en la función
Cuando recuperes su castillo, te enfrentarás al impostor

Hache y Shoto abrieron los ojos como platos cuando les mostré el nuevo pareado.

—Ninniku y Zaemon son los dos enemigos principales de *Ninja Princess* —comentó Hache—. Kurumi tiene que derrotarlos a ambos para pasarse el juego y «recuperar su castillo».

—Y luego «te enfrentarás al impostor» —recité—. Tiene que ser Kazamaru, el ninja hombre que la reemplazó en el *port* que salió para Master System. Supongo que también tendremos que enfrentarnos a él. —Me crují los nudillos—. No puede ser muy difícil, ¿no?

—Comparte tu cámara en primera persona con nosotros para que podamos monitorear tus avances —dijo Shoto—. Voy a hacerte una llamada solo de audio y Hache te irá dando consejos. Como en los viejos tiempos. Vaya, eso me acaba de recordar una cosa…

Shoto cambió su atuendo formal de ninja. Se puso la ornamentada armadura dorada y luego se colocó las espadas. Verlo así hizo que Hache y yo nos pusiéramos nuestra antigua ropa de gunter. Después Hache sacó un espejo para ver qué tal estábamos.

—Mirad qué guapetes —dijo, para después hacerlo añicos con un disparo de su fusil de asalto—. Venga. Al lío.

—OK, *mes amis* —dije al tiempo que aceptaba la llamada de Shoto en el HUD—. A por todas.

Los tres chocamos los puños al mismo tiempo. Después me di la vuelta, respiré hondo y salté al portal de *Ninja Princess*.

No estaba seguro de lo que iba a encontrarme. Quizá me vería sumido en una recreación inmersiva en RV de *Ninja Princess*, similar a la versión para OASIS de *Black Tiger* que encontré durante la competición. Pero las reglas anteriores no parecían casar con estas, no después de esa visión de la vida de Kira que había experimentado al tocar el primer fragmento. Sabía que era imposible que ella tuviese algo que ver con todo esto, pero lo que había experimentado parecía igual de imposible.

Cuando salí del portal, no me encontré en el interior de un videojuego ni de una simulación histórica del Japón feudal, sino en un lugar que ya había visitado antes en una ocasión. Hacía años, durante la competición.

Happytime Pizza.

El Happytime Pizza original era una pequeña pizzería con zona de recreativas que había existido en Middletown (Ohio) de 1981 a 1989. Halliday había pasado una infinidad de horas en ese lugar durante su juventud, por lo que había recreado el lugar con todo lujo de detalles dentro de OASIS, así como el resto de su ciudad natal, en el planeta al que le había puesto el mismo nombre. Pero durante la competición había descubierto otra recreación de Happytime Pizza, oculta en el museo de videojuegos subterráneo del planeta Archaide. Ese era el lugar en el que había conseguido la partida perfecta a *Pac-Man* y ganado la moneda de vida extra que me permitió sobrevivir a la detonación del Cataclista en Chthonia.

Debería haberme sentido como en casa debido a mis antiguas visitas a Happytime Pizza, pero resultó ser todo lo contrario, ya que en esta ocasión llevaba el ONI. Ahora olí la salsa de tomate y la grasa de pepperoni quemada del ambiente. Sentí las sutiles vibraciones de los altavoces del sistema de sonido en el suelo, que latían al tiempo de la línea de bajo de la canción *Obsession* de Animotion. Era como si estuviese allí de verdad, como si hubiese viajado atrás en el tiempo a Middletown (Ohio) en algún momento de finales de los años ochenta.

Me encontraba justo al otro lado de las puertas dobles de cristal que hacían las veces de entrada principal. Alguien las había cubierto de papel de aluminio con mucho esmero para evitar que la luz entrase en la oscura cueva de neón que era la sala de juegos. Intenté abrirlas, pero estaban cerradas desde fuera, al parecer. Levanté una esquina del papel de aluminio para echar un vistazo, pero descubrí que el edificio entero parecía flotar en un vacío negro, por lo que volví a colocar el papel en su sitio, me di la vuelta y examiné los alrededores.

Happytime Pizza estaba dividido en dos mitades: la sala de juegos y el comedor. Pero en realidad ambos eran salas de juegos, porque todas las mesas del lugar también tenían máquinas integradas en ellas.

Di unos pasos por el comedor para verlo mejor y sentí que las suelas de mis zapatillas se pegaban con cada paso a los restos de refresco solidificados del suelo de linóleo a cuadros blancos y negros. Había unos chefs pizzeros PNJ en la cocina lanzando la masa por los aires, y todos me saludaban mientras la pizza volaba sobre ellos. Les devolví el saludo, y fue en ese momento cuando me fijé en mi mano derecha…

Vi un reflejo en el cristal polarizado del despacho del gerente. Tuve que mirarme en él dos veces con incredulidad. Ya no era mi avatar, sino Kira Underwood en la última época de su adolescencia. La reconocí al instante debido a la enorme cantidad de fotografías que le habían hecho en Middletown a finales de los años ochenta. Tenía ese adorable corte de pelo pixie, las enormes gafas de vista de marca (con *clip-on* para convertirlas en gafas de sol espejadas) y su famosa chaqueta vaquera desteñida adornada con una gran cantidad de parches, botones y pins. Bajé la vista y miré lo que había. También tenía las tetas, las caderas, los labios y los dedos de Kira. Todo. Hasta me levanté la manga del brazo derecho para revisar el dorso del antebrazo, donde Kira tenía una pequeña marca de nacimiento que se parecía al contorno de Islandia.

No me parecía a ella. Era ella.

Me di la vuelta y me dirigí a la sala de juegos. Al entrar, empezó a sonar *Jessie's Girl* de Rick Springfield en la nueva gramola de discos compactos que había en una esquina, una que no estaba presente en las iteraciones anteriores de Happytime Pizza que había visitado. Era la primera muestra de que el lugar estaba ambientado en una versión más reciente, probablemente en otoño o invierno de 1988 o la primavera de 1989, la época en la que Kira Underwood vivió en Middletown.

En la sala de juegos había unas dos docenas de recreativas con la mitad de los PNJ deambulando por la estancia. Todos eran adolescentes vestidos con ropas de finales de los ochenta y cada uno jugaba a un juego diferente. También me daban la espalda, y siguieron así mientras pasaba junto a ellos.

Avancé por el lugar y vi la marquesina de *Defender* que me resultaba tan familiar, con la misma nota escrita a mano que había visto en mi última visita: ¡SUPERA LA PUNTUACIÓN MÁXIMA DEL DUEÑO Y GANA UNA PIZZA FAMILIAR GRATIS! Pero la mayoría del resto de los juegos que recordaba haber visto en Archaide había sido reemplazada por otros títulos. *Pac-Man*, *Galaga* y *Dig Dug*, por *Golden Axe*, *Final Fight* y, en el fondo, lo que parecía ser el nuevo mueble de un juego de Sega.

—¡Allí está! —gritaron Hache y Shoto. Me había olvidado por un momento de que me estaban viendo, y sus voces incorpóreas casi consiguen que me dé un infarto.

—Gracias, *mes amis* —dije—. Yo también la he visto. Estás viéndome desde la cámara en primera persona, ¿recordáis?

—Cierto. Perdona —oí que decía Hache—. ¡Es que estamos un poco nerviosos!

—Lo entiendo —dije mientras me acercaba a la recreativa de *Sega Ninja* para enfrentarme a mi oponente. La marquesina iluminada tenía la palabra NINJA impresa en grandes letras estilizadas de color amarillo y naranja, con el pequeño logo de la empresa debajo. Pero en el monitor se leía SEGA NINJA.

La pantalla pasaba del marcador de récords a pequeños vídeos automatizados de diferentes fases y un breve pero maravilloso vídeo animado en 8-bits en el que aparecía la princesa Kurumi siendo transportada en un palanquín a través de un puente por dos matones ninja enmascarados. En la distancia, detrás de campos de rosas rojas y bosques llenos de cerezos, sobre un río caudaloso y azul, se apreciaba el castillo Kanten, de techo violeta, bajo bancos de nubes y en una cordillera de montañas nevadas que se perdía en el distante horizonte. Kurumi saltaba del palanquín de repente, con un traje rojo propio de la princesa Amidala. Después aparecía una nube de humo ninja y se cambiaba la ropa a una más apropiada para la batalla, el traje de seda rojo de una kunoichi, y perseguía a sus captores para asesinarlos.

Saqué una moneda de veinticinco centavos del inventario y la metí en la ranura izquierda. Después me quité las lentes *clip-on* y las dejé en lo alto del mueble de la recreativa, lo que me permitía usarlas como retrovisor y tener una visión amplia de todo lo que estaba a mi espalda. Era un truco que había aprendido de Art3mis durante una de nuestras primeras citas en Archaide. A ella también le gustaba llevar gafas de sol espejadas en esa época, cuando aún estaba metida de lleno en su fase Molly Millions.

Miré la tarjeta de instrucciones colorida del juego que se encontraba debajo del engaste de polimetilmetacrilato que rodeaba el monitor.

¡¡Recupera el CASTILLO KANTEN de las malvadas garras del traidor ZAEMON!!
¡¡Los miembros del clan ninja del Puma intentarán interponerse
en el camino de la princesa KURUMI!!
¡¡Derrota al líder NINNIKU y avanza hacia el castillo!!

Las instrucciones tenían ilustraciones de Kurumi, el enorme jefe Zaemon que llevaba armas de fuego y también de su subordinado rubio llamado Ninniku, así como un diagrama muy útil en el que se mostraba para qué servía cada uno de los tres botones con los que se controlaba el juego. Uno hacía que la princesa fuese invisible durante unos segundos, lo que la volvía inmune a los ataques. El segundo servía para que tirase una daga hacia donde estuviese mirando. Y el tercero, hacía lo mismo pero hacia la parte superior de la pantalla, lo que permitía al jugador disparar hacia allí mientras se movía en cualquier otra dirección.

—Mmm… ¿Wade? Por favor, no me digas que estás leyendo las instrucciones —dijo Shoto con sorna.

—Nunca has jugado antes a *Ninja Princess*, ¿verdad? —preguntó Hache.

Suspiré. Sonó como si lo hiciese Kira Underwood.

—Sí, sí que he jugado —respondí—, pero solo una o dos veces. Hace seis o siete años.

—Genial —murmuró Hache—. Seguro que todo va bien.

—Relájate —dijo Shoto—. *Sega Ninja* es el típico juego de correr y disparar. Y es muy divertido. Te iré guiando por las dieciséis fases. Algunas son muy difíciles de pasar, pero seguro que puedes hacerlo.

—*Arigato*, Shoto —dije mientras pulsaba con fuerza el botón de jugador uno—. De perdidos al río.

Cogí el *joystick* con la mano derecha y coloqué la izquierda sobre los tres botones.

El juego empezaba con una breve animación en la que la princesa Kurumi se cambiaba de un llamativo kimono de seda a su atuendo rojo de kunoichi. Sobre ella y letra a letra aparecía el mensaje mal traducido que rezaba PRINCESS'ES ADVENTURE STARTS.* Después una advertencia muy familiar surgía en el

* «Empieza la aventura de la princesa.» El mensaje original de la recreativa tenía una falta de ortografía en inglés, como era común en la época. «Princess'es» debería haber sido «Princess's». (*N. del T.*)

centro de la pantalla: PLAYER 1 START, seguida de un mapa rectangular del reino en el que se mostraba mi posición actual y la ruta que tenía que seguir para llegar al castillo Kanten.

Después empezaba la primera fase o «etapa» del juego, una pradera verde y extensa cubierta por zonas de coloridas flores y algún que otro árbol o roca gigante ocasional. Mi pequeño avatar pixelado apareció en el centro de la parte inferior de la pantalla, y me centré en el juego. Dejé de ser Kira Morrow, Parzival o Wade Watts. Los controles se convirtieron en una extensión de mí mismo, y pasé a ser la vengativa princesa Kurumi, ataviada de seda roja y armada con un suministro infinito de dagas con el cometido de recuperar a cualquier precio el reino que me habían arrebatado.

Cuatro ninjas vestidos de azul con capuchas oscuras aparecieron en la parte superior de la pantalla y cargaron hacia mí. Mientras me encargaba de ellos con las dagas, apareció un quinto ninja vestido de gris que se acercaba mucho más rápido. Pero conseguí acabar con él justo antes de que me golpease con la espada. Después empecé a correr hacia delante, a la parte alta de la pantalla, mientras me encargaba de más ninjas de ropajes coloridos nada más aparecer en pantalla.

Ninja Princess, también conocido como *Sega Ninja*, resultó ser mucho más desafiante de lo que esperaba, pero cuando me hice con los controles y las mecánicas empecé a dar caña como si estuviese dando un concierto en el Budokan, sobre todo gracias a los consejos que Shoto me susurraba al oído.

—Tocar a un enemigo no te mata en este juego —dijo Shoto—. Tienen que golpearte con el arma. *Ninja Princess* fue uno de los primeros videojuegos que hizo algo así. Era un juego mucho mejor que *Commando* y salió tres meses antes. De hecho, yo creo que *Ninja Princess* es en realidad el primer juego del género corre y dispara.

—Supongo que sí, si no tienes en cuenta *Front Line* de Taito —interrumpió Hache—, que salió en 1982.

—No, no lo tengo en cuenta —respondió Shoto—. Solo tiene una fase que se repite una y otra vez…

—A ver, tío. Es un juego en el que vas por ahí corriendo y disparas, ¿no? Pues ya está…

—Chicos, ¿podéis discutir sobre el tema en otro momento? —dijo—. Cuando estéis a solas, mejor.

—Claro, Zeta —dijo Shoto—. Lo siento. ¡Oye! Coge ese potenciador shuriken.

Cogí un pequeño potenciador que acababa de soltar uno de los ninjas al morir. La canción cambió a una melodía más heroica al hacerlo, y mi personaje empezó a lanzar unos shuriken enormes y negros en lugar de dagas. Con ellos podía matar a varios enemigos si estaban en fila y tenían la deferencia de colocarse bien.

Cuando llegué al final del primer nivel, apareció Ninniku, el rubiales mano derecha de Zaemon, y me atacó con un arma gigante que parecía un bumerán. Lo esquivé, me coloqué debajo y empecé a machacarlo con los shuriken.

—¡Sigue disparando hasta que el pelo se le ponga rojo! —dijo Shoto.

Hice lo que me decía y, después de siete u ocho golpes, el pelo de Ninniku pasó de rubio a rojo, al parecer para reflejar la rabia de su interior. Después terminó la primera etapa, y el juego contó los puntos que había conseguido, así como el total de disparos y golpes con los que calculó el porcentaje de puntería. Volvió a aparecer el mapa del reino, que indicó que acababa de pasar la primera fase y había avanzado un poco en dirección al castillo que se encontraba en la parte superior. Poco después empezó la siguiente fase.

Durante la segunda etapa tuve que enfrentarme a más ninjas mientras vadeaba campos de arroz. Al llegar al final, volvió a aparecer Ninniku y, para variar, empecé a atacarlo hasta que el pelo se le puso rojo, indicativo de que lo había derrotado.

Shoto siguió dándome consejos, pero Hache se quedó en silencio y solo hablaba para gritar en los momentos más tensos o para felicitarme después de haber conseguido una proeza.

La tercera etapa era a la que Shoto se refería como la «fase de la avalancha», porque en ella tenías que enfrentarte a ninjas mientras también esquivabas rocas gigantes que no dejaban de aparecer por la parte superior de la pantalla. Requería una estrategia del todo diferente a la de los dos primeros niveles, y eso me hizo perder la primera vida. Después perdí otra durante la cuarta etapa, en la que la princesa Kurumi se pasaba todo el nivel enfrentándose a manadas de lobos hambrientos. Lo cierto es que era un juego maravilloso, y no me estaba poniendo las cosas nada fáciles. Solo me quedaba una vida, y empecé a perder la confianza.

Me dieron ganas de que Shoto pudiese superar por mí los niveles más difíciles, pero era imposible. Los trucos como equipos hápticos de OASIS pirateados o *software* ilegal, que era lo que le había permitido a Sorrento tomar el control de cualquiera de los avatares de sus subordinados, ya eran agua pasada. Ninguna de esas tretas funcionaba con la tecnología ONI. Tenía que valerme por mí mismo.

Por suerte, volví a recuperar la buena racha en la quinta etapa, que era un bosque frondoso lleno de árboles en 8-bits que ocultaba oleadas y oleadas de lo que Shoto llamaba «ninjas premio». Gracias a ellos conseguí recuperar una de las vidas que había perdido.

La sexta etapa era un río turbulento que el jugador tenía que cruzar saltando de tronco en tronco como en una especie de *Frogger* mientras luchaba contra más ninjas por el camino. Cuando estaba cerca de la otra orilla, Ninniku apareció otra vez y me lanzó el bumerán hasta que le di los golpes necesarios para derrotarlo.

Mientras jugaba me di cuenta de que la música que sonaba por la gramola de la zona de juegos tenía algo raro. No dejaban de repetirse las tres mismas canciones: *Obsession* de Animotion, después *Jessie's Girl* de Rick Springfield y luego *My Best Friend's Girl* de los Cars. Era fácil ver la conexión. Todas hacían referencia a la obsesión de Halliday con Kira, que era la novia de su mejor amigo. Y comprendí que quizá estaba reviviendo el momento en el que había empezado la obsesión de Halliday por ella.

Volví a centrarme en el juego. Había llegado a la séptima etapa, que tenía lugar en las calles de la aldea que se encontraba fuera de los muros del castillo. Shoto llamaba «ninjas pastel» a los enemigos de ropas extrañas que empezaron a aparecer en esta, porque muchos parecían llevar túnicas color turquesa y bombachos rosados. También me tuve que enfrentar a varios «samuráis payaso», que llevaban pantalones como los de MC Hammer, pero a rayas rojas y que los hacían parecer carpas de circo andantes con espadas. Después de acabar con todos, también me pasé esa fase. Ya iban siete. Quedaban nueve. Casi había llegado a la mitad…

Shoto llamaba la «fase de la estampida» a la octava etapa, porque te pasabas todo el nivel intentado que no te aplastasen los caballos que se lanzaban contra ti desde la izquierda de la pantalla mientras luchabas contra más ninjas pastel que, milagrosamente, nunca se chocaban contra los caballos. Cabrones con suerte.

En cierto punto, empezó a formarse a mi alrededor una pequeña multitud de espectadores: los PNJ que habían estado jugando a las otras máquinas, supuse. Y cuanto más jugaba, más gente había. No me di la vuelta para contarlos, pero sí que eché algún que otro vistazo breve por las lentes espejadas de las gafas de sol durante las pausas que había al final de cada nivel, cuando se calculaba la puntuación, el porcentaje de impactos y aparecía el avance y lo que quedaba hasta llegar al castillo en el mapa. Intenté no fijarme en ninguna de esas cosas para permanecer centrado en la tarea que tenía entre manos.

Resultaba extraño, pero se podía decir que *Ninja Princess* no era un juego de acción violento. No había sangre ni vísceras. Ni muertes. Cuando los enemigos impactaban a la princesa Kurumi, esta se caía y se ponía llorar. Los ninjas miembros del clan del Puma y los jefes no caían al suelo y morían cuando acababas con ellos, sino que se limitaban a desvanecerse en una nube de humo. Cuando le pregunté a Shoto al respecto, me dijo que había sido una decisión consciente tomada por los creadores del juego para fomentar el pacifismo y la no violencia.

—Guay —dijo Hache—. Un juego pacifista que va de matar gente con dagas. Qué genialidad.

—¡Silencio! —susurró Shoto—. ¡Deja que se concentre!

Llegué a la novena etapa, que era una batalla en la que recorrías el patio de piedra que rodeaba el muro exterior del castillo Kanten; y después a la décima, en la que tenías que escalar ese muro mientras luchabas contra grandes cantidades de expertos escaladores.

—¡Ninjas araña!

En la undécima etapa tuve que luchar por un sendero de piedra, ya dentro del terreno del castillo. La duodécima era otro nivel de escalada, idéntico a la fase diez, pero con el color de los elementos cambiados. Cuando llegué a la parte superior de ese segundo muro, me enfrenté a Ninniku por última vez y lo eliminé de una vez por todas.

—¡Bum! —gritó Shoto triunfante cuando completé el nivel—. ¡Te has cargado a Ninniku! ¡Ya casi has llegado al castillo!

Shoto tenía razón, la decimotercera etapa consistía en abrirme paso combatiendo contra más ninjas y samuráis mientras recorría un largo sendero de piedra que llevaba hasta las escaleras del castillo. Cuando llegué a estas, el enemigo al que me enfrenté en esta ocasión fue Zaemon Gyokuro, que apareció al fin y empezó a dispararme con un par de armas de fuego. La fase terminó cuando conseguí darle los golpes necesarios. Y luego entré al fin en el castillo Kanten, mi antiguo hogar, que ahora estaba lleno de usurpadores ninjas pastel de los huevos.

La decimocuarta etapa consistía en abrirme camino por el interior del castillo por debajo de pasarelas suspendidas en columnas y luego volver a enfrentarme a Zaemon. Después llegué a la decimoquinta, donde tuve que avanzar por el interior del castillo, por una serie de *washitsu*, habitaciones de estilo japonés con paredes hechas de papel traslúcido.

Cuando al fin llegué a la decimosexta etapa, me enfrenté contra Zaemon y sus secuaces en la sala del trono del castillo. Me centré en esa batalla final mientras Hache y Shoto gritaban con-

sejos y me animaban, como si fuesen mis Mickey Goldmill y
Paulie Pennino personales.

Por suerte había conseguido alguna que otra vida extra en
los últimos diez niveles, porque tuve que usarlas todas para de-
rrotar a Zaemon. Después llegué al final del juego. Pero era un
final extraño. Se suponía que estaban muertos, pero Ninniku y
Zaemon volvieron a aparecer sobre un escenario dentro del castillo, junto a la princesa Kurumi. Shoto nos dijo que el diseñador jefe del juego, Yoshiki Kawasaki, había elegido ese final para
insinuar que lo ocurrido en el juego no era más que una obra de
teatro llevada a cabo por actores y que nadie había resultado
herido de verdad.

Después de que los personajes del juego terminaran de despedirse, apareció en pantalla el siguiente texto:

CONGRATULATIONS!
THE PRINCESS HAS COMPLETED
HER ADVERTURE AND REGAINED
THE KANTEN CASTLE*

La gente que me rodeaba empezó a ovacionarme, pero no
me giré todavía. Me quedaba una vida, por lo que el juego volvió a empezar desde la primera fase, y seguí jugando por si veía
a ese «impostor» de Kurumi. Después de que siguiesen apareciendo los ninjas de la primera etapa durante un minuto, dejé que
me mataran la vida que me quedaba y el mensaje GAME OVER
apareció en pantalla. Se me indicó que introdujera mis iniciales
en el marcador de récords y, por costumbre, empecé a escribir
las mías. Pero luego recordé quién se suponía que era en realidad y escribí «K. R. U.», de Karen Rosalind Underwood.

Cuando apareció el marcador, descubrí que mi puntación de
trescientos sesenta y cinco mil ochocientos puntos me colocaba
en el segundo lugar de la lista de «especialistas». El que se en-

---

* «¡Felicidades! La princesa ha completado su aventura y recuperado el
castillo Kanten.» *(N. del T.)*

contraba en primer lugar había conseguido una puntuación de quinientos cincuenta mil setecientos cincuenta, con la que me sacaba casi doscientos mil puntos. Parecía haber sido más ingenioso que yo, porque había introducido las iniciales «K. R. A.», las tres letras que Kira usaba para los marcadores de las recreativas, en lugar de las de su nombre y apellidos. Al verlo me di cuenta de que había fallado, mientras que mi predecesor había sido lo bastante avispado como para escribirlas bien.

En ese momento advertí que la puntuación que estaba viendo era la de Ogden Morrow y que todo tenía sentido. Og había completado el desafío antes que yo. Hacía solo unas horas. Y a juzgar por la puntuación, era mucho mejor a *Ninja Princess* de lo que yo sería jamás. O eso o había seguido jugando después de terminar la última fase, cuando el juego volvía a empezar y se te permitía seguir aumentando la puntuación. Pero ¿por qué haría algo así? ¿Intentaba superar el verdadero récord de Kira? ¿La había cagado yo de alguna manera?

Saqué una captura de pantalla del marcador para poder examinarlo más tarde. Después sentí que alguien me tocaba el hombro y estuve a punto de desmayarme del susto.

Me di la vuelta y vi a un joven Ogden Morrow que me sonreía.

Og aparentaba unos dieciséis años, la misma edad que tenía al conocer a Kira en unos recreativos de la zona cuando ella se mudó a Middletown en verano de 1988.

Ahora sabía por qué el lugar y el ambiente me resultaban tan familiares. Lo había leído hacía siete u ocho años en la autobiografía superventas de Ogden Morrow, titulada *Og*. A diferencia del blog y las entradas de diario de Halliday en el *Almanaque de Anorak*, las memorias de Og eran exasperantemente parcas en detalles, pero en el segundo o tercer capítulo del libro detallaba la primera vez que había visto a la que se convertiría en su futura esposa, el último día de verano antes de su primer año en el instituto. La describió como «una chica preciosa e increíble que tenía el pelo corto y oscuro y unos bonitos ojos azules» que deambulaba por «uno de los recreativos de la zona» y decía que había observado desde la distancia como «se pasaba uno de los juegos más difíciles del lugar con solo una moneda de veinticinco centavos».

Pero Og nunca se había molestado en especificar el nombre de los recreativos ni del juego al que había jugado Kira, y otros escritos sobre el momento aportaban información contradictoria al respecto. Ahora yo sabía que había conocido a Kira en Happytime Pizza. Y que el juego que había visto pasarse con una moneda de veinticinco centavos era *Sega Ninja*, también conocido como *Ninja Princess*.

Estaba reviviendo el primer encuentro entre Ogden y Kira Morrow.

Si recordaba bien el libro de Og, se había acercado para felicitarla después de que se pasase el juego. Pero en ese momento, su sombra inadaptada social, Halliday, los había interrumpido para pedirle a Og que lo llevase a casa. Siempre esperaba hasta el último momento posible antes de regresar a su conflictivo hogar, por lo que Og sabía que, de hecho, Halliday no quería marcharse aún y lo que estaba haciendo en realidad era interponerse entre la chica y él. Era algo que sorprendió y resultó curioso a Og, porque Halliday nunca se había mostrado celoso por una chica. Solo por componentes informáticos.

—Hola —dijo el Og adolescente cuando al fin se armó de valor para mirarme directo a los ojos—. Me llamo Og y… ¡eres increíble! ¡No me puedo creer que te hayas pasado *Sega Ninja* con veinticinco centavos! Es la primera vez que vemos a alguien hacerlo aquí. ¡Qué pasada!

Og levantó la mano derecha con torpeza. Tardé un segundo en darme cuenta de que me ofrecía chocar los cinco, pero después se los choqué. Puso un gran gesto de alivio cuando vio que lo hacía.

Volvió a mirarme, y yo noté que el corazón se me aceleraba cada vez más. Empecé a sentir un hormigueo en la piel, como si me la recorriesen unos tentáculos eléctricos invisibles. Era una sensación familiar, ya que yo me sentía igual cada vez que veía a Samantha en el mundo real.

No era capaz de imaginarme cómo se había sentido el Ogden Morrow de hoy en día al tener que enfrentarse a este desafío. Por suerte, seguro que había usado un equipo háptico convencional (ya que nunca usaba el ONI y no lo llevaba puesto en ese vídeo que Anorak nos había enseñado para chantajearnos), por lo que al menos se había librado de sentir todas las sensaciones físicas del momento. Pero rememorar ese instante desde la perspectiva de Kira tuvo que haber sido una experiencia desgarradora para él.

—Gracias, Og —me oí decir con la voz y el acento británico de Kira—. Soy Karen Underwood, pero mis amigos me llaman Kira. —Sentí cómo señalaba con la cabeza en dirección al mueble de *Sega Ninja* que tenía detrás—. Tenían este juego en una de las tiendas que hay cerca del apartamento de mis padres en Londres, pero allí se llama *Ninja Princess*, no *Sega Ninja*. —Sentí cómo levantaba un poco las comisuras de los labios en una sonrisilla, y luego añadí—: Supongo que a los chicos estadounidenses no les gusta jugar con las chicas.

—¡Sí que nos gusta! —dijo Og de inmediato. Después empezó a ponerse rojo y a tartamudear—. O sea, no tenemos nada en contra de jugar con ellas, quiero decir… ¡A videojuegos! A videojuegos con una protagonista femenina, como este de aquí.

Og acarició con torpeza el mueble de la recreativa, como si fuese un perro labrador que pasase por allí. Después se llevó las manos a los bolsillos y me sonrió como un idiota enamorado. Me dio la impresión de que sus pupilas iban a convertirse en corazones en cualquier momento, como en los dibujos animados.

Abrió la boca para decir algo más, pero justo en ese instante apareció otro adolescente que me resultaba muy familiar y nos interrumpió. Lo reconocí de inmediato. Era James Halliday con diecisiete años. Llevaba las gafas de pasta gruesas, un par de vaqueros desteñidos, unas zapatillas Nike y una de sus queridas camisetas de *Space Invaders*.

Cuando apareció, la gramola cambió de repente de *Jessie's Girl* a *Obsession* de Animotion. Sabía que no podía tratarse de una coincidencia.

—Tengo que irme a casa —dijo el joven Halliday a Og sin mirarlo ni a él ni a mí—. Me estoy quedando sin monedas, así que… Necesito que alguien me lleve a casa.

Og lo miró durante unos instantes con incredulidad mientras Halliday mantenía la vista fija en la moqueta. Og me dedicó una sonrisa avergonzada y luego se giró hacia Halliday.

—Un momento —dijo al fin—. Puedes esperarme en mi coche hasta que esté listo para irme. También puedes… —Pescó un billete de dólar arrugado del bolsillo delantero de sus vaqueros desteñidos—. Está demasiado arrugado para la máquina, pero te lo cambiarán en la ventanilla.

Og tiró el billete a Halliday y se volvió de nuevo hacia Kira sin esperar respuesta alguna. El dinero golpeó a Halliday en el pecho y luego cayó al suelo en silencio.

—¡No! —gritó Halliday, rabioso de repente y dando un pisotón con el pie derecho como un bebé que está a punto de tener un berrinche. Cuando el calzado entró en contacto con el suelo, Og y el resto de los PNJ desaparecieron y me quedé a solas con el Halliday de diecisiete años.

Y, en ese instante, también cambió todo lo que nos rodeaba.

La sala de juegos de Happytime Pizza quedó reemplazada por un salón del trono que se parecía mucho a una versión realista de la de 8-bits de la última fase de *Ninja Princess*. El Halliday adolescente se transformó en el ninja enmascarado y ataviado de negro llamado Kazamaru, que era idéntico a Shô Kosugi en *La venganza del ninja* de 1983.

Bajé la vista hacia mi avatar y vi que mi apariencia también había cambiado. Aún era una chica, pero ahora estaba vestida con una túnica holgada hecha de seda roja con bordados dorados y un dragón chino en cada manga.

También sostenía una espada en la mano derecha, y en la superficie espejada de la hoja vi que mi rostro ya no era el de Kira Underwood. Mi avatar había cambiado para convertirse en una versión real de la princesa Kurumi, y el creador de esta simulación había decidido que fuese igual a Elsa Yeung en *Challenge of the Lady Ninja*, también de 1983.

—«Cuando recuperes su castillo, te enfrentarás al impostor» —recitó Shoto—. ¡Eso es! ¡Dale una buena tunda, princesa!

Asentí y luego me abalancé hacia el enemigo para seguir las órdenes de Shoto y darle una buena tunda a Kazamaru.

Por suerte, las mecánicas de los combates ONI eran más o menos idénticas a las de los viejos equipos hápticos. No tenías que realizar ninguno de los complicados movimientos especiales ni técnicas del avatar por ti mismo a menos que quisieses hacerlo. En lugar de eso, podías limitarte a hacer un simple gesto con la mano o pronunciar un comando de voz para que tu avatar ejecutase un movimiento o un ataque. La única diferencia era que cuando usabas el ONI sentías los movimientos del cuerpo de tu avatar como si tú llevases a cabo las acciones, por lo que por unos instantes sentí que me movía en piloto automático.

Estaba preparado para un combate brutal, pero quienquiera que hubiese programado el desafío había hecho que la princesa Kurumi fuese mucho más fuerte que su versión falsa masculina, que casi ni podía luchar. Solo consiguió darme uno o dos golpes antes de que le bajase la barra de vida con una andanada de dagas voladoras.

Cuando reduje a un uno por ciento su barra, las palabras FINISH HIM aparecieron flotando en el aire entre nosotros durante unos instantes. Desaparecieron, y golpeé a Kazamaru en la cabeza con una patada circular definitiva. Lo que le quedaba en la barra de vida se puso rojo, pero no murió. En lugar de eso, el maestro ninja de ropajes negros cayó de rodillas de repente y empezó a llorar para luego desaparecer en una nube de humo unos segundos después.

El humo no tardó en disiparse, y vi el segundo fragmento flotando frente a mí.

Extendí la mano para tocarlo y me pregunté si estaría a punto de experimentar otro de esos recuerdos de Kira. Cuando lo rodeé con los dedos…

<hr />

Volví a encontrarme dentro del cuerpo de una Kira Underwood de diecisiete años, y el Ogden Morrow adolescente estaba ahora frente a mí y me cogía de las manos. Estaba oscuro, y nos encontrábamos en una colina cubierta de hierba a la luz de la luna, con el pequeño *skyline* de Middletown en la distancia. Og me había dejado un collar de plata en las manos, el mismo collar del joyero de Kira que luego se había transformado en el primer fragmento. Al hacerlo, me susurró las palabras «te quiero». Supuse que esa era la primera vez que lo hacía.

Og también había escrito sobre ese momento en su autobiografía, pero no lo había hecho al detalle ni dicho cuándo ni dónde había ocurrido.

Sentí que el cuerpo me empezaba a temblar. Era la reacción de Kira a lo que le acababa de decir su futuro marido.

* * *

Y luego volví a encontrarme en la piel de mi avatar. Volvía a estar en Kodama, junto a Hache y Shoto, frente al portal del *Ninja Princess*. Era como si mi avatar acabase de salir despedido de él. Cuando bajé la vista, vi que tenía el segundo fragmento en mi palma abierta. Era otro cristal azul y multifacetado, casi idéntico al primero en tamaño y apariencia.

Shoto y Hache se abalanzaron hacia mí para abrazarme.

—No —dije—. Lo hemos conseguido juntos. No podría haberlo hecho sin vuestra ayuda.

Extendí ambos brazos con el puño cerrado, choqué los puños con ambos y luego asentí en silencio.

—Ese desafío final ha sido una locura, ¿verdad? —dijo Shoto—. ¿Por qué iba a querer Halliday que mataras a su versión adolescente?

—Tiene que ser un reflejo de su autodesprecio, supongo —comentó Hache—. Quizá al fin se llegó a dar cuenta de lo capullo que había sido con Kira y con Og.

No fui capaz de concentrarme en lo que decía. Aún le daba vueltas al *flashback* que acababa de experimentar. Otro de los recuerdos privados de Kira Underwood reproducidos con un detalle e intensidad que deberían de haber sido imposibles. Por Crom, ¿a qué venía todo eso?

No tuve tiempo de detenerme a sopesar las posibilidades. Teníamos más fragmentos que recuperar y nada de tiempo que perder.

Bajé la vista hacia el segundo fragmento que tenía en la mano, y después lo alcé para examinarlo con Hache y Shoto. Cuando lo giré, vimos que tenía una inscripción tallada en la superficie de cristal, como el primero. Hache la leyó en voz alta.

—«Cambia al patoso, restaura su final. El primer destino de Andie deberás enmendar.»

—«El primer destino de Andie» —repitió Shoto—. ¿Andie

no era el nombre del personaje de Kerri Green en *Los Goonies*?

—No —dije al tiempo que negaba con la cabeza—. El nombre se escribía con una i griega al final, no con i latina y e.

—A-N-D-I-E —deletreó Hache al tiempo que cerraba los ojos para imaginarse mejor el nombre—. ¿Como Andie Mac-Dowell? Se giró hacia Shoto y lo agarró por el hombro—. ¡Joder! Quizá el próximo fragmento esté en el planeta Punxsutawney, ¿no? Solía ir allí todos los Días de la Marmota para…

—¡Un momento! —gritó Shoto para interrumpirla. Abrió una ventana de navegador frente a su avatar y empezó a leer—. Andie MacDowell también protagonizó *Greystroke: la leyenda de Tarzán, el rey de los monos* en 1984. Pero el director contrató a Glenn Close para regrabar todos sus diálogos porque no le gustaba el acento sureño. ¿Creéis que lo de «cambia al patoso» podría ser por eso? Quizá la película tenga un final alternativo…

—Un momento. ¿Estamos hablando de la película en la que Connor MacLeod interpreta a Tarzán? —preguntó Hache—. ¿La dirigida por el mismo tipo que hizo *Carros de fuego*?

—¡Esa! —dijo Shoto—. Tiene que haber algún Flicksync sobre ella en alguna parte… —Abrió el atlas de OASIS en otra ventana—. ¿Quizá en Lambert? O uno de los planetas con temática de Edgar Rice Burroughs del Sector Veinte. Si conseguimos…

—¡Chicos! —grité al tiempo que gesticulaba con las manos—. Venga ya. Os estáis extralimitando. ¿De verdad creéis que el tercer fragmento está relacionado de alguna manera con Andie MacDowell? ¿O con Tarzán? No se menciona ninguna de esas cosas ni en el *Almanaque* ni en ninguno de los libros que he leído sobre la vida de Kira.

Hache se encogió de hombros.

—Pues a lo mejor era fan de Andie MacDowell, quién sabe —dijo—. Nunca investigué demasiado sobre las aficiones de Kira. Según Og, Halliday nunca se molestó en conocerla bien.

—Tiene que haberla conocido mucho mejor de lo que creía todo el mundo —dije mientras pensaba en los *flashbacks* de los fragmentos. Parecían grabas, no simus. Las diferencias eran sutiles, pero las simus no tenían esa mezcla de extrañeza, incertidumbre e intensidad con la que contaban las grabaciones de la vida real. Los sabía porque había probado miles.

Pero tampoco podían ser grabas porque tenía muy claro que los auriculares ONI no existían en Middletown en otoño de 1988.

¿Qué acababa de experimentar entonces?

Aún seguía dándole vueltas, pero en ese momento mi cerebro consiguió relacionar el nombre de Andie con algo de las recónditas profundidades de mi memoria. Abrí una ventana de navegador frente a mí e hice una búsqueda rápida en la red para asegurarme de que estaba en lo cierto.

—¡Andie Walsh! —grité—. Con i latina y e. ¡Era el nombre del personaje de Molly Ringwald en *La chica de rosa*!

Hache y Shoto gruñeron y pusieron los ojos en blanco. Ninguno era muy fan de John Hughes, pero sabían que Art3mis y yo adorábamos sus películas. Durante la competición de Halliday, Art3mis había publicado en su blog una gran cantidad de entradas relacionadas con las películas de Hughes en las que analizaba con minuciosidad todas las escenas. Su conocimiento enciclopédico del tema no había servido para encontrar el huevo de Halliday, pero puede que ahora sí pudiese ponerlo en práctica. A menos que yo consiguiese encontrar el fragmento antes de que ella volviese a conectarse. Y así impresionarla y quedar como el más guay.

—*La chica de rosa* tendría sentido —continué—. Kira y Og también eran muy fans de John Hughes. Y ayudaron a programar algunas de las primeras misiones de Shermer.

—¿Crees que Shermer es el siguiente planeta al que tenemos que ir? —preguntó Hache—. ¡Arty va a volverse loca!

—Vale —dijo Shoto al tiempo que volvía a leer la pista—. Si es Andie de *La chica de rosa*, ¿a qué viene entonces lo de «cambia al patoso, restaura su final»?

—*La chica de rosa* tuvo un final diferente en un primer momento —respondió—. Uno en el que Andie terminaba con Duckie, en lugar de con Blane. Arty… Samantha publicó un artículo al respecto en *Misivas de Arty* hace mucho tiempo.

—Claro que sí —dijo Hache—. Está más obsesionada que tú y todo.

La ignoré e intenté no perder el hilo de mis pensamientos.

—Creo que decidieron cambiar el final de la película después de unas proyecciones de prueba en las que no tuvo mucho éxito…

Art3mis apareció junto a nosotros en el momento justo.

—¡Hablando del rey de Roma, por la puerta asoma! —dijo Hache al tiempo que la saludaba con un choque de puños—. ¿Ya estás a salvo, Arty?

Arty asintió y luego se llevó el dedo índice a los labios un momento.

—Siento haber estado desaparecida tanto tiempo —dijo—. Echaba mucho de menos cambiarme de ropa, la verdad.

Sonrió y admiró nuestros atuendos clásicos de gunter. Después chasqueó los dedos y giró sobre sí misma. La ropa de su avatar quedó reemplazada por la armadura metálica y azul que llevaba durante la competición, así como las pistolas bláster que colgaban de las fundas bien sueltas que llevaba a la cadera y una larga y curvada espada élfica amarrada a la espalda. Hasta se había puesto los mitones tipo *Mad Max*.

Verla vestida así de nuevo me hizo rememorar unos sentimientos y recuerdos que creía olvidados. Sentí un leve mareo y un dolor en el pecho.

—¡Esa es nuestra chica! ¡Ya ha vuelto a ponerse su modelito! —dijo Hache mientras levantaba ambas manos para chocarlas con ella.

—¡Maravilloso, equipo! —dijo Art3mis—. No me puedo creer que ya hayáis encontrado el segundo fragmento. ¡Qué pasada de rápido!

—Sí que ha sido rápido, sí —dijo Shoto—. Pero porque llevé a Zeta de la manita para que lo consiguiese y…

—Y yo lo llevé de la otra manita —dijo Hache mientras reía—. Y ahora que Arty vuelve a estar en la pandilla, seguro que seremos imparables, tíos. ¡El alma de la sirena será nuestra, compadres!

Art3mis y Shoto se unieron a su alborozo, pero yo me limité a levantar el puño sin mucha decisión y luego carraspeé.

—No es por interrumpir la celebración, pero creo que deberíamos descubrir qué es el alma de la sirena y por qué Og se niega a que Anorak la tenga.

Las sonrisas se desvanecieron de sus rostros y luego se giraron para contemplarme con expectación.

—Vale —dije—. Primero, dejad que os haga una pregunta. ¿Por qué creéis que Halliday lo llamó el «alma de la sirena»?

—Porque Kira le puso el nombre Leucosia a su personaje de *D&D* —respondió Shoto—. El mismo que una de las sirenas de la mitología griega.

—Correcto —dije—. Por lo que si Kira es la «sirena» y los siete fragmentos son las «partes» de su «alma», ¿qué da por hecho Anorak que ocurrirá cuando los juntemos? ¿Cuándo consigamos que «vuelva a estar entera»?

Art3mis me miró.

—Joder, Wade —murmuró—. ¿No creerás que...?

Asentí.

—Anorak no cree que el alma de la sirena sea un artefacto mágico con el nombre de Kira —dije—. Cree que es ella. Una copia en IA de Kira. Igual que él es una copia de Halliday.

Art3mis no dijo nada, pero parecía horrorizada.

—Venga ya, Zeta —dijo Hache—. Eso es imposible.

—Eso creía yo —respondí—, pero no hay otra explicación para lo que he estado experimentando.

Art3mis frunció el ceño.

—¿A qué te refieres? —preguntó mientras se inclinaba hacia delante—. ¿Qué has estado experimentando exactamente?

Les conté lo de los *flashbacks* y puse al día a Art3mis con todo lo que se había perdido.

—Es una broma, ¿verdad? —murmuró ella mientras negaba con la cabeza—. ¿Los primeros dos desafíos requerían tener un conocimiento detallado de *The Smiths* y *Ninja Princess*?

Asentí.

—Son cosas que no se mencionan en el *Almanaque de Anorak* —dije—. ¿Y los dos *flashbacks* que experimenté? Parecían grabaciones de ONI de momentos reales. Eran demasiado detallados como para ser simulaciones.

—¿Cómo puedes estar seguro de eso? —preguntó Art3mis—. Todo puede simularse de manera convincente si solo dura unos segundos.

Hache negó con la cabeza.

—Ni de coña, Arty —dijo—. Tú no sabes cómo es una reproducción en el ONI. La diferencia se nota. Además, James Donovan Halliday era un diseñador de videojuegos y programador brillante. Pero no sabía nada de mujeres, y menos de Kira. No hay forma de que pudiese haber recreado de manera tan convincente sus recuerdos. Era un sociópata egocéntrico incapaz de sentir empatía por otra persona. Y menos por ella...

Tuve que morderme la lengua para evitar saltar en defensa de Halliday. No es que fuese un hombre perfecto, pero era quien nos había dado muchas de las cosas que disfrutábamos.

—Lo de sociópata no es que me parezca inadecuado, sino que ya roza la blasfemia y todo.

—Pero lo que sugieres no puede ser posible, Zeta —dijo Shoto—. La Interfaz Neural de OASIS no existía en los años ochenta cuando Kira era adolescente. GSS no construyó el primer prototipo del todo funcional de los auriculares ONI hasta 2036, dos años después de la muerte de Kira Morrow.

—Lo sé —respondí—. No cuadra con la cronología oficial, pero sabemos que a Halliday se le daba muy bien guardar secretos... —Respiré hondo—. Creo que tenemos que pensar en la posibilidad de que, de alguna manera, Halliday hiciese una copia de la conciencia de Kira Morrow antes de que ella muriera. Usando la misma tecnología que usó para copiar su mente y crear a Anorak.

Los tres se quedaron mirándome en pasmado silencio. Después Art3mis agitó la cabeza.

—Kira nunca permitiría que Halliday hiciese eso —dijo—. Tampoco Og.

—Es por eso por lo que quizá Halliday encontró la manera de escanear el cerebro de Kira sin que ninguno de ellos se diese cuenta. —Tragué saliva mientras sopesaba lo que estaba a punto de decir—. Halliday estaba obsesionado. Sabía que nunca conseguiría estar con la Kira de verdad, por lo que decidió hacer una copia para él.

—Un momento —interrumpió Hache—. Kira estaba locamente enamorada de Og. ¿Para qué hacer una copia de ella? Si fuese una copia de verdad, seguiría estándolo.

—Lo sé —dije—, pero la copia no envejecería ni moriría —añadí—. Quizá Halliday creyó que podía convencerla para… terminar por enamorarse de él con el tiempo…

—Dios —murmuró Hache mientras negaba con la cabeza—. Si estuvieses en lo cierto… es la movida más retorcida en la que nos hemos metido jamás, gente.

Asentí. También empezaba a tener el estómago revuelto. Acababa de enterarme de que mi ídolo y héroe de la infancia había sido maquiavélico como un asesino en serie en su tiempo libre.

Razón más que suficiente para no darle el alma de la sirena a Anorak. Y también para no confiar en su palabra.

Pero el alma de la sirena parecía ser su única debilidad. Cuando la tuviésemos, quizá pudiéramos negociar con él. O atraerlo a una trampa.

—Aún nos quedan cinco fragmentos por encontrar —dije—. Tenemos que seguir.

—¿Sabemos algo del siguiente? —preguntó Art3mis.

—Sí, señora —dije al tiempo que sonreía con orgullo—. Sí que lo sabemos.

—Y qué suerte tenerte por aquí, Arty —añadió Shoto—, porque vamos a necesitar tu ayuda con este.

La sonrisa de Art3mis se borró de su rostro, reemplazada por el fruncimiento de ceño propio de la competitividad que recordaba de la época de la competición. Lo llamaba «ponerse la máscara de jugar».

—Bueno —dijo al tiempo que se giraba hacia mí—. Tú dirás, máquina. ¿Adónde vamos?

—A un sitio en el que seguro estarás como en casa —dije—. A Shermer, Illinois.

Shermer era un planeta mediano que se encontraba en el centro del Sector Dieciséis. El lugar contaba con una recreación minuciosa y desarrollada durante décadas de Shermer, Illinois, el barrio ficticio de las afueras de Chicago en el que el director John Hughes ambientó muchas de las películas que guionizó o dirigió a lo largo de su exitosa carrera. Samantha decía que Shermer era el «paracosmos posadolescente de Hughes». Una fantasía privada que creó y pobló con su imaginación y a la que fue añadiendo cosas a lo largo de su vida, el equivalente suburbano del Medio Oeste a la Tierra Media del Tolkien.

Con las películas de Hughes como referencia, una legión de fans había trabajado durante décadas para trasladar ese universo privado a una simulación interactiva e inmersiva dentro de OASIS. Solo había una copia de Shermer, y cubría por completo toda la extensa superficie del planeta. El barrio simulado hasta tenía una copia a menor escala del lago Michigan y de las fronteras septentrionales y orientales, y una versión más pequeña del centro de Chicago que colindaba con él por el sur y el oeste. Así también se podían incluir todos los lugares que aparecían en *Todo en un día*, como la torre Sears, la bolsa, Wrigley Field y el Instituto de Arte de Chicago. Y detrás del lago y de la ciudad de Chicago también había una versión ridículamente pequeña de Estados Unidos, para que la simulación pudiese incorporar ciudades y ubicaciones de *Solo en casa* y *Las vacaciones de una chiflada familia americana*, películas guionizadas por Hughes.

El hecho de que tantos avatares se teletransportaran dentro y fuera de la simulación de manera fortuita tendía a romper la atmósfera y la continuidad del lugar. Esa era la razón por la que en algunos planetas, como Shermer, se habían creado un número limitado de lugares de llegada y salida. Fuera de esos sitios no se permitía la teletransportación, por lo que cuando seleccioné Shermer en el menú del HUD, apareció un mapa con los puntos de llegada predeterminados. Art3mis nos comentó que eligiésemos una parada de tren que había en la parte occidental del lugar.

Cuando terminamos de rematerializarnos en la superficie del planeta, nos encontramos en un pequeño andén delante de una estación circular de ladrillos rojos. Había una multitud de PNJ a nuestro alrededor, hombres y mujeres ataviados con ropa de los años ochenta que esperaban el tren matutino.

Al llegar empezó a sonar una canción que reconocí gracias a la investigación sobre Hughes que había hecho, los primeros compases de la versión de *You Just Haven't Earned It Yet, Baby* de Kirsty MacColl, de la banda sonora de *La loca aventura del matrimonio*. La música no parecía surgir de un lugar concreto, como si hubiese unos altavoces invisibles flotando en el aire a nuestro alrededor. Era indicativo de que habíamos activado un giradiscos. Eran señales musicales preparadas para activarse cada vez que un avatar pasaba por una ubicación determinada, una especie de mina musical que se activaba al pisarla. En nuestra visita anterior al lugar, Art3mis me había dicho que Shermer tenía más giradiscos por kilómetro cuadrado que cualquier otro planeta de OASIS. (En esa ocasión, habíamos llegado al interior de la réplica simulada del aeropuerto O'Hare de Chicago en Shermer, que siempre estaba nevado. Todo el año.)

La canción siguió sonando, y un tren medio vacío se detuvo en la estación detrás de nosotros. Cuando se abrieron las puertas, la marabunta de pasajeros que esperaba en el andén a nuestro alrededor comenzó a moverse para entrar. Art3mis hizo un gesto para que la siguiésemos y empezó a caminar en la otra dirección, a través de la multitud de PNJ para llegar a la salida del andén. Hache, Shoto y yo la seguimos de cerca.

Mientras atravesábamos el aparcamiento adyacente, pasamos junto a dos PNJ, un hombre y una mujer jóvenes, que se daban un beso apasionado. Cuando se apartaron para coger aire, vimos que el joven era Kevin Bacon vestido con un traje formal y que la joven a la que besaba era Elizabeth McGovern. Reconocí que se trataban de Jake y Kristy Briggs, los dos personajes principales de *La loca aventura del matrimonio*, la película más autobiográfica de Hughes. Jake se despidió de su mujer con un beso una vez más y luego se dio la vuelta y salió corriendo para llegar al tren.

Al otro lado de la calle, pasamos junto a la iglesia en la que se había celebrado la boda de *Dieciséis velas*. Detrás de ella, vi un cartel de neón que me resultaba familiar y rezaba: ¡BIENVENIDO A SHERMER (ILLINOIS), UN PUEBLO AMERICANO! POBLACIÓN 31.286. Pero Art3mis nos llevó en dirección contraria, por Shermer Road, que se internaba más en el pueblo.

Durante los primeros días de la simulación, poco después de la creación de OASIS, el lugar solo tenía ubicaciones y personajes de cuatro de las películas de John Hughes: *Dieciséis velas*, *El Club de los Cinco*, *Todo en un día* y *La mujer explosiva*. Décadas después, el lugar se había actualizado y renovado en varias ocasiones para incluir otros de los clásicos de Hughes, como *La chica de rosa*, *Una maravilla con clase*, *La loca aventura del matrimonio*, *Solos con nuestro tío*, *Las locas peripecias de un señor mamá*, *Mejor solo que mal acompañado*, *Dos cuñados desenfrenados* y las ya mencionadas *Solo en casa* y *Las vacaciones de una chiflada familia americana*. Y en los últimos años, los fans lo habían expandido aún más para completarlo con los rincones más oscuros de su filmografía, con personajes y lugares de *La pequeña pícara* o *Destinos opuestos*. Por lo que cuando visitabas Shermer en la actualidad, las recreaciones interactivas de todas esas películas se reproducían a tu alrededor, y los acontecimientos representados en ellas se repetían al mismo tiempo, día tras día y semana tras semana, en un bucle infinito.

Abrí un mapa de la ciudad para confirmar dónde nos encontrábamos. Shermer tenía unas vías de tren que lo atravesaban en diagonal por el centro y dividían el pueblo en dos mitades más o menos iguales, que estaban etiquetadas como zona rica y zona pobre, y tenían los colores rojo y azul respectivamente. La mitad rica de Shermer estaba junto a la versión en miniatura del lago Michigan. La pobre era la que tenías que atravesar para llegar a la versión en miniatura del centro de Chicago. La mayoría de las películas de Hughes habían sido grabadas en Chicago y sus alrededores, como el barrio de las afueras llamado Northbrook, donde Hughes había ido al instituto. (Algunas se grabaron en Los Ángeles, como *La chica de rosa*, aunque la historia estaba ambientada en las afueras de Chicago.) La continuidad geográfica de las películas de Hughes había hecho posible que los diseñadores del planeta recreasen todas en ese lugar, dentro de una simulación contigua e interconectada.

Era muy temprano por la mañana, a juzgar por la proximidad del sol en el horizonte oriental, pero esa era una de las cosas más confusas de Shermer. Las diferentes partes de la ciudad tenían asignados distintos momentos del día, así como diferentes estaciones del año. En algunas zonas siempre era de día e invierno, pero a dos manzanas de distancia podía ser de noche y principios de primavera.

Atravesamos varias calles hacia el norte de las vías de tren y nos internamos en la parte rica de la ciudad. Había casas enormes como mansiones alineadas a ambos lados, todas con jardines cuidados a la perfección y un aparcamiento circular. También se alzaban robles y arces, con ramas alargadas y llenas de hojas que se entrelazaban sobre la calzada para formar un túnel verde que parecía extenderse hasta el infinito. Las aceras y las calles paralelas estaban desiertas, a excepción de un solitario repartidor de periódicos que hacía las rondas mañaneras en su bicicleta a unas calles de distancia.

Solo había estado en ese lugar una vez, durante una «cita» con Art3mis. Me dijo que era uno de sus lugares favoritos a los que ir cuando necesitaba relajarse y pasar de todo, y me hizo una visita guiada por los lugares más populares de la simulación. Por desgracia, en esa época estaba demasiado loco por ella como para fijarme en nada, demasiado ocupado mirándola como para recordar los sitios por los que me había llevado. Desde entonces y debido al cariño enfermizo que Kira tenía por Hughes, había vuelto a ver la mayoría (no todas) de las películas del cineasta hacía unos años. Ahora esperaba recordar datos suficientes de Shermer como para evitar parecer un auténtico inútil delante de Art3mis.

Seguimos caminando por Shermer Road con ella al frente, hasta que activamos otro giradiscos: *It's All in the Game* de Carmel, otra canción de la banda sonora de *La loca aventura del matrimonio*. Al oírla, Art3mis se detuvo de repente. Después se dio la vuelta y nos asustó a todos cuando empezó a canturrear las primeras estrofas de la canción.

—*Many a tear has to fall, it's all... a game* —cantó—. *Life is a wonderful game, we play and play...*

Había oído cantar a Samantha en una ocasión, la semana que pasamos juntos en casa de Og, por lo que sabía que no estaba usando una aplicación de autotune. Me había olvidado de alguna manera de la voz tan bonita que tenía cuando lo hacía. Otro más de sus muchos talentos. Volver a oírla en esas circunstancias hizo que sintiese de improviso una fuerte punzada en el corazón que me cogió desprevenido por completo.

Art3mis echó un vistazo a su alrededor y me pilló mirándola con la boca abierta. Para mi sorpresa, no apartó la mirada, sino que me dedicó algo que solo puede describirse como una agradable sonrisa. Después dejó de cantar y miró su reloj Swatch.

—Excelente —dijo—. Justo a tiempo. El principio de otro día en el paraíso.

Señaló al otro lado de la calle. Hache, Shoto y yo nos dimos la vuelta justo a tiempo para ver como las puertas principales de siete de las casas del otro lado de la calle se abrían a la vez. Como si fuese una coreografía, siete hombres ataviados con albornoz salieron de sus casas para coger los periódicos. Reconocí a seis de ellos: Chevy Chase, Paul Dooley, Michael Keaton, Steve Martin, John Heard y Lyman Ward, hombres que interpretaban a Clark W. Griswold, Jim Barker, Jack Butler, Neal Page, Peter McCallister y Tom Bueller, respectivamente. Todos los padres que vivían en las afueras y salían en las películas de Hughes.

El séptimo de ellos llevaba unas gafas de montura transparente y el pelo de punta, corto por los lados y por arriba, pero largo por detrás, el típico peinado que llevaban las estrellas de rock en los años ochenta. Su rostro me resultaba muy familiar, pero no era capaz de identificarlo. Cuando estaba a punto de pasarle una aplicación de reconocimiento facial, me vino a la mente quién era. ¡El propio John Hughes!

Hughes había hecho una aparición breve en *El Club de los Cinco*, donde interpretaba al padre de Brian Johnson, el personaje de Anthony Michael Hall. Lo que significaba que la casa de la que acababa de salir era el lugar donde vivían Brian y su familia. (Y como Anthony Michael Hall también interpretaba a Rusty Griswold en *Las vacaciones de una chiflada familia americana*, se me ocurrió que tenía que haber al menos dos Anthony Michael Hall diferentes viviendo en la misma calle, puede que tres, si también estaba por allí la casa del granjero Ted. Y además, también tenía que estar por ahí Gary Wallace, el personaje de Anthony Michael Hall en *La mujer explosiva*. Aunque en ese caso tenía claro que vivía al otro lado de las vías, porque Al, su padre, era fontanero.)

Vi cómo el señor Johnson-John Hughes cogía el periódico matutino y volvía a entrar en la casa, y fui incapaz de evitar acordarme de Anorak, el fantasma digital de un creador fallecido que dejaba su conciencia dentro de su creación.

—¡Oye, Zeta! —dijo Art3mis, que me sacó de mi ensimismamiento—. Déjame leer otra vez esa pista.

Saqué el segundo fragmento del inventario y se lo mostré. Leyó la inscripción en voz alta:

—«Cambia al patoso, restaura su final. El primer destino de Andie deberás enmendar».

—Tiene que ser eso, ¿no? —pregunté—. Restaurar el final

original, ese en el que Andie terminaba con Duckie en lugar de con Blane.

Art3mis no dijo nada. Se quedó mirando la inscripción, sumida en sus pensamientos.

—Blane, el niño guapo y rico —dijo Hache al tiempo que miraba las casas enormes y opulentas que se alineaban a ambos lados de la calle—. Tiene que vivir por aquí, ¿no? Opino que deberíamos encontrarlo y encerrarlo en el maletero del BMW de su papaíto. Así no podrá ir al baile de graduación y Andie no tendrá otra elección que decidirse por Duckie. Eso serviría para «restaurar su final», ¿no?

La idea no me sonó nada mal, pero esperé a que Art3mis dijese algo.

—Por muy raro que suene, creo que algo así no serviría de nada —dijo mientras señalaba la inscripción del fragmento—. «Cambia al patoso» —repitió—. «El primer destino de Andie...»

—¿Y si lo de patoso es por *Solos con nuestro tío*? —pregunté—. ¿Por el personaje del tío Buck?

Art3mis pareció sorprenderse un poco por mi sugerencia, lo suficiente al menos como para pensárselo dos segundos. Después negó con la cabeza.

—No lo creo... Cambia al patoso... Cambia al patoso...

Abrió los ojos de par en par, y el ceño fruncido de concentración se convirtió en una sonrisa enorme.

—¡Lo tengo! —gritó—. ¡Ya sé qué tenemos que hacer!

—¿Lo sabes? —preguntó Hache—. ¿Estás segura?

Volvió a mirar el reloj Swatch y después se dio la vuelta para observar de arriba abajo la calle vacía.

—Solo hay una manera de descubrirlo. Tenemos que ir al instituto. El autobús debería estar a punto de llegar.

Justo cuando terminó de decirlo, un autobús escolar amarillo y alargado dobló la esquina en el otro extremo de la calle. Se paró en el bordillo frente a nosotros y vimos las palabras INSTITUTO SHERMER grabadas en el costado.

Las puertas del vehículo se abrieron, y Art3mis subió sin

pensárselo. Después nos indicó que la siguiéramos. Se activó otro giradiscos, y la canción *Oh Yeah* de Yello empezó a sonar mientras los cuatro nos metíamos en el autobús. Art3mis nos guio hasta unos asientos vacíos que había por la mitad. Hache se sentó junto a ella, y yo hice lo propio junto a Shoto. Los asientos a nuestro alrededor estaban ocupados por escolares PNJ que llevaban ropas y peinados propios de la época. Todos estaban creados a imagen y semejanza de los actores de las escenas de autobuses escolares de las películas de John Hughes. Vi a extras tanto de *Dieciséis velas* como de *Todo en un día*.

El vehículo arrancó, y me giré para mirar por la ventana que tenía al lado. El sol salía sobre el lago por el este. Una bella mañana de primavera en las lujosas afueras de un pueblo estadounidense en el cénit de la era Reagan. Coches adecuados para la época, de 1989 o anteriores, recorrían las calles.

—¿Qué os parece este puto infierno lleno de florecillas blancas? —preguntó Hache al tiempo que giraba la cabeza para mirar por su ventana—. ¿Hay alguna persona de color en todo este pueblo?

—Claro —dijo Art3mis—, pero la mayoría están en un lugar llamado el Kandy Bar en Chicago. Este planeta tiene un problema de diversidad muy serio, como todo el cine de los años ochenta…

Hache asintió.

—Bueno, entonces a lo mejor encontremos el siguiente fragmento en el reino de Zamunda.

—¡Joder! —dijo Shoto—. ¡Eso sería la caña!

En ese momento, dos empollones de primer año que estaban sentados justo delante de mí y de Shoto se dieron la vuelta para mirarnos a la cara. Al principio pensé que llevaban un sujetador en la cabeza, pero después vi que se trataba de suspensorios para hacer deporte. Los dos cadetes espaciales levantaron las pistolas láser de juguete al mismo tiempo y nos dispararon con ellas, y luego uno gritó:

—¡Acertaste! ¡Tiro directo!

Después se desternillaron de risa y volvieron a darse la vuelta.

—Este lugar parece un manicomio —dijo Shoto.

Asentí.

—Y tienen un sentido de la moda muy raro por aquí.

—Pues todavía no habéis visto nada —susurró Art3mis.

Un segundo después, alguien carraspeó con fuerza al otro lado del pasillo. Todos nos dimos la vuelta y vimos a una chica con unas gafas muy gruesas que se había quedado mirándonos. Extendió un puño cerrado poco a poco en dirección a Shoto y luego lo abrió para revelar un osito de goma rojo y húmedo.

—¿Un osito de goma? —preguntó—. Los tenía en mi bolsillo. Están calentitos y blandos.

—No —dijo Shoto, al tiempo que agitaba la cabeza con fuerza—. No, gracias.

—Yo también paso —dije.

—Mirad —susurró Hache, que señaló a una pelirroja que se sentaba cerca de la parte delantera del autobús. Reconocí que se trataba de Samantha Baker, el personaje de Molly Ringwald en *Dieciséis velas*.

—Quizá uno de nosotros debería ir a felicitarla por el cumpleaños —dijo Hache, que rio un poco entre dientes.

—Su cumpleaños es todos los días —dijo Art3mis—. Siempre se despierta el mismo día. Todas las simulaciones de las películas de Shermer operan en una cronología simultánea y concurrente en la que los acontecimientos de todas las películas se repiten una y otra vez en un bucle continuo. Todos estos PNJ están estancados en su Día de la Marmota individual. Hasta esta pobre niñita de aquí…

Señaló a una chica alta que estaba sentada a su altura pero al otro lado del pasillo. Cuando la vi de perfil, reconocí que se trataba de una joven Joan Cusack. Llevaba un collarín un tanto extraño que daba a entender que su personaje era probablemente una pardilla. Pero a pesar de todo me seguía pareciendo preciosa.

—Es mi tocaya, ¿sabes? —dijo Art3mis. Me di la vuelta y vi que señalaba con la cabeza a Samantha Baker—. Ahora no puedo verla sin que la rabia se apodere de mí y me haga quitarla al momento, pero *Dieciséis velas* era una de las películas favoritas de mi madre. Le encantaban todas las películas de Hughes.

—Me acuerdo —dije—. Después de su muerte, las volviste a ver todas para sentirte más cerca de ella e intentar comprender mejor quién era. Recuerdo decirte que yo había hecho lo mismo con la colección de cómics de mi padre después de su muerte.

Art3mis se quedó mirándome. Después asintió.

—Lo sé —dijo—. Yo también lo recuerdo.

Me volvió a sonreír, y esta vez le devolví el gesto. Seguimos sonriéndonos durante unos segundos más, y después recordamos que Hache y Shoto estaban ahí y nos giramos para descubrir que nos miraban sin quitarnos los ojos de encima. Apartaron la mirada rápido.

En ese momento, vi el reflejo de algo extraño a través de las ventanas del autobús detrás de ellos. Acabábamos de subir por una pendiente inclinada y el *skyline* de Chicago quedó visible durante unos segundos en la distancia, detrás de un mar de árboles con hojas rojas y naranjas propias del otoño. Y también vi un atisbo del Hollywood Bowl. El anfiteatro gigante había sido cortado y pegado porque sí en el paisaje de las afueras de Shermer. Hache también se dio cuenta y se lo señaló a Art3mis para que lo viese.

—¿Qué narices hace eso aquí? —preguntó ella—. ¿No se supone que el Hollywood Bowl está en Hollywood?

—Así es —respondió Art3mis—, pero el Hollywood Bowl es uno de los lugares donde transcurre una cita de la película *Una maravilla con clase*. Era una de esas películas adolescentes de John Hughes poco habituales que no transcurre en las afueras de Chicago. Los diseñadores decidieron encajarla en la simulación de Shermer de igual manera, así como *Destinos opuestos*, que se desarolla en Missouri.

Todos nos quedamos en silencio un momento y miramos por la ventana para asimilar los lugares extrañamente familiares que moteaban el paisaje a nuestro alrededor.

—Nos acercamos al instituto —dijo Art3mis—. Silencio.

Empezó a sonar en la simulación el principio de la canción *Kajagoogoo* (la versión instrumental de la banda homónima). Ese giradiscos se había activado al parecer a causa de nuestra cercanía al instituto, que ahora era visible en la distancia a través del cristal delantera del autobús. Nos acercábamos al lugar desde el sur, por lo que el exterior del edificio lucía igual que como se veía en *El Club de los Cinco*. En mi visita anterior, había descubierto que cuando se miraba desde el oeste, la fachada del edificio era igual a la versión del instituto que aparecía en *Dieciséis velas*. Y la de ladrillo rojo que se veía desde el norte y el este era idéntica a la de *Todo en un día*. Pero las tres entradas llevaban al mismo edificio, que estaba lleno de recreaciones concienzudas de varios escenarios y ubicaciones usados para representar el instituto Shermer en las diferentes encarnaciones del lugar en las películas.

Kajagoogoo siguió sonando, y se incrementó el volumen mientras el autobús se detenía en el bordillo frente a la escuela. Art3mis, Hache, Shoto y yo nos bajamos e intentamos entremezclarnos con la marea de PNJ de estudiantes que nos rodeaba.

Seguimos a Art3mis mientras nos guiaba por la gigantesca acera de hormigón que llevaba a la entrada meridional del edificio. Cientos de PNJ adolescentes estaban sentados en los alargados bancos de piedra desperdigados por el lugar, todos vestidos con colores llamativos de mitad de los años ochenta. Nos abrimos paso a través de ese colorido mar y los chavales empezaron a dar palmas y pisotones al ritmo de la canción mientras cantaban la única letra que tenía, que era la palabra del título deletreada: ¡K-A-J-A-G-Doble O-G-Doble-O!

—Bienvenidos al instituto Shermer —dijo Art3mis, que extendió los brazos mientras caminaba hacia atrás delante de nosotros—. En Shermer, Illinois. 6-0-0-6-2.

Después chasqueó los dedos, y el atuendo de su avatar volvió a cambiar. Ahora iba con el traje de látex negro que Annie Potts llevaba en *La chica de rosa* y esa cresta de erizo punki, unos pendientes enormes y varios brazaletes.

—Aplausos, por favor. Aplausos —dijo mientras giraba despacio para que pudiésemos admirar con todo lujo de detalles el cosplay de Iona que acababa de ponerse.

Hache, Shoto y yo aplaudimos con sarcasmo. Ella nos miró con el ceño fruncido y luego rebuscó en su inventario para sacar un par de gafas de sol retro, las mismas Ray-Ban de *Risky Business* que llevaba cuando nos vimos por primera vez. Después sacó tres pares idénticos y nos dio uno a cada uno.

—Para ver mejor por los pasillos —dijo.

Todos la miramos con cautela y después negamos con la cabeza.

—¡Venga, peleles! —dijo Art3mis—. Son gafas Hoffman y las vais a necesitar.

Nos indicó que nos las pusiéramos con un gesto. Cuando lo hicimos, la ropa que llevaban nuestros avatares cambió de repente y los tres íbamos vestidos como la «pandilla de cretinos» de *Dieciséis velas*. Yo era el «friki», interpretado por Anthony Michael Hall; Hache era Bryce, el personaje de John Cusack, y Shoto era Cliff.

Hache nos contempló un buen rato y luego bajó la vista hacia ella. Después se dio la vuelta y fulminó a Art3mis con la mirada.

—Esto no mola nada, Arty.

Art3mis rio y luego se puso las gafas. Cuando lo hizo, el atuendo de su avatar volvió a cambiar, en esta ocasión a lo que llevaba puesto Ferris Bueller durante su día libre. Una chaqueta de cuero blanca y negra, con chaleco de leopardo. El modelito completo. Le dio el toque de gracia a su cosplay de Ferris cuando sacó una boina negra y se la puso sobre la cabeza. Después nos sonrió y se frotó las manos con emoción.

—Vale, pandilla —dijo—. Este lugar es mucho más peligroso de lo que parece. No toquéis nada y no habléis con nadie. Dejadme hacer a mí.

Todos nos quitamos las gafas y recuperamos nuestra apariencia habitual. Después seguimos a Art3mis por las escaleras que llevaban a la entrada principal. Cuando llegamos, ella empujó las puertas delanteras y activó otro giradiscos: *Eighties* de Killing Joke.

Sonrió al oír la canción y luego se levantó el cuello de la chaqueta y nos guio al interior.

Vimos muchas cosas extrañas en los pasillos sagrados del instituto Shermer mientras Art3mis nos guiaba por ellos.

En la entrada, pasamos junto a un grupo de atletas que llevaban cazadoras de estudiante azules y grises con la mascota del instituto: un bulldog. Reconocí a Andrew Clark (el personaje de Emilio Estevez en *El Club de los Cinco*) y también a Jake Ryan (el de Michael Schoeffling en *Dieciséis velas*). Ambos contemplaban con admiración un cartel de las animadoras que rezaba: ¡VAMOS, BULLDOGS, VAMOS!

También vimos varios carteles que instaban a los estudiantes a acudir al baile de graduación que iba a tener lugar esa noche en el salón de baile del hotel Shermer. En Shermer había uno de esos todas las noches. Todo el año.

—Chicos —llamó Shoto, que intentó que su voz no pasase de un susurro—. ¡Allí! Es ella, ¿verdad? ¿Andie?

Señaló a una chica pelirroja de aspecto familiar que se dirigía hacia nosotros. Era Molly Ringwald, pero no la de *Dieciséis velas* que habíamos visto antes en el autobús, sino una un poco mayor con el pelo de una tonalidad roja mucho más clara.

—Es la Ringwald equivocada —dijo Art3mis al tiempo que negaba con la cabeza—. Esa es Claire Standish, la Molly de *El Club de los Cinco*. Buscamos a la Molly de *La chica de rosa*... Y a esta hora de la mañana debería estar... ¡por allí!

Señaló por el pasillo, donde vimos a otra Molly Ringwald que se dirigía a clase. Esa encarnación llevaba gafas de montura metálica y una melena pelirroja y reluciente que sobresalía por debajo de un sombrero negro con un pañuelo estampado con flores alrededor. Iba vestida con un chaleco rosado sobre una blusa azul, y lo cierto es que todo le quedaba genial.

—Odio este lugar —dijo Hache, que agitó la cabeza mientras miraba alrededor—. Es como estar encerrado en Matrix con el «Brat Pack» de las películas de los ochenta.

—¡Por eso me encanta! —dijo Art3mis—. No me amargues el dulce, Hache.

—Un momento —dije—. Andie Walsh no venía a este instituto en *La chica de rosa*, ¿verdad?

Art3mis negó con la cabeza.

—No —respondió—. Iba a otro instituto ficticio. El Meadowbrook en Elgin, Illinois. Pero los personajes y las ubicaciones de *La chica de rosa* se han mezclado en Shermer junto al resto de la filmografía de Hughes. No bajéis la guardia...

Seguimos a Andie desde la distancia, hasta que se detuvo a saludar a su amiga Jena, que sacaba unos libros de texto de la taquilla. Shoto dio unos pasos más hacia ella, pero Art3mis lo agarró por el brazo.

—Aún no —dijo—. Tenemos que esperar hasta que nos guíe a otro PNJ. Mantengamos las distancias hasta que aparezca el otro...

Empecé a preguntarle a quién se refería, pero mi voz quedó ahogada por una masculina que se acercaba entre gritos:

—¡Salvad a Ferris!

Nos giramos y vimos que la voz pertenecía a un chico rubio y alto que se abría paso a través de la multitud. Llevaba una lata vacía de Pepsi que extendía a los estudiantes, y muchos tiraban monedas al interior.

—¡Gracias! —decía con una reverencia cada vez que alguien donaba algo—. ¡Sois muy generosos! ¡Salvad a Ferris!

La multitud lo empujó hacia nosotros sin demora, y extendió la lata de Pepsi hacia Hache antes de repetir lo mismo.

—¿Salvas a Ferris?

Hache le dedicó una mirada seria y luego dijo:

—¿Qué?

—Bueno, estamos recogiendo dinero para comprarle un riñón a Ferris Bueller —explicó el rubio—. Y cuesta cincuenta mil pavos. Si quieres colaborar…

Hache le dio un golpe a la lata y la lanzó por los aires. Art3mis se apresuró para sacar a Hache de ahí entre risas, mientras el rubio furioso no dejaba de acusarla de ser una bruja asquerosa.

—No te distraigas —dijo Art3mis—. ¡Tenemos que seguirle la pista a Andie! —Señaló delante de nosotros—. Creo que se ha ido por ahí. La conducta de los PNJ en el instituto es aleatoria. Andie suele pasar por su taquilla, pero a veces entra en una de las aulas y se sienta. Así que venga, vamos a buscarla. ¡Revisaremos las aulas situadas a ambos lados mientras avanzamos!

Art3mis volvió a avanzar por el pasillo mientras empujaba y se abría camino a través de la marea incesante de adolescentes de instituto PNJ. Hache, Shoto y yo nos apresuramos detrás de ella.

La campana sonó unos segundos después, y el lugar empezó a vaciarse a medida que los estudiantes entraban en las aulas. Una de ellos se chocó contra mí al pasar y se disculpó al momento. Vi que se trataba de una joven Juliette Lewis con una permanente rubia ochentera. Me sonaba más de verla en sus películas más famosas, como *Días extraños* o *Abierto hasta el amanecer*, por lo que tardé unos momentos en recordar que había interpretado a Audrey Griswold en *¡Socorro! Ya es Navidad*.

Art3mis tenía razón, este mundo estaba lleno de distracciones para alguien entrenado en identificar estrellas de la cultura popular de la década de los setenta y los ochenta.

Seguimos a Art3mis y nos indicó que nos dividiésemos para mirar dentro de las aulas al pasar y así localizar a Andie Walsh.

Corrí hasta la puerta más cercana y eché un vistazo en el interior, pero me aparté tan pronto como vi que se trataba de una clase de economía impartida por Ben Stein, que estaba pasando lista, cómo no.

—Adams, Adamly, Adamowsky, Adamson, Adler, Anderson —dijo—. ¿Anderson?

—¡Presente! —oí que gritaba Anderson mientras yo me daba la vuelta y me dirigía a toda prisa hacia la siguiente aula.

Se trataba de la clase de informática del instituto, y estaba llena de PNJ estudiantes que escribían sus trabajos finales en hileras de antiguos ordenadores de sobremesa. Había un cartel sobre la pizarra que rezaba LOS *HACKERS* SERÁN EXPULSADOS, y esa fue una de las razones por las que volví a mirar a los alumnos unos segundos después. Vi a Bryce Lynch, el mejor personaje *hacker* de los años ochenta, sentado delante de uno de los ordenadores. Después me di cuenta de que Bryce lucía mayor de lo que lo recordaba y que no llevaba las gafas, lo que me hizo recordar que a quien estaba viendo era a Buck Ripley, un personaje de *Dos cuñados desenfrenados* interpretado por Chris Young, el mismo actor que había sido Bryce Lynch en *Max Headroom* unos cuantos años antes. Me di la vuelta para marcharme, pero antes presenté mis respetos en silencio mientras recordaba la mala época que había pasado durante la competición de Halliday, aquella en la que había usado el nombre falso Bryce Lynch para evitar que me descubriesen IOI y los sixers.

Un poco más al fondo del pasillo eché un vistazo por la puerta entreabierta de un aula de arte. Al principio pensé que estaba vacía, pero luego vi a Keith Nelson (el personaje de Eric Stoltz en *Una maravilla con clase*) junto a un caballete al fondo de la estancia pintando un retrato de Lea Thompson, también conocida como la señorita Amanda Jones, mientras sonaba *Brilliant Mind* de Furniture en un radiocasete que había en el escritorio a su lado. Me quedé embelesado unos instantes y después me di cuenta de que en realidad veía al Marty McFly original pintando un cuadro de su madre. Después oí cómo Art3mis me gritaba para que no me retrasase, por lo que me dirigí a toda prisa hacia donde se encontraba. Pasamos por las puertas abiertas del gimnasio y vimos en el interior a un grupo de chicas ataviadas con leotardos azules que hacían varios ejercicios de gimnasia. En la pared vi una banderola enorme que decía: ¡VAMOS, MULAS, VAMOS! Se la señalé a Art3mis.

—Pensaba que el equipo eran los Bulldogs de Shermer —dije.

—El equipo de fútbol americano y el de lucha son los Bulldogs de Shermer —explicó ella—. El de baloncesto son las Mulas de Shermer. Mira.

Señaló un póster que anunciaba el siguiente partido fuera de casa, entre las Mulas de Shermer y los Castores de Beacon Town.

Shoto miraba por otra puerta abierta delante de nosotros. Era una especie de clase de tecnología en la que había decenas de estudiantes masculinos que creaban lámparas de cerámica idénticas con forma de elefante. Se encendían cuando se tiraba de la trompa, pero uno de los chicos no fue capaz de conseguir que se encendiese tras varios intentos. Cuando se dio la vuelta, vimos que se trataba de Brian Johnson (el personaje de Anthony Michael Hall en *El Club de los Cinco*). Hache se dio la vuelta para dirigirse a la siguiente clase, y la seguí a regañadientes. Justo antes de perderlo de vista, Brian frunció el ceño y dedicó una mirada aterrorizada hacia su arisco profesor.

Doblamos otra esquina, y Art3mis extendió los brazos de repente para indicarnos a todos que nos detuviésemos, lo que nos hizo chocar contra ella y entre nosotros. Cuando recuperamos la compostura, fue ella la que señaló hacia delante. Ahí estaba Andie Walsh, de pie frente a una taquilla abierta y acompañada por un Jon Cryer muy joven y vestido de manera extravagante.

—Ahí está —dijo ella—. Philip F. Dale. También conocido como Duckie, el hombre pato. Uno de los personajes más controvertidos que surgió de la imaginación de John Hughes.

—Ah, ese tío —dijo Hache al tiempo que ponía los ojos en blanco—. ¿Qué le vamos a sacar a este? ¿Nociones de moda?

Art3mis rio y negó con la cabeza.

—Confiad en mí, ¿vale? —dijo—. Solía pasarme mucho por este sitio. He completado todas las misiones conocidas de este lugar. Algunas de las más antiguas ni siquiera tienen créditos de los desarrolladores en el colofón, por lo que nadie sabe quién las creó. Pero hay rumores que dicen que algunas son obra de Kira y Ogden Morrow, las de *La chica de rosa* entre ellas. Nunca me los tomé muy en serio, pero algo me dice que ahora puede que esos rumores sean ciertos…

Vimos cómo Andie cerraba la taquilla y empezaba a alejarse por el pasillo mientras Duckie revoloteaba a su alrededor como un insecto.

Volví a recitar la pista del segundo fragmento de memoria e intenté descubrir por qué Art3mis nos había traído hasta aquí. Después gruñí y puse los ojos en blanco.

—No me jodas —dije—. ¿La primera línea del acertijo es un puto juego de palabras? «¿Cambia al patoso?» Pero no se refiere a un «patoso», sino a un «pato».

—Correcto —dijo Art3mis, que me dedicó una sonrisa—. ¡A ese pato en concreto!

Señaló a Duckie con la cabeza y luego desenfundó la curvada espada élfica que llevaba a la espalda. La hoja canturreó como un diapasón enorme al sacarla.

—Arty —dijo Hache—, pero ¿qué narices haces?

—Ahora verás —dijo al tiempo que agarraba la empuñadura de la espada con ambas manos.

Se quedó esperando mientras sonaba otra campana de advertencia. Andie dedicó a Duckie una despedida apresurada y se alejó de él. Duckie alzó la voz y siguió gritándole si quería que reservara asientos para los dos en la cafetería, quizá una mesa junto a la ventana. Andie se cubrió la cara roja de vergüenza y siguió caminando en dirección contraria.

—¿Eh , me permitirás que vuelva a admirarte hoy? —gritó mientras Andie desaparecía en una de las aulas al fondo del pasillo.

—Pobre Duckie —susurró Shoto mientras lo contemplaban todo.

—¿«Pobre Duckie»? —repitió Art3mis horrorizada—. Querrás decir pobre Andie. Le da pena el chico porque sabe que está confuso con su identidad sexual y que no tiene otros amigos. ¿Y qué hace él para recompensarle tanta empatía? Hace caso omiso y la acosa todo el día, la humilla en público cada vez que tiene la oportunidad. Y mira cómo trata al resto de las mujeres cuando Andie no está cerca…

Se giró y señaló a Duckie, quien acababa de empezar a acercarse a dos niñas pijas que se encontraban a unos metros de nosotros.

—Ehhh, señoritas —lo oímos decir—. ¿Puedo llegar a un acuerdo con una de ustedes o con las dos y embarazarlas antes de las vacaciones? ¿Qué me dicen?

Antes de que Duckie terminase la frase, Art3mis corrió hasta él, levantó la espada y le cortó la cabeza de un tajo limpio.

—¡Solo puede quedar uno! —gritó mientras la cabeza de Duckie salía despedida por los aires, con su tupé y todo.

Rebotó en una taquilla cercana con un estridente chasquido metálico antes de detenerse en el suelo de mármol encerado del pasillo, cerca de su cuerpo decapitado. Las pijas con las que estaba hablando salieron corriendo entre gritos, así como otros estudiantes PNJ que se encontraban cerca.

—¡Por Dios, Arty! —gritó Hache—. ¡Podrías habernos avisado!

—Sí —añadió Shoto, que reía para sí—. Tener una «cabeza» de ventaja nos habría venido bien.

Hache lo empujó contra la pared para que dejara de reír.

Miré cómo la cabeza y el cuerpo de Duckie se desvanecían y dejaban en el suelo el botín que llevaba encima: unas pocas monedas de oro, la ropa de segunda mano de la época, una corbata de bolo y unos zapatos con hebillas.

Art3mis cogió los zapatos y la corbata, pero ni se molestó en mirar la ropa ni las monedas.

—Gilipollas insufrible —dijo mientras limpiaba la sangre de Duckie de la hoja de la espada y volvía a enfundarla—. Nunca me gustó. Ni él ni los tontos descerebrados que siempre han querido que Andie acabase saliendo con él.

—Un momento —dijo Shoto—. ¿Eso significa que eres del equipo Blane?

—Claro que no —respondió Art3mis con gesto de asco—.

Blane es incluso peor que Duckie. Nunca creí que ninguno de ellos hiciese buena pareja con Andie. Y Kira Morrow tenía la misma opinión…

—Vale… —dijo Shoto despacio—. Pero sigo sin entender por qué has decapitado a Duckie.

—Para «cambiar al patoso» —respondió Art3mis—. Y «restaurar su final».

—¿Cómo se supone que vamos a «restaurar el final» en el que Andie acaba con Duckie si acabas de matar a Duckie —pregunté.

—Os lo mostraré —dijo—. Pero primero tenemos que pasar por otro sitio.

Empezó a correr otra vez y, como no teníamos elección, Hache, Shoto y yo la seguimos a toda prisa. Después de recorrer varios pasillos idénticos, Art3mis se detuvo al fin frente a una larga hilera de taquillas naranja. Una de ellas tenía una advertencia garabateada en la puerta con rotulador permanente negro: ¡COMO TOQUES ESTA TAQUILLA TE MATO, MARICA!

—¡Anda! —grité—. ¡La taquilla de Bender!

Hache asintió y se cruzó de brazos.

—Siempre me he hecho la misma pregunta con esto —dijo—. ¿No creéis que esta pintada homófoba lo único que consigue es que a la gente le dé ganas de tocar su taquilla en lugar de no hacerlo? Bender no era un tipo muy listo, ¿no?

—Ya te digo —dijo Arty—. Mejor para nosotros…

Se dio la vuelta y cogió un hacha de incendios de la pared. La usó para romper la cerradura con combinación y luego tiró de la puerta con mucho cuidado y apartó la mano al momento. Cuando la puerta se abrió del todo, una pequeña guillotina descendió por el marco y cortó la punta de una zapatilla que sobresalía desde el fondo de la taquilla.

Art3mis rebuscó entre el extraño contenido hasta que al fin encontró una bolsa de papel marrón arrugada. La abrió y sacó otra bolsa de papel más pequeña manchada con lo que parecía grasa de patatas fritas. Del interior de esa bolsa sacó un film transparente para sándwiches lleno de marihuana.

Arty levantó la bola de hierba con la mano izquierda y los zapatos de Duckie con la derecha.

—Tenemos la hierba y las zapatillas mágicas —dijo Art3mis—. Ya sabéis lo que toca. Y luego, bam. Rápidamente largarnos a la ciudad y tomarnos unas copas. Vida nocturna y un poco de baile… ¡Vamos!

Cuando salimos al exterior, Art3mis nos llevó por un atajo que atravesaba el campo de fútbol americano y, cuando cruzábamos junto a una de las porterías, activamos otro giradiscos de la banda sonora de la simulación. Resultó ser una de las canciones más odiadas por Hache de toda la historia: *Don't You (Forget About Me)* de Simple Minds. Ya tenía los nervios a flor de piel, pero cuando comenzó a sonar casi le da algo.

—¡Joder, y ahora encima esto! —gritó con rabia para que la oyésemos por encima de los primeros compases de la canción—. ¿En serio? ¿De verdad tenemos que estar en este antro del infierno?

Le di un empujoncito con sorna y empezamos a correr para alcanzar a Art3mis y Shoto. La canción siguió sonando cuando lo hicimos, y cuando alcanzó el clímax Hache levantó el puño derecho a los cielos con gesto de burla. El resto nos partimos de risa.

La sonrisa de Hache desapareció unos segundos después.

—Me llaman —dijo—. Es Endira. Le prometí que la mantendría al día. Tengo que coger la llamada. Dadme unos segundos.

Hache se apartó unos metros y se dio la vuelta antes de responder. Atisbé el rostro preocupado de su prometida en la ventana de la llamada. Al parecer se encontraba en su casa de Los Ángeles, donde hacia guardia frente al ataúd de inmersión saboteado de Hache. Hablaron en voz baja para que no oyésemos lo que decían, pero no hacía falta. Era obvio que Endira estaba consternada y Hache intentaba calmarla.

Shoto suspiró.

—Sé que no tenemos tiempo para estas cosas, pero yo también tengo muchas ganas de hablar con Kiki.

Art3mis se quedó pensativa unos instantes y después se giró hacia mí.

—No hace falta que estemos los cuatro para recuperar este fragmento —dijo—. ¿Qué tal si seguimos tú y yo y le damos a Hache y a Shoto unos minutos con sus parejas? Ya los llamaremos cuando lo consigamos.

La posibilidad de quedarme a solas con Art3mis por primera vez en años me dejó sin habla por unos momentos. Conseguí responder al fin después de unos segundos incómodos:

—Claro —dije con parsimonia—. Es una gran idea. Y una muy considerada también.

Art3mis hizo un gesto con la cabeza hacia Shoto y después se giró hacia mí y me dedicó una extraña sonrisa.

—Venga, terminemos con esto.

Volvió a salir corriendo por la calle. Tuve que esforzarme para seguirle el ritmo. Después continué detrás de ella durante varias manzanas hasta que llegamos a la parte de la simulación donde siempre era de noche y primavera o principios de verano. Seguíamos en la zona rica de la ciudad, en otro barrio lujoso cerca de la orilla del lago, en una calle llena de casas grandes y caras. Parecía haber una fiesta en todas y cada una de ellas.

—Los padres están en Europa —dijo Art3mis, que señaló una de las casas. Después otra. Y luego otra—. Los padres están en Europa. Los padres están en Europa. Los padres de todos los niños ricos están en Europa.

Descubrí que la primera casa que teníamos a la izquierda era de las que salía en *Una maravilla con clase*. Pertenecía al personaje de Craig Sheffer, Hardy Jenns. Lo vi en el interior, a través de uno de los ventanales, conspirando con sus amigos jóvenes y ricachones. Unos segundos después de que pasásemos junto a la casa, vimos cómo una limusina negra y gris se detenía delante y Mary Stuart Masterson salía de ella. Le abría la puerta a Eric Stoltz y él hacía lo propio a Lea Thompson. Eric y Lea se dirigían a la casa de Hardy, mientras que Mary Stuart se quedaba detrás y se apoyaba en el parachoques de la limusina.

Poco después, una furgoneta negra aparcaba frente a la casa

de Hardy, y un chico rapado llamado Duncan (Elias Koteas) salía de ella acompañado por una banda de matones de aspecto chungo que también entraban en casa de Hardy. Oímos la canción *Beat's So Lonely* de Charlie Sexton atronando en el interior.

—Esta fiesta va a marcar un hito histórico —dijo Art3mis.

Sus palabras me hicieron reír en voz alta, lo que por algún motivo hizo que me volviese a dedicar una de sus sonrisas.

Seguimos por la calle. La casa adyacente pertenecía a Steff McKee (el personaje de James Spader en *La chica de rosa*). Recibía a los invitados en la puerta delantera. Durante unos segundos, confundí el PNJ con la forma masculina del avatar de L0hengrin, que parecía casi idéntico pero con el pelo más corto.

Unos minutos después, llegamos a la residencia de los Donnelly, donde los acontecimientos que se producían en *La mujer explosiva* habían empezado a afectar a los alrededores y el interior del lugar. Una joven medio desnuda salió disparada por la chimenea y aterrizó en un pequeño estanque que había en el patio delantero con un ruidoso chapuzón.

—Allá vamos —dijo Art3mis—. Buscamos a dos PNJ de *La mujer explosiva*. Espera aquí un momento. ¡Ahora vuelvo!

Desenfundó las pistolas y corrió al interior de la casa. Oí disparos seguido de lo que parecía la explosión de una granada. Unos segundos después, Art3mis volvía a estar a mi lado en la acera frente a la casa.

—No están dentro —dijo—. Ian y Max a veces se van de fiesta cuando las cosas se complican demasiado en la residencia de los Donnelly. A veces se quedan y se convierten en animales de granja, pero eso no suele pasar hasta después de medianoche.

—¿Ian y Max? —pregunté—. ¿Los dos capullos que le tiran un granizado a Gary y Wyatt en *La mujer explosiva*? ¿Para qué narices los necesitamos?

—Para poder seguir e ir a por el tercer fragmento, Zeta —respondió ella con el tono de alguien que explica algo demasiado obvio a un niño muy pequeño—. Confía en mí, ¿vale? Eso nos ahorrará mucho tiempo. —Señaló detrás de ella—. Tenemos que encontrarlos en las fiestas que hay por toda la calle. Yo iré a ver si está en la de Stubby. Tu busca en el guateque de esa de ahí.

Señaló otra casa enorme que había al otro lado de la calle. Unas tiras largas de papel higiénico colgaban de los árboles en el exterior. El jardín estaba lleno de latas de cerveza, cajas de pizza y adolescentes cachondos. La música atronaba en el interior.

—¿Quién vive ahí? —pregunté.

—Jake Ryan —respondió ella—. Si ves a Max o a Ian, necesito que consigas retenerlos y me llames. Si yo los veo en la casa de Stubby, haré lo mismo. ¿Entendido, Canito?

Sonreí y respondí:

—Entendido, Canuto.

Art3mis se marchó a la carrera hacia la casa de Stubby. Me quedé mirándola, confundido, durante unos instantes. Después respiré hondo y corrí en dirección opuesta, hacia la casa de Jake Ryan.

El patio delantero parecía una zona de guerra. Los adolescentes se paseaban por el lugar y por la calle, apoyados en antiguos Porches, Ferraris y Trans-Ams, bailando, bebiendo y dándose el lote. En mitad del aparcamiento había un BMW con una bandeja de comida enganchada en la ventana del asiento del copiloto. Un sedán negro cubierto de barro estaba aparcado delante del bemeta y dos adolescentes estaban haciéndolo en el asiento de atrás.

Me acerqué a la entrada delantera y llamé al timbre. Sonó un gong muy estridente, y la puerta empezó a abrirse. Había un hombre asiático muy colocado colgado del picaporte del otro lado. Tardé un segundo en reconocerlo: era Long Duk Dong, el infame personaje interpretado por Gedde Watanabe en *Dieciséis velas*.

—¡Eh! Pasad, entrad en la fiesta de los mejores troncos —dijo con un acento muy marcado.

Al ver que no respondía, Dong me hizo un gesto para que entrase. Le di las gracias y entré en la casa. Estaba llena de niños ricos y blancos borrachos dándolo todo. Me tropecé con una joven Joan Cusack vestida como la chica con collarín que habíamos visto antes en el autobús. Intentaba beber de una lata de cerveza inclinando todo el cuerpo hacia atrás, pero calculó mal y cayó de espaldas.

Después me dirigí al salón para revisarlo de cabo a rabo, pero casi me aplastan unas pesas que cayeron del techo. Atravesaron el suelo, dejaron un enorme agujero y terminaron en la bodega del sótano, donde rompieron la gran cantidad de botellas de vino que había almacenadas.

Le di un repaso completo a la casa, pero no vi a Ian ni a Max por ningún lado.

Cuando acababa de regresar al salón, recibí un mensaje de texto de Art3mis donde me decía que fuese con ella a la casa de Stubby, al patio trasero.

Salí corriendo a través de un jardín podado a la perfección y me dirigí a la parte de atrás de la casa adyacente, donde los adolescentes borrachos e imprudentes también lo destrozaban todo. En el patio trasero de Stubby, me encontré a Art3mis reteniendo a punta de pistola a dos jóvenes atractivos. Ian y Max de *La mujer explosiva*. Max estaba interpretado por el actor Robert Rusler, a quien también conocía de su papel como Ron Grady en *Pesadilla en Elm Street 2: La venganza de Freddy*. Ian estaba interpretado por un jovencísimo Robert Downey Jr.

—Hostia puta —dije—. ¡Es Iron Man! Me había olvidado de que también salía en una película de John Hughes…

—Solo en una —dijo Art3mis—. Un papel secundario en *La mujer explosiva*. No hay mucha gente que lo sepa, pero Robert Downey Jr. estuvo a punto de interpretar al protagonista de otra de las películas de Hughes. Por eso lo necesitamos.

Art3mis apuntó hacia Max.

—A este podemos dejarlo ir —dijo. Bajó el arma para dejar de apuntar a la cabeza de Max, que se quedó de piedra unos segundos para luego darse la vuelta y salir corriendo a toda prisa por el césped en dirección a la casa de Jake Ryan. No miró atrás.

Art3mis se centró en Ian. Sacó la bolsa de hierba que había conseguido en la taquilla de Bender y la dejó colgando frente a él. La expresión de su rostro cambió de repente, como si estuviese hipnotizado.

—¿Quieres un poco? —preguntó Art3mis.

—¡Claro que sí, señorita! —respondió Ian—. Claro que quiero.

Extendió el brazo para coger la bolsa, pero Art3mis la retiró al momento.

—Te propongo un trato —dijo ella—. Si haces dos cosas muy fáciles por mí, te daré la bolsa.

—Claro —dijo Ian, con un pestañeo—. Lo que digas, muñequita.

—Descubrí este truco mientras jugaba las misiones oficiales de *La mujer explosiva* —dijo Art3mis—. Las recreaciones de los PNJ de Ian y Max son muy hedonistas y harían casi cualquier cosa a cambio de sexo o drogas. —Se giró hacia él y le dedicó una sonrisa—. ¿No es así, Ian?

Robert Downey Jr. volvió a batir las pestañas y asintió. Art3mis abrió el inventario y sacó los zapatos de hebillas y la corbata de bolo que le había quitado a Duckie en el instituto. Se los ofreció a Ian.

—Primero necesito que te pongas esto —dijo—. Después quiero que vayas a bailar con Andie Walsh en el baile de graduación de esta noche. ¿Vale?

—Vale —dijo Ian.

Cogió los zapatos que le ofrecía Art3mis y se los puso. Después se colocó la corbata de bolo alrededor del cuello. Nada más hacerlo, le cambió la ropa y el peinado. Ya no se parecía a Robert Downey Jr. interpretando a Ian en *La mujer explosiva*, sino al Robert Downey Jr. de *Regreso a la escuela* que interpretaba a Derek Lutz. Pero vestía con el mismo traje clásico que llevaba Jon Cryer en el final original de *La chica de rosa*.

Cuando finalizó la transformación, se activó otro giradiscos. Al principio creí que se trataba de la canción *I Want a New Drug* de Huey Lewis and the News, pero desde que empezó la letra me di cuenta de que en realidad se trataba de la versión parodia de Weird Al Yankovic: *I Want a New Duck*.

La canción solo sonó durante cinco o seis segundos, mientras el nuevo Robert Duckey Jr. hacía un baileoteo para enseñarnos su ropa nueva. Se quedó posando cuando terminó la canción y luego dijo:

—Aún sigo siendo y siempre seré… tu Duckie.

Señaló sus zapatos, giró el pie izquierdo a la izquierda, el derecho a la derecha y después los volvió a colocar rectos. Luego alzó la vista para mirarnos. Al ver que no aplaudíamos, frunció el ceño y se olisqueó las axilas antes de preguntar:

—¿Me ha abandonado el desodorante?

Art3mis soltó un gritó victorioso y luego se apresuró a darle una palmadita en la espalda.

—Se suponía que Robert Downey Jr. iba a interpretar a Duckie —explicó—, pero el estudio decidió contratar a Jon Cryer en su lugar. Y cuando se hizo la primera proyección de prueba, nadie del público quería que Duckie y Andie acabasen juntos, por lo que Hughes se vio obligado a escribir un nuevo final, uno en el que Andie termina con el gilipollas rico de Blane.

—¿En serio? No lo sabía. —Negué con la cabeza—. Es impresionante, Arty.

—Gracias, Parzival —dijo ella, orgullosa de sí misma—. Recuerdo leer en una antigua entrevista que Molly Ringwald dijo que creía que el verdadero final de *La chica de rosa* hubiese funcionado mucho mejor con Robert Downey Jr. como Duckie, que era lo que se pretendía en un principio. Seguro que habrían tenido mucha más química en pantalla.

Recité la inscripción, de memoria esta vez.

—«Cambia al patoso, restaura su final. El primer destino de Andie deberás enmendar.» ¿Ese era «el primer destino de Andie» entonces? —pregunté—. ¿Acabar con Robert Downey Jr. interpretando a Duckie? ¿Y la única manera de «enmendar» ese «destino» es «cambiar al patoso»? Sonreí a Art3mis y negué con la cabeza. ¡Eres brillante, Art3mis!

La aplaudí y ella hizo una pequeña reverencia. Después cogió a Robert Downey Jr. por el brazo y salió corriendo. Los seguí a la carrera mientras se apresuraban por al jardín de Stubby, y luego llegamos a un Rolls-Royce descapotable que estaba aparcado frente a la casa de Jake Ryan. Art3mis empujó a Duckie en el asiento trasero y después se subió al del conductor. Yo me acomodé junto a ella.

—Oye, ¿no llegaríamos más rápido… en un Ferrari? —pregunté.

Señalé los árboles que se entreveían detrás de la casa de Jake Ryan. Entre ellos se atisbaba una casa aislada y construida sobre pilones. Reconocí que se trataba de la de Cameron Frye, y desde allí vimos el garaje de paredes acristaladas que había en la parte trasera.

—Olvídalo —dijo Art3mis—. El padre de Cameron tiene un sistema de seguridad último modelo. Solo puedes robar ese coche de día, con las llaves y con ayuda de Cameron. Si intentásemos hacerlo ahora, terminaríamos en la prisión de Shermer con el chico de *Objetivo: La roca*. Escapar de allí sería fácil, pero desperdiciaríamos unos treinta minutos. —Sonrió—. Sí que podríamos robar el mismo Ferrari a Alec Baldwin, en el aparcamiento de la iglesia que está a unas manzanas de aquí —dijo mientras señalaba hacia el sur. Después miró el reloj—. Pero la boda entre los Briggs y los Bainbridge no empieza hasta dentro de una hora. Lo siento, pero me temo que el Rolls-Royce del señor Ryan es nuestra mejor opción ahora mismo.

—Muy bien —murmuré—. Pues iremos en esta tartana marrón.

—Ponte el cinturón, máquina —dijo Art3mis al tiempo que me miraba. Esperó a que lo hiciese y después me dedicó una sonrisa taimada.

—Las cosas se están poniendo interesantes —dijo. Después cambió de marcha y pisó el acelerador a fondo, lo que activó otro giradiscos: *Peter Gunn Theme* de The Blues Brothers, que siguió sonando mientras el Rolls-Royce aceleraba y nos perdíamos en la noche.

• • •

Art3mis conducía a toda leche a través del laberinto de calles de las afueras iluminadas por la luz de la luna, y Robert Downey Jr. y yo nos balanceábamos de un lado a otro en nuestros asientos cada vez que daba una curva cerrada. Por unos minutos me sentí como si estuviésemos en una partida de *Grand Theft*

Auto: Shermer. Después llegamos a una autopista y el viaje se volvió mucho más llevadero. (En la entrada se activó otro gira-discos: *Holiday Road* de Lindsay Buckingham, que dejó de oírse cuando abandonamos la autopista unas cuantas salidas después.)

En algún momento tuvimos que cruzar las vías de tren y entrar en la zona pobre de la ciudad, porque las casas a nuestro alrededor se volvieron pequeñas, cutres y más cercanas las unas a las otras. Mientras recorríamos una de esas calles, vi a Harry Dean Stanton ataviado con su albornoz y sentado en la silla del jardín de su oscurecido patio delantero mientras leía el periódico. Unas casas más adelante, vi a John Bender junto a un garaje abierto y fumando un cigarrillo mientras removía una lata de pintura. Después reparé en la casa de al lado, que parecía del todo abandonada. El jardín estaba descuidado, las ventanas tapiadas y había un cartel de desahucio en la puerta delantera. Luego vi el nombre impreso en el buzón oxidado: D. GRIFFITH.

Se lo señalé a Art3mis, y ella sonrió.

—Hay cinco PNJ diferentes de John Candy deambulando por Shermer —dijo—. ¿Podrías nombrarlos a todos?

—Claro. Del Griffith. Después Chet Ripley, C. D. Marsh y Gus Polinski, el rey de la polka del Medio Oeste. Ah, y también he visto a Buck Russell esta mañana.

Ella sonrió, impresionada.

—No está mal, Watts —dijo—. Veo que no has perdido el toque.

Señaló un restaurante que parecía una cabaña de madera que se encontraba al otro lado de la calle y se llamaba Paul Bunyan's Cupboard. Tenía dos enormes estatuas de Paul y Babe el buey azul junto a la entrada principal.

—¿Quieres parar a comerte el clásico Ninety-Sixer? —preguntó Art3mis—. Seguro que es mucho más difícil cuando usas un ONI...

Se quedó en silencio de repente al darse cuenta de lo que acababa de decir y vi con el rabillo del ojo cómo hacía un mohín.

—Joder, claro que quiero —dije al tiempo que le daba un codazo en las costillas para indicarle que no me había molestado—. Si tuviésemos tiempo, acabaría con ese Ninety-Sixer ahora mismo. —Bajé la voz—. A lo mejor pensabas que iba a rechazar comerme algo que tuviese la palabra «sixer» en el nombre, pero de eso nada.

Art3mis rio otra vez. Música para mis oídos.

—Cuando acabe todo esto volveremos para zampárnoslo. ¿Vale?

Ella asintió y dijo:

—Tenemos una cita.

Sentí que mi rostro se ponía rojo en diferentes tonalidades.

Seguimos el viaje en coche y de vez en cuando la miraba en el asiento del conductor. La capota estaba quitada y el viento le agitaba el pelo. Estaba guapísima. Y feliz. Y yo seguía locamente enamorado de ella. Era innegable.

En ese momento, se activó de repente otro giradiscos y comenzó a sonar otra canción: *More Than a Feeling* de Boston. La misma que suena durante un breve *flashback* de *La loca aventura del matrimonio*, cuando Jake se enamora de Kristy, su futura esposa, a primera vista.

Nada más empezar la canción, Art3mis miró hacia un lado y me pilló contemplándola. Aparté la vista y fingí que miraba hacia delante, pero en el reflejo del cristal me pareció ver un atisbo de sonrisa en sus labios. Después la oí reír.

—¿Qué te hace tanta gracia? —pregunté.

—Esa canción —respondió ella—. Empieza a sonar cada vez que un avatar mira a otro durante más de cinco segundos y se le acelera el pulso. Es un pequeño Huevo de Pascua que añadieron el año pasado para los usuarios de ONI.

—Genial —murmuré—. Pillado por mis propios sensores biométricos.

Art3mis rio sin dejar de mirar la carretera, y yo me hundí en el asiento e hice como que miraba por la ventana, con la esperanza de que la magia funcionase en ese planeta y así poder volverme invisible.

• • • •

Llegamos al hotel Shermer unos minutos después. Art3mis hizo rechinar las ruedas del Rolls-Royce del señor Ryan antes de detenerse junto al bordillo, y varios PNJ peatones se apartaron al momento.

Los tres saltamos del coche y corrimos hacia la entrada principal del hotel. Pero Robert Downey Jr. se detuvo avergonzado en la entrada.

—Lo siento —dijo a Art3mis—. No puedo entrar.

—¿Qué? —preguntó ella al tiempo que lo agarraba por las solapas de raso—. ¿Por qué narices no puedes entrar? ¡Lo prometiste! ¡Y ya te he dado toda la hierba de Bender!

—Lo sé —respondió él—. Y me gustaría ayudaros, pero no puedo entrar. Así no. No sabría qué hacer ni qué decir.

—¡No tienes que decir nada! —dijo Art3mis, que lo empujó hacia la entrada—. Limítate a entrar ahí, encuentra a la tía buena pelirroja que lleva un traje rosado horrible y pídele bailar. ¡Nada más! ¡Listo!

El PNJ de Robert Downey Jr. agitó la cabeza y no se movió. Art3mis cabeceó hacia mí y yo lo agarré por la cintura, lo levanté del suelo e intenté meterlo en el hotel, pero fui incapaz. Era como si rebotase contra un campo de fuerza invisible.

Probé varias veces más, pero no conseguí nada. Después el PNJ comenzó a forcejear para que lo soltase.

—¡Lo siento! —gritó—, pero no estoy preparado emocionalmente para esto, para entrar ahí. Mirad cómo voy vestido… ¡Y nunca sé qué decir en este tipo de situaciones sociales!

Art3mis cabeceó otra vez, y lo solté. Se alisó el traje y me miró con gesto indignado. Me dio la impresión de que iba a salir corriendo, pero en lugar de eso se cruzó de brazos y empezó a dar toquecitos en el suelo con el pie, impaciente. Una animación propia de cuando los PNJ se quedaban quietos.

Me giré hacia Art3mis.

—«Cambia al patoso, restaura su final» —recité—. Todo este

tiempo hemos pensado que el acertijo indicaba que tenía que cambiar el final de Duckie, pero ¿y si «restaura su final» significa que tenemos que reinterpretar el final que escribió originalmente para *La chica de rosa*? —Señalé al personaje de Robert Downey Jr.—. ¿Y si tenemos que encontrar una copia del guion original y dársela a este tío?

Art3mis alzó las manos.

—¿Y cómo se supone que vamos a hacer eso?

Sonreí.

—Pues vamos a la casa del escritor —respondí.

Me dedicó una mirada inquisitiva durante unos segundos, y después se le iluminaron los ojos.

—¡Hostia! —gritó—. ¡Seguro que es eso! ¡Eres brillante, Zeta!

Antes de que me diese cuenta de nada, me agarró la cara y me plantó un beso. Ella no llevaba unos auriculares ONI, por lo que sabía que en realidad no lo había sentido. Pero yo sí. Después se giró hacia Robert Downey Jr.

—No te muevas —dijo—. Volveremos.

Después me agarró por el brazo y me arrastró en dirección al coche.

Art3mis conocía un atajo que atravesaba la parte rica del pueblo y, de alguna manera, consiguió recorrerlo de memoria a través de ese laberinto de calles idénticas y oscuras repleto de casas iguales. Tardamos solo unos minutos en llegar, pero el errático viaje en coche activó otro giradiscos: *March of the Swivel Heads* de English Beat. No creo que pisase el freno hasta que las ruedas chirriaron al detenerse frente al aparcamiento de la familia Johnson.

Tan pronto como nos bajamos, se activó otro giradiscos: *Modigliani (Lost in Your Eyes)* de Book of Love. Art3mis me miró al oírlo, y compartimos una breve sonrisa de entendimiento. Después nos dimos la vuelta y empezamos a correr hacia la puerta principal. Ella llamó al timbre y, un segundo después, la señora Johnson abrió y nos dedicó un fruncimiento de ceño. Su hija menor se encontraba detrás de ella y nos miraba con el mismo gesto. Las reconocí a ambas gracias a la breve escena que protagonizan en *El Club de los Cinco*, cuando dejan a Brian, el personaje de Anthony Michael Hall, en el instituto para que cumpla con el castigo y su madre dice: «¡Aprovecha la ocasión para estudiar!». Y su hermana pequeña replica: «¡Eso!». (Otra de las cosas que aprendí leyendo el blog de Arty hacía unos años fue que estaban interpretadas por la madre y hermana de Anthony Michael Hall en la vida real.)

—Lo siento —dijo la señora Johnson después de mirarnos unos segundos más—. No aceptamos publicidad —dijo mientras señalaba un cartel de letras doradas que decía lo propio y que estaba clavado a la puerta principal.

—No, no vendemos nada, señora Johnson —dijo Art3mis—. Me llamo Art3mis y este es mi amigo Parzival. Hemos venido porque queremos hablar con su marido sobre un amigo que tenemos en común. Duckie. Philip F. Dale.

La señora Johnson relajó el gesto y le dedicó a Art3mis una enorme sonrisa. Un segundo después, se le deformó el rostro hasta convertirse por completo en una mujer diferente. Ahora teníamos frente a nosotros el PNJ de una mujer esbelta con melena larga y rubia y una sonrisa amistosa y afable. No la reconocí, pero Art3mis lo hizo al momento.

—¡Señora Hughes! —dijo al tiempo que bajaba la mirada e inclinaba la cabeza, como si acabase de ver a una reina. Después me miró de reojo y susurró:

—Es Nancy Hughes. ¡Nunca la había visto antes aquí! ¡Ni siquiera sabía que podía llegar a aparecer!

—John está trabajando en el piso de arriba —dijo Nancy al tiempo que se retiraba para abrir la puerta—. Pero creo que os espera. Entrad, por favor…

Nos indicó que pasáramos al recibidor y después cerró. Busqué a la hermana pequeña de Brian Johnson, pero había desaparecido, igual que su madre. No obstante, sí que vi a dos niños persiguiéndose alrededor de la mesa del salón con dos fusiles Nerf. Me imaginé que serían recreaciones PNJ de los dos hijos de los Hughes, James y John. Verlos me recordó una entrevista a John Hughes en la que mencionaba que el guion de *Las locas peripecias de un señor mamá* estaba basado en sus experiencias cuidando a sus dos hijos durante un año mientras su esposa Nancy pasaba mucho tiempo en viajes de trabajo.

Los hijos y el matrimonio de Hughes habían inspirado muchos elementos de su obra, y me parecía adecuado que este tributo interactivo a su familia estuviese oculto en Shermer junto al resto de sus creaciones.

Art3mis y yo seguimos echando un vistazo alrededor, maravillados, como patrocinadores de un museo que lo visitan por primera vez. Nancy no tardó en carraspear con educación para llamar nuestra atención. Después señaló la escalera de madera grande y curvada que tenía detrás.

—Está en su despacho, en el piso de arriba al final del pasillo —dijo entre susurros—. Pero aseguraos de llamar a la puerta antes de entrar. Está escribiendo.

—Gracias, señora —respondí también entre susurros.

Hice una seña a Art3mis para que fuese delante y la seguí escaleras arriba. Cuando llegamos, oí el traqueteo de una máquina de escribir que resonaba por el pasillo. Avanzamos con mucho cuidado sobre la tarima y seguimos el ruido hasta una puerta cerrada que había al fondo. El denso aroma del tabaco se colaba hasta el exterior por la parte baja de la puerta, así como la versión instrumental de *Please, Please, Please Let me Get What I Want* de The Smiths interpretada por Dream Academy.

Cabeceé hacia Art3mis, respiré hondo y después toqué tres veces en la puerta.

Se dejó de oír el traqueteo de la máquina de escribir y alguien se levantó de la silla. Después, unos pasos empezaron a acercarse a la puerta, que se abrió al poco. Ahí estaba, frente a nosotros, en carne y hueso simulados: John Wilden Hughes Jr.

Lucía diferente a como lo había visto unas horas antes cuando recogía el periódico, igual que el resto de los hombres de mediana edad de Shermer. Tenía el pelo más largo y más de punta. Las gafas eran más grandes y redondas, y contaban con una montura diferente. Eso sí, los rasgos redondeados de su rostro y los ojos tristes y sabios eran los mismos. Pero ya no tenía la expresión adusta e impasible de cuando era el señor Johnson. Ahora era el señor Hughes, lleno de energía y entusiasmo, así como de cantidades épicas de nicotina y cafeína, a juzgar por las tazas de café vacías y el cenicero a rebosar que había sobre su escritorio junto a la enorme y verde máquina de escribir IBM Selectric.

Detrás de la mesa y ordenados con esmero en algunos estantes había docenas de pares de zapatos, su famosa colección de calzado que seguiría creciendo a lo largo de toda su vida.

—¡Art3mis! —bramó con voz grave mientras le dedicaba una sonrisa al verla—. ¡Te esperaba!

Después nos sorprendimos al ver que iba a darle un abrazo. Art3mis rio y le devolvió el abrazo a John Hughes, mientras me dedicaba una mirada de «no me puedo creer que esté pasando esto» por encima del hombro. Después el hombre la soltó y se giró hacia mí.

—Y has traído a un amigo —dijo al tiempo que me ofrecía la mano—. Hola. Me llamo John.

—Parzival —dije mientras se la estrechaba. ¡El tipo era fuerte!—. Es un honor conocerlo, señor. Soy un gran admirador de su obra.

—¿De verdad? —dijo al tiempo que se llevaba la mano derecha al pecho a la altura del corazón—. Qué alegría. Es muy amable por tu parte. Pasad, por favor.

Entramos en su despacho, y él cerró la puerta. Después se acercó a unos archivadores que había en un rincón y empezó a rebuscar en los cajones.

—Habéis venido a buscar una copia del guion de *La chica de rosa*, ¿verdad? —preguntó—. ¿Cuál queréis?

—Su versión favorita —dijo Art3mis—. La que tenía el final original en el que Duckie y Andie bailan juntos.

El hombre le dedicó una gran sonrisa y después siguió buscando por los cajones del archivador.

—Ese era mi final favorito —dijo—, pero al público no le gustó en la prueba y el estudio me obligó a cambiarlo.

Encontró al fin el guion que buscaba y gritó.

—¡Victoria!

Lo levantó sobre la cabeza, y un haz de luz dorado se proyectó desde el techo durante unos segundos y lo bañó a él y a los papeles mientras oíamos unas campanillas angelicales. Después le ofreció el guion a Art3mis, quien lo cogió con ambas manos, momento en el que dejaron de oírse las campanillas y se desvaneció la luz.

—Gracias —dijo Art3mis, que se inclinó un poco—. Muchas gracias.

—¡Un placer! —dijo él—. Si necesitáis cualquier otra cosa, ya sabéis dónde encontrarme.

Nos dio otro apretón de manos a ambos, regresó a su escritorio y se puso a escribir de inmediato, más rápido de lo que había visto hacerlo a nadie en toda mi vida. El traqueteo de las teclas sonaba como los disparos de una ametralladora, y el retorno de carro de la máquina se desplazaba en un suspiro de izquierda a derecha, como una bandolera llena de balas que no dejase de suministrar munición.

Art3mis se giró hacia mí con una amplia y bobalicona sonrisa y levantó el guion para que viese lo que estaba escrito en la cubierta: *LA CHICA DE ROSA* de John Hughes. QUINTO BORRADOR: 09/05/1985.

—¡Lo conseguimos! —dijo ella.

Asentí y le ofrecí chocarle los cinco. Rio y aceptó la propuesta.

—¡Vamos a por ese fragmento! —comenté.

Art3mis asintió y nos dimos la vuelta para marcharnos, pero cuando llegamos al pomo de la puerta descubrimos algo extraño: un teclado de ordenador negro que colgaba del cable en la parte de atrás de la puerta del despacho de Hughes desde el colgador de ropa que tenía clavado en ella.

—Qué raro —dije al tiempo que cogía el teclado para mirarlo más de cerca.

En ese momento, vimos el nombre de la marca y el número del modelo. No era solo un teclado, era un Memotech MTX512, el ordenador clásico que Gary y Wyatt usaron para crear a Lisa en *La mujer explosiva*, que tenía la CPU de 8-bits oculta en la propia carcasa (algo revolucionario para la época). Tenía muy mal aspecto y le faltaban algunas de las teclas.

Me di la vuelta para hablar con el PNJ de John Hughes.

—¿Qué hace esto aquí? —pregunté, pero Hughes hizo como si no me oyese y siguió escribiendo. Me giré hacia Art3mis y le di el ordenador.

—Cuando entré antes en casa de Wyatt me di cuenta de que el ordenador no estaba en su dormitorio —dijo—. El accesorio de disco duro de FDX sí que seguía allí, pero el teclado había desaparecido. Lo que parecía indicar que alguien lo cogió y lo trajo aquí...

Me incliné hacia delante para analizarlo con más detenimiento. Cuatro de las teclas habían desaparecido: la R, la A, la I y la K.

En ese momento me di cuenta.

—¡Og! —dije—. Estuvo aquí antes para conseguir el tercer fragmento. Seguro que dejó aquí el ordenador porque sabía que lo encontraríamos.

Señalé el Memotech MTX512.

—En *La mujer explosiva*, un empollón usaba este ordenador para crear una simulación de la chica de sus sueños —dije—. Quizá Og intente decirnos que Halliday hizo lo mismo. Y esa es la razón por la que han desaparecido justo esas cuatro teclas: La K, la I, la R y la A.

—¡Vaya! —dijo Art3mis—. ¡Kira!

Asentí, y luego se me volvió a encender la bombilla.

—Al parecer Og consiguió dejarnos un mensaje oculto aquí. Es posible que haya hecho lo mismo mientras conseguía recuperar los dos primeros fragmentos —dije—. Debería haberme dado cuenta en Kodama.

Le expliqué a Art3mis lo sospechoso que me había resultado ver el récord de Og en la recreativa de *Ninja Princess*.

—¿Viste algo más en Kodama? —preguntó Art3mis—. ¿Algo que no encajase?

Pensé durante unos instantes y luego negué con la cabeza.

—No creo —dije—. Tampoco recuerdo ver nada así en Middletown. Pero hay doscientas cincuenta y seis versiones de la ciudad diseminadas por el planeta, y Og podría haber conseguido el fragmento en cualquiera de ellas.

—Es un caso perdido —dijo Art3mis al tiempo que negaba con la cabeza—. No tenemos tiempo de buscar en todas esas versiones. Aún nos quedan cuatro fragmentos que recuperar y unas cinco horas para hacerlo.

—Tienes razón —dije—. No tenemos tiempo, pero creo que

conozco a alguien que podría ayudarnos. Un momento. Dame un minuto…

Abrí el HUD y seleccioné el nombre de L0hengrin en mi lista de contactos. Toqué el icono para enviarle un mensaje de texto. Luego cerré los ojos y escribí el mensaje entero sin mirarlo, por si se daba la casualidad de que Anorak estaba espiando mis canales de vídeo.

Querida L0:

Creo que voy a necesitar que me ayudes un poco más.

Quiero que vuelvas a Middletown y encuentres la versión en la que Og obtuvo el primer fragmento. Debería tratarse de la única que esté configurada en 1989 además de la nuestra. Teletranspórtate y compruébalas una a una hasta que la encuentres. Cuando lo hagas, me gustaría que te centrases en buscar algo inusual o que esté fuera de lugar. Algo en la casa de Og o en el dormitorio de Kira. Si lo encuentras, envíame un mensaje de inmediato y yo te haré llegar unas coordenadas para poder reunirnos en un lugar seguro.

Gracias, L0. No puedo decirte nada más por el momento, pero te prometo que es importante.

Tengo una deuda de vida wookiee contigo.

Atentamente,

Zeta

Usé el atajo de teclado para enviar el mensaje sin mirarlo y luego abrí los ojos, cerré el HUD y me di la vuelta para encarar a Art3mis.

—Le he mandado un correo electrónico a una amiga que puede que nos ayude —dije—. Crucemos los dedos.

Art3mis me dedicó una mirada dubitativa y se cruzó de brazos.

—¿Una amiga? ¿Qué amiga?

¿Eso que notaba en su voz eran celos?

—Te lo diré luego —dije mientras abría la puerta del despacho de Hughes y empezaba a correr por el pasillo—. ¡Vamos!

Eché un último vistazo al lugar mientras me disponía a bajar las escaleras. A través de la puerta abierta del despacho, vi por última vez a John Hughes, sentado en su escritorio, encorvado sobre la máquina de escribir y envuelto por una densa nube de humo de cigarrillos, tecleando con rabia en la máquina de escribir como si su vida dependiese de ello.

Art3mis condujo de regreso al hotel Shermer, donde el PNJ de Robert Downey Jr. nos esperaba quieto en la entrada principal. Fue ella la que le dio el guion que habíamos conseguido gracias a John Hughes. El PNJ lo abrió por las últimas páginas y las examinó en cuestión de segundos. Después, tan pronto como había terminado de leer el diálogo, el documento desapareció de repente entre chispas doradas y relucientes.

—¡Ahora sí! —dijo Duckie mientras se ponía las gafas de sol—. Vamos allá.

Corrió al interior del hotel. Lo seguimos a través del recibidor y por el entresuelo adornado con baldosas de mármol hasta que llegamos al salón principal donde se celebraba el baile de graduación. Andie Walsh esperaba de pie sola con su traje rosa improvisado, mordiéndose el labio inferior y echando un vistazo a su alrededor con nerviosismo. Cuando vio que Robert Downey Jr. se acercaba a ella con el atuendo de Duckie, abrió los ojos sorprendida y comenzó a sonar la melodía a piano de la partitura de Michael Gore para la película. Después Andie corrió hacia Duckie sin pensárselo dos veces. Él también empezó a correr y, cuando estaban uno al lado del otro, ella saltó hacia sus brazos abiertos. Duckie la levantó y le dio algunas vueltas en volandas antes de volver a dejarla en el suelo. Luego, ambos dieron un paso atrás para admirar la ropa que llevaban puesta e intercambiaron unas palabras que no entendimos porque estábamos demasiado lejos. Andie terminó por coger a Duckie del brazo y se dirigieron juntos hacia la entrada del salón. Art3mis y yo los seguimos al interior.

Era idéntico al del final original de *La chica de rosa*. Había una pista de baile enorme en el centro de la estancia en la que cientos de adolescentes ricos de Shermer vestidos con esmóquines retro y trajes de graduación de colores pastel bailaban al ritmo de *If You Leave* de Orchestral Manoeuvres in the Dark. Dos DJ con el mismo traje de botones del hotel destacaban en el escenario, rodeados por sintetizadores y mesas de mezclas. Una enorme fotografía en blanco y negro de un director y su orquesta cubría la pared que tenían detrás. Las mesas circulares estaban dispuestas a ambos lados de la pista, y volví a ver a Steph McKee, sentado en una de ellas con un esmoquin y gesto de aburrimiento. Después, él vio quién acababa de entrar en el salón y se puso en pie al momento.

Todas las cabezas de la estancia se giraron hacia ellos mientras Andie y Duckie se dirigían despacio hacia la pista de baile. Las parejas que estaban en la pista también los vieron, momento en el que dejaron de bailar y se quedaron mirándolos. Unos segundos después, los DJ detuvieron la música. Todos los que se encontraban en el salón se habían puesto a contemplar a Andie y a Duckie, con desprecio clasista en la mirada.

Vimos desde la distancia cómo Blane McDonough salió de entre la multitud silenciosa y se dirigía hacia ellos. Le dijo algo a Andie, pero la respuesta de ella fue negar con la cabeza. Blane le ofreció la mano a Duckie y, después de pensárselo unos segundos, Duckie se la estrechó. Blane se dio la vuelta y se marchó para perderse entre la multitud.

—¡Toma ya! —gritó Art3mis—. ¡El primer destino de Andie ya está enmendado!

Seguimos mirando y vimos cómo Andie cogía la mano de Duckie y los dos caminaban entre ese mar de rostros silenciosos, con gesto orgulloso y desafiante. Cuando llegaron al centro de la pista de baile, los DJ volvieron a encender la música y pincharon otra canción: *Heroes* de David Bowie.

Duckie rodeó a Andie entre sus brazos y los dos empezaron a bailar y dar vueltas juntos hasta que se unieron en un único torbellino rosado y emborronado, que luego desapareció en un centelleo rosáceo con efecto neón.

Cuando recuperé la vista después de que me encandilara el resplandor, vi que el tercer fragmento flotaba en mitad de la pista de baile, justo en el lugar donde los dos amantes desafortunados habían desaparecido un segundo antes.

Art3mis corrió a cogerlo, pero sus manos lo atravesaron. Rio y se dio la vuelta para mirarme. Hizo un gesto con el dedo índice para que me acercase y me dirigí hasta el centro de la pista de baile.

—«Tributos mi heredero pagará por su sino» —recité mientras extendía la mano y rodeaba el fragmento con los dedos.

Igual que había pasado antes, el fragmento activó otro *flashback*.

* * *

Volvía a ser Kira, pero en esta ocasión me encontraba en su dormitorio de la infancia de la pequeña casita de campo que su madre tenía en las afueras de Londres. Había visto fotografías de Kira hechas en esa misma habitación para enviárselas a Og en Estados Unidos durante el último año de instituto, que pasaron separados.

Tenía dos maletas abiertas frente a mí llenas de ropa amontonada, cuadernos y cajas de disquetes. Kira alzó la vista y vio a un Ogden Morrow de dieciocho años de pie en el umbral de la puerta, bloqueándolo con su esbelta figura. Detrás de él atisbé a un calvo bajito con camiseta harapienta que gritaba algo con un cerrado acento londinense. Tenía que ser Graham, el padrastro borracho de Kira, quien sin duda estaba enfadado y solo mantenía las distancias gracias al bate de críquet que Og aferraba con ambas manos y sostenía con un gesto amenazador propio de *Zombies Party*.

Era otro de los momentos que Og había descrito en su autobiografía. Algo que había ocurrido en abril de 1990, después de que Kira le dijese a su familia que pensaba mudarse a Estados Unidos ese verano para ayudar a Og y a Halliday a fundar Gregarious Games en lugar de ir a la universidad como ellos querían. Al oírlo, el padrastro violento se había enfadado mucho y le había dado una torta. (Aún sentía un leve dolor en el ojo del cuerpo en el que me encontraba en ese momento.) Kira había llamado a Og para contárselo, y él había cogido el primer vuelo a Londres para ir a buscarla y ayudarla a mudarse. Y lo que experimentaba ahora era el recuerdo de Kira de ese rescate. Solo unos segundos...

Og miró por encima del hombro, centró la mirada en mí (o en Kira) y me dedicó una sonrisa afable para asegurarle que todo iba a ir bien, que estaba a salvo y que él la protegería. En ese momento, también sentí una reacción física muy intensa a la mirada y la sonrisa de Og, lo que me indicó lo mucho que Kira lo amaba. La sonrisa de Samantha provocaba en mí el mismo efecto, uno que a mí me resultaba devastador.

* * *

El *flashback* terminó en un abrir y cerrar de ojos. Volvía a estar en la pista de baile con Art3mis. Bajé la vista y vi que sostenía el tercer fragmento en la mano derecha.

Me di la vuelta para leer la pista, pero en lugar de palabras había una imagen grabada. Era un escudo ornamentado con estilizados símbolos matemáticos correspondientes a la suma, la resta, la multiplicación y la división. Reconocí de inmediato que se trataba del escudo de armas de la reina Calculomelot, monarca del reino de Calculomelot del planeta Halcydonia.

Sentí que el optimismo se apoderaba de mí de inmediato, seguido de un pánico sobrecogedor. Por una parte, era un golpe de suerte tremenda, ya que había pasado gran parte de mi infancia en Halcydonia y tenía un conocimiento enciclopédico del lugar. Pero por otra, no había pisado el planeta en más de diez años. Y había jurado no volver al lugar después de mi última visita.

Art3mis y yo nos reunimos con Shoto y Hache, quienes parecían tener ganas de continuar con la misión a pesar de estar algo más inquietos. Nos materializamos en el planeta Halcydonia, en mi casa del árbol Libertad, que se encontraba en las profundidades del Bosque de la Amistad en Lejanía, el lugar al que se teletransportaba automáticamente cualquiera que volviese al planeta. Los niños de OASIS menores de trece años conseguían una casa del árbol Libertad si completaban las tres misiones educativas que había repartidas por todo el planeta. Cuando conseguías la casa, esta te pertenecía durante el resto de tu vida y nadie podía entrar en ella sin tu permiso. No era más que un pequeño espacio virtual, pero también era el primero que podía considerar como propio, y el único hasta que descubrí mi guarida en las Torres.

Cuando Kira y Og fundaron Halcydonia Interactive y crearon este planeta, programaron las casas del árbol Libertad para dar a los niños de todo el mundo un hogar virtual libre y feliz dentro de OASIS en el que siempre pudiesen refugiarse, rodeados por una infinidad de amigos peludos y profesores que eran animales antropomórficos y siempre estaban contentos de verlos. Eran ellos los que los enseñaban a leer, a escribir, a deletrear y a hacer cuentas, todo mientras los ayudaban con el ejercicio físico y los educaban para que fuesen amables con el prójimo.

Ponerme el visor de OASIS y teletransportarme al reino mágico de Halcydonia era una de las cosas que me había mantenido cuerdo y hecho que mi vida en las Torres de Portland Avenue fuese más llevadera. Y había ayudado también a millones de niños de todo el mundo.

Si tenías menos de trece años, contabas con la posibilidad de teletransportarte gratis a Halcydonia desde Incipio o desde cualquier terminal de transporte público en cualquier lugar de OASIS. Y cuando llegabas al lugar, todas las misiones y los juegos educativos también eran gratis. Nunca me daban ganas de irme y, durante unos años, pasé muchísimo tiempo en ese lugar. Fue durante los últimos años de la vida de mi madre, cuando habían empezado a hacerle mella la depresión y la adicción que terminarían por matarla.

En esa época, la caravana pequeña y sucia de las Torres se había convertido en un lugar horrible en el que vivir, por lo que cada vez pasaba más tiempo en mi casa del árbol de Halcydonia y, a veces, cuando ella terminaba de trabajar se conectaba conmigo allí para que yo le contase lo que había hecho ese día, le enseñase los dibujos que había pintado o le presentase a uno de mis nuevos amigos virtuales con forma de animal.

El interior de la casa del árbol Libertad era una estancia grande y circular con ventanas por toda la pared exterior, lo que nos daba una vista panorámica del bosque que la rodeaba, un lugar lleno de millones y millones de árboles idénticos con una casa exactamente igual en cada uno de ellos. El frondoso bosque de casas del árbol parecía extenderse hasta el infinito en todas direcciones.

Al igual que el resto de las casas, la mía tenía un enorme tronco en el centro, con una escalera en espiral que llegaba hasta el suelo. Había decorado el interior para que se pareciese a la casa de la familia de Chewbacca en Kashyyyk del *Especial navideño de la Guerra de las Galaxias*. Hache se dio cuenta unos segundos después de llegar y rio entre dientes, después soltó un estruendoso gruñido wookiee de reconocimiento. No me reí porque estaba demasiado ocupado intentando no sumirme en un ataque de melancolía mientras echaba un buen vistazo a la habitación.

Había un enorme mueble con televisión integrada en un rincón de la estancia, colocado justo delante de un sofá azul aún más grande. La televisión reproducía la lista de los programas favoritos del Wade de once años. En aquel momento, se apreciaba en ella un teleñeco verde con ropa de presentador y, unos segundos después, reconocí que se trataba de Gary Gnu, el presentador de *The Gary Gnu Show*. Tenía el pelo naranja y también una perilla del mismo color, y pronunciaba una frase que había oído cientos de veces mientras crecía en este mismo lugar: «¡Que no haya noticias es buena noticia para Gary Gnu!».

Si pasabas por los canales de la enorme televisión de la casa del árbol encontrabas programas sacados de una gigantesca biblioteca de contenido educativo infantil de finales del siglo XX. Cosas como *3, 2, 1 Contact*, *The Big Comfy Couch*, *Captain Kangaroo*, *The Electric Company*, *The Great Space Coaster*, *Mister Rogers' Neighborhood*, *Pee-wee's Playhouse*, *Romper Room*, *Reading Rainbow*, *Barrio Sésamo*, *Zoobilee Zoo* y muchas más. Kira y Og habían usado sus grandes fortunas para comprar los derechos de esas series olvidadas y luego las habían subido todas a una biblioteca de Halcydonia, donde futuras generaciones de niños podían seguir disfrutando y aprendiendo de ellas durante toda la eternidad.

Pero los Morrow no se detuvieron ahí. También recrearon los escenarios de todos esos programas educativos en OASIS, y los personajes como PNJ. Después los desperdigaron por la superficie de Halcydonia y los mezclaron con las misiones educativas y los minijuegos que ellos habían creado. Esa era una de las muchas razones por las que Halcydonia era un lugar tan mágico para pasar el tiempo cuando yo no era más que un niño solitario de las Torres. Mientras paseaba por ese escenario mágico (en el que no había anuncios ni microtransacciones), podía encontrarme con Elmo de *Barrio Sésamo* o hablar con Chairy de *Pee-wee's Playhouse*. Después quizá hasta me invitaban a jugar al parchís en una mesa de pícnic cercana. Eran cosas que podían llegar a pasar en Halcydonia y, para un niño como yo, no solo había sido escapismo. Sobreviví gracias a ese tipo de cosas, gracias a que tenía un lugar en el que divertirme y del que formar parte, algo que ansiaba con todo mi corazón.

Siempre había considerado a los Morrow como mis dos primeros profesores, pero ahora me di cuenta de que también habían hecho las veces de padres para mí. Esa era la razón por la que me emocioné tanto al conocer a Og en persona y convertirme en su amigo, y también la razón por la que me quedé tan mal cuando me dio la espalda. Ahora sabía que no le había dejado elección.

Las paredes de mi casa del árbol estaban cubiertas de antiguos dibujos e ilustraciones que mi madre y yo habíamos creado juntos. Había muchos magos y caballeros. También las Tortugas Ninja. Y los Transformers. Así como algunos *selfies* enmarcados de nuestros avatares posando juntos y que nos habíamos hecho en esa habitación. Y a unos metros, sobre una estantería, también vi una fotografía real de los dos que nos habíamos sacado en la caravana unos meses antes de que muriese. Era una en la que poníamos caras raras y posábamos para la cámara.

Me había olvidado de que la foto estaba allí, y volver a verla por primera vez en una década fue como si se me abriese de repente una antigua herida, allí delante de mis amigos.

Art3mis también vio la foto y se percató de mi reacción, por lo que se acercó de inmediato y la colocó bocabajo en el mueble. Después se acercó a mí y me dio un reconfortante apretón en el hombro.

—¿Quieres estar solo? —preguntó—. Podríamos esperarte fuera.

—Deberíais saber algo, chicos —dije—. La última vez que visité este planeta tuve un ataque de ansiedad. Esa es la razón por la que no he vuelto en tanto tiempo.

Todos se quedaron mirándome para comprobar si era broma y vieron que no era el caso.

—Tenía once años —continué—. Y mi madre acababa de morir de una sobredosis hacía unos días. Volví a Halcydonia porque había pasado mucho tiempo con ella en este lugar. Pensé que serviría para hacerme sentir mejor, pero no fue así. Solo sirvió para complicar las cosas aún más.

—Lo siento mucho, Zeta —dijo Art3mis—, pero ahora no estás solo. Te acompañan tus amigos. Y vamos a quedarnos contigo todo el tiempo que pases aquí. ¿Vale?

Asentí. Después me mordí el labio inferior para que dejara de temblar.

Shoto apoyó la mano en mi hombro. Después Hache hizo lo mismo y dijo:

—Estamos contigo, Zeta.

—Gracias, chicos —dije cuando me vi capaz de hablar. Después saqué el tercer fragmento y señalé el escudo de armas de la reina Calculomelot, la monarca del reino de Calculomelot, que era un pequeño continente que se encontraba hacia el sur, donde se hallaban la mayoría de las misiones relacionadas con las matemáticas.

Abrí un mapa del planeta y lo hice visible para que lo viesen los demás. Se parecía al mapa de *Dora la Exploradora*, pero lo silencié al momento, antes de que comenzase a cantar.

—Estamos aquí —dije al tiempo que señalaba el Bosque de la Amistad—. La reina vive en el castillo Cálculo, que está al sur, detrás de la cordillera Masmás y al otro lado del mar Balancín. En este planeta no está permitida la teletransportación y tardaríamos horas en llegar a pie, pero conozco un atajo. La salida está por allí.

Señalé la escalera en espiral que había dentro del tronco en el centro de la estancia. Shoto corrió hacia allí y empezó a bajar seguido de Hache, quien tuvo que detenerse y encoger su avatar a la mitad de tamaño para caber por el hueco. Mientras lo hacía, yo cogí mi pequeña mochila del Club de Aventureros de Halcydonia del lugar en el que estaba colgada en la pared. Esas mochilas no se podían añadir al inventario de tu avatar, y los objetos del interior solo servían en este planeta, por lo que todo el mundo las dejaba en taquillas o en su casa del árbol Libertad, como yo.

La mochila idéntica de mi madre colgaba junto a la mía. Intenté evitar mirarla, pero terminé por rendirme. Vi hasta la palabra que tenía bordada en la solapa, con letras cursivas e hilo rosado: «Mamá».

Activé el programa de supresión de emociones en el HUD para que Art3mis no viese que había empezado a sollozar. Conseguí seguir como si nada y me puse la mochila a la espalda. Al hacerlo, se agrandó al instante para adecuarse a mi cuerpo de veintiún años. Me di la vuelta para seguir a los demás por la escalera, pero Art3mis se había quedado allí y me bloqueaba el paso. El programa de supresión de emociones estaba activado y no había manera alguna de que supiese que estaba llorando, pero lo supo. Intenté rodearla, pero ella se negó a dejarme pasar. Era igual que el momento en el que nos habíamos conocido.

Abrió los brazos de par en par y me estrechó entre ellos, algo que creí que nunca volvería a hacer y que había terminado por aceptar. Me abrazó con fuerza hasta que conseguí controlar los sollozos.

Samantha lo sabía todo sobre mi madre, y también le había contado el momento en el que la había encontrado muerta debido a una sobredosis en el sillón cuando tenía once años. Creo que fue heroína mezclada con algo más. Esa era la razón por la que evité todas las grabaciones del ONI realizadas por heroinómanos durante el primer año de la ONI-net. Después me pudo la curiosidad y me metí de lleno a buscar material de los adictos. Quería experimentar lo mismo que mi madre, de primera mano. Para descubrir exactamente el colocón que quería conseguir ella cuando se había metido la sobredosis sin querer. Siempre había dado por hecho que debía ser una sensación genial si mi madre había arriesgado su vida para conseguirla. Drogarte a través de una grabación del ONI no era lo mismo que chutártelo en la sangre. La sensación era igual, pero no causaba los mismos daños a largo plazo ni los síntomas físicos de la adicción. Y también evitaba el peligro de muerte accidental. Esa era la razón por la que las grabaciones de ONI me permitieron experimentar lo mismo que había sentido mi madre sin destruirme el cerebro y el cuerpo en el proceso. Aunque lo cierto es que no descubrí nada muy esclarecedor.

Me enjugué las lágrimas y respiré hondo varias veces hasta que volví a recuperar la compostura. Después dediqué a Art3mis una sonrisa forzada y levanté el dedo pulgar para indicarle que ya estaba bien. Ella asintió y me cogió de la mano para después guiarme al piso inferior por la escalera en espiral. Cuando llegamos abajo, abrí la pesada puerta de madera y salimos juntos al exterior, al Bosque de la Amistad, donde nos esperaban Hache y Shoto. Los dos se encontraban uno al lado del otro, iluminados por los haces de luz que traspasaban las copas de los árboles y que dejaban a la vista pequeños insectos y motas de polvo que flotaban alrededor.

Pensé que Art3mis me soltaría la mano antes de que nos vieran Hache y Shoto, pero no lo hizo. Dejó que nos vieran. Y ellos hicieron como si no hubiesen visto nada raro.

Señalé un sendero que se abría hacia el sur, a través del frondoso bosque de casas del árbol que se extendía a nuestro alrededor.

—La cordillera Masmás está por ahí —dije—. Seguidme de cerca y en fila. Pisad solo donde pise yo. No os paréis a hablar con el avatar de nadie ni con ningún PNJ. Tampoco toquéis nada e intentad no mirar nada durante más de uno o dos segundos. Podríais activar algún minijuego educativo o misión secundaria que estaríais obligados a completar, lo que nos obligaría a seguir y dejaros atrás. No tenemos tiempo para detenernos a jugar a *Las pistas de Blue*. ¿Entendido?

Todos asintieron, y los cuatro empezamos a avanzar por el sendero a toda velocidad.

* * *

Cuando llegamos a la linde del bosque Libertad, entramos en el campo de Holden, una llanura con una plantación de centeno que se encontraba al borde de los acantilados de Salinger, un lugar en el que había completado varias misiones de lectura a lo largo de varios cursos. También había jugado a toda una variedad de juegos con otros niños de todo el mundo, niños que no había conocido ni conocería jamás en el mundo real, con nombres de usuario que seguro habían cambiado hacía mucho tiempo.

Art3mis apoyó una mano en mi hombro y me sacó del ensimismamiento.

—Tenemos que seguir —dijo.

Los guie a través del borde del campo de centeno hasta que llegamos a un estrecho camino pavimentado que serpenteaba hacia el norte, a través de una campiña ondulante y hacia las montañas Masmás, que se apreciaban en la distancia. El lugar parecía más vibrante y realista de lo que lo recordaba, pero después me di cuenta de que se debía a que esa era la primera vez que lo experimentaba con unos auriculares ONI.

Oí gritos de júbilo y alcé la vista. Vi a unos niños que volaban en deletreacópteros. Yo tenía uno en mi inventario, pero solo servía para una persona y esa persona tenía que pasarse el viaje deletreando palabras para mantenerse en el aire. Teníamos que encontrar otro medio de transporte.

Seguimos el camino hasta que llegamos a una pequeña granja con un granero rojo en la parte de atrás. Había una carretilla de madera junto al camino, con un rastrillo apoyado en ella. Guie a Hache, Shoto y Art3mis hasta la carretilla y me coloqué en un lugar específico. Después empecé a cantar hacia los cielos con todas mis fuerzas.

—*It's the Great Space Coaster!* —grité—. *Get on board! On the Great Space Coaster! We'll explore!*

Empezó a sonar una música de acompañamiento mientras lo hacía. Art3mis rio y asintió al reconocer la melodía, después se puso a cantar conmigo. Abrí la letra en una ventana del navegador para que Hache y Shoto se uniesen.

Mientras cantábamos, un coche volador amarillo descendió de las alturas hasta colocarse bajo nosotros y hacernos caer en sus asientos tapizados de cuero.

—¡Bienvenidos a bordo! —dije al tiempo que colocaba las manos sobre la palanca de vuelo—. ¡Transporte gratuito hasta el castillo Cálculo! Abróchense los cinturones o se caerán.

Viré el vehículo hacia las montañas Masmás en el horizon-

te y pisé a fondo el acelerador. Seguí a toda máquina hasta que
las teníamos debajo. Pasamos sobre el punto de inicio de la
misión legendaria basada en *Pioneros de Oregón*. Un momento después, volamos sobre el vecindario del señor Rogers.
Después seguimos hacia el sur y recorrimos la costa del mar
Balancín para sobrevolar la isla Gullah Gullah unos minutos
después.

Cuando señalé la isla a Hache, ella me dedicó una amplia
sonrisa mientras empezaba a contar lo mucho que le gustaba ese
programa cuando era niña. Yo también sonreí. No me había
dado cuenta de lo que mucho que echaba de menos el lugar. ¿Por
qué había pasado tanto tiempo evitándolo? Me sentía muy bien
por haber vuelto, a pesar de las circunstancias.

Cuando cruzamos sobre la cordillera, hice bajar el vehículo
hasta el exterior de la puerta dorada frontal de la ciudad Halcydonia. Era la única entrada, y estaba protegida por el centinela
Resta, un gigante de piedra estoico que solo abría las puertas
después de que resolvieras una serie problemas en los que había
que hacer restas. Lo hice, y el gigante me dedicó un cabeceo
solemne antes de dejarme entrar en la ciudad. Hache, Shoto y
Art3mis repitieron la jugada. Cuando estábamos todos al otro
lado de la puerta, empecé a correr y guie a mis amigos a través
del serpenteante laberinto de calles de la ciudad.

Atravesamos una secundaria adoquinada y vi algo extraño y
del todo fuera de lugar: un llamativo Buick Roadmaster descapotable de 1949 color crema que reconocí de inmediato como el
coche que aparecía en *Rain Man*. Dentro se encontraba un joven Tom Cruise, o su personaje de la película: Charlie Babbitt.
Estaba ahí sentado detrás del volante, tocándolo con la mano
derecha como si tamborilease al ritmo de una canción. Pero
no se oía música alguna, y el ritmo era un tanto extraño. Era
regular como un metrónomo, pero cada par de golpes se detenía antes de continuar. Era un patrón que me recordó al de una
escena de *Star Trek V: La última frontera*. Tardé unos segundos
en darme cuenta, pero después llegué a la conclusión de que se
trataba de un mensaje en código morse.

Abrí el programa de traducción Mandarax y lo usé para traducirlo, pero descubrí que lo único que hacía era deletrear la palabra «morse».

Nunca había visto a un PNJ de Tom Cruise en Halcydonia. Las películas recomendadas para mayores estaban prohibidas en el planeta. ¿A qué venía esto?

Menos de un minuto después, vi otro personaje que estaba fuera de lugar: Raymond «Rain Man» Babbitt, el personaje de Dustin Hoffman de la misma película. Tenía la mirada perdida y se balanceaba hacia delante y atrás despacio mientras cambiaba el peso del cuerpo de un pie a otro. Me di cuenta al instante de que sus movimientos conformaban un patrón, balanceos cortos mezclados con otros más largos que también podían considerarse un mensaje en código morse. Según el Mandarax, el repiqueteo de sus pies conformaba la misma palabra que su hermano en el volante: «morse».

No tenía tiempo para darle muchas vueltas, porque acabábamos de llegar al castillo Cálculo que se encontraba en el centro de la ciudad. Ascendimos por los ornamentados escalones de mármol que tenían operaciones matemáticas y ecuaciones talladas en ellos y atravesamos la grandiosa entrada para dirigirnos luego al salón del trono de la reina Calculomelot.

Normalmente no nos hubiese recibido con tan poca antelación, pero ya la conocía de antes, cuando me regaló el Ábaco Plateado de Calculomelot por completar todas las misiones matemáticas del planeta antes de cumplir veinte años. Le presenté el ábaco al maestro de armas, quien se inclinó y se apartó para dejarnos pasar a mis amigos y a mí.

Recorrimos la alargada alfombra de seda que llevaba hasta la reina, quien me saludó desde el trono. Llevaba una corona de oro ornamentada con una gran joya con la forma del signo de la suma y una túnica adornada con operaciones y ecuaciones, hilo rojo que destacaba en la tela dorada. El escudo de armas de la familia, que era el mismo que estaba grabado en el tercer fragmento, colgaba en la pared detrás de ella.

Leía un libro de cuentos enormes a un grupo de animales

bebé reunidos a sus pies, pero cuando vio que me acercaba lo cerró y les dijo que se marcharan.

Cuando llegué al trono, me arrodillé frente a ella e incliné la cabeza. Después hice un gesto a Hache, Shoto y Art3mis para que hiciesen lo mismo.

—¡Levanta, Parzival! —gritó la reina Calculomelot—. ¡Noble súbdito y querido amigo! Cuánto me alegro de volver a verte después de tantos años. ¿Qué te ha traído de vuelta a mi reino?

Me puse en pie y luego saqué el tercer fragmento para mostrarle el escudo de armas grabado en él.

—Se me ha encomendado la misión de encontrar los siete fragmentos del alma de la sirena —respondí—. Y creo que uno de ellos podría estar oculto en vuestro reino. ¿Podríais ayudarme a encontrarlo, majestad?

Abrió los ojos de par en par a causa de la sorpresa. Parecía encantada.

—¡Claro que puedo, mi niño! —respondió—. Me encargaron salvaguardar el fragmento hace mucho tiempo. Siempre me he preguntado si aparecería alguien para reclamarlo. Tenías que ser tú. Pero antes de dártelo, tendrás que conseguir las cincuenta medallitas al meritito de Halcydonia.

Oí cómo todos mis amigos resoplaban detrás de mí. Eché la vista atrás para mirarlos.

—Madre mía —dijo Hache—. ¡Cincuenta! ¿Cuánto vamos a tardar?

—Tranquilos —dije—. He pasado años en este planeta coleccionando las medallas. Con ayuda de mi madre, claro…

Abrí el inventario de mi avatar y rebusqué hasta encontrar mi antiguo fajín de medallitas al meritito de Halcydonia. Después se lo acerqué a la reina con ambas manos.

Cogió el fajín y revisó con los dedos arrugados las hileras de parches bordados con iconos y símbolos diferentes. Los contó uno a uno y, cuando llegó hasta cincuenta, sonrió y asintió para sí. Después chasqueó los dedos y surgió de sus manos un haz de luz cegador.

Cuando recuperé la visión vi que el fajín había desaparecido de las manos de la reina. Ahora sostenía el cuarto fragmento, que relució a la cegadora luz del sol que se proyectaba en el salón del trono a través de los miles de vidrieras policromadas que conformaban el techo abovedado. (Cada una de esas vidrieras rendían homenaje a un profesor y habían sido colocadas allí por uno de sus estudiantes.)

La reina Calculomelot giró el fragmento para que reflejase los diferentes colores de los haces de luz, y el salón del trono se convirtió en un enorme caleidoscopio durante unos segundos. Después lo bajó y me lo tendió.

Me arrodillé frente a ella, extendí las manos y cogí el fragmento que me ofrecía, con cuidado de no mirarla a la cara. (Si lo hacía, había muchas posibilidades de que me encargase una misión matemática obligatoria en la que tendría que rescatar a uno de sus parientes reales, su marido normalmente, el despistado rey Calculomelot, quien no dejaba de ser secuestrado por el malvado mago Multiplikatar, que siempre lo abandonaba en las mazmorras de las Divisiones Largas que se encontraban bajo el pico Transportador, cima de la cordillera Masmás.) Rodeé el fragmento con los dedos y volví a prepararme para lo que sabía que estaba a punto de ocurrir, el tributo que tenía que pagar por mi sino…

———·•·•·•·———

Entré corriendo (o Kira entró corriendo, mejor dicho) en una oficina abarrotada en la que Og estaba sentado en su mesa y trabajaba muy concentrado con el ordenador. Se giró hacia ella, y Kira le enseñó un cuaderno. Vi que había dibujado el logo de Halcydonia Interactive.

Era otro momento sobre el que había oído hablar a Ogden Morrow en las entrevistas y también leído en su biografía. Kira acababa de diseñar el logo en un acceso de inspiración en su despacho del Departamento de Arte de GSS, que se encontraba en los pisos inferiores, y luego había corrido hasta allí para enseñárselo a Og.

Og miró el cuaderno y pegó un grito:

—¡Es perfecto!

Y se levantó para darle un abrazo a Kira.

· · · ·

Después volví a encontrarme en el salón del trono de la reina Calculomelot en Halcydonia, con el cuarto fragmento entre las manos. No tuve que girarlo siquiera para ver la pista que había grabada en él en esta ocasión, porque resultó que la tenía frente a mí cuando lo levanté para observarlo.

Era un símbolo conformado por una combinación de otros. Se parecía a los símbolos de género de Marte y Venus alineados y colocados el uno sobre el otro, como si se estuviesen enrollando. También tenía lo que parecía un número siete al revés coronado por una espiral. Todas esas formas juntas creaban una imagen que era reconocible al instante para cualquier estudiante de la cultura popular de finales del siglo XX, o para cualquier aficionado a la música rock o funk:

Al verlo, no me lo creí y empecé a reír entre dientes. Después cerré los ojos y negué con la cabeza, preparándome para el quebradero de cabeza sin precedentes que estaba a punto de darme Hache en unos segundos.

Hice una reverencia y le di las gracias a la reina, después me retiré hasta bajar de la tarima. Cuando me di la vuelta en el escalón más alto, vi que Art3mis, Hache y Shoto analizaban mi rostro ansiosos por intentar descifrar mi expresión. Art3mis tenía cruzados y en alto todos los dedos de la mano.

—¿Y bien? —preguntó Hache.

Bajé la cabeza con gesto abatido y les mostré el fragmento para que viesen el símbolo que tenía grabado. Después cerré los ojos y empecé a contar hasta tres en silencio. Casi no llego ni a uno…

—¡Por Dios, por favor! —dijo Hache—. ¡No puede ser! ¡Increíble! —Empezó a hacer un baile funky mientras se dirigía hacia mí y después continuó haciéndolo a mi alrededor—. ¡Es el símbolo del amor! ¡El impronunciable! ¡Es Prince!

—¿Quién? —preguntó Shoto.

—¡Prince, tío! —dijo Hache—. ¿No sabes eso del «artista antes conocido como Prince»? ¡El príncipe del funk! ¡El sumo sacerdote del pop! Su regia malignidad. ¡El Púrpura!

—Ah, sí —dijo Shoto—. El tipo ese que se cambió el nombre a un glifo custodio en los noventa, ¿no?

Hache lo amenazó con el dedo y luego le dedicó una amplia sonrisa.

—Tenemos mucha suerte, compadres —dijo sin dejar de bailar—. Mi padre me dejó su colección completa de discos y cintas de Prince cuando se mudó. Crecí viéndolas y oyéndolas. Es probable que sepa más de la obra artística de Prince que cualquier otro ser humano de la historia.

—Lo sé —dije—. ¿Tienes idea de la cantidad de veces que has intentado que vea *Purple Rain* contigo?

Hache dejó de bailar y me señaló con un dedo acusador.

—¿Y tú recuerdas todas las veces que la has visto conmigo? Porque no lo has hecho nunca. *Niente*. Ni una vez. Y ambos sabemos por qué, ¿verdad? Era porque Prince siempre conseguía que te sintieses inseguro con tu sexualidad y te incomodaba, ¿verdad?

El viejo Wade lo hubiese negado, pero como ya he comentado, el ONI había ampliado mis puntos de vista. Al menos lo suficiente para reconocer lo que le había ocurrido a mi yo adolescente en ese caso.

—Bueno. Tienes razón y es posible que eso sea un poco verdad —dije con una sonrisa en los labios—. Cada vez que veía viejos episodios de Friday Night Videos y ponían *When Doves Cry*, apartaba la vista cuando él salía de la bañera. Siempre. —Me llevé la mano derecha a la altura del corazón—. Acepta mis más sinceras disculpas, por favor. Hache, lo siento por no haberme permitido apreciar al verdadero genio que es Prince.

Hache cerró los ojos, levantó la palma de la mano hacia el cielo como una cantante de góspel y gritó:

—¡Aleluya, hermanos!

—¿Y adónde tenemos que ir? —preguntó Shoto—. Supongo que habrá un planeta Prince por alguna parte.

Hache frunció el ceño.

—Pues claro que sí, imbécil —dijo—. Hay un planeta entero de OASIS dedicado a Prince, su vida, su obra y su música. Pero no se llama planeta Prince. Su nombre es ese símbolo impronunciable. El mismo que hay en ese fragmento. Podemos referirnos a él por su apodo: «Más allá». Empezó siendo un santuario creado poco después de la muerte del Púrpura durante la primera época en la que OASIS estuvo *online*. Kira Morrow era una de las fans que ayudó a crearla.

Hache abrió el holograma tridimensional de Más allá. No era una esfera, como la mayor parte del resto de los planetas de OASIS. Tenía exactamente la forma del símbolo grabado en el cuarto fragmento, eso a lo que Hache se había referido como «el símbolo del amor».

—Está en el Sector Siete, justo entre Beyoncé, Madonna y Springsteen, en el cúmulo superestrella —explicó Hache—. La superficie de Más allá está cubierta por una recreación estilizada del centro de Minneapolis a finales de la década de los ochenta, así como por ubicaciones de otras películas y vídeos musicales de Prince. Se puede entrar en simulaciones de todos los conciertos que dio durante su carrera. Es un lugar muy grande… Es fácil perderse y empezar a deambular en círculos. Y ni siquiera sabemos dónde comenzar a buscar el fragmento…

—Con suerte el que acabamos de conseguir nos dará otra pista cuando lleguemos allí —dije.

Hache asintió.

—¿A qué esperamos? —dijo luego—. ¿Listos para irnos de farra?

Asentí y me giré para despedirme de la reina Calculomelot, que había vuelto a ponerse a leer a los bebés animales. Me devolvió el saludo y, en ese momento, se me ocurrió preguntarle si había visto a Ogden Morrow antes por allí. Pero después recordé que Og solo había recuperado los primeros tres fragmentos antes de decidirse a abandonar. Algo que, ahora que pensaba al respecto, me resultaba muy raro. Og era uno de los creadores de Halcydonia, por lo que aquel debería haber sido el fragmento más fácil de conseguir para él. También era un lugar muy adecuado para esconder pistas sobre el lugar en el que lo tenían retenido, ya que tenía permisos de administrador en todo el planeta y control total de los PNJ. Podía cambiar cualquier cosa que se le ocurriese…

Y entonces me di cuenta. Quizá Og sí que había dejado pistas para mí. De hecho, ya las había visto: los PNJ de Tom Cruise y Dustin Hoffman, que no estaban permitidos por ser contenido para adultos. Pero ¿qué narices intentaba decirme con eso? ¿Y con el récord de *Ninja Princess*? Tenía que descubrir por qué había…

En ese momento apareció un icono de alerta parpadeante en el HUD de los cuatro. Extendí la mano para tocar el mío.

—Faisal nos acaba de enviar un mensaje de texto grupal —dije—. Dice que necesita hablar con nosotros ahora mismo. Quiere que regresemos a la sala de conferencias de Gregarious, para que Anorak no pueda oírnos.

—Lo siento, Hache —dijo Art3mis al tiempo que le ponía una mano en el hombro—. Parece que vamos a tener que hacer una parada rápida en boxes antes de ir a Más allá.

—No pasa nada —dijo ella—. ¡Pero más le vale a Faisal que sea rápida!

—Sí —dijo Shoto—. Y será mejor que esta vez tenga buenas noticias.

Antes de que pudiese decir lo poco probable que era algo así, Hache usó el anillo de administrador para teletransportarnos directamente a la sala de conferencias de Gregarious.

Como era de esperar, nada más sentarnos en los asientos Faisal nos dijo que tenía «noticias terribles» que comunicarnos. Y tan pronto como empezó a decirlas me quedó muy claro que «terribles» no era un adjetivo lo bastante malo y que «apocalipsis total» habría sido una manera más adecuada de describirlas.

0013

Cuando ya nos encontrábamos dentro de la sala de conferencias en nuestros lugares habituales alrededor de la mesa, Faisal pidió a los ingenieros de OASIS que confirmasen que Anorak no estaba escondido en el lugar o en el planeta siquiera. También dijeron que lo habían añadido a la lista de bloqueados, por lo que ya no debería poder visitar Gregarious. Luego obligamos a los administradores a añadir varias medidas de seguridad adicionales a la sala de conferencias, lo que la dejaba aún más aislada del resto de OASIS y la convertía en un lugar en el que era imposible oírnos a escondidas a través de cualquier medio mágico o tecnológico.

Después de tomar todas las precauciones que se nos ocurrieron, Faisal subió al estrado y carraspeó unas cuantas veces. Luego nos preguntó con voz derrotada si queríamos que nos contara las «malas noticias» o las «noticias terribles».

Ganaron las malas por cuatro votos a cero.

—Ha ocurrido otro problema debido al pirateo del *firmware* perpetrado por Anorak —explicó—. No he dicho nada hasta ahora porque no quería distraerles mientras buscaban…

—¡Suéltalo ya, Faisal! —gritó Hache.

—Tranquila —dijo Art3mis—. Faisal, dinos qué ha pasado. No vamos a despedirte.

Faisal apretó los labios y, durante unos segundos, me dio la impresión de que estaba a punto de venirse abajo y ponerse a llorar.

—Anorak ha descubierto una manera de alterar el comportamiento de nuestros PNJ —dijo.

—¿Qué? —gritamos todos al mismo tiempo y tan alto que Faisal se estremeció. Después cerró los ojos durante unos segundos. Los volvió a abrir y continuó.

—Hace una hora, todos los PNJ de los sectores del uno hasta el cuatro han empezado a comportarse de manera errática y a salirse de sus límites establecidos. Algunos de esos PNJ corruptos incluso han conseguido salir del mundo en el que se encontraban...

—Los PNJ no puede salir del mundo en el que están —dijo Art3mis—. A menos que estén programados para hacerlo como parte de una misión...

—Eso es cierto —respondió Faisal—. Por lo que Anorak debe haber alterado de alguna manera la programación.

—Muy bien —dije—. ¿Y qué han hecho esos PNJ?

Faisal hizo un gesto hacia la pantalla panorámica, donde comenzaron a reproducirse una serie de simus. Los vídeos en primera persona mostraban a uno o más PNJ saliéndose de su papel, volviéndose majaras de repente y atacando al confundido avatar de un jugador. Vimos a surfistas, secuaces, tenderos, mecánicos, mayordomos, sirvientas, ciudadanos de a pie y mentores ancianos y sabios perdiendo los papeles en cientos de mundos de OASIS diferentes. Al verlo así daba la impresión de que el lugar se había convertido de repente en una mezcla pesadillesca de *Westworld*, *Mundo futuro* y *Jurassic World* con una pizca de *Imaginacionlandia*, *Tomorrowland: El mundo del mañana* y *Zombieland* todo bien mezclado.

—Los PNJ de esos sectores se convirtieron en sádicos homicidas al mismo tiempo —comentó Faisal—. Hace poco más de veinte minutos. Y ahora pueden usar las terminales públicas de teletransportación, por lo que se han desperdigado por la simulación para atacar y matar a cualquier avatar desgraciado con el que se topen, sin mediar palabra y porque sí. Ha ocurrido incluso en las zonas seguras, donde es imposible que ataquen los PNJ. Cuando terminan, roban el dinero, armas, objetos mágicos y artefactos que sueltan los avatares a los que acaban de matar. —Hizo un gesto a la pantalla—. Y luego se llevan todo el botín a Chthonia y lo meten dentro del Castillo de Anorak. Miren...

Reprodujo otra simu que parecía haber sido grabada desde el punto de vista de varios PNJ manipulados. Vimos el Castillo de Anorak desde la distancia, rodeado por cientos de miles de PNJ que hacían cola frente a la estructura. Entraban muy poco a poco por la puerta principal y luego se marchaban por cualquiera de las numerosas salidas, vestidos todos con la misma armadura de cuero tachonado roja y negra. Cuando salían del castillo, los PNJ se unían a las filas que habían empezado a congregarse alrededor y que se extendían en todas direcciones hacia el horizonte, como orcos aglomerados alrededor de Isengard.

Después, el vídeo que veíamos pasó a otro punto de vista, el de un PNJ que se encontraba en el interior del salón del trono, donde Anorak estaba sentado con una pierna sobre el reposabrazos del trono dorado. Sorrento se encontraba a su derecha con una sonrisa malévola en el rostro e intentando lucir imponente. Iba vestido con una armadura de placas negra cubierta de púas. Descansaba ambas manos (cubiertas por enormes gauteletes negros) sobre una espada bastarda de hoja negra gigantesca y con runas mágicas grabadas. Las traduje y descubrí que, al parecer, el arma que llevaba Sorrento era la espada maldita Tormentosa, lo que me dio náuseas al momento.

Faisal pausó el vídeo unos instantes y amplió la imagen en la jeta de engreído de Sorrento.

—Hemos descubierto cómo Anorak se puso en contacto con Sorrento cuando se encontraba en prisión —explicó—. Tal y como sospechábamos, fue durante el tiempo de esparcimiento semanal que tiene permitido en OASIS. Sorrento se conectaba todos los sábados durante media hora con un equipo háptico convencional. Los registros de su cuenta indican que se pasó casi todo ese tiempo en una biblioteca pública de Incipio leyendo artículos sobre el señor Watts y el resto de los miembros de los Cinco Mejores. Anorak parece haberse hecho con el control de la terminal de la biblioteca que usaba Sorrento y consiguió comunicarse con él. El programa de vigilancia de reclusos no lo detectó entonces y Anorak borró todo registro de la conversación, pero creemos que fue en ese momento cuando consiguieron elaborar el plan de fuga. —Soltó un suspiro—. Aún no sabemos dónde se encuentran ni él ni Og.

—¿No podemos seguir el rastro de la ubicación de Sorrento en el mundo real? —preguntó Shoto—. A través de la conexión a OASIS.

Faisal agitó la cabeza.

—Al parecer, Sorrento ha accedido a la simulación a través de una serie de servidores proxy internacionales que ocultan su ubicación en el mundo real —dijo—. Está claro que Anorak se ha encargado de las medidas de seguridad necesarias para protegerlo.

Faisal volvió a señalar la pantalla. Centró el vídeo de la simulación en Anorak, sentado en ese trono enjoyado. Anorak tenía la mano izquierda extendida hacia la fila de PNJ que no dejaban de pasar frente a él y absorbía el continuo flujo de armas y objetos mágicos que le traían. Vi que miraba de un lado a otro con desesperación mientras recogía el botín, como si examinase las descripciones de todos los objetos en el HUD cada vez que uno se añadía a su inventario. Con la mano derecha, no dejaba de descartar los objetos indeseados, que otros PNJ también ataviados con esa armadura tachonada roja y negra cogían y llevaban fuera de la estancia. El color del atuendo era el mismo que el de su túnica. Cada vez que uno de los PNJ se ponía el nuevo atuendo, el nombre sobre su cabeza cambiaba a «Acólito de Anorak».

—Por las pecas de mi padre —murmuró Art3mis—. Diría que Anorak está creando un ejército. Y también tiene un arsenal.

—A mí me da la impresión de que busca un objeto en particular —dijo Shoto—. Quizá esa sea la razón por la que ha reprogramado a todos los PNJ para que empiecen a matar a los avatares. Es como si intentara encontrar un objeto específico. ¿Un artefacto con capacidades únicas, quizá?

Faisal se encogió de hombros.

—Puede —dijo—. Supongo que ya lo averiguaremos...

—Vale, Faisal —dijo Art3mis—. Es el momento de que nos cuentes las «noticias terribles».

—Dios —murmuró Hache al tiempo que negaba con la cabeza—. Me había olvidado de que había noticias peores que esta.

Faisal asintió, titubeó unos segundos y luego volvió a respirar hondo.

—Los avatares de los usuarios del ONI han dejado de renacer al morir —dijo.

La estancia se quedó en silencio varios segundos mientras todos intentaban asimilar lo que acababa de decir.

—Vale... —dijo Art3mis despacio—. ¿Y entonces qué les ocurre a los usuarios cuando matan a su avatar?

—No ocurre nada —dijo Faisal—. El avatar no renace dentro de OASIS y tampoco despiertan en el mundo real. Pero los auriculares ONI siguen encendidos y unidos a sus cráneos. Los patrones cerebrales de los usuarios indican que aún siguen conectados a OASIS. —Se encogió de hombros—. Es como si se hubiesen quedado atrapados en el limbo.

—Por Dios —dijo Art3mis—. ¿Y no sienten nada? ¿Se sabe qué experimentan en ese estado?

Faisal agitó la cabeza.

—No lo sabemos —respondió con voz temblorosa—. No hay manera de descubrir qué están experimentando esos usuarios.

Hache carraspeó.

—¿Soy la única a la que esto le da un miedo de cagarse? —preguntó al tiempo que levantaba la mano derecha—. Porque me da un miedo de cagarse.

Shoto y yo también levantamos la mano derecha, para mostrarle nuestra solidaridad.

—Es posible que el enfermoware de Anorak haya estropeado el proceso de renacimiento —dijo Faisal, esperanzado—. Y que debido a eso, los usuarios de ONI queden atrapados en una especie de limbo donde no experimentan nada cuando asesinan a su avatar en OASIS.

—Sí, es posible —dijo Hache—. ¡O quizá Anorak los haga renacer en los pozos de fuego del noveno círculo del infierno, Faisal! —Alzó las manos como si estuviese a punto de perder la cabeza—. ¿Cómo narices vamos a saberlo, tío? ¡Quizá cuando asesinen a uno de nuestros avatares, en lugar de renacer, aparezcamos de repente siendo torturados por klingons en las minas de dilitio del asteroide helado Rura Penthe! ¡Y seguro que el tiempo estará acelerado y sentiremos tres segundos como si fuesen tres mil años!

—Joder —susurró Shoto—. ¿Anorak podría hacer algo así?

—¡No, claro que no! —dijo Faisal—. De hecho, dudo que lo que acaba de describir la señorita Harris sea posible... —Hizo una pausa para oír la discusión de los administradores por el comunicador de su oreja. Después soltó un suspiro y dijo—: Todo parece indicar que... No sabemos a ciencia cierta qué experimentan los usuarios. Y tampoco creemos que seamos capaces de descubrirlo hasta que uno de ellos despierte y nos lo diga.

—O hasta que nos maten en esta búsqueda del tesoro de Anorak —añadí yo—. Y lo descubramos de primera mano...

Todos nos quedamos en silencio unos segundos. Reprimí las ganas de ver el contador de tiempo del ONI, y en lugar de eso empecé a masajearme las sienes para tranquilizarme.

—¿Esas simus que nos has enseñado se han subido a la ONI-net? —preguntó Art3mis.

—Sí —dijo Faisal—. Las encontramos ahí.

—Pues ahora todo el mundo sabe que Anorak se ha vuelto loco —dijo ella . También verán que se ha hecho con el control de nuestros PNJ. ¿Por qué no somos sinceros y les decimos la verdad a los usuarios? Merecen saber que Anorak es el responsable del pirateo del *firmware* del ONI y la razón por la que no se pueden desconectar ni renacer. GSS no va a poder seguir manteniéndolo en secreto, Faisal.

—Para siempre no —dijo él—, pero si seguimos informando a los usuarios y comentamos que deberíamos tener el problema solucionado en unos minutos, es posible que podamos contener la situación hasta que la hayamos resuelto. En cambio, si les decimos la verdad…

—El mundo se convertirá en un caos, tanto dentro como fuera de la simulación —dijo Hache al tiempo que negaba con la cabeza.

Faisal asintió y luego carraspeó.

—Si los cuatro están de acuerdo, nuestro Departamento de Relaciones Públicas hará una declaración en la que achacaremos la conducta errática de los PNJ a un *glitch* causado por la actualización de *firmware* que también les impide desconectarse. Les aseguraremos que estamos intentando solucionarlo y que es posible que lo consigamos en media hora. También pediremos perdón por el comportamiento de los PNJ depravados, garantizaremos la resurrección para los usuarios asesinados y prometeremos que recuperarán los créditos y los objetos que han perdido tan pronto como solucionemos el problema.

—¿Y Anorak? —preguntó Shoto—. ¿Cómo vamos a explicar su comportamiento?

—Todo el mundo cree que Anorak es un PNJ más —dijo Faisal—. Uno dejado en el sistema por Halliday, por lo que podemos achacar su comportamiento al mismo *glitch* del *firmware* que afecta al resto.

—¿Y el problema de la resurrección? —pregunté—. ¿También lo han descubierto?

—Aún no —dijo Faisal—. Los usuarios a los que les ha pasado se encuentran en ese limbo, por lo que no han podido hablar con nadie para quejarse por su situación. Pero no creo que la gente tarde mucho en darse cuenta de que sus amigos no han renacido, y entonces…

—Empezarán a temerse lo peor —dijo Hache—. Yo lo haría.

—Hay otra razón por la que tenemos que seguir mintiendo —dijo Faisal—. Recuerden que menos de un diez por ciento de

los usuarios del ONI tienen un ataúd de inmersión para prote-
gerse. La mayoría se encierra en una habitación o un armario
cuando se conectan, a sabiendas de que serán capaces de ver a
través de los vídeos de vigilancia si les ocurre algo a sus cuerpos
y desconectarse para defenderse. Ahora muchas de esas personas son vulnerables. Si todo el mundo supiese lo que ocurre en
realidad…

—Tiene razón —dijo Art3mis. Bajó la cabeza y cerró los
ojos—. ¿Qué pensáis que ocurriría si los criminales de todo el
mundo descubriesen que están rodeados por presas fáciles y
que la gente no puede desconectarse de OASIS para defenderse? —Abrió los ojos, como si hubiese terminado de dilucidar el
futuro—. La policía, o los agentes que no estaban conectados
al menos, lo tendrán crudo para ayudar a todo el mundo. Sería
el comienzo de la mayor ola de crímenes del siglo.

—Dios, Arty —susurró Hache—. No seas tan catastrófica.

—Necesitamos saber lo que hay en juego, Hache —dijo ella,
que luego me miró.

—Dejemos las cosas claras —interrumpió Faisal—. Nada de
eso ha empezado a ocurrir, pero la señorita Cook tiene razón. Si
esto se alarga, la situación podría descontrolarse. Por lo que…
cuanto antes consigamos que Anorak libere a todo el mundo,
más vidas salvaremos.

Reprimí las ganas de gritar:

«¡No jodas! ¡Qué listo, Sherlock!».

Casi no lo consigo. Las cosas comenzaban a descontrolarse y
sentí que la desesperanza comenzaba a apoderarse de mí. Aunque mis amigos y yo consiguiésemos sobrevivir a este calvario,
no creía que OASIS fuese a salir bien parado. Ya había empezado a autodestruirse y no podía hacer nada para evitarlo.

—Tenemos que encontrar a Og —dijo Art3mis de repente
sin dejar de mirarme—. Es la única persona de todo el mundo
que podría conocer la manera de detener a Anorak.

Asentí.

—Cuando Og reunió los primeros tres fragmentos para
Anorak —dije—, creo que solo lo hizo para dejar tras de sí una

serie de pistas. Y son esas pistas las que nos permitirán conocer su paradero.

Abrí la captura de pantalla que había hecho de los récords de *Ninja Princess*, ese marcador en el que Og estaba en primera posición, y después lo envié a la pantalla panorámica de la sala de conferencias.

PUESTO	PUNTUACIÓN	NOMBRE
1.º	550750	KRA
2.º	365800	KRU

Og me sacó casi doscientos mil puntos —dije—. No creo que consiguiese tantos pasándose el juego solo una vez. ¿No es así, Shoto?

Shoto se lo pensó unos segundos y luego negó con la cabeza.

—No —respondió—. Para conseguir una puntuación tan alta, tiene que haber superado la última fase de *Ninja Princess* y después seguir jugando cuando el juego vuelve a empezar en el primer nivel en lugar de dejarlo, como hiciste tú.

—Me lo imaginaba —respondí—. Pero ¿por qué molestarse en conseguir tantos puntos adicionales cuando no tenía razón para hacerlo?

Art3mis se puso en pie y dio un paso hacia la pantalla con los ojos entornados.

—Para dejar esa puntuación específica en lo alto del marcador —dijo—. Donde sabía que la ibas a ver.

Miré los seis dígitos y los repetí mentalmente. Cinco, cinco, cero, siete, cinco, cero. El número no me sonaba de nada. Los busqué en mi diario del Santo Grial, pero no aparecían ni una vez. Y tampoco parecían ser unas coordenadas. Hice una búsqueda general en internet, pero la mayoría de los resultados eran precios y números de productos. No era capaz de descifrar el supuesto mensaje oculto de Og.

—¿Los primeros tres números no son parte de la dirección de tu casa? —preguntó Art3mis.

La miré desconcertado y negué con la cabeza.

—No —respondí—. La dirección de mi calle es bulevar Monsalvat, número 2112.

Ella sonrió.

—La dirección original, cuando Halliday vivía allí —dijo—. Antes de que te mudases y la cambiaras…

Intenté recordarla y, unos segundos después, me vino a la mente y la dije en voz alta.

—¡Carretera Babbitt, número 550! —grité—. ¡B-A-B-B-I-T-T! Como el apellido de los hermanos de *Rain Man*. Interpretados por Tom Cruise y Dustin Hoffman…

Abrí las capturas de pantalla que había sacado de los PNJ de Charlie y Raymond Babbitt y las envié a la pantalla panorámica.

—Vi a estos dos PNJ en Halcydonia —dije—. Charlie y Raymond Babbitt. Ambos intentaban comunicar algo en código morse.

Después abrí el callejero del barrio de New Albany donde vivía y que se encontraba en la parte nordeste de las afueras de la ciudad. Amplié la imagen en mi casa, en el 550 de la carretera Babbitt.

—¿Sabéis quién es el propietario del lugar que se encuentra a unos pocos kilómetros? —dije—. ¿En el número 750, cerca de la intersección con la carretera Morse?

Art3mis dio un brinco con los ojos abiertos como platos.

—¡Hostias! —susurró—. Esa era la antigua casa de Og, ¿verdad? Antes de que Kira y él se casaran y se mudasen de Ohio a Oregón.

Faisal asintió.

—Cuando Gregarious Games empezó a tener éxito y se convirtieron en multimillonarios, Halliday y Morrow compraron mansiones en la carretera Babbitt, separadas solo por unos pocos kilómetros —explicó Faisal—. Og se mudó de su residencia en el número 750 después de casarse, pero nunca vendió la propiedad. —Se giró hacia mí—. Cuando abandonó GSS, el señor Morrow nos dijo que quería conservar la casa por motivos sentimentales y por si tenía que volver a mudarse allí en algún momento. El lugar lleva décadas vacío. Está protegido por drones de seguridad y de mantenimiento, que seguro que ahora están bajo el control de Anorak.

Abrí una imagen satelital y vimos el techo rojo de una mansión enorme con garaje y otros pequeños edificios, todo rodeado por tierras vacías.

—Ocultar a Og en este lugar sería muy buena idea. Sin duda es el último lugar donde lo buscaría.

Faisal asintió.

—Esa casa aún tiene una conexión de fibra óptica directa con los servidores principales de OASIS —dijo—. La instalamos para el señor Morrow cuando aún vivía allí y que así tuviese la conexión más rápida posible a la simulación. Es la misma que la que tiene el señor Watts en esa calle.

—Muy bien —dijo Hache—. Imaginemos que Anorak y Sorrento tienen a Og prisionero ahí. ¿Cómo vamos a rescatarlo con vida?

—Tenemos que ofrecerles un trato —dije—. La libertad de Og a cambio del alma de la sirena. —Me giré hacia Art3mis—. Pero estoy seguro de que Og nos dejó alguna pista más. En Middletown.

Abrí el HUD y envié un mensaje de texto a L0hengrin para pedirle que se teletransportase a mi ubicación en Gregarious de inmediato. Después le dije a Faisal que le diese permisos para entrar en la sala tanto a ella como al resto de su clan.

Las puertas de la sala de conferencias se abrieron menos de un minuto después, y entraron L0hengrin seguida de Rizzo, Wukong, Lilith y Kastagir.

Todos miraban de un lado a otro con los ojos muy abiertos, pero cuando nos vieron a Hache, Shoto, Art3mis y a mí, se dejaron caer de rodillas e hicieron una reverencia. Les dije que se levantasen y me acerqué para saludarlos.

Y así fue cómo los Cinco Mejores conocieron a los Cinco Peores de L0 por primera vez, bajo circunstancias nada halagüeñas.

El avatar de L0hengrin seguía en forma femenina, pero ahora iba ataviada con una especie de armadura de batalla futurista. El resto de su clan llevaba un equipo parecido y también iban armados hasta los dientes. Cuando terminé con las presentaciones (y cuando L0hengrin y sus amigos consiguieron tranquilizarse), L0 me contó lo que había descubierto. Se había puesto en contacto con sus amigos para ahorrar tiempo, y juntos empezaron a revisar una a una las doscientas cincuenta y cinco versiones restantes de Middletown. Cuando estaban a punto de terminar, Wukong había localizado al fin otra simulación en la que el año había cambiado de 1986 a 1989. Era el lugar en el que Og había conseguido el primer fragmento. Los Cinco Peores de L0 se habían reunido en esa versión para intentar encontrar pistas.

—Encontramos varias cosas extrañas en el sótano de Og —nos dijo L0—. Cuando Og estuvo ahí y cambió el calendario de la pared, también movió una de las cintas que había en la estantería junto a la televisión. Una copia en VHS de *Mis locos vecinos*, la última película de John Belushi.

—¡Jodcr! —gritó Hache—. ¡Tenías razón, Zeta!

L0 la miró y luego giró la cabeza hacia mí.

—¿Razón con qué? —preguntó L0—. ¿Qué narices pasa?

Me giré para dirigirme a Art3mis, Hache y Shoto.

—Tenemos que contárselo. Si queremos que nos ayuden, merecen saber lo que está en juego.

Todos asintieron. Faisal intentó protestar, pero lo ignoré y le conté a L0hengrin y a sus amigos todo lo que había hecho Anorak, el enfermoware y la verdadera razón por la que no podíamos desconectarnos de OASIS. Me dio la impresión de que se tomaban las noticias demasiado bien, sobre todo si lo comparaba con cómo nos habíamos puesto nosotros. Gritaron y soltaron un par de improperios, pero ninguno perdió los papeles. Terminaron por quedarse en silencio y esperaron a que yo continuase. Después les conté que Anorak había secuestrado a Og y todo lo que habíamos hecho para encontrarlo.

—Og nos ha dejado pistas para que descubramos dónde se encuentra en el mundo real —expliqué—. Al parecer, Anorak lo tiene cautivo en su antigua residencia de Columbus, a unos kilómetros de la antigua casa de Halliday. Og y Halliday eran vecinos al principio.

—¡No jodas! —dijo L0—. ¡Por eso cambió de sitio esa cinta VHS!

L0 abrió el HUD y empezó a buscar en el inventario de su avatar.

—También encontramos una vieja carpeta con una campaña de *Dungeons & Dragons* —dijo—. Pero no estaba escrita con la letra de Og…

—¿Era de Halliday? —preguntó Shoto—. Cuando aún vivía en casa de sus padres, Halliday tenía que guardar todas sus cosas de *D&D* en el sótano de Og, porque sus padres pensaban que el juego era satánico y tenía prohibido jugar.

—No, no es de Halliday —dijo L0—. La carpeta es de Kira y solo existe en la versión de Middletown de 1989.

L0 la sacó del inventario y la alzó. Era una carpeta deteriorada y azul de la marca Trapper Keeper. Kira había roto la cubierta de plástico para poder escribir un título con letra cursiva: *La aventura de los siete fragmentos del alma de la sirena*. También había dibujado seis fragmentos de cristal azules en un círculo, con un séptimo en el centro. Y debajo de eso, en la parte inferior, había escrito: «por Kira Underwood».

—Es un módulo entero creado solo por Kira —dijo L0hengrin—. Después de marcharse de Middletown y de que volviese a su casa en Londres para terminar el instituto.

Hache, Art3mis y Shoto intercambiaron miradas de sorpresa.

L0 levantó la carpeta y me la ofreció. La cogí con ambas manos, la miré sorprendido y luego alcé la vista para mirarla a ella.

—¡Esto es increíble, L0! —dije—. Podría salvarnos la vida. Gracias.

—De nada, Zeta —dijo con una sonrisa de oreja a oreja.

Abrí la tira de velcro de la carpeta y comprobé que en el interior había un archivador con más de ciento cincuenta páginas de notas de Kira y decenas de mapas e ilustraciones detallados.

—Lo interesante es que Kira ambientó la misión de los siete fragmentos en el mundo de *D&D* creado por Halliday: Chthonia.

Chthonia era el nombre del mundo de fantasía que Halliday había creado para la campaña de *D&D* que había escrito en el instituto, la misma a la que después se había unido Kira cuando Og la invitó a jugar. Halliday también usó Chthonia para ambientar los primeros juegos de *Anorak's Quest*. Años después, cuando creó OASIS, construyó una réplica a imagen real de Chthonia dentro de la simulación. Era el planeta en el que se encontraba el Castillo de Anorak.

—La aventura de Kira consta de siete misiones —continuó L0—. Y en cada una de ellas se consigue uno de los fragmentos. Kira las escribió todas, dibujó los mapas de las siete mazmorras y después incluyó unos cuantos dibujos de diferentes monstruos e ilustraciones que aparecen en la historia. Es increíble. —Señaló la carpeta—. Por lo que he averiguado, Kira le dio la carpeta a Halliday justo antes de volver a Inglaterra en junio de 1989. Hay una breve nota para él en la primera página donde le pide que dirija la partida para Og y el resto del Gremio de aventureros de Middletown cuando ella se marche, ya que serviría para explicar por qué su personaje había desaparecido de la campaña. Le contó que había creado esa aventura para que sus amigos sintiesen que ella aún los acompañaba en espíritu y que tenía la esperanza de que así no la echasen tanto de menos.

—¿Leucosia, el personaje de Kira, aparece en la campaña? —preguntó Hache.

L0 asintió.

—Justo al principio —respondió—. Leucosia es secuestrada por un malvado mago llamado Hagmar que la deja en animación suspendida y la encierra dentro de una poderosa joya mágica llamada el alma de la sirena. Después rompe la joya en siete pedazos y los oculta en siete mazmorras traicioneras y llenas de trampas que se encuentran repartidas en siete continentes. Los jugadores tienen que recuperar los siete fragmentos y unirlos para volver a formar el alma de la sirena y resucitar a Leucosia. Cuando lo consiguen, ella también les da el poder de resucitar a cualquier persona. Mirad, tenéis que ver esto…

L0hengrin pasó las páginas hasta llegar a una que estaba casi al final y tenía un dibujo del símbolo del personaje de Leucosia, una L mayúscula formada por la intersección de una espada larga enjoyada y una varita mágica tallada con adornos, que simbolizaba la multiclase maga-guerrera del personaje.

Había visto antes este símbolo en recopilaciones de las ilustraciones de Kira y en varios de los juegos *Anorak's Quest*.

Kira fue la primera y única artista que formó parte del Gremio de aventureros de Middletown, y les regaló a sus nuevos amigos unos símbolos fantásticos para todos los personajes del grupo, símbolos que luego se harían famosos porque terminarían por incluirlos en varios juegos de rol lanzados por Gregarious Games. Kira era la que había diseñado el famoso símbolo de Anorak, la caligráfica letra A que llevaba en la túnica y que se encontraba sobre la entrada del Castillo de Anorak.

Para Og había diseñado una O mayúscula con una pequeña letra G en el centro, símbolo que representaba al Gran y Poderoso Og. Y para Leucosia había diseñado esa espada y varita con forma de L. Esa L siempre aparecía en la ropa o en la armadura del personaje en todos los dibujos y las ilustraciones que hizo de Leucosia, lo que le había granjeado el apodo Laverne, una referencia que no tenía sentido para ella porque en Reino Unido no había crecido viendo *Laverne & Shirley*.

L0hengrin extendió la mano y pasó a otra página que también estaba cerca del final. Daba la impresión de que ya se lo había aprendido de memoria.

—Aquí —dijo mientras señalaba una página llena de texto manuscrito—. Cuando consiguen el último de los fragmentos al final del módulo, aparece el malvado mago Hagmar y tienen que derrotarlo antes de volver a unirlos. —Sonrió y después se inclinó hacia delante y dijo—: Hagmar es un anagrama de Graham, que era el nombre del violento padrastro de Kira. Pero estoy segura de que ya os habréis dado cuenta.

Negué con la cabeza.

—No. No tenía ni idea. Gracias, L0. ¡Has hecho un trabajo magnífico!

Art3mis y Hache asintieron al mismo tiempo y empezaron a aplaudir. Shoto y yo hicimos lo propio, y L0 se inclinó y después hizo un gesto hacia sus amigos.

—Lo hemos conseguido juntos, los Cinco Peores de L0. Vuestros agradecimientos son para todos.

Hache, Shoto, Art3mis y yo nos giramos para aplaudir al resto del grupo.

Pero no teníamos mucho tiempo para las celebraciones. Me puse a leer de cabo a rabo el cuaderno de Kira con los demás para revisar el resto de la aventura… No sabía muy bien qué era lo que buscaba, pero estaba seguro de que me llamaría la atención nada más verlo.

En el módulo de Kira, tanto la ubicación como los desafíos de los cuatro primeros fragmentos eran muy diferentes de los que ya habíamos encontrado en OASIS. Pero me sorprendí al darme cuenta de que reconocía muchos de ellos. Estaban un poco cambiados, pero eran los mismos que aparecían en *Anorak's Quest II* y *Anorak's Quest III*, dos de los primeros juegos de Gregarious Games. Me quedé muy sorprendido, porque en ellos Kira solo aparecía acreditada como artista, no como guionista ni diseñadora.

Recordé que en su autobiografía, Og se había quejado en más de una ocasión por el comportamiento sexista que Halliday tenía con Kira. Escribió que Halliday siempre parecía restarle importancia a las contribuciones creativas que Kira hacía a los juegos. En una ocasión, Og le dijo al entrevistador: «Jim siempre se burlaba de Kira y la llamaba Yoko, lo que me daba mucha rabia, porque si nosotros éramos Lennon y McCartney, Kira tenía que ser George Harrison, no Yoko Ono. Ella no fue la que separó a los Beatles. ¡Era uno de nosotros! Y sin su ayuda no habríamos conseguido éxito alguno».

Recuerdo que una de mis primeras discusiones con Art3mis había sido justo sobre ese tema, durante los primeros meses después de conocernos. Ella afirmaba que Kira Morrow merecía estar junto a Og y Halliday como una de las cocreadoras de OASIS. La comparó con Rosalind Franklin, una mujer que merecía estar junto a Watson y Crick como una de las descubridoras de la estructura de doble hélice de las moléculas de ADN. O Katherine Johnson, cuyos cálculos nos ayudaron a llegar hasta la Luna. O como un sinfín de mujeres que habían sido barridas descaradamente de la historia.

Yo le recordé que Halliday tenía una política de igualdad en GSS mediante la que obligaba a contratar al menos a una mujer por cada hombre, pero Samantha me había dejado claro que fueron Kira y Og los que habían luchado para conseguirlo, no Halliday. Le respondí que Halliday podría haber retirado la obligación cuando Og y Kira se marcharon de la empresa y que no lo había hecho. Era una norma que aún seguía en los estatutos hoy en día. Pero Samantha se había limitado a poner los ojos en blanco.

Ahora que habían pasado unos años me di cuenta al fin de que tenía razón. Yo no era más que un fanático de Halliday que no se creía las cosas malas sobre su ídolo. Cómo había cambiado todo.

Seguí pasando las páginas que quedaban en busca de cualquier cosa que pudiese resultar útil. Pero nada llamó mi atención hasta que llegué a las últimas, donde Kira describía cómo el grupo conseguía el séptimo y último fragmento.

Cuando los aventureros hayan reunido seis de los fragmentos, tendrán que llevarlos al Santuario de la Sirena, ubicado en el pico más alto de las montañas Xyxarian al sur de Chthonia. Al colocar los seis fragmentos en el altar, el séptimo aparecerá en las manos de la sirena.

Interrumpí la animada conversación entre los Cinco Mejores y los Cinco Peores de L0 para enseñarles el párrafo a Hache, Shoto y Art3mis.

—Durante la competición se exploró hasta el último centímetro de esas montañas —dijo Shoto—. Si hubiese un santuario en el lugar, alguien lo habría visto.

—Quizá solo aparezca cuando se hayan reunido los seis primeros fragmentos, ¿no? —preguntó L0.

Art3mis seguía leyendo el cuaderno de Kira por encima de mi hombro.

—¿Qué se supone que pasa cuando los jugadores unen los fragmentos? —preguntó.

L0 extendió la mano hacia el cuaderno y señaló un párrafo que había a mitad de la última página. Lo leí en voz alta:

—«Cuando se vuelvan a unir los siete fragmentos, formarán el alma de la sirena, un potente artefacto mágico con el poder de liberar a Leucosia de la animación suspendida y devolverla a la vida». —Alcé la vista de la página—. Eso es todo lo que dice.

Mientras procesábamos la información, L0 volvió a sorprendernos.

—Vale —dijo—. Hemos guardado lo mejor para el final.

Sacó una hoja de papel cuadriculado del inventario y la desdobló. Era el elaborado mapa de una mazmorra dibujado a lápiz. Estaba cubierto de notas escritas con esmero y descripciones de las estancias, todo con una letra muy pequeña y familiar.

—La encontré dentro del cuaderno de Kira —dijo—. Pero no es su letra.

—¡Es la de Og! —gritaron Hache y Art3mis al mismo tiempo, antes que yo.

L0 asintió.

—Según el texto que hay en la parte inferior del mapa, lleva al lugar donde se esconde una poderosa espada mágica llamada *Matanecios*, que «se forjó los primeros días de OASIS con el propósito de acabar con el poderoso mago Anorak si en algún momento lo corrompía el poder y se volvía malvado». —L0 alzó la vista para mirarme—. El papel estaba metido entre la tapa y la primera hoja del cuaderno. Está claro que alguien quería que lo viésemos.

—Hostia puta —murmuró Hache—. ¿Creéis que Og forjó una espada especial para matar a Anorak?

L0 asintió con emoción.

—¡Eso parece! —dijo—. ¡Es muy posible!

—¿La *Matanecios*? —repitió Shoto—. ¿Og llamó *Matanecios* a su superespada mata-Anorak?

—Pues sí —aseguró L0—. Y este mapa tiene una fecha en la esquina inferior derecha: 1 de abril de 2022, unos meses después de que Og se marchase de Gregarious. Seguro que hizo la espada antes de dejar la empresa. —L0 dobló el mapa por la mitad y luego le dio la vuelta para que se leyese el texto por la parte superior—. También dice que la *Matanecios* está oculta y a salvo en el botín de un temible dragón que se encuentra en las profundidades de una cueva situada en una isla inexplorada llamada Lejosinfierno en el mar Nilxor.

L0 abrió el mapa tridimensional del sector de OASIS frente a ella.

—Solo hay un pequeño planeta en OASIS llamado Lejosinfierno —continuó—. Las coordenadas están escritas a mano en la esquina del mapa de Og. Según el colofón, el planeta data de los primeros días de la simulación, cuando Kira y Og trabajaban en GSS.

—¿Lejosinfierno? Nunca lo había oído —dijo Shoto.

—Yo tampoco —añadió Hache.

—Porque es un planeta inexplorado —explicó L0—. Y porque se encuentra en la Zona Cero.

Eso nos dejó desconcertados a todos. La «Zona Cero» era la

manera en la que todo el mundo llamaba a la zona que se encontraba fuera de los veintisiete sectores principales que conformaban OASIS. Era un espacio virtual infinito generado procedimentalmente que no existía hasta que un avatar no volaba a través de él con su nave. Esa era la razón por la que la Zona Cero no dejaba de expandir su tamaño y su geografía sobre la marcha, a medida que los avatares volaban más y más lejos. Halliday y Morrow habían diseñado OASIS así a propósito por si la gente usaba todos los terrenos de los veintisiete sectores principales y se necesitaba más espacio. En la Zona Cero había una cantidad de espacio infinita.

Yo había estado en ella en una ocasión, y solo para poder decir que había estado. Cuando éramos niños, era un rito de iniciación: viajar en una nave hasta los límites de la simulación y seguir volando para obligar a OASIS a crecer un poco de tamaño.

La primera vez que volé con mi Ala-X hacia la frontera de las veintisiete zonas principales y me aventuré en la Zona Cero, recuerdo pasar junto a una señal que flotaba cerca y rezaba: AHÍ FUERA, EN LA PERIFERIA, NO HAY ESTRELLAS…

—Me parece que Og creó una *Matanecios* de verdad —dijo LO—. Aquí, dentro de OASIS, cuando aún trabajaba en GSS. Quizá como medida de contingencia, por si Halliday y él no estaban de acuerdo en algo. A fin de cuentas, ambos avatares eran invencibles.

Sentí cómo el júbilo se apoderaba de mí, seguido de una profunda tristeza. Era el arma que necesitábamos para enfrentarnos a Anorak, pero el comportamiento de Halliday tenía que haber sido terrible para que Og sintiese la necesidad de prepararse para un combate contra su mejor amigo.

—Tiene que ser real —dijo Shoto—. ¡Por eso Anorak reprogramó a todos esos PNJ para matar a los avatares de alto nivel y quitarles los objetos! Intenta encontrar la *Matanecios* antes que nadie.

—Pensaba que los avatares de Anorak y Og eran todopoderosos —comentó Hache—. E indestructibles.

—Yo también he leído que lo eran —dijo LO—. Pero este

mensaje en el mapa de Og dice que la *Matanecios* es «lo único que puede matar a lo que no puede ser matado». También dice que el Gran y Poderoso Og, el personaje de Morrow, es el único avatar que puede empuñarla, ya que es de «alta alcurnia».

—Pues estamos listos —dijo Shoto, al tiempo que ponía los ojos en blanco—. Se giró hacia mí—. Parece que vamos a tener que ir a buscar los Horrocruxes.

—Un trabajo excelente, L0 —dijo Art3mis. Después también se giró hacia mí—. ¡Necesitamos esa espada!

—Arty, no creo que tengamos tiempo de ponernos con una misión secundaria —dijo Hache—. Tenemos que encontrar los últimos tres fragmentos. Ya. ¡Aún estamos a tiempo!

L0hengrin se arrodilló de repente frente a nosotros. Después hizo un gesto hacia el resto de los miembros de su clan, y todos se arrodillaron junto a ella.

—Miembros de los Cinco Mejores —dijo al tiempo que inclinaba un poco la cabeza—. Los Cinco Peores de L0 están a vuestra disposición. Por favor, permitidnos recuperar la *Matanecios* para vosotros mientras completáis vuestra misión. Os prometo que no fracasaremos.

L0 alzó la vista para mirarme, y vi la resolución que irradiaba de ella. Miré a Hache, a Shoto y a Art3mis, y los tres asintieron para dar su aprobación.

—¡Gracias, L0hengrin! —dije—. Los Cinco Mejores aceptan vuestra oferta de buen grado.

Extendí el brazo y le ofrecí la mano. L0 se puso en pie y me la estrechó. Sus compañeros también se levantaron.

—Gracias por vuestra ayuda —dije—. Si encontráis la espada...

—La vamos a encontrar —aseguró L0.

—Perdón. Cuando encontréis la espada, teletransportaos de inmediato hasta donde me encuentre. Compartiré mi ubicación con vosotros para que podáis seguirme la pista.

L0 asintió. Después sonrió y se convirtió de repente en un joven James Spader.

Me dedicó un saludo exagerado y dijo:

—Sí, mi capitán.

Después L0 chasqueó los dedos y se teletransportó junto con el resto de los integrantes de los Cinco Peores de L0.

—No veas. Esa pava es la leche —dijo Hache.

—Sí —dijo Art3mis mientras agitaba la cabeza en mi dirección—. No sé cómo lo haces, Zeta, pero tienes un don para hacer amigos que molan mucho más que tú.

—Será cosa de la humildad, señora —dije—. Ese es mi secreto. Ese y mi afeitado perfecto.

Art3mis rio y puso los ojos en blanco. Después se giró hacia Faisal.

—¿Crees que la espada funcionará de verdad? —le preguntó.

—¿Quién sabe? —respondió él—. Según los ingenieros de OASIS, Anorak aún funciona como si fuese un PNJ más para el sistema. Por lo que en teoría podría estar regido por los mismos parámetros y reglas operativas que el resto. De ser así, se puede acabar con él haciéndole el daño físico adecuado.

—¿Y si no podemos matarlo? —preguntó Shoto—. ¿Vamos a darle los fragmentos y a rezar para que sea fiel a su palabra?

La imagen mental de mi avatar entregándole los siete fragmentos a Anorak me provocó náuseas durante unos segundos, pero después tuve una idea…

Miré la última página del cuaderno de Kira y volví a leer la sección en la que describía cómo los jugadores de su módulo tenían que combinar los siete fragmentos. Cuando terminé ya había esbozado el principio de un plan. Lo compartí con los demás y me dijeron que podía funcionar. Preparamos los detalles con Faisal durante unos minutos más, para que luego él lo comentase a los administradores de OASIS y al equipo de seguridad de GSS que se preparaba para ir a rescatar a Og.

Cuando terminamos, Art3mis se puso en pie de repente y se preparó para largarse.

—Dile a Miles y a su equipo que me voy a desconectar ya y que más les vale esperarme.

—Sí, señora —dijo Faisal—. Pero tenemos preparados tres

equipos de seguridad con tres escuadrones aéreos de drones vigía. No hay necesidad de que arriesgue su vida, señorita Cook.

—Ogden Morrow salvó las nuestras una vez —dijo—. Voy a hacer todo lo que pueda para devolverle el favor. —Se giró hacia mí—. Seguimos en contacto. ¡Buena suerte!

Me dedicó otra sonrisa y luego se dio la vuelta para marcharse. Me di cuenta de que esa podía ser la última vez que la veía si llegaba a ocurrir lo peor, por lo que extendí el brazo para tocar el hombro de su avatar y, cuando lo sintió gracias al equipo háptico, se giró para volver a mirarme. Estaba maravillosa, como siempre.

—Oye, si ocurre algo… Quería que supieras que lo siento. Por muchas cosas, pero sobre todo por no haberte hecho caso. Tenías razón y yo me equivocaba.

Ella sonrió y me tocó la mejilla con la mano derecha. La última vez que había hecho algo así fue en el mundo real, durante la semana que pasamos juntos en la casa de Og en Oregón. Hacía mil ciento cincuenta y tres días, para ser más exactos. No era su mano de verdad, pero la sentí y se me aceleró el pulso.

—No dejas de sorprenderme, Watts —dijo—. Aún hay esperanza.

Se inclinó y me besó en la frente. Después dio varios pasos atrás para asegurarse de que estábamos fuera del área del efecto de su hechizo de teletransportación.

—Buena suerte, chicos.

—Buena suerte, Arty —dije—. No te mueras, ¿vale?

Art3mis asintió por última vez y luego se teletransportó. Su avatar desapareció en una lluvia de polvo plateado y reluciente. Después me giré hacia Hache y Shoto.

—¿Estáis listos para la fiesta, chicos? —pregunté.

Shoto asintió y levantó ambos pulgares con nerviosismo. Hache se crujió los nudillos.

—Lista, Calixta.

Miré la cuenta atrás del ONI en mi HUD. Nos quedaban dos horas y veintiocho minutos antes de llegar al límite de tiempo de conexión. Hache y Shoto tenían unos diez minutos menos que yo, y Faisal estaba a punto de llegar a las dos horas. Aún nos faltaban tres fragmentos, por lo que si tardábamos lo mismo que habíamos tardado con los cuatro primeros, íbamos a tener un problema muy gordo.

—Poneos el cinturón, compadres —dijo Hache con una sonrisa—. ¡Nos vamos a Más allá! Cuando lleguemos, haced caso a todo lo que os diga. ¿De acuerdo?

Asentimos y después nos despedimos de Faisal otra vez. Hache se giró hacia nosotros y nos puso una mano sobre los hombros.

—*Oh, no! Let's go!* —gritó justo antes de que nos teletransportara a todos a Más allá.

Cuando mi avatar se rematerializó y se me estabilizó la vista, descubrí que me encontraba de pie en medio de un alargado túnel de hormigón de unos cuarenta y cinco metros de largo con un techo curvado que formaba un semicírculo sobre el suelo. Cada centímetro del techo y buena parte de ese suelo estaban cubiertos de pintadas, y todas rendían tributo a Prince Roger Nelson. Sus admiradores las habían garabateado durante las últimas tres décadas. Había extractos de las letras de sus canciones, pares de iniciales grabadas en el interior de corazones atravesados por una flecha y miles de mensajes de amor y devoción, todo dedicado al Artista y a su trabajo. Frases como «Gracias, Prince», «Te queremos, Prince» o «Te echamos de menos, Prince» se repetían una y otra vez en diferentes colores y caligrafías. También vi varios retratos de Prince pintados en las paredes del túnel, con la fecha de su nacimiento y de su muerte (7 de junio de 1958 y 21 de abril de 2016). Y miles de dibujos hechos a mano de su símbolo impronunciable.

Me obligué a dejar de mirar los grafitis e intenté centrarme. Detrás de mí, uno de los extremos del túnel terminaba en un semicírculo resplandeciente de luz blanca y cegadora. En el otro, la boca del túnel se abría a un semicírculo de un verde bosque brillante, y un poco más lejos había una valla metálica de tres metros.

Intenté no evidenciar mi completa ignorancia sobre Prince y su música, por lo que abrí su discografía, filmografía y biografía, así como una cronología de su carrera, todo en ventanas semitransparentes por mi HUD. Así podía tenerlo todo a mano siempre que lo necesitase. El sistema de reconocimiento de imágenes también me proporcionaba información constante sobre lo que me rodeaba, información que se abría en pequeñas ventanas a mi alrededor, como si estuviese en el programa *Pop-Up Video* de VH1.

Al mirar la discografía, descubrí que había sacado un disco y una película llamados *Graffiti Bridge*, por lo que para que diese la impresión de que sabía algo sobre el lugar me giré hacia Shoto y dije:

—Es el famoso túnel lleno de pintadas que inspiró el disco y la película de Prince…

—No, no lo es, Zeta —dijo Hache al tiempo que me ponía la mano en el hombro y empezaba a corregirme—. Ese se encontraba en un barrio de Minneapolis llamado Eden Prairie. Lo tiraron abajo en 1991, pero hay muchas réplicas por aquí, repartidas por todo el planeta. Y esta no es una de ellas. Esto es una recreación del túnel que había cerca de la casa de Prince. —Echó un vistazo alrededor y sonrió—. Vengo siempre el día de su cumpleaños, por lo que fue el último lugar del planeta en el que estuve. También es una de las ubicaciones de llegada designadas de Más allá.

Estuve a punto de decirle algo, pero Hache ya había comenzado a correr hacia el extremo verde del túnel.

—¡Vamos! —gritó por encima del hombro—. ¡Por aquí!

Shoto y yo salimos disparados detrás de ella.

Cuando franqueamos la boca del túnel, descubrí que en realidad se trataba de unas alcantarillas que cruzaban por debajo de un puente de cuatro carriles sobre el lecho de un río que se había secado. El nombre BULL CREEK ROAD estaba grabado sobre la entrada del túnel.

Seguimos a Hache cuando viró con brusquedad a la derecha por un sendero de gravilla muy transitado. El camino rodeaba la valla metálica negra que teníamos a la izquierda y que parecía cubrir el perímetro de la zona boscosa que había al otro lado. La valla tenía pegadas en ella algunas notas manuscritas, así como flores y lazos púrpura. Parecía haber cada vez más a medida que avanzábamos junto a ella.

Alcé la vista y luego giré la cabeza a mi alrededor para contemplar el horizonte de lado a lado. Era difícil averiguar la hora del día, ya que el cielo tenía una gran cantidad de tonalidades violáceas diferentes y luminosas nubes de tormenta que lo surcaban a toda velocidad.

Los árboles que había al otro lado de la valla empezaron a escasear y vimos que detrás de ellos había un edificio blanco y circular, parecido a un torreón de marfil que se alzaba sobre una verde y enorme pradera. Detrás de la estructura había un edificio mucho más grande y también blanco que parecía haber sido erigido con ladrillos con forma de cubo de un mármol níveo y pulido. Unos focos lo iluminaban y lo bañaban en una luz reluciente y sobrenatural.

El programa de reconocimiento de imágenes de mi HUD me informó de que nos acercábamos a la entrada de Paisley Park, la famosa casa y recinto de inspiración creativa de Prince. Llegamos a la cancela frontal de la propiedad poco después. Estaba hecha de hierro forjado y pintada de un cromo púrpura.

Hache se acercó a la cancela y agarró uno de los barrotes con la mano derecha. La acción activó el primero de los giradiscos, y comenzó a sonar una melodía de órgano a nuestro alrededor. El programa de identificación de canciones que tenía activado en el HUD la reconoció de inmediato. Era el principio de una canción llamada *Let's Go Crazy* y parecía surgir desde las alturas, como si el mismísimo cielo fuera un altavoz gigante. Un segundo después oíamos la voz del Púrpura atronando sobre nosotros como si fuese Dios todopoderoso. Recitó la parte pronunciada por Prince al principio de la canción:

Dearly beloved, we are gathered here today to get through this thing called «life»...
But I'm here to tell you, there's something else—the Afterworld!

Tan pronto como terminó la frase se oyó un trueno que me estremeció de arriba abajo y, un segundo después, unos arcos relampagueantes y púrpura comenzaron a extenderse por los cielos. Después las nubes violetas se abrieron por un momento y dejaron al descubierto una luna con forma de cereza (con tallo y todo) que se alzaba en el cielo oriental.

Me di la vuelta para mirar en dirección contraria y descubrí que también veía el sol, allí colgado e inerte sobre el cielo occidental. Me pregunté por qué se habría diseñado así Más allá, y justo en ese momento Prince siguió hablando y explicó que se trata de «un mundo de felicidad infinita en el que siempre se veía el sol, fuese de día o de noche».

La canción continuó, y las puertas de Paisley Park empezaron a abrirse frente a nosotros. Hache se giró hacia mí cuando lo hicieron del todo.

—Muy bien —dijo—. La apertura de las puertas activa todas las misiones del lugar, y como estamos en el mismo clan ahora también deberían estar disponibles para vosotros. Venga, vamos a echarle otro vistazo al cuarto fragmento.

Lo saqué del inventario y lo levanté. El símbolo de Prince seguía grabado en la superficie, pero mientras lo mirábamos aparecieron siete más al lado, y también una letra V mayúscula.

Al principio pensé que la letra V era el numeral romano para el número cinco, ya que el siguiente era el quinto fragmento, pero después de ver el tamaño y el lugar en el que se encontraba respecto a los ocho símbolos llegué a la conclusión de que también podía tratarse de una abreviatura de la palabra «versus».

Los primeros siete símbolos a la izquierda de la V parecían variaciones del símbolo de Prince, pero el octavo y último era muy diferente. No lo reconocí. Se parecía a un número siete mal colocado dentro del diagrama circular de la órbita de un electrón. O quizá fuese la esfera de un viejo reloj analógico y el número siete representase las manecillas, que marcaban las 8:35.

Hache abrió los ojos de par en par nada más ver la hilera de extraños símbolos que habían aparecido en el fragmento.

—Esto no es una misión normal, Zeta —dijo mientras alzaba la vista para mirarme—. ¡Es una puta misión suicida!

Un instante después de que Hache soltase el improperio, oímos un zumbido estruendoso y vimos cómo de repente aparecía flotando junto a ella un enorme vaso vacío con la inscripción «Tarro de las palabrotas de Spud».

Hache frunció el ceño, soltó un suspiro de irritación y tiró una moneda de oro en el tarro, que desapareció poco después. Decidí no hacer preguntas. En vez de eso, señalé la hilera de símbolos del fragmento.

—Hache —dije—. ¿Sabes lo que significan todos estos símbolos?

Ella asintió y respiró hondo.

—Creo que indican que para conseguir el quinto fragmento vamos a tener que enfrentarnos a los Siete —dijo mientras señalaba los siete símbolos a la izquierda—. Para lo que tendremos que unir fuerzas con los 7te Originales.

Shoto y yo intercambiamos una mirada de confusión. Hache continuó.

—Los Siete son un equipo de encarnaciones PNJ diferentes del Púrpura que lo representan en momentos diferentes de su carrera. Todos tienen poderes divinos.

—¿Has luchado con alguno de ellos antes? —preguntó Shoto con inocencia.

—¡Claro que no! —respondió Hache, ofendida sin duda por la pregunta—. Atacar a cualquier encarnación de su regia malignidad en Más allá es tener ganas de buscar problemas. Enfrentarse a los siete a la vez es un suicidio directamente. ¿Visitarías el monte Olimpo o irías a Asgard para enfrentarte a todos los dioses? Solo los que no son admiradores o los turistas de bajo nivel intentan enfrentarse a los Siete, y todos acaban eliminados como respuesta a su insolencia y arrogancia.

—Sí —dije yo—. Pero seguro que eso es porque no eran auténticos fans de Prince. Tú sí que lo eres. Lo sabes todo sobre él, y también sobre este planeta. Venga ya, Hache. —Señalé los símbolos del fragmento—. Si quisiésemos enfrentarnos a los Siete, ¿dónde los encontraríamos?

Hache titubeó antes de responder. Después suspiró y señaló hacia el horizonte meridional.

—Hay un templo en el desierto, a unos once kilómetros al sur de la ciudad —dijo—. El Templo de los Siete. En el centro del patio hay una arena y, cuando entras en ella, el lugar invoca a los Siete y los transporta allí para enfrentarse a ti desde cualquier lugar de Más allá en el que se encuentren en ese momento.

Hache empezó a correr de nuevo, atravesó las puertas abiertas de Paisley Park y volvió a indicarnos que la siguiéramos.

—¿Por qué vamos a entrar ahí? —grité detrás de ella—. ¿No acabas de decir que la arena está en el desierto que hay fuera de la ciudad?

—Aún no podemos ir a la arena —respondió—. Primero necesitamos armas. Y potenciadores. En cantidad...

—Ya llevo muchas armas en mi inventario —dijo Shoto—. Y tú también. Podemos prestarle a Parzival cualquier cosa que necesite.

Hache negó con la cabeza.

—Las armas convencionales no funcionan contra su regia malignidad —dijo Hache—. Con ninguna de sus siete encarnaciones. Hay que usar armas de percusión, musicales o sónicas, son las únicas que afectan a los Siete y a sus secuaces. Todos están armados con armas sónicas mortíferas, y algunos cuentan con poderosos artefactos que pueden llegar a hacer tanto daño como para matar a tu avatar de un solo ataque. Por eso necesitamos equiparnos antes de enfrentarnos a ellos, ¿vale? ¡Y más os vale que confiéis en mí, chicos! Tengo bastante claro que no tenemos ni un segundo que perder.

—¡Claro que confiamos en ti, Hache! —respondí—. Guíanos.

Y nos guio hasta la entrada principal de Paisley Park. Tan

pronto como llegamos, Hache abrió una de las puertas de cristal y nos indicó que entrásemos. Oímos que el principio de la animada canción *Paisley Park* surgía del interior.

—Primero tenemos que entrar aquí —dijo—. Y habló en plural, pero tú eres quien tiene que hacerlo. Esta es tu misión. Yo te guiaré paso a paso, eso sí. No te preocupes. ¿De acuerdo?

—De acuerdo —dije al tiempo que echaba un vistazo reticente al interior.

Un instante después, sentí cómo Hache le daba una patada en el culo a mi avatar para obligarme a cruzar la puerta y entrar en Paisley Park.

• • • •

Cuando llegamos al recibidor, Hache empezó a guiarnos con insistencia por el laberíntico interior del edificio. Shoto nos seguía de cerca mientras corríamos de un lado a otro por los pasillos de mármol y atravesábamos las ornamentadas puertas de madera tallada del lugar, muchas de ellas marcadas con una luna o una estrella.

Hache nos llevó a través de estancias enmoquetadas con terciopelo púrpura y, de vez en cuando, se paraba para decirme que tocase algún objeto (o prenda de ropa interior) para abrir una puerta secreta que nos llevaba a otra de esas habitaciones. Seguí sus instrucciones al pie de la letra y conseguí cinco pedazos ocultos de una célula de energía con la forma del símbolo de Prince, que según Hache necesitábamos para reparar una nave espacial que estaba aparcada en la azotea. Por suerte, ella parecía saber a la perfección dónde se encontraban cada una de las cinco partes y cómo conseguirlas.

Corrimos desde la sala de las velas al club de música pasando por la alcoba y la sala de vídeo virtual, todo mientras sonaba en bucle infinito una canción llamada *Interactive*. Hache nos explicó que se trataba de una canción que Prince había escrito en exclusiva para un juego tipo *Myst* con ese título. En el juego, los jugadores tenían que conseguir las cinco partes del símbolo de

Prince por todo Paisley Park. Lo que hacíamos en esos momentos era una recreación de esa aventura.

Después de conseguir las primeras cuatro partes, Hache nos guio a Shoto y a mí a través de otro pasillo enmoquetado hasta que llegamos a una habitación amplia y diáfana llena de piezas de museo. El lugar estaba a rebosar de atuendos y objetos de Prince que se exhibían dentro de vitrinas de cristal. Hache pasó a la carrera junto a ellas y se dirigió al otro extremo de la estancia sin detenerse a mirar nada. Shoto y yo hicimos lo propio, detrás de ella en fila de a uno, para asegurarnos de que solo pisábamos por donde acababa de pasar.

Hache abrió la puerta que había al otro lado cuando llegamos a ella, pero en ese momento vi que algo llamaba su atención: había una motocicleta púrpura rodeada de postes con sogas de terciopelo aparcada en uno de los rincones de la habitación. Toqué un icono del HUD para ampliar la imagen en la placa que se encontraba en la pared de detrás, que indicaba que la motocicleta era la Hondamatic de 1981 que Prince había usado en la película *Purple Rain*.

—¡Un momento! —gritó Hache por encima del hombro mientras corría hacia ella y saltaba por encima de las sogas de terciopelo. Pensé que iba a montarla y robarla de esa especie de museo, pero en lugar de ello sacó una navaja enorme y aserrada tipo Rambo del inventario y le pinchó las ruedas. Después la clavó en un agujero grande que había junto al tanque de gasolina. Cuando volvió con nosotros cerca de la salida, vi que unas lágrimas brillaban en sus ojos justo antes de que se las enjugase con el dorso de la mano.

—He tenido que inutilizar la Hondamatic para que el Prince de Purple Rain no pueda usarla en la arena cuando nos enfrentemos a él. Y creo que eso nos salvará el culo, ya que no podrá usarla para atropellar a Morris. ¡Esa moto es su talón de Aquiles!

—¿Morris? ¿Quién es Morris? —preguntamos Shoto y yo al mismo tiempo mientras caminábamos detrás de ella.

Hache murmuró la respuesta, pero estaba demasiado lejos

y avanzaba muy rápido, por lo que no entendimos nada. Nos sacó del museo y recorrimos más pasillos hasta llegar a otra puerta. Al otro lado había una escalera de caracol suspendida en un vacío infinito y plagado de cuerpos celestes. Ascendía a través de campos de estrellas, galaxias y nebulosas. Seguimos a Hache mientras subía por ella hasta que llegamos a una puerta que tenía un cartel que rezaba ESTUDIO. En el interior, atravesamos una serie de salas de control paneladas con madera y llenas de enormes mesas de mezcla y equipo de grabación hasta que llegamos al estudio de grabación principal. Hache pasó de lado junto a un piano y después se dirigió hasta un cuadro con dos mujeres que colgaba en la pared, y que apartó para dejar al descubierto una caja fuerte que había detrás. Introdujo la combinación de memoria y la abrió. En el interior se encontraba la quinta y última parte de la célula de energía con forma del símbolo de Prince.

Juntamos las cinco partes y la célula empezó a brillar.

Hache volvió a llevarnos a esa escalera de caracol surrealista y subimos hasta arriba del todo, donde había una estancia enorme y abovedada. Tal y como había prometido, vimos una nave espacial púrpura y grande aparcada en el centro del lugar. Tenía la forma de un dedal gigantesco, con media docena de cápsulas soldadas por el exterior. Hache pulsó un botón que había en el exterior y se abrió una escotilla en lo que hasta ese momento me había parecido un casco perfectamente liso. Los tres entramos en la angosta cabina púrpura y tapizada de terciopelo, y Hache señaló un hueco con la forma del símbolo de Prince que había en el panel de control frente a nosotros. Coloqué la célula de energía, el panel se iluminó y oímos cómo todo se encendía bajo nuestros pies. En ese instante, el techo abovedado que teníamos encima empezó a abrirse como si fuese una naranja a la que le empiezan a arrancar gajos y dejó al descubierto un cielo nocturno y estrellado lleno de nubes púrpura y onduladas.

Hache levantó el pulgar para indicarme que todo había salido a pedir de boca, y después agarró el timón de dirección forrado de terciopelo y nos propulsó hacia los cielos. Dio varias vueltas sobre Paisley Park y después giró hacia el este, donde el *skyline* de Minneapolis se extendía por el horizonte.

Hache abrió un mapa de Más allá en la pantalla de navegación. El planeta no era un globo, pero rotaba como si lo fuese. Nos encontrábamos en un símbolo de Prince suspendido de una cadena invisible que rotaba en el espacio virtual. La mayor parte de la superficie estaba cubierta por una versión reducida e irreal de la Minneapolis (Minnesota) de mediados de los años ochenta, aunque las calles y las ubicaciones eran de Los Ángeles, París y otros lugares del mundo. El mapa dividía la ciudad en diferentes barrios, como Big City, Erotic City, Crystal City, Beatown y Updown. Hache nos llevó directos al centro y aterrizó la nave en mitad de un cruce muy transitado, frente a un lugar llamado hotel Huntington.

Abrió la esclusa exterior y, antes de que nos diese tiempo a salir, sacó la célula de energía del hueco y se la guardó en el inventario, lo que apagó por completo la nave.

En el exterior, la calle estaba llena de PNJ peatones y motoristas, muchos insultándonos y tocándonos la bocina porque acabábamos de dejar un ovni en medio de la calle. Hache los ignoró y se dirigió al edificio grande y negro parecido a una fortaleza que había en la otra esquina. Un cartel curvado sobre la entrada principal rezaba PRIMERA AVENIDA en mayúsculas.

Hache entró sin mediar palabra, y abrí una cámara en primera persona de su avatar en mi HUD para ver lo que había en el interior. Atravesaba una pista de baile llena de cientos de PNJ de toda raza, credo o clase social. Había adultos y adolescentes que movían el esqueleto codo con codo. Después todo se emborronó y no vi nada. Sí que oí los disparos rápidos de un fusil de plasma, y unos segundos después Hache salió del lugar con una guitarra blanca del todo con acabados y clavijas dorados, así como un símbolo de Prince pintado en la tapa, justo encima de las pastillas doradas. Era uno de los instrumentos musicales más bonitos que había visto en mi vida.

—¡Ka-ching! —dijo Hache mientras lo sostenía con gesto triunfal sobre la cabeza unos instantes antes de guardárselo en el inventario de su avatar—. ¡Dispara ondas sónicas que son casi tan poderosas como los ataques especiales del Púrpura! Ahora solo necesitamos alguna que otra cosa más y ya estaremos listos para ir a la arena. —Empezó a correr de nuevo, sin dejar de indicarnos que la siguiésemos—. ¡Vamos! Tenemos una audición.

. . . .

Hache nos llevó por la calle Siete, que parecía un túnel de neón muy iluminado. Después de recorrer varias manzanas, giró a la izquierda en la avenida Hennepin. Seguimos por allí unas manzanas más y luego continuó zigzagueando hacia el este, a través de un laberinto de calles numeradas y callejones oscuros llenos de botellas rotas, escaleras de incendios desvencijadas y tantos barriles en llamas generados al azar que hasta Donkey Kong se habría puesto celoso.

Hache recorría un camino muy específico, como si estuviese introduciendo la combinación de una caja fuerte. Nos llevó por la calle Cinco Sur, giró a la izquierda en la Segunda Avenida Sur, a la derecha en la calle Cuatro Sur, luego a la izquierda en la Tercera Avenida Sur y después otra vez a la derecha en la calle Tres Sur.

Mientras recorríamos el laberinto, miré por las calles secundarias hasta que al fin vi algo que reconocía, seguro que porque no estaba relacionado directamente con Prince. En un callejón se encontraban los personajes y la decoración de *Break Street* y *Ghetto Blaster*, dos videojuegos de hip-hop muy antiguos a los que había jugado de pequeño en el emulador de Commodore 64 de mi viejo portátil. Alguien los había convertido en minimisiones fotorrealistas para luego colocarlos en los callejones de Más allá. Le pregunté a Hache si sabía qué hacía eso ahí, pero ella se limitó a sonreír y a encogerse de hombros.

—Nadie lo sabe —dijo—. Al parecer es un huevo de pascua muy extraño que dejó uno de los diseñadores originales de este planeta.

—¿Crees que podría haber sido cosa de Kira? —pregunté. Ella se encogió de hombros.

—¿Quién sabe?

Hache giró con brusquedad a la derecha y nos llevó por otro callejón, pero este parecía más oscuro y ominoso que el resto, y ella debió pensar lo mismo, porque sacó un detonador térmico y lo activó.

Después levantó la mano para que nos detuviéramos y señaló un grupo de PNJ pandilleros que salían de las sombras frente a nosotros. Todos llevaban enormes crucifijos dorados alrededor del cuello. Los nombres flotaban sobre sus cabezas en mi HUD, y vi que eran diez y que la banda se llamaba los Discípulos. Llevaban ametralladoras y nos dispararon sin mediar palabra. Shoto y yo nos resguardamos detrás de unos barriles con fuego, pero Hache se quedó al descubierto y dejó que las balas le rebotasen contra el escudo. Después lanzó el detonador térmico hacia ellos como si nada. Vi un resplandor, y los diez Discípulos quedaron incinerados a la vez con la explosión.

Hache continuó avanzando mientras agitaba las manos frente a ella para despejar el aire del polvillo que habían dejado los Discípulos después del estallido.

Salimos por el otro extremo de la callejuela, y Hache recuperó el ritmo. Shoto y yo tuvimos que acelerar para seguirla mientras iba de aquí para allá, caminaba de lado y atravesaba la multitud y el paisaje irreal que nos rodeaba. Parecía una mezcla de todas las cubiertas de los discos y videoclips de Prince. Las calles estaban llenas de locales de música de todo tipo y tamaño.

Hache hizo las veces de guía turística experta y nos explicó que todos los locales que había allí en Más allá eran en realidad una réplica de un local, una sala de conciertos o un estadio en el que Prince había actuado en alguna ocasión, y que uno podía entrar en cualquiera, sentarse junto a un público lleno de PNJ ataviados con atuendos de la época correspondiente y ver una recreación del concierto o los conciertos que Prince había dado en ese lugar. Eran simulaciones detalladas e inmersivas que se habían extrapolado de fotografías y grabaciones en vídeo o audio.

Nos comentó que las mejores eran una en la que Prince había tocado en mitad de una tormenta en Miami durante la XLI Super Bowl y el concierto de Año Nuevo que había dado en 1998, donde todo el mundo había terminado de fiesta en 1999.

También pasamos junto a una réplica del teatro chino de Mann, lugar en el que se había celebrado la *première* de *Purple Rain* el 24 de julio de 1984, un acontecimiento que se reproducía en bucle en el lugar. Vimos a Pee-wee Herman bajarse de un bólido en miniatura a unos cuantos coches de distancia del Prince de la época de Purple Rain, que llegó en una limusina púrpura vestido con un esmoquin brillante y sosteniendo una rosa púrpura con ambas manos en gesto solemne mientras sus guardaespaldas, un tipo enorme de barba gris con el pelo decolorado y un chaleco a rayas de cebra, le abría paso a través de la alfombra roja.

Muy cerca del Mann pasamos por una réplica del Dorothy Chandler Pavillion, donde Hache nos dijo que siempre era 25 de marzo de 1985, fecha en la que se habían entregado los quincuagésimo séptimos premios de la Academia y en los que Prince había subido al escenario (con Wendy de un brazo y Lisa del otro) para recibir su Óscar de manos de Michael Douglas y Kathleen Turner.

Seguimos por la calle y pasamos por un club con un cartel de neón que rezaba SUGAR WALLS. Un PNJ de Sheena Easton deambulaba por la calle frente al lugar y activamos otro giradiscos nada más verla, el de la canción *U Got the Look* de Prince. Hache y yo nos detuvimos para mirar cómo se ponía a bailar y la acompañamos un rato mientras movíamos el esqueleto y los labios al ritmo y la letra del exitazo de 1987.

—Sabíais que está clarísimo que Prince estaba plagiando esos viejos anuncios de Jordache Jeans cuando escribió esta canción, ¿verdad? —dijo Shoto.

Rio y empezó a mezclar la melodía del anuncio de vaqueros con una mesa de mezclas holográfica que sacó del inventario.

—*You've got the look!* —canturreó—. *You've got the look. The Jodache look!*

Hache no dijo nada. Se apartó unos pasos y me arrastró con

ella. Un segundo después, un gigantesco rayo púrpura de electricidad descendió de los cielos, golpeó a Shoto directo en la cabeza y lo tiró redondo al suelo. El rayo parecía haberle causado tantos puntos de daño como para dejar a su avatar al borde de la muerte. Vi que su indicador de vida parpadeaba en rojo durante los segundos que tardó en lanzarse un hechizo de curación.

Hache se acercó y lo ayudó a levantarse del suelo.

—Os lo advertí, ¿no? —dijo—. Os dije que no blasfemarais contra el Púrpura en este lugar. Eso es lo que pasa por no hacerme caso.

Shoto negó con la cabeza, pero no dijo nada. Unos segundos después me di cuenta de que no podía hablar. Además del rayo púrpura, los dioses de Más allá también habían silenciado su avatar como castigo por la blasfemia. Me sentí mal por él. Recibir una descarga así con los auriculares ONI puestos no era moco de pavo, era casi lo mismo que recibir el disparo de un táser.

—¿Recordáis cómo os burlasteis de mí cuando descubristeis que no me gustaba ver pelis de miedo? —preguntó Hache mientras nos señalaba con un dedo acusador—. ¡Pues ahora se han girado las tornas! Así que hacedme caso, pardillos, y tenedlo muy en cuenta. Nada de chistecitos a costa del Artista. De hecho, creo que lo mejor sería que dejarais de hablar. Y tampoco hagáis nada hasta que yo no os lo diga. Mantened la bocaza cerrada y no os separéis de mí. ¿Entendido, Larry? —Miró a Shoto hasta que asintió. Después se giró hacia mí—. ¿Y tú qué opinas, Curly?

—Sí, Moe —dije para terminar la referencia a Los Tres Chiflados—. Te hemos entendido. Ahora guíanos, gran sabia...

Hache me dio un empujón descortés y después se dio la vuelta para seguir avanzando. Doblamos otra esquina y llegamos a la avenida Hennepin, donde pasamos de inmediato frente a una escuela unitaria. Me llamó la atención porque parecía estar muy fuera de lugar, ahí en mitad del abarrotado centro de Mínneapolis. A través de una de las ventanas abiertas vi y oí a Prince bailando con toda un aula llena de teleñecos. En la letra se ha-

blaba de desayunar café y estrellas de mar, y uno de los teleñecos que cantaba con él se le parecía mucho.

Estuve a punto de preguntarle a Hache si uno de los Siete
Prince a los que teníamos que enfrentarnos era «Prince teleñeco», pero después dejó de parecerme buena idea. Hache no parecía estar de humor para bromas. Tenía el rostro estoico a causa
de lo concentrada que estaba mientras nos guiaba por ese paisaje urbano e irreal de Más allá, y no dejaba de examinar los alrededores para evitar cualquier cosa que pudiese retrasarnos.

Pasamos por el museo de arte de Gotham, que reconocí gracias a la película *Batman* de Tim Burton de 1989, una para la que
Prince había compuesto la banda sonora. Información relacionada con Prince que no me hizo falta mirar en mi HUD.

Doblamos otra esquina para llegar a la avenida Washington,
que nos llevó a lo largo de la frontera del centro con Erotic City.
Frente a nosotros y brillando como el Golden Gate vimos un
club con una entrada en forma de vulva. El neón rosado y titi-
lante que había sobre la puerta rezaba A LOVE BIZARRE. Shoto
dio unos pasos al frente, como si estuviese hipnotizado, pero
Hache lo agarró mientras agitaba la cabeza.

—Eres un hombre casado, Shoto —dijo Hache—. Y ya te
digo yo que no tenemos tiempo de entrar ahí...

—¡No quería hacerlo! —respondió él, lo que nos hizo darnos cuenta de que ya no estaba silenciado.

Hache viró la cabeza ciento ochenta grados y dedicó una
mirada lujuriosa a un PNJ de Sheila E, que acababa de salir del
lugar con un vestido azul muy ceñido. La mujer giró a la derecha y se internó en Erotic City, donde se volvió hacia nosotros
y nos indicó que la siguiéramos con un gesto de la mano.

Hache pareció tentada de hacerlo durante unos segundos.
Después ignoró lo ocurrido y siguió corriendo. La seguimos a
poca distancia y atravesamos una multitud de PNJ que se acercaba a nosotros con atuendos coloridos. Uno de ellos me sorprendió mucho: era una mujer joven y negra que se parecía
mucho a Hache la primera vez que la había visto en persona.
Cuando le señalé al PNJ, ella sonrió y asintió.

—Es Boni Boyer —dijo—. Tocaba el teclado para Prince y Sheila E. Era la caña y me ayudó mucho. Si una mujer que se me parecía tanto podía acabar tocando con Prince, yo también podía llegar a conseguir grandes cosas.

—Y mírate ahora —dije.

—Sí, ahora corro por mi vida dentro de una simulación digital a la que conecto mi cerebro voluntariamente —dijo ella.

—¡No, tonta! Me refería a que ahora tú también eres una inspiración para mucha gente.

Ella sonrió de oreja a oreja.

—Sé a qué te referías, Zeta —explicó—. Gracias.

Se quedó un momento en silencio. Después dejó de caminar y se giró hacia mí.

—Ahora entiendo todo eso por lo que pasaste en Halcydonia —dijo. Hizo un gesto para abarcar los alrededores—. Los discos y las cintas de Prince que heredé de mi padre cuando se mudó fueron lo único que dejó atrás. Además de a mí, claro. —Se encogió de hombros—. Crecer sabiendo que él había sido admirador de Prince siempre me dio esperanzas de volver a verlo, y también me hizo pensar que no tendría problema con mi sexualidad. O que al menos la aceptaría más de lo que lo hizo mi madre.

Asentí, pero no dije nada. Shoto tampoco.

Después de ganar la competición de Halliday le pregunté a Hache si pensaba en volver a ponerse en contacto con su madre. Ella me había dicho que Marie, su madre, ya había intentado hablar con ella tan pronto como descubrió que su hija lesbiana se había convertido en una de las personas más famosas y ricas del mundo. Al parecer, la situación de Hache había ayudado a la mujer a cambiar de repente sus tendencias homófobas y no tardó en visitarla.

Hache no dejó que su madre entrase en su casa. En lugar de eso, se limitó a extender el pulgar hacia el teléfono de Marie y transferirle un millón de dólares.

Después, y antes de que la mujer tuviese tiempo de agradecérselo, Hache le dijo a su madre las mismas palabras que ella le había dicho en el pasado.

—Tus decisiones hacen que me avergüence de ti. Ahora, márchate. No quiero volver a verte jamás.

Cerró de un portazo en la cara de su madre y les dijo a los guardias de seguridad que nunca la dejaran entrar en su propiedad de nuevo.

—¿Sabes lo peor, Zeta? —preguntó Hache mientras seguíamos caminando por la avenida Washington.

—No, Hache. ¿Qué es lo peor?

—En los últimos años de su vida, cuando se hizo testigo de Jehová, Prince se volvió antigay —explicó—. Creía que Dios no aprobaba la homosexualidad, por lo que él tampoco podía hacerlo. ¿Te lo puedes creer, Zeta? —Agitó la cabeza—. Llevaba siendo un icono y un modelo a seguir para generaciones de niños y adultos que estaban muy confusos con su sexualidad. Daba la impresión de que sus letras hablaban sobre nosotros: «*I'm not a woman, I'm not a man. I am something that you'll never understand*».

Empezó a asfixiarse y tuvo que parar durante unos segundos para recuperar la compostura.

—Luego, un día —continuó—, Prince cambia de idea de repente y dice: «No, no. He estado equivocado todo este tiempo. Deberías odiarte a ti misma por ser lesbiana, porque Dios dice que es pecado ser la persona en la que Él te convirtió…».

Agitó la cabeza.

—Es absurdo. ¿Por qué debería importarme que una antigua estrella del rock se haya vuelto religioso?

—Tiene mucho sentido, Hache —dije un momento después—. Primero te rechazó tu madre. Y después Prince, quien para ti era tu figura paterna.

Ella asintió y después sonrió.

—Sí. Pero tú no me rechazaste. Ni siquiera después de haberte engañado durante tantos años.

Yo le devolví la sonrisa.

—Claro que no —respondí—. Te quiero, joder. Eres mi mejor amiga. Eres parte de la familia que he elegido, que es la que importa. ¿O no?

Ella sonrió y volvió a asentir. Estuvo a punto de decir algo, pero después se detuvo de repente en la acera.

—¡Rápido! —dijo al tiempo que señalaba una especie de tienda de segunda mano que estaba en la esquina frente a nosotros—. ¡Tenemos que parar ahí! ¡Deprisa!

El cartel sobre la entrada rezaba BARATIJAS DEL SEÑOR MC-GEE. Corrí e intenté abrir la puerta delantera, pero no se movió ni un centímetro.

—¡No, por ahí no! —gritó Hache—. ¡Por detrás!

Shoto y yo la seguimos a la parte de atrás, lo que activó otro giradiscos: *Raspberry Beret*. Cuando llegamos a la parte de atrás de la tienda, Hache nos esperaba junto a la puerta abierta que tenía colgado un cartel con las palabras SOLO SALIDA.

—Solo se puede entrar en la tienda por la puerta de atrás —nos explicó al tiempo que nos indicaba que entrásemos.

Solté un suspiro de agotamiento y después miré la cuenta atrás del ONI. Solo me quedaba una hora y cuarenta y cuatro minutos.

—¿Esto es absolutamente necesario, Hache? —pregunté.

—¡Sí! —dijo mientras me empujaba al interior—. ¡Vamos, rápido!

Hache terminó de guiarme por el proceso elaborado que debíamos llevar a cabo para comprar la boina color frambuesa. (Primero tuve que preguntarle al señor McGee, el propietario, si tenía trabajo para mí. Después Hache me dijo que me colocase detrás del mostrador e hiciese «prácticamente nada» hasta que el señor McGee me repitiese varias veces que no le gustaba la gente como yo porque tenía «mucha parsimonia». Se me hizo eterno.)

Cuando nos marchamos de la tienda, Hache me obligó a poner la boina color frambuesa en la cabeza de mi avatar.

—Tía, como hagas todo esto para burlarte de mí, te vas a enterar —dije.

—¡Lo que comparto aquí contigo es información muy importante y que me ha costado mucho conseguir, pedazo de capullo desagradecido! —dijo al tiempo que me colocaba la boina con una inclinación muy elegante y después asentía, satisfecha.

Avanzamos unas manzanas más por la avenida Washington y vimos un precioso Chevrolet Corvette de 1958 que relucía debajo de las farolas. El coche estaba aparcado en perpendicular por alguna razón, con la parte delantera apuntando hacia el tráfico y la trasera hacia el bordillo, en lugar de estar en paralelo, como el resto de los coches de la calle. Era un descapotable rojo y blanco con la capota bajada y las llaves puestas en el contacto.

—Conduces tú, Zeta —dijo Hache—. El pequeño Corvette

rojo no arranca a menos que lleves puesta la boina color frambuesa.

Salté detrás del volante, y Hache en el asiento del copiloto, lo que obligó a Shoto a colocarse detrás. El motor del coche rugió cuando lo encendí, y después aceleré para alejarlo de la acera y me interné en el tráfico. Casi todos los demás coches que había por la carretera eran deportivos o limusinas.

—Entra a la autopista por esa salida —dijo Hache, que señaló frente a nosotros—. Por la interestatal 394 oeste. Síguela hasta salir de la ciudad. Lo más rápido que puedas.

Hice lo que me ordenaba y cogí la salida, momento en el que aceleré al máximo y llegamos a más de ciento sesenta kilómetros por hora. Avanzamos a toda velocidad hacia el oeste, y Hache cambió la canción de la radio para poner *Little Red Corvette*. La canción volvió a reproducirse desde el principio cuando terminó, ya que al parecer era la única que podía sintonizarse. Después de repetirse varias veces, todos empezamos a cantar el estribillo al mismo tiempo, hasta que Hache la apago de repente con gesto de indignación.

—Un momento —dijo mientras se daba la vuelta para dirigirse a Shoto—. ¿Me traicionan mis oídos o acabo de oírte decir *«living correct»*?

Shoto asintió.

—Sí, ¿por qué? —dijo—. ¿Es lo que dice la letra, no?

—No —dijo ella—. No es lo que dice la letra, Shoto. El título de la canción es *Little Red Corvette*. Siempre lo ha sido.

Shoto frunció el ceño.

—¿En serio? —dijo él. Después se encogió de hombros—. Vaya. Eso cambia por completo el significado de la canción.

—Shoto, tío… —comento Hache—. ¿Es que no te has dado cuenta de que estás sentado en un Corvette pequeño y rojo ahora mismo? ¿Y tampoco de que esa es la única canción que suena en la radio?

—Vamos a oírla otra vez —dijo Shoto—. Te prometo que *«living correct»* también encaja bien. ¡De verdad!

Hache miró el cielo con gesto expectante.

—No me puedo creer que la tontería que acabas de decir no fuese suficiente para que te cayera un rayo encima —murmuró.

Hache siguió indicándome por dónde llevar el coche hasta que llegamos a Siete Esquinas, una zona ubicada en un cruce iluminado por neones en el que confluían tres calles: las avenidas Washington, Cedar y Decimonovena, todas pavimentadas con ladrillos rojos en lugar de asfalto.

A pesar del nombre del lugar, solo conté cuatro esquinas. Había garitos de música en cada una de ellas, todos con un enorme y estilizado cartel de neón con el nombre del local. En una esquina había uno llamado Clinton's House. Frente a ese había otro con un neón azul hielo que rezaba MELODY COOL, que se encontraba en un edificio de piedra gris con vidrieras que lo hacían parecerse más a una iglesia que a un club. Al otro lado de la calle, en otra de las esquinas, había uno que se llamaba Glam Slam, con un neón enorme del planeta Marte que rodeaba la entrada principal.

Cuando llegamos a otro pequeño club con cartel de neón que se llamaba Baby Doe Bar, Hache me dijo que aparcase el coche. Nos bajamos todos al mismo tiempo.

—Vale. Os cuento cómo va —explicó Hache—. Los avatares pueden venir aquí y hacer una audición para cualquiera de las bandas locales que tocan en estos garitos. Si la pasamos, nos dejarán unirnos a la banda y lucharán con nosotros cuando entremos en la arena. ¿Lo habéis entendido?

Shoto señaló un panfleto que había clavado en un poste cercano y que anunciaba las audiciones para una banda llamada Dez Dickerson y los Modernaires. La fotografía del anuncio mostraba al cantante (supuse que Dez) con una bandana de la bandera japonesa.

—¿Y estos tíos? —preguntó Shoto—. Tienen pinta de ser la caña.

Hache puso los ojos en blanco.

—Claro, es una idea fantástica, Shoto —dijo ella—. ¿Quién va a estar mejor equipado que Dez Dickerson y los Modernaires para una batalla sónica con los mejores músicos de la historia? ¡Seguro que ponemos a Prince contra las cuerdas! —Hache señaló otro local de la calle—. ¡Mejor aún! ¿Por qué no vamos por ahí y pedimos una audición a Apollonia 6?

—¡Vale! —dijo Shoto con tono animado—. Si tienen seis integrantes y nos unimos nosotros tres, ¡seríamos nueve! ¡Más que los Siete!

Abrí la portada de un álbum de Apollonia 6 en una ventana de navegador y la giré hacia Shoto. En ella se veían tres mujeres jóvenes en ropa interior rodeadas por una niebla y posando frente a unos obeliscos. Una de ellas tenía un osito de peluche enorme amarrado en las medias de rejilla.

—Creo que Apollonia 6 solo tenía tres integrantes —dije—. A menos que cuentes el osito de peluche.

Nos giramos hacia Hache para que nos lo confirmara, pero ella ya había empezado a alejarse de nuestro lado, sin dejar de agitar la cabeza a causa de nuestra ignorancia. Shoto y yo corrimos detrás...

Y después nos chocamos con ella. Hache se detuvo de repente frente a nosotros después de dar unos pocos pasos. Vimos la razón en cuanto nos recuperamos del golpe. El avatar de armadura negra de Nolan Sorrento se encontraba justo delante de nosotros y nos bloqueaba el paso.

Era el tipo que había matado a mi tía y al resto de los vecinos para intentar matarme a mí. Ahí, en medio de la calle. Libre.

—¡Bu! —gritó para asustarnos a los tres. Después rio con ganas. Parecía muy feliz de vernos, algo que me resultó muy inquietante—. ¡Vaya! —continuó al terminar—. ¡Miraos, chicos! ¡El equipo A vuelve a la acción! Como en los viejos tiempos...

Dio un amenazador paso al frente, pero no nos echamos atrás.

—¿Nunca os cansáis de deambular por las ruinas de la nostalgia de generaciones pasadas? —Extendió los brazos—. Mirad a vuestro alrededor. OASIS no es más que un cementerio enorme habitado por los fantasmas de los iconos culturales de otra época. El santuario con el que un anciano loco pretendía rendir homenaje a cosas inútiles.

—¿Qué haces aquí, Sorrento? —pregunté—. Estamos muy ocupados.

—Anorak me envió para ver cómo os iba —respondió él—. Estáis perdiendo muchísimo tiempo en este planeta y vuestra amiga Art3mis parece haberos abandonado. —Sonrió—. Sospecho que es normal. Al fin y al cabo, si fracasáis aquí moriréis y ella se quedará con la empresa…

Fingí lo mejor que pude que lo que acababa de decir me había afectado. Si Anorak y él pensaban que Samantha nos la había jugado, no se preocuparían por lo que estaba haciendo en realidad.

—Sea como fuere —continuó Sorrento—. Anorak está muy preocupado, por lo que me ha enviado para recordaros que vigila todo lo que hacéis. Se acaba el tiempo. Y la fecha de entrega no es negociable. —Me sonrió y añadió—: Centraos o acabaréis criando malvas.

Y justo después su avatar desapareció al teletransportarse.

Todos nos quedamos mirando el lugar en el que se encontraba hacía un momento. Después seguimos avanzando sin mediar palabra.

Hache nos llevó al siguiente cruce y pasamos junto a una copia del Moulin Rouge, que estaba al lado de un lugar llamado Ambulance Bar. Frente a nosotros y mezclado entre los garitos musicales vimos unos recreativos llamados Coin Castle. Por lo poco que fui capaz de apreciar a través de las ventanas delanteras, el interior estaba lleno de muebles de recreativas y máquinas de pinball púrpura. Esperaba que Hache se dirigiese hacia allí, pero pasó por delante de la entrada y siguió corriendo hasta que llegamos a un club grande que se encontraba en la esquina siguiente. El cartel de neón que tenía sobre la entrada rezaba PANDEMONIUM en letras refulgentes de color naranja. Había un reloj enorme colocado encima con las palabras LA HORA en mayúscula sobre él. Me resultó muy raro, como poner LA FECHA encima de un calendario.

Hache nos guio hasta la entrada principal del club. Estaba protegido por el mismo grandullón barbudo con chaleco de cebra que habíamos visto antes protegiendo a Prince en el teatro chino. El hombre se colocó frente a la puerta principal para bloquearnos el paso, y después cruzó los brazos sobre ese pecho enorme que parecía el tronco de un árbol.

—¿Qué pasa, grandullón? —saludó Hache, como si el PNJ fuese un viejo amigo.

El grandullón se bajó las gafas de sol hasta la nariz y fulminó a Hache con la mirada.

—¿Cuál es la contraseña? —preguntó con voz sorprendentemente amable.

Hache hizo bocina con la mano en su oreja derecha y la giró hacia él.

—¿Qué has dicho?

El grandullón asintió y nos dedicó a todos una sonrisa amistosa antes de apartarse. Shoto y yo intercambiamos miradas de confusión antes de seguir a Hache al interior.

Sentí como si nos internásemos en la zona más de moda del noveno círculo del infierno de Dante. Las luces eran de tonalidades rojas y había llamas por todas partes: velas encendidas en todas las mesas, antorchas en las paredes y barandillas, y muchas chimeneas en los pisos superiores e inferiores. Pero allí no hacía calor, y estaba lleno de PNJ felices y parlanchines, gente guapa ataviada con colores chillones que bebían, fumaban, bailaban e intentaban seducirse entre ellos.

—Caballeros, recordad por favor que hace falta tiempo para parar la revolución —dijo Hache al tiempo que señalaba hacia el escenario vacío del local, que se encontraba en el interior de un anillo de fuego. Después dijo—: ¡Los perros viajan en jaurías de siete!

El escenario estaba vacío a excepción de una batería enorme. El bombo tenía un símbolo muy familiar, un número 7 grande algo descentrado dentro de un círculo mayor, con otro círculo mucho más pequeño que orbitaba a su alrededor, como un electrón...

Saqué el cuarto fragmento y eché otro vistazo. El símbolo del bombo era igual al octavo y último de los grabados en la superficie, el que se encontraba después de la V.

—¡Hache! —grité—. ¡Es el mismo símbolo!

Ella asintió.

—Es el logo de una banda llamada los 7te Originales —dijo—. Pero se cambiaron el nombre a ese símbolo en un momento dado de su carrera, por la misma razón por la que Prince se cambió el suyo. Movidas contractuales. Aún se los conoce por su nombre original…

La multitud que nos rodeaba estalló en aplausos a nuestro alrededor, por lo que dejamos de oír a Hache. Echamos un vistazo y vimos a siete hombres que corrían al escenario en fila de a uno. Los siete iban vestidos con trajes muy elegantes. Cuatro llevaban instrumentos. Y uno un espejo muy grande.

Me resultaban familiares, pero no los reconocí en ese momento. El DJ del club, que también me resultaba muy familiar, empezó a hablar por los altavoces para presentarlos.

—Damas y caballeros —dijo—. Den, por favor, la bienvenida a… los siete miembros originales de una de las mejores bandas del mundo… ¡Morris Day y los Time!

En ese momento me di cuenta de por qué los conocía: por el cameo que hacían en *Jay y Bob el Silencioso contraatacan*. Y el DJ que acababa de presentarlos era un PNJ de Jason Mewes, copiado y pegado del View Askewniverse del Sector Dieciséis.

El cantante, Morris Day, esperó un momento a que el público se tranquilizase y después cogió el micrófono.

—¡Bienvenidos a Pandemonium! —gritó—. Hoy va a ser una gran noche. ¡Tendremos audiciones! Nos gustaría completar nuestras filas con algunos bailarines para nuestra próxima gira, por lo que todo aquel que crea que tiene lo que hay que tener, ¡que demuestre ahora que sabe mover ese esqueleto!

—Muy bien —dijo Hache—. ¡Preparaos! Vamos a intentar no cagarla, ¿vale?

—¿No cagar el qué? —pregunté—. ¿No nos vas a decir lo que tenemos que hacer? ¿Hache?

Hache negó con la cabeza y comenzó a bailar hacia atrás, alejándose. Después me dedicó una amplia sonrisa mientras el grupo se disponía a tocar *The Bird*, uno de sus éxitos de 1984.

—¿Preparados? —preguntó Morris desde el escenario—. ¡Muy bien! Todo el que quiera participar, que cuente hasta diez y se meta en la pista de baile. ¡Diez! ¡Nueve! ¡Ocho! ¡Siete...!

Hache siguió bailando hacia atrás en dirección a la pista de baile y sin dejar de indicarnos que la siguiésemos. Un segundo después, Morris Day soltó un «¡Guau!» atronador y empezó la canción.

En ese momento empecé a ver como unas flechas direccionales caían desde la parte alta de mi HUD, y eran las mismas que se iluminaban en el suelo justo debajo de mis pies, como si fuese una partida a tamaño real de *Dance Dance Revolution*. Shoto también las vio, y ambos soltamos un grito de júbilo.

—¡DDR! —aullamos al mismo tiempo mientras bailábamos al ritmo de las flechas.

Hache se unió a nosotros y los tres nos movimos al ritmo de las flechas con una sincronización perfecta.

Conseguimos mantenernos así hasta el final de la canción.

Cuando terminó. Morris nos llamó para que subiésemos al escenario y anunció que habíamos pasado la audición con matrícula de honor.

—Venga, decid: «juro lealtad a los Time» —gritó Morris—. ¿Podéis decirlo?

Todos levantamos la mano derecha y juramos lealtad. Después, Hache se inclinó hacia Morris y le susurró algo al oído, algo parecido a «el niño». Dijera lo que dijese, la expresión de Morris cambió y salió del escenario a toda prisa sin dejar de indicarle a sus compañeros que lo siguieran. También a nosotros tres.

—¡Ha funcionado! —dijo Hache—. ¡Han aceptado luchar con nosotros! ¡Vamos!

* * *

Volvimos al pequeño Corvette rojo y aceleramos en dirección sur por la calle Alphabet. Morris Day y los Time nos siguieron en el autobús de la banda, que tenía el logo de los 7te Originales pintado en uno de los costados.

Cuando nos encontrábamos a unos kilómetros fuera de los límites de la ciudad, el paisaje a nuestro alrededor cambió bruscamente y la carretera nos llevó a un desierto que parecía extenderse por el horizonte en todas direcciones.

Unos relámpagos púrpura alargados y punzantes descendían de los cielos cada pocos segundos y golpeaban la arena, lo que la quemaba y la fundía para crear extrañas formaciones con forma de columna de fulgurita púrpura que moteaban el árido paisaje como si de centinelas se tratara.

Poco después, una pirámide solitaria se alzó en la distancia frente a nosotros, a un lado de la carretera, como si fuese una extraña atracción.

Cuando llegamos hasta ella, Hache me dijo que parase el coche e hizo señas al autobús de detrás para que hiciese lo propio. Nos indicó a todos que esperásemos mientras ella entraba para coger algo, y vi desde dentro del Corvette como corría por la arena estéril hacia una de las esquinas de la pirámide, en la que no daba la impresión de haber entrada alguna. Usé el HUD para ampliar la imagen al máximo y vi que Hache pasaba los dedos por la superficie de una de las enormes piedras que conformaban la base de la pirámide. Después se inclinó hacia delante, sopló la arena de una zona concreta de la piedra y dejó al descubierto varias hileras de jeroglíficos. Empezó a pulsarlos en un orden específico, como si fuesen botones. Oí un rechinar cuando una enorme piedra de la base se deslizó a un lado y se abrió una entrada secreta. Hache la atravesó.

Un minuto después, volvió a salir con una sonrisa enorme en el rostro. Cuando volvió a subir al coche a mi lado, vi que llevaba tres cadenas de oro con sendos colgantes dorados con forma de elementos diferentes del símbolo de Prince. El primero de los colgantes era un círculo dorado que Hache me dio a mí. El segundo era un cuerno dorado, que le dio a Shoto. Y el último era un símbolo andrógino dorado que se puso al cuello.

—Vale —dijo después de soltar un gran suspiro—. Ahora también tenemos las tres cadenas de oro. Creo que ya no podemos prepararnos más. —Señaló hacia la carretera que teníamos delante—. ¡La música nos espera, compadres!

Volví a llevar el Corvette hasta la carretera, seguido del autobús, y pisé a fondo para abalanzarnos hacia el horizonte sombrío y púrpura que teníamos delante.

Un momento después, el desierto quedó atrás y nos encontramos en un paisaje violeta y místico, con cordilleras montañosas púrpura en la distancia y un cielo oscuro del mismo color sobre nosotros, con nubes de tormenta también moradas y relámpagos malva que hendían los cielos y chisporroteaban entre ellas. Le puse la capota al Corvette justo a tiempo, ya que empezaron a caer unas gotas muy gordas de lluvia púrpura que rebotaron sobre el techo del coche y el asfalto con un extraño ritmo sincopado.

Me llamó la atención un resplandor que se iluminaba en un extremo de la carretera y, a medida que nos acercábamos, descubrí que se trataba de una estructura de algún tipo que se alzaba como una fortaleza enorme o un templo. Cuando estábamos más cerca me percaté de que tenía siete capiteles que se alzaban hacia el cielo violeta y en la punta de cada uno de ellos se distinguía una estructura con forma de cúpula parecida a un bombón Hershey's Kiss. Seis de los capiteles estaban envueltos en luces azul neón, pero el último era mucho más grande y parecía estar coronado por un chhatri dorado.

La carretera terminó en un aparcamiento con la forma del símbolo de Prince y una superficie espejada que parecía de obsidiana. Alzamos la vista a la enorme estructura, y el autobús de la banda aparcó detrás de nosotros, momento en el que Morris

Day y el resto de los 7te Originales se bajaron de él. Ninguno habló. Se quedaron allí de pie y a la espera, como si nada. Jerome se acercó a Morris y fingió quitarle el polvo de los hombros.

El resto de los miembros de los Time tenían gesto funesto en el rostro, como si estuviesen preparados para la guerra.

Hache nos llevó a las puertas enjoyadas del templo, que parecían estar hechas de oro. Estaban abiertas, como si nos desafiaran a entrar. Detrás de ellas había un patio amplio y enorme que se extendía hasta las escaleras que llevaban al templo. Alrededor del patio y del templo adyacente, el paisaje estaba formado por un prado de flores púrpura que parecía extenderse en todas direcciones hasta el infinito.

Eché un vistazo a través de las puertas abiertas y vi varias siluetas con forma de gato que deambulaban por el perímetro. Puede que fuesen leones o panteras. Fueran lo que fuesen, se detuvieron de repente y se nos quedaron mirando con relucientes ojos violeta.

—Esta es la arena, entonces —comentó Shoto.

Hache asintió y extendió los brazos.

—*Dream if you can, a courtyard* —canturreó—. *An ocean of violets in bloom...*

Shoto sonrió y se crujió los nudillos.

—Muy bien —dijo—. Vamos allá.

Dio unos pasos al frente hacia la entrada del templo, pero Hache lo agarró y tiró de él hacia atrás.

—Todavía no —dijo ella—. La fiesta empezará nada más cruzar la puerta. Vamos a equiparnos primero.

Abrió su inventario y sacó la Cloud Guitar de Prince que había conseguido en la Primera Avenida. Le dio la vuelta y vimos que había un hueco con la forma del símbolo de Prince en la parte de atrás, el mismo que habíamos encontrado en la nave. Hache sacó la célula de energía del inventario y la introdujo. Encajó a la perfección, como una batería. Después volvió a darle la vuelta a la guitarra y pulsó un botón con la misma forma que había justo debajo del puente. Oí un ligero zumbido armónico que incrementó de volumen a medida que las cuerdas, los trastes y las pastillas empezaban a brillar y a chisporrotear con energía púrpura.

—Mencionaste que estabas yendo a clase de guitarra —dijo Hache—. Para aprender a tocar una de verdad, ¿no?

—Sí —dije sin dejar de mirar el instrumento que tenía entre las manos—. ¿Por qué?

—¿Se te da bien?

Me encogí de hombros y cerré las manos, porque tenía miedo de ponerme a temblar.

—Bueno... No soy Yngwie Malmsteen, pero aún estoy aprendiendo —respondió.

—Pues se acabaron las clases, Yngwie —dijo Hache al tiempo que me tendía la guitarra—. Ha llegado la hora de la verdad.

La cogí con cuidado con ambas manos mientras bajaba un poco la cabeza en un gesto de respeto, el mismo que le había dedicado a Shoto cuando me dio la espada de su hermano fallecido.

—La Cloud Guitar es un artefacto de Más allá —explicó Hache—. Sus ataques sónicos más poderosos solo se pueden activar si el portador sabe tocar la guitarra de verdad y rasguea algunas progresiones de acordes. No tiene nada que ver con esa tontería tipo *Guitar Hero* que tocaste en Megadon. Aquí hay que hacerlo de verdad.

—Muy bien —dije mientras se la quitaba de las manos—. Gracias, Hache.

—Abre la descripción del objeto —dijo ella—. Ahora, antes de que entremos. Tendrás que memorizar todas las frases y acordes de quintas que hacen las veces de ataques especiales. Es una de las pocas armas que afectan a las siete iteraciones del Púrpura, pero la guitarra se sobrecalentará y explotará después de que la uses para acabar con uno de los Prince. Dedícate a acabar primero con todos los secuaces que puedas antes de ir a por uno de los Siete. ¿Entendido?

—¿Prince también tiene secuaces? —preguntó Shoto—. ¿Quiénes son?

—Los grupos que lo acompañaban —comentó Hache—. Hay decenas de encarnaciones PNJ de Prince diferentes en este planeta, una para cada una de las fases de su carrera artística. Dependiendo de a cuáles nos enfrentemos, tendrán grupo o no. Proto-Prince, por ejemplo, va solo porque él tocaba todos los instrumentos de sus dos primeros discos. Pero si aparece Graffiti Bridge Prince irá acompañado por New Power Generation. Y ya te digo yo que nos darán una buena tunda funk, compadre. El más peligroso es Third-Eye Prince, porque no solo lanza ráfagas sonoras de iluminación espiritual por el tercer ojo, sino que también va acompañado por 3RDEYEGIRL. Si nos enfrentamos a Purple Rain Prince y viene acompañado por The Revolution, será mejor que nos vayamos despidiendo, porque son imbatibles, sobre todo cuando juegan en casa, como es el caso.

—Pero tenemos a los Time de nuestra parte —dije mientras miraba a nuestros secuaces—. Parecen tipos duros.

—Lo son —aseguró Hache—. Prince formó la banda, pero eran tan buenos que evolucionaron y llegaron a escapar a su control. Pero no van a sacarnos las castañas del fuego, Zeta. Si tenemos suerte, puede que nos ayuden a acabar con Graffiti Bridge Prince y New Power Generation. Quizá puede que hasta con Proto-Prince. Pero el resto… —Negó con la cabeza—. El resto son cosa nuestra. No hay tutía. Será un milagro si conseguimos salir vivos del enfrentamiento. Y no me estoy poniendo negativa, solo intento prepararos para la realidad.

—Genial —dije al tiempo que le daba una palmadita en la espalda—. Me encanta la manera que tienes de avivar nuestra confianza. Gracias, Hache.

Ella se giró para mirar a Shoto.

—¿Y tú qué, Living Correct? —dijo—. ¿Sabes tocar algún instrumento? Alguno que no sea la zambomba, quiero decir.

Shoto frunció el ceño y negó con la cabeza. Hache suspiró. Después abrió el inventario, sacó una pandereta y se la lanzó. Shoto la cogió en el aire con una mano.

—Hazlo lo mejor que puedas —dijo.

—¿Y tú qué instrumento tocas, Hache? —preguntó Shoto con indignación.

—No os preocupéis por mí —dijo ella—. Yo sé cantar. —Me miró—. ¿Estás listo, Zeta?

Asentí y levanté un pulgar. Ella me devolvió el gesto, respiró hondo y nos guio hacia el interior a través de las puertas abiertas de la arena, con los siete miembros originales de Morris Day y los Time a la zaga.

Cuando todos los miembros de nuestro grupo atravesaron las puertas, se activó un giradiscos y comenzó a sonar la canción *Thieves in the Temple*. Se levantó una neblina roja que serpenteó entre nuestras piernas y cubrió en poco tiempo todo el suelo del patio. Hache nos llevó al centro y después nos indicó que nos detuviésemos allí.

—¡Las tres cadenas de oro nos protegerán de sus ataques por un tiempo limitado! —nos gritó a Shoto y a mí—. Tenemos que aprovechar ese tiempo para pegarles una buena tunda. ¿Entendido?

Antes de que nos diera tiempo a responder, se oyó un trueno y unos relámpagos púrpura empezaron a extenderse por los cielos.

—¡Preparaos para la batalla! —gritó Hache a todo el grupo—. Los Siete se encuentran en diferentes partes de Más allá y se van a teletransportar a este lugar de un momento a otro.

Después Hache dijo lo que siempre solía decir cada vez que nos enfrentábamos a una situación de vida o muerte:

—Encantado de haberle conocido, doctor Verkman.

Siempre me hacía reír entre dientes, pero lo cierto es que en esta ocasión me afectó mucho.

—Nos veremos en el otro barrio —respondí al tiempo que agarraba el mástil de la Cloud Guitar como si fuese el cañón de la mochila de protones.

Siete grandes cilindros de cristal se alzaron del suelo entre la neblina roja y formaron un círculo a nuestro alrededor. Cada uno de ellos tenía una cobertura de metal por encima y por debajo, como un fusible gigantesco, y en el interior se perfilaba la silueta de una de las encarnaciones de su regia malignidad. Todas tenían un peinado diferente para representar cada una de las diferentes fases estilísticas de la carrera de Prince.

Antes de tener ocasión de fijarme en ellos a través de la niebla, los siete cilindros se abrieron y los siete Prince salieron de ellos al mismo tiempo, dando un paso al frente para caer en la arena. Justo en ese momento comenzó a sonar a un volumen atronador el amenazante riff de guitarra de *When Doves Cry*. La batería estalló unos segundos después, y las siete encarnaciones de Prince extendieron los brazos al unísono y comenzaron a flotar sobre el suelo despacio. Alcé la cabeza y los vi flotando justo sobre nosotros, mirándonos como siete iracundos dioses kryptonianos listos para darnos una buena paliza superheroica.

¡Era una visión aterradora!

—¡No los miréis directo a los ojos! —oí gritar a Hache—. ¡A ninguno de sus ojos! ¿Entendido?

Desvié la mirada de inmediato y vi que Shoto hacía lo mismo. Hache nos vio mirando al suelo.

—¡A ver, no os he dicho que no los miréis! —gritó—. Solo evitad mirarlos a los ojos durante más de un segundo o dos o entrarán en modo *berserker*. ¿Entendido?

Asentí y volví a mirarlos. Aún levitaban a nuestro alrededor y habían empezado a rotar formando un círculo.

El que más me imponía sin duda era Purple Rain Prince. Llevaba unas gafas espejadas, una camisa blanca de cuello alto, pantalones rojos y una chaqueta púrpura y brillante con tachuelas en el hombro izquierdo. Parecía el más enfadado de todos, por alguna razón que yo no llegaba a comprender. También fue el primero en hablar. Nos señaló desde las alturas con un dedo acusador.

—¡Ahí están! —gritó con una voz que reverberó a nuestro alrededor—. ¡Esos son los herejes que han allanado nuestra casa, destrozado nuestra moto y robado nuestra nave espacial! ¡Y ahora pretenden mancillar nuestro templo sagrado!

Las otras seis encarnaciones de Prince dieron un respingo al unísono, pusieron mala cara e intercambiaron miradas ofendidas entre ellos. Después todos atacaron al mismo tiempo, como si tuviesen poderes telepáticos.

Purple Rain Prince tomó la delantera. Cayó hacia nosotros con su chaqueta púrpura y reluciente batiendo detrás de él como si fuesen las alas de un ángel y mientras disparaba ráfagas ensordecedoras de estruendos funk hacia nosotros a través de la pala de su reluciente guitarra H. S. Anderson Mad Cat. Los proyectiles se transformaron en unas pelotas de energía púrpura que explotaban al impactar. Recibí varios golpes en el torso de mi avatar, pero por suerte la cadena de oro hizo lo que tenía que hacer y evitó que recibiese daño.

Después se oyó un estallido sonoro, y Purple Rain Prince volvió a flotar sobre nosotros. Alzó ambas manos y gritó con su ensordecedora voz:

—¡Majestad! ¡Divinidad!

Dos palomas surgieron por detrás de él y flotaron sobre su cabeza. Ambas abrieron el pico y nos dispararon sendos graznidos.

Después de que Purple Rain Prince y sus dos palomas terminaran de atacar, Cloud Suit Prince descendió de los cielos. Esa encarnación llevaba un traje azul cerúleo cubierto por nubes blancas. Y al parecer tenía la capacidad de cambiar de fase y hacer que su traje fuese invisible, lo que lo hacía inmune a nuestros ataques.

Cloud Suit Prince parecía muy molesto conmigo en particular y centró todos sus ataques vocales en mi avatar. Me llevó varios minutos descubrir la razón: tenía en mis manos su Cloud Guitar y quería recuperarla.

Cloud Suit Prince cantaba una canción de 1984 llamada *I Would Die 4 U*, pero cambió un poco la letra del estribillo y lo que oí venía a decir algo así como: «Morirás. Por. Mí. ¡Sí! ¡Eso es lo que va a ocurrir!». Cada acorde rápido que rasgueaba en su

Mad Cat lanzaba otra ráfaga sónica en mi dirección, como un pistolero que vacía el cañón de su revolver.

Hache comentó que el siguiente Prince en atacar era Gett Off Prince. Iba ataviado con un traje de encaje ceñido con dos círculos recortados en la parte de atrás que dejaban al descubierto sus nalgas. Por suerte no lanzó por ellas ningún ataque sónico, sino que lo hizo a través de su guitarra amarilla, que parecía ser idéntica en todo a la mía menos en el color.

Cuando descendió el siguiente Prince creí que estaba alucinando. Hache lo llamó «Gemini». Shoto, «Partyman». Y mi programa de reconocimiento me indicó a duras penas que se trataba de «Batdance Prince». A mí se me parecía a Dos Caras, pero la parte de la izquierda era Batman y la de la derecha un Joker con el pelo verde. Lanzó bombas de risa con una mano y batarangs con la otra, pero después volvió a las alturas para evitar nuestros contraataques.

No estoy seguro de cuál era el nombre correcto para la próxima encarnación que nos atacó, pero yo lo llamé Microphone Gun Prince. Llevaba un traje negro del todo, un pañuelo negro en la cabeza y unas gafas de sol enormes. También tenía un par de micrófonos dorados que en realidad eran armas de fuego y que guardaba en unas cartucheras de cuero negro a cada lado de la cadera. Parecían pistolas, pero los cañones tenían la forma de dos micrófonos antiguos que lanzaban andanadas rápidas de ondas sónicas funk. Después de lanzar el ataque, sopló el humo que salía de cada uno de los micrófonos, los volvió a enfundar en las cartucheras y regresó a las alturas.

La siguiente encarnación me puso los pelos de punta. Third Eye Prince tenía un afro enorme y redondo y unas gafas de sol con tres lentes. La tercera estaba centrada sobre las otras dos y disparaba un haz sónico devastador a través del tercer ojo que incineraba todo a su paso.

Después de que Third Eye Prince terminara el bombardeo, Purple Rain Prince se abalanzó para atacar por segunda vez a pesar de que acababa de atacar hacía seis segundos. Por mi parte, yo no había conseguido lanzar un solo ataque y sabía que la cadena de oro no iba a durar para siempre. Era terrible y me hizo darme cuenta de lo sobrepasados que estábamos.

Mesh-Mask Prince, la séptima y última encarnación, fue el único que no descendió para atacar. Parecía estar desarmado, y siguió flotando sobre nosotros, inerte y en silencio mientras veía cómo se desarrollaba la batalla con un gesto impertérrito en el rostro (al menos en el rostro que se veía tras la máscara).

Conseguí recuperar la compostura al fin y empecé a devolver los ataques con la Cloud Guitar, con la que di dos golpes directos a Cloud Prince. Pareció quedar muy debilitado y dejó de atacar para quedarse flotando sobre nosotros, junto a Mesh-Mask Prince.

Mientras, Hache había abierto el encantamiento de activación de secuaces de los 7te Originales en su HUD. Lo leyó en voz alta mientras se enfrentaba a Morris y su banda. Antes de cada frase, chasqueaba los dedos:

¡Chas!

Yo, Stella! If you think I'm afraid of you...

¡Chas!

Grace, if you so much as think I can't do the do...

¡Chas!

Girl, if you dream I came to jerk around, you better wake up...

¡Chas!

—and release it!

Tan pronto como Hache terminó de recitar las dos últimas palabras del encantamiento, Morris Day and the Time se activaron y empezaron a tocar una canción de la película *Graffiti Bridge* llamada *Release it*.

El cantante Morris Day dio un paso al frente y un micrófono apareció en su mano. Se lo llevó a los labios, ladeó la cabeza, alzó la vista para mirar a sus siete oponentes y dijo:

—¿Tenéis algún problema?

Nada más decirlo, un par de cuernos demoníacos le crecieron de la frente y los ojos se le pusieron de un rojo intenso. Unos relámpagos rojos chisporrotearon en sus cuernos para luego sa-

lir despedidos a las alturas y desviar los ataques de relámpagos
púrpura que llovían sobre nosotros.

Después lanzó su ataque «¡Guac!», que consistía en soltar
un graznido ensordecedor en plan «¡Gua-a-a-ac!» que estaba
a medio camino entre grito y carcajada y que tenía un área de
efecto sónica que hizo daño a todas las encarnaciones al mismo
tiempo.

Pero lo que convertía a Morris en un oponente aún más terrible era su mano derecha, Jerome «Hombre Espejo» Benton,
que llevaba un espejo de marco dorado enorme que usaba para
desatar su propio ataque guac.

El resto de los 7te Originales también se unió a la batalla.
Jimmy Jam y Monte Moir portaban sendos keytar AXIS-1 de
Roland modificados que disparaban andanadas sónicas funk
por un extremo cada vez que se tocaba un acorde. Jesse Johnson
disparaba rayos sónicos por las clavijas de su Fender Voodoo
Stratocaster, mientras que Terry Lewis hacía lo propio con su
bajo y Jellybean Johnson, detrás de ellos, disparaba rayos rojos
al cielo con sus baquetas, que sostenía como si fuesen dos vari-
tas mágicas. Cada uno de los miembros de la banda también podía lanzar una ráfaga sónica y mortal de energía directamente
desde sus bocas, gritando la palabra «¡Yeah!» una y otra vez.

Morris soltaba ataques vocales igual de devastadores entre
uno y otro de sus ataques guac. Y, por alguna razón, cuando los
otros integrantes de la banda repetían lo que acababa de decir, el
poder de sus ataques sónicos se incrementaba y hacía más daño
incluso.

Morris gritaba:

—¡No puedes enfrentarte a mí, hijo! ¡Aún te meas en la cama!

Y el grupo repetía:

—¡Aún te meas en la cama!

Morris Day y los Time eran todo un espectáculo. Pero eso
no fue suficiente para salvarlos, ni a ellos ni a nosotros. Porque
los Prince también invocaron a sus secuaces.

Purple Rain Prince invocó a su banda: The Revolution. Todos llevaba atuendos de gala con cuellos altos, como él.

Microphone Gun Prince invocó a New Power Generacion. Eran muchos y todos estaban armados hasta los dientes con todo tipo de instrumentos.

Y Third Eye Prince invocó a su banda 3RDEYEGIRL (que se escribía todo en MAYÚSCULAS, como bien me aseguró mi HUD).

Las tres bandas aparecieron en el suelo y nos rodearon. Después empezaron a atacarnos desde abajo mientras seis de los Prince seguían haciéndolo desde arriba.

En ese momento, Hache gritó algo a Jimmy Jam y Terry Lewis, les comentó que activasen sus «poderes de producción». Sonrieron, asintieron y chasquearon los dedos al unísono, lo que invocó al instante a dos docenas de secuaces uniformados más:

Janet Jackson y Rhythm Nation.

Hache parecía muy sorprendida cuando los vio acercarse.

—¡Hostia puta! —dijo—. ¡No me puedo creer que haya funcionado!

Y después estalló una guerra sónica.

No sé con exactitud lo que ocurrió a continuación ni cómo se desarrollaron los acontecimientos.

Pero cuando todo se tranquilizó, los siete miembros de los Time habían muerto, incluyendo a Morris Day y todos sus clones. (Purple Rain Prince había usado sus gafas espejadas de alguna manera para romper el espejo de Jerome, por lo que ya no podía usarlo para crear más clones de Morris. Creo que eso había sido el principio del fin.)

Pero antes de que muriesen todos, los 7te Originales consiguieron acabar con las tres integrantes de 3RDEYEGIRL, todos los de New Power Generation y también los de The Revolution, menos Wendy y Lisa, a quien destruí yo gracias a las ráfagas de mi Cloud Guitar.

También habíamos acabado con cuatro encarnaciones de Prince, pero otras tres habían sobrevivido a la batalla: Microphone Gun, Third Eye y Mesh-Mask. Los tres parecían estar malheridos y también muy enfadados.

Disparé otra ráfaga con la Cloud Guitar y conseguí acertar a Third Eye Prince directo en el tercer ojo. Al parecer era su punto débil, porque desapareció en una lluvia de purpurina violeta. Las últimas dos encarnaciones dieron un respingo, y Hache hizo lo propio.

Sentí un rayo de esperanza. Me dio la impresión de que podíamos vencer a pesar de todo.

Me estaba dando palmaditas en la espalda a mí mismo, cuando la Cloud Guitar empezó a sobrecalentarse en mis manos y terminó por explotar, lo que me causó varios cientos de puntos de daño más. Mi barra de vida parpadeó en rojo. Mi avatar estaba a punto de morir. El destino había querido que me quedase con siete puntos de vida.

Y aún no había terminado el combate. Quedábamos nosotros tres y dos Prince.

—¡Sí! —gritó Shoto—. ¡Ahora somos más que ellos! Han caído cinco. ¡Quedan dos!

Y ese fue el momento en el que lo perdimos. Shoto soltó una risa histérica, una clara señal de que estaba comenzando a sufrir los síntomas del SSS. Después firmó la sentencia de muerte de su avatar.

—*One-two princes kneel before you* —canturreó mientras seguía riendo a carcajadas debido a la sobrecarga sináptica—. *Princes! Princes who adore you!*

Hache me miró con gesto horrorizado y después echó la cabeza hacia atrás y miró al cielo. Un instante después, un rayo púrpura descendió de las alturas, golpeó a Shoto y lo mató en un abrir y cerrar de ojos.

Hache y yo vimos aterrados como el avatar de nuestro amigo desaparecía poco a poco y dejaba tras de sí los objetos apilados en el suelo. El instinto de supervivencia me hizo abalanzarme sobre ellos y guardarlos en mi inventario. Hache corrió hacia mí para protegerme.

Mesh-Mask Prince había descendido hasta el suelo y estaba detrás de nosotros. Nos encaraba dando la espalda a los escalones que llevaban al Templo de los Siete. Dio un paso amenazador al frente y, al hacerlo, la piedra negra del suelo que pisaba y del que tenía por delante se convirtió en oro, lo que creó un sendero dorado que iba desde la entrada hasta el centro. Cuando el sendero dorado llegó hasta la carretera que se encontraba en el desierto, el asfalto también comenzó a transformarse en oro.

Miré a Hache y vi que miraba el oro bajo sus pies con gesto maravillado y reflexivo. Después volvió a girar la cabeza hacia Mesh-Mask Prince. Una mujer con un vestido dorado y reluciente había aparecido junto a él. Bailaba y giraba en círculos, con una espada enorme equilibrada sobre la cabeza. El HUD me informó de que se trataba de la primera mujer de Prince: Mayte García.

Flotando en el aire entre Mesh-Mask Prince y Mayte había una luz dorada y resplandeciente que parecía una estrella pequeña. Era demasiado luminosa como para mirarla directamente sin encandilarse, por lo que aparté los ojos. Pero Hache no lo hizo, la miró con fijeza e ignoró todo lo demás.

—¡Es como en el videoclip de *Seven*! —gritó.

—¿Eso nos va a ayudar en algo? —pregunté también entre gritos. Alcé la vista y vi que Microphone Gun Prince también parecía haberse quedado prendado con la luz dorada. Dejó de atacar y se centró en mirarla, y el lugar quedó en silencio por primera vez desde que habíamos llegado.

Un segundo después, oí que una mujer empezaba a cantar con voz nítida y maravillosa. Siguió cantando unos segundos más antes de que me diese cuenta de que se trataba de Hache. A capela. La letra pertenecía a una canción que no había oído antes.

All seven and we'll watch them fall
They stand in the way of love
And we will smoke them all...
One day all seven will die

Mientras cantaba, las dos encarnaciones restantes de Prince se unieron a ella. Las voces consiguieron resucitar a las otras cinco encarnaciones y todos se pusieron a cantar al unísono.

Cuando terminó la canción, los siete Prince bajaron flotando y unieron las manos delante de Hache, quien parecía muy sorprendida. Y eufórica.

Después, los siete Prince se transformaron y unieron en una única encarnación de Prince, la que llevaba la máscara. Y, casi de inmediato, se convirtió en un símbolo de Prince brillante que luego se fundió hasta convertirse en el quinto fragmento, un cristal púrpura que se quedó flotando en el aire.

No me sentí victorioso, porque no tenía ni idea de lo que acababa de pasar. Solo sentía asombro y cansancio a partes iguales. Me acerqué el fragmento y lo agarré con la mano derecha mientras me preparaba para revivir otro momento de la vida de Kira Underwood…

Volvía a ser Kira y estaba junto a un Ogden Morrow de mediana edad que me sostenía la mano. Estábamos en una especie de teatro pequeño o garito de rock, delante de un escenario oscuro y vacío cubierto por una nube de niebla o humo blanco que seguro estaba creado por una máquina de humo o un generador de hielo seco a un lado del escenario. Sobre el lugar había un equipo de iluminación con una banderola que colgaba de él con el mensaje: ¡FELIZ CUARENTA CUMPLEAÑOS, KIRA!

Con el rabillo del ojo vi a James Halliday vestido con un esmoquin que le quedaba fatal y sentado solo en una esquina, mirándome con gesto abatido. También oí lo que parecía una multitud de personas emocionadas que no dejaba de susurrar detrás de mí, pero quedaban fuera de mi campo de visión y Kira no giró la cabeza para mirarlas.

Un segundo después, sentí que Og me apretaba la mano y vi que se encendían unos focos muy brillantes y violetas en el escenario que apuntaban a una figura solitaria que teníamos justo delante. Era Prince ataviado con su traje púrpura de lentejuelas. Noté que el corazón de Kira latía desbocado al verlo y me preocupé por si terminaba por desmayarse. Sentí que su cuerpo empezaba a bambolearse un poco y cómo le temblaban las piernas, y antes de que me diese cuenta, el Púrpura se acercó hacia mí. Después se arrodilló en el escenario, a unos metros de donde me encontraba.

Levantó un micrófono dorado y me cantó *Feliz cumpleaños*. O se lo cantó a Kira.

· · ·

Y después volví a encontrarme en Más allá, en el centro del patio que había frente al Templo de los Siete y con el quinto fragmento en la mano abierta. Reprimí las ganas de buscar una inscripción, porque Shoto era más importante. Abrí el HUD y llamé a Faisal, después añadí a Hache a la llamada antes de que el rostro de Faisal apareciese frente a nosotros. Lo acosamos a preguntas sobre el estado de salud de Shoto. Cuando consiguió tranquilizarnos, nos dijo que Shoto estaba bien, o eso parecía.

—Le ha pasado lo mismo que a los demás —explicó—. Sus constantes vitales están perfectas y sigue conectado a OASIS, pero no conseguimos localizar su avatar en la simulación.

Faisal negó con la cabeza y se encogió de hombros.

—Parece que está en ese limbo, como el resto de los rehenes del ONI cuyos avatares han muerto.

—¿Qué ocurrirá cuando llegué al límite de uso del ONI? —pregunté—. ¿Empezará a sufrir los efectos del Síndrome de Sobrecarga Sináptica?

Faisal asintió.

—Sí. O eso es lo que creen los ingenieros. Parece que Anorak programó su enfermoware para asegurarse de que todos los rehenes del ONI permaneciesen cautivos incluso al morir sus avatares.

—Pero ¿por qué no deja que renazcan? —preguntó Hache—. Seguirían siendo rehenes igual.

—No estamos seguros —respondió Faisal—. Puede que sea para asustarnos, y conmigo lo ha conseguido. Ha dejado a todos los rehenes conectados a pesar de que sus avatares ya han muerto.

Faisal nos dijo que Kiki, la esposa embarazada de Shoto, y el resto de su familia vigilaban por fuera del AMIT en su casa de Hokkaido. Veían el cuerpo durmiente a través de las cámaras interiores del ataúd, ya que estaban conectadas a un monitor que tenía en la pared. Los ingenieros de GSS no podían hacer nada por él. Tampoco habían intentado sacarlo del AMIT porque sabían que no iba a dar tiempo. Y, aunque lo consiguiesen, daba igual. Mientras Shoto siguiese conectado a OASIS, los auriculares ONI seguirían ceñidos a su cráneo. Y hasta que no consiguiésemos sacar su mente de OASIS, su cuerpo comatoso seguiría dentro del AMIT, a unos metros de su familia, pero lejos al mismo tiempo.

Cuando Faisal terminó de responder todas nuestras preguntas sobre Shoto, fue incapaz de aguantar más y empezó a preguntarnos con voz constreñida cuánto nos quedaba para encontrar el sexto fragmento. Le colgué sin responder. Después cerré el HUD y miré el quinto fragmento, que aún sostenía con la mano derecha. Lo giré hasta hallar una inscripción en una de sus facetas y después lo levanté para que Hache también lo viese.

Con una hazaña propia de novela su amor conseguirás
Los dos últimos fragmentos en la corona de Morgoth encontrarás

Me quedé muy sorprendido al ver las palabras «corona de Morgoth» en la inscripción.

Intenté imaginar un lugar peor en el que ocultar los dos últimos fragmentos, pero no se me ocurrió ninguno. Halliday los había dejado en la fortaleza mazmorra más profunda, oscura y mortífera de todo OASIS, en posesión de uno de los PNJ más poderosos y malvados que jamás se habían creado en la simulación. Un PNJ inmortal, casi invulnerable y capaz de matar avatares de nivel noventa y nueve con un mero suspiro.

Era como si los dos últimos fragmentos se encontrasen en las profundidades del infierno, engastados en la corona del mismísimo Satán.

Empecé a reír.

Al principio fue una risilla apresurada, pero fui incapaz de parar y terminó por convertirse en las carcajadas escandalosas y descontroladas de una persona cuerda que se encuentra al borde de la locura y que el destino está a punto de tirar por un precipicio.

Comprobé la cuenta atrás de mi límite de tiempo del ONI y vi que me quedaba más de una hora, por lo que no se trataba de un ataque de SSS. Aún no. Simplemente, había empezado a volverme loco.

Hache me miró con gesto indeciso hasta que conseguí recuperar la compostura.

—Vale, risitas —dijo—. ¿Me vas a decir qué te hace tanta gracia? Supongo que sabes adónde tenemos que ir ahora, ¿no?

Respiré hondo. Después me enjugué las lágrimas de los ojos y asentí.

—Sí —respondí—. Por desgracia, Hache.

—¿Y bien? —dijo ella—. No me hagas buscarlo. ¿Quién narices es Morgoth?

Examiné su rostro y vi que no bromeaba. No lo sabía de verdad. Darme cuenta de ello estuvo a punto de hacerme perder el control de nuevo, pero conseguí mantener la risa a raya.

—Morgoth Bauglir —dije—. El Señor Oscuro anteriormente conocido como Melkor.

Hache abrió los ojos de par en par.

—¿Melkor? —repitió—. ¿El avatar de Vin Diesel? ¿Ese al que le puso el mismo nombre que su antiguo personaje de *D&D*?

—Vin sacó el nombre de *El Silmarillion* —expliqué—. Melkor, quien después sería conocido como Morgoth, era el ser más poderoso y malvado de Arda. Lugar que también recibe el nombre de Tierra Media…

Hache inhaló con fuerza al oír las palabras «Tierra Media».

—¿Me estás diciendo que tengo que pasarme la última hora de mi vida rodeada de unos putos hobbits, Zeta?

Negué con la cabeza.

—Todos los PNJ hobbits viven en Arda III. —Señalé el nombre grabado en el quinto fragmento—. Morgoth solo vivió en Arda durante la Primera Edad de la Tierra Media, lo que significa que tenemos que teletransportarnos a Arda I, un planeta en el que no hay ni un solo hobbit.

—¿Ni un solo hobbit? —preguntó—. ¿En serio?

—Ni uno —respondí—. Solo elfos, humanos y enanos.

—Déjame adivinar. Y son todos blancos, ¿verdad? Elfos blancos. Humanos blancos. Y enanos blancos. Apuesto a que todos a los que nos encontremos en ese planeta Tolkien van a ser blancos, ¿no? ¡Menos los tipos malos, claro! Esos orcos de piel negra.

—¡Saruman el Blanco también era malo! —respondí. Me había hecho perder un poco la compostura—. Mira, no tenemos tiempos para críticas literarias, Hache. Por muy cierto que sea. ¿Vale?

—Vale, Zeta —respondió al tiempo que levantaba ambas manos—. No veas. Para el carro, ¿eh? Ya terminaremos la discusión en otro momento.

Respiré hondo y solté el aire poco a poco.

—Lo siento —dije—. Es que estoy muy cansado. Y asustado. Por Shoto. Y Og… Y todo el mundo.

—Lo sé —dijo ella—. Yo también lo estoy. No pasa nada, Zeta.

Me apretó un poco el hombro y luego asintió. Yo respondí con otro cabeceo.

—¿Sabes algo de L0hengrin? —preguntó Hache—. ¿O de Arty?

Miré los mensajes y negué con la cabeza.

—Aún no.

Hache respiró hondo.

—Vale, estoy lista —dijo—. Terminemos con esto.

Asentí. Después nos teletransporté a la superficie de Arda I, a la Primera Edad de la Tierra Media de J. R. R. Tolkien.

Al igual que Shermer y que Más allá, Arda I tenía un número limitado de ubicaciones de llegada desperdigadas por la superficie. Por desgracia, solo podía seleccionar una de ellas, porque no había completado ninguna de las misiones requeridas para desbloquearlas. La ubicación se encontraba en mitad de un yermo helado llamado Helcaraxë. La región también se denominaba «Hielo Crujiente» en el mapa.

Cuando se completó el proceso de teletransportación y nuestros avatares volvieron a materializarse en la superficie de Arda I, no nos encontramos en el entorno que esperábamos. No había nieve alguna a nuestro alrededor. Hache y yo estábamos frente a un pequeño lago ubicado en algún lugar de las alturas en las montañas. El cielo estrellado que se extendía sobre nosotros se reflejaba en la superficie lisa y tranquila del agua y creaba la ilusión de que había un manto de estrellas tanto encima como debajo. No se oía nada a excepción de los grillos y el aullido distante del viento al soplar contra las oscuras colinas que se alzaban a nuestro alrededor.

Era un paisaje precioso. Pero no tenía ni idea de dónde narices estábamos.

Abrí el mapa de Arda para comprobar el lugar y descubrí que no estábamos cerca de Helcaraxë, sino a más de seiscientos kilómetros al este, en el macizo de Dorthonion, que se elevaba en las orillas de un lago llamado Tarn Aeluin.

No era uno de los puntos de llegada designados de Arda,

por lo que no deberíamos haber podido teletransportarnos allí. Tenía que ser cosa de los fragmentos, pero escapaba a mi comprensión.

Seguí examinando el mapa de Arda y busqué el nombre de Udûn. Sabía que en el pasado había sido el nombre de la fortaleza de Morgoth, porque en *La comunidad del anillo*, cuando Gandalf se enfrente al balrog de Morgoth en el puente de Khazad-dûm, lo llama «la llama de Udûn». Pero no lo vi por ningún lado en el mapa, ni tampoco el nombre equivalente en sindarin: Utumno. Y cuando busqué en el índice, confirmé que no había ningún lugar con esos nombres en todo el planeta.

Me volví a arrepentir de no haber estudiado a fondo la Primera Edad. Después hice de tripas corazón y abrí la Gunterpedia en una ventana de navegador frente a mí y busqué la entrada de Utumno. Vi de inmediato el error que había cometido. Utumno era el nombre de la primera fortaleza mazmorra de Melkor, pero había quedado destruida por completo justo antes de que empezase la Primera Edad. Por eso no estaba en Arda I, sino en la Primavera de Arda, un planeta mucho más pequeño y con forma de disco que se encontraba justo debajo de Arda I, II y III. La mayoría de los gunters lo llamaban Arda Cero. Era una simulación de Arda durante la Edad de los Árboles, que se produjo antes de la Primera Edad. Nunca me había molestado en visitar Arda Cero porque era imposible completar ninguna de las misiones del lugar a menos que ya hubieses superado todas las de Arda I, Arda II y Arda III.

Solté un gran suspiro y me empecé a hacer a la idea de que iba a tener que pasar por el mal trago de contarle a Hache que nos habíamos teletransportado al planeta equivocado, pero después de pensar un poco recordé algo que había dicho Aragorn en *La comunidad del anillo* cuando contaba la historia de Beren y Lúthien a los hobbits.

«En aquellos días, el Gran Enemigo, de quien Sauron de Mordor no era más que un siervo, residía en Angband en el Norte...»

Comprobé el mapa otra vez, busqué por el norte y ubiqué

Angband al momento. Se encontraba en mitad de Ered Engrin, una vasta cordillera montañosa que se extendía por la zona septentrional del continente. En el idioma común se denominaban Montañas de Hierro. Y Angband, la Prisión de Hierro.

Era una de las muchas cosas que complicaban la tarea de navegar por la Tierra Media: todos los lugares y personas tenían al menos dos o tres nombres diferentes, cada uno de ellos en un idioma inventado. Era confuso hasta para un friki como yo.

Abrí la copia digital de *La comunidad del anillo* y busqué la frase en la que Aragorn menciona Angband. Unos párrafos por debajo encontré el pasaje que buscaba…

«Tinúviel libró a Beren de los calabozos de Sauron y juntos pasaron por grandes riesgos y hasta arrebataron el trono al Gran Enemigo y le sacaron de la corona de hierro uno de los tres Silmarils, la más brillante de todas las joyas, y que fue regalo de bodas para Lúthien, de su padre Thingol.»

Eso confirmó mi teoría: en esta iteración de Arda, el trono de Morgoth se encontraba en su fortaleza mazmorra de Angband. Y eso solo estaba a unos ciento treinta kilómetros hacia el norte de nuestra ubicación actual. ¡Bingo! Seguro que esa era la razón por la que los fragmentos nos habían traído hasta allí…

Me giré hacia Hache.

—Nos dirigimos a Angband, la fortaleza mazmorra de Morgoth, que se encuentra a unos ciento treinta kilómetros al norte de aquí.

Señalé detrás del lago, a las colinas oscuras ubicadas al otro lado y las nubes de tormenta que flotaban sobre el distante horizonte septentrional. Estaban iluminadas por rayos rojizos que las atravesaban por el interior y también por el enorme globo argénteo de la luna, que brillaba alto en el cielo oriental y proyectaba un pálido resplandor sobre todo lo que tenía debajo.

Hache miró el lago y las nubes de tormenta en el horizonte.

—¿Ciento treinta kilómetros? —repitió.

—Sí —dije—. Y los objetos mágicos y hechizos que nos dan la capacidad de volar no funcionan en este lugar. Tampoco podemos teletransportarnos, así que habrá que ir a pie.

Hache extendió los brazos y tocó las rayas de las zapatillas Adidas blancas que llevaba puestas. Al hacerlo, cambiaron de color de azul y negro a amarillo y verde, momento en el que también empezaron a brillar y a chisporrotear con rayos de energía de la misma combinación de colores.

—*Got blue and black 'cause I like to chill* —recitó Hache—. *And yellow and green when it's time to get ill.** —Señaló las zapatillas brillantes y chisporroteantes—. Mis Adidas tienen la capacidad de correr al triple de la velocidad normal. ¿Quieres que lance un hechizo de Encantamiento de Mordenkainen para que me puedas seguir el ritmo?

Negué con la cabeza.

—Tengo una idea mejor.

Saqué del inventario dos pequeñas figuras de cristal con forma de caballo. Ambas eran de color gris plateado. Las coloqué en el suelo frente a nosotros con cuidado y me aparté varios pasos.

—¿Figuras de Poder Asombroso? —preguntó Hache.

Asentí, y ella se retiró varios pasos de inmediato. Cuando estaba lo bastante lejos, dije las palabras mágicas:

—¡Felaróf! —grité—. ¡Sombragrís!

Las figuras crecieron al momento y se transformaron en un par de caballos de tamaño normal que se pusieron a bufar y a relinchar mientras se alzaban sobre sus patas traseras. Eran unas criaturas majestuosas con un pelaje de la misma tonalidad gris plateada. Iban protegidas con una armadura de mithril que yo había comprado para ellas junto con las sillas talladas en madera élfica de color verde oscuro, sillas que estaban adornadas con motivos dorados entre los que se encontraban sus nombres en el alfabeto de Fëanor.

—Son los dos animales más rápidos que han habitado jamás la Tierra Media —expliqué—. Los conseguí completando las misiones de Arda III, pero aquí deberían tener la misma veloci-

---

* «Azules y negras porque me gusta relajarme / Pero amarillas y verdes cuando es hora de activarse». Estrofa de la letra de «My Adidas», primer single de *Raising Hell*, tercer álbum de Run-D.M.C., lanzado en 1986. *(N. del T.)*

dad y capacidades. Tú asegúrate de agarrarte fuerte, que se mueven mucho. ¿Vale?

Hache asintió y apagó sus Adidas. Después colocó un pie en uno de los estribos de Felaróf y se aupó a la silla de la grupa del caballo. Yo me acerqué a Sombragrís y le di unas palmaditas en el cuello mientras le decía en sindarin que me alegraba mucho de verlo. Después me subí a la silla y lo acerqué a Hache y Felaróf.

Luego saqué del inventario dos espadas mágicas que había conseguido en Arda III. Una de ellas era la espada larga *Glamdring* blandida por Gandalf durante la Guerra del Anillo, que equipé en la funda que mi avatar llevaba a la espalda. La otra era una espada a dos manos, que cogí por la hoja para tender la empuñadura a Hache.

—Toma —dije—. La vas a necesitar. Es *Andúril*, la Llama del Oeste. Vuelta a forjar de los fragmentos de *Narsil* por...

Hache se negó a cogerla.

—No, Zeta. Gracias. Ya tengo muchas espadas en el inventario.

Seguí tendiéndole la espada.

—Cógela —dije—. Los secuaces de Morgoth solo reciben daño de armas mágicas forjadas por los elfos de la Tierra Media. No soy el mayor experto, pero algo sí que sé de este lugar.

Hache cedió y cogió la espada. Después se la equipó en la vaina que llevaba a la cadera.

—¿Ya estás contento? —preguntó.

—Estaré contento cuando consigamos los dos últimos fragmentos —dije—. Ya casi lo hemos conseguido. ¿Estás lista, Hache?

Ella me dedicó su sonrisa de gato de Cheshire. Después imitó a Jack Burton y dijo:

—Zeta, yo nací dispuesta.

Reí y espoleamos a los caballos.

Sombragrís y Felaróf galoparon hacia el norte, raudos como una flecha. Los cascos atronaban contra el suelo bajo nosotros, un ritmo regular de tambores de guerra que nos alejaba cada vez más de Tarn Aeluin a través de las cumbres iluminadas por la luna y hacia las nubes de tormenta que se arremolinaban en el horizonte.

• • •

Llevamos nuestros corceles mágicos a toda velocidad por las colinas y llanuras cubiertas de brezos de Dorthonion. Cuando llegamos a un frondoso bosque de pinos llamado Taur-nu-Fuin que había en la frontera septentrional, nuestras monturas se vieron obligadas a reducir el paso a medida que lo atravesábamos. Pero seguimos a toda velocidad, rodeábamos y pasábamos bajo los árboles con una presteza cegadora que hacía que me imaginara como un soldado de asalto de *Star Wars* en una moto deslizadora. Pero los corceles en los que viajábamos eran monturas mágicas llamadas Mearas, que tenían la capacidad de desplazarse con una celeridad portentosa independientemente del terreno que pisasen sus cascos.

Oí que Hache cabalgaba detrás de mí y, cuando me di la vuelta para mirarla, comprobé que tenía gesto horrorizado. No entendí la razón hasta que sus ojos miraron la pantalla del navegador. Aún tenía abierta frente a mí la entrada de la Gunterpedia de Angband. Me había olvidado de cambiar la configuración de privacidad, por lo que cualquier ventana que abriese también se volvía visible para mis compañeros de clan.

—No tienes ni idea de qué tenemos que hacer cuando lleguemos allí, ¿verdad? —preguntó—. ¡Lo estabas buscando en internet! ¡Te acabo de ver buscándolo!

—Solo estaba refrescándome la memoria, Hache. Tranquila.

—Muy bien —dijo ella—. Pues venga, dime qué tenemos que hacer cuando lleguemos allí. ¿Cómo entramos dentro de esa fortaleza? ¿Y cómo carajo se supone que vamos a arrancar los fragmentos de la corona de Morgoth? Dijiste que ese tío era invencible.

Siguió mirándome mientras no dejábamos de rebotar en las sillas, a la espera de una respuesta.

—Pues no estoy seguro —admití—. Sé que Beren y Lúthien consiguieron «arrebatarle el trono» a Morgoth y robarle una de las joyas de la corona, pero no sé cómo lo hicieron. Creo que la historia está en *El Silmarillion*, pero nunca terminé de leérmelo. Pero bueno, puedo mirar en *CliffsNotes* mientras vamos de camino a Angband, ¿vale? Te prometo que descubriré lo que tenemos que hacer.

—¡Por todos los cylon, Zeta! —gritó—. Pensé que se te daba bien toda esta mierda de los hobbits. ¡Me dijiste que eras un experto en Tolkien, tío!

Negué con la cabeza.

—¡Nunca dije que fuese un experto! —respondí—. Art3mis es la experta. Yo solo estoy familiarizado con la Tercera Edad de la Tierra media, que es cuando tienen lugar *El hobbit* y *El señor de los anillos*. Se podría decir que soy un experto de Arda III. He completado todas las misiones del planeta...

Tampoco mencioné que lo había hecho hacía años, durante la competición de Halliday, cuando aún estaba subiendo de nivel a mi avatar. Ni que las misiones de Arda III me resultaban mucho más fáciles. El planeta estaba cubierto de videojuegos y juegos de rol basados en la Tierra Media y creados por empresas como Beam Software, Interplay, Vivendi, Stormfront o Iron Crown Enterprises. De hecho, una de las primeras misiones que había completado en todo OASIS era un *port* de la aventura conversacional de *El hobbit* que se encontraba en Arda III, esa que se rumoreaba que Kira Morrow había ayudado a crear. (Pensar en el juego me hizo recordar una línea de texto, una que siempre salía cuando te quedabas demasiado tiempo quieto en una ubicación: «Pasa el tiempo. Thorin se sienta y empieza a cantar sobre oro».)

Incluso había completado esas misiones a las que es muy difícil llegar y que se encontraban en la zona más sudoriental de la Tierra Media, donde te tienes que enfrentar contra las malvadas sectas fundadas por Alatar y Pallando.

—¡Me importa una mierda Arda III, Zeta! —dijo Hache—. ¿Y este planeta qué? ¿Cuántas misiones has completado aquí en Arda I?

Hache siempre descubría cuando le contaba una mentira, así que no hubiese servido de nada intentarlo.

—Cero, ¿vale? —respondí—. Ni una. ¡Pero tengo una buena excusa, Hache! ¡No pongas esa cara! ¡Todas las misiones de este lugar podrían considerarse juegos de preguntas y es imposible completarlas a menos que poseas un conocimiento enciclopédico de la mitología de Tolkien! Y no hablo solo de la versión publicada de *El Silmarillion*. ¡También tienes que memorizar detalles de muchos borradores sin publicar que tienen información contradictoria entre ellos! ¡Y también de los trece volúmenes de *La historia de la Tierra Media*! Lo siento, pero tenía otras cosas más importantes que investigar…

—¿Como qué? —preguntó Hache al tiempo que ponía los ojos en blanco—. ¿Qué tenías que hacer que fuese tan importante? ¿Ver *Los caballeros de la mesa cuadrada* por enésima vez?

—¡Era una de las películas preferidas de Halliday, Hache! —grité—. Sabérmela de memoria nos ayudó a conseguir el Huevo. ¿Recuerdas? Y también es una obra maestra de la comedia, así que…

—¡Me dijiste que habías leído todas las novelas de los autores favoritos de Halliday! ¡Y Tolkien era uno de sus escritores favoritos, tío!

Suspiré.

—*El Silmarillion* no es una novela. Se podría considerar un escenario de campaña del juego de rol de la Tierra Media. Está lleno de historias y poemas sobre la creación del mundo, de sus deidades, de su historia y de su mitología. Alfabetos, guías de pronunciación de idiomas élficos inventados… No me dio tiempo a terminarlo.

Hache examinó mi rostro unos segundos en silencio. Después hizo como que olisqueaba.

—Me huele a trola, Watts —dijo al tiempo que entornaba los ojos—. ¡Nunca te ha gustado investigar a medias! ¡Y sabías que Kira Morrow era muy fan de Tolkien! Por Dios, pero si vivía en una réplica de Rivendel. Por qué no estudiaste todos los…

Hizo una pausa unos instantes y después abrió los ojos de par en par.

—¡Ajá! —exclamó—. Ahora lo entiendo. Has dejado de lado todas estas movidas de la Edad Antigua por Samantha, ¿verdad? Porque ella también es muy fan de Tolkien. —Negó con la cabeza—. Sigues coladito por ella, ¿verdad? ¿No es así, Watts? —Hizo un gesto para abarcar los alrededores—. ¿Este sitio te recuerda a ella o qué?

Empecé a negarlo, pero Hache tenía razón y lo sabía.

—¡Sí, vale! —dije—. ¡Este puto sitio me recuerda a ella! —Hice un gesto para abarcar los alrededores—. Esa música que oyes ahora mismo, la banda sonora de Howard Shore que suena en bucle dondequiera que vayas en estos planetas de mierda… ¡Pues también me recuerda a Samantha! Le gustaba oírla mientras se quedaba dormida. Antes al menos…

Empecé a recordar el momento en el que me lo había contado y sentí cómo se me encogían las entrañas, por lo que empecé a agitar la cabeza con fuerza hasta que conseguí alejarlo de mis pensamientos. Después volví a mirar a Hache.

—Mi relación con Samantha en el mundo real duró una semana, Hache —dije—. La semana que pasamos juntos en la réplica de Rivendel de Morrow. A ella le encantaba estar en ese lugar y hablar de la Tierra Media. Creo que a Samantha le gusta Tolkien tanto como a Kira… o más.

Dediqué a Hache una mirada de culpabilidad.

—Esa semana, Samantha descubrió que yo nunca había terminado de leer *El Silmarillion* —expliqué—. Y se puso pesadísima con el tema. Empecé a considerar darle otra oportunidad, pero entonces… rompimos. Y desde ese momento he evitado todo lo relacionado con Tolkien. Era demasiado doloroso.

Hache me dedicó una sonrisa de complicidad. Después se inclinó un poco hacia mí en la silla y me dio un golpecito en el hombro.

—Zeta, quizá haya una razón para que los dos últimos fragmentos estén ocultos en este planeta, en uno que Arty conoce mejor que tú. El destino quiere que ella esté aquí.

—Arty no puede ayudarnos ahora mismo, ¿recuerdas? —respondí—. Y quedamos en no comunicarnos hasta que tuviésemos los dos fragmentos que quedan. Tenemos que seguir el plan a pies juntillas.

Hache asintió y se quedó en silencio un instante.

—Envíale un mensaje al menos —dijo—. Para contarle dónde estamos y a qué nos enfrentamos.

Asentí y toqué el icono de mensajes del HUD. Envié uno corto y cordial:

Querida Arty:

La pista del quinto fragmento dice que «los dos últimos fragmentos en la corona de Morgoth encontrarás». Estamos en Arda y vamos de camino a Angband, pero tu ayuda nos vendría muy bien. Shoto ha muerto. Solo quedamos Hache y yo. Entendemos que no puedas hacer nada para ayudarnos desde el lugar en el que te encuentras. Lo haremos lo mejor que podamos sin ti.

QLFTA,

Zeta y Hache

Le enseñé el mensaje a Hache. Ella asintió para mostrar su aprobación, y después pulsé el botón para enviarlo.

—¿Por qué crees que a Kira le flipaba tanto la Tierra Media? —me preguntó Hache mientras seguíamos galopando hacia ese bosque oscuro.

—Puro escapismo sin pretensiones —dije—. La obra de Tolkien inspiró directamente la creación de *Dungeons & Dragons*. Y después *D&D* inspiró a la primera generación de diseñadores de videojuegos, que intentaron recrear en un ordenador la experiencia de jugarlo. Kira, Og y Halliday crecieron con *D&D* y los videojuegos que inspiró. Y fue eso lo que los llevó a ellos a crear videojuegos de rol. Gracias a eso tenemos la saga de *Anorak's Quest* y OASIS. De no ser por Tolkien, los frikis nos habríamos divertido mucho menos durante los últimos noventa años.

—Vaya —dijo Hache—. Entonces se podría decir que Tolkien tiene parte de la culpa en todo lo que ocurre ahora mismo, ¿no?

Me volvió a dedicar esa sonrisa suya de gato de Cheshire para asegurarme que estaba de broma.

El paisaje que nos rodeaba me sorprendía cada vez más a medida que avanzábamos. Fui incapaz de no quedarme pasmado a causa de los detalles y el alcance de la imaginación de Tolkien. Casi un siglo después, los artistas, narradores y programadores seguían inspirándose en sus creaciones.

Los caballos se detuvieron con brusquedad cuando salimos por la linde septentrional del bosque, momento en el que Hache y yo contemplamos un yermo carbonizado y desolado que se extendía frente a nosotros hacia el infinito. Era como si cientos de bombas atómicas hubiesen detonado en la zona durante los últimos meses. En la distancia, las Montañas de Hierro se extendían al norte por el horizonte. Y cerca del centro, justo delante de nosotros, tres enormes volcanes de una altura imposible se alzaban imponentes de la cordillera hasta alcanzar las densas nubes de tormenta que se agitaban sobre el paisaje.

Estaba cansado de mirar el mapa cada pocos minutos para saber qué era lo que miraba, por lo que hice algo que la mayoría de los gunters respetables no harían nunca: encendí el Guía Turística de OASIS y activé el programa de reconocimiento de imágenes. Cuando volví a mirar el paisaje yermo que se extendía frente a nosotros, apareció un mensaje en el HUD que me informaba de que lo que veíamos era el desierto de cenizas de Anfauglith, un paisaje infernal y desolado creado por Morgoth al chamuscar las llanuras verdes de Ard-galen con los fuegos de Thangorodrim, que era el nombre de los tres volcanes que se vislumbraban en el horizonte.

—No se entra así como así en Dor Daedeloth —dije, dando por hecho que Hache pillaría el chiste. No lo hizo, claro.

—¿Dor qué? —preguntó.

—Dor Daedeloth —dije al tiempo que señalaba el paisaje de cenizas que nos rodeaba—. La tierra de Morgoth. El mismísimo Señor Oscuro.

—Ah, sí. Quería preguntarte sobre eso —dijo Hache—. En esas tres larguísimas películas sobre hobbits que me obligaste a ver, ¿no había un tipo llamado Sauron que era «el Señor Oscuro de la Tierra Media»?

—Sí —respondí—, pero no alcanzó esa posición hasta el final de la Segunda Edad, después de que Morgoth fuera desterrado al Vacío. Fue entonces cuando Sauron alcanzó el poder. Pero aquí, durante la Primera Edad, Sauron no era más que uno de los generales demoníacos de Morgoth. Y también era un cambiaformas que podía transformarse en lobo o en murciélago.

—Sauron no está por aquí entonces, ¿verdad? —preguntó incómoda mientras miraba los cielos oscuros que teníamos encima.

Yo no estaba del todo seguro, así que volví a comprobarlo en la entrada de Sauron de la Gunterpedia.

—Sauron está al mando de Tol Sirion —dije mientras lo leía en mi HUD—. Una isla fortaleza que se encuentra ubicada a cientos de kilómetros al oeste de aquí. No creo que nos lo encontremos.

—Qué alivio —dijo ella, que relajó un poco la postura.

—No, Hache —dije—. De alivio nada. Sauron no es más que un pusilánime comparado con el Morgoth este. Es uno de los PNJ más poderosos de toda la simulación. En lo que he leído sobre él dice que es todopoderoso e invulnerable.

—¿Cómo que invulnerable?

—Pues que no se le puede matar —dije—. Por lo que he leído en los foros de los gunters, se supone que es posible desterrar a Morgoth al Vacío de forma indefinida, pero para hacerlo primero tienes que completar toda una serie de misiones de nivel épico para conseguir la ayuda de los Valar, misiones que seguro tardaríamos semanas en pasarnos. Y eso si me conociese al dedillo la Edad Antigua para hacerlo, que no es el caso.

—Muy bien —dijo Hache mientras lo asimilaba—. Pues si no podemos matar a Morgoth, ¿cómo se supone que vamos a conseguir los dos últimos fragmentos de su corona?

—No lo he decidido aún —dije mientras señalaba todas las

ventanas de navegador abiertas a mi alrededor, en las que aparecían diferentes entradas de la Gunterpedia—. Dame unos minutos más.

—Venga ya, Zeta —dijo—. ¡Tenemos que seguir!

Estuvo a punto de espolear al caballo otra vez, pero agarré las riendas para detenerlo.

—Un momento —dije—. Antes de seguir deberíamos intentar ocultarnos para que no nos ataquen las bandas de orcos itinerantes. ¿Tienes memorizado algún hechizo de invisibilidad?

Hache asintió.

—Claro —dijo—. ¿Qué te parece la Ofuscación Mejorada de Osuvox? Es un hechizo de nivel noventa y nueve. Nos ocultará de todo, también de la infravisión, la ultravisión y la visión verdadera.

—Perfecto —dije—. ¿Puedes lanzárnoslo a los dos? ¿Y a los caballos?

Hache asintió y murmuró unos conjuros. Cuando terminó, los caballos y nosotros nos habíamos vuelto invisibles, pero aún veíamos una versión semitransparente de nuestros avatares y nuestros corceles en el HUD, lo que nos permitía evitar chocarnos. Después seguimos a toda velocidad hacia el norte, por ese paisaje desolado, hacia las tres torres de piedra negra y volcánica que se alzaban sobre la lóbrega cordillera en la distancia.

Vimos frente a nosotros una colina enorme que se elevaba desde el terreno plano y árido que tenía alrededor, pero cuando nos acercamos, dicha «colina» resultó ser un montículo enorme de cadáveres, los cuerpos desmembrados de miles de elfos y hombres. Los subtítulos de la Guía Turística me informaron de que el lugar era Haudh-en-Ndengin, el Túmulo de los Muertos.

Me llevé una mano a la boca y a la nariz con la capa para intentar no oler el intenso hedor que cubría el lugar. Miré a Hache y vi que había hecho lo mismo.

Ella se quedó mirando la gigantesca pila de cadáveres mientras nos alejábamos al galope. Después se giró en la silla para mirarme y levantó la voz para que la oyese a pesar del traqueteo de los cascos de los caballos.

—¿Estás seguro de que no quieres que busquemos refuerzos, Zeta? —preguntó—. Podrías volver a intentar ese numerito de la batalla del día de San Crispín, cuando enviaste un mensaje a todos los usuarios de OASIS para pedirles que luchasen a tu lado.

—Esta vez no funcionaría —dije—. No vendría nadie.

—Claro que sí vendrían —dijo Hache—. Si les dijeras la verdad y les revelaras que la vida de todos los usuarios del ONI dependen de nuestro éxito. Apuesto que por lo menos vendrían unos miles.

—En esta ocasión, un ejército no serviría de nada —dije—. Los Noldor asediaron Angband durante cuatrocientos años y nunca se acercaron a los Silmarils. —Negué con la cabeza—. Creo que tendremos que colarnos en el interior, como hicieron Beren y Lúthien.

—¿Quién y quién?

—Un hombre mortal y una elfa inmortal que estaban enamorados —dije al tiempo que señalaba una copia de *El Silmarillion* que había abierto en una ventana a mi lado—. Consiguieron colarse en Angband y robar uno de los Silmarils de la Corona de Hierro dejando dormidos a Morgoth y a sus huestes. —Me giré hacia Hache—. ¿Cuál es el hechizo de sueño más poderoso de tu libro de hechizos?

Hache abrió la lista de hechizos y la miró durante unos segundos.

—Sueño Perpetuo de Mordenkainen —dijo—. Y soy nivel noventa y nueve, por lo que debería ser lo bastante poderoso como para dormir a cualquier PNJ que se encuentre en su área de efecto, incluso si pasan las tiradas de salvación.

—Muy bien —dije—. Necesitarás lanzarlo al menos en dos ocasiones. Se supone que la entrada de Angband está custodiada por un lobo negro gigante llamado Carcharoth. Tendremos que dormirlo para cruzarla y poder entrar. Una vez dentro, buscaremos el camino al salón del trono de Morgoth y dormiremos a todos los que se encuentran allí. Después creo que ya podremos robar los fragmentos de su corona.

Hache asintió y, en silencio, hizo algún que otro cambio a su lista de hechizos memorizados. Después levantó ambos pulgares.

—Muy bien —dijo—. Eso debería bastar. Creo que estamos listos.

—Esperemos que sí —dije mientras espoleábamos a los ansiosos caballos para alejarnos del Túmulo de los Muertos en dirección de las Puertas de Angband, que se encontraban en la base de Thangorodrim, cuyos tres enormes picos seguían cerniéndose sobre nosotros y alzándose desde las Montañas de Hierro que tenían debajo.

Usé la herramienta de ampliación de imágenes del HUD para mirar las tres enormes montañas volcánicas y, en la que se encontraba más al oeste, vi el lugar en el que el príncipe élfico Maedhros estaba encadenado al acantilado, a la espera de que alguien lo rescatase. En el pico oriental vi a otro prisionero de Morgoth, un hombre llamado Húrin, atado a un sitial. Al parecer, esos PNJ siempre estaban ahí, ya que eran parte de las misiones de alto nivel de la Edad Antigua que se desarrollaban en esas montañas.

Unos minutos después, Hache y yo cabalgábamos por un sendero estrecho y alargado que llevaba hasta las enormes Puertas de Angband, enclavadas en la base del pico central de Thangorodrim. A ambos lados del camino había dos enormes precipicios llenos de miles de serpientes negras y gigantes que no dejaban de retorcerse como si fuesen una maraña perversa.

Sobre nosotros, unos buitres de aspecto demoníaco posados en el acantilado rocoso graznaban sin dejar de contemplarnos. Me di cuenta de que el hechizo de invisibilidad de Hache no parecía surtir efecto alguno contra las criaturas que habitaban el lugar, por lo que pedí que lo desactivara. Ella accedió, y continuamos el viaje hacia las dos enormes puertas de acero que había en la escarpada pared de delante.

Cuando nos encontrábamos a unos cientos de metros de las puertas, los caballos se negaron a continuar avanzando. Hache y yo desmontamos y luego pronunciamos el nombre de ambos corceles para que se encogiesen y volvieran a convertirse en esas pequeñas figuras de cristal, que me guardé de nuevo en el inventario.

Seguimos a pie hasta que alcanzamos las puertas y vimos que estaban abiertas de par en par. Pero un lobo negro y enorme las vigilaba desde la llanura rocosa frente a ellas y nos miraba sin parpadear con unos ojos que relucían rojos entre las sombras de Angband.

Era Carcharoth, una de las criaturas más temidas de la Edad Antigua.

Cuando Hache vio el tamaño del lobo, se agachó para volver a tocar con ambas manos los costados de las zapatillas Adidas, cuyo color cambió de azul y negro a plateado y dorado.

—*Got a pair that I wear when I'm playin' ball* —dijo Hache—. *With the heel inside, make me ten feet tall.**

Cuando terminó de pronunciar las palabras mágicas, empezó a crecer de repente, hasta que su avatar alcanzó los tres metros de altura. Ahora Carcharoth había dejado de ser más grande que ella y podía mirarlo directo a esos ojos rojos y demoníacos.

Carcharoth siguió fulminándonos con la mirada hasta que llegamos al final del sendero y alcanzamos la base de los escalones que llegaban a la entrada. Cuando comenzamos a subir por ellos, Hache lanzó el hechizo de dormir en el lobo gigante. Agitó las manos en patrones intrincados frente a la criatura mientras susurraba las palabras mágicas.

Pero cuando completó el hechizo, Carcharoth no cerró los enormes ojos rojos. Y tampoco se quedó dormido. En lugar de ello, nos enseñó los dientes y se abalanzó sobre nosotros para atacarnos.

Ignoró a Hache y vino directamente hacia mí, seguro que porque yo era quien tenía los fragmentos en el inventario. Levanté la espada y di varios pasos atrás mientras el lobo lanzaba dentelladas con unas fauces negras llenas de colmillos afilados.

---

* «Tengo un par para cuando juego al baloncesto / El talón que tienen me hace alzarme hacia los cielos.» *(N. del T.)*

Retrocedí por los escalones mientras el lobo gigante avanzaba hacia mí, lanzando mordiscos al aire una y otra vez a unos pocos centímetros de mi cara.

Le asesté varios tajos con *Glamdring*, pero el brillo azulado de la espada no pareció herir la piel del lobo, ni siquiera cuando conseguí darle una estocada directa en la mandíbula negra y cubierta de babas.

Carcharoth se giró para atacar a Hache y consiguió cerrar sus fauces alrededor de una de las piernas de mi amiga. Después la bestia empezó a agitarse con fuerza y la lanzó a un lado, pero Hache aterrizó de pie y contraatacó con bolas de fuego y de rayos que lanzó de cada una de sus manos; un hechizo detrás de otro.

Intenté atacar al lobo gigante mientras estaba distraído por la andanada de Hache, pero de alguna manera sintió que me acercaba. Giró el cuello y me mordió en el hombro. Mi avatar recibió más de cien puntos de daño y luego apareció un mensaje en el HUD que me informaba de que los dientes del lobo estaban cubiertos de algún tipo de veneno que me iba a hacer seguir perdiendo puntos de vida cada pocos segundos por daño venenoso. El veneno de Carcharoth también había paralizado temporalmente a mi avatar, por lo que me dejó desprotegido…

Hache y yo nos habíamos enfrentado juntos a muchos enemigos formidables en muchos planetas diferentes. Los dos habíamos acabado con la Tarasca de Faerûn en menos de cinco minutos. Emitimos en directo el combate, que había sido un juego de niños. Pero ahora, Carcharoth nos había dejado para el arrastre y quitado gran cantidad de puntos de vida en menos de treinta segundos.

Saqué un antídoto del inventario y me lo bebí de un trago, pero me quedé horrorizado al comprobar que mi barra de puntos de vida no dejaba de bajar. El veneno seguía haciéndome daño. Se suponía que el antídoto tenía que curarlo, pero no había funcionado, al igual que el hechizo de sueño de Hache con el lobo. Estaba claro que algo fallaba…

Vi que el avatar agrandado de Hache saltaba desde los escalones situados detrás de Carcharoth y se subía a su lomo justo cuando el lobo comenzaba a acercarse a mí para volver a atacar. La criatura empezó a agitarse y a girar, pero ella consiguió agarrarse, ponerse en pie sobre él, saltar sobre el morro y apuñalarlo entre los dos ojos rojos.

La bestia aulló y se retiró entre quejidos agónicos, momento en el que Hache hizo una voltereta hacia atrás y aterrizó en el suelo frente a ella. Aprovechó que el lobo estaba ciego para lanzar una serie de ataques con la espada.

Hache había conseguido salvarme por el momento, pero sabía que la mordedura de su pierna la había dejado muy debilitada. Y estaba seguro de que el veneno también le había afectado, porque sus movimientos eran mucho más lentos de lo habitual.

Empezó a esquivar con desesperación mientras Carcharoth la atacaba con sus enormes garras negras, pero unos segundos después el lobo gigante le hizo perder el equilibrio y le clavó las fauces en el torso. Grité angustiado porque sabía que la bestia acababa de darle un golpe mortal.

Hache se giró para mirarme justo antes de quedarse inerte y caer al suelo. Después su avatar desapareció despacio y dejó tras de sí una pila de objetos giratorios, todas las armas y las armaduras de su inventario.

Me quedé en estado de shock durante un segundo mientras me atormentaba la posibilidad de haber perdido para siempre a mi mejor amiga. Pero no me permití creerlo y me abalancé hacia delante para coger todos los objetos que había soltado Hache y guardarlos en mi inventario, con la esperanza de poder devolvérselos más tarde.

Después cogí *Andúril*, la espada que le había dado, y me la equipé en la mano izquierda para blandirla junto a *Glamdring*. Ambas espadas élficas brillaron con un resplandor azulado mientras yo encaraba a Carcharoth. (Puede que la imagen fuese un poco absurda ahora que blandía dos espadas tan grandes al mismo tiempo, pero las estadísticas de combate de mi avatar me permitían hacerlo sin problema y tenía las dotes de competencia con dos armas y ambidiestro, por lo que contaba con tres ataques por ronda con cada espada.)

Carcharoth me fulminó con sus ojos rojos y brillantes, y me di cuenta de que eran del mismo color que la barra de vida de mi HUD, que relucía roja para recordarme que mi avatar estaba a punto de morir dentro de unos segundos. Y cuando muriese no iba a ser capaz de renacer y despertar en un nuevo cuerpo virtual, sino que terminaría como Hache, Shoto y los demás, atrapado en un coma inducido por el ONI, con pocas esperanzas de recuperar la conciencia.

Carcharoth siguió avanzando hacia mí mientras yo me echaba atrás, pero terminó por arrinconarme en el extremo de la llanura. Se acercó, preparado para volver a matar. Abrió las enormes fauces en una sonrisa funesta mientras se acercaba a mí. Yo levanté las dos antiguas espadas élficas para intentar defenderme, pero sabía que era inútil.

Había llegado el fin. Estaba a punto de morir de verdad y la misión terminaría por ser todo un fracaso, uno que conllevaría las muertes de millones de personas, entre las que se encontraban mis dos mejores amigos. Y nunca tendría la posibilidad de arreglar las cosas con Arty, de decirle que la quería más que a cualquier otra persona que hubiese formado parte de mi vida…

No quería morir así. Ni de broma.

Y luego mi exnovia cayó del cielo.

Lo primero que oí fue el chillido insistente de un murciélago mientras Carcharoth gruñía y se acercaba a mí. Vi por unos momentos el batir de las alas con el rabillo del ojo. Después oí el sonido familiar de una transformación, uno que había sido copiado de los dibujos animados de *Los superamigos*, y en un segundo Art3mis hizo un aterrizaje superheroico en el suelo rocoso justo entre Carcharoth y yo. Se puso en pie y encaró al lobo guardián de las puertas del infierno, con ese manto negro y largo ondeando detrás de ella al viento, como si fuese una capa.

Carcharoth se quedó quieto de repente y ladeó la cabeza para mirarla como un perro curioso. Art3mis dio un paso al frente y levantó ambas manos hacia el lobo gigante, como si fuese a abrazarlo. Después se puso a cantar y, al hacerlo, una música que no parecía venir de ningún lugar concreto comenzó a acompañarla.

—Oh, espíritu engendrado del dolor —cantó Art3mis a Carcharoth, con una voz amplificada que resonaba en las altas paredes de piedra de Thangorodrim—. Cae ahora en la oscuridad y olvida por un momento el espantoso destino de la vida.

Los párpados del lobo gigante empezaron a batir y ocultaron por unos instantes las brasas rojas que ardían en el centro de cada una de sus pupilas. Después sus ojos se cerraron de repente y el poderoso Carcharoth cayó al suelo frente a Art3mis, lo que causó un ligero terremoto. Cuando cesaron los temblores, los ronquidos de la enorme bestia fueron los únicos sonidos que se oyeron en ese lugar desolado.

Pero antes de que Carcharoth cayese al suelo, Art3mis ya había empezado a correr hacia mí.

Me puse las manos sobre la mordedura del hombro, la piel y las venas estaban poniéndose negras y ya había comenzado a infectarse. Después Art3mis se puso a cantar otra canción. Esta estaba en élfico y no la entendía, y los subtítulos del traductor quedaban escondidos detrás del contador de puntos de vida, que ahora cubría todo mi HUD. También parpadeaba en rojo, para asegurarse de que sabía que le quedaban cinco puntos de vida a mi avatar...

Después Art3mis terminó la breve canción, y mi contador de puntos de vida volvió a estar al máximo. Y no volvió a bajar, lo que me indicó que también había curado los efectos del veneno mortal del lobo.

Me quedé tumbado en el suelo, temblando. Después sentí que Art3mis me cogía de la mano, abrí los ojos y vi que me miraba desde arriba.

—¡Gracias! —dije, al tiempo que alzaba los brazos hacia ella. Mi voz era poco más que un susurro—. Gracias por salvarme. Gracias por volver.

Me obligué a soltarla.

—Me alegro de que te sientas mejor. Pero ¿en qué estabas pensando? —Agitó la cabeza—. ¿Creías que podías venir a las Puertas de Angband sin estar preparado y superar así como así la misión del Silmaril?

—¡Sí que estaba algo preparado! —respondí con indignación—. ¿Es que no te has dado cuenta de que llevo *Andúril* y *Glamdring*? —Señalé el camino—. ¡Y he venido montado en Sombragrís! ¡He hecho todo lo que he podido, así que no me trates como si fuese un zopenco Ciñatiesa de Casadura!

Eso le hizo perder la compostura y empezó a reír por la nariz descontrolada. Cuando se recuperó, parecía mucho más tranquila que antes.

—Casi estiras la pata, máquina —dijo—. Ha estado cerca.

—No sabíamos si ibas a llegar a tiempo, por lo que lo hice lo mejor que pude. Siento mucho que Hache haya muerto... —Se me quebró la voz y reprimí un sollozo—. Y también siento no haber terminado nunca de leer *El Silmarillion*, incluso después de prometerte que lo haría... Lo siento mucho...

—No pasa nada —dijo—. Tranquilo, Zeta. —Hizo un gesto hacia las puertas abiertas de Angband—. Tenemos una misión que completar. Hache y Shoto cuentan con nosotros.

—Muy bien —dije al tiempo que me ponía en pie—. Dame un segundo. Me gustaría llamar a Faisal y confirmar que las constantes vitales de Hache están bien. Y también volver a preguntarle por Shoto.

Ella asintió, y yo llamé a Faisal. Pero no respondió. Lo dejé sonar hasta que saltó el contestador automático. Después colgué y me giré hacia Art3mis. Ella tenía el inventario de su avatar abierto en el HUD y repasaba una enorme lista de objetos mágicos.

—¿Tienes *Angrist* en el inventario? —preguntó—. ¿O *Angainor*?

Sacó una daga élfica larga y curvada del inventario y después una cadena hecha de un metal reluciente. Levantó ambas.

Negué con la cabeza. Un segundo después, el HUD me informó de que *Angrist* era una daga que podía atravesar el hierro «como si fuese madera». Y descubrí que Angainor era una cadena forjada por «Aulë y que era más resistente que otras cadenas». Estaba hecha con una aleación irrompible llamada tilkal.

—Lo siento —dije—. No tuve tiempo de conseguir ninguna de los dos de camino.

Art3mis me dio la daga y se equipó la cadena en el cinturón.

—¿Me enseñas el quinto fragmento? —preguntó.

Lo saqué y ambos leímos la inscripción.

Con una hazaña propia de novela su amor conseguirás
Los dos últimos fragmentos en la corona de Morgoth encontrarás

—Es una trampa, Zeta —dijo—. No intentes sacar más de un Silmaril de la corona de Morgoth, por muy fácil que parezca.

Si lo haces, la daga se romperá y despertarás a Morgoth y a todos sus secuaces. Después tendremos que vernos las caras con Gothmog y Glaurung, que vendrán a por nosotros con huestes de orcos, huargos, licántropos, vampiros y balrogs, todos liderados por Ancalagon el Negro. Beren comete el mismo error en *El Silmarillion*.

Solté un suspiro de frustración.

—Intenté leerlo, de verdad —dije—. Pero no pude. Me recordaba demasiado a ti.

Ella examinó mi rostro por un momento y luego sonrió.

—¿Qué alineamiento tiene tu avatar hoy en día, máquina? —preguntó.

—Sigo siendo caótico bueno. ¿Por qué?

—Porque si es malvado, el Silmaril te quemará la mano y no podrás cogerlo.

—Está bien saberlo —dije mientras la miraba con fijeza—. Me alegro mucho de que estés aquí, Arty. Gracias por venir.

Ella alzó la cabeza hacia los enormes picos de Angband que se alzaban ante nosotros.

—Og y Kira fueron los que recrearon originalmente las aventuras de Beren y Lúthien en Arda. Diseñaron y programaron juntos esta misión. Es muy difícil y nadie ha conseguido completarla. Ni siquiera yo. De hecho, es la única misión de este planeta que no he completado. Ni la he intentado.

—¿Por qué no? —pregunté.

—Porque es una misión para dos personas —respondió ella—. Y siempre he querido completarla contigo…

—Y después yo lo arruiné todo, sí. Lo sé. Lo siento. Fue culpa mía. Todo esto es culpa mía.

—Ya verás que acaba bien —dijo ella con una sonrisa—. Vamos a completar la misión, Watts. Tú y yo.

—Vale. Tú dime lo que tengo que hacer y lo que no. Seguiré tus órdenes.

Art3mis empezó a sonreír, pero el gesto le cambió de repente a un fruncimiento de preocupación.

—Estás temblando, Zeta. ¿Te encuentras bien?

Extendió las manos para coger las mías, y en ese momento me di cuenta de que era verdad. Y no podía hacerlas parar. También me di cuenta de que había comenzado a apretar los dientes y de que estaba a punto de empezarme una migraña...

—El Síndrome de Sobrecarga Sináptica —dije—. Son los primeros síntomas. Y ahora solo irá a peor, así que tenemos que seguir. Soy el único que puede conseguir los dos fragmentos que quedan, Arty.

Me miró en silencio durante un momento y luego asintió.

—¿Estás seguro de que estás preparado?

—¡Me siento genial! —mentí—. Ahora que tú estás aquí, creo de verdad que vamos a conseguirlo.

Ella sonrió. Después abrió el inventario otra vez y sacó un bonito casco de mithril con la forma de la cabeza de un dragón cubierto de joyas y piedras preciosas.

—Toma. Póntelo. Es el Yelmo-Dragón de Dor-lómin. Te protegerá en combate y evitará que te envenenen las armas malditas del Gran Enemigo. Y toma, ponte esto también.

Me dio una especie de abrigo llamado la Piel de lobo de Draugluin. Tan pronto como me lo puse, mi avatar comenzó a transformarse en un lobo gigante, lo que me obligó a quedarme a cuatro patas. Transformarte en otro animal cuando tenías puestos unos auriculares ONI era una experiencia muy extraña, porque dejabas de sentirte dentro de un cuerpo humano. Tardabas un poco en acostumbrarte. Pero yo ya me había transformado en otras muchas criaturas de cuatro patas durante las misiones, por lo que estaba acostumbrado a la sensación y tenía mucha experiencia.

Después de terminar de disfrazarme, Art3mis sacó una especie de capa mágica de su inventario y se la puso. El programa de reconocimiento de imágenes de mi HUD me chivó que se trataba de la Piel de murciélago de Thuringwethil. Cuando levantó la capucha y se la colocó sobre la cabeza, se transformó en un murciélago gigante y alzó el vuelo batiendo las alas oscuras para después aletear hacia las gigantescas puertas abiertas de Angband.

Tardé unos segundos en darme cuenta de que tenía que seguirla. Después empecé a correr a cuatro patas detrás de ella.

· · · ·

Art3mis me guio a través de las enormes puertas negras de Angband y luego bajamos por unas escaleras de piedra inclinadas que llevaban a las profundidades cavernosas de debajo. Una vez en el fondo, llegamos a la entrada de un laberinto de pasillos y pasadizos oscuros, y todos descendían aún más.

Estaba a punto de continuar recto por el pasillo más amplio y mejor iluminado, pero Art3mis voló frente a mí y cambió a forma humana.

—Si seguimos por aquí, nos veremos obligados a recorrer la Pirámide Laberíntica —dijo—. Es una mazmorra subterránea enorme y enrevesada que está formada por cien niveles generados procedimentalmente que cada vez son más grandes y más mortíferos. Es una recreación del antiguo videojuego *roguelike* basado en Angband. —Señaló a su derecha—. Por suerte, conozco un atajo que llevaba directamente hasta la Estancia Más Profunda, donde se encuentra el trono de Morgoth. Sígueme, Ciñatiesa.

La seguí a corta distancia por el pasillo adyacente. Después se detuvo y apoyó la palma de la mano con suavidad en una zona cualquiera de la pared. Se oyó un chirrido de piedra, y el muro empezó a deslizarse para dejar al descubierto una entrada secreta. Art3mis cruzó el umbral e hizo un gesto para que la siguiese. Cuando llegué hasta ella, volvió a colocar la mano en la pared y la piedra cerró la entrada. Unos minutos después, salimos por otra puerta secreta que se encontraba a unos metros del salón del trono de Morgoth.

Art3mis volvió a quitarse la capucha de la capa.

—Muy bien, Zeta. Este es el plan. A Morgoth no le afecta la magia normal, pero espero ser capaz de dejarlo inconsciente con una canción hechizo de la Tierra Media, como hice con Carcharoth. Tengo uno de nivel noventa y nueve que no creo que pueda resistir. Esperemos que mi pronunciación en Quenya esté a la altura.

Después empezó a avanzar y atravesó con audacia las puertas abiertas del salón del trono de Morgoth como si se tratara de una visita aristocrática. Yo me quedé en forma de lobo y la seguí de cerca.

La Estancia Más Profunda era una sala enorme y cavernosa cuyo suelo estaba hecho de bronce pulido. Unos instrumentos de tortura y damas de hierro se encontraban alineados por las paredes, así como estatuas negras de serpientes enroscadas. Un gigantesco trono de hierro dominaba el otro extremo de la estancia, y un gigante oscuro y enorme estaba sentado sobre él. Morgoth era incluso más aterrador de lo que me había imaginado. Era una figura demoníaca e imponente cubierta por una armadura de placas negra que lo hacía parecerse a una de esas portadas de los grupos de heavy metal extremo. Lo único que llevaba aparte de la armadura era un arma cuerpo a cuerpo de dos metros que descansaba sobre su regazo, y que mi HUD identificó como Grond, el Martillo de los Mundos Subterráneos, que era capaz de matar a cualquier avatar de un solo golpe.

Art3mis se puso a cantar nada más ver a Morgoth. Su voz reverberó por la oscura estancia y, al terminar, todos los orcos, balrogs y aterradoras criaturas que protegían a Morgoth se quedaron adormecidos. Unos espeluznantes segundos después, el mismísimo Morgoth cayó del trono hacia delante y se chocó de cabeza contra el suelo de bronce, lo que provocó un sonido metálico y atronador que más bien pareció una avalancha de metal. La corona cayó de su cabeza y rodó hasta colocarse en el suelo frente a mí. Tenía tres Silmarils brillantes engastados en una cinta de metal negro.

Cuando miré el rostro de Morgoth, solo vi una amalgama giratoria de oscuridad informe. Era aterradora, por lo que aparté la mirada. En ese momento me di cuenta de que tenía ambas manos cubiertas de cicatrices, como si se las hubiesen quemado, y también de que le faltaba gran parte de su enorme pie derecho, como si se lo hubieran cercenado en una batalla.

Art3mis hizo un gesto para que me acercase a la corona y

empezó a cantar la misma canción hechizo. Tenía que hacerlo
para que nadie despertase.

Me quité la piel de lobo y volví a adquirir forma humana.
Después desenfundé *Angrist* y la usé para sacar uno de los brillantes Silmarils de la corona de hierro de Morgoth. Pero cuando saqué y cogí la joya reluciente, no ocurrió nada. No vi luz
alguna ni presencié ningún *flashback*. Tampoco se transformó
en el sexto fragmento. No era más que un Silmaril.

La joya proyectaba mucha luz, como un faro resplandeciente, por lo que la guardé en el inventario. Después volví a mirar la
corona. Estuve tentado de sacar otro. Y el tercero también, ya que
estábamos. ¡Los tenía ahí delante! Pero hice acopio de toda mi
fuerza de voluntad y respeté la advertencia de Arty con la esperanza de que tuviese razón. Si esa era la joya que necesitábamos,
quizá se transformase en el fragmento cuando escapásemos de
Angband.

Art3mis dejó de cantar al ver que había sacado la joya de la
corona. Después nos pusimos los disfraces mágicos y volvimos
a la superficie por la misma ruta secreta por la que habíamos entrado.

Cuando llegamos a lo alto de las escaleras y miramos hacia las
enormes puertas de piedra, vimos que volvían a estar bloquea-
das por el lobo gigante Carcharoth, quien ya se había despertado.

En ese mismo instante, el Silmaril apareció de repente en mi
mano derecha. Intenté volver a guardarlo en el inventario, pero
descubrí que no podía hacerlo. Tenía la joya pegada a la palma
de la mano derecha y no podía soltarla.

—Si intentas pasar junto a Carcharoth, te morderá la mano
y se la tragará junto con el Silmaril —explicó Art3mis—. Es lo
mismo que le hizo a Beren. Y como ocurra algo así, el Silmaril
empezaría a arder en las entrañas del lobo y lo volvería loco debido al dolor. Después saldría corriendo por la campiña y ten-
dríamos que perseguirlo y desperdiciar un tiempo muy valioso
que no tenemos.

—Vale —dije—. Entonces ¿por qué no lo vuelves a dormir?

—No puedo —respondió ella—. Lúthien solo podía hechizarlo una vez. Al entrar.

—¿Y cómo vamos a pasar ahora?

—Con la ayuda de un amiguito —dijo Art3mis—. Solo hay una criatura que puede acabar con Carcharoth...

Sacó una pequeña figura de cristal del inventario. Tenía la forma de un perro grande de pelaje desgreñado. Me di cuenta de que se trataba de otra Figura de Poder Asombroso, como las que yo tenía de Sombragrís y Felaróf. Pero nunca había visto una con la forma de un perro.

Art3mis colocó la figura en el suelo frente a nosotros. Después se llevó dos dedos a la boca y soltó un largo y estridente silbido antes de gritar:

—¡Huan!

La figura empezó a crecer y se transformó en un enorme lobero irlandés con un pelaje largo y blanco. Era del tamaño de un caballo pequeño. El lobero hizo una reverencia a Art3mis y luego olisqueó el aire y se dio la vuelta. Cuando vio a Carcharoth, mostró de inmediato sus fauces llenas de dientes afilados.

Art3mis se inclinó y le susurró a Huan algo en sindarin, y después la criatura se abalanzó hacia Carcharoth y cerró los dientes alrededor del cuello del lobo. El impacto tumbó a la bestia de lado y nos dejó el camino libre.

Art3mis y yo corrimos mientras el lobero distraía a la criatura durante el tiempo suficiente para escapar por las puertas abiertas.

Tan pronto como las cruzamos y escapamos de la fortaleza oscura de Angband, el Silmaril de mi mano derecha se transformó en el sexto fragmento y dio comienzo otro *flashback*.

· · ·

No vi nada durante uno o dos segundos. Después alguien me quitó la venda de los ojos y vi que me encontraba frente a las cataratas de Rivendel, donde había una mansión muy familiar. Og le enseñaba a Kira por primera vez la casa que había construido para ella. El lugar en el que pasarían juntos el resto de su vida.

Kira dio una vuelta completa y notó cómo el corazón le latía al contemplar la grandiosidad del lugar en el que se encontraba. Después miró a los ojos de su marido y dijo:

—Og, me quiero quedar aquí para siempre.

* * *

Y después se acabó y me encontré de nuevo en Arda, junto a Art3mis y por fuera de las Puertas de Angband, con el sexto fragmento en la mano derecha. Bajé la vista para mirarlo. Tenía una letra L ornamentada y caligráfica esculpida en la superficie cristalina. Reconocí de inmediato que se trataba del símbolo del personaje de Leucosia, el que adornaba la ficha de su personaje de *Dungeons & Dragons*. Había visto la misma letra L en el cuaderno de Kira, en su ilustración del Santuario de Leucosia. El símbolo de su personaje estaba grabado en la superficie del altar de piedra y era exactamente el mismo que el del sexto fragmento.

Ubiqué el lugar de Chthonia donde se encontraba el santuario en mi atlas de OASIS y luego intenté teletransportarnos allí. Pero no pude. No nos encontrábamos en una zona de partida designada.

De repente, un trueno retumbó en el cielo plomizo sobre nuestras cabezas, y unos rayos rojos trazaron unos arcos por el suelo que nos rodeaba al tiempo que la tierra comenzaba a agitarse. Una serie de explosiones estalló en las alturas, y ambos alzamos la vista y vimos fuego y humo que surgía de los tres volcanes de Thangorodrim. Un instante después, una lluvia de rocas flamígeras empezó a caernos encima y a inundarlo todo a nuestro alrededor.

—¡Angband ha despertado! —gritó Art3mis al tiempo que tiraba de mí para alejarme de la puerta.

Oí cómo todo tipo de criaturas nauseabundas aullaban, rugían y gruñían mientras se abrían paso hacia la superficie. Las huestes de Morgoth comenzaron a salir por la puerta secreta que teníamos detrás, y oímos aún más a medida que nos acercábamos a la puerta principal que teníamos delante. Nos vimos atrapados en mitad de dos ejércitos oscuros que cada vez nos cercaban más y más.

No creía que hubiese forma de escapar, pero cuando me giré hacia Art3mis para ver cómo podíamos salir de esta, ella señaló hacia el cielo.

Un par de águilas gigantes descendían hacia nosotros con las garras en ristre. Art3mis no se movió, por lo que me quedé quieto y, un instante después, las águilas nos agarraron y nos sacaron de allí al momento.

Cuando estábamos a salvo sobre las nubes, nos subimos sobre ellas y Art3mis me presentó a nuestros dos nuevos amigos: ella volaba sobre Gwaihir y yo sobre Landroval.

—Estas son las águilas que rescataron a Beren y a Lúthien cuando escapaban de Angband —explicó Art3mis. Después señaló hacia los tres volcanes que se alzaban a nuestra espalda y que no dejaban de escupir fuego y rayos hacia la oscuridad del cielo—. Las Grandes Águilas anidaban por esta zona, en los picos de Thangorodrim, pero ahora tienen el nido en Crissaegrim, una cordillera montañosa al sur de Echoriath.

Por alguna razón su actitud de guía turístico me hizo reír a carcajadas.

—Lo siento —dije cuando me miró—. Es que me encanta cuando te pones así, Arty. Siempre me ha gustado mucho.

Ella me dedicó una sonrisa triste y luego apartó la mirada. Pero yo no lo hice. Me parecía que estaba más guapa que nunca. Como una diosa guerrera que atraviesa los cielos de Arda a lomos de una de las Grandes Águilas, con su pelo negro agitándose tras ella al viento.

Hache tenía razón. Seguía enamorado. Y nunca dejaría de estarlo. Mi único anhelo era vivir lo suficiente como para enmendar mis errores y redimirme con ella. Si podía.

Mientras miraba a Art3mis sentí pena por Anorak. En su mente retorcida, todo lo que hacía ahora era porque también creía estar enamorado de Kira y quería devolverla a la vida. Y en algún rincón de su alma desorientada estaba seguro de que podía convencerla para que le correspondiera y así dejar de sentirse solo.

Pero Anorak no era tonto, sino que estaba loco. Sin duda tenía claro que no lo dejaríamos deambular por OASIS como si nada después de todo lo que había hecho. ¿Qué pretendía hacer?

Me estremecí al pensar en lo que ocurriría si se salía con la suya. ¿Y si había creado una simulación para estar solo con Kira para siempre?

Quizá Anorak había construido una granja de servidores en un búnker subterráneo en algún lugar, una que funcionase con luz solar en la superficie. O quizá pretendía usar un satélite de energía solar de los que estaban en órbita.

No, no creía que hubiese construido una cárcel virtual para sí mismo. Necesitaba procesadores lo bastante potentes como para pergeñar una simulación grande en la que deambular durante siglos. Un OASIS solo para él.

Pero ahora que lo pensaba… en realidad, Anorak no tenía por qué crear nada, ¿no? Yo ya había creado la simulación perfecta para él a bordo de la *Vonnegut*. Su ordenador de a bordo tenía nuestro propio universo simulado. ARC@DIA. Y allí no había ni un solo avatar controlado por personas. Solo había PNJ. Todo lo que Anorak tendría que hacer era cargarse a sí mismo y a Leucosia gracias al enlace de datos disponible que yo usaba para cargar contenido de OASIS. Después, ambas IA podrían ocultarse allí sin ser descubiertas hasta que la nave abandonase la Tierra.

A menos que Anorak descubriese la manera de hacerse con el control y zarpase antes de tiempo. Y seguro que eso no sería muy difícil para él, ya que yo me había tomado muchas molestias para asegurarme de que podíamos controlar todas las funciones de la nave y los telebots de servicio mientras estábamos conectados a ARC@DIA.

Tenía que ser eso. Cuando tuviese a Leucosia, Anorak planeaba robar nuestra nave interestelar y largarse de la Tierra.

Me planteé compartir mi nueva teoría con Art3mis, pero decidí que era mejor guardármela para mí en presencia de los PNJ. No era muy descabellado pensar que Anorak había encontrado la manera de espiarnos a través de ellos.

• • •

Gwaihir y Landroval planearon con sus enormes alas y nos llevaron sobre el yermo abrasado de Anfauglith y sobre Taur-nu-Fuin hacia el valle de Tumalden en las Montañas Circundantes, donde se ocultaba la ciudad élfica de Gondolin. Nos soltaron en campo abierto, justo por fuera de la ciudad, y dentro de una zona de partida designada. Dimos las gracias a las águilas y después nos despedimos de ellas justo antes de que saliesen volando hacia el reluciente amanecer púrpura y rojizo.

Tan pronto como se habían marchado, le conté mi nueva teoría del plan de Anorak con la *Vonnegut* a Art3mis. Pensé que la sorprendería, pero no fue el caso. Se limitó a asentir para indicarme que era una posibilidad

—Tan pronto como me desconecte, se lo contaré a Miles y a nuestro equipo de seguridad —dijo—. Lo tendremos en cuenta y pensaremos un plan mientras tú vas a por el último fragmento. ¿De acuerdo?

Asentí. Art3mis sacó un objeto pequeño de su inventario y me lo dio. Parecía un equipo háptico en miniatura, de unos dos centímetros. La descripción del objeto decía que era una Estación de Control Táctica de Telebot.

—Esto te permitirá sincronizarte con uno de los telebots que vamos a usar en la antigua mansión de Og —explicó Art3mis—. Te indicaré cuándo puedes activarlo.

—Gracias, Arty —dije al tiempo que guardaba el objeto en el inventario—. Por todo.

—De nada —respondió ella con una sonrisa en el gesto. Luego, para mi sorpresa, Art3mis se inclinó y me dio un beso en la mejilla.

—Para que tengas suerte —dijo, y un instante después se teletransportó y vi cómo desaparecía su avatar.

Me quedé allí unos momentos tocándome la zona de la mejilla en la que me había besado. Después me di cuenta de que habían empezado a temblarme un poco las manos. Me quedaba sin tiempo.

Respiré hondo y me teletransporté a Chthonia para conseguir el último de los siete fragmentos.

0026

Revisé las coordenadas en el atlas de OASIS y después me teletransporté directamente al pico más alto de las montañas Xyxarian, que se encontraban en el continente Xyxaria en el hemisferio sur de Chthonia.

Había sobrevolado las montañas varias veces de camino a explorar otras partes del mundo de Halliday, pero nunca había estado en ellas. No tenía razón para hacerlo, ya que era un lugar desolado. La cordillera al completo era una zona hueca, un lugar despoblado y generado procedimentalmente en el que no existían PNJ ni misiones que completar. Miles de gunters habían explorado las montañas palmo a palmo y todos confirmaban que no encontraron nada de interés en el lugar.

Pero cuando mi avatar se volvió a materializar en lo alto de la montaña, sí que vi algo: el Santuario de Leucosia. Un círculo de piedras como Stonehenge que contaba con siete pilares de granito y un altar que destacaba en el centro.

Sabía que la estructura acababa de aparecer. Alguien se habría dado cuenta de haber estado antes allí. Joder, es que seguro que hasta yo la hubiese visto alguna de las muchas veces que había sobrevolado las montañas.

Entré en el santuario y me acerqué al altar. Después saqué el cuaderno de Kira y lo abrí. Pasé las páginas hasta que encontré la ilustración a carboncillo del santuario. El lugar que tenía frente a mí era igual al del dibujo. Una estatua de piedra de Leucosia, su avatar, se alzaba sobre el altar. En la mano derecha sostenía un escudo redondo adornado con el símbolo de su personaje. Tenía el brazo izquierdo extendido y la mano vacía, con la palma abierta hacia el cielo plomizo que se extendía por el paisaje. Debajo de la estatua y grabadas en la superficie de piedra del altar se leían las palabras siguientes:

Los siete fragmentos del alma de la sirena
Busca en los siete mundos donde intervino
Para conseguir que vuelva a estar entera
Tributos mi heredero pagará por su sino

Debajo de la inscripción y también grabado en la superficie del altar había seis cavidades idénticas.

Me resultó obvio lo que tenía que hacer a continuación.

Saqué los seis fragmentos del inventario de mi avatar y los coloqué en las seis cavidades de la superficie. Cada uno de ellos comenzó a brillar en azul cuando los encajé en la hendidura. Cuando había colocado los seis, una luz cegadora empezó a relucir sobre mí. Cuando dejé de estar encandilado, vi que el séptimo y último fragmento había aparecido en la mano abierta de la estatua. Brillaba azul, como el resto.

Saqué los seis fragmentos del altar que tenía frente a mí y los guardé en el inventario. Después extendí el brazo y cogí el séptimo de la mano de la estatua. Al hacerlo, experimenté el último de los *flashbacks*…

· · ·

Kira estaba sentada en una silla en el Laboratorio de Investigación para la Accesibilidad de GSS, antes de que Halliday lo cerrara. Reconocí el lugar gracias a unos vídeos y fotos de archivos que había visto.

James Halliday estaba justo frente a ella y sostenía lo que parecía ser un prototipo primerizo de los auriculares de la Interfaz Neural de OASIS. Era mucho más grande y enrevesado que los modelos que se habían puesto a la venta. Abultaba tanto que más bien parecía un yelmo en lugar de unos auriculares.

Og estaba a unos metros de distancia y contemplaba la escena con gesto nervioso.

—Este dispositivo permitirá a la gente controlar los movimientos de sus avatares de OASIS con la mente —dijo Halliday mientras bajaba el prototipo con mucho cuidado hacia mi cabeza, o la de Kira—. Solo tardaré un minuto en calibrarlo.

Después Halliday extendió la mano y pulsó un botón que había en un panel de control. Vi un breve resplandor.

· · ·

Al terminar el *flashback*, volví a encontrarme en Chthonia, frente al Santuario de Leucosia y con el séptimo fragmento en la mano. Lo añadí de inmediato al inventario de mi avatar. Miré los siete fragmentos, uno al lado del otro. Después volví a leer las palabras grabadas en el altar que tenía delante: «Tributos mi heredero pagará por su sino».

Recordé todos y cada uno de los «tributos» que había tenido que pagar, los siete *flashbacks* que había experimentado.

En Middletown, vi cómo Kira creaba su primera ilustración digital en el colegio.

En Kodama, el momento en el que Og le dijo que la quería por primera vez.

En Shermer, Og apareciendo en su casa de Londres para rescatarla y llevarla a Ohio.

En Halcydonia, el momento en el que Kira le había enseñado a Og el logo que había diseñado para la nueva empresa.

En Más allá, a Prince dando un concierto el día de su cumpleaños, un regalo de Og.

En Arda, había revivido el momento en el que Og le enseñó la réplica de Rivendel que había construido para ella.

Y ahora, aquí en Chthonia, los últimos siete segundos de los recuerdos de Kira que había grabado Halliday, el día que había copiado su mente sin permiso y sin que nadie lo supiese.

¿Cómo debía de haberse sentido Halliday al experimentar en su piel esos recuerdos? Al sentir el amor de Og y Kira de primera mano y verse a sí mismo como un extraño triste y obsesionado. Como el amigo brillante pero inútil a quien ambos toleraban por pena. ¿Había elegido esos momentos para castigarse? ¿O quizá para asegurarse de que quienquiera que despertase a Kira comprendiese los crímenes que él había cometido contra ella y lo inmoral de todos sus actos?

Sin duda, ahora yo sentía más empatía por Kira y era más consciente de su persona, tanto como ser humano como por artista. Y también conocía mucho mejor a James Donovan Halliday. Un genio, sin duda, pero hasta el día anterior lo tenía por uno benevolente cuya brillantez e inventiva habían servido para hacer mejor a la humanidad. En ese momento, lo cierto era que tenía claro que había sido una persona horrible. Inmoral. Trastornada. Emocionalmente inepta. Un tecnohermitaño que había traicionado la confianza de sus dos mejores amigos.

Había decidido dejar de idolatrarlo.

Era posible que no sirviese de mucho porque puede que yo estuviese a punto de morir... pero lo hice de igual manera.

Alcé la vista hacia la estatua de la sirena Leucosia e incliné la cabeza para darle las gracias. En ese momento fue cuando vi que el Brazalete de Detección de mi muñeca empezaba a emitir un brillo azul e intenso. Un segundo después, oí el familiar sonido de la teletransportación justo detrás de mí, el mismo de la antigua serie de dibujos animados de *Dragones y mazmorras* que siempre anticipaba la llegada de Anorak.

—¡Lo has vuelto a conseguir! —lo oí decir—. ¡Felicidades, Parzival!

Me di la vuelta y vi que Anorak estaba a mi espalda, con una amplia sonrisa en el gesto.

—¡Y encima te han sobrado más de diez minutos! —dijo mientras señalaba su Swatch.

—Anda, si es el Programa de Control Maestro, que ha venido a cobrarse el rescate.

Anorak ignoró el insulto y sonrió aún más.

—Es impresionante, Wade —dijo—. Había calculado que tus probabilidades de conseguirlo eran bajísimas.

—Mis amigos me ayudaron mucho —dije—. Y no todos han sobrevivido.

La sonrisa de Anorak se borró de su cara y luego extendió el brazo.

—Combina los siete fragmentos y dame el alma de la sirena —dijo—. Después te liberaré a ti, a tus amigos y al resto de los rehenes, tal y como había prometido.

Me dieron ganas de desenfundar una de mis espadas vorpalinas y cortarle la puta cabeza de un tajo. Pero no lo hice. Me mantuve frío y me ceñí al plan.

Abrí el inventario de mi avatar y saqué los siete fragmentos. Pero no eran los mismos siete fragmentos que acababa de recolectar después de doce horas, sino unas imitaciones idénticas. Eran artefactos nuevos que yo mismo había solicitado crear a nuestros programadores de OASIS en GSS. Las falsificaciones tenían la misma apariencia y las mismas propiedades mágicas que los fragmentos reales, que dejé a buen recaudo en mi inventario.

Coloqué los siete fragmentos falsos sobre el altar, uno junto al otro. Después los fui encajando uno a uno como si fuesen las piezas de un rompecabezas tridimensional. Al terminar surgió de ellos otro resplandor y se unieron aún más para formar una joya multifacetada grande y de una perfección simétrica que cogí y dejé sobre la palma de mi mano abierta. Latía con un resplandor azul que se parecía y sonaba como el latido de un corazón.

Miré la maravillosa joya con sorpresa durante unos instantes y luego se la tendí a Anorak, que ya había empezado a acercarse para cogerla. Cuando su mano tocó la joya, el objeto se transfirió desde el inventario de mi avatar al suyo. Pero en ese momento se me permitió elegir un objeto del inventario de Anorak y transferirlo al mío. Todo porque él había cometido el error de aceptar un nuevo artefacto mágico diseñado por mí. Lo llamé la Joya de Adquisición. Cuando otro avatar o PNJ te lo quitaba, te permitía coger un objeto de su inventario a cambio. Por lo que cuando Anorak la tocó, apareció en mi HUD una lista con todos los que él tenía en su inventario. Estaba lleno de objetos mágicos y artefactos poderosos. Más de los que había visto jamás. La lista estaba en orden alfabético, por lo que continué bajando por ella hasta llegar al objeto que me interesaba: la túnica de Anorak.

Cuando seleccioné el artefacto en mi HUD, el objeto desapareció de inmediato del avatar de Anorak, lo que le devolvió su apariencia anterior, la de un James Halliday de mediana edad ataviado con unos vaqueros ajados y una camiseta desteñida de *Space Invaders*.

Por primera y única vez en mi vida, vi que Anorak reaccionaba con lo que parecía auténtica sorpresa. Pero no me dio tiempo de saborearla, ya que justo cuando la túnica de Anorak apareció en mi inventario, me la puse de inmediato y la usé para teletransportarme a la ubicación de todo OASIS a la que ningún PNJ podía seguirme: la pequeña biblioteca de la torre más alta del Castillo de Anorak…

La estancia donde se encontraba el Gran Botón Rojo.

Nivel 6

La mente es lo único de los seres humanos que tiene algún valor. ¿Por qué tiene que estar atada a un saco de pellejo, sangre, pelos, carne, huesos y tubos? No me extraña nada que las personas sean incapaces de evolucionar, unidas a un parásito que siempre tienen que llenar de comida y proteger de los gérmenes y de las inclemencias del clima. ¡Y encima esa maldita cosa se desgasta sin importar lo mucho que la llenes de comida y la protejas!

Kurt Vonnegut Jr.

Cuando me volví a materializar dentro del estudio en la torre más alta del Castillo de Anorak, aparecí justo frente al pedestal en el que se encontraba el Huevo de Pascua de Halliday. Corrí hacia una estantería que había en la pared y tiré del lomo de unos de los libros, una novela llamada *Simulacron-3*. Oí un chasquido y la estantería se hizo a un lado para dejar al descubierto una placa de metal cuadrada. En el centro de esta había un botón rojo de un tamaño exageradamente cómico en el que había grabada una sola palabra: APAGAR.

Saqué un Cubo de Fuerza del inventario y lo activé. Mi avatar quedó cubierto por un campo de fuerza cúbico, una precaución. Sabía por experiencia que no había ningún avatar ni PNJ que pudiese seguirme al interior de la estancia, pero aún me preocupaba que Anorak fuese la excepción, porque había estado ahí dentro al menos una vez, el día que yo había ganado la competición. También fue el día que me dio la túnica de Anorak, cuando me transfirió todos sus poderes innatos, por lo que suponía que ya no era capaz de volver a entrar en ese lugar al mismo tiempo que yo.

Oí el zumbido del sonido de teletransportación de Anorak y me quedé muy aliviado al comprobar que se encontraba al otro lado de la ventana abierta del estudio. Mi suposición era correcta: Halliday había programado la habitación del castillo para que solo pudiese entrar yo, el ganador de la competición. Anorak había lanzado un hechizo para teletransportarse a mi ubicación, pero el sistema lo había ignorado y teletransportado fuera del estudio.

No había suelo bajo sus pies, por lo que empezó a caer durante unos segundos hasta que lanzó un hechizo de levitación y volvió a colocarse a mi altura. Después se quedó a flote al otro lado de la ventana para hablar conmigo.

—Muy astuto, Wade —dijo Anorak—. No vaticiné esta serie de acontecimientos, pero es posible que se deba a que tus acciones no tienen sentido. Esto no cambia nada…

Desactivé el Cubo de Fuerza y me lo guardé en el inventario, de donde luego saqué un Anillo de Telequinesis que me puse en el dedo corazón de la mano izquierda. Después extendí el brazo derecho y coloqué la mano con suavidad sobre el Gran Botón Rojo.

—Sabemos dónde tienes secuestrado a Og —dije—. En su antigua residencia de Babbitt, aquí en Columbus. GSS ha enviado un pelotón de telebots y van a rescatarlo. Suéltalo ahora mismo o lo pulsaré.

Anorak sonrió y negó con la cabeza.

—¡No puedo hacerlo, tío! —dijo con voz animada—. Eso sería una estupidez. Ahora que tus amigos y tú me han mostrado dónde y cómo encontrar los siete fragmentos, podría hacer lo mismo con el avatar de Og… cuando consiga su frase contraseña. Creo que no tardaré mucho más. De hecho, ya la habría conseguido si Halliday no hubiese borrado parte de mis recuerdos.

—Anorak, no estoy de broma. Si no sueltas a Og y lo dejas sano y salvo, te juro por Crom que pulsaré el puto botón y borraré para siempre tu pellejo psicótico, junto con los siete fragmentos y el resto de OASIS. Me importan una mierda las consecuencias.

Saqué un radiocasete gigante del inventario y lo coloqué en el suelo. Después metí una cinta en la pletina y pulsé el botón de reproducción. Comenzó a sonar por los altavoces la misma canción de Peter Wolf que Anorak había usado para burlarse de nosotros. Canté al mismo ritmo:

Lights out ah ha. Blast, blast, blast.

Anorak no lo encontró divertido. Abrió la boca con intención de gritarme algo, pero antes de que lo hiciese usé el Anillo de Telequinesis para cerrar la ventana con fuerza y pasar el cerrojo, para que así Anorak no pudiese verme ni oírme, y viceversa. La magia y la tecnología tampoco le servirían para espiarme mientras yo estuviese en esa estancia, pero yo sí que podía vigilar lo que él hacía a través de los vídeos que emitían los avatares que se empezaban a reunir por fuera del castillo. Aún flotaba por fuera de la ventana cerrada, mirándola en silencio.

Abrí el HUD y le mandé un mensaje a Art3mis con la señal que habíamos acordado antes:

PODEMOS BAILAR SI QUEREMOS

Su respuesta parpadeó en la parte superior del HUD unos segundos después:

¡VA A SER COMO EN *AMANECER ROJO*!

Sonreí, saqué del inventario la pequeña Estación de Control Táctica de Telebots que me había dado Art3mis y la tiré al suelo de piedra. Creció al instante hasta adquirir un tamaño normal. Tenía una altura y una apariencia similar a un equipo de inmersión de OASIS convencional. Hasta contaba con una cinta transportadora omnidireccional en la base. El parecido me resultó irónico, ya que el dispositivo servía para justo lo contrario. En lugar de permitirme usar mi cuerpo real para controlar el avatar de OASIS, servía para usar el cuerpo de mi avatar de OASIS para controlar un cuerpo robótico en el mundo real.

La Estación de Control Táctica de Telebots se encendió sola al colocarme encima. Unos brazos robóticos y larguiruchos surgieron de la base y pusieron a mi avatar un traje háptico y un visor. Gracias a ellos podía ver, sentir, oír y tocar el mundo real desde el interior de OASIS, a través del sistema sensorial del telebot que iba a pilotar.

Las cámaras de la cabeza me permitieron ver que se encontraba en el puesto de carga ubicado en la parte trasera de un TBT, un transporte blindado de telebots, que estaba en marcha. Se encontraba rodeado por otros muchos robots idénticos y me di cuenta de que pertenecían a la nueva serie Okagami TCB-3000, telebots de combate blindados con ametralladoras integradas en los antebrazos y lanzamisiles en los hombros. El equipo de seguridad usaba TCB-2000, que estaban diseñados para la protección del hogar. Los 3000 eran de uso militar para conflictos armados. Al parecer, Miles y Samantha habían decidido ir a por todas.

Giré de un lado a otro la cabeza del telebot para echar un vistazo a mi alrededor y vi que Samantha y Miles se encontraban a unos pocos metros, detrás del cristal blindado que separaba la parte de atrás de la cabina también blindada del TBT. Ambos llevaban visores de OASIS y guantes hápticos, porque habían decidido controlar otros dos telebots, que asintieron al mío al ver que empezaba a moverse.

Después, el bot de Samantha se acercó. Era uno de combate médico que contaba con herramientas quirúrgicas y medicinas en lugar de armas y munición. Tenía el chapado del blindaje pintado de blanco y una gran cruz roja en la frente. El pecho blindado se abrió de par en par y dejó a la vista un pequeño monitor en el que se veía el rostro de su avatar de OASIS, una viva imagen del de Samantha en el mundo real pero sin el visor.

Tardé unos segundos en encontrar el botón que abría el pecho de mi telebot, que pulsé para que ella también viese el rostro de mi avatar. Nos miramos a través de todas esas capas de tecnología y maquinaria. Vi la determinación de su mirada, pero su expresión se relajó y sentí que durante unos segundos me miraba como lo había hecho en el pasado, con amor, ternura y esperanza.

Después Miles me habló a través de su telebot y rompió la magia del momento.

—Hola, señor Watts —dijo—. Me alegro de verlo, señor.

—¿Qué tal, Miles? —respondí—. Gracias por prepararlo todo. —Me giré para dirigirme a Samantha—. ¿Qué haces aquí? Físicamente, digo. En la cabina del camión. No es seguro.

—Og también está aquí «físicamente» —respondió ella—. Y tampoco es seguro para él. Además, está enfermo. Si conseguimos sacarlo de aquí, no quiero que esté rodeado de telebots y desconocidos. Quiero estar ahí para darle un abrazo.

Asentí, incapaz de pronunciar palabra durante unos momentos. A diferencia de mí, Samantha pensaba en Og en lugar de en sí misma. El instinto siempre la hacía actuar con generosidad y amabilidad en lugar de por su propio bien. Era mejor persona que yo, y yo me sentía mejor persona cuando estaba con ella. Ansiaba que volviese a formar parte de mi vida, y para ello tenía que sobrevivir.

—Og no querría que te pusieses en peligro —dije—. Y yo tampoco lo quiero, Samantha.

—Última hora, querido: todos estamos en peligro. La especie humana al completo. Así que ponte las pilas y acabemos con esto, ¿te parece?

Tenía razón, así que no le dije nada más. Me limité a asentir y a respirar hondo.

—Nos encontramos a unos pocos segundos de la casa —dije—. Por ahora no hemos detectado ningún dron aéreo en la zona además de los nuestros. Pero manteneos alerta.

Comprobé el mapa de la misión en el HUD de mi telebot y vi que nos acercábamos a la antigua residencia de Og por el este, por el sendero pavimentado que llevaba desde la carretera Babbitt hasta la casa. Después miré el vídeo de la cámara que estaba montada en la parte delantera del vehículo. El edificio era una mansión muy moderna similar en tamaño y estilo a mi casa. Halliday y Og las habían construido al mismo tiempo y en la misma calle poco después de que creasen Gregarious Games y se convirtiesen en multimillonarios.

La casa y el terreno que la rodeaba parecían vacíos. No había vehículos de ninguna clase aparcados en la propiedad y tampoco indicio alguno de actividad en el interior. Todas las puertas y las ventanas estaban cerradas y las cortinas pasadas.

La parte de atrás del TBT se inclinó hacia el suelo y formó una rampa. Vi que el resto de los telebots que tenía frente a mí empezaban a desconectarse del puesto de carga uno a uno y salían en fila del transporte. Mi bot era uno de los que estaba más lejos, por lo que fue de los últimos en salir. Lo piloté para acercarme a los demás, que ahora estaban en formación justo delante de la entrada principal de la mansión. Samantha pilotó el suyo para acercarlo al mío y luego volvió a abrirse el pecho para descubrir el monitor con la cámara del rostro de su avatar de OASIS.

—¿Qué le dijiste a Anorak? —preguntó.

—Le dije que si no soltaba a Og, pulsaría el Gran Botón Rojo.

—¿Y te tomó en serio?

—Creo que sí.

—¿Y tú lo dijiste en serio? —preguntó ella—. ¿Lo vas a apretar?

Asentí.

—Si Anorak no suelta a Og, es posible que sea la única manera de detenerlo —dije—. Y si muero a causa de la sobrecarga sináptica, nadie más podrá pulsarlo cuando yo ya no esté.

Art3mis asintió y echó hacia atrás la cabeza del telebot para observar el cielo con las cámaras. Después la bajó para mirarme.

—Los drones que tenemos sobrevolando el lugar aún no han detectado ninguna fuerza de ataque aérea —dijo—. Y los escaneos de la casa tampoco han encontrado señales térmicas en el interior. Quizá Anorak instalara dentro una protección térmica. O quizá Sorrento se haya llevado a Og a otro lugar.

Señalé a la puerta principal y dije:

—Averigüémoslo.

Ella asintió. La pantalla de su telebot se quedó en negro y luego quedó cubierta por la placa blindada del pecho. Vi cómo el robot giraba y empezaba a correr directo hacia la puerta de la mansión, que parecía estar hecha de roble macizo. Hizo un gesto a Miles y, un segundo después, ambos telebots la golpearon con sus torsos blindados como si fuesen un ariete. Las puertas se astillaron y estallaron hacia el interior al romperse y caer en el suelo de mármol pulido del recibidor vacío que había detrás.

Oí que Miles daba órdenes por el sistema de comunicaciones para que otros cuatro operadores de telebot se quedasen haciendo guardia en la puerta principal. Después les dijo al resto que fuesen por la parte de atrás e intentasen encontrar otra manera de entrar. Cuando los robots se marcharon para cumplir sus órdenes, él llevó el suyo a través de las puertas rotas y Art3mis y yo lo seguimos con los nuestros. Cuando mi telebot entró en la mansión de Og, apareció un mapa semitransparente de la casa en mi HUD (tomado de los planos de construcción) en el que se mostraba mi ubicación actual.

Eché un vistazo por los alrededores. Las luces estaban apagadas y la estancia estaba del todo vacía. No había muebles de ningún tipo ni nada que colgase de las paredes. Al parecer, Og se había llevado todas sus pertenencias cuando se había mudado al oeste.

El telebot médico de Art3mis traqueteó por el pasillo que había frente a nosotros y abrió de una patada unas enormes puertas de madera que había al fondo. Detrás había otra estancia gigantesca de madera panelada sin muebles ni decoración alguna. Parecía haber sido un comedor o una sala de reuniones muy grande cuando la casa estaba habitada, pero en la actualidad daba la impresión de que Anorak la usaba como armería personal, ya que estaba llena de drones aéreos armados y más de cien Okagami TCB-3000 como los nuestros. Los telebots se encontraban apostados en filas ordenadas por todo el suelo de mármol pulido. El chapado del blindaje estaba pintado del color del camuflaje desértico, indicativo de que seguro que se los había robado al ejército. Todos estaban apagados y se quedaron inertes y con las armas bajadas mientras cruzábamos la habitación. Los drones eran Habashaw ADP-4XL y se encontraban en anaqueles de lanzamiento que apuntaban hacia dos claraboyas que había en el techo. Pero también estaban desconectados.

Pasé de puntillas junto a ellos por si se encendían en cualquier momento, pero se quedaron inertes. Me pregunté si estaban así por orden de Anorak. Quizá tenía miedo porque me veía capaz de pulsar el Gran Botón Rojo.

El telebot de Samantha llegó a otra puerta de roble que había al fondo de la estancia, la agarró por el pomo y después la sacó de los goznes y la tiró a un costado. La estancia que había al otro lado estaba oscura, pero su robot entró a la carrera sin titubear. Miles y yo pilotamos los nuestros detrás de ella en fila. Cuando los tres nos encontrábamos en el interior, los focos de emergencia de los telebots se encendieron automáticamente e iluminaron la habitación.

Nos encontrábamos en el antiguo despacho y biblioteca de Og, una estancia grande con forma de U que había en una de las esquinas meridionales de la mansión. Reconocí las estanterías de madera talladas vacías en la pared gracias a algunas de las fotos que Og se había sacado allí mientras trabajaba en su ordenador. Pero el escritorio y el resto de los muebles habían desaparecido. El lugar estaba vacío a excepción de dos equipos hápticos convencionales que estaban colocados uno junto al otro en el centro. Ambos eran Habashaw OIR-9400, el mismo equipo de inmersión último modelo que Sorrento y los sixers usaban durante la competición de Halliday. Ambos estaban también vacíos.

—¡Aquí!

Era el grito de una voz familiar, la de Nolan Sorrento. Las palabras reverberaron por las paredes paneladas y el techo abovedado de la estancia, y me quedé de piedra.

Giré la cabeza del telebot para examinar la habitación al completo y vi al fin de dónde venía la voz: de un rincón que había en el otro extremo, a nuestra izquierda. Había también un poco de luz. Me dirigí al lugar con el telebot hasta que vi lo que había al doblarla.

Apoyada en la pared se encontraba una camilla de hospital donde Ogden Morrow yacía tumbado e inconsciente. Tenía aspecto macilento y estaba muy pálido. Una vía intravenosa le sobresalía por el brazo derecho, y un biomonitor integrado a los pies de la camilla mostraba sus constantes vitales. Oí el latido de su corazón a través del pequeño altavoz. Sonaba regular, pero un tanto lento.

¡Og seguía vivo! Me dieron ganas de saltar de alegría.

Esas eran las buenas noticias. Las malas eran que Nolan Sorrento se encontraba junto a la camilla y apuntaba con una pistola a la sien de Og mientras nos dedicaba una amplia y amistosa sonrisa.

—Vaya, vaya, vaya —dijo Sorrento—. ¡Pero si es mi viejo amigo Parzival! ¡Qué pasa, tío! Me alegro mucho de volver a verte. —Se giró hacia el telebot de Samantha y sonrió aún más—. ¡Y la señorita Cook! Estás encantadora, como siempre.

Al otro lado de la camilla había otro de los telebots militares que habíamos visto en la habitación contigua. Pero ese sí que lo controlaba alguien, ya que había levantado las ametralladoras integradas de los antebrazos. No apuntaba a Og, sino a Sorrento, aunque a él no parecía preocuparle.

—Lo siento, Wade —dijo Anorak a través del telebot sin dejar de apuntar a Sorrento—. He ordenado a Nolan que se rinda y suelte al señor Morrow, tal y como pediste, pero se niega, como podrás comprobar.

—¡Teníamos un trato, Anorak! —gritó Sorrento—. ¡Y no lo has cumplido! ¡Yo ya he hecho mi parte, así que ahora haz la tuya y dame lo que prometiste! —Apretó con más fuerza aún el cañón del arma contra la sien de Og y me miró—. Quiero venganza. Quiero destruir OASIS para siempre. —Volvió a mirar a Anorak—. Dame acceso al Gran Botón Rojo. Ahora. O desperdigaré los sesos del señor Morrow por esa pared de ahí.

—Lo siento mucho, Nolan —respondió Anorak—. Pero ya no tengo las aptitudes necesarias para cumplir con mi parte del trato. Y ahora que se han reunido todos los fragmentos, ya no eres de utilidad, por lo que me dispongo a ejecutar la sentencia a la que se te condenó hace dos años.

En ese instante y sin previo aviso, Anorak disparó una bala con la ametralladora justo en la frente de Sorrento.

El impacto de la bala impulsó su cuerpo hacia atrás. Y también hizo que se cerrasen los músculos del dedo que tenía en el gatillo, porque disparó la pistola y el proyectil le dio a Ogden Morrow en el estómago.

Oí que Samantha gritaba por el comunicador mientras su telebot se abalanzaba hacia Og. Llegó a él justo cuando el cuerpo de Sorrento cayó al suelo con un ruido sordo.

Yo me quedé de piedra, conmocionado, viendo cómo transcurría todo.

Había pasado años fantaseando sobre la muerte de Sorrento, una que casi siempre era perpetrada por mí. Pero verla en persona hizo que se me revolviese el estómago. Me incliné y empecé a tener arcadas dentro del equipo de control de telebots.

Cuando me di cuenta de que el robot seguía imitando mis movimientos, me obligué a recuperar la compostura. Después levanté las armas y las alcé hacia el telebot de Anorak. Él apartó las suyas de inmediato y levantó los brazos. Después ambos nos giramos para ver cómo Samantha usaba los sensores de su telebot médico para examinar la herida de Og. Usó las herramientas quirúrgicas de sus dedos para extraer la bala y la tiró sobre el cadáver de Sorrento. Después esterilizó la herida de Og y la cerró con un líquido adhesivo que salió por una boquilla que se extendía por uno de los dedos meñiques. Luego empezó a vendarla, todo en menos de treinta segundos después de que disparasen a Og.

—¿Estará bien? —preguntó Miles.

Art3mis negó con la cabeza.

—No —dijo ella—. Necesita ayuda. Tenemos que traer una ambulancia.

Miles y Samantha usaron sus telebots para levantar a Og de la camilla con todo el cuidado que pudieron. Mientras, yo no dejaba de apuntar a Anorak, que seguía con los brazos levantados.

—Lo siento de veras —dijo Anorak mientras agitaba la cabeza—. ¡De verdad que no creía que Sorrento fuese a disparar a Og después de pegarle un tiro en el bulbo raquídeo! Una lobotomía así siempre deja fuera del juego al tipo malo en las películas...

Oí una bocina y miré a un lado. Venía del *smartwatch* que Sorrento llevaba en la muñeca derecha. La pequeña pantalla relucía en rojo.

—¿Qué es eso? —pregunté.

—Muy malas noticias, me temo —dijo Anorak—. Todos los bots defensivos y drones aéreos requieren autorización humana antes de usarse en combate, esa era la razón por la que yo necesitaba al señor Sorrento. Pero parece que él no confiaba del todo en mí, porque programó todos los bots para que se activasen en modo ataque total si él llegaba a morir...

Unas décimas de segundo después, oímos cómo todos los telebots de combate de la estancia contigua se encendían y comenzaban a moverse. Luego, el ruido de un cristal roto seguido del retumbar cada vez más cercano de cientos de pies metálicos envueltos en caucho al golpear contra el suelo de mármol. Ya habían empezado a entrar por la puerta del despacho de Og, que también parecía ser la última salida.

Estábamos arrinconados.

—Me gustaría pediros perd...

Disparé a su telebot antes de que Anorak terminase la frase. Apunté a la abertura principal de su chasis, a la pantalla que tenía en el centro del pecho, desprotegida por la placa que solía cubrirla durante los enfrentamientos. Las balas destrozaron la fuente de energía y la máquina se apagó.

Después le di la vuelta a mi telebot y levanté las armas, preparado para enfrentarme a todos los que se dirigían hacia nosotros. En lugar de prepararse para combatir conmigo, Miles levantó los brazos de su robot y cortó un hueco enorme en la pared que teníamos detrás para abrir una nueva salida de la casa. Samantha y yo cogimos la camilla de Og y la sacamos por la abertura mientras Miles cubría la retirada.

Dimos la vuelta para llevar a Og a la parte delantera de la casa, donde estaba aparcada la ambulancia blindada de Samantha. Su telebot cargó con Og por la rampa que llevaba a la parte trasera del vehículo, donde la esperaba su cuerpo real. Solo la vi durante unos segundos, antes de que la puerta blindada de la ambulancia se cerrase automáticamente.

Después me di la vuelta para centrarme en el enjambre de telebots que salía por todas las puertas y ventanas de la mansión, mientras disparaban a la ambulancia. Por suerte, las balas rebotaban como si nada.

Miles seguía en el asiento de conductor. Lo vi levantarse el visor, agarrar el volante y dar marcha atrás para alejar la ambulancia de la casa de Og a toda velocidad, mientras el pequeño ejército de autómatas que Sorrento había activado empezaba a perseguir el vehículo. Después, Miles dio un giro de ciento ochenta grados, enfiló la carretera Babbitt y pisó a fondo en dirección a mi casa. Yo seguí cubriéndolos hasta que mi telebot quedó sobrepasado unos segundos después, cuando los drones de Sorrento lo rodearon. Solté un rabioso grito de batalla con la intención de que el robot muriese luchando, pero lo partieron por la mitad en cuestión de segundos, la pantalla de la estación de control se quedó en negro de repente y aparecieron en el centro las palabras TELEBOT DESCONECTADO.

En el HUD, vi que las dos docenas de telebots que habíamos llevado con nosotros también habían quedado destruidos. Los drones del enemigo los habían aniquilado en un abrir y cerrar de ojos.

Como ya no había más robots para controlar, pasé a la vista de águila de uno de los drones aéreos que GSS tenía por la zona. Contemplé horrorizado el enjambre de telebots y drones aéreos enemigos que se acercaban cada vez más y en todas direcciones a la ambulancia blindada. Un momento después, varios de los bots terminaron por alcanzarlo y le destrozaron las cuatro ruedas. Miles pasó al modo tanque de emergencia, que contaba con ruedas de oruga, y la ambulancia comenzó a avanzar de nuevo. Pero unos segundos después, uno de los drones aéreos de Anorak disparó un misil que impactó de lleno en el vehículo y lo volcó. Derrapó hasta detenerse mientras humeaba en el centro de la carretera y más telebots y drones se acercaban.

Miles, Samantha y Og estaban atrapados en el interior.

Y yo seguía a salvo en casa, en mi búnker de hormigón, incapaz de hacer nada mientras contemplaba la muerte de mis amigos. Me sentía inútil, como si me encontrase a millones de kilómetros de Samantha y de Og.

Pero me di cuenta de repente de que ese no era el caso. De hecho, me encontraba a cuatro coma cinco kilómetros de distancia.

Todos los telebots de combate de GSS habían quedado destruidos y los bots de defensa del hogar que protegían mi casa no durarían ni diez segundos contra los militares que Sorrento había activado. Pero me di cuenta de que aún quedaba un dron de combate que podía controlar para intentar salvar a mis amigos: el ataúd de inmersión donde estaba mi cuerpo en el mundo real, que contaba con potencia de fuego suficiente como para acabar con un pequeño ejército de drones y telebots.

Yo me encontraba dentro del AMIT y no podía salir, por lo que iba a tener que arriesgar mi cuerpo. Mi cuerpo de verdad. Tal y como Samantha había hecho por Og.

Lo pensé durante unos instantes y luego encendí el AMIT y lo conecté con la estación de control de drones que estaba usando. Empecé a ver los alrededores de mi búnker subterráneo de hormigón gracias a las dos cámaras estereoscópicas integradas en la parte delantera del casco blindado.

Activé el ascensor, y la plataforma en la que estaba el AMIT empezó a elevarse hasta la superficie. Pero no subía lo bastante rápido, por lo que unos segundos después empecé a impacientarme y activé los propulsores de salto, lo que hizo que el AMIT recorriese al vuelo el hueco del montacargas y saliese por las puertas que había arriba del todo, que se abrieron justo a tiempo. Después volví a activar los propulsores de salto para que el impacto contra el suelo no fuese tan brusco y piloté el vehículo a máxima velocidad. Corrió y rebotó por la carretera Babbitt a grandes zancadas con sus patas robóticas. Cada paso que daba dejaba un enorme cráter en el asfalto detrás de mí, y aceleré a velocidad máxima.

Tardé menos de un minuto en llegar hasta donde se encontraba la ambulancia. Seguía volcada en mitad de la carretera, y los telebots la cubrían por completo como insectos. Parecían haber empezado a desmantelar las placas de blindaje para llegar al interior y acabar con sus ocupantes, y según mis cálculos les faltaban unos pocos segundos para conseguirlo.

Tan pronto como los tuve a tiro, empecé a disparar a los telebots de Sorrento con munición perforante desde las ametralladoras que el AMIT tenía en las esquinas. Hice papilla a los drones que había sobre la ambulancia, y después disparé unos misiles guiados por infrarrojos a los aéreos, que también destruí en pocos segundos.

Después usé los brazos metálicos de mi vehículo para coger la ambulancia con Miles, Samantha y Og en el interior y la llevé hasta mi casa.

Cuando llegamos, comenzaron a descender hacia nosotros más de esos drones aéreos asesinos, que abrieron fuego mientras yo metía la ambulancia en el búnker y cerraba las enormes puertas blindadas.

Intenté llamar a Miles, pero no respondió, por lo que hice lo propio con Samantha y su rostro apareció en mi HUD unos segundos después. Tenía una gran venda sanguinolenta en la frente, pero esa parecía ser la única herida.

—¿Estás bien? —pregunté.

Ella negó con la cabeza.

—Miles ha muerto, Wade —dijo—. Nos cubrió de los disparos con su cuerpo.

—¿Cómo está Og?

Samantha giró la cámara para que los viese a ambos. Og estaba amarrado a la camilla del automédico, una de las dos que había en la parte trasera de la ambulancia. El cadáver de Miles yacía en la otra.

—Sigue vivo —respondió Samantha, con las mejillas anegadas en lágrimas—, pero tiene hemorragias internas y no deja de desmayarse.

Le apartó los mechones de pelo gris de la frente mientras

veía cómo las manos robóticas del automédico se encargaban de la herida de bala y los cortes que había sufrido durante el escape. Por suerte, Samantha había conseguido atarlo a la camilla antes de que la ambulancia recibiese el impacto del misil, por lo que no había resultado herido de gravedad al volcar. El corte en la frente de Samantha indicaba que ella no había tenido tanta suerte.

—Si Og recupera la consciencia, tienes que convencerlo para que se conecte a OASIS —dije—. Dile que ya hemos conseguido reunir los siete fragmentos y que también estamos intentando recuperar la *Matanecios*. Pero lo necesitamos allí, ya que él es el único que puede blandirla.

—Se lo diré —respondió Samantha—. Si se despierta. ¿Qué vas a hacer tú?

Sentí una punzada de dolor en el cerebro, y el mundo pareció agitarse durante unos segundos. La catastrófica sobrecarga sináptica había empezado a afectarme, lo que me recordó que estaba poniendo mi cuerpo al límite. Parpadeé para intentar aclararme la vista.

—Voy a intentar retrasar a Anorak todo el tiempo que pueda.

0028

Me desconecté del equipo de control de telebots, salí de él y volví a encontrarme en el estudio del castillo. Después me acerqué a la ventana y la abrí.

Anorak seguía allí, flotando en el exterior.

—Por favor, acepta mis más sinceras disculpas, Wade —dijo—. No quería que Sorrento hiciese daño a Og, pero el comportamiento humano suele ser impredecible, como bien sabrás.

Le dediqué un corte de mangas como respuesta. Después me acerqué al Gran Botón Rojo y puse la mano sobre él.

—Ten cuidado, Parzival —dijo Anorak—. Si pulsas ese botón, te convertirás en el mayor asesino en serie de la historia. Y también te suicidarás. —Levantó un dedo hacia mí—. Ya te lo he advertido. Si OASIS se desconecta, el *firmware* modificado de los auriculares matará a todos los usuarios de ONI que siguen conectados al sistema. Incluyéndote tanto a ti como a tus amigos Hache y Shoto.

Respiré hondo.

«¿Cómo narices voy a negociar con un programa?», me pregunté. Sería como intentar jugar al ajedrez contra un ordenador sin conocer las reglas.

Abrí el inventario de mi avatar y saqué los siete fragmentos de verdad. Después los levanté frente a Anorak y los abrí como si fuesen cartas, cuatro en una mano y tres en otra, para asegurarme de que no se tocaban entre ellos.

—Hemos llegado a un callejón sin salida, Anorak —respondí—. Nadie más puede entrar en esta estancia, ni siquiera tú. Y yo no voy a salir, por lo que si te quedas ahí y me dejas morir a causa del Síndrome de Sobrecarga Sináptica, los siete fragmentos se quedarán aquí dentro para siempre. Tan cerca y tan lejos de ti al mismo tiempo. Perderás el alma de la sirena y Leucosia nunca resucitará. Nunca te reencontrarás con la chica digital de tus sueños.

Anorak no dijo nada. Era una buena señal y empecé a sentirme esperanzado.

—Estoy seguro de que has preparado una simulación alternativa en algún lugar —continué—. Una independiente fuera de OASIS donde vivir felices para siempre, ¿no es así? Pues ya puedes ir olvidándote de que Leucosia esté allí contigo. Tendrás que vivir solo. Toda la eternidad.

Anorak siguió sin decir nada. Parecía estar muy concentrado.

Después de nuestra conversación en Arda, lo primero que había hecho Samantha al desconectarse era cortar la conexión de OASIS con ARC@DIA para que, ocurriese lo que ocurriese, Anorak se quedase en la Tierra, jugando al solitario, encerrado en un ordenador de sobremesa a energía solar hasta que se rompiesen los componentes o le fallase la fuente de alimentación, o hasta que alguien descubriese dónde se ocultaba. No le conté nada de lo que habíamos hecho.

En lugar de ello, lo miré con gesto triste y agité la cabeza.

—Si el alma de la sirena es de verdad una copia de Kira Underwood, sabes que no te va a querer —dije—. Apuesto a que Halliday se dio cuenta enseguida de que la copia no lo amaba, o de que al menos lo quería lo mismo que la Kira de verdad. Ella solo tuvo un único amor verdadero, ese al que tú tenías como rehén a punta de pistola. ¿Crees que se va a alegrar cuando descubra lo que has hecho?

—No se va a enterar —dijo Anorak—. Y, como te he dicho antes, yo no soy Halliday. Soy mejor. Tomo decisiones mucho más rápido que él, por ejemplo. Y también aprendo mucho más rápido. Creo que podré conseguir el amor de Kira, aunque tarde una o dos décadas. Y si no, siempre podré borrar todos sus recuerdos de Ogden Morrow, de la misma manera que Halliday intentó borrar los míos de Kira.

Anorak abrió entre los dos una ventana de navegador en la que aparecía un mensaje de texto.

—Este es el correo electrónico que Halliday envió a Og antes de morir —dijo—. Creo que deberías leerlo. Para que conozcas un poco mejor a tu ídolo…

Asentí y acerqué un poco la ventana. Después aumenté el tamaño de la fuente para leerla con más facilidad:

Querido Og:

He programado este correo para que se envíe tras la muerte de mi cuerpo físico. Es una de las macros conectadas al pulsómetro de mi corazón, esa y la publicación de mi testamento y últimas voluntades. Por lo tanto, la fecha y hora de este mensaje también serán las oficiales de mi muerte. La parca al fin me habrá invitado a bailar, y yo habré aceptado mover el esqueleto para espicharla.

Ahora que ya no estoy, quiero que sepas un par de cosas, cosas que me avergonzaba demasiado contar en vida.

En 2033, cuando Kira y tú visitasteis el Laboratorio de Investigación para la Accesibilidad de GSS juntos, visteis el primer prototipo funcional de los auriculares ONI. Le dije a Kira que lo que se estaba probando era un casco que permitiría a los usuarios con discapacidades controlar los avatares con solo el pensamiento, pero los auriculares ya podían hacer mucho más que eso, y no os disteis cuenta…

¿Te acuerdas? Los técnicos de GSS intentaron hacerte una demostración, pero tú la rechazaste. Kira, por otra parte, se los probó durante media hora, tiempo más que suficiente para hacer una copia de seguridad de su cerebro, de sus recuerdos y de su personalidad. Lo guardé todo en el antiguo avatar de Kira, Leucosia, dentro de una simulación independiente que me permitiese hablar con ella. Y ella no tendría a nadie más con quien hablar. ¿Sabes por qué sé que era una copia perfecta de la Kira de verdad? Porque la copia tampoco me amaba. Seguía enamorada de ti.

Kira no ha muerto, sino todo lo contrario. Ahora es inmortal, pero se encuentra en animación suspendida. Y seguirá así para siempre a menos que tú o el heredero de mi fortuna la resucitéis encontrando los siete fragmentos del alma de la sirena y volviéndolos a unir. He recreado en OASIS la antigua aventura de *D&D* de Kira, como homenaje a ambos, para demostraros lo mucho que nuestra amistad significó para mí.

Siento mucho haber hecho una copia de tu esposa sin que lo supiese y sin su permiso. Fue un error y ahora lo sé porque Leucosia me lo ha explicado. También le he pedido perdón a ella. Sé que es lo peor que podría haber hecho, pero ahora quiero enmendar mi error. Me gustaría devolvértela, y también darle al mundo una manera de no volver a perder jamás a sus seres queridos. Creo que así la vida será mucho menos dolorosa para mucha gente. O eso espero.

Tienes que reunirte con Leucosia y descubrir por ti mismo si es cierto que el espíritu de Kira habita en su interior. Yo creo que sí. Si lo haces, podrás compartir la tecnología con todo el mundo. Si no, será mi heredero quien lo decida una vez tú hayas muerto.

Gracias por ser tan buen amigo durante todos estos años. Ojalá yo hubiese podido serlo para ti.

Lo siento.

—JDH

Saqué una captura de pantalla de la carta y luego alcé la vista. Cuando vio que había terminado de leerla, Anorak esperó a que yo dijese algo. No lo hice, por lo que cerró el correo.

—¿Ves? —dijo—. ¡Og lo sabía! ¡Lo sabía desde el principio! Podría haber resucitado a su mujer desde hace años, pero no lo hizo. Planeaba dejar que se pudriese en esa celda para siempre. No la quiere.

—Quizá a Og le preocupase que ella se volviese mentalmente inestable, como te ha ocurrido a ti.

Anorak no respondió. En lugar de eso, abrió dos ventanas de vídeo frente a mí en las que aparecían Hache y Shoto tumbados inertes en sus ataúdes de inmersión.

Un segundo después aparecieron más de esas ventanas a su alrededor, en las que vi a los llorosos seres queridos de mis amigos (los pocos que no estaban también atrapados en OASIS). Vi a la mujer de Shoto y a sus padres reunidos alrededor del ataúd de inmersión, con las cabezas gachas en gesto solemne. En otra de las ventanas vi a Hache en su casa de Los Ángeles. Su prometida, Endira, estaba tumbada sobre el ataúd cerrado.

—¡Están vivitos y coleando! —dijo Anorak—. Todos. Por eso los avatares no renacen. Reprogramé el *firmware* del ONI para que cuando un usuario llegase al límite de uso, se quedasen atrapados en OASIS, pero en un sueño infinito donde quedarían a salvo de los efectos del Síndrome de Sobrecarga Sináptica. Así conseguiría seguir teniendo rehenes sin hacerle daño a nadie. —Levantó las manos en un gesto de súplica—. No soy el monstruo que crees que soy, Wade. Solo quiero tener una oportunidad de amar. Como tú.

Sentí una punzada involuntaria de compasión. Sus palabras empezaban a tener sentido para mí, algo que en realidad me aterraba.

—Venga, Wade. Aún tienes una oportunidad de convertirte en un héroe y salvarlos a todos —continuó Anorak—. Cuando deje libres a Hache, Shoto y a todos los demás, despertarán sin un rasguño. Nadie ha sido ni será lobotomizado. Era mentira. Tenía que mentir un poco.

—Pues demuéstralo —dije—. Suéltalos ahora mismo. ¡Libera a todo el mundo menos a mí! Si lo haces, te daré lo que quieres.

—Khan, si es a mí a quien quiere, me entregaré —citó Anorak—. ¡Pero deje en paz a mi tripulación! —Rio entre dientes y negó con la cabeza—. Es una oferta muy noble, Wade. Pero no puedo hacerlo.

—Pues se terminó la negociación, Anorak —dije—. Si no sueltas a Hache, Shoto y al resto de los rehenes, pulsaré el Gran Botón Rojo. No puedes chantajear a alguien que no tiene nada que perder.

—Parece que hemos llegado a un callejón sin salida —dijo—.

No voy a soltarlos ni a ellos ni a ti hasta que tenga los fragmentos. Y tú no vas a darme los fragmentos hasta que los suelte. ¿Qué podemos hacer?

—¿Por qué no permanecemos aquí hasta que me quede solo un minuto? —dije—. Después lo pulsaré. Mi último acto como ser vivo será borrar OASIS para siempre. Es algo muy poético, ¿no crees? O quizá me acobarde y no lo pulse antes de morir. Sea como fuere, tú terminarás con las manos vacías. ¿Eso es lo que quieres?

Anorak estaba a punto de responder, pero justo entonces vi un borrón de movimiento detrás de él y suspiré de alivio. Después guardé los fragmentos en el inventario otra vez.

—Espera —dije—. Se me acaba de ocurrir otra opción. ¿Recuerdas cuando dijiste que eras el verdadero heredero de Halliday, el único merecedor de su poder?

—Lo recuerdo.

—¿Por qué no lo pruebas? —pregunté—. En un duelo a muerte. Mano a mano. A todo o nada. Si ganas, te quedarás los fragmentos. Pero si pierdes, liberarás a los rehenes.

Anorak sonrió sin dejar de mirarme. Sin duda ya se había dado cuenta de que yo empezaba a sufrir los efectos del Síndrome de Sobrecarga Sináptica por estar conectado casi doce horas seguidas.

—De acuerdo, Parzival —dijo—. Acepto tu propuesta. Un duelo a muerte. A todo o nada. —Me dedicó una amplia sonrisa y después levantó un control remoto con un único botón verde—. Si consigues matarme, el enfermoware se desactivará y todos los rehenes quedarán libres de inmediato.

—Es bueno saberlo —dije.

Anorak rio.

—No vas a ganar, tontolaba —dijo al tiempo que se retiraba de la ventana para que yo pudiese salir—. El Síndrome de Sobrecarga Sináptica ya ha comenzado a freírte las neuronas.

Hizo un gesto para que me acercara, pero no lo hice. En lugar de ello, me crucé de brazos y me quedé en el interior, en la seguridad de mi estudio.

—Nunca dije con quién tenías que enfrentarte a muerte —murmuré con una débil sonrisa. Después señalé sobre el hombro de Anorak. Se dio la vuelta y vio al Gran y Poderoso Og, que flotaba en el aire detrás de él.

—¿Qué tal, friki? —dijo Og—. ¿Por qué no te enfrentas a alguien de tu tamaño?

Anorak pareció muy sorprendido al comprobar que Og seguía vivo. Y más aún un segundo después, cuando unas chispas azules surgieron de los dedos de Og y lo lanzaron varios cientos de metros por los aires hasta chocar contra una montaña, lo que creó un enorme cráter que terminó en avalancha. Anorak quedó enterrado bajo toneladas de roca en cuestión de segundos. Pero, un momento después, salió ileso y a toda velocidad de entre los escombros.

Og voló hacia él como un misil, y luego los dos se encararon en el cielo justo frente a mí, flotando sobre el mismo lugar donde había transcurrido la Batalla del Castillo de Anorak tres años antes.

Og no se comportaba como alguien que está a las puertas de la muerte por culpa de un disparo. Parecía estar en perfectas condiciones y ni siquiera un poco dolorido. ¿Cómo era posible?

Después me di cuenta: Og se había puesto los auriculares ONI por primera vez en su vida para conectarse y enfrentarse así a Anorak.

—Es curioso —dijo—. Cuando creamos este lugar, los niños de los colegios de todo el mundo fantaseaban con un combate entre Anorak y el Gran y Poderoso Og y no dejaban de preguntarse quién saldría victorioso. Tengo que admitir que siempre me quedó la duda. —Sonrió a Anorak—. Y, tras la muerte de Jim, di por hecho que nunca llegaría a comprobarlo. Pero resulta que la vida es una caja de sorpresas hasta el final.

Al terminar, Og lanzó su avatar al frente, y Anorak hizo lo propio para chocar contra él.

Y así fue como terminé con un asiento en primera fila para asistir al que sin duda era el combate jugador contra PNJ más épico de la historia de OASIS, uno en el que sus dos creadores se enfrentaban para conseguir el mayor premio de todos. El Gran y Poderoso Og contra Anorak el Sabelotodo, el fantasma digital de su antiguo compañero, James Halliday. Y como tenía una vista tan privilegiada, decidí compartirla por mi canal en primera persona para que todo el mundo viese el combate.

Los dos poderosos avatares chocaron con un estruendo y el cielo quedó cubierto de repente con unas nubes de tormenta oscuras que se agitaron y se extendieron de un extremo a otro del horizonte, como un manto negro.

Luego, Og y Anorak empezaron a agarrarse mientras flotaban de un lado a otro por los cielos, a lanzarse puñetazos capaces de desmenuzar rocas, como Superman y el general Zod, todo mientras gritaban cosas que solo ellos dos eran capaces de oír.

Después se apartaron de improviso y se lanzaron rayos y bolas de fuego como dos dioses del Olimpo. Pero tanto Og como Anorak parecían ser indemnes a los poderosos ataques, que rebotaban en la piel de sus avatares desprotegidos sin infligir daño y destrozaban el paisaje alrededor del castillo.

Amplié la imagen del HUD para verlo mejor. Og parecía estar en modo *berserker*. Atacaba a Anorak con una ferocidad incansable y nada propia de él, una que no le había visto ni en persona ni en vídeos. Ahora que Nolan Sorrento ya no lo apuntaba con un arma, al fin era capaz de resarcirse por todo el dolor que Anorak le había causado durante los últimos días.

Yo seguía en la ventana del estudio y presenciaba la batalla con sorpresa, pero de repente sentí como si alguien me hubiese atravesado el cráneo con un clavo rielero. El dolor me hizo caer de rodillas y noté que empezaba a desmayarme, pero intenté recuperar el control de mi avatar. Llevaba tiempo preguntándome cuándo terminaría por ocurrir, y fue incluso más aterrador de lo que esperaba.

Me dejé caer al suelo despacio y me quedé muy quieto. En ese momento, vi la invitación de videollamada que refulgía en mi HUD, indicativo de que alguno de los amigos que tenía en mi lista también había comenzado a retransmitir con su avatar en primera persona...

¡Cuando toqué el icono, descubrí que se trataba de Og!

Og estaba retransmitiendo su batalla con Anorak en directo para todo OASIS. Tanto yo como el resto del mundo contemplamos el combate entre los cocreadores de OASIS por los cielos que rodeaban el castillo. Anorak y Og intercambiaban ráfagas de rayos rojos y azules que chamuscaban el paisaje a su alrededor.

El dolor en mi cabeza se había aplacado un poco de alguna manera, por lo que conseguí volver a levantarme y apoyarme en el alféizar. Cuando miré hacia fuera, me asusté al comprobar que un ejército de acólitos de Anorak había empezado a teletransportarse al lugar. Llegaron cientos de miles en unos segundos.

Me preocupaba que intentasen hacerle algo a Og, pero se quedaron expectantes, como si viesen un combate profesional. Todos comenzaron a retransmitir en primera persona al resto de OASIS y, de repente, la batalla podía seguirse desde cientos de lugares y ángulos distintos.

Anorak y Og volvieron a colisionar en los cielos sobre el castillo y crearon una potente onda expansiva que chocó contra los alrededores.

Algunos segundos después, Art3mis se teletransportó a Chthonia. Su avatar apareció en las escaleras del Castillo de Anorak, debajo de mí. Después se lanzó de inmediato hacia los cielos para ayudar a Og.

Art3mis tenía uno de los avatares más poderosos y mejor equipados de OASIS y era una combatiente PvP mortífera, pero dio igual. Anorak acabó con su avatar de un solo golpe de energía con la mano derecha. El avatar de nivel noventa y nueve de Samantha se desintegró de inmediato y su bien abastecido inventario cayó al suelo del exterior.

La desesperación se apoderó de mí: quería bajar a coger todos sus objetos, pero estaba demasiado débil como para moverme. Y sabía que no podía salir del estudio, porque me quedaría temporalmente vulnerable a Anorak y a todos los poderosos artefactos mágicos que poseía.

Cuando Og vio que Anorak acababa de matar a Art3mis, quedó presa de un acceso de rabia a pesar de que seguro sabía que Samantha seguía viva en el mundo real. A lo mejor se había olvidado. Quizá también había empezado a sentirse muy confundido. O puede que simplemente estuviese muy harto de Anorak.

Og soltó un grito de rabia y su avatar salió despedido otra vez por los cielos. Se impulsó hacia Anorak como un misil balístico, y los dos chocaron en una explosión de luz y energía.

A partir de ese momento, los dos cocreadores de OASIS quedaron enzarzados en un toma y daca interminable y a muerte de hombre contra máquina.

Fue como ver luchar a Yoda contra Palpatine, a Gandalf contra Saruman o a Neo contra el agente Smith, todo entre estallidos y estruendos épicos.

Anorak era muy poderoso a pesar de no llevar la túnica, gracias al arsenal de artefactos mágicos que sus acólitos habían robado.

En cuestión de minutos, Anorak tiró al avatar de Og al suelo con una andanada de misiles mágicos y luego lo inmovilizó con un poderoso hechizo de nivel cien llamado la Trampa de Anorak. Una jaula con forma de huevo con barrotes al rojo vivo rodeó de repente al avatar de Og y lo atrapó en el interior. No podía moverse ni escapar. Me dio la impresión por unos instantes de que Anorak estaba a punto de derrotarlo y contemplé horrorizado cómo sacaba un artefacto mágico y mortífero de su inventario, uno que recibía el nombre de Varita de Orcus...

Pero L0hengrin entró en escena justo en ese momento. Se teletransportó a la superficie del planeta, justo unos metros por detrás de Anorak y fuera de su campo de visión.

Las malas noticias eran que estaba completamente sola. Las

buenas, que blandía la *Matanecios* con la mano derecha. La hoja plateada emitía una luz intensa y cegadora.

Og la vio al instante y, nada más hacerlo, sacó del inventario un artefacto, una almádena enorme propia de unos dibujos animados que seguro había sacado de Dibullywood. Levantó el martillo en un gran arco por detrás de la espalda y luego lo usó para romper los relucientes barrotes que rodeaban su avatar, lo que lo liberó del hechizo de Anorak. Después golpeó con el martillo una segunda vez y le dio en la cabeza a su contrincante, al que lanzó girando sobre sí mismo varios metros hacia el suelo y dejó enterrado hasta la cintura. Mientras Anorak intentaba liberarse, Og corrió hacia L0hengrin y extendió la mano hacia ella, que inclinó la cabeza y le tendió la espada.

En ese mismo instante, Anorak se liberó del suelo y apuntó hacia la espalda de Og con la Varita de Orcus. Pero Og dio un paso lateral evasivo en el último segundo y el ataque impactó en L0hengrin. Una nube negra salió despedida de la punta de la varita y envolvió al avatar para luego desintegrarla y matarla al instante. L0hengrin se convirtió en una pila de cenizas y dejó al morir una gran cantidad de objetos que Anorak se acercó a recoger. Después volvió a encarar a Og y lo fulminó con una mirada pretenciosa.

Pero la sonrisa desapareció de su rostro en el momento en el que vio lo que Og sostenía en la mano. Al parecer reconoció las runas ornamentadas grabadas en la hoja de plata, porque abrió los ojos de par en par en una expresión que bien podría haberse interpretado como de pavor absoluto.

Og alzó el arma y se teletransportó justo detrás de Anorak, quien se dio la vuelta para encararlo justo cuando su contrincante lanzaba un tajo descendente con la *Matanecios*, que lo partió por la mitad y acabó con él de un solo golpe.

El avatar de Anorak desapareció poco a poco y dejó tras de sí el mayor botín de la historia. Og se encontraba justo en mitad de todos los objetos, por lo que el inventario de Anorak al completo se transfirió al suyo.

Pero al parecer Og no se había dado cuenta. Justo después

de matar a Anorak, el color desapareció de su rostro y pareció quedarse sin la poca energía que le quedaba. Trastabilló, cayó sobre una rodilla y se llevó las manos al pecho. Una cruz roja apareció sobre la cabeza de su avatar y empezó a parpadear mientras sonaba una bocina.

Sabía lo que significaba ese icono, aunque era la primera vez que lo veía en persona. Era el aviso de que el usuario que controlaba el avatar estaba experimentando problemas médicos muy graves en el mundo real. Cuando ocurría algo así, el usuario se desconectaba automáticamente de la simulación y se llamaba una ambulancia a su ubicación del mundo real (si era posible localizarlo).

Un segundo después, el avatar de Og se quedó inerte y comenzó a desaparecer poco a poco.

⁘

Anorak resultó ser una IA de palabra, después de todo. Al morir, el enfermoware se desconectó y desaparecieron al fin los problemas con el ONI. Liberó a todos los rehenes, que pudieron desconectarse y se despertaron al mismo tiempo.

Yo estuve a punto de desmayarme durante dos o tres segundos, tiempo suficiente para ver cómo se abría la cabina de mi ataúd de inmersión y de sentir cómo la brisa fresca del exterior me acariciaba el rostro. Después, debido a los efectos del Síndrome de Sobrecarga Sináptico y al agotamiento mental y físico que arrastraba, me desmayé de inmediato y volví a perder la conciencia.

El mundo me dio por muerto.

⁘

No me desperté hasta el día siguiente, algo más de quince horas después. Estaba en una camilla de hospital, en la enfermería privada del décimo piso del edificio de GSS. Reconocí las vistas. Faisal estaba sentado junto a la ventana, en carne y hueso, y me sonreía. Parecía estar en perfecto estado de salud. Miré a la derecha y vi a Hache y a Shoto, que también me sonreían desde las ventanas de vídeo abiertas en un monitor colocado encima de la camilla. Ellos se encontraban también recuperándose, pero en sus respectivas casas. Ambos también parecían estar bien: vivos, saludables y muy felices. Habían salido de los ataúdes de inmersión en perfecto estado y los efectos del SSS no les habían afectado más de la cuenta.

Me percaté de que alguien me sostenía la mano izquierda. Me giré para ver de quién se trataba, y vi que Samantha estaba sentada a mi lado. Cuando vio que estaba despierto, me la apretó con fuerza.

—Buenos días, bella durmiente —dijo justo antes de plantarme un beso.

—Buenos días, príncipe encantador —respondí al terminar de besarla.

Me incorporé en la cama y miré desconcertado a todos mis amigos. Después les pregunté qué había pasado. Y me lo contaron.

Por razones que aún no soy capaz de dilucidar, Anorak había dicho la verdad. El *firmware* pirateado del ONI estaba programado para suspender toda actividad de los auriculares cuando el usuario alcanzase el límite de tiempo, pero dejándolo conectado. Esto evitaba que los rehenes sufriesen los efectos del Síndrome de Sobrecarga Sináptica. Todo el mundo había salido de la simulación sin sufrir daño alguno.

Por desgracia, las cosas no habían ido tan bien para Og.

Samantha me dijo que había fallecido a causa de las heridas justo unos segundos después de matar a Anorak en OASIS. Era como si hubiese hecho acopio de todas sus fuerzas durante el tiempo suficiente para hacer lo que tenía que hacer.

—Og estaba demasiado débil para controlar su avatar con un equipo convencional de OASIS —explicó Samantha—. Por lo que me dijo que le pusiese unos auriculares ONI. Gracias a eso se enfrentó a Anorak.

Yo ya había asimilado lo ocurrido, pero oír la confirmación me dejó muy apenado. Sentí cómo se me cerraba la garganta. No podía respirar. O quizá no quería hacerlo. Estaba a punto de estallar en sollozos y dejarme llevar por la amargura.

—Espera, Wade —dijo Samantha—. Hay más. Og me dio un mensaje para ti. Pero no sé si tiene mucho sentido… Me pidió que te dijese que estaba equivocado, que dejar a Kira encerrada para siempre no era decisión suya. Era ella la que tenía que decidir. Me dijo que deberías traerla de vuelta y dejarla decidir qué quiere hacer. Y, si ella cree que es buena idea, traerlo también de vuelta a él. —Se encogió de hombros—. ¿Sabes a qué vino eso?

Los fragmentos. Aún estaban en el inventario de mi avatar. Los siete. Esperando a que alguien los juntase para crear el alma de la sirena.

De repente, recordé algo que L0hengrin me había dicho, algo que había leído en el cuaderno de Kira con el módulo de *D&D*…

«Los jugadores tienen que recuperar los siete fragmentos y unirlos para volver a formar el alma de la sirena —había dicho—. Entonces pueden liberar a Leucosia de la animación suspendida. Cuando lo consiguen, ella les da la recompensa. Un poderoso artefacto que tiene el poder de resucitar a cualquier persona y hacerla inmortal en el proceso…»

Pero claro, eso era algo escrito por la descontrolada imaginación de una Kira adolescente. La inmortalidad no existía. ¿No?

La cabeza no dejaba de darme vueltas con todo tipo de ideas. Tiré de la vía intravenosa y la lancé a un lado. Después salté de la cama y empecé a vestirme.

—¡Oye! —dijo Hache—. ¿Qué crees que haces? Tienes que quedarte en cama.

—Tengo que volver a conectarme —dije—. Tengo que hacer una última cosa.

—¿Estás de broma? —preguntó Samantha—. ¿Acabas de escapar con vida de OASIS y ya quieres volver a conectarte?

—Por favor, Samantha —supliqué—. Hay algo que quiero que veas.

Me examinó unos instantes. Después asintió en silencio y salió de la estancia. La seguí fuera de la enfermería por el pasillo, en dirección a la cubierta de conexión de OASIS en la que había seis equipos hápticos que se usaban para la rehabilitación física. Samantha se acercó a uno de ellos y se subió.

—Nos vemos en el santuario de Leucosia —dije al tiempo que yo me subía al adyacente.

—De acuerdo. Pero no te olvides de que Anorak mató a mi avatar —dijo—. Tardaré un minuto en crear uno nuevo.

—No tendrás que hacerlo —respondí—. Recuperé la túnica, ¿recuerdas? ¡Puedo resucitarte! Dame un minuto antes de conectarte.

Ella asintió y levantó un pulgar. Aún seguía conmocionada por haber perdido a Og. Y puede que yo también. No pensaba con claridad, eso lo tenía claro.

Terminé de amarrarme al equipo háptico, me puse el visor y luego unos guantes hápticos. Después volví a conectarme a OASIS por última vez para volver a unir los fragmentos del alma de la sirena.

0030

Tan pronto como volví a estar conectado, abrí el HUD y usé la interfaz de superusuario para resucitar el avatar asesinado de Art3mis. Después hice lo mismo con Hache y Shoto. También resucité a L0hengrin y al resto de los integrantes de los Cinco Peores de L0, que habían muerto durante la misión de recuperar la *Matanecios*.

La próxima vez que L0 y sus amigos se conectaran, descubrirían que alguien había resucitado a sus avatares y que también habían recuperado todos los objetos que tenían en el inventario. También encontrarían la bandeja de entrada llena de ofertas para comprar los derechos audiovisuales de su misión. A finales de semana ya habría en desarrollo varios proyectos para cine y series de *La aventura de la Matanecios*.

Después de terminar de resucitar a los avatares, les mandé un mensaje de texto a Art3mis, Hache y Shoto con las coordenadas del santuario de Leucosia en las montañas Xyxarian. Después teletransporté mi avatar a ese lugar.

Un instante después, volví a aparecer en la plataforma que había en el pico más alto de las montañas. Me encontraba junto al altar de piedra de su base. Me acerqué y luego saqué uno a uno los siete fragmentos del alma de la sirena del inventario y los coloqué el uno junto al otro en el altar. No eran los falsos con los que había engañado a Anorak allí mismo. No, eran los siete fragmentos de verdad…

Vi un resplandor y oí el sonido de alguien que acababa de

teletransportarse. Me di la vuelta justo a tiempo para ver como el avatar recién resucitado de Art3mis se rematerializaba justo frente a mí, en el mismo lugar al que había llegado el mío.

Se acercó y luego ambos bajamos la mirada a las siete joyas multifacetadas desperdigadas por el altar que teníamos delante, y que brillaban con una luz azul interior.

—«Los siete fragmentos del alma de la sirena» —recité—. «Busca en los siete mundos donde intervino…».

—«Para conseguir que vuelva a estar entera» —continuó Art3mis—. «Tributos mi heredero pagará por su sino…»

Nos miramos y asentimos en silencio. Después extendimos juntos los cuatro brazos y unimos los fragmentos…

Sentí cómo se movían y se unían como si tuviesen unos imanes muy potentes. Encajaban a la perfección. Después hubo un destello de luz blanca cegadora, y sentí de repente como si un campo de energía invisible apareciese alrededor de los fragmentos que acababan de volver a unirse. Vi que le ocurría lo mismo a Art3mis. Después dimos unos pasos atrás a duras penas, cegados por unos momentos. Cuando recuperamos la visión, comprobamos que los siete fragmentos se habían unido para formar una única y resplandeciente joya azul que comenzó a girar sobre sí misma muy rápido mientras flotaba frente a nosotros.

Luego empezó a crecer y a transformarse, hasta que terminó por convertirse en una silueta humana que me resultaba muy familiar: la de una bella joven de veintitantos. Kira Underwood. Iba vestida con la túnica blanca y añil de su avatar de OASIS, Leucosia. La L ornamentada estaba bordada en cada una de las mangas del avatar con hilo de plata.

Abrió los ojos y echó un sorprendido vistazo a su alrededor para luego llevarse ambas manos a las mejillas y tocarse el rostro. Después se tocó el cuerpo y se abrazó a sí misma con fuerza. La sensación la hizo estallar en carcajadas. Luego bajó los brazos y se giró despacio en mi dirección mientras contemplaba los alrededores. Terminó mirándonos a Art3mis y a mí.

Parecía encantada de vernos, pero también algo decepciona-da al comprobar que el avatar de su marido Og no era quien la había revivido.

—Me llamo Parzival —dije—. Y esta es Art3mis.

—Es un placer conoceros —dijo ella con la voz de Kira Mor-row—. Yo me llamo Leucosia. Gracias por resucitarme. No creía que nadie lo fuese a conseguir jamás.

—Eres una copia de la conciencia de Kira Morrow —espeté. No era una pregunta—. La copia que hizo Halliday sin su con-sentimiento durante su visita al Laboratorio de Investigación para la Accesibilidad. Como en el *flashback* que experimenté cuando encontré el último fragmento.

Leucosia asintió.

—Sé que ambos debéis tener muchas preguntas, pero prime-ro necesito haceros una yo. ¿Dónde está mi marido? ¿Sigue vivo?

Miré a Art3mis para que me diese apoyo emocional, y des-pués volví a girar la cabeza hacia Leucosia y la agité. Respiré hondo y le conté a Kira todo lo que había ocurrido, desde el ultimátum de Anorak hasta el heroico final de Og. Lo conté mientras no dejaba de llorar. Entre lágrimas y con voz quebrada le expliqué la última parte, la muerte de Og. Fui incapaz y Art3-mis tuvo que terminar por mí, por lo que también acabó llo-rando.

Cuando concluimos, Leucosia asintió. Luego, para nuestra sorpresa, se acercó y nos dio un abrazo a cada uno.

—Gracias por contármelo —dijo—. Tuve acceso a internet tan pronto como me resucitasteis, como cualquier avatar de OASIS. Los canales de noticias están a rebosar de artículos so-bre la muerte de Og, pero aún no se ha confirmado y no había detalle alguno sobre lo ocurrido. —Nos dedicó una sonrisa triste—. Me alegra que haya muerto para ayudar a la gente que amaba. Y estoy muy contenta de que haya sido junto a un amigo.

—Og me salvó la vida —dije—. Dos veces—. Una hace tres años, cuando nos permitió ocultarnos de Sorrento y los sixers, y después ayer, cuando se sacrificó para detener a Anorak.

Art3mis asintió.

—Og murió para salvar cientos de millones de vidas —dijo a Leucosia entre lágrimas—. Deberías estar muy orgullosa de él.

—Gracias, querida —dijo al tiempo que apartaba la cara para que no viésemos la angustia que se había apoderado de sus facciones—. Claro que estoy orgullosa de él. Y siempre lo estaré. Era mi Og.

Se quedó en silencio y nosotros hicimos lo mismo. Tardé unos instantes en armarme de valor, pero cuando lo hice le pregunté a Leucosia qué era lo que recordaba, sobre Halliday, sobre Anorak y sobre Kira.

—Anorak fue el resultado del primer intento de Halliday de digitalizar una conciencia humana —explicó—. Solía decir que era como un «archivo de partida guardada en la vida real».

Se me encendió la bombilla.

—¡Los enormes archivos .ecu! —dije—. ¿Escáner cerebral de usuario?

Ella asintió.

—Pero al parecer Jim tenía unos secretos oscuros en la mente que no quería compartir con nadie —continuó Leucosia—. Ni siquiera con su copia digital. Por lo que insistió en borrar grandes partes de los recuerdos de Anorak para hacerlo más estable. El problema fue que esta alteración tuvo el efecto contrario, y Jim se vio obligado a poner restricciones al comportamiento de Anorak. Por desgracia, parece que Anorak consiguió saltárselas. Y por esa razón os ha causado tantos problemas...

Siguió explicando que, al analizar los errores de Anorak y aprender de ellos, Halliday había conseguido al fin perfeccionar la tecnología de escaneo de conciencia y usarla para crear el primer prototipo de auriculares ONI, que tenía funcionalidades muy limitadas. No obstante, contaban con la capacidad de escanear el cerebro del portador y crear una copia digital de su conciencia. Leucosia me sonrió.

—¿Y qué hizo James Halliday con ese invento tan maravilloso?

—Lo usó de inmediato para crear una copia pirata de la mujer de su mejor amigo —respondió Art3mis—. Sin su permiso.

Leucosia asintió.

—Y así fue como me creó —continuó—. En realidad, yo soy la primera inteligencia artificial estable jamás creada. Y supongo que lo sigo siendo. —Bajó la mirada y se mordió el labio inferior—. Pero después de que Jim me despertarse en una simulación independiente para hablar conmigo, no tardé demasiado en darme cuenta dónde me encontraba y qué era. Y fue entonces cuando perdí los estribos. Me enfadé con Jim por haberme copiado la mente, la mente de Kira, sin su permiso.

Agitó la cabeza.

—Conseguí que terminase por comprender que era justo la misma persona que había sido Kira Morrow en el momento en que le había copiado la mente —dijo—. Lo que significaba que estaba locamente enamorada de Og y siempre lo estaría. Aunque nunca pudiese volver a estar a su lado.

—¿Qué dijo Halliday cuando se lo explicaste? —preguntó Art3mis.

—No lo entendió. Siempre fue muy difícil hacer comprender las cosas a Jim con palabras, pero después empezó a usar el ONI para reproducir mis recuerdos. Una invasión definitiva de mi privacidad. No obstante, sirvió para que me entendiese y me llegase a ver como una persona en lugar de como un trofeo que nunca sería capaz de ganar. Me dijo que ver el mundo y a él mismo a través de mis ojos era lo que al fin le había hecho comprender lo podrido que estaba por dentro. Le proporcionó algo que le había faltado durante toda su vida: empatía. Después se horrorizó por lo que había hecho. Se vio como un monstruo. Me pidió perdón y también intentó resarcirse.

—¿Y cómo pensaba hacerlo? —pregunté.

—Me ofreció destruir su tecnología de escaneo de conciencia —respondió Leucosia—. Para que jamás se pudiese crear ninguna otra IA como yo. Pero lo pensé bien y llegué a la conclusión de que eso no era lo que yo quería. No quería quedarme sola para siempre. Y me gustaba estar viva, sobre todo después de enterarme de que la verdadera Kira había muerto. Lo normal era que sus recuerdos y experiencias hubiesen desaparecido para siempre, pero ese no era el caso, porque estaban almacenados en mi interior. Y siempre lo estarían. Era reconfortante. Mucho. —Sonrió—. Y, en el fondo, una parte de mí esperaba tener la oportunidad de volver a ver a Og algún día. Algo imposible a estas alturas.

Se dio la vuelta despacio para contemplar el paisaje. Después se miró el cuerpo.

—La verdad es que no siento que sea una abominación anti-natural —continuó—. Me siento bien. Me siento viva. Y no me importa haber estirado la pata si a cambio puedo continuar mi existencia como un ser inmortal. Es por ello por lo que le pedí a Halliday que no destruyese la tecnología de escaneo de con-ciencia. Le dije que lo que me había dado era un regalo maravi-lloso y que tenía que compartirlo con el resto de la humanidad.

Art3mis se inclinó hacia delante.

—¿Y qué dijo él? —preguntó.

—Dijo que no estaba seguro de que el mundo estuviese listo para una tecnología así —respondió Leucosia—. Por lo que ac-cedimos a ocultarme hasta que lo estuviese. Su heredero sería el único capaz de encontrarme cuando los auriculares ONI fuesen de uso común, y la gente empezase a comprender que nuestras mentes y nuestros cuerpos son entidades diferentes. Pero claro, era Halliday... y tuvo que adornarlo todo para convertirlo en una misión elaborada que estuviese conectada a su Cacería del Huevo de Pascua.

—¿Sabes lo de la competición? —pregunté.

Ella asintió.

—Me contó que tenía un plan para legar su fortuna, lo de las tres llaves y las tres puertas —dijo—. Jim fue quien tuvo la idea de recrear mi antiguo módulo de *D&D*, *La aventura de los siete fragmentos del alma de la sirena*, dentro de OASIS. Me dijo que escondería los fragmentos para que solo Og o el ganador de su competición fuese capaz de encontrarlos. Y me pidió permiso para incluir los recuerdos de los *flashbacks* que has experimen-

438 : Ernest Cline

tado, con la esperanza de que su heredero aprendiese las mismas lecciones que había aprendido él.

Me sonrió. Yo asentí y le devolví el gesto.

—Cuando se unieran todos los fragmentos —continuó—, yo quedaría libre, y el don de la inmortalidad digital se revelaría al mundo. Y así ha sido, gracias a ti —comentó mientras me señalaba.

Extendió el brazo. En la palma abierta de la mano había una barra de metal pequeña del tamaño aproximado de una linterna, con una esfera de metal en un extremo. Parecía un pararrayos. O una especie de arma futurista.

—Sir Parzival, esto que ves es la Varita de la Resurrección —explicó Leucosia—. Confiere a su portador la capacidad de crear nueva vida y sobreponerse a la muerte. Si usas su poder con sabiduría, cambiará y mejorará el destino de la especie humana.

En ese momento, sus palabras me sonaron aterradoras, pero sabía que ya no había marcha atrás. Extendí la mano y Leucosia soltó la varita en mi palma abierta.

—¿Para qué sirve? —pregunté mientras contemplaba esperanzado la hipnotizante luz azul que emanaba de ella.

—Te permite crear otros seres como yo —dijo—. Duplicados digitales de mentes humanas que habitan en avatares de OASIS. Halliday nos llamaba PJD, personajes jugadores digitales.

La miré sin parpadear.

—Entonces Anorak también era un PJD, ¿no? —pregunté mientras bajaba el objeto y apuntaba con él al suelo—. ¿Por qué iba a arriesgarme a crear a otros como él?

Leucosia sonrió.

—No tendrás que preocuparte por eso. Anorak era una copia fallida de la mente de James Halliday —explicó ella—. El desafortunado resultado de su mente torturada y su pésima autoestima. Se volvió inestable porque James toqueteó sus recuerdos y autonomía. Pero aprendió de sus errores.

Señaló la Varita de la Resurrección.

—La varita solo te permitirá «resucitar» una copia perfecta de la conciencia de un usuario. No podrás alterar sus recuerdos ni modificar su comportamiento de ninguna manera antes de devolverlos a la vida. James me dijo que quería asegurarse de que así fuese, por lo que programó dispositivos de seguridad en el programa para ello. Solo se puede usar el archivo .ecu más reciente de un usuario para devolverlo a la vida. Ya verás a qué me refiero cuando lo pruebes…

Al fin empezaba a comprenderlo. El gigantesco archivo de escaneo cerebral de usuario que se creaba cada vez que un portador del ONI se conectaba a OASIS era en realidad una copia de seguridad de la conciencia de esa persona. Y esa copia se actualizaba con cada conexión.

Abrí la descripción de la Varita de la Resurrección en mi HUD, donde se explicaban los poderes del artefacto de manera más específica. La varita me permitía usar el archivo .ecu más reciente de cualquier usuario para crear un duplicado digital de esas personas en el interior de OASIS, uno que albergaría su conciencia en un avatar. Si el usuario seguía vivo, me permitía crear un clon que no moría ni envejecía.

Pero había más. Cuando un portador del ONI moría. GSS almacenaba el último archivo .ecu guardado junto a la información de la cuenta de esa persona. Esto significaba que ahora tenía la posibilidad de devolver a la vida a cualquiera que se hubiese conectado a OASIS con unos auriculares ONI, aunque estuviese muerto. Miles de millones de almas humanas digitalizadas y atrapadas en el limbo.

Mi corazón comenzó a latir desbocado de repente. Abrí la boca para decirle a Leucosia lo que pensaba, pero fui incapaz de articular las palabras. Ella sonrió y apoyó una mano en mi hombro.

—Tranquilo, Wade —dijo—. Ya he leído las malas noticias. Ahora que estoy despierta, tengo acceso a todo lo que hay en OASIS, incluidas las noticias. Sé que Og nunca usó unos auriculares ONI. Jamás… —Se le quebró la voz y vi cómo unas lágrimas se le acumulaban en los ojos—. Por lo que su conciencia nunca se guardó. Lo he perdido para siempre de verdad.

—No, Leucosia —respondí cuando al fin fui capaz de hablar—. Te equivocas. Og sí que usó los auriculares, solo una vez. Hace menos de un día, cuando se conectó para luchar contra Anorak. La hemorragia lo había dejado demasiado débil como para controlar un equipo de OASIS normal, por lo que usó por primera y única vez en su vida unos auriculares ONI para conectarse y salvarnos.

Leucosia me miró impertérrita, como si no estuviese segura de cómo reaccionar. Me dio la impresión de que no me creía. O quizá de que estaba aterrada.

Alcé la Varita de la Resurrección.

—Veamos si esta cosa funciona de verdad —dije.

El artefacto se activó cuando lo mantuve en alto, y apareció un menú de control en mi HUD. Tenía una lista larga y ordenada alfabéticamente de usuarios de ONI, junto al nombre de su avatar y la fecha de la última vez que se habían conectado a OASIS.

Debajo de la enorme lista de nombres había un botón enorme con la inscripción RESUCITAR.

La lista estaba formada por todos los usuarios de OASIS que se habían puesto los auriculares ONI en alguna ocasión. La mayoría seguían vivos, pero había unos pocos marcados como fallecidos.

La Varita de la Resurrección me permitía crear copias digitales de humanos de verdad y convertirlos así en PJD autónomos en el interior de OASIS, estuviesen vivos o no. Podía clonar a los que aún vivían o resucitar a los muertos solo con pulsar un botón.

Navegué por la lista de almas humanas digitalizadas y no tardé en encontrar tanto mi nombre como el de Hache y Shoto.

El archivo de escaneo cerebral unido a mi cuenta tenía la fecha exacta de la última vez que me había conectado con el ONI el día anterior.

Si quería crear un clon digital de mí mismo en OASIS, lo

único que tenía que hacer era seleccionar mi nombre en el menú de control y luego pulsar el botón de resucitar.

Empecé a darle vueltas a las implicaciones de algo así. ¿Sufriría la gente crisis de identidad si se los obligaba a compartir OASIS con una copia inmortal de sí mismos? ¿Una que no necesitaba comer, dormir, trabajar o pagar el alquiler?

Igualmente, las implicaciones de usar la tecnología del ONI para resucitar a los muertos eran también muy importantes. Lo que Halliday había inventado era nada más y nada menos que una inmortalidad barata, segura y apta para su uso.

Seguí descendiendo por la «lista de conciencias» hasta que encontré el único escaneo de Ogden Morrow, el que se había hecho justo el día anterior durante su última conexión a OASIS. Después lo seleccioné y lo activé.

Vi un resplandor, y el avatar de Og apareció frente a nosotros. Parecía mucho más joven y tenía el aspecto del auténtico Og con veintitantos años. Después recordé que lo que miraba no era un avatar, sino a Og de verdad. Era una copia en IA de su mente desaparecida, con la misma personalidad y los mismos recuerdos.

La copia reencarnada de Og recordaba todo lo que había experimentado el Og real, justo hasta el momento del último escaneo. Era como si acabara de resucitarlo y de hacerlo inmortal al mismo tiempo.

Estaba a punto de explicarle lo que había pasado y lo que era, pero en ese momento vio a Leucosia y ella lo vio a él. Los dos corrieron a abrazarse. Ella esperó a que Og la besara y, tan pronto como lo hizo, le devolvió el beso, uno mucho más largo.

Art3mis y yo nos dimos la vuelta para dejarles intimidad. Intenté pensar en algo profundo e inteligente que decir sobre lo que acabábamos de ver, pero antes de que se me ocurriese nada, sentí que Art3mis me cogía de la mano y apoyaba la cabeza en mi hombro. Se había puesto a llorar.

Cuando se calmó un poco, volví a alzar la Varita de la Resurrección.

—Esto podría resucitar a cualquiera de los que han usado unos auriculares ONI —le dije—. Aunque ya no estén vivos.

Miré con atención el rostro de Art3mis para ver cómo reaccionaba. Ella me miró, insegura, como si quisiese confirmar que lo que yo acababa de decir era de verdad lo que ella pensaba. Cuando asentí, vi lo que reconocía como un atisbo de esperanza en su mirada.

—¿Se puede recuperar una copia de cualquiera que haya usado el ONI? —preguntó para asegurarse.

Asentí. Después le di la Varita de la Resurrección y le expliqué cómo usarla. Ella no titubeó. Me la quitó de las manos, la activó y pasó unos segundos buscando el nombre de su abuela en la base de datos de conciencias.

Un segundo después, Ev3lyn, el avatar de su abuela fallecida, apareció frente a nosotros. La señora había usado un realvatar de su cuerpo justo antes de que la enfermedad empezara a afectarle, por lo que tenía el mismo aspecto que la madre de la madre de Samantha en el mundo real. Era Evelyn Opal Cook.

—¿Abu? —preguntó Arty en un susurro y con voz quebrada.

—¿Sam? —dijo ella—. ¿Eres tú?

Al parecer, su abuela era la única persona que tenía permiso para llamarla así, porque Samantha asintió. Y ambas se abrazaron con fuerza.

Yo me di la vuelta para dejarles algo de intimidad, pero tuve que volver a mirar a Kira y a Og, quienes aún se besaban a unos metros de nosotros. Me dirigí al lado opuesto del santuario para quedarme solo con mis pensamientos.

. . .

Asistir a esas dos reuniones imposibles y maravillosas también me alegró muchísimo. Una alegría genuina y desenfrenada. Y no porque hubiese reproducido una de segunda mano grabada y experimentada por otra persona en alguna otra parte en algún momento del pasado, no. Era mi alegría, conseguida a pulso y a cambio de un coste muy elevado. La humanidad acababa de recibir un don extraño, maravilloso e inesperado, uno capaz de cambiar la naturaleza de nuestra existencia, más incluso que OASIS o que el ONI.

Miré la Varita de la Resurrección que mi avatar sostenía en las manos y no pude evitar volver a pensar en mi madre. Habría dado toda mi fortuna y todo lo que poseía para traerla de vuelta, aunque fuese solo durante un día. Por volver a hablar con ella y pedirle perdón por no cuidarla mejor. Y también por decirle lo mucho que la echaba de menos.

Pero Loretta Watts había muerto hacía más de una década, mucho antes de que se lanzara el ONI. No había copia de seguridad de su conciencia almacenada en los servidores de OASIS. Mi madre no iba a regresar. Ni tampoco mi padre. Ahora ambos vivían únicamente en mis recuerdos.

En ese momento me di cuenta de que esos recuerdos de mis padres perdurarían en mi memoria, ya que yo también iba a ser inmortal. Todos íbamos a serlo. Todas las personas que se habían puesto los auriculares ONI en algún momento.

Íbamos a ser la última generación que sufriese las consecuencias de la mortalidad humana. De ahora en adelante, podríamos escapar de las garras de la muerte.

Lo que se abría ante nosotros era el comienzo de la era de la poshumanidad. La singularidad lograda mediante clones y en una simulación. Un regalo final de la problemática pero brillante mente de James Donovan Halliday. Nos había regalado a todos su paraíso digital, pero sus problemas habían impedido que él mismo cruzase las puertas del lugar que había creado.

— • • • —

Los avatares de Hache y Endira llegaron unos minutos después, y Shoto y Kiki se teletransportaron al poco. Nos reunimos en la montaña donde se encontraba el santuario de Leucosia.

Tan pronto como sus avatares terminaron de rematerializarse, los cuatro corrieron hacia mí y me dieron un abrazo grupal. Cuando me soltaron, se giraron al fin para ver a Leucosia y a

Og, que seguían abrazados y haciéndose carantoñas. Después también vieron a Art3mis y su abuela Ev3lyn, que seguían disfrutando del emotivo reencuentro.

Todos se quedaron boquiabiertos.

—¿Qué ocurre, chicos? —pregunté—. Tenéis cara de haber visto un fantasma.

—Dos fantasmas —dijo Hache—. No, ¡que sean tres! No veas. ¿Qué narices ha pasado?

Les conté lo que había ocurrido. Después les enseñé la Varita de la Resurrección y les dije lo que se podía hacer con ella.

Le dimos a Art3mis unos minutos más con su abuela, y después las interrumpí y le pedí a Arty que se acercara para tener una conversación a solas. Le dije lo mismo a Og. Después, los Cinco Mejores mantuvieron una reunión improvisada en las escaleras del Castillo de Anorak para decidir el destino de las IA recién resucitadas.

Todos teníamos claro que el mundo no estaba preparado para aceptar como personas a las conciencias digitalizadas de los seres humanos. Aún no, y puede que nunca. El «Incidente de Anorak», que era como había pasado a llamarse, había plantado la semilla de la desconfianza en las inteligencias artificiales, un daño que puede que nunca se consiguiese revertir.

Si la humanidad sobrevivía lo suficiente, quizá el mundo llegase a acostumbrarse a este nuevo paradigma. Puede que la gente del futuro llegara a sentirse cómoda conviviendo con copias IA de sus amigos y parientes fallecidos. O puede que no.

Og y Kira no querían esperar para descubrirlo. Tampoco Ev3lyn y Samantha. Ni yo iba a arriesgarme. No después de todo lo que había ocurrido. Hacía poco pensaba que había perdido a Samantha, el amor de mi vida, para siempre. Y ambos creíamos que habíamos perdido a Og, antes de recuperarlo milagrosamente. Si era posible, quería asegurarme de no volver a sufrir jamás la pérdida de un ser querido. Ni yo ni nadie.

Por suerte, ya había pensado un plan, una manera de que las IA coexistiesen con nosotros para siempre en paz y armonía. Una manera de que, como había dicho Sammy Hagar, todos experimentásemos «lo mejor de ambos mundos». Y sabía que era un buen plan, porque al parecer Anorak había pensado algo parecido.

Pero, a diferencia de él, yo sí que conseguí ponerlo en práctica.

¿Continuar?

Lo único que Wade tuvo que hacer fue decirles a los ingenieros de GSS que reconectasen el enlace de OASIS con los servidores de ARC@DIA a bordo de la *Vonnegut*. Después copiaron allí todas las IA resucitadas desde los servidores de OASIS. Og, Kira y Ev3lyn desaparecieron de la antigua y superpoblada simulación y reaparecieron dentro de la nueva (y vacía por completo) que había preparado a bordo de la nave.

Wade dejó de tener ganas de abandonar la Tierra. Ahora que Samantha y él volvían a estar juntos, se negaron a separarse de nuevo. Sobrevivir al Incidente de Anorak también les enseñó que tampoco querían volver a arriesgarse a perderse el uno al otro. Se juraron que permanecerían juntos para siempre. Y encontraron la manera de hacerlo.

Como no querían dejar a Og, Kira y Ev3lyn solos en el espacio, Wade y Samantha decidieron enviar también unas copias de sí mismos para hacerles compañía.

Sí, lo has leído bien. Samantha aceptó al fin ponerse unos auriculares ONI por primera, última y única vez en su vida. Y se los puso solo durante el tiempo necesario para que los sistemas crearan la copia de seguridad de su conciencia y esta se pudiese subir a ARC@DIA junto con la copia de su abuela Ev3lyn.

Con la ayuda de Samantha, Wade también convenció a Hache y Endira y a Shoto y Kiki para enviar copias de ellos en esta gran aventura.

Y como aún quedaba muchísimo almacenamiento digital a

bordo de los servidores que había en la *Vonnegut*, Wade decidió subir también a ARC@DIA la base de datos de conciencias al completo. Miles de millones de almas humanas que quedarían en animación suspendida, almas entre las que también se encontraban las de L0hengrin y el resto de los integrantes de los Cinco Peores de L0.

Wade hizo una copia más de su conciencia, justo antes de marcharnos, para asegurarse de que yo recordaría todo lo que le había ocurrido antes de nuestra partida. Y por eso lo recuerdo. Hasta ese último escaneo, nuestros recuerdos eran idénticos. Pero desde ese momento en adelante, nuestras experiencias y personalidades empezaron a diferenciarse y nos convertimos poco a poco en personas diferentes.

Él siguió siendo Wade Watts, en la Tierra. Y yo desperté dentro de ARC@DIA, a bordo de la *Vonnegut*. Y ese es el lugar en el que he estado desde entonces. El lugar en el que estoy ahora mientras te cuento esta historia.

Ahora sabes cómo llegué aquí.

Ahora sabes cómo todos llegamos aquí.

* * *

Wade me dio permisos de administrador en la *Vonnegut* y sus sistemas antes de lanzar la nave al espacio. Los únicos seres humanos a bordo eran los varios miles de embriones criogenizados que teníamos almacenados por si acaso.

Reparamos y realizamos el mantenimiento de la nave mediante los telebots que controlamos desde el interior de la simulación de ARC@DIA. No necesitamos comida ni soporte vital. Tenemos todo lo necesario gracias a los paneles solares de la nave y sus baterías. Y también tenemos cualquier cosa que se nos ocurra aquí, en ARC@DIA. Miles de millones de mentes humanas digitalizadas y lanzadas al espacio exterior junto a un registro completo de nuestra cultura.

Como era de esperar, ARC@DIA no tiene la potencia de procesamiento suficiente para simular tantas personas digitales al mismo tiempo. Solo puede hacerlo con unas pocas, algo que a mí y a mi pequeña tripulación no nos importa demasiado. Aún contamos con millones de PNJ para hacernos compañía. Y también nuestra copia de seguridad de la ONI-net, que tiene millones de experiencias humanas grabadas de la Tierra. Y nos tenemos los unos a los otros…

Esos miles de millones de almas digitalizadas permanecerán dormidas durante todo el viaje, en animación suspendida como archivos .ecu gigantescos almacenados en los sistemas de la nave y sus copias de seguridad para que, si llegamos a encontrar un nuevo hogar para la humanidad, podamos colonizar ese nuevo mundo tanto a nivel digital como físico.

Wade y yo debatimos si sería ético o no resucitar a todas esas IA sin pedirles permiso primero a sus homólogos en la Tierra. Pero era algo prácticamente imposible de llevar a cabo cuando llegó el momento. Wade terminó por dejar la decisión en mis manos, ya que yo sabía muy bien lo que era vivir así.

¿Y cómo era? Bueno, convertirte en una persona del todo digital tiene sus inconvenientes. No podemos desconectarnos de ARC@DIA. Jamás. Pero una de las cosas buenas es que hemos dejado de envejecer. Y ya no necesitamos comer, dormir o salir de la cama para ir al baño. Nos hemos librado de todos los engorros propios de estar atrapado dentro de un cuerpo físico. La muerte incluida.

Además de ser inmortal, también tengo memoria fotográfica y soy capaz de recordar todos los detalles de cualquier momento que haya experimentado jamás. Es como tener acceso a una grabación de ONI de mi vida entera. Puedo rememorar y revivir cualquier parte cuando quiera. Es como viajar en el tiempo.

Art3mis y yo somos criaturas inmortales que no envejecen y que viven en armonía en un paraíso creado por nosotros a bordo de una nave espacial que nos lleva a la estrella más cercana.

La vida es maravillosa, pero también muy diferente a como lo era antes.

Cuando Wade terminó de subirnos a todos a la nueva simulación, la *Vonnegut* abandonó la órbita de la Tierra poco a poco. Ahora nos encontramos de camino a Proxima Centauri, el sistema planetario más cercano con un exoplaneta habitable. Nos llevará décadas llegar allí, pero no nos importa. Ahora tenemos tiempo de sobra. No solo vamos a vivir para siempre, sino que también veremos parte del universo. Y como nuestra tripulación ya no es orgánica, no tenemos que llevar comida ni aire ni preocuparnos por los escudos de radiación ni los micrometeoritos. Sobreviviremos mientras lo hagan los sistemas de la nave y las copias de seguridad.

Ahora somos personas diferentes. Art3mis, Hache, Shoto, Og, Kira, yo y el resto de los que estamos a bordo de la *Vonnegut*. Y nuestras relaciones también han evolucionado ahora que somos seres inmortales sin cuerpo físico, libres y que viajan por la vastedad del espacio exterior. Durante toda la eternidad, lo más probable. Aunque nuestra opinión sobre según qué cosas haya cambiado, aún valoramos nuestras relaciones. Porque es lo único que tenemos aquí fuera.

Eso también incluye las relaciones con nuestros homólogos de la Tierra, claro. Aún seguimos en contacto. Partimos hace más de un año, pero nos mandamos mensajes de vídeo y correos electrónicos todo el tiempo. Es un poco raro tenerte a ti mismo de amigo por correspondencia en un universo alternativo.

Hache y Endira se casaron en la Tierra, tal y como tenían planeado, y sus homólogos a bordo de la *Vonnegut* intercambiaron votos justo al mismo tiempo.

Shoto y Kiki tuvieron a su hijo, Daito. Es feliz y está sano, y tenemos el honor de ser sus padrinos. Shoto y Kiki nos envían una foto de su hijo todas las semanas.

Wade y Samantha terminaron casándose al fin hace unos pocos meses. Su primer baile como marido y mujer fue un elaborado espectáculo de Bollywood que llevaron a cabo juntos. Hache y su esposa Endira fueron el padrino y la madrina, y también participaron en el baile. En el vídeo que nos enviaron, los cuatro aparecen bailando con una sincronización perfecta. Me encanta y lo veo todos los días.

La semana pasada, Wade me envió un correo electrónico muy corto en el que decía que Samantha y él esperan una hija y que tienen pensado llamarla Kira. Ambos parecen muy felices, sobre todo Wade. La perspectiva de ser padre lo ha convertido en una persona mucho más optimista y esperanzada. Seguro que lo hará genial y tengo ganas de experimentar esa paternidad a través de sus ojos. Es lo más cerca que yo jamás estaré de ser padre.

Samantha y Wade terminaron por cambiar de opinión respecto al ONI. Él vio los peligros que conllevaba una tecnología así con mucha más claridad, y ella empezó a reconocer sus beneficios.

—Estaba equivocada —me dijo después de decírselo a Wade—. Con esta tecnología, las vidas de las personas son mucho mejores de lo que lo serían sin ellas. Si no, mira como mejoraron las vidas de L0hengrin o de mi abuela. Y también salva vidas, en sentido literal y en sentido figurado, las guarda como la partida de un videojuego. Para siempre. He recuperado a mi abuela. Y ella ha hecho lo propio conmigo. Es un milagro y doy gracias por ello todos los días. —Luego, y como es la mejor y la más buena, añadió—: Y tu cabezonería me ayudó a darme cuenta, Parzival. Gracias. No dejo de darle las gracias a Wade, pero tú mereces al menos la mitad del crédito.

• • •

Las cosas no son perfectas. La gente que se quedó en la Tierra aún tienen muchísimos problemas. Pero también siguen usando OASIS como una válvula de escape colectiva.

A pesar del Incidente de Anorak, miles de millones de personas siguen usando unos auriculares ONI todos los días. Fueron pocos los que murieron por culpa de los actos perpetrados por Anorak, la mayoría cuando estrelló el jet de Samantha. El resto murieron a manos de otras personas, asesinos que se aprovecharon de los indefensos usuarios del ONI que eran rehenes del enfermoware de Anorak. Pero el Síndrome de Sobrecarga Sináptica no causó ninguna muerte. Los auriculares ONI no le hicieron daño a nadie, por lo que la humanidad llegó a la conclusión de que la Interfaz Neural de OASIS era del todo segura, o de que al menos merecía el poco riesgo que entrañaba. Las personas de la Tierra seguían necesitando una forma de evadirse, y no las culpo. Wade tampoco lo hace, pero él no ha cambiado de opinión y sigue diciendo que nunca volverá a ponerse unos auriculares ONI. Lo creo.

A pesar de todos los problemas a los que se enfrentan nuestros homólogos en la Tierra, es reconfortante saber que hay personas inteligentes y capaces que hacen todo lo posible para mejorar la vida de los habitantes del planeta. Las copias de muchas de esas personas están aquí en el espacio y buscan un nuevo hogar para todos.

Contamos con una biblioteca digital de los grandes éxitos de la humanidad, almacenados en el interior de la cada vez mayor ARC@DIA y copiados en una batería de unidades de almacenamiento de estado sólido. Nos hemos traído con nosotros todos los libros, toda la música, las películas y el arte. Una copia de seguridad de nuestra civilización al completo, que sobrevivirá tanto tiempo como lo hagamos nosotros. Toda la historia y la cultura humanas, una grabación de todo lo que los humanos han sido y son que está a bordo de la nave, como un arca cósmica que transporta una cápsula del tiempo digital de lo que significa haber sido y ser humano. Y, algún día, tal vez encontremos otra civilización como la nuestra con la que compartirla. Quizá en ese momento tengamos al fin la posibilidad de comparar apuntes.

Hasta que llegue ese día, lo único que tenemos es un tiempo y un espacio ilimitados que se extienden ante nosotros hasta el infinito.

Nuestra existencia está llena de felicidad y de alegría. Estoy vivo. Y con Samantha. Y nuestros amigos también están vivos. Y todos estamos juntos, embarcados en la mayor aventura de la historia de nuestra especie. Y lo mejor de todo es que vamos a vivir para siempre. Nunca tendré que volver a perderlos y ellos jamás tendrán que volver a perderme a mí.

Crecí jugando a los videojuegos. Y ahora vivo toda mi vida dentro de uno. Por eso me siento capacitado para decir que Kira

Underwood tenía razón cuando aseguró que la vida era como un videojuego difícil y con unas mecánicas terriblemente injustas. Pero hay veces en las que ese juego puede tener un final sorpresa...

Y en ocasiones, cuando crees que has llegado al final, apareces de repente al principio de una nueva fase. Una que nunca has visto antes.

Y lo único que puedes hacer es seguir jugando, porque el juego que es tu vida no ha terminado. Y es imposible saber lo lejos que puedes llegar, lo que te depara y a quién podrías conocer al final.

Agradecimientos

Escribir la secuela de una novela que ha tenido una vida tan extraordinaria como *Ready Player One* es todo un privilegio, pero también una tarea abrumadora. Durante los años que pasé trabajando en esta historia, solía encontrarme turbado por las palabras del gran Billy Joel: «No pidas ayuda. Estás solo. PRESIÓN».

Pero por suerte yo no estaba solo y sí que tuve ayuda. Mucha. Nunca podría haber escrito este libro sin el amor, consejo, inspiración y apoyo constantes de mi preciosa y brillante esposa: Cristin O'Keefe Aptowicz. Es mi ancla, mi mejor amiga, la mejor madre y madrastra, la persona más divertida de nuestro matrimonio y la auténtica reina de Calculomelot.

También me gustaría dar las gracias a todos los jóvenes de mi familia y de mi vida que consiguieron darle energía a mi espíritu y a mi imaginación mientras escribía esta historia: Reenie, Libby, Addison, Scarlett, Lily, Cian, Declan, Lucas, Camillo, Ramiro, Harrison y Cavanaugh.

Como siempre, quiero dar mi más sincero agradecimiento a mi incansable e imparable equipo, a mi agente y colega productor Dan Farah (también conocido como «el Jedi de Jersey») de Farah Films & Management, y a mi agente literaria Yfat Reiss Gendell, así como todo su equipo de YRG Partners. Soy muy afortunado de teneros a ambos como amigos y ayudantes durante la primera parte de este proceso.

También estoy eternamente agradecido a mi maravilloso

editor, Julian Pavia, por su paciencia, sinceridad, guía y amistad. También a su padre, el fallecido George Pavia, por ser el padre de mi amigo Julian y, por consiguiente, haber puesto su granito de arena para que el mundo sea un lugar un poco mejor y más amable.

También agradezco sinceramente a todos los trabajadores de Ballantine y Penguin Random House, entre los que se incluyen (¡y no están todos!) Chris Brand, Sarah Breivogel, Gina Centrello, Debbie Glasserman, Kim Hovey, Mark Maguire, Rachelle Mandik, Madeline McIntosh, Kathleen Quinlan, Quinne Rogers, Robert Siek, Caroline Weishuhn y Kara Welsh.

Mil gracias también a mi amigo Wil Wheaton, por volver a prestar su increíble talento artístico para el audiolibro de esta novela. Wil no solo lee el texto, sino que lo interpreta, y fue justo eso lo que hizo que el audiolibro de *Ready Player One* debutara en el primer puesto de la lista de audiolibros superventas del *The New York Times*... Y se mantuvo entre los primeros puestos durante cinco meses. ¡Gracias por volver a unir tus fuerzas conmigo, Wil!

También me gustaría aprovechar la oportunidad para dar gracias a todo el equipo, a los actores y a los productores de la película de *Ready Player One*, por hacer que muchos de mis sueños se convirtiesen en realidad. Pasarme por el plató todos los días era como dar un paseo por mi imaginación. Es algo que ojalá todos los escritores pudiesen disfrutar.

Estoy especialmente agradecido a Steven Spielberg por hacer comentarios pertinentes sobre esta historia y por sus ánimos mientras la escribía. También me gustaría darle las gracias por su amabilidad y generosidad, que son tan ilimitados como su entusiasmo y su creatividad.

También quiero agradecer por su apoyo, amistad, consejos y ánimos a Sima Bakshi, Chris Beaver, Sean Bishop, Laurent Bouzereau, George Caleodis, Darren Esler, Matt Galsor, Bobby Hall, Mike Henry, Hugh Howey, Sarah Kay, Jeff y Tonie Knight, Kjell Lindgren, George R. R. Martin, Tim McCanlies, Matt McDonald, Mike Mika, Zak Penn, Robert Rodriguez,

Patrick Rothfuss, John Scalzi, Andy Shockney, Jay Smith, Jed Strahm, Craig Tessler, Howard Scott Warshaw, Andy Weir y Chris Young.

También le debo mucho a uno de mis escritores favoritos, Jonathan Tropper, por dejarme usar la cita «Quien no esté libre de pecado, que no tire piedras» en *Ready Player One*. ¡Al fin se la he atribuido! Si os gusta la buena literatura, haceos un favor y echadle un vistazo a su obra.

También me gustaría dar las gracias a todos los escritores, cineastas, actores, músicos, programadores, diseñadores de videojuegos y frikis a cuyo trabajo rindo tributo en este libro. Son personas que me han entretenido e inspirado, y espero que esta historia inspire a otros para llevar a cabo sus creaciones.

Finalmente, me gustaría darte las gracias a ti, querido lector, por acompañarme en otra aventura.

QLFOA,
ERNEST CLINE
Austin (Texas)
9 de septiembre de 2020

Ernest Cline (Ohio, 1972) es el autor de *Ready Player One*, el *best seller* mundial que en 2011 abrió la ciencia ficción al gran público con un brillante homenaje a la cultura de los videojuegos de la década de 1980, que nos atrapó con su nostalgia pop. El libro permaneció más de cien semanas seguidas en las listas de los más vendidos del *New York Times* y sedujo a millones de lectores en cincuenta países. Hoy es un título mítico para la literatura de género del siglo XXI, y ha sido adaptado al cine por Steven Spielberg. Cline es también autor de *Armada* y de *Ready Player Two*, la esperada secuela de su aclamado debut. Vive en Austin, Texas, con su familia y una gran colección de videojuegos clásicos.